U0534672

- 小说
- 散文
- 散文诗
- 旧体诗

上卷

鲁迅 著
温儒敏 编选

鲁迅
精选两卷集

人民文学出版社

图书在版编目（CIP）数据

鲁迅精选两卷集：上下/鲁迅著；温儒敏编选. —北京：人民文学出版社，2021
ISBN 978-7-02-014996-4

Ⅰ.①鲁… Ⅱ.①鲁…②温… Ⅲ.①鲁迅著作—选集 Ⅳ.①I210.2

中国版本图书馆CIP数据核字（2021）第194252号

责任编辑　周方舟　陈建宾
装帧设计　李思安
责任校对　李　雪　王筱盈
责任印制　王重艺

出版发行　人民文学出版社
社　　址　北京市朝内大街166号
邮政编码　100705

印　　刷　三河市宏盛印务有限公司
经　　销　全国新华书店等

字　　数　843千字
开　　本　710毫米×1000毫米　1/16
印　　张　47.5　插页6
印　　数　1—6000
版　　次　2021年10月北京第1版
印　　次　2021年10月第1次印刷

书　　号　978-7-02-014996-4
定　　价　95.00元（全二册）

如有印装质量问题，请与本社图书销售中心调换。电话：01065233595

上 卷 目 录

前言 …………………………………………………… *1*

小说 …………………………………………………… *1*

狂人日记 ……………………………………………… *5*
孔乙己 ………………………………………………… *15*
药 ……………………………………………………… *19*
风波 …………………………………………………… *27*
故乡 …………………………………………………… *34*
阿Q正传 ……………………………………………… *42*
社戏 …………………………………………………… *75*
祝福 …………………………………………………… *83*
在酒楼上 ……………………………………………… *97*
肥皂 …………………………………………………… *105*
示众 …………………………………………………… *114*
孤独者 ………………………………………………… *119*
伤逝 …………………………………………………… *136*
离婚 …………………………………………………… *152*
补天 …………………………………………………… *160*
奔月 …………………………………………………… *169*
理水 …………………………………………………… *180*

铸剑	195
非攻	211
起死	223

散文 233

阿长与《山海经》	236
《二十四孝图》	242
五猖会	250
无常	255
从百草园到三味书屋	263
琐记	268
藤野先生	276
范爱农	282
记念刘和珍君	290
为了忘却的记念	296
忆刘半农君	305
我的第一个师父	309
阿金	316
女吊	321
死	327
关于太炎先生二三事	332

散文诗 339

秋夜	343
影的告别	345
好的故事	347
死火	349
失掉的好地狱	352
墓碣文	354

颓败线的颤动	356
死后	359
这样的战士	363
腊叶	365
战士和苍蝇	367
夏三虫	369
夜颂	371

旧体诗 373

自题小像	376
无题	378
自嘲	380
答客诮	382
赠人两首	383
阻郁达夫移家杭州	385
题《呐喊》《彷徨》	387
戌年初夏偶作	389
亥年残秋偶作	390

前　言

这本《鲁迅精选两卷集》是专为普通读者,特别是青年学生选编的。鲁迅作品很多,《鲁迅全集》(人民文学出版社2005年版)就有十八卷,七百五十万字,一般读者没有必要全部都读,那么编选一种精粹的简本,可以满足大多数读者的需求。

《鲁迅精选两卷集》分上下两卷,约五十五万字,所选的都是鲁迅有代表性又比较好读的作品,一共一百二十八篇(首)。分文体编排:上卷收小说二十篇、散文十六篇、散文诗十三篇、旧体诗十一首,下卷收杂文五十一篇、评论十篇、书信七封(另选收许广平致鲁迅信三封),基本上覆盖鲁迅创作的各种类型。

每一文体前面都有简要说明,作品都大致依照发表的先后时序编排(《故事新编》与《朝花夕拾》的选文相对集中)。每篇作品均有"题记",简介作品写作和发表的情况,帮助读者领会和欣赏鲁迅作品的思想内容与艺术形式。所附注释,在人民文学出版社2005年版《鲁迅全集》注释的基础上有所增删或改动。

在本书出版之前,编者曾为人民文学出版社编撰过一本《鲁迅作品精选及讲析》,选目比"两卷集"更精简,但每篇都附有导读性的"讲析"。需要参考导读的青少年读者可以选择《鲁迅作品精选及讲析》,而普通读者拥有一套"两卷集",也就可以了。

在编撰《鲁迅作品精选及讲析》时,我曾为之写过一篇代序言,论述为什么要读点鲁迅,以及如何读鲁迅,其所表达的基本意思对于"两卷集"也是适合的,也就部分转录于此,供读者朋友参考。

一百多年来,对中国文化有最深入理解的,鲁迅是第一人。鲁迅的眼光很"毒",他是要重新发现"中国与中国人"。有关中国文化的研究论著很多,但鲁迅作品很特别,是别人无法替代的。他对中国文化的观察和思考,不是书斋里隔岸观火的学问,而是痛切的感受,是从生命体验中总结出来的人生智慧。这和读一些学问家的概论和历史著作之类,是不一样的,功能和感觉都不一样。

现今强调继承优秀的传统文化,毫无疑问,这是"主心骨",是精神支柱。但传统文化不能照搬,它是在古代特定的历史条件下形成的,有精华,也有糟粕,有不适合现代社会的部分。我们要继承的是精华,是优秀的部分。这就有一个选择和扬弃的问题。读鲁迅,可以认识他了解和分析传统文化的角度与方法,看这位思想家型的文学家是如何批判地继承传统文化,而传统文化的优秀部分,又如何体现在鲁迅的思想与创作里的。我们既要读孔子、孟子,读古代史、现代史,同时也要读点鲁迅,知识结构才比较全面,思想方法也比较辩证。读鲁迅,还可以带给我们对于自身所处文化的真切的体验,克服在文化问题上"民粹式""愤青式"的粗糙思维。

鲁迅对文化的批判性认知,是基于对人性的深透了解,基于对自身思想心理不断的"自剖",他的思维是辩证而尖刻的,是"不合群"也"不合作"的,有时说的话很"难听",但那是知人论世,能让人警醒,换一个角度去打量我们所熟悉的世界。在网络时代,过量的信息冲刷可能会让思维碎片化、平面化,过度娱乐消费的流俗文化,又使人们的精神趋于粗鄙,而鲁迅那种批判性的深度思考,是有助于拯救文化滑坡的。读点鲁迅,让我们的思想变得深邃,精神得到升华,意识更加清醒。

鲁迅不是优雅、平和、休闲的,而是真实、严峻、深邃的。读鲁迅是"思想爬坡",并不轻松,甚至费力、难受。从"生活化"的立场,也许一些人并不"喜欢"鲁迅,我们读鲁迅也并非模仿鲁迅的脾气或生活,甚至也不必让自己变得尖刻;读鲁迅,是要学习鲁迅的思想方法、他的批判意识,从他那里获取对我们民族历史与现实的清醒认识,激发思想的活力。

一些年轻朋友不喜欢鲁迅,也因为语言的隔膜。鲁迅写作的年代刚开始倡导白话文,他的文章有些文白夹杂,是时代的印记,但也是有意为之。鲁迅不愿意俯就过于平直的白话,宁可保留一些文言的因素,加上那种迂回曲折的句式和游弋的语感,所表达的含义往往是复杂而多面向的,更能体现鲁迅思想的张力。如果不了解这一点,就会觉得鲁迅的作品"难读"。但理解鲁迅式语言表达的风格,尽量读懂读进去了,就能体味到它的特别、有味。在充斥周遭的四平八稳的八股文风中,在到处可见的夸张虚假的广告式语言漩涡中,读点鲁迅,会豁然开朗,有所超拔,甚至还能从鲁迅那里吸取语言运用的灵感,学会想问题与写文章。作为当代中国人,如果没有读过几种鲁迅的书,无论如何是说不过去的。

其实,在中学语文课上我们已经读过鲁迅的一些文章,有了一些印象。有一种说法是中学生"一怕写作文,二怕周树人"。可见,应试式的相对刻板的语文教学,已经在一定程度上败坏了我们阅读鲁迅的"胃口"。这种对鲁迅"敬而远之"的印象,应该得到改变,而且随着年龄和阅历的增长,对于鲁迅这份重要的精神遗产,我们会越来越体会到它的分量。

近年来社会上有一种观点认为,鲁迅批判传统文化,附和激进的思潮,造成传统文化在"五四"的断裂。鲁迅便被贬斥为"全盘否定传统"的一个代表。

这观点表面上看似乎不无根据。鲁迅的确是对传统文化批判最深刻、攻打最猛烈的人之一。他对传统的批判是采取决绝的态度,很"偏激"。他甚至曾经用这样义无反顾的语气来表示:"我们目下的当务之急,是:一要生存,二要温饱,三要发展。苟有阻碍这前途者,无论是古是今,是人是鬼,是三坟五典,百宋千元,天球河图,金人玉佛,祖传丸散,秘制膏丹,全都踏倒他。"(《华盖集·忽然想到》)鲁迅的"偏激"不只是感情的表达,也是一种思想策略。

不能否认,在对待传统的问题上,鲁迅的确常采取与惯常思维不同的逆反质询。这可能让人震撼、惊愕,却又顿觉清醒,思路洞开:"从来如此,便对么?"——这是《狂人日记》中的话,其实也是鲁迅式的质疑。对普通人来说理所当然、司空见惯的事情,或者场面上的"官样"文章,到鲁迅那里,就有疑问和反思,还可能有独特的发现。鲁迅对传统首先采取的是怀疑的态度,他常常另辟一种眼光,透入历史的本质去重新思考评判。鲁迅有意用这种逆反式的评判去警醒人们,挣脱被传统习惯所捆绑的思维定式,揭示历史上被遮蔽的真实,正视传统文化中不适于时代发展的腐朽成分。

如果不领会鲁迅的这种批判的意图和姿态,就可能以为鲁迅太片面和绝对。问题是如何理解鲁迅说那些"偏激"的话时的"语境"。鲁迅不是写学术论文,他是写小说、散文和杂文,往往采用批判式的文学的表达。传统文化当然有精华也有糟粕,不宜笼统褒贬,但当传统作为一个整体,仍然严重牵绊着中国社会进步时,要冲破传统的"铁屋子",觉醒奋起,就不能不采取断然的态度,大声呐喊。这大概就是"五四"启蒙主义往往表现得有些激进、有些矫枉过正的历史理由,也是文化转型期的一种常见现象。我们应当理解鲁迅的"偏激"。

而且从实际内容看,鲁迅所反对和坚决批判的,主要是传统文化中那些封建性、落后性的东西,是专制主义制度和文化,包括"存天理、灭人欲"的假道学,以及种种使国民精神愚昧、麻木、迷信的那些糟粕。要剥掉这些缠绕在我们民族躯体上鳞甲上千年的沉重的旧物,若没有果断的措施和决心,恋恋不舍,优柔寡断,那谈何容易。

鲁迅毕生(特别是前期)都致力于国民性批判,这种批判是带有社会心理剖析的性质,而且往往注目于最普通最常见的生活现象。例如鲁迅对"看客"心态的揭示,就很能说明鲁迅批判国民性的苦心和特色。鲁迅写得最多的,就是这种世态炎凉,人心麻木。人们隔岸观火,玩味、欣赏别人的苦难,是如同看戏。而只会看戏、做戏的民族是可悲的。这也是鲁迅批判国民性时反复关注的问题。有人以为鲁迅贬低了民族的自信心,这是因为不理解鲁迅的用心。

要理解鲁迅所处的那个年代,是中国正受外敌入侵、挨打的时代,处于"弱肉强食"的国际环境,中华民族面临亡国灭种的危险,但另一方面,封建传统的思想文化又仍然在严重地禁锢民族精神,消解活力。一面是保国保种的焦虑,一面是"老大的国民尽钻在僵硬的传统里,不肯变革,衰朽到毫无精力了,还要自相残杀"。在这种情形下,鲁迅为了警醒人们,当然要大声疾呼,用决绝的而不是温温吞吞的态度立场,去告别旧时代。所以,"吃人"也好,"不读中国书"也好,这种急需突破传统的态度,即使有些偏激,也是符合那时代变革需要的。不能当"事后诸葛亮",离开特定的语境,摘出一些句子,就来否定鲁迅。

其实,鲁迅并不讳言自己反传统之激烈、绝对,乃至要"全盘否定"。但这是一种策略。封建传统如此根深蒂固,"搬动一张桌子……也要血",如果不用"全盘否定"式的决裂的态度,如果一开始就总是强调"因时制宜,折衷至当",那势必被调和折中的社会惰性所裹挟,任何改革都只能流于空谈。正是在彻底地不妥协地反传统这个意义上,我们高度肯定鲁迅在思想史文学史上的崇高地位。

鲁迅绝非历史虚无主义者。在如何为民族文化寻求新的出路这一点上,鲁迅有其明确的主张,那就是,对于传统一要批判,二要继承,三要转化。鲁迅毕生在做两方面工作,一是对传统的批判、攻打、破坏;二是梳理、继承、创新。

鲁迅在批判传统的同时,又用大量精力认真整理、研究文化遗产。鲁迅用了差不多三十年(大部分)的时间,整理了二十二部古籍,包括《嵇康集》《唐宋传奇集》《小说旧闻钞》,等等。他大量收集过古代的碑帖、拓片,曾试图写一部中国书法变迁史。他在北大等校上课并写出《中国小说史略》《汉文学史纲要》等讲稿和著作,其中有些已经成了古代文化研究典范性的学术成果,其研究的某些方法、命题和概念,长时间以来一直为学术界广为采用,影响巨大。鲁迅自己的创作也从传统文化中吸纳丰富的养分,特别是与"魏晋文章"的风格一脉相承。据孙伏园回忆:刘半农曾送鲁迅一副联语"托尼学说,魏晋文章",当时的朋友都认为这副联语很恰当,鲁迅对此也默认。可见,鲁迅攻打传统,但并不认为自己已经或可以割断传统。

鲁迅思想的特征是反传统、反专制、反精英、反庸众,这些叛逆的"不合作"都要放到他所处的历史境遇中去理解。反传统是为了冲破对中国朝现代文明社会生活转型的束缚,反专制是为了争取人的自由解放,反精英是批判知识分子对于权势的依附,反庸众是要改造落后的国民性。在中国社会转型、各派势力斗争非常激烈的时代,鲁迅当然有他的政治选择,比较倾向于当时变革社会的革命的力量,他的创作包括杂文有很强的现实性,但鲁迅又是独立的作家,他的价值主要还是思想文化层面的批判性和预警性。鲁迅生前和死后往往都被政治化,这也难免,现在时代不同了,读鲁迅,还是要摆脱政治上拔高或者贬低的怪圈,理解作为现代知识分子的鲁迅独特的贡献。

现代知识分子具有独立批判的精神,与他所生活的现实世界总有一种不相容性,揭示现实人生真相,揭示社会思想文化的困境,是他们的使命与习惯。从社会文化结构来说,有这样一部分批判的成分,有这些不那么"和谐"的声音，社会才活跃、有生机，在不断的反省与批判中往前推进。从这个角度看，鲁迅有棱有角的批判精神是非常可贵的，我们不能被所谓"尖刻""骂人"之类表面印象所左右，轻视乃至抛弃了这份可贵的精神遗产。

在如今这个网络化、物质化、娱乐化的时代，貌似很"现代"，其实周遭很多灰暗和庸俗的东西在鲁迅那个时期他都面对过，有什么办法拯救精神的堕坠？读书是好的办法之一。我们要有意识与流俗文化保持一点距离，尽可能不要让无聊而又浪费生命的微信、自媒体牵着鼻子走，稍微超越一点，让自己的生活充实一点，那就多读一点鲁迅吧。

但愿这套《鲁迅精选两卷集》的出版，能开启一扇进入鲁迅思想艺术殿堂的大门，引起大家阅读鲁迅的兴趣。

2021年1月30日

小说

鲁迅有三本小说集。第一本是《呐喊》，收1918年至1922年小说十四篇，这里选了七篇。第二本是《彷徨》，收1924和1925这两年的小说十一篇，本书选了七篇。第三本是《故事新编》，属于历史题材小说，共八篇，写作延续时间很长，最早一篇写于1922年，最末一篇写于1935年，这里选了其中六篇。

要注意鲁迅小说所具有的"忧愤深广"的格调。鲁迅的小说并非简单地"听将令"，冲锋陷阵，也没有正面去表现新文化运动，或者诠释革命。他更关注和极力要表现的是社会变动和文化转型时期人的精神困扰和出路等问题。他的"忧"、他的"愤"，都和深受封建礼教与制度所束缚和毒害的国民性病苦相关，和对民族命运的思考与焦虑相关。这个特点明显区别于"五四"当年浪漫感伤或暴躁凌厉的文坛空气。

还要注意鲁迅在哪些方面实现了对传统小说的革命性的突破，从而完成了小说形式向现代的转型。

首先是题材的变革。《呐喊》《彷徨》中的大多数作品，取材都是现实中常见的事、普通的人，是日常人们司空见惯的平凡的生活。与传统小说比较，就会发现，从鲁迅开始的这种题材的变化，是一大革命。

《呐喊》《彷徨》的魅力，还在于偏是从普通平凡的人事中，发现那"一切的永久的悲哀"。出于启蒙主义的意旨，鲁迅总是把一个貌似完整的世界分出上流和底层，看到"吃人"与"被吃"。鲁迅用更多的笔墨写底层"被吃"者的悲苦与不幸。他所观察到的平凡现实原来是荒谬而窒息的。鲁迅有多半小说写到病痛、疯狂、死亡、丧仪、坟墓……原来这是一个灰暗绝望的世界。读鲁迅这些小说，会有压抑感，但也会点燃思考，让人重新打量自己所熟悉的，甚至已经有些麻木的生活。鲁迅从人们司空见惯的普通人事中，发现了被"理所当然"所包裹的黑暗，发现了"无事的悲剧"，于是对历史和现实的体验变得沉重，催逼人不能不去重新思考了。

鲁迅就是这样，题材平凡，发掘很深，并总是有令人震惊的发现。读鲁迅的小说可能会很累,他的惊悚而沉重的发现总是缠绕着你,使你不可能再像读传统小说那样隔岸观火,而一定会去重新感觉和思考生活。鲁迅的发现是那样透彻,总带有悲悯与同情,作品弥漫着不尽的悲哀,阅读是不会轻松的。

鲁迅小说对传统的突破还在于其揭示灵魂的深。传统小说比较注重曲折的情节和非凡的人事,人物描写比较类型化,缺少深入的心理刻画。像《红楼梦》这样有着比较细腻的心理描写的作品是绝无仅有的。鲁迅小说则非常重视写人物心理,深掘精神上的病苦,勾画出国人的灵魂。对病态国民性入骨的分析,始终是鲁迅小说的中心主题。

鲁迅小说的艺术格局也和传统小说大异其趣,有明显的突破与创新。鲁迅基本上不再采用传统的写法,而借鉴外国现代小说的结构和叙事,创造出属于鲁迅自己的崭新的格式。

从结构看,他的小说有三分之二是采用了"横切面"的方式,即选取几个细节或生活场面,连缀起来表现。其余的有些亦有相对完整的故事,但不再像传统的小说那样情节浓缩,而是打破时空的限制,按内容表现的需要去剪接场景和细节。叙事方式突破了传统小说的单一的第三人称全知视角,而尝试了第一人称叙述、双线结构、反讽结构,以及抒情独白体、类散文体、类独幕剧体,等等。而《故事新编》那种古今杂糅的"穿越"和讽刺的手法,似乎"油滑"的叙事中隐含的快意的"发现",叙事中生长出来的许多杂感,是完全不讲"小说作法"的"捣乱",更是让人大开眼界:世界上还有这样畅快而"好玩"的小说!鲁迅真是现代小说形式创造的先锋。

鲁迅小说的语言有些文白夹杂,多用复句和转折词,句式迂回曲折,虽然比较难懂,但细细品读,可以发现这比平直的白话更富于表现力,曲折与幽深的语感,非常适合鲁迅思想的张力。而且这种语言加上特别的格式,也就共同促成了鲁迅小说那诗一样的韵致,那种精粹、凝练和含蓄。阅读时需格外注意其中的氛围、象征与多义,方得其味。

狂 人 日 记

【题记】本文最初发表于1918年5月《新青年》第四卷第五号,首次采用"鲁迅"这一笔名。后收入小说集《呐喊》。这是第一篇现代的白话小说,有"里程碑"的性质。从日记分析,"狂人"患的是"迫害狂",属于妄想型精神分裂症,时刻都在怀疑周围的人在暗算自己,要把自己"吃掉"。这种妄想反复出现,贯穿整部日记,构成小说的基本内容。但鲁迅写这篇小说并不是要展示精神分裂症,而另有深意,是要借"狂人"之口,毫无遮拦地痛快地揭示历来被掩盖的历史"真相","暴露家族制度和礼教的弊害",发出"铁屋子里的呐喊"。

某君昆仲[1],今隐其名,皆余昔日在中学校时良友;分隔多年,消息渐阙。日前偶闻其一大病;适归故乡,迂道往访,则仅晤一人,言病者其弟也。劳君远道来视,然已早愈,赴某地候补[2]矣。因大笑,出示日记二册,谓可见当日病状,不妨献诸旧友。持归阅一过,知所患盖"迫害狂"之类。语颇错杂无伦次,又多荒唐之言;亦不著月日,惟墨色字体不一,知非一时所书。间亦有略具联络者,今撮录[3]一篇,以供医家研究。记中语误,一字不易;惟人名虽皆村人,不为世间所知,无关大体,然亦悉易去。至于书名,则本人愈后所题,不复改也。七年四月二日识[4]。

一

今天晚上,很好的月光。

我不见他,已是三十多年;今天见了,精神分外爽快。才知道以前的三十多年,全是发昏;然而须十分小心。不然,那赵家的狗,何以看我两眼呢?

我怕得有理。

二

今天全没月光,我知道不妙。早上小心出门,赵贵翁的眼色便怪:似乎怕我,似乎想害我。还有七八个人,交头接耳的议论我,又怕我看见。一路上的人,都是如此。其中最凶的一个人,张着嘴,对我笑了一笑;我便从头直冷到脚跟,晓得他们布置,都已妥当了。

我可不怕,仍旧走我的路。前面一伙小孩子,也在那里议论我;眼色也同赵贵翁一样,脸色也都铁青。我想我同小孩子有什么仇,他也这样。忍不住大声说,"你告诉我!"他们可就跑了。

我想:我同赵贵翁有什么仇,同路上的人又有什么仇;只有廿年以前,把古久先生的陈年流水簿子[5],踹了一脚,古久先生很不高兴。赵贵翁虽然不认识他,一定也听到风声,代抱不平;约定路上的人,同我作冤对。但是小孩子呢?那时候,他们还没有出世,何以今天也睁着怪眼睛,似乎怕我,似乎想害我。这真教我怕,教我纳罕而且伤心。

我明白了。这是他们娘老子教的!

三

晚上总是睡不着。凡事须得研究,才会明白。

他们——也有给知县打枷[6]过的,也有给绅士掌过嘴的,也有衙役占了他妻子的,也有老子娘被债主逼死的;他们那时候的脸色,全没有昨天这么怕,也没有这么凶。

最奇怪的是昨天街上的那个女人,打他儿子,嘴里说道,"老子呀!我要咬你几口才出气!"他眼睛却看着我。我出了一惊,遮掩不住;那青面獠牙的一伙人,便都哄笑起来。陈老五赶上前,硬把我拖回家中了。

拖我回家,家里的人都装作不认识我;他们的眼光,也全同别人一样。进了书房,便反扣上门,宛然是关了一只鸡鸭。这一件事,越教我猜不出底细。

前几天，狼子村的佃户[7]来告荒，对我大哥说，他们村里的一个大恶人，给大家打死了；几个人便挖出他的心肝来，用油煎炒了吃，可以壮壮胆子。我插了一句嘴，佃户和大哥便都看我几眼。今天才晓得他们的眼光，全同外面的那伙人一模一样。

想起来，我从顶上直冷到脚跟。

他们会吃人，就未必不会吃我。

你看那女人"咬你几口"的话，和一伙青面獠牙人的笑，和前天佃户的话，明明是暗号。我看出他[8]话中全是毒，笑中全是刀。他们的牙齿，全是白厉厉的排着，这就是吃人的家伙。

照我自己想，虽然不是恶人，自从踹了古家的簿子，可就难说了。他们似乎别有心思，我全猜不出。况且他们一翻脸，便说人是恶人。我还记得大哥教我做论，无论怎样好人，翻他几句，他便打上几个圈；原谅坏人几句，他便说"翻天妙手，与众不同"。我那里猜得到他们的心思，究竟怎样；况且是要吃的时候。

凡事总须研究，才会明白。古来时常吃人，我也还记得，可是不甚清楚。我翻开历史一查，这历史没有年代，歪歪斜斜的每叶上都写着"仁义道德"几个字。我横竖睡不着，仔细看了半夜，才从字缝里看出字来，满本都写着两个字是"吃人"！

书上写着这许多字，佃户说了这许多话，却都笑吟吟的睁着怪眼睛看我。

我也是人，他们想要吃我了！

四

早上，我静坐了一会。陈老五送进饭来，一碗菜，一碗蒸鱼；这鱼的眼睛，白而且硬，张着嘴，同那一伙想吃人的人一样。吃了几筷，滑溜溜的不知是鱼是人，便把他兜肚连肠的吐出。

我说"老五，对大哥说，我闷得慌，想到园里走走。"老五不答应，走了；停一会，可就来开了门。

我也不动,研究他们如何摆布我;知道他们一定不肯放松。果然!我大哥引了一个老头子,慢慢走来;他满眼凶光,怕我看出,只是低头向着地,从眼镜横边暗暗看我。大哥说,"今天你仿佛很好。"我说"是的。"大哥说,"今天请何先生来,给你诊一诊。"我说"可以!"其实我岂不知道这老头子是刽子手扮的!无非借了看脉这名目,揣一揣肥瘠:因这功劳,也分一片肉吃。我也不怕;虽然不吃人,胆子却比他们还壮。伸出两个拳头,看他如何下手。老头子坐着,闭了眼睛,摸了好一会,呆了好一会;便张开他鬼眼睛说,"不要乱想。静静的养几天,就好了。"

不要乱想,静静的养!养肥了,他们是自然可以多吃;我有什么好处,怎么会"好了"?他们这群人,又想吃人,又是鬼鬼祟祟,想法子遮掩,不敢直捷下手,真要令我笑死。我忍不住,便放声大笑起来,十分快活。自己晓得这笑声里面,有的是义勇和正气。老头子和大哥,都失了色,被我这勇气正气镇压住了。

但是我有勇气,他们便越想吃我,沾光一点这勇气。老头子跨出门,走不多远,便低声对大哥说道,"赶紧吃罢!"大哥点点头。原来也有你!这一件大发见,虽似意外,也在意中:合伙吃我的人,便是我的哥哥!

吃人的是我哥哥!

我是吃人的人的兄弟!

我自己被人吃了,可仍然是吃人的人的兄弟!

五

这几天是退一步想:假使那老头子不是刽子手扮的,真是医生,也仍然是吃人的人。他们的祖师李时珍做的"本草什么"[9]上,明明写着人肉可以煎吃;他还能说自己不吃人么?

至于我家大哥,也毫不冤枉他。他对我讲书的时候,亲口说过可以"易子而食"[10];又一回偶然议论起一个不好的人,他便说不但该杀,还当"食肉寝皮"[11]。我那时年纪还小,心跳了好半天。前天狼子村佃户来说吃心肝的事,他也毫不奇怪,不住的点头。可见心思是同从前一样狠。既然可以"易子而食",便什么都易得,什么人都吃得。我从前单听他讲道理,也胡涂过去；现在晓得他讲道理的时候，不但唇边还抹着人油，而且心里满装着吃人的意思。

六

黑漆漆的，不知是日是夜。赵家的狗又叫起来了。

狮子似的凶心，兔子的怯弱，狐狸的狡猾，……

七

我晓得他们的方法，直捷杀了，是不肯的，而且也不敢，怕有祸祟。所以他们大家连络，布满了罗网，逼我自戕。试看前几天街上男女的样子，和这几天我大哥的作为，便足可悟出八九分了。最好是解下腰带，挂在梁上，自己紧紧勒死；他们没有杀人的罪名，又偿了心愿，自然都欢天喜地的发出一种呜呜咽咽的笑声。否则惊吓忧愁死了，虽则略瘦，也还可以首肯几下。

他们是只会吃死肉的！——记得什么书上说，有一种东西，叫"海乙那"[12]的，眼光和样子都很难看；时常吃死肉，连极大的骨头，都细细嚼烂，咽下肚子去，想起来也教人害怕。"海乙那"是狼的亲眷，狼是狗的本家。前天赵家的狗，看我几眼，可见他也同谋，早已接洽。老头子眼看着地，岂能瞒得我过。

最可怜的是我的大哥，他也是人，何以毫不害怕；而且合伙吃我呢？还是历来惯了，不以为非呢？还是丧了良心，明知故犯呢？

我诅咒吃人的人，先从他起头；要劝转吃人的人，也先从他下手。

八

其实这种道理，到了现在，他们也该早已懂得，……

忽然来了一个人；年纪不过二十左右，相貌是不很看得清楚，满面笑容，对了我点头，他的笑也不像真笑。我便问他，"吃人的事，对么？"他仍然笑着说，"不是荒年，怎么会吃人。"我立刻就晓得，他也是一伙，喜欢吃人的；

便自勇气百倍,偏要问他。

"对么?"

"这等事问他什么。你真会……说笑话。……今天天气很好。"

天气是好,月色也很亮了。可是我要问你,"对么?"

他不以为然了。含含胡胡的答道,"不……"

"不对? 他们何以竟吃?!"

"没有的事……"

"没有的事? 狼子村现吃;还有书上都写着,通红斩新!"

他便变了脸,铁一般青。睁着眼说,"有许有的,这是从来如此……"

"从来如此,便对么?"

"我不同你讲这些道理;总之你不该说,你说便是你错!"

我直跳起来,张开眼,这人便不见了。全身出了一大片汗。他的年纪,比我大哥小得远,居然也是一伙;这一定是他娘老子先教的。还怕已经教给他儿子了;所以连小孩子,也都恶狠狠的看我。

九

自己想吃人,又怕被别人吃了,都用着疑心极深的眼光,面面相觑。……

去了这心思,放心做事走路吃饭睡觉,何等舒服。这只是一条门槛,一个关头。他们可是父子兄弟夫妇朋友师生仇敌和各不相识的人,都结成一伙,互相劝勉,互相牵掣,死也不肯跨过这一步。

十

大清早,去寻我大哥;他立在堂门外看天,我便走到他背后,拦住门,格外沉静,格外和气的对他说,

"大哥,我有话告诉你。"

"你说就是,"他赶紧回过脸来,点点头。

"我只有几句话,可是说不出来。大哥,大约当初野蛮的人,都吃过一

点人。后来因为心思不同,有的不吃人了,一味要好,便变了人,变了真的人。有的却还吃,——也同虫子一样,有的变了鱼鸟猴子,一直变到人。有的不要好,至今还是虫子。这吃人的人比不吃人的人,何等惭愧。怕比虫子的惭愧猴子,还差得很远很远。

"易牙[13]蒸了他儿子,给桀纣吃,还是一直从前的事。谁晓得从盘古开辟天地以后,一直吃到易牙的儿子;从易牙的儿子,一直吃到徐锡林[14];从徐锡林,又一直吃到狼子村捉住的人。去年城里杀了犯人,还有一个生痨病的人,用馒头蘸血舐。

"他们要吃我,你一个人,原也无法可想;然而又何必去入伙。吃人的人,什么事做不出;他们会吃我,也会吃你,一伙里面,也会自吃。但只要转一步,只要立刻改了,也就人人太平。虽然从来如此,我们今天也可以格外要好,说是不能!大哥,我相信你能说,前天佃户要减租,你说过不能。"

当初,他还只是冷笑,随后眼光便凶狠起来,一到说破他们的隐情,那就满脸都变成青色了。大门外立着一伙人,赵贵翁和他的狗,也在里面,都探头探脑的挨进来。有的是看不出面貌,似乎用布蒙着;有的是仍旧青面獠牙,抿着嘴笑。我认识他们是一伙,都是吃人的人。可是也晓得他们心思很不一样,一种是以为从来如此,应该吃的;一种是知道不该吃,可是仍然要吃,又怕别人说破他,所以听了我的话,越发气愤不过,可是抿着嘴冷笑。

这时候,大哥也忽然显出凶相,高声喝道,

"都出去!疯子有什么好看!"

这时候,我又懂得一件他们的巧妙了。他们岂但不肯改,而且早已布置;预备下一个疯子的名目罩上我。将来吃了,不但太平无事,怕还会有人见情。佃户说的大家吃了一个恶人,正是这方法。这是他们的老谱!

陈老五也气愤愤的直走进来。如何按得住我的口,我偏要对这伙人说,

"你们可以改了,从真心改起!要晓得将来容不得吃人的人,活在世上。

"你们要不改,自己也会吃尽。即使生得多,也会给真的人除灭了,同猎人打完狼子一样!——同虫子一样!"

那一伙人,都被陈老五赶走了。大哥也不知那里去了。陈老五劝我回屋子里去。屋里面全是黑沉沉的。横梁和椽子都在头上发抖;抖了一会,就

大起来,堆在我身上。

万分沉重,动弹不得;他的意思是要我死。我晓得他的沉重是假的,便挣扎出来,出了一身汗。可是偏要说,

"你们立刻改了,从真心改起!你们要晓得将来是容不得吃人的人,……"

十一

太阳也不出,门也不开,日日是两顿饭。

我捏起筷子,便想起我大哥;晓得妹子死掉的缘故,也全在他。那时我妹子才五岁,可爱可怜的样子,还在眼前。母亲哭个不住,他却劝母亲不要哭;大约因为自己吃了,哭起来不免有点过意不去。如果还能过意不去,……

妹子是被大哥吃了,母亲知道没有,我可不得而知。

母亲想也知道;不过哭的时候,却并没有说明,大约也以为应当的了。记得我四五岁时,坐在堂前乘凉,大哥说爷娘生病,做儿子的须割下一片肉来,煮熟了请他吃,[15]才算好人;母亲也没有说不行。一片吃得,整个的自然也吃得。但是那天的哭法,现在想起来,实在还教人伤心,这真是奇极的事!

十二

不能想了。

四千年来时时吃人的地方,今天才明白,我也在其中混了多年;大哥正管着家务,妹子恰恰死了,他未必不和在饭菜里,暗暗给我们吃。

我未必无意之中,不吃了我妹子的几片肉,现在也轮到我自己,……

有了四千年吃人履历的我,当初虽然不知道,现在明白,难见真的人!

十三

没有吃过人的孩子,或者还有?

救救孩子……

一九一八年四月。

注释:

〔1〕 昆仲 对别人兄弟的尊称。

〔2〕 候补 清代官制,只有官衔而没有实际职务,由吏部抽签分发到某部或某省,听候委用,称为候补。

〔3〕 撮录 记录整理之意。撮,撮合,收集。

〔4〕 识 标识,附加说明。

〔5〕 古久先生的陈年流水簿子 这里比喻我国封建主义统治的长久历史。

〔6〕 打枷 指给犯人脖子套上枷锁,以防逃脱。

〔7〕 佃户 旧时租地主地的农民。

〔8〕 他 即"她"。白话文开始时第三人称没有性别之分,刘半农 1920 年 6 月作《她字问题》,建议以"她"来称呼女性,后通行。

〔9〕 "本草什么" 指明代医学家李时珍的药物学著作《本草纲目》。该书曾经提到唐代陈藏器《本草拾遗》中以人肉医治瘵病的记载,并表示了异议。这里说李时珍的书"明明写着人肉可以煎吃",当是"狂人"的"记中语误"。

〔10〕 "易子而食" 语出《左传·宣公十五年》,是宋将华元对楚将子反叙说宋国都城被楚军围困时的惨状:"敝邑易子而食,析骸以爨。"

〔11〕 "食肉寝皮" 语出《左传·襄公二十一年》,晋国州绰对齐庄公说:"然二子者,譬于禽兽,臣食其肉而寝处其皮矣。"(按,"二子"指齐国的殖绰和郭最,他们曾被州绰俘虏过。)

〔12〕 "海乙那" 英语 hyena 的音译,即鬣狗(又名土狼),一种食肉兽,常跟在狮虎等猛兽之后,以其吃剩的兽类的残尸为食。

〔13〕 易牙 春秋时齐国人。据《管子·小称》:"夫易牙以调和事公(按,指齐桓公),公曰'惟蒸婴儿之未尝',于是蒸其首子而献之公。"桀、纣分别为夏朝和商朝的最后一代君主,易牙和他们不是同时代人。这里说的"易牙蒸了他儿子,给桀纣吃",是有意误记,以符

合"狂人""语颇错杂无伦次"的口吻。

〔14〕 徐锡林　隐指徐锡麟(1873—1907)，浙江绍兴人，清末革命团体光复会的重要成员。1907年与秋瑾准备在浙、皖两省同时起义。7月6日，他以安徽巡警处会办兼巡警学堂监督身份为掩护，乘学堂举行毕业典礼之机刺死安徽巡抚恩铭，率领学生攻占军械局，弹尽被捕，当日惨遭杀害，心肝被恩铭的卫队挖出炒食。

〔15〕 指"割股疗亲"，古代宣扬的一种忠孝德行。《庄子·盗跖》篇载有："介子推至忠也，自割其股以食(晋)文公。"行孝中的"割股疗亲"，是割取自己的股肉为药引煎药，以医治父母的重病。《新五代史·何泽传》："五代之际，民苦于兵，往往因亲疾以割股，或既丧而割乳庐墓，以规免州县赋役。"此行得到朝廷褒扬，以孝取士，流弊更多。宋苏轼在给宋神宗奏议《议学校贡举状》中批评说："上以孝取人，则勇者割股，怯者庐墓。……凡可以中上意，无所不至矣，德行之弊，一至于此。"

孔 乙 己

【题记】本文最初发表于1919年4月《新青年》第六卷第四号,收入小说集《呐喊》。发表时篇末有作者《附记》,说"那时的意思,单在描写社会上的或一种生活"。《孔乙己》写的就是封建社会崩溃、科举制度取消之时读书人的一种生存状态。他们的酸腐、潦倒,被社会所抛弃,是一种悲剧,却是"几乎无事的"的悲剧。同时也写周遭的冷漠,"看客"们对这种悲剧司空见惯,对它已经麻木,缺少同情心。这篇小说的主人公就是冷漠的"看客"。

鲁镇的酒店的格局,是和别处不同的:都是当街一个曲尺形的大柜台,柜里面预备着热水,可以随时温酒。做工的人,傍午傍晚散了工,每每花四文铜钱,买一碗酒,——这是二十多年前的事,现在每碗要涨到十文,——靠柜外站着,热热的喝了休息;倘肯多花一文,便可以买一碟盐煮笋,或者茴香豆,做下酒物了,如果出到十几文,那就能买一样荤菜,但这些顾客,多是短衣帮,大抵没有这样阔绰。只有穿长衫的,才踱进店面隔壁的房子里,要酒要菜,慢慢地坐喝。

我从十二岁起,便在镇口的咸亨酒店里当伙计,掌柜说,样子太傻,怕侍候不了长衫主顾,就在外面做点事罢。外面的短衣主顾,虽然容易说话,但唠唠叨叨缠夹不清的也很不少。他们往往要亲眼看着黄酒从坛子里舀出,看过壶子底里有水没有,又亲看将壶子放在热水里,然后放心:在这严重监督之下,羼水也很为难。所以过了几天,掌柜又说我干不了这事。幸亏荐头[1]的情面大,辞退不得,便改为专管温酒的一种无聊职务了。

我从此便整天的站在柜台里,专管我的职务。虽然没有什么失职,但总觉有些单调,有些无聊。掌柜是一副凶脸孔,主顾也没有好声气,教人活泼不得;只有孔乙己到店,才可以笑几声,所以至今还记得。

孔乙己是站着喝酒而穿长衫的唯一的人。他身材很高大;青白脸色,皱纹间时常夹些伤痕;一部乱蓬蓬的花白的胡子。穿的虽然是长衫,可是又脏又破,似乎十多年没有补,也没有洗。他对人说话,总是满口之乎者也,教人半懂不懂的。因为他姓孔,别人便从描红纸[2]上的"上大人孔乙己"这半懂不懂的话里,替他取下一个绰号,叫作孔乙己。孔乙己一到店,所有喝酒的人便都看着他笑,有的叫道,"孔乙己,你脸上又添上新伤疤了!"他不回答,对柜里说,"温两碗酒,要一碟茴香豆。"便排出九文大钱。他们又故意的高声嚷道,"你一定又偷了人家的东西了!"孔乙己睁大眼睛说,"你怎么这样凭空污人清白……""什么清白?我前天亲眼见你偷了何家的书,吊着打。"孔乙己便涨红了脸,额上的青筋条条绽出,争辩道,"窃书不能算偷……窃书!……读书人的事,能算偷么?"接连便是难懂的话,什么"君子固穷"[3],什么"者乎"之类,引得众人都哄笑起来:店内外充满了快活的空气。

听人家背地里谈论,孔乙己原来也读过书,但终于没有进学[4],又不会营生;于是愈过愈穷,弄到将要讨饭了。幸而写得一笔好字,便替人家钞钞书,换一碗饭吃。可惜他又有一样坏脾气,便是好喝懒做。坐不到几天,便连人和书籍纸张笔砚,一齐失踪。如是几次,叫他钞书的人也没有了。孔乙己没有法,便免不了偶然做些偷窃的事。但他在我们店里,品行却比别人都好,就是从不拖欠;虽然间或没有现钱,暂时记在粉板上,但不出一月,定然还清,从粉板上拭去了孔乙己的名字。

孔乙己喝过半碗酒,涨红的脸色渐渐复了原,旁人便又问道,"孔乙己,你当真认识字么?"孔乙己看着问他的人,显出不屑置辩的神气。他们便接着说道,"你怎的连半个秀才也捞不到呢?"孔乙己立刻显出颓唐不安模样,脸上笼上了一层灰色,嘴里说些话;这回可是全是之乎者也之类,一些不懂了。在这时候,众人也都哄笑起来:店内外充满了快活的空气。

在这些时候,我可以附和着笑,掌柜是决不责备的。而且掌柜见了孔乙己,也每每这样问他,引人发笑。孔乙己自己知道不能和他们谈天,便只好向孩子说话。有一回对我说道,"你读过书么?"我略略点一点头。他说,"读过书,……我便考你一考。茴香豆的茴字,怎样写的?"我想,讨饭一样的人,也配考我么?便回过脸去,不再理会。孔乙己等了许久,很恳切的说道,"不能写罢?……我教给你,记着!这些字应该记着。将来做掌柜的时候,写账要用。"我暗想我和掌柜的等级还很远呢,而且我们掌柜也从不将茴香豆上账;又好笑,又不耐烦,懒懒的答他道,"谁要你教,不是草头底下一个来回的回字么?"孔乙己显出极高兴的样子,将两个指头的长指甲敲着柜台,点头说,"对呀对呀!……回字有四样写法[5],你知道么?"我愈不耐烦了,努着嘴走远。孔乙己刚用指甲蘸了酒,想在柜上写字,见我毫不热心,便又叹一口气,显出极惋惜的样子。

有几回,邻舍孩子听得笑声,也赶热闹,围住了孔乙己。他便给他们茴香豆吃,一人一颗。孩子吃完豆,仍然不散,眼睛都望着碟子。孔乙己着了慌,伸开五指将碟子罩住,弯腰下去说道,"不多了,我已经不多了。"直起身又看一看豆,自己摇头说,"不多不多!多乎哉?不多也。"[6]于是这一群孩子都在笑声里走散了。

孔乙己是这样的使人快活,可是没有他,别人也便这么过。

有一天,大约是中秋前的两三天,掌柜正在慢慢的结账,取下粉板,忽然说,"孔乙己长久没有来了。还欠十九个钱呢!"我才也觉得他的确长久没有来了。一个喝酒的人说道,"他怎么会来?……他打折了腿了。"掌柜说,"哦!""他总仍旧是偷。这一回,是自己发昏,竟偷到丁举人家里去了。他家的东西,偷得的么?""后来怎么样?""怎么样?先写服辩[7],后来是打,打了大半夜,再打折了腿。""后来呢?""后来打折了腿了。""打折了怎样呢?""怎样?……谁晓得?许是死了。"掌柜也不再问,仍然慢慢的算他的账。

中秋过后,秋风是一天凉比一天,看看将近初冬;我整天的靠着火,也须穿上棉袄了。一天的下半天,没有一个顾客,我正合了眼坐着。忽然间听得一个声音,"温一碗酒。"这声音虽然极低,却很耳熟。看时又全没有人。站起来向外一望,那孔乙己便在柜台下对了门槛坐着。他脸上黑而且瘦,已经不成样子;穿一件破夹袄,盘着两腿,下面垫一个蒲包,用草绳在肩上挂住;见了我,又说道,"温一碗酒。"掌柜也伸出头去,一面说,"孔乙己么?你还欠十九个钱呢!"孔乙己很颓唐的仰面答道,"这……下回还清罢。这一回是现钱,酒要好。"掌柜仍然同平常一样,笑着对他说,"孔乙己,你又偷了东西了!"但他这回却不十分分辩,单说了一句"不要取笑!""取笑?要是不偷,怎么会打断腿?"孔乙己低声说道,"跌断,跌,跌……"他的眼色,很像恳求掌柜,不要再提。此时已经聚集了几个人,便和掌柜都笑了。我温了酒,端出去,放在门槛上。他从破衣袋里摸出四文大钱,放在我手里,见他满手是泥,原来他便用这手走来的。不一会,他喝完酒,便又在旁人的说笑声中,坐着用这手慢慢走去了。

自此以后,又长久没有看见孔乙己。到了年关,掌柜取下粉板说,"孔乙己还欠十九个钱呢!"到第二年的端午,又说"孔乙己还欠十九个钱呢!"到中秋可是没有说,再到年关也没有看见他。

我到现在终于没有见——大约孔乙己的确死了。

一九一九年三月。[8]

注释:

〔1〕 荐头　推荐或介绍工作的人。

〔2〕 描红纸　一种印有红色楷字,供儿童摹写毛笔字用的字帖。旧时最通行的一种,印有"上大人孔(明代以前作丘)乙己化三千七十士尔小生八九子佳作仁可知礼也"这样一些笔画简单、三字一句和似通非通的文字。

〔3〕 "君子固穷"　语出《论语·卫灵公》:孔子"曰:'君子固穷,小人穷斯滥矣。'""固穷"即"固守其穷",不以穷困而改变操守的意思。

〔4〕 进学　明清科举制度,童生经过县考初试,府考复试,再参加由学政主持的院考(道考),考取的列名府、县学籍,叫进学,也就成了秀才。又规定每三年举行一次乡试(省一级考试),由秀才或监生应考,取中的就是举人。

〔5〕 回字有四样写法　回字通常只有三种写法:回、囘、囬,第四种写作囙(见《康熙字典·备考》),极少见。

〔6〕 "多乎哉?不多也"　语出《论语·子罕》:"太宰问于子贡曰:'夫子圣者与?何其多能也!'子贡曰:'固天纵之将圣,又多能也。'子闻之,曰:'太宰知我乎?吾少也贱,故多能鄙事。'君子多乎哉?不多也。"这里与原意无关。

〔7〕 服辩　又作伏辩,即认罪书。《唐律疏议·断狱》:"诸狱结竟,……仍取囚服辩。"

〔8〕 据本文发表时的作者《附记》,本文当作于1918年冬天。按,《呐喊》各篇最初发表时都未署写作日期,现在文末的日期应为作者在编集时所补记。

药

【题记】本文最初发表于1919年5月《新青年》第六卷第五号,收入《呐喊》。文中人物夏瑜隐喻清末遭清政府杀害的女革命党人秋瑾,就义地点在绍兴轩亭口。夏瑜在狱中坚贞不屈,英勇就义,而贫民华老栓的儿子小栓患了痨病,从刽子手那里买来蘸有夏瑜鲜血的馒头,给儿子当"药"吃,但儿子还是死了。这两件事交织在一起,表现了群众的愚昧和革命者的悲哀。"华老栓"与"夏瑜"两个姓氏合在一起就是"华夏",暗指当时中国。

一

秋天的后半夜,月亮下去了,太阳还没有出,只剩下一片乌蓝的天;除了夜游的东西,什么都睡着。华老栓忽然坐起身,擦着火柴,点上遍身油腻的灯盏,茶馆的两间屋子里,便弥满了青白的光。

"小栓的爹,你就去么?"是一个老女人的声音。里边的小屋子里,也发出一阵咳嗽。

"唔。"老栓一面听,一面应,一面扣上衣服;伸手过去说,"你给我罢。"

华大妈在枕头底下掏了半天,掏出一包洋钱[1],交给老栓,老栓接了,抖抖的装入衣袋,又在外面按了两下;便点上灯笼,吹熄灯盏,走向里屋子去了。那屋子里面,正在窸窸窣窣的响,接着便是一通咳嗽。老栓候他平静下去,才低低的叫道,"小栓……你不要起来。……店么?你娘会安排的。"

老栓听得儿子不再说话,料他安心睡了;便出了门,走到街上。街上黑沉沉的一无所有,只有一条灰白的路,看得分明。灯光照着他的两脚,一前一后的走。有时也遇到几只狗,可是一只也没有叫。天气比屋子里冷得多了;老栓倒觉爽快,仿佛一旦变了少年,得了神通,有给人生命的本领似的,跨步格外高远。而且路也愈走愈分明,天也愈走愈亮了。

老栓正在专心走路,忽然吃了一惊,远远里看见一条丁字街,明明白白横着。他便退了几步,寻到一家关着门的铺子,蹩进[2]檐下,靠门立住了。好一会,身上觉得有些发冷。

"哼,老头子。"

"倒高兴……。"

老栓又吃一惊,睁眼看时,几个人从他面前过去了。一个还回头看他,样子不甚分明,但很像久饿的人见了食物一般,眼里闪出一种攫取的光。老栓看看灯笼,已经熄了。按一按衣袋,硬硬的还在。仰起头两面一望,只见许多古怪的人,三三两两,鬼似的在那里徘徊;定睛再看,却也看不出什么别的奇怪。

没有多久,又见几个兵,在那边走动;衣服前后的一个大白圆圈,远地里也看得清楚,走过面前的,并且看出号衣[3]上暗红色的镶边。——一阵脚步声响,一眨眼,已经拥过了一大簇人。那三三两两的人,也忽然合作一堆,潮一般向前赶;将到丁字街口,便突然立住,簇成一个半圆。

老栓也向那边看,却只见一堆人的后背;颈项都伸得很长,仿佛许多鸭,被无形的手捏住了的,向上提着。静了一会,似乎有点声音,便又动摇起来,轰的一声,都向后退;一直散到老栓立着的地方,几乎将他挤倒了。

"喂!一手交钱,一手交货!"一个浑身黑色的人,站在老栓面前,眼光正像两把刀,刺得老栓缩小了一半。那人一只大手,向他摊着;一只手却撮着一个鲜红的馒头[4],那红的还是一点一点的往下滴。

老栓慌忙摸出洋钱,抖抖的想交给他,却又不敢去接他的东西。那人便焦急起来,嚷道,"怕什么? 怎的不拿!"老栓还踌躇着;黑的人便抢过灯笼,一把扯下纸罩,裹了馒头,塞与老栓;一手抓过洋钱,捏一捏,转身去了。嘴里哼着说,"这老东西……。"

"这给谁治病的呀?"老栓也似乎听得有人问他,但他并不答应;他的精神,现在只在一个包上,仿佛抱着一个十世单传的婴儿,别的事情,都已置之度外了。他现在要将这包里的新的生命,移植到他家里,收获许多幸福。太阳也出来了;在他面前,显出一条大道,直到他家中,后面也照见丁字街头破匾上"古□亭口"这四个黯淡的金字。

二

老栓走到家,店面早经收拾干净,一排一排的茶桌,滑溜溜的发光。但是没有客人;只有小栓坐在里排的桌前吃饭,大粒的汗,从额上滚下,夹袄也帖住了脊心,两块肩胛骨高高凸出,印成一个阳文[5]的"八"字。老栓见这样子,不免皱一皱展开的眉心。他的女人,从灶下急急走出,睁着眼睛,嘴唇有些发抖。

"得了么?"

"得了。"

两个人一齐走进灶下,商量了一会;华大妈便出去了,不多时,拿着一片老荷叶回来,摊在桌上。老栓也打开灯笼罩,用荷叶重新包了那红的馒头。小栓也吃完饭,他的母亲慌忙说:

"小栓——你坐着,不要到这里来。"

一面整顿了灶火,老栓便把一个碧绿的包,一个红红白白的破灯笼,一同塞在灶里;一阵红黑的火焰过去时,店屋里散满了一种奇怪的香味。

"好香!你们吃什么点心呀?"这是驼背五少爷到了。这人每天总在茶馆里过日,来得最早,去得最迟,此时恰恰蹩到临街的壁角的桌边,便坐下问话,然而没有人答应他。"炒米粥么?"仍然没有人应。老栓匆匆走出,给他泡上茶。

"小栓进来罢!"华大妈叫小栓进了里面的屋子,中间放好一条凳,小栓坐了。他的母亲端过一碟乌黑的圆东西,轻轻说:

"吃下去罢,——病便好了。"

小栓撮起这黑东西,看了一会,似乎拿着自己的性命一般,心里说不出的奇怪。十分小心的拗开了,焦皮里面窜出一道白气,白气散了,是两半个白面的馒头。——不多工夫,已经全在肚里了,却全忘了什么味;面前只剩下一张空盘。他的旁边,一面立着他的父亲,一面立着他的母亲,两人的眼光,都仿佛要在他身里注进什么又要取出什么似的;便禁不住心跳起来,按着胸膛,又是一阵咳嗽。

"睡一会罢,——便好了。"

小栓依他母亲的话,咳着睡了。华大妈候他喘气平静,才轻轻的给他盖上了满幅补钉的夹被。

三

店里坐着许多人,老栓也忙了,提着大铜壶,一趟一趟的给客人冲茶;两个眼眶,都围着一圈黑线。

"老栓,你有些不舒服么?——你生病么?"一个花白胡子的人说。

"没有。"

"没有?——我想笑嘻嘻的,原也不像……"花白胡子便取消了自己的话。

"老栓只是忙。要是他的儿子……"驼背五少爷话还未完,突然闯进了一个满脸横肉的人,披一件玄色布衫,散着纽扣,用很宽的玄色腰带,胡乱捆在腰间。刚进门,便对老栓嚷道:

"吃了么?好了么?老栓,就是运气了你!你运气,要不是我信息灵……。"

老栓一手提了茶壶,一手恭恭敬敬的垂着;笑嘻嘻的听。满座的人,也都恭恭敬敬的听。华大妈也黑着眼眶,笑嘻嘻的送出茶碗茶叶来,加上一个橄榄,老栓便去冲了水。

"这是包好!这是与众不同的。你想,趁热的拿来,趁热吃下。"横肉的人只是嚷。

"真的呢,要没有康大叔照顾,怎么会这样……"华大妈也很感激的谢他。

"包好,包好!这样的趁热吃下。这样的人血馒头,什么痨病都包好!"

华大妈听到"痨病"这两个字,变了一点脸色,似乎有些不高兴;但又立刻堆上笑,搭赸着走开了。这康大叔却没有觉察,仍然提高了喉咙只是嚷,嚷得里面睡着的小栓也合伙咳嗽起来。

"原来你家小栓碰到了这样的好运气了。这病自然一定全好;怪不得老栓整天的笑着呢。"花白胡子一面说,一面走到康大叔面前,低声下气的问道,"康大叔——听说今天结果的一个犯人,便是夏家的孩子,那是谁的孩子？究竟是什么事？"

"谁的？不就是夏四奶奶的儿子么？那个小家伙！"康大叔见众人都耸起耳朵听他，便格外高兴，横肉块块饱绽，越发大声说，"这小东西不要命，不要就是了。我可是这一回一点没有得到好处；连剥下来的衣服，都给管牢的红眼睛阿义拿去了。——第一要算我们栓叔运气；第二是夏三爷赏了二十五两雪白的银子，独自落腰包，一文不花。"

小栓慢慢的从小屋子走出，两手按了胸口，不住的咳嗽；走到灶下，盛出一碗冷饭，泡上热水，坐下便吃。华大妈跟着他走，轻轻的问道，"小栓，你好些么？——你仍旧只是肚饿？……"

"包好，包好！"康大叔瞥了小栓一眼，仍然回过脸，对众人说，"夏三爷真是乖角儿，要是他不先告官，连他满门抄斩。现在怎样？银子！——这小东西也真不成东西！关在牢里，还要劝牢头造反。"

"阿呀，那还了得。"坐在后排的一个二十多岁的人，很现出气愤模样。

"你要晓得红眼睛阿义是去盘盘底细的，他却和他攀谈了。他说：这大清的天下是我们大家的。你想：这是人话么？红眼睛原知道他家里只有一个老娘，可是没有料到他竟会那么穷，榨不出一点油水，已经气破肚皮了。他还要老虎头上搔痒，便给他两个嘴巴！"

"义哥是一手好拳棒，这两下，一定够他受用了。"壁角的驼背忽然高兴起来。

"他这贱骨头打不怕，还要说可怜可怜哩。"

花白胡子的人说，"打了这种东西，有什么可怜呢？"

康大叔显出看他不上的样子，冷笑着说，"你没有听清我的话；看他神气，是说阿义可怜哩！"

听着的人的眼光，忽然有些板滞；话也停顿了。小栓已经吃完饭，吃得满身流汗，头上都冒出蒸气来。

"阿义可怜——疯话，简直是发了疯了。"花白胡子恍然大悟似的说。

"发了疯了。"二十多岁的人也恍然大悟的说。

店里的坐客，便又现出活气，谈笑起来。小栓也趁着热闹，拚命咳嗽；康大叔走上前，拍他肩膀说：

"包好！小栓——你不要这么咳。包好！"

"疯了。"驼背五少爷点着头说。

四

西关外靠着城根的地面,本是一块官地;中间歪歪斜斜一条细路,是贪走便道的人,用鞋底造成的,但却成了自然的界限。路的左边,都埋着死刑和瘐毙[6]的人,右边是穷人的丛冢。两面都已埋到层层叠叠,宛然阔人家里祝寿时候的馒头。

这一年的清明,分外寒冷;杨柳才吐出半粒米大的新芽。天明未久,华大妈已在右边的一坐新坟前面,排出四碟菜,一碗饭,哭了一场。化过纸[7],呆呆的坐在地上;仿佛等候什么似的,但自己也说不出等候什么。微风起来,吹动他短发,确乎比去年白得多了。

小路上又来了一个女人,也是半白头发,褴褛的衣裙;提一个破旧的朱漆圆篮,外挂一串纸锭,三步一歇的走。忽然见华大妈坐在地上看他,便有些踌躇,惨白的脸上,现出些羞愧的颜色;但终于硬着头皮,走到左边的一坐坟前,放下了篮子。

那坟与小栓的坟,一字儿排着,中间只隔一条小路。华大妈看他排好四碟菜,一碗饭,立着哭了一通,化过纸锭;心里暗暗地想,"这坟里的也是儿子了。"那老女人徘徊观望了一回,忽然手脚有些发抖,跄跄踉踉退下几步,瞪着眼只是发怔。

华大妈见这样子,生怕他伤心到快要发狂了;便忍不住立起身,跨过小路,低声对他说,"你这位老奶奶不要伤心了,——我们还是回去罢。"

那人点一点头,眼睛仍然向上瞪着;也低声吃吃的说道,"你看,——看这是什么呢?"

华大妈跟了他指头看去,眼光便到了前面的坟,这坟上草根还没有全合,露出一块一块的黄土,煞是难看。再往上仔细看时,却不觉也吃一惊;——分明有一圈红白的花,围着那尖圆的坟顶。

他们的眼睛都已老花多年了,但望这红白的花,却还能明白看见。花也不很多,圆圆的排成一个圈,不很精神,倒也整齐。华大妈忙看他儿子和别人的坟,却只有不怕冷的几点青白小花,零星开着;便觉得心里忽然感到一种不足和空虚,不愿意根究。那老女人又走近几步,细看了一遍,自言自语的说,"这没有根,不像自己开的。——这地方有谁来呢?孩子不会来玩;——亲戚本家早不来了。——这是怎么一回事呢?"他想了又想,忽又流下泪来,大声说道:

"瑜儿,他们都冤枉了你,你还是忘不了,伤心不过,今天特意显点灵,要我知道么?"他四面一看,只见一只乌鸦,站在一株没有叶的树上,便接着说,"我知道了。——瑜儿,可怜他们坑了你,他们将来总有报应,天都知道;你闭了眼睛就是了。——你如果真在这里,听到我的话,——便教这乌鸦飞上你的坟顶,给我看罢。"

微风早经停息了;枯草支支直立,有如铜丝。一丝发抖的声音,在空气中愈颤愈细,细到没有,周围便都是死一般静。两人站在枯草丛里,仰面看那乌鸦;那乌鸦也在笔直的树枝间,缩着头,铁铸一般站着。

许多的工夫过去了;上坟的人渐渐增多,几个老的小的,在土坟间出没。

华大妈不知怎的,似乎卸下了一挑重担,便想到要走;一面劝着说,"我们还是回去罢。"

那老女人叹一口气,无精打采的收起饭菜;又迟疑了一刻,终于慢慢地走了。嘴里自言自语的说,"这是怎么一回事呢?……"

他们走不上二三十步远,忽听得背后"哑——"的一声大叫;两个人都竦然的回过头,只见那乌鸦张开两翅,一挫身,直向着远处的天空,箭也似的飞去了。

一九一九年四月。

注释:

〔1〕 洋钱　指银元。银元最初是从外国流入我国的,所以俗称洋钱;我国自清代后期开始自铸银元,但民间仍沿用这个旧称。

〔2〕 蹩进　躲躲闪闪进去。

〔3〕 号衣　指清朝士兵的军衣,前后胸都缀有一块圆形白布,上有"兵"或"勇"字样。

〔4〕 鲜红的馒头　即蘸有人血的馒头。旧时迷信,以为人血可以医治肺痨,刽子手便借此骗取钱财。

〔5〕 阳文　刻在器物上笔画凸起的文字。凹下的叫阴文。

〔6〕 瘐毙　在狱中因用刑或伤病致死。

〔7〕 化过纸　纸指纸钱，即冥币，一种迷信用品，旧俗认为把它火化后可供死者在"阴间"使用。下文说的纸锭，是用纸或锡箔折成的元宝。

风　波

【题记】本文最初发表于1920年9月《新青年》第八卷第一号,收入《呐喊》。小说的背景是发生于1917年6月的张勋复辟。作品没有正面写复辟,而选择了远在千里之外浙东的一个乡下土场上,一户农家吃完饭的场景,作为一个"切片",观看"后辛亥"的中国。辛亥革命虽然推翻了清朝帝制,随后建立了民国,可是对于普通国民(特别是农民)的影响甚微,未能从根本上祛除对"皇权"的崇拜与敬畏,张勋复辟也只是围绕"辫子的去留"产生些微心理震荡。鲁迅以寻常的生活场景折射社会的变迁,勾勒"民众的灵魂",字里行间是幽默而又有些悲凉的。

临河的土场上,太阳渐渐的收了他通黄的光线了。场边靠河的乌桕树叶,干巴巴的才喘过气来,几个花脚蚊子在下面哼着飞舞。面河的农家的烟突里,逐渐减少了炊烟,女人孩子们都在自己门口的土场上泼些水,放下小桌子和矮凳;人知道,这已经是晚饭时候了。

老人男人坐在矮凳上,摇着大芭蕉扇闲谈,孩子飞也似的跑,或者蹲在乌桕树下赌玩石子。女人端出乌黑的蒸干菜和松花黄的米饭,热蓬蓬冒烟。河里驶过文人的酒船,文豪见了,大发诗兴,说,"无思无虑,这真是田家乐呵!"

但文豪的话有些不合事实,就因为他们没有听到九斤老太的话。这时候,九斤老太正在大怒,拿破芭蕉扇敲着凳脚说:

"我活到七十九岁了,活够了,不愿意眼见这些败家相,——还是死的好。立刻就要吃饭了,还吃炒豆子,吃穷了一家子!"

伊的曾孙女儿六斤捏着一把豆,正从对面跑来,见这情形,便直奔河边,藏在乌桕树后,伸出双丫角的小头,大声说,"这老不死的!"

九斤老太虽然高寿,耳朵却还不很聋,但也没有听到孩子的话,仍旧自己说,"这真是一代不如一代!"

这村庄的习惯有点特别,女人生下孩子,多喜欢用秤称了轻重,便用斤数当作小名。九斤老太自从庆祝了五十大寿以后,便渐渐的变了不平家,常说伊年青的时候,天气没有现在这般热,豆子也没有现在这般硬:总之现在的时世是不对了。何况六斤比伊的曾祖,少了三斤,比伊父亲七斤,又少了一斤,这真是一条颠扑不破的实例。所以伊又用劲说,"这真是一代不如一代!"

伊的儿媳[1]七斤嫂子正捧着饭篮走到桌边,便将饭篮在桌上一摔,愤愤的说,"你老人家又这么说了。六斤生下来的时候,不是六斤五两么?你家的秤又是私秤,加重称,十八两秤;用了准十六,我们的六斤该有七斤多哩。我想便是太公和公公,也不见得正是九斤八斤十足,用的秤也许是十四两……"

"一代不如一代!"

七斤嫂还没有答话,忽然看见七斤从小巷口转出,便移了方向,对他嚷道,"你这死尸怎么这时候才回来,死到那里去了!不管人家等着你开饭!"

七斤虽然住在农村,却早有些飞黄腾达的意思。从他的祖父到他,三代不捏锄头柄了;他也照例的帮人撑着航船,每日一回,早晨从鲁镇进城,傍晚又回到鲁镇,因此很知道些时事:例如什么地方,雷公劈死了蜈蚣精;什么地方,闺女生了一个夜叉之类。他在村人里面,的确已经是一名出场人物了。但夏天吃饭不点灯,却还守着农家习惯,所以回家太迟,是该骂的。

七斤一手捏着象牙嘴白铜斗六尺多长的湘妃竹烟管,低着头,慢慢地走来,坐在矮凳上。六斤也趁势溜出,坐在他身边,叫他爹爹。七斤没有应。

"一代不如一代!"九斤老太说。

七斤慢慢地抬起头来,叹一口气说,"皇帝坐了龙庭了。"

七斤嫂呆了一刻,忽而恍然大悟的道,"这可好了,这不是又要皇恩大赦了么!"

七斤又叹一口气,说,"我没有辫子。"

"皇帝要辫子么?"

"皇帝要辫子。"

风　波

"你怎么知道呢?"七斤嫂有些着急,赶忙的问。

"咸亨酒店里的人,都说要的。"

七斤嫂这时从直觉上觉得事情似乎有些不妙了,因为咸亨酒店是消息灵通的所在。伊一转眼瞥见七斤的光头,便忍不住动怒,怪他恨他怨他;忽然又绝望起来,装好一碗饭,搋在七斤的面前道,"还是赶快吃你的饭罢!哭丧着脸,就会长出辫子来么?"

太阳收尽了他最末的光线了,水面暗暗地回复过凉气来;土场上一片碗筷声响,人人的脊梁上又都吐出汗粒。七斤嫂吃完三碗饭,偶然抬起头,心坎里便禁不住突突地发跳。伊透过乌桕叶,看见又矮又胖的赵七爷正从独木桥上走来,而且穿着宝蓝色竹布的长衫。

赵七爷是邻村茂源酒店的主人,又是这三十里方圆以内的唯一的出色人物兼学问家;因为有学问,所以又有些遗老的臭味。他有十多本金圣叹批评的《三国志》[2],时常坐着一个字一个字的读;他不但能说出五虎将姓名,甚而至于还知道黄忠表字汉升和马超表字孟起。革命以后,他便将辫子盘在顶上,像道士一般;常常叹息说,倘若赵子龙在世,天下便不会乱到这地步了。七斤嫂眼睛好,早望见今天的赵七爷已经不是道士,却变成光滑头皮,乌黑发顶;伊便知道这一定是皇帝坐了龙庭,而且一定须有辫子,而且七斤一定是非常危险。因为赵七爷的这件竹布长衫,轻易是不常穿的,三年以来,只穿过两次:一次是和他呕气的麻子阿四病了的时候,一次是曾经砸烂他酒店的鲁大爷死了的时候;现在是第三次了,这一定又是于他有庆,于他的仇家有殃了。

七斤嫂记得,两年前七斤喝醉了酒,曾经骂过赵七爷是"贱胎",所以这时便立刻直觉到七斤的危险,心坎里突突地发起跳来。

赵七爷一路走来,坐着吃饭的人都站起身,拿筷子点着自己的饭碗说,"七爷,请在我们这里用饭!"七爷也一路点头,说道"请请",却一径走到七斤家的桌旁。七斤们连忙招呼,七爷也微笑着说"请请",一面细细的研究他们的饭菜。

"好香的干菜,——听到了风声了么?"赵七爷站在七斤的后面七斤嫂的对面说。

"皇帝坐了龙庭了。"七斤说。

七斤嫂看着七爷的脸,竭力陪笑道,"皇帝已经坐了龙庭,几时皇恩大赦呢?"

"皇恩大赦?——大赦是慢慢的总要大赦罢。"七爷说到这里,声色忽然严厉起来,"但是你家七斤的辫子呢,辫子?这倒是要紧的事。你们知道:长毛时候,留发不留头,留头不留发,……"

七斤和他的女人没有读过书,不很懂得这古典的奥妙,但觉得有学问的七爷这么说,事情自然非常重大,无可挽回,便仿佛受了死刑宣告似的,耳朵里嗡的一声,再也说不出一句话。

"一代不如一代,——"九斤老太正在不平,趁这机会,便对赵七爷说,"现在的长毛,只是剪人家的辫子,僧不僧,道不道的。从前的长毛,这样的么?我活到七十九岁了,活够了。从前的长毛是——整匹的红缎子裹头,拖下去,拖下去,一直拖到脚跟;王爷是黄缎子,拖下去,黄缎子;红缎子,黄缎子,——我活够了,七十九岁了。"

七斤嫂站起身,自言自语的说,"这怎么好呢?这样的一班老小,都靠他养活的人,……"

赵七爷摇头道,"那也没法。没有辫子,该当何罪,书上都一条一条明明白白写着的。不管他家里有些什么人。"

七斤嫂听到书上写着,可真是完全绝望了;自己急得没法,便忽然又恨到七斤。伊用筷子指着他的鼻尖说,"这死尸自作自受!造反的时候,我本来说,不要撑船了,不要上城了。他偏要死进城去,滚进城去,进城便被人剪去了辫子。从前是绢光乌黑的辫子,现在弄得僧不僧道不道的。这囚徒自作自受,带累了我们又怎么说呢?这活死尸的囚徒……"

村人看见赵七爷到村,都赶紧吃完饭,聚在七斤家饭桌的周围。七斤自己知道是出场人物,被女人当大众这样辱骂,很不雅观,便只得抬起头,慢慢地说道:

"你今天说现成话,那时你……"

"你这活死尸的囚徒……"

看客中间,八一嫂是心肠最好的人,抱着伊的两周岁的遗腹子,正在七斤嫂身边看热闹;这时过意不去,连忙解劝说,"七斤嫂,算了罢。人不是神仙,谁知道未来事呢?便是七斤嫂,那时不也说,没有辫子倒也没有什么丑么?况且衙门里的大老爷也还没有告示,……"

七斤嫂没有听完,两个耳朵早通红了;便将筷子转过向来,指着八一嫂的鼻子,说,"阿呀,这是什么话呵!八一嫂,我自己看来倒还是一个人,会说出这样昏诞胡涂话么?那时我是,整整哭了三天,谁都看见;连六斤这小鬼也都哭,……"六斤刚吃完一大碗饭,拿了空碗,伸手去嚷着要添。七斤嫂正没好气,便用筷子在伊的双丫角中间,直扎下去,大喝道,"谁要你来多嘴!你这偷汉的小寡妇!"

扑的一声,六斤手里的空碗落在地上了,恰巧又碰着一块砖角,立刻破成一个很大的缺口。七斤直跳起来,检起破碗,合上了检查一回,也喝道,"入娘的!"一巴掌打倒了六斤。六斤躺着哭,九斤老太拉了伊的手,连说着"一代不如一代",一同走了。

八一嫂也发怒,大声说,"七斤嫂,你'恨棒打人'……"

赵七爷本来是笑着旁观的;但自从八一嫂说了"衙门里的大老爷没有告示"这话以后,却有些生气了。这时他已经绕出桌旁,接着说,"'恨棒打人',算什么呢。大兵是就要到的。你可知道,这回保驾的是张大帅[3],张大帅就是燕人张翼德[4]的后代,他一支丈八蛇矛,就有万夫不当之勇,谁能抵挡他,"他两手同时捏起空拳,仿佛握着无形的蛇矛模样,向八一嫂抢进几步道,"你能抵挡他么!"

八一嫂正气得抱着孩子发抖,忽然见赵七爷满脸油汗,瞪着眼,准对伊冲过来,便十分害怕,不敢说完话,回身走了。赵七爷也跟着走去,众人一面怪八一嫂多事,一面让开路,几个剪过辫子重新留起的便赶快躲在人丛后面,怕他看见。赵七爷也不细心察访,通过人丛,忽然转入乌桕树后,说道"你能抵挡他么!"跨上独木桥,扬长去了。

村人们呆呆站着,心里计算,都觉得自己确乎抵不住张翼德,因此也决定七斤便要没有性命。七斤既然犯了皇法,想起他往常对人谈论城中的新闻的时候,就不该含着长烟管显出那般骄傲模样,所以对于七斤的犯法,也觉得有些畅快。他们也仿佛想发些议论,却又觉得没有什么议论可发。嗡嗡的一阵乱嚷,蚊子都撞过赤膊身子,闯到乌桕树下去做市;他们也就慢慢地走散回家,关上门去睡觉。七斤嫂咕哝着,也收了家伙和桌子矮凳回家,关上门睡觉了。

七斤将破碗拿回家里,坐在门槛上吸烟;但非常忧愁,忘却了吸咽,象牙嘴六尺多长湘妃竹烟管的白铜斗里的火光,渐渐发黑了。他心里但觉得事情似乎十分危急,也想想些方法,想些计画,但总是非常模糊,贯穿不得:"辫子呢辫子?丈八蛇矛。一代不如一代!皇帝坐龙庭。破的碗须得上城去钉好。谁能抵挡他?书上一条一条写着。入娘的!……"

第二日清晨,七斤依旧从鲁镇撑航船进城,傍晚回到鲁镇,又拿着六尺多长的湘妃竹烟管和一个饭碗回村。他在晚饭席上,对九斤老太说,这碗是在城内钉合的,因为缺口大,所以要十六个铜钉,三文一个,一总用了四十八文小钱。

九斤老太很不高兴的说,"一代不如一代,我是活够了。三文钱一个钉;从前的钉,这样的么?从前的钉是……我活了七十九岁了,——"

此后七斤虽然是照例日日进城,但家景总有些黯淡,村人大抵回避着,不再来听他从城内得来的新闻。七斤嫂也没有好声气,还时常叫他"囚徒"。

过了十多日,七斤从城内回家,看见他的女人非常高兴,问他说,"你在城里可听到些什么?"

"没有听到些什么。"

"皇帝坐了龙庭没有呢?"

"他们没有说。"

"咸亨酒店里也没有人说么?"

"也没人说。"

"我想皇帝一定是不坐龙庭了。我今天走过赵七爷的店前,看见他又坐着念书了,辫子又盘在顶上了,也没有穿长衫。"

"…………"

"你想,不坐龙庭了罢?"

"我想,不坐了罢。"

现在的七斤,是七斤嫂和村人又都早给他相当的尊敬,相当的待遇了。

到夏天,他们仍旧在自家门口的土场上吃饭;大家见了,都笑嘻嘻的招呼。九斤老太早已做过八十大寿,仍然不平而且康健。六斤的双丫角,已经变成一支大辫子了;伊虽然新近裹脚,却还能帮同七斤嫂做事,捧着十八个铜钉[5]的饭碗,在土场上一瘸一拐的往来。

一九二〇年十月。[6]

注释:

〔1〕 伊的儿媳　伊,即她。从上下文看,这里的"儿媳"应是"孙媳"。

〔2〕 金圣叹批评的《三国志》　指小说《三国演义》。金圣叹(1608—1661),名人瑞,字圣叹,江苏吴县(今江苏苏州)人,明末清初文人。《三国演义》是元末明初罗贯中所著,后经清代毛宗岗改编,卷首有假托金圣叹所作的序,并有"圣叹外书"字样,每回前均附加评语,通常把这评语视为金圣叹所作。

〔3〕 张大帅　指张勋(1854—1923),江西奉新人,北洋军阀之一。原为清朝军官,辛亥革命后,他和所部官兵仍留着辫子,表示忠于清王朝,被称为"辫子军"。1917年7月1日他在北京扶持清废帝溥仪复辟,7月12日即告失败。

〔4〕 张翼德(?—221)　三国时蜀国大将张飞,字翼德,为上文所说的"五虎将"之一。

〔5〕 十八个铜钉　据上文应是"十六个"。作者在1926年11月23日致李霁野的信中曾说:"六斤家只有这一个钉过的碗,钉是十六或十八,我也记不清了。总之两数之一是错的,请改成一律。"

〔6〕 据鲁迅日记,本文当作于1920年8月5日。

故　乡

【题记】本文最初发表于1921年5月《新青年》第九卷第一号,收入《呐喊》。1919年12月,鲁迅从北京返回故乡绍兴,出售祖屋,接母亲到京定居。1921年1月,鲁迅写了《故乡》,回顾了那次返乡的印象与感受。这篇小说揭示了当时农村的衰败,他的记忆中的"故乡"和现实的故乡是分裂而又彼此叠合的,所引起的忧伤,却是永远失去了童年生活的成年人悲哀。

我冒了严寒,回到相隔二千余里,别了二十余年的故乡去。

时候既然是深冬;渐近故乡时,天气又阴晦了,冷风吹进船舱中,呜呜的响,从篷隙向外一望,苍黄的天底下,远近横着几个萧索的荒村,没有一些活气。我的心禁不住悲凉起来了。

阿！这不是我二十年来时时记得的故乡？

我所记得的故乡全不如此。我的故乡好得多了。但要我记起他的美丽,说出他的佳处来,却又没有影像,没有言辞了。仿佛也就如此。于是我自己解释说:故乡本也如此,——虽然没有进步,也未必有如我所感的悲凉,这只是我自己心情的改变罢了,因为我这次回乡,本没有什么好心绪。

我这次是专为了别他而来的。我们多年聚族而居的老屋,已经公同卖给别姓了,交屋的期限,只在本年,所以必须赶在正月初一以前,永别了熟识的老屋,而且远离了熟识的故乡,搬家到我在谋食的异地去。

第二日清早晨我到了我家的门口了。瓦楞上许多枯草的断茎当风抖着,正在说明这老屋难免易主的原因。几房的本家大约已经搬走了,所以很寂静。我到了自家的房外,我的母亲早已迎着出来了,接着便飞出了八岁的侄儿宏儿。

我的母亲很高兴,但也藏着许多凄凉的神情,教我坐下,歇息,喝茶,且不谈搬家的事。宏儿没有见过我,远远的对面站着只是看。

但我们终于谈到搬家的事。我说外间的寓所已经租定了,又买了几件家具,此外须将家里所有的木器卖去,再去增添。母亲也说好,而且行李也略已齐集,木器不便搬运的,也小半卖去了,只是收不起钱来。

"你休息一两天,去拜望亲戚本家一回,我们便可以走了。"母亲说。

"是的。"

"还有闰土,他每到我家来时,总问起你,很想见你一回面。我已经将你到家的大约日期通知他,他也许就要来了。"

这时候,我的脑里忽然闪出一幅神异的图画来:深蓝的天空中挂着一轮金黄的圆月,下面是海边的沙地,都种着一望无际的碧绿的西瓜,其间有一个十一二岁的少年,项带银圈,手捏一柄钢叉,向一匹猹[1]尽力的刺去,那猹却将身一扭,反从他的胯下逃走了。

这少年便是闰土。我认识他时,也不过十多岁,离现在将有三十年了;那时我的父亲还在世,家景也好,我正是一个少爷。那一年,我家是一件大祭祀的值年[2]。这祭祀,说是三十多年才能轮到一回,所以很郑重;正月里供祖像,供品很多,祭器很讲究,拜的人也很多,祭器也很要防偷去。我家只有一个忙月(我们这里给人做工的分三种:整年给一定人家做工的叫长年;按日给人做工的叫短工;自己也种地,只在过年过节以及收租时候来给一定的人家做工的称忙月),忙不过来,他便对父亲说,可以叫他的儿子闰土来管祭器的。

我的父亲允许了;我也很高兴,因为我早听到闰土这名字,而且知道他和我仿佛年纪,闰月生的,五行缺土[3],所以他的父亲叫他闰土。他是能装弶捉小鸟雀的。

我于是日日盼望新年,新年到,闰土也就到了。好容易到了年末,有一日,母亲告诉我,闰土来了,我便飞跑的去看。他正在厨房里,紫色的圆脸,头戴一顶小毡帽,颈上套一个明晃晃的银项圈,这可见他的父亲十分爱他,怕他死去,所以在神佛面前许下愿心,用圈子将他套住了。他见人很怕羞,只是不怕我,没有旁人的时候,便和我说话,于是不到半日,我们便熟识了。

我们那时候不知道谈些什么,只记得闰土很高兴,说是上城之后,见了许多没有见过的东西。

第二日，我便要他捕鸟。他说：

"这不能。须大雪下了才好。我们沙地上，下了雪，我扫出一块空地来，用短棒支起一个大竹匾，撒下秕谷，看鸟雀来吃时，我远远地将缚在棒上的绳子只一拉，那鸟雀就罩在竹匾下了。什么都有：稻鸡，角鸡，鹁鸪，蓝背……"

我于是又很盼望下雪。

闰土又对我说：

"现在太冷，你夏天到我们这里来。我们日里到海边检贝壳去，红的绿的都有，鬼见怕也有，观音手[4]也有。晚上我和爹管西瓜去，你也去。"

"管贼么？"

"不是。走路的人口渴了摘一个瓜吃，我们这里是不算偷的。要管的是獾猪，刺猬，猹。月亮地下，你听，啦啦的响了，猹在咬瓜了。你便捏了胡叉，轻轻地走去……"

我那时并不知道这所谓猹的是怎么一件东西——便是现在也没有知道——只是无端的觉得状如小狗而很凶猛。

"他不咬人么？"

"有胡叉呢。走到了，看见猹了，你便刺。这畜生很伶俐，倒向你奔来，反从胯下窜了。他的皮毛是油一般的滑……"

我素不知道天下有这许多新鲜事：海边有如许五色的贝壳；西瓜有这样危险的经历，我先前单知道他在水果店里出卖罢了。

"我们沙地里，潮汛要来的时候，就有许多跳鱼儿只是跳，都有青蛙似的两个脚……"

阿！闰土的心里有无穷无尽的希奇的事，都是我往常的朋友所不知道的。他们不知道一些事，闰土在海边时，他们都和我一样只看见院子里高墙上的四角的天空。

可惜正月过去了，闰土须回家里去，我急得大哭，他也躲到厨房里，哭着不肯出门，但终于被他父亲带走了。他后来还托他的父亲带给我一包贝壳和几支很好看的鸟毛，我也曾送他一两次东西，但从此没有再见面。

现在我的母亲提起了他，我这儿时的记忆，忽而全都闪电似的苏生过来，似乎看到了我的美丽的故乡了。我应声说：

"这好极！他，——怎样？……"

"他？……他景况也很不如意……"母亲说着，便向房外看，"这些人又来了。说是买木器，顺手也就随便拿走的，我得去看看。"

母亲站起身，出去了。门外有几个女人的声音。我便招宏儿走近面前，和他闲话：问他可会写字，可愿意出门。

"我们坐火车去么？"

"我们坐火车去。"

"船呢？"

"先坐船，……"

"哈！这模样了！胡子这么长了！"一种尖利的怪声突然大叫起来。

我吃了一吓，赶忙抬起头，却见一个凸颧骨，薄嘴唇，五十岁上下的女人站在我面前，两手搭在髀间，没有系裙，张着两脚，正像一个画图仪器里细脚伶仃的圆规。

我愕然了。

"不认识了么？我还抱过你咧！"

我愈加愕然了。幸而我的母亲也就进来，从旁说：

"他多年出门，统忘却了。你该记得罢，"便向着我说，"这是斜对门的杨二嫂，……开豆腐店的。"

哦，我记得了。我孩子时候，在斜对门的豆腐店里确乎终日坐着一个杨二嫂，人都叫伊"豆腐西施"[5]。但是擦着白粉，颧骨没有这么高，嘴唇也没有这么薄，而且终日坐着，我也从没有见过这圆规式的姿势。那时人说：因为伊，这豆腐店的买卖非常好。但这大约因为年龄的关系，我却并未蒙着一毫感化，所以竟完全忘却了。然而圆规很不平，显出鄙夷的神色，仿佛嗤笑法国人不知道拿破仑，美国人不知道华盛顿似的，冷笑说：

"忘了？这真是贵人眼高……"

"那有这事……我……"我惶恐着，站起来说。

"那么，我对你说。迅哥儿，你阔了，搬动又笨重，你还要什么这些破烂木器，让我拿去罢。我们小户人家，用得着。"

"我并没有阔哩。我须卖了这些，再去……"

"阿呀呀，你放了道台[6]了，还说不阔？你现在有三房姨太太；出门便

37

是八抬的大轿,还说不阔?吓,什么都瞒不过我。"

我知道无话可说了,便闭了口,默默的站着。

"阿呀阿呀,真是愈有钱,便愈是一毫不肯放松,愈是一毫不肯放松,便愈有钱……"圆规一面愤愤的回转身,一面絮絮的说,慢慢向外走,顺便将我母亲的一副手套塞在裤腰里,出去了。

此后又有近处的本家和亲戚来访问我。我一面应酬,偷空便收拾些行李,这样的过了三四天。

一日是天气很冷的午后,我吃过午饭,坐着喝茶,觉得外面有人进来了,便回头去看。我看时,不由的非常出惊,慌忙站起身,迎着走去。

这来的便是闰土。虽然我一见便知道是闰土,但又不是我这记忆上的闰土了。他身材增加了一倍;先前的紫色的圆脸,已经变作灰黄,而且加上了很深的皱纹;眼睛也像他父亲一样,周围都肿得通红,这我知道,在海边种地的人,终日吹着海风,大抵是这样的。他头上是一顶破毡帽,身上只一件极薄的棉衣,浑身瑟索着;手里提着一个纸包和一支长烟管,那手也不是我所记得的红活圆实的手,却又粗又笨而且开裂,像是松树皮了。

我这时很兴奋,但不知道怎么说才好,只是说:

"阿!闰土哥,——你来了?……"

我接着便有许多话,想要连珠一般涌出:角鸡,跳鱼儿,贝壳,猹,……但又总觉得被什么挡着似的,单在脑里面回旋,吐不出口外去。

他站住了,脸上现出欢喜和凄凉的神情;动着嘴唇,却没有作声。他的态度终于恭敬起来了,分明的叫道:

"老爷!……"

我似乎打了一个寒噤;我就知道,我们之间已经隔了一层可悲的厚障壁了。我也说不出话。

他回过头去说,"水生,给老爷磕头。"便拖出躲在背后的孩子来,这正是一个廿年前的闰土,只是黄瘦些,颈子上没有银圈罢了。"这是第五个孩子,没有见过世面,躲躲闪闪……"

母亲和宏儿下楼来了,他们大约也听到了声音。

"老太太。信是早收到了。我实在喜欢的了不得,知道老爷回来……"闰土说。

"阿,你怎的这样客气起来。你们先前不是哥弟称呼么?还是照旧:迅哥儿。"母亲高兴的说。

"阿呀,老太太真是……这成什么规矩。那时是孩子,不懂事……"闰土说着,又叫水生上来打拱,那孩子却害羞,紧紧的只贴在他背后。

"他就是水生?第五个?都是生人,怕生也难怪的;还是宏儿和他去走走。"母亲说。

宏儿听得这话,便来招水生,水生却松松爽爽同他一路出去了。母亲叫闰土坐,他迟疑了一回,终于就了坐,将长烟管靠在桌旁,递过纸包来,说:

"冬天没有什么东西了。这一点干青豆倒是自家晒在那里的,请老爷……"

我问问他的景况。他只是摇头。

"非常难。第六个孩子也会帮忙了,却总是吃不够……又不太平……什么地方都要钱,没有定规……收成又坏。种出东西来,挑去卖,总要捐几回钱,折了本;不去卖,又只能烂掉……"

他只是摇头;脸上虽然刻着许多皱纹,却全然不动,仿佛石像一般。他大约只是觉得苦,却又形容不出,沉默了片时,便拿起烟管来默默的吸烟了。

母亲问他,知道他的家里事务忙,明天便得回去;又没有吃过午饭,便叫他自己到厨下炒饭吃去。

他出去了;母亲和我都叹息他的景况:多子,饥荒,苛税,兵,匪,官,绅,都苦得他像一个木偶人了。母亲对我说,凡是不必搬走的东西,尽可以送他,可以听他自己去拣择。

下午,他拣好了几件东西:两条长桌,四个椅子,一副香炉和烛台,一杆抬秤。他又要所有的草灰(我们这里煮饭是烧稻草的,那灰,可以做沙地的肥料),待我们启程的时候,他用船来载去。

夜间,我们又谈些闲天,都是无关紧要的话;第二天早晨,他就领了水生回去了。

又过了九日,是我们启程的日期。闰土早晨便到了,水生没有同来,却只带着一个五岁的女儿管船只。我们终日很忙碌,再没有谈天的工夫。来客也不少,有送行的,有拿东西的,有送行兼拿东西的。待到傍晚我们上船的时候,这老屋里的所有破旧大小粗细东西,已经一扫而空了。

我们的船向前走,两岸的青山在黄昏中,都装成了深黛颜色,连着退向船后梢去。

宏儿和我靠着船窗,同看外面模糊的风景,他忽然问道:

"大伯!我们什么时候回来?"

"回来?你怎么还没有走就想回来了。"

"可是,水生约我到他家玩去咧……"他睁着大的黑眼睛,痴痴的想。

我和母亲也都有些惘然,于是又提起闰土来。母亲说,那豆腐西施的杨二嫂,自从我家收拾行李以来,本是每日必到的,前天伊在灰堆里,掏出十多个碗碟来,议论之后,便定说是闰土埋着的,他可以在运灰的时候,一齐搬回家里去;杨二嫂发见了这件事,自己很以为功,便拿了那狗气杀(这是我们这里养鸡的器具,木盘上面有着栅栏,内盛食料,鸡可以伸进颈子去啄,狗却不能,只能看着气死),飞也似的跑了,亏伊装着这么高底的小脚,竟跑得这样快。

老屋离我愈远了;故乡的山水也都渐渐远离了我,但我却并不感到怎样的留恋。我只觉得我四面有看不见的高墙,将我隔成孤身,使我非常气闷;那西瓜地上的银项圈的小英雄的影像,我本来十分清楚,现在却忽地模糊了,又使我非常的悲哀。

母亲和宏儿都睡着了。

我躺着,听船底潺潺的水声,知道我在走我的路。我想:我竟与闰土隔绝到这地步了,但我们的后辈还是一气,宏儿不是正在想念水生么。我希望他们不再像我,又大家隔膜起来……然而我又不愿意他们因为要一气,都如我的辛苦展转而生活,也不愿意他们都如闰土的辛苦麻木而生活,也不愿意都如别人的辛苦恣睢[7]而生活。他们应该有新的生活,为我们所未经生活过的。

我想到希望,忽然害怕起来了。闰土要香炉和烛台的时候,我还暗地里笑他,以为他总是崇拜偶像,什么时候都不忘却。现在我所谓希望,不也是我自己手制的偶像么?只是他的愿望切近,我的愿望茫远罢了。

我在朦胧中,眼前展开一片海边碧绿的沙地来,上面深蓝的天空中挂着一轮金黄的圆月。我想:希望是本无所谓有,无所谓无的。这正如地上的路;其实地上本没有路,走的人多了,也便成了路。

一九二一年一月。

注释:

〔1〕 猹　一种小兽。按照作者说法,大约是獾。而"猹"字是他据乡下人所说的声音,生造出来的,读音如"查"。

〔2〕 值年　旧时大家族每年都有祭祀祖先的活动,由各房按年轮流主持,轮到的称为"值年"。

〔3〕 五行缺土　旧时用天干(甲、乙、丙、丁、戊、己、庚、辛、壬、癸)配地支(子、丑、寅、卯、辰、巳、午、未、申、酉、戌、亥),来记一个人出生的年、月、日、时,各得两字,合为"八字";又认为"八字"在五行(金、木、水、火、土)中各有所属,如甲乙寅卯属木,丙丁巳午属火等。八个字能包括五者,就是五行俱全。如有欠缺,便需设法弥补。"五行缺土",是说八个字中没有属土的字,需用土或土做偏旁的字取名。

〔4〕 鬼见怕和观音手　小贝壳的名称。旧时浙江沿海的人把这种小贝壳用线串在一起,戴在孩子的手腕或脚踝上,借以"避邪"。这类名称多是根据"避邪"的意思取的。

〔5〕 西施　春秋时苎罗(今浙江诸暨)人,越国的美女。后借以泛称漂亮的女子。

〔6〕 道台　清朝官职道员的俗称,分总管一个区域行政职务的道员和专掌某一特定职务的道员。前者是省以下、府州以上的行政长官;后者掌管一省特定事务,如督粮道、兵备道等。

〔7〕 恣睢　放任无拘束。

阿Q正传

【题记】本文最初发表于北京《晨报副刊》，自1921年12月4日起至1922年2月12日止，每周或隔周刊载一次，署名巴人。后收入《呐喊》。阿Q的"精神胜利法"，是全篇集中要表达的一种精神状态。这可以从心理学上得到解释，普通人多少都会"有点阿Q"，是心理调节的本能。但鲁迅的本意，是要揭示和批判那种动辄以祖业骄人，隐瞒缺陷，制造"奇妙逃路"的社会病态心理，希望能摆脱"瞒和骗"的圈子，克服麻木和惰性，去争取民族复兴。阿Q可笑又可悲，鲁迅写他的弱点也带有同情，"哀其不幸，怒其不争"。

第一章　序

我要给阿Q做正传，已经不止一两年了。但一面要做，一面又往回想，这足见我不是一个"立言"[1]的人，因为从来不朽之笔，须传不朽之人，于是人以文传，文以人传——究竟谁靠谁传，渐渐的不甚了然起来，而终于归结到传阿Q，仿佛思想里有鬼似的。

然而要做这一篇速朽的文章，才下笔，便感到万分的困难了。第一是文章的名目。孔子曰，"名不正则言不顺"[2]。这原是应该极注意的。传的名目很繁多：列传，自传，内传[3]，外传，别传，家传，小传……，而可惜都不合。"列传"么，这一篇并非和许多阔人排在"正史"[4]里；"自传"么，我又并非就是阿Q。说是"外传"，"内传"在那里呢？倘用"内传"，阿Q又决不是神仙。"别传"呢，阿Q实在未曾有大总统上谕宣付国史馆立"本传"[5]——虽说英国正史上并无"博徒列传"，而文豪迭更司也做过《博徒别传》这一部书[6]，但文豪则可，在我辈却不可的。其次是"家传"，则我既不知与阿Q

是否同宗,也未曾受他子孙的拜托;或"小传",则阿 Q 又更无别的"大传"了。总而言之,这一篇也便是"本传",但从我的文章着想,因为文体卑下,是"引车卖浆者流"所用的话[7],所以不敢僭称,便从不入三教九流的小说家所谓"闲话休题言归正传"这一句套话里,取出"正传"两个字来,作为名目,即使与古人所撰《书法正传》的"正传"字面上很相混,也顾不得了。

第二,立传的通例,开首大抵该是"某,字某,某地人也",而我并不知道阿 Q 姓什么。有一回,他似乎是姓赵,但第二日便模糊了。那是赵太爷的儿子进了秀才的时候,锣声镗镗的报到村里来,阿 Q 正喝了两碗黄酒,便手舞足蹈的说,这于他也很光采,因为他和赵太爷原来是本家,细细的排起来他还比秀才长三辈呢。其时几个旁听人倒也肃然的有些起敬了。那知道第二天,地保便叫阿 Q 到赵太爷家里去;太爷一见,满脸溅朱,喝道:

"阿 Q,你这浑小子!你说我是你的本家么?"

阿 Q 不开口。

赵太爷愈看愈生气了,抢进几步说:"你敢胡说!我怎么会有你这样的本家?你姓赵么?"

阿 Q 不开口,想往后退了;赵太爷跳过去,给了他一个嘴巴。

"你怎么会姓赵!——你那里配姓赵!"

阿 Q 并没有抗辩他确凿姓赵,只用手摸着左颊,和地保退出去了;外面又被地保训斥了一番,谢了地保二百文酒钱。知道的人都说阿 Q 太荒唐,自己去招打;他大约未必姓赵,即使真姓赵,有赵太爷在这里,也不该如此胡说的。此后便再没有人提起他的氏族来,所以我终于不知道阿 Q 究竟什么姓。

第三,我又不知道阿 Q 的名字是怎么写的。他活着的时候,人都叫他阿 Quei,死了以后,便没有一个人再叫阿 Quei 了,那里还会有"著之竹帛"[8]的事。若论"著之竹帛",这篇文章要算第一次,所以先遇着了这第一个难关。我曾经仔细想:阿 Quei,阿桂还是阿贵呢?倘使他号叫月亭,或者在八月间做过生日,那一定是阿桂了;而他既没有号——也许有号,只是没有人知道他,——又未尝散过生日征文的帖子:写作阿桂,是武断的。又倘若他有一位老兄或令弟叫阿富,那一定是阿贵了;而他又只是一个人:写作阿贵,也没有佐证的。其余音 Quei 的偏僻字样,更加凑不上了。先前,我也曾问过赵太爷的儿子茂才[9]先生,谁料博雅如此公,竟也茫然,但据结论说,是因为陈独秀办了《新青年》提倡洋字[10],所以国粹沦亡,无可查考了。我的最后的手段,只有托一个同乡去查阿Q犯事的案卷,八个月之后才有回信,说案卷里并无与阿Quei的声音相近的人。我虽不知道是真没有,还是没有查,然而也再没有别的方法了。生怕注音字母还未通行,只好用了"洋字",照英国流行的拼法写他为阿Quei,略作阿Q。这近于盲从《新青年》,自己也很抱歉,但茂才公尚且不知,我还有什么好办法呢。

第四,是阿Q的籍贯了。倘他姓赵,则据现在好称郡望的老例,可以照《郡名百家姓》[11]上的注解,说是"陇西天水人也",但可惜这姓是不甚可靠的,因此籍贯也就有些决不定。他虽然多住未庄,然而也常常宿在别处,不能说是未庄人,即使说是"未庄人也",也仍然有乖史法的。

我所聊以自慰的,是还有一个"阿"字非常正确,绝无附会假借的缺点,颇可以就正于通人。至于其余,却都非浅学所能穿凿,只希望有"历史癖与考据癖"的胡适之[12]先生的门人们,将来或者能够寻出许多新端绪来,但是我这《阿Q正传》到那时却又怕早经消灭了。

以上可以算是序。

第二章　优胜记略

阿Q不独是姓名籍贯有些渺茫,连他先前的"行状"[13]也渺茫。因为未庄的人们之于阿Q,只要他帮忙,只拿他玩笑,从来没有留心他的"行状"的。而阿Q自己也不说,独有和别人口角的时候,间或瞪着眼睛道:

"我们先前——比你阔的多啦!你算是什么东西!"

阿Q没有家,住在未庄的土谷祠[14]里;也没有固定的职业,只给人家做短工,割麦便割麦,舂米便舂米,撑船便撑船。工作略长久时,他也或住在临时主人的家里,但一完就走了。所以,人们忙碌的时候,也还记起阿Q来,然而记起的是做工,并不是"行状";一闲空,连阿Q都早忘却,更不必说"行状"了。只是有一回,有一个老头子颂扬说:"阿Q真能做!"这时阿Q赤着膊,懒洋洋的瘦伶仃的正在他面前,别人也摸不着这话是真心还是讥笑,然而阿Q很喜欢。

阿Q又很自尊，所有未庄的居民，全不在他眼睛里，甚而至于对于两位"文童"〔15〕也有以为不值一笑的神情。夫文童者，将来恐怕要变秀才者也；赵太爷钱太爷大受居民的尊敬，除有钱之外，就因为都是文童的爹爹，而阿Q在精神上独不表格外的崇奉，他想：我的儿子会阔得多啦！加以进了几回城，阿Q自然更自负，然而他又很鄙薄城里人，譬如用三尺长三寸宽的木板做成的凳子，未庄叫"长凳"，他也叫"长凳"，城里人却叫"条凳"，他想：这是错的，可笑！油煎大头鱼，未庄都加上半寸长的葱叶，城里却加上切细的葱丝，他想：这也是错的，可笑！然而未庄人真是不见世面的可笑的乡下人呵，他们没有见过城里的煎鱼！

阿Q"先前阔"，见识高，而且"真能做"，本来几乎是一个"完人"了，但可惜他体质上还有一些缺点。最恼人的是在他头皮上，颇有几处不知起于何时的癞疮疤。这虽然也在他身上，而看阿Q的意思，倒也似乎以为不足贵的，因为他讳说"癞"以及一切近于"赖"的音，后来推而广之，"光"也讳，"亮"也讳，再后来，连"灯""烛"都讳了。一犯讳，不问有心与无心，阿Q便全疤通红的发起怒来，估量了对手，口讷的他便骂，气力小的他便打；然而不知怎么一回事，总还是阿Q吃亏的时候多。于是他渐渐的变换了方针，大抵改为怒目而视了。

谁知道阿Q采用怒目主义之后，未庄的闲人们便愈喜欢玩笑他。一见面，他们便假作吃惊的说：

"哙，亮起来了。"

阿Q照例的发了怒，他怒目而视了。

"原来有保险灯在这里！"他们并不怕。

阿Q没有法，只得另外想出报复的话来：

"你还不配……"这时候，又仿佛在他头上的是一种高尚的光荣的癞头疮，并非平常的癞头疮了；但上文说过，阿Q是有见识的，他立刻知道和"犯忌"有点抵触，便不再往底下说。

闲人还不完，只撩他，于是终而至于打。阿Q在形式上打败了，被人揪住黄辫子，在壁上碰了四五个响头，闲人这才心满意足的得胜的走了，阿Q站了一刻，心里想，"我总算被儿子打了，现在的世界真不像样……"于是也心满意足的得胜的走了。

阿Q想在心里的,后来每每说出口来,所以凡有和阿Q玩笑的人们,几乎全知道他有这一种精神上的胜利法,此后每逢揪住他黄辫子的时候,人就先一着对他说:

"阿Q,这不是儿子打老子,是人打畜生。自己说:人打畜生!"

阿Q两只手都捏住了自己的辫根,歪着头,说道:

"打虫豸,好不好?我是虫豸——还不放么?"

但虽然是虫豸,闲人也并不放,仍旧在就近什么地方给他碰了五六个响头,这才心满意足的得胜的走了,他以为阿Q这回可遭了瘟。然而不到十秒钟,阿Q也心满意足的得胜的走了,他觉得他是第一个能够自轻自贱的人,除了"自轻自贱"不算外,余下的就是"第一个"。状元不也是"第一个"么?"你算是什么东西"呢?!

阿Q以如是等等妙法克服怨敌之后,便愉快的跑到酒店里喝几碗酒,又和别人调笑一通,口角一通,又得了胜,愉快的回到土谷祠,放倒头睡着了。假使有钱,他便去押牌宝[16],一堆人蹲在地面上,阿Q即汗流满面的夹在这中间,声音他最响:

"青龙四百!"

"咳～～～开～～～啦!"桩家揭开盒子盖,也是汗流满面的唱。"天门啦～～角回啦～～～!人和穿堂空在那里啦～～～!阿Q的铜钱拿过来～～～!"

"穿堂一百——一百五十!"

阿Q的钱便在这样的歌吟之下,渐渐的输入别个汗流满面的人物的腰间。他终于只好挤出堆外,站在后面看,替别人着急,一直到散场,然后恋恋的回到土谷祠,第二天,肿着眼睛去工作。

但真所谓"塞翁失马安知非福"[17]罢,阿Q不幸而赢了一回,他倒几乎失败了。

这是未庄赛神[18]的晚上。这晚上照例有一台戏,戏台左近,也照例有许多的赌摊。做戏的锣鼓,在阿Q耳朵里仿佛在十里之外;他只听得桩家的歌唱了。他赢而又赢,铜钱变成角洋,角洋变成大洋,大洋又成了叠。他兴高采烈得非常:

"天门两块!"

他不知道谁和谁为什么打起架来了。骂声打声脚步声,昏头昏脑的一大阵,他才爬起来,赌摊不见了,人们也不见了,身上有几处很似乎有些痛,似乎也挨了几拳几脚似的,几个人诧异的对他看。他如有所失的走进土谷祠,定一定神,知道他的一堆洋钱不见了。赶赛会的赌摊多不是本村人,还到那里去寻根柢呢?

很白很亮的一堆洋钱!而且是他的——现在不见了!说是算被儿子拿去了罢,总还是忽忽不乐;说自己是虫豸罢,也还是忽忽不乐:他这回才有些感到失败的苦痛了。

但他立刻转败为胜了。他擎起右手,用力的在自己脸上连打了两个嘴巴,热刺刺的有些痛;打完之后,便心平气和起来,似乎打的是自己,被打的是别一个自己,不久也就仿佛是自己打了别个一般,——虽然还有些热刺刺,——心满意足的得胜的躺下了。

他睡着了。

第三章　续优胜记略

然而阿Q虽然常优胜,却直待蒙赵太爷打他嘴巴之后,这才出了名。

他付过地保二百文酒钱,愤愤的躺下了,后来想:"现在的世界太不成话,儿子打老子……"于是忽而想到赵太爷的威风,而现在是他的儿子了,便自己也渐渐的得意起来,爬起身,唱着《小孤孀上坟》[19]到酒店去。这时候,他又觉得赵太爷高人一等了。

说也奇怪,从此之后,果然大家也仿佛格外尊敬他。这在阿Q,或者以为因为他是赵太爷的父亲,而其实也不然。未庄通例,倘如阿七打阿八,或者李四打张三,向来本不算一件事,必须与一位名人如赵太爷者相关,这才载上他们的口碑。一上口碑,则打的既有名,被打的也就托庇有了名。至于错在阿Q,那自然是不必说。所以者何?就因为赵太爷是不会错的。但他既然错,为什么大家又仿佛格外尊敬他呢?这可难解,穿凿起来说,或者因为阿Q说是赵太爷的本家,虽然挨了打,大家也还怕有些真,总不如尊敬一些稳当。否则,也如孔庙里的太牢[20]一般,虽然与猪羊一样,同是畜生,但既经圣人下箸,先儒们便不敢妄动了。

阿Q此后倒得意了许多年。

有一年的春天,他醉醺醺的在街上走,在墙根的日光下,看见王胡在那里赤着膊捉虱子,他忽然觉得身上也痒起来了。这王胡,又癞又胡,别人都叫他王癞胡,阿Q却删去了一个癞字,然而非常渺视他。阿Q的意思,以为癞是不足为奇的,只有这一部络腮胡子,实在太新奇,令人看不上眼。他于是并排坐下去了。倘是别的闲人们,阿Q本不敢大意坐下去。但这王胡旁边,他有什么怕呢?老实说:他肯坐下去,简直还是抬举他。

阿Q也脱下破夹袄来,翻检了一回,不知道因为新洗呢还是因为粗心,许多工夫,只捉到三四个。他看那王胡,却是一个又一个,两个又三个,只放在嘴里毕毕剥剥的响。

阿Q最初是失望,后来却不平了:看不上眼的王胡尚且那么多,自己倒反这样少,这是怎样的大失体统的事呵!他很想寻一两个大的,然而竟没有,好容易才捉到一个中的,恨恨的塞在厚嘴唇里,狠命一咬,劈的一声,又不及王胡响。

他癞疮疤块块通红了,将衣服摔在地上,吐一口唾沫,说:

"这毛虫!"

"癞皮狗,你骂谁?"王胡轻蔑的抬起眼来说。

阿Q近来虽然比较的受人尊敬,自己也更高傲些,但和那些打惯的闲人们见面还胆怯,独有这回却非常武勇了。这样满脸胡子的东西,也敢出言无状么?

"谁认便骂谁!"他站起来,两手叉在腰间说。

"你的骨头痒了么?"王胡也站起来,披上衣服说。

阿Q以为他要逃了,抢进去就是一拳。这拳头还未达到身上,已经被他抓住了,只一拉,阿Q跄跄踉踉的跌进去,立刻又被王胡扭住了辫子,要拉到墙上照例去碰头。

"'君子动口不动手'!"阿Q歪着头说。

王胡似乎不是君子,并不理会,一连给他碰了五下,又用力的一推,至于阿Q跌出六尺多远,这才满足的去了。

在阿Q的记忆上,这大约要算是生平第一件的屈辱,因为王胡以络腮胡子的缺点,向来只被他奚落,从没有奚落他,更不必说动手了。而他现在竟动手,很意外,难道真如市上所说,皇帝已经停了考[21],不要秀才和举人了,因此赵家减了威风,因此他们也便小觑了他么?

阿Q无可适从的站着。

远远的走来了一个人,他的对头又到了。这也是阿Q最厌恶的一个人,就是钱太爷的大儿子。他先前跑上城里去进洋学堂,不知怎么又跑到东洋去了,半年之后他回到家里来,腿也直了,辫子也不见了,他的母亲大哭了十几场,他的老婆跳了三回井。后来,他的母亲到处说,"这辫子是被坏人灌醉了酒剪去的。本来可以做大官,现在只好等留长再说了。"然而阿Q不肯信,偏称他"假洋鬼子",也叫作"里通外国的人",一见他,一定在肚子里暗暗的咒骂。

阿Q尤其"深恶而痛绝之"的,是他的一条假辫子。辫子而至于假,就是没有了做人的资格;他的老婆不跳第四回井,也不是好女人。

这"假洋鬼子"近来了。

"秃儿。驴……"阿Q历来本只在肚子里骂,没有出过声,这回因为正气忿,因为要报仇,便不由的轻轻的说出来了。

不料这秃儿却拿着一支黄漆的棍子——就是阿Q所谓哭丧棒[22]——大踏步走了过来。阿Q在这刹那,便知道大约要打了,赶紧抽紧筋骨,耸了肩膀等候着,果然,拍的一声,似乎确凿打在自己头上了。

"我说他!"阿Q指着近旁的一个孩子,分辩说。

拍!拍拍!

在阿Q的记忆上,这大约要算是生平第二件的屈辱。幸而拍拍的响了之后,于他倒似乎完结了一件事,反而觉得轻松些,而且"忘却"这一件祖传的宝贝也发生了效力,他慢慢的走,将到酒店门口,早已有些高兴了。

但对面走来了静修庵里的小尼姑。阿Q便在平时,看见伊也一定要唾骂,而况在屈辱之后呢?他于是发生了回忆,又发生了敌忾了。

"我不知道我今天为什么这样晦气,原来就因为见了你!"他想。

他迎上去,大声的吐一口唾沫:

"咳,呸!"

小尼姑全不睬,低了头只是走。阿Q走近伊身旁,突然伸出手去摩着伊新剃的头皮,呆笑着,说:

"秃儿!快回去,和尚等着你……"

"你怎么动手动脚……"尼姑满脸通红的说,一面赶快走。

酒店里的人大笑了。阿 Q 看见自己的勋业得了赏识,便愈加兴高采烈起来:

"和尚动得,我动不得?"他扭住伊的面颊。

酒店里的人大笑了。阿 Q 更得意,而且为满足那些赏鉴家起见,再用力的一拧,才放手。

他这一战,早忘却了王胡,也忘却了假洋鬼子,似乎对于今天的一切"晦气"都报了仇;而且奇怪,又仿佛全身比拍拍的响了之后更轻松,飘飘然的似乎要飞去了。

"这断子绝孙的阿 Q!"远远地听得小尼姑的带哭的声音。

"哈哈哈!"阿 Q 十分得意的笑。

"哈哈哈!"酒店里的人也九分得意的笑。

第四章 恋爱的悲剧

有人说:有些胜利者,愿意敌手如虎,如鹰,他才感得胜利的欢喜;假使如羊,如小鸡,他便反觉得胜利的无聊。又有些胜利者,当克服一切之后,看见死的死了,降的降了,"臣诚惶诚恐死罪死罪",他于是没有了敌人,没有了对手,没有了朋友,只有自己在上,一个,孤另另,凄凉,寂寞,便反而感到了胜利的悲哀。然而我们的阿 Q 却没有这样乏,他是永远得意的:这或者也是中国精神文明冠于全球的一个证据了。

看哪,他飘飘然的似乎要飞去了!

然而这一次的胜利,却又使他有些异样。他飘飘然的飞了大半天,飘进土谷祠,照例应该躺下便打鼾。谁知道这一晚,他很不容易合眼,他觉得自己的大拇指和第二指有点古怪:仿佛比平常滑腻些。不知道是小尼姑的脸上有一点滑腻的东西粘在他指上,还是他的指头在小尼姑脸上磨得滑腻了?……

"断子绝孙的阿 Q!"

阿 Q 的耳朵里又听到这句话。他想:不错,应该有一个女人,断子绝孙便没有人供一碗饭,……应该有一个女人。夫"不孝有三无后为大"[23],而

"若敖之鬼馁而"[24],也是一件人生的大哀,所以他那思想,其实是样样合于圣经贤传的,只可惜后来有些"不能收其放心"[25]了。

"女人,女人!……"他想。

"……和尚动得……女人,女人!……女人!"他又想。

我们不能知道这晚上阿Q在什么时候才打鼾。但大约他从此总觉得指头有些滑腻,所以他从此总有些飘飘然;"女……"他想。

即此一端,我们便可以知道女人是害人的东西。

中国的男人,本来大半都可以做圣贤,可惜全被女人毁掉了。商是妲己[26]闹亡的;周是褒姒弄坏的;秦……虽然史无明文,我们也假定他因为女人,大约未必十分错;而董卓可是的确给貂蝉害死了。

阿Q本来也是正人,我们虽然不知道他曾蒙什么明师指授过,但他对于"男女之大防"[27]却历来非常严;也很有排斥异端——如小尼姑及假洋鬼子之类——的正气。他的学说是:凡尼姑,一定与和尚私通;一个女人在外面走,一定想引诱野男人;一男一女在那里讲话,一定要有勾当了。为惩治他们起见,所以他往往怒目而视,或者大声说几句"诛心"[28]话,或者在冷僻处,便从后面掷一块小石头。

谁知道他将到"而立"[29]之年,竟被小尼姑害得飘飘然了。这飘飘然的精神,在礼教上是不应该有的,——所以女人真可恶,假使小尼姑的脸上不滑腻,阿Q便不至于被蛊,又假使小尼姑的脸上盖一层布,阿Q便也不至于被蛊了,——他五六年前,曾在戏台下的人丛中拧过一个女人的大腿,但因为隔一层裤,所以此后并不飘飘然,——而小尼姑并不然,这也足见异端之可恶。

"女……"阿Q想。

他对于以为"一定想引诱野男人"的女人,时常留心看,然而伊并不对他笑。他对于和他讲话的女人,也时常留心听,然而伊又并不提起关于什么勾当的话来。哦,这也是女人可恶之一节:伊们全都要装"假正经"的。

这一天,阿Q在赵太爷家里舂了一天米,吃过晚饭,便坐在厨房里吸旱烟。倘在别家,吃过晚饭本可以回去的了,但赵府上晚饭早,虽说定例不准掌灯,一吃完便睡觉,然而偶然也有一些例外:其一,是赵大爷未进秀才的时候,准其点灯读文章;其二,便是阿Q来做短工的时候,准其点灯舂米。因为这一条例外,所以阿Q在动手舂米之前,还坐在厨房里吸旱烟。

吴妈,是赵太爷家里唯一的女仆,洗完了碗碟,也就在长凳上坐下了,而且和阿Q谈闲天:

"太太两天没有吃饭哩,因为老爷要买一个小的……"

"女人……吴妈……这小孤孀……"阿Q想。

"我们的少奶奶是八月里要生孩子了……"

"女人……"阿Q想。

阿Q放下烟管,站了起来。

"我们的少奶奶……"吴妈还唠叨说。

"我和你困觉,我和你困觉!"阿Q忽然抢上去,对伊跪下了。

一刹时中很寂然。

"阿呀!"吴妈楞了一息,突然发抖,大叫着往外跑,且跑且嚷,似乎后来带哭了。

阿Q对了墙壁跪着也发楞,于是两手扶着空板凳,慢慢的站起来,仿佛觉得有些糟。他这时确也有些忐忑了,慌张的将烟管插在裤带上,就想去舂米。蓬的一声,头上着了很粗的一下,他急忙回转身去,那秀才便拿了一支大竹杠站在他面前。

"你反了,……你这……"

大竹杠又向他劈下来了。阿Q两手去抱头,拍的正打在指节上,这可很有一些痛。他冲出厨房门,仿佛背上又着了一下似的。

"忘八蛋!"秀才在后面用了官话这样骂。

阿Q奔入舂米场,一个人站着,还觉得指头痛,还记得"忘八蛋",因为这话是未庄的乡下人从来不用,专是见过官府的阔人用的,所以格外怕,而印象也格外深。但这时,他那"女……"的思想却也没有了。而且打骂之后,似乎一件事也已经收束,倒反觉得一无挂碍似的,便动手去舂米。舂了一会,他热起来了,又歇了手脱衣服。

脱下衣服的时候,他听得外面很热闹,阿Q生平本来最爱看热闹,便即寻声走出去了。寻声渐渐的寻到赵太爷的内院里,虽然在昏黄中,却辨得出许多人,赵府一家连两日不吃饭的太太也在内,还有间壁的邹七嫂,真正本家的赵白眼,赵司晨。

少奶奶正拖着吴妈走出下房来,一面说:

"你到外面来,……不要躲在自己房里想……"

"谁不知道你正经,……短见是万万寻不得的。"邹七嫂也从旁说。

吴妈只是哭,夹些话,却不甚听得分明。

阿Q想:"哼,有趣,这小孤孀不知道闹着什么玩意儿了?"他想打听,走近赵司晨的身边。这时他猛然间看见赵大爷向他奔来,而且手里捏着一支大竹杠。他看见这一支大竹杠,便猛然间悟到自己曾经被打,和这一场热闹似乎有点相关。他翻身便走,想逃回舂米场,不图这支竹杠阻了他的去路,于是他又翻身便走,自然而然的走出后门,不多工夫,已在土谷祠内了。

阿Q坐了一会,皮肤有些起粟,他觉得冷了,因为虽在春季,而夜间颇有余寒,尚不宜于赤膊。他也记得布衫留在赵家,但倘若去取,又深怕秀才的竹杠。然而地保进来了。

"阿Q,你的妈妈的!你连赵家的用人都调戏起来,简直是造反。害得我晚上没有觉睡,你的妈妈的!……"

如是云云的教训了一通,阿Q自然没有话。临末,因为在晚上,应该送地保加倍酒钱四百文,阿Q正没有现钱,便用一顶毡帽做抵押,并且订定了五条件:

一　明天用红烛——要一斤重的——一对,香一封,到赵府上去赔罪。

二　赵府上请道士祓除缢鬼,费用由阿Q负担。

三　阿Q从此不准踏进赵府的门槛。

四　吴妈此后倘有不测,惟阿Q是问。

五　阿Q不准再去索取工钱和布衫。

阿Q自然都答应了,可惜没有钱。幸而已经春天,棉被可以无用,便质了二千大钱,履行条约。赤膊磕头之后,居然还剩几文,他也不再赎毡帽,统统喝了酒了。但赵家也并不烧香点烛,因为太太拜佛的时候可以用,留着了。那破布衫是大半做了少奶奶八月间生下来的孩子的衬尿布,那小半破烂的便都做了吴妈的鞋底。

第五章　生计问题

阿Q礼毕之后，仍旧回到土谷祠，太阳下去了，渐渐觉得世上有些古怪。他仔细一想，终于省悟过来：其原因盖在自己的赤膊。他记得破夹袄还在，便披在身上，躺倒了，待张开眼睛，原来太阳又已经照在西墙上头了。他坐起身，一面说道，"妈妈的……"

他起来之后，也仍旧在街上逛，虽然不比赤膊之有切肤之痛，却又渐渐的觉得世上有些古怪了。仿佛从这一天起，未庄的女人们忽然都怕了羞，伊们一见阿Q走来，便个个躲进门里去。甚而至于将近五十岁的邹七嫂，也跟着别人乱钻，而且将十一岁的女儿都叫进去了。阿Q很以为奇，而且想："这些东西忽然都学起小姐模样来了。这娼妇们……"

但他更觉得世上有些古怪，却是许多日以后的事。其一，酒店不肯赊欠了；其二，管土谷祠的老头子说些废话，似乎叫他走；其三，他虽然记不清多少日，但确乎有许多日，没有一个人来叫他做短工。酒店不赊，熬着也罢了；老头子催他走，噜苏一通也就算了；只是没有人来叫他做短工，却使阿Q肚子饿：这委实是一件非常"妈妈的"的事情。

阿Q忍不下去了，他只好到老主顾的家里去探问，——但独不许踏进赵府的门槛，——然而情形也异样：一定走出一个男人来，现了十分烦厌的相貌，像回复乞丐一般的摇手道：

"没有没有！你出去！"

阿Q愈觉得稀奇了。他想，这些人家向来少不了要帮忙，不至于现在忽然都无事，这总该有些蹊跷在里面了。他留心打听，才知道他们有事都去叫小Don[30]。这小D，是一个穷小子，又瘦又乏，在阿Q的眼睛里，位置是在王胡之下的，谁料这小子竟谋了他的饭碗去。所以阿Q这一气，更与平常不同，当气愤愤的走着的时候，忽然将手一扬，唱道：

"我手执钢鞭将你打！[31]……"

几天之后，他竟在钱府的照壁前遇见了小D。"仇人相见分外眼明"，阿Q便迎上去，小D也站住了。

"畜生！"阿Q怒目而视的说，嘴角上飞出唾沫来。

"我是虫豸,好么?……"小D说。

这谦逊反使阿Q更加愤怒起来,但他手里没有钢鞭,于是只得扑上去,伸手去拔小D的辫子。小D一手护住了自己的辫根,一手也来拔阿Q的辫子,阿Q便也将空着的一只手护住了自己的辫根。从先前的阿Q看来,小D本来是不足齿数的,但他近来挨了饿,又瘦又乏已经不下于小D,所以便成了势均力敌的现象,四只手拔着两颗头,都弯了腰,在钱家粉墙上映出一个蓝色的虹形,至于半点钟之久了。

"好了,好了!"看的人们说,大约是解劝的。

"好,好!"看的人们说,不知道是解劝,是颂扬,还是煽动。

然而他们都不听。阿Q进三步,小D便退三步,都站着;小D进三步,阿Q便退三步,又都站着。大约半点钟,——未庄少有自鸣钟,所以很难说,或者二十分,——他们的头发里便都冒烟,额上便都流汗,阿Q的手放松了,在同一瞬间,小D的手也正放松了,同时直起,同时退开,都挤出人丛去。

"记着罢,妈妈的……"阿Q回过头去说。

"妈妈的,记着罢……"小D也回过头来说。

这一场"龙虎斗"似乎并无胜败,也不知道看的人可满足,都没有发什么议论,而阿Q却仍然没有人来叫他做短工。

有一日很温和,微风拂拂的颇有些夏意了,阿Q却觉得寒冷起来,但这还可担当,第一倒是肚子饿。棉被,毡帽,布衫,早已没有了,其次就卖了棉袄;现在有裤子,却万不可脱的;有破夹袄,又除了送人做鞋底之外,决定卖不出钱。他早想在路上拾得一注钱,但至今还没有见;他想在自己的破屋里忽然寻到一注钱,慌张的四顾,但屋内是空虚而且了然。于是他决计出门求食去了。

他在路上走着要"求食",看见熟识的酒店,看见熟识的馒头,但他都走过了,不但没有暂停,而且并不想要。他所求的不是这类东西了;他求的是什么东西,他自己不知道。

未庄本不是大村镇,不多时便走尽了。村外多是水田,满眼是新秧的嫩绿,夹着几个圆形的活动的黑点,便是耕田的农夫。阿Q并不赏鉴这田家乐,却只是走,因为他直觉的知道这与他的"求食"之道是很辽远的。但他终于走到静修庵的墙外了。

庵周围也是水田,粉墙突出在新绿里,后面的低土墙里是菜园。阿Q迟疑了一会,四面一看,并没有人。他便爬上这矮墙去,扯着何首乌藤,但泥土仍然簌簌的掉,阿Q的脚也索索的抖;终于攀着桑树枝,跳到里面了。里面真是郁郁葱葱,但似乎并没有黄酒馒头,以及此外可吃的之类。靠西墙是竹丛,下面许多笋,只可惜都是并未煮熟的,还有油菜早经结子,芥菜已将开花,小白菜也很老了。

阿Q仿佛文童落第似的觉得很冤屈,他慢慢走近园门去,忽而非常惊喜了,这分明是一畦老萝卜。他于是蹲下便拔,而门口突然伸出一个很圆的头来,又即缩回去了,这分明是小尼姑。小尼姑之流是阿Q本来视若草芥的,但世事须"退一步想",所以他便赶紧拔起四个萝卜,拧下青叶,兜在大襟里。然而老尼姑已经出来了。

"阿弥陀佛,阿Q,你怎么跳进园里来偷萝卜!……阿呀,罪过呵,阿唷,阿弥陀佛!……"

"我什么时候跳进你的园里来偷萝卜?"阿Q且看且走的说。

"现在……这不是?"老尼姑指着他的衣兜。

"这是你的?你能叫得他答应你么?你……"

阿Q没有说完话,拔步便跑;追来的是一匹很肥大的黑狗。这本来在前门的,不知怎的到后园来了。黑狗哼而且追,已经要咬着阿Q的腿,幸而从衣兜里落下一个萝卜来,那狗给一吓,略略一停,阿Q已经爬上桑树,跨到土墙,连人和萝卜都滚出墙外面了。只剩着黑狗还在对着桑树嗥,老尼姑念着佛。

阿Q怕尼姑又放出黑狗来,拾起萝卜便走,沿路又检了几块小石头,但黑狗却并不再出现。阿Q于是抛了石块,一面走一面吃,而且想道,这里也没有什么东西寻,不如进城去……

待三个萝卜吃完时,他已经打定了进城的主意了。

第六章　从中兴到末路

在未庄再看见阿Q出现的时候,是刚过了这年的中秋。人们都惊异,说是阿Q回来了,于是又回上去想道,他先前那里去了呢?阿Q前几回的上城,大抵早就兴高采烈的对人说,但这一次却并不,所以也没有一个人留心到。他或者也曾告诉过管土谷祠的老头子,然而未庄老例,只有赵太爷钱太爷和秀才大爷上城才算一件事。假洋鬼子尚且不足数,何况是阿Q:因此老头子也就不替他宣传,而未庄的社会上也就无从知道了。

但阿Q这回的回来,却与先前大不同,确乎很值得惊异。天色将黑,他睡眼蒙胧的在酒店门前出现了,他走近柜台,从腰间伸出手来,满把是银的和铜的,在柜上一扔说,"现钱!打酒来!"穿的是新夹袄,看去腰间还挂着一个大搭连,沉钿钿的将裤带坠成了很弯很弯的弧线。未庄老例,看见略有些醒目的人物,是与其慢也宁敬的,现在虽然明知道是阿Q,但因为和破夹袄的阿Q有些两样了,古人云,"士别三日便当刮目相待"[32],所以堂倌,掌柜,酒客,路人,便自然显出一种疑而且敬的形态来。掌柜既先之以点头,又继之以谈话:

"嚄,阿Q,你回来了!"

"回来了。"

"发财发财,你是——在……"

"上城去了!"

这一件新闻,第二天便传遍了全未庄。人人都愿意知道现钱和新夹袄的阿Q的中兴史,所以在酒店里,茶馆里,庙檐下,便渐渐的探听出来了。这结果,是阿Q得了新敬畏。

据阿Q说,他是在举人老爷家里帮忙。这一节,听的人都肃然了。这老爷本姓白,但因为合城里只有他一个举人,所以不必再冠姓,说起举人来就是他。这也不独在未庄是如此,便是一百里方圆之内也都如此,人们几乎多以为他的姓名就叫举人老爷的了。在这人的府上帮忙,那当然是可敬的。但据阿Q又说,他却不高兴再帮忙了,因为这举人老爷实在太"妈妈的"了。这一节,听的人都叹息而且快意,因为阿Q本不配在举人老爷家里帮忙,而不帮忙是可惜的。

据阿Q说,他的回来,似乎也由于不满意城里人,这就在他们将长凳称为条凳,而且煎鱼用葱丝,加以最近观察所得的缺点,是女人的走路也扭得不很好。然而也偶有大可佩服的地方,即如未庄的乡下人不过打三十二张的竹牌[33],只有假洋鬼子能够叉"麻酱",城里却连小乌龟子都叉得精熟的。什么假洋鬼子,只要放在城里的十几岁的小乌龟子的手里,也就立刻是"小鬼见阎王"。这一节,听的人都赧然了。

"你们可看见过杀头么?"阿Q说,"咳,好看。杀革命党。唉,好看好看,……"他摇摇头,将唾沫飞在正对面的赵司晨的脸上。这一节,听的人都凛然了。但阿Q又四面一看,忽然扬起右手,照着伸长脖子听得出神的王胡的后项窝上直劈下去道:

"嚓!"

王胡惊得一跳,同时电光石火似的赶快缩了头,而听的人又都悚然而且欣然了。从此王胡瘟头瘟脑的许多日,并且再不敢走近阿Q的身边;别的人也一样。

阿Q这时在未庄人眼睛里的地位,虽不敢说超过赵太爷,但谓之差不多,大约也就没有什么语病的了。

然而不多久,这阿Q的大名忽又传遍了未庄的闺中。虽然未庄只有钱赵两姓是大屋,此外十之九都是浅闺,但闺中究竟是闺中,所以也算得一件神异。女人们见面时一定说,邹七嫂在阿Q那里买了一条蓝绸裙,旧固然是旧的,但只化了九角钱。还有赵白眼的母亲,——一说是赵司晨的母亲,待考,——也买了一件孩子穿的大红洋纱衫,七成新,只用三百大钱九二串[34]。于是伊们都眼巴巴的想见阿Q,缺绸裙的想问他买绸裙,要洋纱衫的想问他买洋纱衫,不但见了不逃避,有时阿Q已经走过了,也还要追上去叫住他,问道:

"阿Q,你还有绸裙么?没有?纱衫也要的,有罢?"

后来这终于从浅闺传进深闺里去了。因为邹七嫂得意之余,将伊的绸裙请赵太太去鉴赏,赵太太又告诉了赵太爷而且着实恭维了一番。赵太爷便在晚饭桌上,和秀才大爷讨论,以为阿Q实在有些古怪,我们门窗应该小心些;但他的东西,不知道可还有什么可买,也许有点好东西罢。加以赵太太也正想买一件价廉物美的皮背心。于是家族决议,便托邹七嫂即刻去寻阿Q,而且为此新辟了第三种的例外:这晚上也姑且特准点油灯。

油灯干了不少了,阿Q还不到。赵府的全眷都很焦急,打着呵欠,或恨阿Q太飘忽,或怨邹七嫂不上紧。赵太太还怕他因为春天的条件不敢来,而赵太爷以为不足虑:因为这是"我"去叫他的。果然,到底赵太爷有见识,阿 Q 终于跟着邹七嫂进来了。

"他只说没有没有,我说你自己当面说去,他还要说,我说……"邹七嫂气喘吁吁的走着说。

"太爷!"阿 Q 似笑非笑的叫了一声,在檐下站住了。

"阿 Q,听说你在外面发财,"赵太爷踱开去,眼睛打量着他的全身,一面说。"那很好,那很好的。这个,……听说你有些旧东西,……可以都拿来看一看,……这也并不是别的,因为我倒要……"

"我对邹七嫂说过了。都完了。"

"完了?"赵太爷不觉失声的说,"那里会完得这样快呢?"

"那是朋友的,本来不多。他们买了些,……"

"总该还有一点罢。"

"现在,只剩了一张门幕了。"

"就拿门幕来看看罢。"赵太太慌忙说。

"那么,明天拿来就是,"赵太爷却不甚热心了。"阿 Q,你以后有什么东西的时候,你尽先送来给我们看,……"

"价钱决不会比别家出得少!"秀才说。秀才娘子忙一瞥阿 Q 的脸,看他感动了没有。

"我要一件皮背心。"赵太太说。

阿 Q 虽然答应着,却懒洋洋的出去了,也不知道他是否放在心上。这使赵太爷很失望,气愤而且担心,至于停止了打呵欠。秀才对于阿 Q 的态度也很不平,于是说,这忘八蛋要提防,或者竟不如吩咐地保,不许他住在未庄。但赵太爷以为不然,说这也怕要结怨,况且做这路生意的大概是"老鹰不吃窝下食",本村倒不必担心的;只要自己夜里警醒点就是了。秀才听了这"庭训"[35],非常之以为然,便即刻撤消了驱逐阿 Q 的提议,而且叮嘱邹七嫂,请伊万不要向人提起这一段话。

但第二日,邹七嫂便将那蓝裙去染了皂,又将阿 Q 可疑之点传扬出去了,可是确没有提起秀才要驱逐他这一节。然而这已经于阿 Q 很不利。最先,地保寻上门了,取了他的门幕去,阿 Q 说是赵太太要看的,而地保也不还,并且要议定每月的孝敬钱。其次,是村人对于他的敬畏忽而变相了,虽然还不敢来放肆,却很有远避的神情,而这神情和先前的防他来"嚓"的时候又不同,颇混着"敬而远之"的分子了。

只有一班闲人们却还要寻根究底的去探阿Q的底细。阿Q也并不讳饰,傲然的说出他的经验来。从此他们才知道,他不过是一个小脚色,不但不能上墙,并且不能进洞,只站在洞外接东西。有一夜,他刚才接到一个包,正手再进去,不一会,只听得里面大嚷起来,他便赶紧跑,连夜爬出城,逃回未庄来了,从此不敢再去做。然而这故事却于阿Q更不利,村人对于阿Q的"敬而远之"者,本因为怕结怨,谁料他不过是一个不敢再偷的偷儿呢?这实在是"斯亦不足畏也矣"[36]。

第七章　革　命

宣统三年九月十四日[37]——即阿Q将搭连卖给赵白眼的这一天——三更四点,有一只大乌篷船到了赵府上的河埠头。这船从黑魆魆中荡来,乡下人睡得熟,都没有知道;出去时将近黎明,却很有几个看见的了。据探头探脑的调查来的结果,知道那竟是举人老爷的船!

那船便将大不安载给了未庄,不到正午,全村的人心就很摇动。船的使命,赵家本来是很秘密的,但茶坊酒肆里却都说,革命党要进城,举人老爷到我们乡下来逃难了。惟有邹七嫂不以为然,说那不过是几口破衣箱,举人老爷想来寄存的,却已被赵太爷回复转去。其实举人老爷和赵秀才素不相能,在理本不能有"共患难"的情谊,况且邹七嫂又和赵家是邻居,见闻较为切近,所以大概该是伊对的。

然而谣言很旺盛,说举人老爷虽然似乎没有亲到,却有一封长信,和赵家排了"转折亲"。赵太爷肚里一轮,觉得于他总不会有坏处,便将箱子留下了,现就塞在太太的床底下。至于革命党,有的说是便在这一夜进了城,个个白盔白甲:穿着崇正皇帝的素[38]。

阿Q的耳朵里,本来早听到过革命党这一句话,今年又亲眼见过杀掉革命党。但他有一种不知从那里来的意见,以为革命党便是造反,造反便是与他为难,所以一向是"深恶而痛绝之"的。殊不料这却使百里闻名的举人老爷有这样怕,于是他未免也有些"神往"了,况且未庄的一群鸟男女的慌张的神情,也使阿Q更快意。

"革命也好罢,"阿Q想,"革这伙妈妈的的命,太可恶!太可恨!……便是我,也要投降革命党了。"

阿Q近来用度窘,大约略略有些不平;加以午间喝了两碗空肚酒,愈加醉得快,一面想一面走,便又飘飘然起来。不知怎么一来,忽而似乎革命党便是自己,未庄人却都是他的俘虏了。他得意之余,禁不住大声的嚷道:

"造反了!造反了!"

未庄人都用了惊惧的眼光对他看。这一种可怜的眼光,是阿Q从来没有见过的,一见之下,又使他舒服得如六月里喝了雪水。他更加高兴的走而且喊道:

"好,……我要什么就是什么,我欢喜谁就是谁。

得得,锵锵!

悔不该,酒醉错斩了郑贤弟,

悔不该,呀呀呀……

得得,锵锵,得,锵令锵!

我手执钢鞭将你打……"

赵府上的两位男人和两个真本家,也正站在大门口论革命。阿Q没有见,昂了头直唱过去。

"得得,……"

"老Q,"赵太爷怯怯的迎着低声的叫。

"锵锵,"阿Q料不到他的名字会和"老"字联结起来,以为是一句别的话,与己无干,只是唱。"得,锵,锵令锵,锵!"

"老Q。"

"悔不该……"

"阿Q!"秀才只得直呼其名了。

阿Q这才站住,歪着头问道,"什么?"

"老Q,……现在……"赵太爷却又没有话,"现在……发财么?"

"发财?自然。要什么就是什么……"

"阿……Q哥,像我们这样穷朋友是不要紧的……"赵白眼惴惴的说,似乎想探革命党的口风。

61

"穷朋友？你总比我有钱。"阿Q说着自去了。

大家都怃然，没有话。赵太爷父子回家，晚上商量到点灯。赵白眼回家，便从腰间扯下搭连来，交给他女人藏在箱底里。

阿Q飘飘然的飞了一通，回到土谷祠，酒已经醒透了。这晚上，管祠的老头子也意外的和气，请他喝茶；阿Q便向他要了两个饼，吃完之后，又要了一支点过的四两烛和一个树烛台，点起来，独自躺在自己的小屋里。他说不出的新鲜而且高兴，烛火像元夜似的闪闪的跳，他的思想也迸跳起来了：

"造反？有趣，……来了一阵白盔白甲的革命党，都拿着板刀，钢鞭，炸弹，洋炮，三尖两刃刀，钩镰枪，走过土谷祠，叫道，'阿Q！同去同去！'于是一同去。……

"这时未庄的一伙鸟男女才好笑哩，跪下叫道，'阿Q，饶命！'谁听他！第一个该死的是小D和赵太爷，还有秀才，还有假洋鬼子，……留几条么？王胡本来还可留，但也不要了。……

"东西，……直走进去打开箱子来：元宝，洋钱，洋纱衫，……秀才娘子的一张宁式床[39]先搬到土谷祠，此外便摆了钱家的桌椅，——或者也就用赵家的罢。自己是不动手的了，叫小D来搬，要搬得快，搬得不快打嘴巴。……

"赵司晨的妹子真丑。邹七嫂的女儿过几年再说。假洋鬼子的老婆会和没有辫子的男人睡觉，吓，不是好东西！秀才的老婆是眼胞上有疤的。……吴妈长久不见了，不知道在那里，——可惜脚太大。"

阿Q没有想得十分停当，已经发了鼾声，四两烛还只点去了小半寸，红焰焰的光照着他张开的嘴。

"荷荷！"阿Q忽而大叫起来，抬了头仓皇的四顾，待到看见四两烛，却又倒头睡去了。

第二天他起得很迟，走出街上看时，样样都照旧。他也仍然肚饿，他想着，想不起什么来；但他忽而似乎有了主意了，慢慢的跨开步，有意无意的走到静修庵。

庵和春天时节一样静，白的墙壁和漆黑的门。他想了一想，前去打门，一只狗在里面叫。他急急拾了几块断砖，再上去较为用力的打，打到黑门上生出许多麻点的时候，才听得有人来开门。

阿Q连忙捏好砖头,摆开马步,准备和黑狗来开战。但庵门只开了一条缝,并无黑狗从中冲出,望进去只有一个老尼姑。

"你又来什么事?"伊大吃一惊的说。

"革命了……你知道?……"阿Q说得很含胡。

"革命革命,革过一革的,……你们要革得我们怎么样呢?"老尼姑两眼通红的说。

"什么?……"阿Q诧异了。

"你不知道,他们已经来革过了!"

"谁?……"阿Q更其诧异了。

"那秀才和洋鬼子!"

阿Q很出意外,不由的一错愕;老尼姑见他失了锐气,便飞速的关了门,阿Q再推时,牢不可开,再打时,没有回答了。

那还是上午的事。赵秀才消息灵,一知道革命党已在夜间进城,便将辫子盘在顶上,一早去拜访那历来也不相能的钱洋鬼子。这是"咸与维新"[40]的时候了,所以他们便谈得很投机,立刻成了情投意合的同志,也相约去革命。他们想而又想,才想出静修庵里有一块"皇帝万岁万万岁"的龙牌,是应该赶紧革掉的,于是又立刻同到庵里去革命。因为老尼姑来阻挡,说了三句话,他们便将伊当作满政府,在头上很给了不少的棍子和栗凿。尼姑待他们走后,定了神来检点,龙牌固然已经碎在地上了,而且又不见了观音娘娘座前的一个宣德炉[41]。

这事阿Q后来才知道。他颇悔自己睡着,但也深怪他们不来招呼他。他又退一步想道:

"难道他们还没有知道我已经投降了革命党么?"

第八章　不准革命

未庄的人心日见其安静了。据传来的消息,知道革命党虽然进了城,倒还没有什么大异样。知县大老爷还是原官,不过改称了什么,而且举人老爷也做了什么——这些名目,未庄人都说不明白——官,带兵的也还是先前的老把总[42]。只有一件可怕的事是另有几个不好的革命党夹在里面捣乱,第二天便动手剪辫子,听说那邻村的航船七斤便着了道儿,弄得不像人样子了。但这却还不算大恐怖,因为未庄人本来少上城,即使偶有想进城的,也就立刻变了计,碰不着这危险。阿Q本也想进城去寻他的老朋友,一得这消息,也只得作罢了。

但未庄也不能说是无改革。几天之后,将辫子盘在顶上的逐渐增加起来了,早经说过,最先自然是茂才公,其次便是赵司晨和赵白眼,后来是阿Q。倘在夏天,大家将辫子盘在头顶上或者打一个结,本不算什么稀奇事,但现在是暮秋,所以这"秋行夏令"的情形,在盘辫家不能不说是万分的英断,而在未庄也不能说无关于改革了。

赵司晨脑后空荡荡的走来,看见的人大嚷说,

"嚄,革命党来了!"

阿Q听到了很羡慕。他虽然早知道秀才盘辫的大新闻,但总没有想到自己可以照样做,现在看见赵司晨也如此,才有了学样的意思,定下实行的决心。他用一支竹筷将辫子盘在头顶上,迟疑多时,这才放胆的走去。

他在街上走,人也看他,然而不说什么话,阿Q当初很不快,后来便很不平。他近来很容易闹脾气了;其实他的生活,倒也并不比造反之前反艰难,人见他也客气,店铺也不说要现钱。而阿Q总觉得自己太失意:既然革了命,不应该只是这样的。况且有一回看见小D,愈使他气破肚皮了。

小D也将辫子盘在头顶上了,而且也居然用一支竹筷。阿Q万料不到他也敢这样做,自己也决不准他这样做!小D是什么东西呢?他很想即刻揪住他,拗断他的竹筷,放下他的辫子,并且批他几个嘴巴,聊且惩罚他忘了生辰八字,也敢来做革命党的罪。但他终于饶放了,单是怒目而视的吐一口唾沫道"呸!"

这几日里,进城去的只有一个假洋鬼子。赵秀才本也想靠着寄存箱子的渊源,亲身去拜访举人老爷的,但因为有剪辫的危险,所以也就中止了。他写了一封"黄伞格"[43]的信,托假洋鬼子带上城,而且托他给自己绍介绍介,去进自由党。假洋鬼子回来时,向秀才讨还了四块洋钱,秀才便有一块银桃子挂在大襟上了;未庄人都惊服,说这是柿油党的顶子[44],抵得一个翰林[45];赵太爷因此也骤然大阔,远过于他儿子初隽秀才的时候,所以目空一切,见了阿Q,也就很有些不放在眼里了。

阿Q正在不平，又时时刻刻感着冷落，一听得这银桃子的传说，他立即悟出自己之所以冷落的原因了：要革命，单说投降，是不行的；盘上辫子，也不行的；第一着仍然要和革命党去结识。他生平所知道的革命党只有两个，城里的一个早已"嚓"的杀掉了，现在只剩了一个假洋鬼子。他除却赶紧去和假洋鬼子商量之外，再没有别的道路了。

钱府的大门正开着，阿Q便怯怯的蹩进去。他一到里面，很吃了惊，只见假洋鬼子正站在院子的中央，一身乌黑的大约是洋衣，身上也挂着一块银桃子，手里是阿Q曾经领教过的棍子，已经留到一尺多长的辫子都拆开了披在肩背上，蓬头散发的像一个刘海仙[46]。对面挺直的站着赵白眼和三个闲人，正在必恭必敬的听说话。

阿Q轻轻的走近了，站在赵白眼的背后，心里想招呼，却不知道怎么说才好：叫他假洋鬼子固然是不行的了，洋人也不妥，革命党也不妥，或者就应该叫洋先生了罢。

洋先生却没有见他，因为白着眼睛讲得正起劲：

"我是性急的，所以我们见面，我总是说：洪哥[47]！我们动手罢！他却总说道 No！——这是洋话，你们不懂的。否则早已成功了。然而这正是他做事小心的地方。他再三再四的请我上湖北，我还没有肯。谁愿意在这小县城里做事情。……"

"唔，……这个……"阿Q候他略停，终于用十二分的勇气开口了，但不知道因为什么，又并不叫他洋先生。

听着说话的四个人都吃惊的回顾他。洋先生也才看见：

"什么？"

"我……"

"出去！"

"我要投……"

"滚出去！"洋先生扬起哭丧棒来了。

赵白眼和闲人们便都吆喝道："先生叫你滚出去，你还不听么！"

阿Q将手向头上一遮，不自觉的逃出门外；洋先生倒也没有追。他快跑了六十多步，这才慢慢的走，于是心里便涌起了忧愁：洋先生不准他革命，他再没有别的路；从此决不能望有白盔白甲的人来叫他，他所有的抱负，志向,希望,前程,全被一笔勾销了。至于闲人们传扬开去,给小D王胡等辈笑话,倒是还在其次的事。

他似乎从来没有经验过这样的无聊。他对于自己的盘辫子,仿佛也觉得无意味,要侮蔑;为报仇起见,很想立刻放下辫子来,但也没有竟放。他游到夜间,赊了两碗酒,喝下肚去,渐渐的高兴起来了,思想里才又出现白盔白甲的碎片。

有一天,他照例的混到夜深,待酒店要关门,才踱[48]回土谷祠去。

拍,吧~~!

他忽而听得一种异样的声音,又不是爆竹。阿Q本来是爱看热闹,爱管闲事的,便在暗中直寻过去。似乎前面有些脚步声;他正听,猛然间一个人从对面逃来了。阿Q一看见,便赶紧翻身跟着逃。那人转弯,阿Q也转弯,既转弯,那人站住了,阿Q也站住。他看后面并无什么,看那人便是小D。

"什么?"阿Q不平起来了。

"赵……赵家遭抢了!"小D气喘吁吁的说。

阿Q的心怦怦的跳了。小D说了便走;阿Q却逃而又停的两三回。但他究竟是做过"这路生意"的人,格外胆大,于是蹩[49]出路角,仔细的听,似乎有些嚷嚷,又仔细的看,似乎许多白盔白甲的人,络绎的将箱子抬出了,器具抬出了,秀才娘子的宁式床也抬出了,但是不分明,他还想上前,两只脚却没有动。

这一夜没有月,未庄在黑暗里很寂静,寂静到像羲皇[50]时候一般太平。阿Q站着看到自己发烦,也似乎还是先前一样,在那里来来往往的搬,箱子抬出了,器具抬出了,秀才娘子的宁式床也抬出了,……抬得他自己有些不信他的眼睛了。但他决计不再上前,却回到自己的祠里去了。

土谷祠里更漆黑;他关好大门,摸进自己的屋子里。他躺了好一会,这才定了神,而且发出关于自己的思想来:白盔白甲的人明明到了,并不来打招呼,搬了许多好东西,又没有自己的份,——这全是假洋鬼子可恶,不准我造反,否则,这次何至于没有我的份呢?阿Q越想越气,终于禁不住满心痛恨起来,毒毒的点一点头:"不准我造反,只准你造反?妈妈的假洋鬼子,——好,你造反!造反是杀头的罪名呵,我总要告一状,看你抓进县里去杀头，——满门抄斩，——嚓！嚓！"

第九章　大　团　圆

赵家遭抢之后，未庄人大抵很快意而且恐慌，阿Q也很快意而且恐慌。但四天之后，阿Q在半夜里忽被抓进县城里去了。那时恰是暗夜，一队兵，一队团丁，一队警察，五个侦探，悄悄地到了未庄，乘昏暗围住土谷祠，正对门架好机关枪；然而阿Q不冲出。许多时没有动静，把总焦急起来了，悬了二十千的赏，才有两个团丁冒了险，踰垣[51]进去，里应外合，一拥而入，将阿Q抓出来；直待擒出祠外面的机关枪左近，他才有些清醒了。

到进城，已经是正午，阿Q见自己被搀进一所破衙门，转了五六个弯，便推在一间小屋里。他刚刚一跄踉，那用整株的木料做成的栅栏门便跟着他的脚跟阖上了，其余的三面都是墙壁，仔细看时，屋角上还有两个人。

阿Q虽然有些忐忑，却并不很苦闷，因为他那土谷祠里的卧室，也并没有比这间屋子更高明。那两个也仿佛是乡下人，渐渐和他兜搭起来了，一个说是举人老爷要追他祖父欠下来的陈租，一个不知道为了什么事。他们问阿Q，阿Q爽利的答道，"因为我想造反。"

他下半天便又被抓出栅栏门去了，到得大堂，上面坐着一个满头剃得精光的老头子。阿Q疑心他是和尚，但看见下面站着一排兵，两旁又站着十几个长衫人物，也有满头剃得精光像这老头子的，也有将一尺来长的头发披在背后像那假洋鬼子的，都是一脸横肉，怒目而视的看他；他便知道这人一定有些来历，膝关节立刻自然而然的宽松，便跪了下去了。

"站着说！不要跪！"长衫人物都吆喝说。

阿Q虽然似乎懂得，但总觉得站不住，身不由己的蹲了下去，而且终于趁势改为跪下了。

"奴隶性！……"长衫人物又鄙夷似的说，但也没有叫他起来。

"你从实招来罢，免得吃苦。我早都知道了。招了可以放你。"那光头的老头子看定了阿Q的脸，沉静的清楚的说。

"招罢！"长衫人物也大声说。

"我本来要……来投……"阿Q胡里胡涂的想了一通，这才断断续续的说。

"那么,为什么不来的呢?"老头子和气的问。

"假洋鬼子不准我!"

"胡说!此刻说,也迟了。现在你的同党在那里?"

"什么?……"

"那一晚打劫赵家的一伙人。"

"他们没有来叫我。他们自己搬走了。"阿Q提起来便愤愤。

"走到那里去了呢?说出来便放你了。"老头子更和气了。

"我不知道,……他们没有来叫我……"

然而老头子使了一个眼色,阿Q便又被抓进栅栏门里了。他第二次抓出栅栏门,是第二天的上午。

大堂的情形都照旧。上面仍然坐着光头的老头子,阿Q也仍然下了跪。

老头子和气的问道,"你还有什么话说么?"

阿Q一想,没有话,便回答说,"没有。"

于是一个长衫人物拿了一张纸,并一支笔送到阿Q的面前,要将笔塞在他手里。阿Q这时很吃惊,几乎"魂飞魄散"了:因为他的手和笔相关,这回是初次。他正不知怎样拿;那人却又指着一处地方教他画花押。

"我……我……不认得字。"阿Q一把抓住了笔,惶恐而且惭愧的说。

"那么,便宜你,画一个圆圈!"

阿Q要画圆圈了,那手捏着笔却只是抖。于是那人替他将纸铺在地上,阿Q伏下去,使尽了平生的力画圆圈。他生怕被人笑话,立志要画得圆,但这可恶的笔不但很沉重,并且不听话,刚刚一抖一抖的几乎要合缝,却又向外一耸,画成瓜子模样了。

阿Q正羞愧自己画得不圆,那人却不计较,早已掣了纸笔去,许多人又将他第二次抓进栅栏门。

他第二次进了栅栏,倒也并不十分懊恼。他以为人生天地之间,大约本来有时要抓进抓出,有时要在纸上画圆圈的,惟有圈而不圆,却是他"行状"上的一个污点。但不多时也就释然了,他想:孙子才画得很圆的圆圈呢。于是他睡着了。

然而这一夜,举人老爷反而不能睡:他和把总呕了气了。举人老爷主张第一要追赃,把总主张第一要示众。把总近来很不将举人老爷放在眼里了,拍案打凳的说道,"惩一儆百!你看,我做革命党还不上二十天,抢案就是十几件,全不破案,我的面子在那里?破了案,你又来迂。不成!这是我管的!"举人老爷窘急了,然而还坚持,说是倘若不追赃,他便立刻辞了帮办民政的职务。而把总却道,"请便罢!"于是举人老爷在这一夜竟没有睡,但幸而第二天倒也没有辞。

阿 Q 第三次抓出栅栏门的时候,便是举人老爷睡不着的那一夜的明天的上午了。他到了大堂,上面还坐着照例的光头老头子;阿 Q 也照例的下了跪。

老头子很和气的问道,"你还有什么话么?"

阿 Q 一想,没有话,便回答说,"没有。"

许多长衫和短衫人物,忽然给他穿上一件洋布的白背心,上面有些黑字。阿 Q 很气苦:因为这很像是带孝,而带孝是晦气的。然而同时他的两手反缚了,同时又被一直抓出衙门外去了。

阿 Q 被抬上了一辆没有篷的车,几个短衣人物也和他同坐在一处。这车立刻走动了,前面是一班背着洋炮的兵们和团丁,两旁是许多张着嘴的看客,后面怎样,阿 Q 没有见。但他突然觉到了:这岂不是去杀头么?他一急,两眼发黑,耳朵里喤的一声,似乎发昏了。然而他又没有全发昏,有时虽然着急,有时却也泰然;他意思之间,似乎觉得人生天地间,大约本来有时也未免要杀头的。

他还认得路,于是有些诧异了:怎么不向着法场走呢?他不知道这是在游街,在示众。但即使知道也一样,他不过便以为人生天地间,大约本来有时也未免要游街要示众罢了。

他省悟了,这是绕到法场去的路,这一定是"嚓"的去杀头。他惘惘的向左右看,全跟着马蚁似的人,而在无意中,却在路旁的人丛中发见了一个吴妈。很久违,伊原来在城里做工了。阿 Q 忽然很羞愧自己没志气:竟没有唱几句戏。他的思想仿佛旋风似的在脑里一回旋:《小孤孀上坟》欠堂皇,《龙虎斗》里的"悔不该……"也太乏,还是"手执钢鞭将你打"罢。他同时想将手一扬,才记得这两手原来都捆着,于是"手执钢鞭"也不唱了。

"过了二十年又是一个……"阿 Q 在百忙中,"无师自通"的说出半句从来不说的话。

"好！！！"从人丛里,便发出豺狼的嗥叫一般的声音来。

车子不住的前行,阿 Q 在喝采声中,轮转眼睛去看吴妈,似乎伊一向并没有见他,却只是出神的看着兵们背上的洋炮。

阿 Q 于是再看那些喝采的人们。

这刹那中,他的思想又仿佛旋风似的在脑里一回旋了。四年之前,他曾在山脚下遇见一只饿狼,永是不近不远的跟定他,要吃他的肉。他那时吓得几乎要死,幸而手里有一柄斫柴刀,才得仗这壮了胆,支持到未庄;可是永远记得那狼眼睛,又凶又怯,闪闪的像两颗鬼火,似乎远远的来穿透了他的皮肉。而这回他又看见从来没有见过的更可怕的眼睛了,又钝又锋利,不但已经咀嚼了他的话,并且还要咀嚼他皮肉以外的东西,永是不远不近的跟他走。

这些眼睛们似乎连成一气,已经在那里咬他的灵魂。

"救命,……"

然而阿 Q 没有说。他早就两眼发黑,耳朵里嗡的一声,觉得全身仿佛微尘似的迸散了。

至于当时的影响,最大的倒反在举人老爷,因为终于没有追赃,他全家都号咷了。其次是赵府,非特秀才因为上城去报官,被不好的革命党剪了辫子,而且又破费了二十千的赏钱,所以全家也号咷了。从这一天以来,他们便渐渐的都发生了遗老的气味。

至于舆论,在未庄是无异议,自然都说阿 Q 坏,被枪毙便是他的坏的证据;不坏又何至于被枪毙呢？而城里的舆论却不佳,他们多半不满足,以为枪毙并无杀头这般好看;而且那是怎样的一个可笑的死囚呵,游了那么久的街,竟没有唱一句戏：他们白跟一趟了。

一九二一年十二月。

注释：

〔1〕 "立言" 语见《左传》,鲁国大夫叔孙豹曰:"大上有立德,其次有立功,其次有立言,虽久不废,此之谓不朽。"大上,即太上,指黄帝尧舜。

〔2〕 "名不正则言不顺" 语见《论语·子路》。

〔3〕 内传 小说体传记的一种。作者在1931年3月3日为山上正义的日译本《阿Q正传》所写的校释中说:"昔日道士写仙人的事多以'内传'题名。"

〔4〕 "正史" 封建时代由官方编修或认可的史书。清代乾隆时,规定自《史记》到《明史》历代二十四部史书为正史。

〔5〕 宣付国史馆立"本传" 国史馆,清代编撰史书的机构。名人死后由政府明令褒扬者,令文末常有"宣付国史馆立传"的话。所谓"本传",指正统的传记。

〔6〕 迭更司(C. Dickens,1812—1870) 通译狄更斯,英国小说家。著有《大卫·科波菲尔》《双城记》等。《博徒别传》原名《劳特奈·斯吞》,英国小说家柯南·道尔(C. Doyle,1859—1930)著。鲁迅在1926年8月8日致韦素园信中曾说:"《博徒别传》是Rodney Stone的译名,但是C. Doyle做的。《阿Q正传》中说是迭更司作,乃是我误记。"1931年3月3日鲁迅为山上正义所译日文版《阿Q正传》写的校释中说:"林琴南氏曾译柯南·道尔的小说,取名《博徒别传》,这里是讽刺此事。写为迭更司,系作者之错。"

〔7〕 "引车卖浆者流" 这是当时林琴南攻击白话的用语。据1931年3月3日鲁迅给山上正义日译本《阿Q正传》所写的校释,所谓"引车卖浆者",系影射蔡元培氏之父。那时,蔡元培为北京大学校长,积极支持推广白话文,所以成为被攻击的对象。蔡元培曾做过钱庄的经理,并非以"卖浆为业"。

〔8〕 "著之竹帛" 语出《吕氏春秋》:"著乎竹帛,传乎后世。"竹,竹简;帛,绢绸,古代用来书写的文具。

〔9〕 茂才 即秀才。

〔10〕 陈独秀办了《新青年》提倡洋字 1918年前后,《新青年》杂志曾开展关于是否要废除汉字、改用罗马字母拼音的讨论。当时主张废除汉字的是文字学家钱玄同。陈独秀于1915年创办《青年》杂志,后改为《新青年》,是新文化运动的重要思想阵地。

〔11〕《郡名百家姓》 《百家姓》是以前学塾所用的识字课本之一,宋初人编纂。为便于诵读,将姓氏连缀为四言韵语。《郡名百家姓》则在每一姓上都附注郡(古代地方区域的名称)名,表示某姓望族曾居古代某地,如赵为"天水"、钱为"彭城"之类。

〔12〕 胡适之 即胡适(1891—1962),字适之,安徽绩溪人。"五四"新文化运动的领袖人物之一。他在1920年7月所作《〈水浒传〉考证》中自称"有历史癖与考据癖""两种老

毛病"。

〔13〕 "行状" 原指一种记叙死者品行事迹的文字。这里泛指经历。

〔14〕 土谷祠 土地庙。土谷,指土地神和五谷神。

〔15〕 "文童" 也称"童生",指科举时代习举业而尚未考取秀才的人。

〔16〕 押牌宝 一种赌博。赌局中为主的人叫"桩家";下文的"青龙""天门""穿堂"等都是押牌宝的用语,指押赌注的位置;"四百""一百五十"是押赌注的钱数。

〔17〕 "塞翁失马安知非福" 典出《淮南子·人间训》:"近塞上之人有善术者,马无故亡而入胡。人皆吊之,其父曰:'此何遽不为福乎?'居数月,其马将胡骏马而归。人皆贺之,其父曰:'此何遽不能为祸乎?'家富马良,其子好骑,堕而折其髀。人皆吊之,其父曰:'此何遽不为福乎?'居一年,胡人大入塞,丁壮者引弦而战。近塞之人,死者十九。此独以跛之故,父子相保。故福之为祸,祸之为福,化不可极,深不可测也。"

〔18〕 赛神 即迎神赛会,旧时习俗。以鼓乐仪仗和杂戏等迎神出庙,周游街巷,以酬神祈福。

〔19〕 《小孤孀上坟》 当时绍兴流行的一出地方戏。

〔20〕 太牢 按,古代祭礼,原指牛、羊、豕三牲,但后来单称牛为太牢。

〔21〕 皇帝已经停了考 光绪三十一年(1905),清政府下令废止科举考试。

〔22〕 哭丧棒 旧时在为父母送殡时,儿子须手拄"孝杖",以表示悲痛难支。阿Q因厌恶假洋鬼子,所以把他的手杖咒为哭丧棒。

〔23〕 "不孝有三无后为大" 语见《孟子·离娄(上)》。据汉代赵岐注:"于礼有不孝者三事,谓阿意曲从,陷亲不义,一不孝也;家穷亲老,不为禄仕,二不孝也;不娶无子,绝先祖祀,三不孝也。三者之中,无后为大。"

〔24〕 "若敖之鬼馁而" 语出《左传·宣公四年》:楚国令尹子良(若敖氏)的儿子越椒长相凶恶,子良的哥哥子文认为越椒长大后会招致灭族之祸,要子良杀死他。子良没有依从。子文临死时说:"鬼犹求食,若敖氏之鬼不其馁而。"意思是若敖氏以后没有子孙供饭,鬼魂都要挨饿了。馁,饥饿。而,语尾助词。

〔25〕 "不能收其放心" 《尚书·毕命》:"虽收放心,闲之惟艰。"放心,心无约束的意思。

〔26〕 妲己 殷纣王的妃子。下文的褒姒是周幽王的妃子。《史记》中有商因妲己而亡,周因褒姒而衰的记载。貂蝉是《三国演义》中王允家的一个歌妓,书中有吕布为争夺她而杀死董卓的故事。作者在这里是讽刺那种把历史上亡国败家的原因都归罪于女性的观点。

〔27〕 "男女之大防" 指封建礼教对男女之间所规定的严格界限,如"男子居外,女子居内"(《礼记·内则》),"男女授受不亲"(《孟子·离娄》),等等。

〔28〕 "诛心" 犹"诛意"。不问实际情形如何而主观地推究别人的行为动机,欲加之罪。

〔29〕 "而立" 语出《论语·为政》:"三十而立。"原是孔丘说他三十岁在学问上有所自立的话,后来就用"而立"代指三十岁。

〔30〕 小 Don 即小同。作者在《且介亭杂文·寄〈戏〉周刊编者信》中说:"他叫'小同',大起来,和阿 Q 一样。"

〔31〕 "我手执钢鞭将你打!" 这一句及下文的"悔不该,酒醉错斩了郑贤弟",都是当时绍兴地方戏《龙虎斗》中的唱词。这出戏演的是宋太祖赵匡胤和呼延赞交战的故事。郑贤弟,指赵匡胤部下猛将郑子明。

〔32〕 "士别三日便当刮目相待" 语出《三国志·吴书·吕蒙传》裴松之注:"士别三日,即更刮目相待。"刮目,拭目的意思。

〔33〕 三十二张的竹牌 一种赌具。即牙牌或骨牌,用象牙或兽骨所制,简陋的就用竹制成。下文的"麻酱"指麻雀牌,俗称麻将,也是一种赌具。阿 Q 把"麻将"讹为"麻酱"。

〔34〕 三百大钱九二串 即"三百大钱,以九十二文作为一百"(见《华盖集续编·〈阿 Q 正传〉的成因》)。旧时我国用的铜钱,中有方孔,可用绳子串在一起,每千枚(或每枚"当十"的大钱一百枚)为一串,称作一吊,但实际上常不足数。

〔35〕 "庭训" 父亲的教训。

〔36〕 "斯亦不足畏也矣" 语出《论语·子罕》。

〔37〕 宣统三年九月十四日 即 1911 年 11 月 4 日,辛亥革命武昌起义后的第二十五天。据《中国革命记》第三册(1911 年上海自由社编印)记载:这一天绍兴府宣布光复。

〔38〕 穿着崇正皇帝的素 崇正,作品中人物对崇祯的讹称。崇祯是明思宗(朱由检)的年号。明亡于清,后来有些农民起义的部队,常用"反清复明"的口号来反对清朝统治,因此直到清末还有人认为革命军起义是替崇祯皇帝报仇。

〔39〕 宁式床 浙江宁波一带制作的一种比较豪华的床。

〔40〕 "咸与维新" 语见《尚书·胤征》:"旧染污俗,咸与维新。"原意是对一切受恶习影响的人都不予追究。这里指辛亥革命时革命派与反动势力妥协,地主官僚等乘此投机的现象。

〔41〕 宣德炉 明宣宗宣德年间制造的一种小型铜香炉。

〔42〕 把总 清代级别最低的武官。

〔43〕 "黄伞格" 一种写信格式。八行竖写,中央一行写受信人的名号,并抬高一格,下面的字也多一些,看起来像一把黄伞的伞柄。黄伞是封建时代高贵的仪仗之一,故称"黄伞格"。这样的信表示对于对方的恭敬。

〔44〕 柿油党的顶子 柿油党是"自由党"的谐音,作者在《华盖集续编·〈阿 Q 正传〉

的成因》中说:"'柿油党'……原是'自由党',乡下人不能懂,便讹成他们能懂的'柿油党'了。"顶子是清代官员帽顶上表示官阶的帽珠。这里是未庄人把自由党的徽章比作官员的"顶子"。

〔45〕 翰林　唐代以来皇帝的文学侍从的名称。明、清时代凡进士选入翰林院供职者通称翰林,担任编修国史、起草文件等工作,是一种名望较高的文职官衔。

〔46〕 刘海仙　指五代时的刘海蟾。相传他在终南山修道成仙。流行于民间的他的画像,一般都是披着长发,前额覆有短发。

〔47〕 洪哥　指黎元洪(1864—1928)。他原任清朝新军第二十一混成协的统领(相当于以后的旅长),1911年武昌起义时,被拉出来担任革命军的鄂军都督。他并未参与武昌起义的筹划。南京临时政府成立,当选为副总统,袁世凯死后继任大总统。

〔48〕 踱　漫步行走,很放松的样子。

〔49〕 躄　原指跛脚,这里指蹑手蹑脚。

〔50〕 羲皇　指伏羲氏。传说中我国上古时代的帝王,他的时代过去曾被形容为太平盛世。

〔51〕 踰垣　翻墙。"踰"是"逾"的异体字。垣,墙。

社　戏

【题记】本文最初发表于1922年12月上海《小说月报》第十三卷第十二号，后收入《呐喊》。鲁迅写故乡的童年生活回忆，享受"思乡的蛊惑"，在其中添加了许多有趣的想象。这种童年记忆带有童话般的梦幻感。而前半部分写在北京两次观看京剧的无聊、恶俗和污浊的印象，成为童年故乡生活回忆的衬托。当人们沉浸于纯真和美好的童年回忆时，大概现实人生已经陷于平凡与无奈。《社戏》感人的正是这种人之常情。

我在倒数上去的二十年中，只看过两回中国戏，前十年是绝不看，因为没有看戏的意思和机会，那两回全在后十年，然而都没有看出什么来就走了。

第一回是民国元年我初到北京的时候，当时一个朋友对我说，北京戏最好，你不去见见世面么？我想，看戏是有味的，而况在北京呢。于是都兴致勃勃的跑到什么园，戏文已经开场了，在外面也早听到冬冬地响。我们挨进门，几个红的绿的在我的眼前一闪烁，便又看见戏台下满是许多头，再定神四面看，却见中间也还有几个空座，挤过去要坐时，又有人对我发议论，我因为耳朵已经喤喤的响着了，用了心，才听到他是说"有人，不行！"

我们退到后面，一个辫子很光的却来领我们到了侧面，指出一个地位来。这所谓地位者，原来是一条长凳，然而他那坐板比我的上腿要狭到四分之三，他的脚比我的下腿要长过三分之二。我先是没有爬上去的勇气，接着便联想到私刑拷打的刑具，不由的毛骨悚然的走出了。

走了许多路，忽听得我的朋友的声音道，"究竟怎的？"我回过脸去，原来他也被我带出来了。他很诧异的说，"怎么总是走，不答应？"我说，"朋友，对不起，我耳朵只在冬冬喤喤的响，并没有听到你的话。"

后来我每一想到，便很以为奇怪，似乎这戏太不好，——否则便是我近来在戏台下不适于生存了。

第二回忘记了那一年，总之是募集湖北水灾捐而谭叫天[1]还没有死。捐法是两元钱买一张戏票，可以到第一舞台去看戏，扮演的多是名角，其一就是小叫天。我买了一张票，本是对于劝募人聊以塞责的，然而似乎又有好事家乘机对我说了些叫天不可不看的大法要了。我于是忘了前几年的冬冬喤喤之灾，竟到第一舞台去了，但大约一半也因为重价购来的宝票，总得使用了才舒服。我打听得叫天出台是迟的，而第一舞台却是新式构造，用不着争座位，便放了心，延宕到九点钟才出去，谁料照例，人都满了，连立足也难，我只得挤在远处的人丛中看一个老旦在台上唱。那老旦嘴边插着两个点火的纸捻子，旁边有一个鬼卒，我费尽思量，才疑心他或者是目连[2]的母亲，因为后来又出来了一个和尚。然而我又不知道那名角是谁，就去问挤小在我的左边的一位胖绅士。他很看不起似的斜瞥了我一眼，说道，"龚云甫[3]！"我深愧浅陋而且粗疏，脸上一热，同时脑里也制出了决不再问的定章，于是看小旦唱，看花旦唱，看老生唱，看不知什么角色唱，看一大班人乱打，看两三个人互打，从九点多到十点，从十点到十一点，从十一点到十一点半，从十一点半到十二点，——然而叫天竟还没有来。

我向来没有这样忍耐的等候过什么事物，而况这身边的胖绅士的呼呼的喘气，这台上的冬冬喤喤的敲打，红红绿绿的晃荡，加之以十二点，忽而使我省悟到在这里不适于生存了。我同时便机械的拧转身子，用力往外只一挤，觉得背后便已满满的，大约那弹性的胖绅士早在我的空处胖开了他的右半身了。我后无回路，自然挤而又挤，终于出了大门。街上除了专等看客的车辆之外，几乎没有什么行人了，大门口却还有十几个人昂着头看戏目，别有一堆人站着并不看什么，我想：他们大概是看散戏之后出来的女人们的，而叫天却还没有来……

然而夜气很清爽，真所谓"沁人心脾"，我在北京遇着这样的好空气，仿佛这是第一遭了。

这一夜，就是我对于中国戏告了别的一夜，此后再没有想到他，即使偶而经过戏园，我们也漠不相关，精神上早已一在天之南一在地之北了。

但是前几天，我忽在无意之中看到一本日本文的书，可惜忘记了书名和著者,总之是关于中国戏的。其中有一篇,大意仿佛说,中国戏是大敲,大叫,大跳,使看客头昏脑眩,很不适于剧场,但若在野外散漫的所在,远远的看起来,也自有他的风致。我当时觉着这正是说了在我意中而未曾想到的话,因为我确记得在野外看过很好的好戏,到北京以后的连进两回戏园去,也许还是受了那时的影响哩。可惜我不知道怎么一来,竟将书名忘却了。

至于我看那好戏的时候,却实在已经是"远哉遥遥"的了,其时恐怕我还不过十一二岁。我们鲁镇的习惯,本来是凡有出嫁的女儿,倘自己还未当家,夏间便大抵回到母家去消夏。那时我的祖母虽然还康健,但母亲也已分担了些家务,所以夏期便不能多日的归省了,只得在扫墓完毕之后,抽空去住几天,这时我便每年跟了我的母亲住在外祖母的家里。那地方叫平桥村,是一个离海边不远,极偏僻的,临河的小村庄;住户不满三十家,都种田,打鱼,只有一家很小的杂货店。但在我是乐土:因为我在这里不但得到优待,又可以免念"秩秩斯干幽幽南山"[4]了。

和我一同玩的是许多小朋友,因为有了远客,他们也都从父母那里得了减少工作的许可,伴我来游戏。在小村里,一家的客,几乎也就是公共的。我们年纪都相仿,但论起行辈来,却至少是叔子,有几个还是太公,因为他们合村都同姓,是本家。然而我们是朋友,即使偶而吵闹起来,打了太公,一村的老老小小,也决没有一个会想出"犯上"这两个字来,而他们也百分之九十九不识字。

我们每天的事情大概是掘蚯蚓,掘来穿在铜丝做的小钩上,伏在河沿上去钓虾。虾是水世界里的呆子,决不惮用了自己的两个钳捧着钩尖送到嘴里去的,所以不半天便可以钓到一大碗。这虾照例是归我吃的。其次便是一同去放牛,但或者因为高等动物了的缘故罢,黄牛水牛都欺生,敢于欺侮我,因此我也总不敢走近身,只好远远地跟着,站着。这时候,小朋友们便不再原谅我会读"秩秩斯干",却全都嘲笑起来了。

至于我在那里所第一盼望的,却在到赵庄去看戏。赵庄是离平桥村五里的较大的村庄;平桥村太小,自己演不起戏,每年总付给赵庄多少钱,算作合做的。当时我并不想到他们为什么年年要演戏。现在想,那或者是春赛,是社戏[5]了。

就在我十一二岁时候的这一年,这日期也看看等到了。不料这一年真可惜,在早上就叫不到船。平桥村只有一只早出晚归的航船是大船,决没有留用的道理。其余的都是小船,不合用;央人到邻村去问,也没有,早都给别人定下了。外祖母很气恼,怪家里的人不早定,絮叨起来。母亲便宽慰伊,说我们鲁镇的戏比小村里的好得多,一年看几回,今天就算了。只有我急得要哭,母亲却竭力的嘱咐我,说万不能装模装样,怕又招外祖母生气,又不准和别人一同去,说是怕外祖母要担心。

总之,是完了。到下午,我的朋友都去了,戏已经开场了,我似乎听到锣鼓的声音,而且知道他们在戏台下买豆浆喝。

这一天我不钓虾,东西也少吃。母亲很为难,没有法子想。到晚饭时候,外祖母也终于觉察了,并且说我应当不高兴,他们太怠慢,是待客的礼数里从来所没有的。吃饭之后,看过戏的少年们也都聚拢来了,高高兴兴的来讲戏。只有我不开口;他们都叹息而且表同情。忽然间,一个最聪明的双喜大悟似的提议了,他说,"大船?八叔的航船不是回来了么?"十几个别的少年也大悟,立刻撺掇起来,说可以坐了这航船和我一同去。我高兴了。然而外祖母又怕都是孩子们,不可靠;母亲又说是若叫大人一同去,他们白天全有工作,要他熬夜,是不合情理的。在这迟疑之中,双喜可又看出底细来了,便又大声的说道,"我写包票!船又大;迅哥儿向来不乱跑;我们又都是识水性的!"

诚然!这十多个少年,委实没有一个不会凫水的,而且两三个还是弄潮的好手。

外祖母和母亲也相信,便不再驳回,都微笑了。我们立刻一哄的出了门。

我的很重的心忽而轻松了,身体也似乎舒展到说不出的大。一出门,便望见月下的平桥内泊着一只白篷的航船,大家跳下船,双喜拔前篙,阿发拔后篙,年幼的都陪我坐在舱中,较大的聚在船尾。母亲送出来吩咐"要小心"的时候,我们已经点开船,在桥石上一磕,退后几尺,即又上前出了桥。于是架起两支橹,一支两人,一里一换,有说笑的,有嚷的,夹着潺潺的船头激水的声音,在左右都是碧绿的豆麦田地的河流中,飞一般径向赵庄前进了。

两岸的豆麦和河底的水草所发散出来的清香,夹杂在水气中扑面的吹来;月色便朦胧在这水气里。淡黑的起伏的连山,仿佛是踊跃的铁的兽脊似的,都远远地向船尾跑去了,但我却还以为船慢。他们换了四回手,渐望见依稀的赵庄,而且似乎听到歌吹了,还有几点火,料想便是戏台,但或者也许是渔火。

那声音大概是横笛,宛转,悠扬,使我的心也沉静,然而又自失起来,觉得要和他弥散在含着豆麦蕴藻之香的夜气里。

那火接近了,果然是渔火;我才记得先前望见的也不是赵庄。那是正对船头的一丛松柏林,我去年也曾经去游玩过,还看见破的石马倒在地下,一个石羊蹲在草里呢。过了那林,船便弯进了叉港,于是赵庄便真在眼前了。

最惹眼的是屹立在庄外临河的空地上的一座戏台,模胡在远处的月夜中,和空间几乎分不出界限,我疑心画上见过的仙境,就在这里出现了。这时船走得更快,不多时,在台上显出人物来,红红绿绿的动,近台的河里一望乌黑的是看戏的人家的船篷。

"近台没有什么空了,我们远远的看罢。"阿发说。

这时船慢了,不久就到,果然近不得台旁,大家只能下了篙,比那正对戏台的神棚还要远。其实我们这白篷的航船,本也不愿意和乌篷的船在一处,而况并没有空地呢……

在停船的匆忙中,看见台上有一个黑的长胡子的背上插着四张旗,捏着长枪,和一群赤膊的人正打仗。双喜说,那就是有名的铁头老生,能连翻八十四个筋斗,他日里亲自数过的。

我们便都挤在船头上看打仗,但那铁头老生却又并不翻筋斗,只有几个赤膊的人翻,翻了一阵,都进去了,接着走出一个小旦来,咿咿呀呀的唱。双喜说,"晚上看客少,铁头老生也懈了,谁肯显本领给白地看呢?"我相信这话对,因为其时台下已经不很有人,乡下人为了明天的工作,熬不得夜,早都睡觉去了,疏疏朗朗的站着的不过是几十个本村和邻村的闲汉。乌篷船里的那些土财主的家眷固然在,然而他们也不在乎看戏,多半是专到戏台下来吃糕饼水果和瓜子的。所以简直可以算白地。

然而我的意思却也并不在乎看翻筋斗。我最愿意看的是一个人蒙了白布,两手在头上捧着一支棒似的蛇头的蛇精,其次是套了黄布衣跳老虎。但是等了许多时都不见,小旦虽然进去了,立刻又出来了一个很老的小生。我有些疲倦了,托桂生买豆浆去。他去了一刻,回来说,"没有。卖豆浆的声子也回去了。日里倒有,我还喝了两碗呢。现在去舀一瓢水来给你喝罢。"

我不喝水,支撑着仍然看,也说不出见了些什么,只觉得戏子的脸都渐渐的有些稀奇了,那五官渐不明显,似乎融成一片的再没有什么高低。年纪小的几个多打呵欠了,大的也各管自己谈话。忽而一个红衫的小丑被绑在台柱子上,给一个花白胡子的用马鞭打起来了,大家才又振作精神的笑着看。在这一夜里,我以为这实在要算是最好的一折。

然而老旦终于出台了。老旦本来是我所怕的东西,尤其是怕他坐下了唱。这时候,看见大家也都很扫兴,才知道他们的意见是和我一致的。那老旦当初还只是踱来踱去的唱,后来竟在中间的一把交椅上坐下了。我很担心;双喜他们却就破口喃喃的骂。我忍耐的等着,许多工夫,只见那老旦将手一抬,我以为就要站起来了,不料他却又慢慢的放下在原地方,仍旧唱。全船里几个人不住的呀气,其余的也打起呵欠来。双喜终于熬不住了,说道,怕他会唱到天明还不完,还是我们走的好罢。大家立刻都赞成,和开船时候一样踊跃,三四人径奔船尾,拔了篙,点退几丈,回转船头,架起橹,骂着老旦,又向那松柏林前进了。

月还没有落,仿佛看戏也并不很久似的,而一离赵庄,月光又显得格外的皎洁。回望戏台在灯火光中,却又如初来未到时候一般,又漂渺得像一座仙山楼阁,满被红霞罩着了。吹到耳边来的又是横笛,很悠扬;我疑心老旦已经进去了,但也不好意思说再回去看。

不多久,松柏林早在船后了,船行也并不慢,但周围的黑暗只是浓,可知已经到了深夜。他们一面议论着戏子,或骂,或笑,一面加紧的摇船。这一次船头的激水声更其响亮了,那航船,就像一条大白鱼背着一群孩子在浪花里蹿,连夜渔的几个老渔父,也停了艇子看着喝采起来。

离平桥村还有一里模样,船行却慢了,摇船的都说很疲乏,因为太用力,而且许久没有东西吃。这回想出来的是桂生,说是罗汉豆[6]正旺相,柴火又现成,我们可以偷一点来煮吃的。大家都赞成,立刻近岸停了船;岸上的田里,乌油油的便都是结实的罗汉豆。

"阿阿,阿发,这边是你家的,这边是老六一家的,我们偷那一边的呢?"双喜先跳下去了,在岸上说。

我们也都跳上岸。阿发一面跳,一面说道,"且慢,让我来看一看罢,"他于是往来的摸了一回,直起身来说道,"偷我们的罢,我们的大得多呢。"一声答应,大家便散开在阿发家的豆田里,各摘了一大捧,抛入船舱中。双喜以为再多偷,倘给阿发的娘知道是要哭骂的,于是各人便到六一公公的田里又各偷了一大捧。

我们中间几个年长的仍然慢慢的摇着船,几个到后舱去生火,年幼的和我都剥豆。不久豆熟了,便任凭航船浮在水面上,都围起来用手撮着吃。吃完豆,又开船,一面洗器具,豆荚豆壳全抛在河水里,什么痕迹也没有了。双喜所虑的是用了八公公船上的盐和柴,这老头子很细心,一定要知道,会骂的。然而大家议论之后,归结是不怕。他如果骂,我们便要他归还去年在岸边拾去的一枝枯桕树,而且当面叫他"八癞子"。

"都回来了!那里会错。我原说过写包票的!"双喜在船头上忽而大声的说。

我向船头一望,前面已经是平桥。桥脚上站着一个人,却是我的母亲,双喜便是对伊说着话。我走出前舱去,船也就进了平桥了,停了船,我们纷纷都上岸。母亲颇有些生气,说是过了三更了,怎么回来得这样迟,但也就高兴了,笑着邀大家去吃炒米。

大家都说已经吃了点心,又渴睡,不如及早睡的好,各自回去了。

第二天,我向午才起来,并没有听到什么关系八公公盐柴事件的纠葛,下午仍然去钓虾。

"双喜,你们这班小鬼,昨天偷了我的豆了罢?又不肯好好的摘,踏坏了不少。"我抬头看时,是六一公公棹着小船,卖了豆回来了,船肚里还有剩下的一堆豆。

"是的。我们请客。我们当初还不要你的呢。你看,你把我的虾吓跑了!"双喜说。

六一公公看见我,便停了楫,笑道,"请客?——这是应该的。"于是对我说,"迅哥儿,昨天的戏可好么?"

我点一点头,说道,"好。"

"豆可中吃呢?"

我又点一点头,说道,"很好。"

不料六一公公竟非常感激起来,将大拇指一翘,得意的说道,"这真是大市镇里出来的读过书的人才识货!我的豆种是粒粒挑选过的,乡下人不识好歹,还说我的豆比不上别人的呢。我今天也要送些给我们的姑奶奶尝尝去……"他于是打着楫子过去了。

待到母亲叫我回去吃晚饭的时候,桌上便有一大碗煮熟了的罗汉豆,就是六一公公送给母亲和我吃的。听说他还对母亲极口夸奖我,说"小小年纪便有见识,将来一定要中状元。姑奶奶,你的福气是可以写包票的了。"但我吃了豆,却并没有昨夜的豆那么好。

真的,一直到现在,我实在再没有吃到那夜似的好豆,——也不再看到那夜似的好戏了。

一九二二年十月。

注释:

〔1〕 谭叫天(1847—1917) 即谭鑫培,又称小叫天,京剧老生演员。

〔2〕 目连 释迦牟尼的弟子。据《盂兰盆经》说,目连是佛的大弟子,有大神通,其母因生前违犯佛教戒律,堕入地狱,他曾入地狱救母。民间流传有《目连救母》一戏。

〔3〕 龚云甫(1862—1932) 京剧老旦演员。

〔4〕 "秩秩斯干幽幽南山" 语出《诗经·小雅·斯干》。郑玄注:"秩秩,流行也;干,涧也;幽幽,深远也。"

〔5〕 社戏 "社"原指土地神或土地庙。在绍兴,社是一种区域名称,社戏就是社中每年所演的"年规戏"。

〔6〕 罗汉豆 即蚕豆。

祝　福

【题记】本文最初发表于1924年3月25日上海《东方杂志》半月刊第二十一卷第六号,后收入《彷徨》。这是一个旧时代普通农村妇女的悲惨故事,更是一个精神毁灭的恐怖故事。故事并非由第三人称直接叙述,而是"包裹"在作品叙事者"我"的遭遇和感受之中,带有对启蒙主义的质疑与反思。"我"作为有新思想的知识分子,对祥林嫂之死是无力且有道德自审的。而祥林嫂悲剧的成因,除了贫穷、疾病,更主要的是封建礼教的压迫和迷信,是她所处的愚昧的、冷漠的社会环境。

旧历的年底毕竟最像年底,村镇上不必说,就在天空中也显出将到新年的气象来。灰白色的沉重的晚云中间时时发出闪光,接着一声钝响,是送灶[1]的爆竹;近处燃放的可就更强烈了,震耳的大音还没有息,空气里已经散满了幽微的火药香。我是正在这一夜回到我的故乡鲁镇的。虽说故乡,然而已没有家,所以只得暂寓在鲁四老爷的宅子里。他是我的本家,比我长一辈,应该称之曰"四叔",是一个讲理学的老监生[2]。他比先前并没有什么大改变,单是老了些,但也还未留胡子,一见面是寒暄,寒暄之后说我"胖了",说我"胖了"之后即大骂其新党[3]。但我知道,这并非借题在骂我:因为他所骂的还是康有为[4]。但是,谈话是总不投机的了,于是不多久,我便一个人剩在书房里。

第二天我起得很迟,午饭之后,出去看了几个本家和朋友;第三天也照样。他们也都没有什么大改变,单是老了些;家中却一律忙,都在准备着"祝福"[5]。这是鲁镇年终的大典,致敬尽礼,迎接福神,拜求来年一年中的好运气的。杀鸡,宰鹅,买猪肉,用心细细的洗,女人的臂膊都在水里浸得通红,有的还带着绞丝银镯子。煮熟之后,横七竖八的插些筷子在这类东西上,可就称为"福礼"了,五更天陈列起来,并且点上香烛,恭请福神们来享用;拜的却只限于男人,拜完自然仍然是放爆竹。年年如此,家家如此,——只要买得起福礼和爆竹之类的,——今年自然也如此。天色愈阴暗了,下午竟下起雪来,雪花大的有梅花那么大,满天飞舞,夹着烟霭和忙碌的气色,将鲁镇乱成一团糟。我回到四叔的书房里时,瓦楞上已经雪白,房里也映得较光明,极分明的显出壁上挂着的朱拓[6]的大"壽"字,陈抟[7]老祖写的;一边的对联已经脱落,松松的卷了放在长桌上,一边的还在,道是"事理通达心气和平"[8]。我又无聊赖的到窗下的案头去一翻,只见一堆似乎未必完全的《康熙字典》,一部《近思录集注》和一部《四书衬》[9]。无论如何,我明天决计要走了。

况且,一想到昨天遇见祥林嫂的事,也就使我不能安住。那是下午,我到镇的东头访过一个朋友,走出来,就在河边遇见她;而且见她瞪着的眼睛的视线,就知道明明是向我走来的。我这回在鲁镇所见的人们中,改变之大,可以说无过于她的了:五年前的花白的头发,即今已经全白,全不像四十上下的人;脸上瘦削不堪,黄中带黑,而且消尽了先前悲哀的神色,仿佛是木刻似的;只有那眼珠间或一轮[10],还可以表示她是一个活物。她一手提着竹篮,内中一个破碗,空的;一手拄着一支比她更长的竹竿,下端开了裂:她分明已经纯乎是一个乞丐了。

我就站住,豫备[11]她来讨钱。

"你回来了?"她先这样问。

"是的。"

"这正好。你是识字的,又是出门人,见识得多。我正要问你一件事——"她那没有精采的眼睛忽然发光了。

我万料不到她却说出这样的话来,诧异的站着。

"就是——"她走近两步,放低了声音,极秘密似的切切的说,"一个人死了之后,究竟有没有魂灵的?"

我很悚然,一见她的眼钉着我的,背上也就遭了芒刺一般,比在学校里遇到不及豫防的临时考,教师又偏是站在身旁的时候,惶急得多了。对于魂灵的有无,我自己是向来毫不介意的;但在此刻,怎样回答她好呢?我在极短期的踌蹰中,想,这里的人照例相信鬼,然而她,却疑惑了,——或者不如说希望:希望其有,又希望其无……。人何必增添末路的人的苦恼,为她起见,不如说有罢。

"也许有罢,——我想。"我于是吞吞吐吐的说。

"那么,也就有地狱了?"

"阿!地狱?"我很吃惊,只得支梧着,"地狱?——论理,就该也有。——然而也未必,……谁来管这等事……。"

"那么,死掉的一家的人,都能见面的?"

"唉唉,见面不见面呢?……"这时我已知道自己也还是完全一个愚人,什么踌蹰,什么计画,都挡不住三句问。我即刻胆怯起来了,便想全翻过先前的话来,"那是,……实在,我说不清……。其实,究竟有没有魂灵,我也说不清。"

我乘她不再紧接的问,迈开步便走,匆匆的逃回四叔的家中,心里很觉得不安逸。自己想,我这答话怕于她有些危险。她大约因为在别人的祝福时候,感到自身的寂寞了,然而会不会含有别的什么意思的呢?——或者是有了什么豫感了?倘有别的意思,又因此发生别的事,则我的答话委实该负若干的责任……。但随后也就自笑,觉得偶尔的事,本没有什么深意义,而我偏要细细推敲,正无怪教育家要说是生着神经病;而况明明说过"说不清",已经推翻了答话的全局,即使发生什么事,于我也毫无关系了。

"说不清"是一句极有用的话。不更事的勇敢的少年,往往敢于给人解决疑问,选定医生,万一结果不佳,大抵反成了怨府[12],然而一用这说不清来作结束,便事事逍遥自在了。我在这时,更感到这一句话的必要,即使和讨饭的女人说话,也是万不可省的。

但是我总觉得不安,过了一夜,也仍然时时记忆起来,仿佛怀着什么不祥的豫感;在阴沉的雪天里,在无聊的书房里,这不安愈加强烈了。不如走罢,明天进城去。福兴楼的清燉鱼翅,一元一大盘,价廉物美,现在不知增价了否?往日同游的朋友,虽然已经云散,然而鱼翅是不可不吃的,即使只有我一个……。无论如何,我明天决计要走了。

我因为常见些但愿不如所料,以为未必竟如所料的事,却每每恰如所料的起来,所以很恐怕这事也一律。[13]果然,特别的情形开始了。傍晚,我竟听到有些人聚在内室里谈话,仿佛议论什么事似的,但不一会,说话声也就

止了,只有四叔且走而且高声的说:

"不早不迟,偏偏要在这时候,——这就可见是一个谬种!"

我先是诧异,接着是很不安,似乎这话于我有关系。试望门外,谁也没有。好容易待到晚饭前他们的短工来冲茶,我才得了打听消息的机会。

"刚才,四老爷和谁生气呢?"我问。

"还不是和祥林嫂?"那短工简捷的说。

"祥林嫂?怎么了?"我又赶紧的问。

"老了。"

"死了?"我的心突然紧缩,几乎跳起来,脸上大约也变了色。但他始终没有抬头,所以全不觉。我也就镇定了自己,接着问:

"什么时候死的?"

"什么时候?——昨天夜里,或者就是今天罢。——我说不清。"

"怎么死的?"

"怎么死的?——还不是穷死的?"他淡然的回答,仍然没有抬头向我看,出去了。

然而我的惊惶却不过暂时的事,随着就觉得要来的事,已经过去,并不必仰仗我自己的"说不清"和他之所谓"穷死的"的宽慰,心地已经渐渐轻松;不过偶然之间,还似乎有些负疚。晚饭摆出来了,四叔俨然的陪着。我也还想打听些关于祥林嫂的消息,但知道他虽然读过"鬼神者二气之良能也"[14],而忌讳仍然极多,当临近祝福时候,是万不可提起死亡疾病之类的话的;倘不得已,就该用一种替代的隐语[15],可惜我又不知道,因此屡次想问,而终于中止了。我从他俨然的脸色上,又忽而疑他正以为我不早不迟,偏要在这时候来打搅他,也是一个谬种,便立刻告诉他明天要离开鲁镇,进城去,趁早放宽了他的心。他也不很留。这样闷闷的吃完了一餐饭。

冬季日短,又是雪天,夜色早已笼罩了全市镇。人们都在灯下匆忙,但窗外很寂静。雪花落在积得厚厚的雪褥上面,听去似乎瑟瑟有声,使人更加感得沉寂。我独坐在发出黄光的菜油灯下,想,这百无聊赖的祥林嫂,被人们弃在尘芥堆中的,看得厌倦了的陈旧的玩物,先前还将形骸露在尘芥里,从活得有趣的人们看来,恐怕要怪讶她何以还要存在,现在总算被无常[16]打扫得干干净净了。魂灵的有无,我不知道;然而在现世,则无聊生者不生,即使厌见者不见,为人为己,也还都不错。[17]我静听着窗外似乎瑟瑟作响的雪花声,一面想,反而渐渐的舒畅起来。

然而先前所见所闻的她的半生事迹的断片,至此也联成一片了。

她不是鲁镇人。有一年的冬初,四叔家里要换女工,做中人的卫老婆子带她进来了,头上扎着白头绳,乌裙,蓝夹袄,月白背心,年纪大约二十六七,脸色青黄,但两颊却还是红的。卫老婆子叫她祥林嫂,说是自己母家的邻舍,死了当家人,所以出来做工了。四叔皱了皱眉,四婶已经知道了他的意思,是在讨厌她是一个寡妇。但看她模样还周正,手脚都壮大,又只是顺着眼,不开一句口,很像一个安分耐劳的人,便不管四叔的皱眉,将她留下了。试工期内,她整天的做,似乎闲着就无聊,又有力,简直抵得过一个男子,所以第三天就定局,每月工钱五百文。

大家都叫她祥林嫂;没问她姓什么,但中人是卫家山人,既说是邻居,那大概也就姓卫了。她不很爱说话,别人问了才回答,答的也不多。直到十几天之后,这才陆续的知道她家里还有严厉的婆婆;一个小叔子,十多岁,能打柴了;她是春天没了丈夫的;他本来也打柴为生,比她小十岁:大家所知道的就只是这一点。

日子很快的过去了,她的做工却毫没有懈,食物不论,力气是不惜的。人们都说鲁四老爷家里雇着了女工,实在比勤快的男人还勤快。到年底,扫尘,洗地,杀鸡,宰鹅,彻夜的煮福礼,全是一人担当,竟没有添短工。然而她反满足,口角边渐渐的有了笑影,脸上也白胖了。

新年才过,她从河边淘米回来时,忽而失了色,说刚才远远地看见一个男人在对岸徘徊,很像夫家的堂伯,恐怕是正为寻她而来的。四婶很惊疑,打听底细,她又不说。四叔一知道,就皱一皱眉,道:

"这不好。恐怕她是逃出来的。"

她诚然是逃出来的,不多久,这推想就证实了。

此后大约十几天,大家正已渐渐忘却了先前的事,卫老婆子忽而带了一个三十多岁的女人进来了,说那是祥林嫂的婆婆。那女人虽是山里人模样,然而应酬很从容,说话也能干,寒暄之后,就赔罪,说她特来叫她的儿媳回家去,因为开春事务忙,而家中只有老的和小的,人手不够了。

"既是她的婆婆要她回去,那有什么话可说呢。"四叔说。

于是算清了工钱,一共一千七百五十文,她全存在主人家,一文也还没有用,便都交给她的婆婆。那女人又取了衣服,道过谢,出去了。其时已经是正午。

"阿呀,米呢?祥林嫂不是去淘米的么?……"好一会,四婶这才惊叫起来。她大约有些饿,记得午饭了。

于是大家分头寻淘箩。她先到厨下,次到堂前,后到卧房,全不见淘箩的影子。四叔踱出门外,也不见,直到河边,才见平平正正的放在岸上,旁边还有一株菜。

看见的人报告说,河里面上午就泊了一只白篷船,篷是全盖起来的,不知道什么人在里面,但事前也没有人去理会他。待到祥林嫂出来淘米,刚刚要跪下去,那船里便突然跳出两个男人来,像是山里人,一个抱住她,一个帮着,拖进船去了。祥林嫂还哭喊了几声,此后便再没有什么声息,大约给用什么堵住了罢。接着就走上两个女人来,一个不认识,一个就是卫婆子。窥探舱里,不很分明,她像是捆了躺在船板上。

"可恶!然而……。"四叔说。

这一天是四婶自己煮午饭;他们的儿子阿牛烧火。

午饭之后,卫老婆子又来了。

"可恶!"四叔说。

"你是什么意思?亏你还会再来见我们。"四婶洗着碗,一见面就愤愤的说,"你自己荐她来,又合伙劫她去,闹得沸反盈天[18]的,大家看了成个什么样子?你拿我们家里开玩笑么?"

"阿呀阿呀,我真上当。我这回,就是为此特地来说说清楚的。她来求我荐地方,我那里料得到是瞒着她的婆婆的呢。对不起,四老爷,四太太。总是我老发昏不小心,对不起主顾。幸而府上是向来宽洪大量,不肯和小人计较的。这回我一定荐一个好的来折罪……。"

"然而……。"四叔说。

于是祥林嫂事件便告终结,不久也就忘却了。

只有四婶,因为后来雇用的女工,大抵非懒即馋,或者馋而且懒,左右不如意,所以也还提起祥林嫂。每当这些时候,她往往自言自语的说,"她现在不知道怎么样了?"意思是希望她再来。但到第二年的新正[19],她也就绝了望。

新正将尽,卫老婆子来拜年了,已经喝得醉醺醺的,自说因为回了一趟卫家山的娘家,住下几天,所以来得迟了。她们问答之间,自然就谈到祥林嫂。

"她么?"卫老婆子高兴的说,"现在是交了好运了。她婆婆来抓她回去的时候,是早已许给了贺家墺的贺老六的,所以回家之后不几天,也就装在花轿里抬去了。"

"阿呀,这样的婆婆!……"四婶惊奇的说。

"阿呀,我的太太!你真是大户人家的太太的话。我们山里人,小户人家,这算得什么?她有小叔子,也得娶老婆。不嫁了她,那有这一注钱来做聘礼?她的婆婆倒是精明强干的女人呵,很有打算,所以就将她嫁到里山去。倘许给本村人,财礼就不多;惟独肯嫁进深山野墺里去的女人少,所以她就到手了八十千[20]。现在第二个儿子的媳妇也娶进了,财礼只花了五十,除去办喜事的费用,还剩十多千。吓,你看,这多么好打算?……"

"祥林嫂竟肯依?……"

"这有什么依不依。——闹是谁也总要闹一闹的;只要用绳子一捆,塞在花轿里,抬到男家,捺上花冠,拜堂,关上房门,就完事了。可是祥林嫂真出格,听说那时实在闹得利害[21],大家还都说大约因为在念书人家做过事,所以与众不同呢。太太,我们见得多了:回头人[22]出嫁,哭喊的也有,说要寻死觅活的也有,抬到男家闹得拜不成天地的也有,连花烛都砸了的也有。祥林嫂可是异乎寻常,他们说她一路只是嚎,骂,抬到贺家墺,喉咙已经全哑了。拉出轿来,两个男人和她的小叔子使劲的擒住她也还拜不成天地。他们一不小心,一松手,阿呀,阿弥陀佛,她就一头撞在香案角上,头上碰了一个大窟窿,鲜血直流,用了两把香灰,包上两块红布还止不住血呢。直到七手八脚的将她和男人反关在新房里,还是骂,阿呀呀,这真是……"她摇一摇头,顺下眼睛,不说了。

"后来怎么样呢?"四婶还问。

"听说第二天也没有起来。"她抬起眼来说。

"后来呢?"

"后来?——起来了。她到年底就生了一个孩子,男的,新年就两岁了。我在娘家这几天,就有人到贺家墺去,回来说看见他们娘儿俩,母亲也胖,儿子也胖;上头又没有婆婆;男人所有的是力气,会做活;房子是自家的。——唉唉,她真是交了好运了。"

从此之后,四婶也就不再提起祥林嫂。

但有一年的秋季,大约是得到祥林嫂好运的消息之后的又过了两个新年,她竟又站在四叔家的堂前了。桌上放着一个荸荠式的圆篮,檐下一个小铺盖。她仍然头上扎着白头绳,乌裙,蓝夹袄,月白背心,脸色青黄,只是两颊上已经消失了血色,顺着眼,眼角上带些泪痕,眼光也没有先前那样精神了。而且仍然是卫老婆子领着,显出慈悲模样,絮絮的对四婶说:

"……这实在是叫作'天有不测风云',她的男人是坚实人,谁知道年纪青青,就会断送在伤寒上?本来已经好了的,吃了一碗冷饭,复发了。幸亏有儿子;她又能做,打柴摘茶养蚕都来得,本来还可以守着,谁知道那孩子又会给狼衔去的呢?春天快完了,村上倒反来了狼,谁料到?现在她只剩了一个光身了。大伯来收屋,又赶她。她真是走投无路了,只好来求老主人。好在她现在已经再没有什么牵挂,太太家里又凑巧要换人,所以我就领她来。——我想,熟门熟路,比生手实在好得多……。"

"我真傻,真的,"祥林嫂抬起她没有神采的眼睛来,接着说。"我单知道下雪的时候野兽在山墺里没有食吃,会到村里来;我不知道春天也会有。我一清早起来就开了门,拿小篮盛了一篮豆,叫我们的阿毛坐在门槛上剥豆去。他是很听话的,我的话句句听;他出去了。我就在屋后劈柴,淘米,米下了锅,要蒸豆。我叫阿毛,没有应,出去一看,只见豆撒得一地,没有我们的阿毛了。他是不到别家去玩的;各处去一问,果然没有。我急了,央人出去寻。直到下半天,寻来寻去寻到山墺里,看见刺柴上挂着一只他的小鞋。大家都说,糟了,怕是遭了狼了。再进去;他果然躺在草窠里,肚里的五脏已经都给吃空了,手上还紧紧的捏着那只小篮呢。……"她接着但是[23]呜咽,说不出成句的话来。

四婶起初还踌蹰,待到听完她自己的话,眼圈就有些红了。她想了一想,便教拿圆篮和铺盖到下房去。卫老婆子仿佛卸了一肩重担似的嘘一口气;祥林嫂比初来时候神气舒畅些,不待指引,自己驯熟的安放了铺盖。她从此又在鲁镇做女工了。

大家仍然叫她祥林嫂。

然而这一回,她的境遇却改变得非常大。上工之后的两三天,主人们就觉得她手脚已没有先前一样灵活,记性也坏得多,死尸似的脸上又整日没有笑影,四婶的口气上,已颇有些不满了。当她初到的时候,四叔虽然照例皱过眉,但鉴于向来雇用女工之难,也就并不大反对,只是暗暗地告诫四婶说,这种人虽然似乎很可怜,但是败坏风俗的,用她帮忙还可以,祭祀时候可用不着她沾手,一切饭菜,只好自己做,否则,不干不净,祖宗是不吃的。

四叔家里最重大的事件是祭祀,祥林嫂先前最忙的时候也就是祭祀,这回她却清闲了。桌子放在堂中央,系上桌帏,她还记得照旧的去分配酒杯和筷子。

"祥林嫂,你放着罢!我来摆。"四婶慌忙的说。

她讪讪的缩了手,又去取烛台。

"祥林嫂,你放着罢!我来拿。"四婶又慌忙的说。

她转了几个圆圈,终于没有事情做,只得疑惑的走开。她在这一天可做的事是不过坐在灶下烧火。

镇上的人们也仍然叫她祥林嫂,但音调和先前很不同;也还和她讲话,但笑容却冷冷的了。她全不理会那些事,只是直着眼睛,和大家讲她自己日夜不忘的故事:

"我真傻,真的,"她说。"我单知道雪天是野兽在深山里没有食吃,会到村里来;我不知道春天也会有。我一大早起来就开了门,拿小篮盛了一篮豆,叫我们的阿毛坐在门槛上剥豆去。他是很听话的孩子,我的话句句听;他就出去了。我就在屋后劈柴,淘米,米下了锅,打算蒸豆。我叫,'阿毛!'没有应。出去一看,只见豆撒得满地,没有我们的阿毛了。各处去一问,都没有。我急了,央人去寻去。直到下半天,几个人寻到山墺里,看见刺柴上挂着一只他的小鞋。大家都说,完了,怕是遭了狼了。再进去;果然,他躺在草窠里,肚里的五脏已经都给吃空了,可怜他手里还紧紧的捏着那只小篮呢。……"她于是淌下眼泪来,声音也呜咽了。

这故事倒颇有效,男人听到这里,往往敛起笑容,没趣的走了开去;女人们却不独宽恕了她似的,脸上立刻改换了鄙薄的神气,还要陪出许多眼泪来。有些老女人没有在街头听到她的话,便特意寻来,要听她这一段悲惨的故事。直到她说到呜咽,她们也就一齐流下那停在眼角上的眼泪,叹息一番,满足的去了,一面还纷纷的评论着。

她就只是反复的向人说她悲惨的故事,常常引住了三五个人来听她。但不久,大家也都听得纯熟了,便是最慈悲的念佛的老太太们,眼里也再不见有一点泪的痕迹。后来全镇的人们几乎都能背诵她的话,一听到就烦厌得头痛。

"我真傻,真的,"她开首说。

"是的,你是单知道雪天野兽在深山里没有食吃,才会到村里来的。"他们立即打断她的话,走开去了。

她张着口怔怔的站着,直着眼睛看他们,接着也就走了,似乎自己也觉得没趣。但她还妄想,希图从别的事,如小篮,豆,别人的孩子上,引出她的阿毛的故事来。倘一看见两三岁的小孩子,她就说:

"唉唉,我们的阿毛如果还在,也就有这么大了。……"

孩子看见她的眼光就吃惊,牵着母亲的衣襟催她走。于是又只剩下她一个,终于没趣的也走了。后来大家又都知道了她的脾气,只要有孩子在眼前,便似笑非笑的先问她,道:

"祥林嫂,你们的阿毛如果还在,不是也就有这么大了么?"

她未必知道她的悲哀经大家咀嚼赏鉴了许多天,早已成为渣滓,只值得烦厌和唾弃;但从人们的笑影上,也仿佛觉得这又冷又尖,自己再没有开口的必要了。她单是一瞥他们,并不回答一句话。

鲁镇永远是过新年,腊月二十以后就忙起来了。四叔家里这回须雇男短工,还是忙不过来,另叫柳妈做帮手,杀鸡,宰鹅;然而柳妈是善女人[24],吃素,不杀生的,只肯洗器皿。祥林嫂除烧火之外,没有别的事,却闲着了,坐着只看柳妈洗器皿。微雪点点的下来了。

"唉唉,我真傻,"祥林嫂看了天空,叹息着,独语似的说。

"祥林嫂,你又来了。"柳妈不耐烦的看着她的脸,说。"我问你:你额角上的伤疤,不就是那时撞坏的么?"

"唔唔。"她含胡的回答。

"我问你:你那时怎么后来竟依了呢?"

"我么?……"

"你呀。我想:这总是你自己愿意了,不然……。"

"阿阿,你不知道他力气多么大呀。"

"我不信。我不信你这么大的力气,真会拗他不过。你后来一定是自己肯了,倒推说他力气大。"

"阿阿,你……你倒自己试试看。"她笑了。

柳妈的打皱的脸也笑起来,使她蹙缩得像一个核桃;干枯的小眼睛一看祥林嫂的额角,又钉住她的眼。祥林嫂似乎很局促了,立刻敛了笑容,旋转眼光,自去看雪花。

"祥林嫂,你实在不合算。"柳妈诡秘的说。"再一强,或者索性撞一个死,就好了。现在呢,你和你的第二个男人过活不到两年,倒落了一件大罪名。你想,你将来到阴司去,那两个死鬼的男人还要争,你给了谁好呢?阎罗大王只好把你锯开来,分给他们。我想,这真是……。"

她脸上就显出恐怖的神色来,这是在山村里所未曾知道的。

"我想,你不如及早抵当。你到土地庙里去捐一条门槛,当作你的替身,给千人踏,万人跨,赎了这一世的罪名,免得死了去受苦。"

她当时并不回答什么话,但大约非常苦闷了,第二天早上起来的时候,两眼上便都围着大黑圈。早饭之后,她便到镇的西头的土地庙里去求捐门槛。庙祝[25]起初执意不允许,直到她急得流泪,才勉强答应了。价目是大钱十二千。

她久已不和人们交口,因为阿毛的故事是早被大家厌弃了的;但自从和柳妈谈了天,似乎又即传扬开去,许多人都发生了新趣味,又来逗她说话了。至于题目,那自然是换了一个新样,专在她额上的伤疤。

"祥林嫂,我问你:你那时怎么竟肯了?"一个说。

"唉,可惜,白撞了这一下。"一个看着她的疤,应和道。

她大约从他们的笑容和声调上,也知道是在嘲笑她,所以总是瞪着眼睛,不说一句话,后来连头也不回了。她整日紧闭了嘴唇,头上带着大家以为耻辱的记号的那伤痕,默默的跑街,扫地,洗菜,淘米。快够一年,她才从四婶手里支取了历来积存的工钱,换算了十二元鹰洋[26],请假到镇的西头去。但不到一顿饭时候,她便回来,神气很舒畅,眼光也分外有神,高兴似的对四婶说,自己已经在土地庙捐了门槛了。

冬至的祭祖时节,她做得更出力,看四婶装好祭品,和阿牛将桌子抬到堂屋中央,她便坦然的去拿酒杯和筷子。

"你放着罢,祥林嫂!"四婶慌忙大声说。

她像是受了炮烙[27]似的缩手,脸色同时变作灰黑,也不再去取烛台,只是失神的站着。直到四叔上香的时候,教她走开,她才走开。这一回她的变化非常大,第二天,不但眼睛窈陷[28]下去,连精神也更不济了。而且很胆怯,不独怕暗夜,怕黑影,即使看见人,虽是自己的主人,也总惴惴的,有如在白天出穴游行的小鼠;否则呆坐着,直是一个木偶人。不半年,头发也花白起来了,记性尤其坏,甚而至于常常忘却了去淘米。

"祥林嫂怎么这样了?倒不如那时不留她。"四婶有时当面就这样说,似乎是警告她。

然而她总如此,全不见有伶俐起来的希望。他们于是想打发她走了,教她回到卫老婆子那里去。但当我还在鲁镇的时候,不过单是这样说;看现在的情状,可见后来终于实行了。然而她是从四叔家出去就成了乞丐的呢,还是先到卫老婆子家然后再成乞丐的呢?那我可不知道。

我给那些因为在近旁而极响的爆竹声惊醒,看见豆一般大的黄色的灯火光,接着又听得毕毕剥剥的鞭炮,是四叔家正在"祝福"了;知道已是五更将近时候。我在蒙胧中,又隐约听到远处的爆竹声联绵不断,似乎合成一天音响的浓云,夹着团团飞舞的雪花,拥抱了全市镇。我在这繁响的拥抱中,也懒散而且舒适,从白天以至初夜的疑虑,全给祝福的空气一扫而空了,只觉得天地圣众歆享了牲醴和香烟[29],都醉醺醺的在空中蹒跚,豫备给鲁镇的人们以无限的幸福。

一九二四年二月七日。

注释：

〔1〕 送灶　旧俗以夏历十二月二十四日为灶神升天的日子，在这一天或前一天祭送灶神，称为送灶。

〔2〕 理学　又称道学，是宋代周敦颐、程颐、朱熹等人阐释儒家学说而形成的思想体系。它认为"理"是宇宙的本体，把三纲五常等封建伦理道德说成是天理，提出"存天理，灭人欲"的主张。监生，国子监生员的简称。国子监原是封建时代中央最高学府，清代乾隆以后可以通过援例捐资取得监生名义，不一定在监读书。

〔3〕 新党　清末对主张或倾向维新的人的称呼，辛亥革命前后，也用来称呼革命党人及拥护革命的人。

〔4〕 康有为(1858—1927)　字广厦，号长素，广东南海人，清末维新运动领袖。他主张"变法维新"，改君主专制为君主立宪。甲午中日战争失败后，清政府于1895年与日本签订丧权辱国的《马关条约》，康有为与当时同在北京参加会试的各省举人一千三百多人，联名向光绪皇帝上书，要求"拒和、迁都、变法"，成为后来戊戌变法运动的前奏。1898年他与谭嗣同、梁启超等受光绪皇帝任用，参与政事，实行变法，因遭到以慈禧太后为首的封建顽固派的激烈反对而失败。康有为在变法失败后逃亡国外，后组织保皇党，反对孙中山领导的民主革命运动，辛亥革命后又联络军阀张勋扶植清废帝溥仪复辟。

〔5〕 "祝福"　旧时江南一带每年年终的一种习俗。清代范寅《越谚·风俗》载："祝福，岁暮谢年，谢神祖，名此。"

〔6〕 朱拓　用银朱等红颜料从碑刻上拓下的文字或图形。

〔7〕 陈抟(？—989)　五代时亳州真源(今河南鹿邑)人。后唐长庆年间举进士不第，先后隐居武当山和华山修道。后人把他附会为"神仙"。

〔8〕 "事理通达心气和平"　语出朱熹《论语集注》。朱熹在《季氏》篇中"不学诗无以言"和"不学礼无以立"语下分别注云："事理通达而心气和平，故能言"；"品节详明而德性坚定，故能立"。

〔9〕 《康熙字典》　清代康熙年间张玉书、陈廷敬等奉旨编纂的一部大型字典，四十二卷，收四万七千余字，康熙五十五年(1716)刊行。《近思录集注》，《近思录》是一部所谓理学入门书，由宋代朱熹、吕祖谦选录周敦颐、程颢、程颐以及张载四人的语录编成，清代学者茅星来和江永分别作集注。《四书衬》，清代骆培解说"四书"的一种书。

〔10〕 间或一轮　偶尔转动一下。

〔11〕 豫备　现在写作"预备"。下文"豫防""豫感"，现在写作"预防""预感"。

〔12〕 怨府　怨恨凝集处，指怨恨的对象。

〔13〕 我因为常见……所以很恐怕这事也一律　这句意思是，我常遇到这样一些事，本不希望它如自己所料的那样发生了，也以为未必真的会发生，却还是那样发生了，所以我

一再担心祥林嫂会死的事,恐怕也要发生。

〔14〕 "鬼神者二气之良能也" 语出北宋张载《张子正蒙·太和》,也见《近思录》。意思是,鬼神是阴阳二气自然变化而成。良能,先天具有的能力。

〔15〕 隐语 不明确说出要表达的意思,而借用其他说法来表示。如下文用"老了"代替"死了",就是隐语。

〔16〕 无常 佛家语,原指世间一切事物都在变异灭坏的过程中;后引申为死的意思,也用作迷信传说中"勾魂使者"的名称。参看本卷《无常》。

〔17〕 然而在现世……也还都不错 意思是,在现在这样的人世间,无所依靠的活不下去的人不如死去,那么讨厌他的人也眼见为净,这样对人对己也都还不错。这是作者沉重愤激的反语。

〔18〕 沸反盈天 形容极度喧闹混乱。

〔19〕 新正 农历新年正月。

〔20〕 八十千 旧时以一千文钱为一贯或一吊,所以几千文钱也称为几贯或几吊,但也有些地方直称为多少千。八十千即八十吊。

〔21〕 利害 现在写作"厉害"。

〔22〕 回头人 指再嫁的寡妇。

〔23〕 但是 只是。

〔24〕 善女人 佛家语,指信佛的女人。

〔25〕 庙祝 旧时庙宇中管理香火的人。

〔26〕 鹰洋 指墨西哥银元,币面铸有鹰的图案。鸦片战争后曾大量流入我国。

〔27〕 炮烙 亦作炮格,相传为殷纣王时的一种酷刑。据《史记·殷本纪》裴骃集解引《列女传》:"膏铜柱,下加之炭,令有罪者行焉,辄堕炭中,妲己笑,名曰炮格之刑。"

〔28〕 窈陷 深陷。

〔29〕 天地圣众歆享了牲醴和香烟 天地间的众神享用了祭祀的酒肉和香火。歆享,神灵享用供品。牲醴,泛指供品。醴,甜酒。香烟,祭奠点燃的香火。

在 酒 楼 上

【题记】本文最初发表于1924年5月10日上海《小说月报》第十五卷第五号,收入《彷徨》。小说写"我"返乡时,在一家酒楼上和旧时的同事吕纬甫相遇,勾起彼此对人生多变的感慨。他们年轻时也曾对生活充满热情,激进而叛逆,如今却因为革命的消沉以及生活的艰难而沮丧彷徨。小说除了批判知识分子的软弱性,也表达了随着年龄增大而产生的生活颓唐感,即所谓"中年忧郁";即使不赞同,仍然要做一个勇者,去继续积极地生活下去。小说结尾写两人酒后各自顺着来时的路返回,不一定看作是两种思想选择的分道扬镳,那不过是各有各的生活,各有各的苦恼与无奈而已。

我从北地向东南旅行,绕道访了我的家乡,就到S城[1]。这城离我的故乡不过三十里,坐了小船,小半天可到,我曾在这里的学校里当过一年的教员。深冬雪后,风景凄清,懒散和怀旧的心绪联结起来,我竟暂寓在S城的洛思旅馆里了;这旅馆是先前所没有的。城圈本不大,寻访了几个以为可以会见的旧同事,一个也不在,早不知散到那里去了;经过学校的门口,也改换了名称和模样,于我很生疏。不到两个时辰,我的意兴早已索然,颇悔此来为多事了。

我所住的旅馆是租房不卖饭的,饭菜必须另外叫来,但又无味,入口如嚼泥土。窗外只有渍痕斑驳的墙壁,帖着枯死的莓苔;上面是铅色的天,白皑皑的绝无精采,而且微雪又飞舞起来了。我午餐本没有饱,又没有可以消遣的事情,便很自然的想到先前有一家很熟识的小酒楼,叫一石居的,算来离旅馆并不远。我于是立即锁了房门,出街向那酒楼去。其实也无非想姑且逃避客中的无聊,并不专为买醉。一石居是在的,狭小阴湿的店面和破旧的招牌都依旧;但从掌柜以至堂倌却已没有一个熟人,我在这一石居中也完全成了生客。然而我终于跨上那走熟的屋角的扶梯去了,由此径到小楼上。上面也依然是五张小板桌;独有原是木棂的后窗却换嵌了玻璃。

"一斤绍酒。——菜?十个油豆腐,辣酱要多!"

我一面说给跟我上来的堂倌听,一面向后窗走,就在靠窗的一张桌旁坐下了。楼上"空空如也",任我拣得最好的坐位:可以眺望楼下的废园。这园大概是不属于酒家的,我先前也曾眺望过许多回,有时也在雪天里。但现在从惯于北方的眼睛看来,却很值得惊异了:几株老梅竟斗雪开着满树的繁花,仿佛毫不以深冬为意;倒塌的亭子边还有一株山茶树,从暗绿的密叶里显出十几朵红花来,赫赫的在雪中明得如火,愤怒而且傲慢,如蔑视游人的甘心于远行。我这时又忽地想到这里积雪的滋润,著物不去,晶莹有光,不比朔雪[2]的粉一般干,大风一吹,便飞得满空如烟雾。……

"客人,酒。……"

堂倌懒懒的说着,放下杯,筷,酒壶和碗碟,酒到了。我转脸向了板桌,排好器具,斟出酒来。觉得北方固不是我的旧乡,但南来又只能算一个客子,无论那边的干雪怎样纷飞,这里的柔雪又怎样的依恋,于我都没有什么关系了。我略带些哀愁,然而很舒服的呷一口酒。酒味很纯正;油豆腐也煮得十分好;可惜辣酱太淡薄,本来S城人是不懂得吃辣的。

大概是因为正在下午的缘故罢,这虽说是酒楼,却毫无酒楼气,我已经喝下三杯酒去了,而我以外还是四张空板桌。我看着废园,渐渐的感到孤独,但又不愿有别的酒客上来。偶然听得楼梯上脚步响,便不由的有些懊恼,待到看见是堂倌,才又安心了,这样的又喝了两杯酒。

我想,这回定是酒客了,因为听得那脚步声比堂倌的要缓得多。约略料他走完了楼梯的时候,我便害怕似的抬头去看这无干的同伴,同时也就吃惊的站起来。我竟不料在这里意外的遇见朋友了,——假如他现在还许我称他为朋友。那上来的分明是我的旧同窗,也是做教员时代的旧同事,面貌虽然颇有些改变,但一见也就认识,独有行动却变得格外迂缓,很不像当年敏捷精悍的吕纬甫了。

"阿,——纬甫,是你么?我万想不到会在这里遇见你。"

"阿阿,是你?我也万想不到……"

我就邀他同坐,但他似乎略略踌躇之后,方才坐下来。我起先很以为奇，接着便有些悲伤，而且不快了。细看他相貌，也还是乱蓬蓬的须发；苍白的长方脸，然而衰瘦了。精神很沉静，或者却是颓唐；又浓又黑的眉毛底下的眼睛也失了精采，但当他缓缓的四顾的时候，却对废园忽地闪出我在学校时代常常看见的射人的光来。

"我们，"我高兴的，然而颇不自然的说，"我们这一别，怕有十年了罢。我早知道你在济南，可是实在懒得太难，终于没有写一封信。……"

"彼此都一样。可是现在我在太原了，已经两年多，和我的母亲。我回来接她的时候，知道你早搬走了，搬得很干净。"

"你在太原做什么呢？"我问。

"教书，在一个同乡的家里。"

"这以前呢？"

"这以前么？"他从衣袋里掏出一支烟卷来，点了火衔在嘴里，看着喷出的烟雾，沉思似的说，"无非做了些无聊的事情，等于什么也没有做。"

他也问我别后的景况；我一面告诉他一个大概，一面叫堂倌先取杯筷来，使他先喝着我的酒，然后再去添二斤。其间还点菜，我们先前原是毫不客气的，但此刻却推让起来了，终于说不清那一样是谁点的，就从堂倌的口头报告上指定了四样菜：茴香豆，冻肉，油豆腐，青鱼干。

"我一回来，就想到我可笑。"他一手擎着烟卷，一只手扶着酒杯，似笑非笑的向我说。"我在少年时，看见蜂子或蝇子停在一个地方，给什么来一吓，即刻飞去了，但是飞了一个小圈子，便又回来停在原地点，便以为这实在很可笑，也可怜。可不料现在我自己也飞回来了，不过绕了一点小圈子。又不料你也回来了。你不能飞得更远些么？"

"这难说，大约也不外乎绕点小圈子罢。"我也似笑非笑的说。"但是你为什么飞回来的呢？"

"也还是为了无聊的事。"他一口喝干了一杯酒，吸几口烟，眼睛略为张大了。"无聊的。——但是我们就谈谈罢。"

堂倌搬上新添的酒菜来，排满了一桌，楼上又添了烟气和油豆腐的热气，仿佛热闹起来了；楼外的雪也越加纷纷的下。

"你也许本来知道，"他接着说，"我曾经有一个小兄弟，是三岁上死掉的，就葬在这乡下。我连他的模样都记不清楚了，但听母亲说，是一个很可爱念的孩子,和我也很相投,至今她提起来还似乎要下泪。今年春天,一个堂兄就来了一封信,说他的坟边已经渐渐的浸了水,不久怕要陷入河里去了,须得赶紧去设法。母亲一知道就很着急,几乎几夜睡不着,——她又自己能看信的。然而我能有什么法子呢?没有钱,没有工夫:当时什么法也没有。

"一直挨到现在,趁着年假的闲空,我才得回南给他来迁葬。"他又喝干一杯酒,看着窗外,说,"这在那边那里能如此呢?积雪里会有花,雪地下会不冻。就在前天,我在城里买了一口小棺材,——因为我豫料那地下的应该早已朽烂了,——带着棉絮和被褥,雇了四个土工,下乡迁葬去。我当时忽而很高兴,愿意掘一回坟,愿意一见我那曾经和我很亲睦的小兄弟的骨殖:这些事我生平都没有经历过。到得坟地,果然,河水只是咬进来,离坟已不到二尺远。可怜的坟,两年没有培土,也平下去了。我站在雪中,决然的指着他对土工说,'掘开来!'我实在是一个庸人,我这时觉得我的声音有些希奇,这命令也是一个在我一生中最为伟大的命令。但土工们却毫不骇怪,就动手掘下去了。待到掘着圹穴[3],我便过去看,果然,棺木已经快要烂尽了,只剩下一堆木丝和小木片。我的心颤动着,自去拨开这些,很小心的,要看一看我的小兄弟。然而出乎意外!被褥,衣服,骨骼,什么也没有。我想,这些都消尽了,向来听说最难烂的是头发,也许还有罢。我便伏下去,在该是枕头所在的泥土里仔仔细细的看,也没有。踪影全无!"

我忽而看见他眼圈微红了,但立即知道是有了酒意。他总不很吃菜,单是把酒不停的喝,早喝了一斤多,神情和举动都活泼起来,渐近于先前所见的吕纬甫了。我叫堂倌再添二斤酒,然后回转身,也拿着酒杯,正对面默默的听着。

"其实,这本已可以不必再迁,只要平了土,卖掉棺材,就此完事了的。我去卖棺材虽然有些离奇,但只要价钱极便宜,原铺子就许要,至少总可以捞回几文酒钱来。但我不这样,我仍然铺好被褥,用棉花裹了些他先前身体所在的地方的泥土,包起来,装在新棺材里,运到我父亲埋着的坟地上,在他坟旁埋掉了。因为外面用砖砌,昨天又忙了我大半天:监工。但这样总算完结了一件事,足够去骗骗我的母亲,使她安心些。——阿阿,你这样的看我,你怪我何以和先前太不相同了么?是的,我也还记得我们同到城隍[4]庙里去拔掉神像的胡子的时候,连日议论些改革中国的方法以至于打起来的时候。但我现在就是这样了,敷敷衍衍,模模胡胡。我有时自己也想到,倘若先前的朋友看见我,怕会不认我做朋友了。——然而我现在就是这样。"

他又掏出一支烟卷来,衔在嘴里,点了火。

"看你的神情,你似乎还有些期望我,——我现在自然麻木得多了,但是有些事也还看得出。这使我很感激,然而也使我很不安:怕我终于辜负了至今还对我怀着好意的老朋友。……"他忽而停住了,吸几口烟,才又慢慢的说,"正在今天,刚在我到这一石居来之前,也就做了一件无聊事,然而也是我自己愿意做的。我先前的东边的邻居叫长富,是一个船户。他有一个女儿叫阿顺,你那时到我家里来,也许见过的,但你一定没有留心,因为那时她还小。后来她也长得并不好看,不过是平常的瘦瘦的瓜子脸,黄脸皮;独有眼睛非常大,睫毛也很长,眼白又青得如夜的晴天,而且是北方的无风的晴天,这里的就没有那么明净了。她很能干,十多岁没了母亲,招呼两个小弟妹都靠她;又得服侍父亲,事事都周到;也经济,家计倒渐渐的稳当起来了。邻居几乎没有一个不夸奖她,连长富也时常说些感激的话。这一次我动身回来的时候,我的母亲又记得她了,老年人记性真长久。她说她曾经知道顺姑因为看见谁的头上戴着红的剪绒花,自己也想有一朵,弄不到,哭了,哭了小半夜,就挨了她父亲的一顿打,后来眼眶还红肿了两三天。这种剪绒花是外省的东西,S城里尚且买不出,她那里想得到手呢?趁我这一次回南的便,便叫我买两朵去送她。

"我对于这差使倒并不以为烦厌,反而很喜欢;为阿顺,我实在还有些愿意出力的意思的。前年,我回来接我母亲的时候,有一天,长富正在家,不知怎的我和他闲谈起来了。他便要请我吃点心,荞麦粉,并且告诉我所加的是白糖。你想,家里能有白糖的船户,可见决不是一个穷船户了,所以他也吃得很阔绰。我被劝不过,答应了,但要求只要用小碗。他也很识世故,便嘱咐阿顺说,'他们文人,是不会吃东西的。你就用小碗,多加糖!'然而等到调好端来的时候,仍然使我吃一吓,是一大碗,足够我吃一天。但是和长富吃的一碗比起来,我的也确乎算小碗。我生平没有吃过荞麦粉,这回一尝,实在不可口,却是非常甜。我漫然的吃了几口,就想不吃了,然而无意中,忽然间看见阿顺远远的站在屋角里,就使我立刻消失了放下碗筷的勇气。我看她的神情,是害怕而且希望,大约怕自己调得不好,愿我们吃得有味。我知道如果剩下大半碗来,一定要使她很失望,而且很抱歉。我于是同时决心,放开喉咙灌下去了,几乎吃得和长富一样快。我由此才知道硬吃的苦痛,我只记得还做孩子时候的吃尽一碗拌着驱除蛔虫药粉的沙糖才有这样难。然而我毫不抱怨,因为她过来收拾空碗时候的忍着的得意的笑容,已尽够赔偿我的苦痛而有余了。所以我这一夜虽然饱胀得睡不稳,又做了一大串恶梦,也还是祝赞她一生幸福,愿世界为她变好。然而这些意思也不过是我那些旧日的梦的痕迹,即刻就自笑,接着也就忘却了。

"我先前并不知道她曾经为了一朵剪绒花挨打,但因为母亲一说起,便也记得了荞麦粉的事,意外的勤快起来了。我先在太原城里搜求了一遍,都没有;一直到济南……"

窗外沙沙的一阵声响,许多积雪从被他压弯了的一枝山茶树上滑下去了,树枝笔挺的伸直,更显出乌油油的肥叶和血红的花来。天空的铅色来得更浓;小鸟雀啾唧的叫着,大概黄昏将近,地面又全罩了雪,寻不出什么食粮,都赶早回巢来休息了。

"一直到了济南,"他向窗外看了一回,转身喝干一杯酒,又吸几口烟,接着说。"我才买到剪绒花。我也不知道使她挨打的是不是这一种,总之是绒做的罢了。我也不知道她喜欢深色还是浅色,就买了一朵大红的,一朵粉红的,都带到这里来。

"就是今天午后,我一吃完饭,便去看长富,我为此特地耽搁了一天。他的家倒还在,只是看去很有些晦气色了,但这恐怕不过是我自己的感觉。他的儿子和第二个女儿——阿昭,都站在门口,大了。阿昭长得全不像她姊姊,简直像一个鬼,但是看见我走向她家,便飞奔的逃进屋里去。我就问那小子,知道长富不在家。'你的大姊呢?'他立刻瞪起眼睛,连声问我寻她什么事,而且恶狠狠的似乎就要扑过来,咬我。我支吾着退走了,我现在是敷敷衍衍……

"你不知道,我可是比先前更怕去访人了。因为我已经深知道自己之讨厌,连自己也讨厌,又何必明知故犯的去使人暗暗地不快呢?然而这回的差使是不能不办妥的,所以想了一想,终于回到就在斜对门的柴店里。店主的母亲,老发奶奶,倒也还在,而且也还认识我,居然将我邀进店里坐去了。

我们寒暄几句之后,我就说明了回到S城和寻长富的缘故。不料她叹息说:

"'可惜顺姑没有福气戴这剪绒花了。'

"她于是详细的告诉我,说是'大约从去年春天以来,她就见得黄瘦,后来忽而常常下泪了,问她缘故又不说;有时还整夜的哭,哭得长富也忍不住生气,骂她年纪大了,发了疯。可是一到秋初,起先不过小伤风,终于躺倒了,从此就起不来。直到咽气的前几天,才肯对长富说,她早就像她母亲一样,不时的吐红和流夜汗。但是瞒着,怕他因此要担心。有一夜,她的伯伯长庚又来硬借钱,——这是常有的事,——她不给,长庚就冷笑着说:你不要骄气,你的男人比我还不如!她从此就发了愁,又怕羞,不好问,只好哭。长富赶紧将她的男人怎样的挣气的话说给她听,那里还来得及?况且她也不信,反而说:好在我已经这样,什么也不要紧了。'

"她还说,'如果她的男人真比长庚不如,那就真可怕呵!比不上一个偷鸡贼,那是什么东西呢?然而他来送殓的时候,我是亲眼看见他的,衣服很干净,人也体面;还眼泪汪汪的说,自己撑了半世小船,苦熬苦省的积起钱来聘了一个女人,偏偏又死掉了。可见他实在是一个好人,长庚说的全是诳。只可惜顺姑竟会相信那样的贼骨头的诳话,白送了性命。——但这也不能去怪谁,只能怪顺姑自己没有这一份好福气。'

"那倒也罢,我的事情又完了。但是带在身边的两朵剪绒花怎么办呢?好,我就托她送了阿昭。这阿昭一见我就飞跑,大约将我当作一只狼或是什么,我实在不愿意去送她。——但是我也就送她了,对母亲只要说阿顺见了喜欢的了不得就是。这些无聊的事算什么?只要模模胡胡。模模胡胡的过了新年,仍旧教我的'子曰诗云'去。"

"你教的是'子曰诗云'么?"我觉得奇异,便问。

"自然。你还以为教的是 ABCD 么?我先是两个学生,一个读《诗经》,一个读《孟子》。新近又添了一个,女的,读《女儿经》[5]。连算学也不教,不是我不教,他们不要教。"

"我实在料不到你倒去教这类的书,……"

"他们的老子要他们读这些;我是别人,无乎不可的。这些无聊的事算什么?只要随随便便,……"

他满脸已经通红,似乎很有些醉,但眼光却又消沉下去了。我微微的叹息,一时没有话可说。楼梯上一阵乱响,拥上几个酒客来:当头的是矮子,拥肿[6]的圆脸;第二个是长的,在脸上很惹眼的显出一个红鼻子;此后还有人,一叠连的走得小楼都发抖。我转眼去看吕纬甫,他也正转眼来看我,我就叫堂倌算酒账。

"你借此还可以支持生活么?"我一面准备走,一面问。

"是的。——我每月有二十元,也不大能够敷衍。"

"那么,你以后豫备怎么办呢?"

"以后?——我不知道。你看我们那时豫想的事可有一件如意?我现在什么也不知道,连明天怎样也不知道,连后一分……"

堂倌送上账来,交给我;他也不像初到时候的谦虚了,只向我看了一眼,便吸烟,听凭我付了账。

我们一同走出店门,他所住的旅馆和我的方向正相反,就在门口分别了。我独自向着自己的旅馆走,寒风和雪片扑在脸上,倒觉得很爽快。见天色已是黄昏,和屋宇和街道都织在密雪的纯白而不定的罗网里。

一九二四年二月一六日。

注释:

〔1〕 S城　暗指绍兴,鲁迅的故乡。

〔2〕 朔雪　北方的雪。

〔3〕 圹穴　墓穴。

〔4〕 城隍　迷信传说中主管城池的神。

〔5〕 《女儿经》　古代一种对女子进行道德教化的通俗读物,大约撰于明代,作者不详。

〔6〕 拥肿　现作臃肿。

肥　皂

【题记】本文最初发表于1924年3月27、28日北京《晨报副刊》，收入《彷徨》。"肥皂"是情节发展的中轴，也是人物心理活动的"触媒"，具有象征意蕴。作者深入潜意识层次，去刻画理性（道统）与情欲的冲突。封建统治思想与道德观念是束缚与戕害人性的，包括道学家的人性，他们这一类人的心理往往最不健全，在推行封建道德观念的同时，也扭曲了自己的人性，以致在感情与心理上表现出更多的虚伪与矫饰，甚至导致自身人格与精神的分裂。

四铭太太正在斜日光中背着北窗和她八岁的女儿秀儿糊纸锭，忽听得又重又缓的布鞋底声响，知道四铭进来了，并不去看他，只是糊纸锭。但那布鞋底声却愈响愈逼近，觉得终于停在她的身边了，于是不免转过眼去看，只见四铭就在她面前耸肩曲背的狠命掏着布马挂底下的袍子的大襟后面的口袋。

他好容易曲曲折折的汇出手来，手里就有一个小小的长方包，葵绿色的，一径递给四太太。她刚接到手，就闻到一阵似橄榄非橄榄的说不清的香味，还看见葵绿色的纸包上有一个金光灿烂的印子和许多细簇簇的花纹。秀儿即刻跳过来要抢着看，四太太赶忙推开她。

"上了街？……"她一面看，一面问。

"唔唔。"他看着她手里的纸包，说。

于是这葵绿色的纸包被打开了，里面还有一层很薄的纸，也是葵绿色，揭开薄纸，才露出那东西的本身来，光滑坚致，也是葵绿色，上面还有细簇簇的花纹，而薄纸原来却是米色的，似橄榄非橄榄的说不清的香味也来得更浓了。

"唉唉,这实在是好肥皂。"她捧孩子似的将那葵绿色的东西送到鼻子下面去,嗅着说。

"唔唔,你以后就用这个……。"

她看见他嘴里这么说,眼光却射在她的脖子上,便觉得颧骨以下的脸上似乎有些热。她有时自己偶然摸到脖子上,尤其是耳朵后,指面上总感着些粗糙,本来早就知道是积年的老泥,但向来倒也并不很介意。现在在他的注视之下,对着这葵绿异香的洋肥皂,可不禁脸上有些发热了,而且这热又不绝的蔓延开去,即刻一径到耳根。她于是就决定晚饭后要用这肥皂来拚命的洗一洗。

"有些地方,本来单用皂荚子[1]是洗不干净的。"她自对自的说。

"妈,这给我!"秀儿伸手来抢葵绿纸;在外面玩耍的小女儿招儿也跑到了。四太太赶忙推开她们,裹好薄纸,又照旧包上葵绿纸,欠过身去搁在洗脸台上最高的一层格子上,看一看,翻身仍然糊纸锭。

"学程!"四铭记起了一件事似的,忽而拖长了声音叫,就在她对面的一把高背椅子上坐下了。

"学程!"她也帮着叫。

她停下糊纸锭,侧耳一听,什么响应也没有,又见他仰着头焦急的等着,不禁很有些抱歉了,便尽力提高了喉咙,尖利的叫:

"绘儿呀!"

这一叫确乎有效,就听到皮鞋声橐橐的近来,不一会,绘儿已站在她面前了,只穿短衣,肥胖的圆脸上亮晶晶的流着油汗。

"你在做什么?怎么爹叫也不听见?"她谴责的说。

"我刚在练八卦拳[2]……。"他立即转身向了四铭,笔挺的站着,看着他,意思是问他什么事。

"学程,我就要问你:'恶毒妇'是什么?"

"'恶毒妇'?……那是,'很凶的女人'罢?……"

"胡说!胡闹!"四铭忽而怒得可观。"我是'女人'么!?"

学程吓得倒退了两步,站得更挺了。他虽然有时觉得他走路很像上台的老生,却从没有将他当作女人看待,他知道自己答的很错了。

"'恶毒妇'是'很凶的女人',我倒不懂,得来请教你?——这不是中国话,是鬼子话,我对你说。这是什么意思,你懂么?"

"我,……我不懂。"学程更加局促起来。

"吓,我白化钱送你进学堂,连这一点也不懂。亏煞你的学堂还夸什么'口耳并重',倒教得什么也没有。说这鬼话的人至多不过十四五岁,比你还小些呢,已经叽叽咕咕的能说了,你却连意思也说不出,还有这脸说'我不懂'!——现在就给我去查出来!"

学程在喉咙底里答应了一声"是",恭恭敬敬的退出去了。

"这真叫作不成样子,"过了一会,四铭又慷慨的说,"现在的学生是。其实,在光绪年间,我就是最提倡开学堂的,[3]可万料不到学堂的流弊竟至于如此之大:什么解放咧,自由咧,没有实学,只会胡闹。学程呢,为他化了的钱也不少了,都白化。好容易给他进了中西折中的学堂,英文又专是'口耳并重'的,你以为这该好了罢,哼,可是读了一年,连'恶毒妇'也不懂,大约仍然是念死书。吓,什么学堂,造就了些什么?我简直说:应该统统关掉!"

"对咧,真不如统统关掉的好。"四太太糊着纸锭,同情的说。

"秀儿她们也不必进什么学堂了。'女孩子,念什么书?'九公公先前这样说,反对女学的时候,我还攻击他呢;可是现在看起来,究竟是老年人的话对。你想,女人一阵一阵的在街上走,已经很不雅观的了,她们却还要剪头发。我最恨的就是那些剪了头发的女学生,我简直说,军人土匪倒还情有可原,搅乱天下的就是她们,应该很严的办一办……。"

"对咧,男人都像了和尚还不够,女人又来学尼姑了。"

"学程!"

学程正捧着一本小而且厚的金边书快步进来,便呈给四铭,指着一处说:

"这倒有点像。这个……。"

四铭接来看时,知道是字典,但文字非常小,又是横行的。他眉头一皱,擎向窗口,细着眼睛,就学程所指的一行念过去:

"'第十八世纪创立之共济讲社[4]之称'。——唔,不对。——这声音是怎么念的?"他指着前面的"鬼子"字,问。

"恶特拂罗斯(Oddfellows)。"

"不对,不对,不是这个。"四铭又忽而愤怒起来了。"我对你说:那是一句坏话,骂人的话,骂我这样的人的。懂了么?查去!"

学程看了他几眼,没有动。

"这是什么闷胡卢,没头没脑的?你也先得说说清,教他好用心的查去。"她看见学程为难,觉得可怜,便排解而且不满似的说。

"就是我在大街上广润祥买肥皂的时候,"四铭呼出了一口气,向她转过脸去,说。"店里又有三个学生在那里买东西。我呢,从他们看起来,自然也怕太噜苏一点了罢。我一气看了六七样,都要四角多,没有买;看一角一块的,又太坏,没有什么香。我想,不如中通的好,便挑定了那绿的一块,两角四分。伙计本来是势利鬼,眼睛生在额角上的,早就撅着狗嘴的了;可恨那学生这坏小子又都挤眉弄眼的说着鬼话笑。后来,我要打开来看一看才付钱:洋纸包着,怎么断得定货色的好坏呢。谁知道那势利鬼不但不依,还蛮不讲理,说了许多可恶的废话;坏小子们又附和着说笑。那一句是顶小的一个说的,而且眼睛看着我,他们就都笑起来了:可见一定是一句坏话。"他于是转脸对着学程道,"你只要在'坏话类'里去查去!"

学程在喉咙底里答应了一声"是",恭恭敬敬的退去了。

"他们还嚷什么'新文化新文化','化'到这样了,还不够?"他两眼钉着屋梁,尽自说下去。"学生也没有道德,社会上也没有道德,再不想点法子来挽救,中国这才真个要亡了。——你想,那多么可叹?……"

"什么?"她随口的问,并不惊奇。

"孝女。"他转眼对着她,郑重的说。"就在大街上,有两个讨饭的。一个是姑娘,看去该有十八九岁了。——其实这样的年纪,讨饭是很不相宜的了,可是她还讨饭。——和一个六七十岁的老的,白头发,眼睛是瞎的,坐在布店的檐下求乞。大家多说她是孝女,那老的是祖母。她只要讨得一点什么,便都献给祖母吃,自己情愿饿肚皮。可是这样的孝女,有人肯布施[5]么?"他射出眼光来钉住她,似乎要试验她的识见。

她不答话,也只将眼光钉住他,似乎倒是专等他来说明。

"哼,没有。"他终于自己回答说。"我看了好半天,只见一个人给了一文小钱;其余围了一大圈,倒反去打趣。还有两个光棍,竟肆无忌惮的说:'阿发,你不要看得这货色脏。你只要去买两块肥皂来,咯支咯支遍身洗一洗,好得很哩!'哪,你想,这成什么话?"

"哼,"她低下头去了,久之,才又懒懒的问,"你给了钱么?"

"我么?——没有。一两个钱,是不好意思拿出去的。她不是平常的讨饭,总得……。"

"嗡。"她不等说完话,便慢慢地站起来,走到厨下去。昏黄只显得浓密,已经是晚饭时候了。

四铭也站起身,走出院子去。天色比屋子里还明亮,学程就在墙角落上练习八卦拳;这是他的"庭训",利用昼夜之交的时间的经济法,学程奉行了将近大半年了。他赞许似的微微点一点头,便反背着两手在空院子里来回的踱方步。不多久,那惟一的盆景万年青的阔叶又已消失在昏暗中,破絮一般的白云间闪出星点,黑夜就从此开头。四铭当这时候,便也不由的感奋起来,仿佛就要大有所为,与周围的坏学生以及恶社会宣战。他意气渐渐勇猛,脚步愈跨愈大,布鞋底声也愈走愈响,吓得早已睡在笼子里的母鸡和小鸡也都唧唧足足的叫起来了。

堂前有了灯光,就是号召晚餐的烽火,合家的人们便都齐集在中央的桌子周围。灯在下横;上首是四铭一人居中,也是学程一般肥胖的圆脸,但多两撇细胡子,在菜汤的热气里,独据一面,很像庙里的财神。左横是四太太带着招儿;右横是学程和秀儿一列。碗筷声雨点似的响,虽然大家不言语,也就是很热闹的晚餐。

招儿带翻了饭碗了,菜汤流得小半桌。四铭尽量的睁大了细眼睛瞪着,看得她要哭,这才收回眼光,伸筷自去夹那早先看中了的一个菜心去。可是菜心已经不见了,他左右一瞥,就发见学程刚刚夹着塞进他张得很大的嘴里去,他于是只好无聊的吃了一筷黄菜叶。

"学程,"他看着他的脸说,"那一句查出了没有?"

"那一句?——那还没有。"

"哼,你看,也没有学问,也不懂道理,单知道吃!学学那个孝女罢,做了乞丐,还是一味孝顺祖母,自己情愿饿肚子。但是你们这些学生那里知道这些,肆无忌惮,将来只好像那光棍……。"

"想倒想着了一个,但不知可是。——我想,他们说的也许是'阿尔特肤尔'[6]。"

"哦哦,是的!就是这个!他们说的就是这样一个声音:'恶毒夫咧。'这是什么意思?你也就是他们这一党:你知道的。"

"意思,——意思我不很明白。"

"胡说!瞒我。你们都是坏种!"

"'天不打吃饭人',你今天怎么尽闹脾气,连吃饭时候也是打鸡骂狗的。他们小孩子们知道什么。"四太太忽而说。

"什么?"四铭正想发话,但一回头,看见她陷下的两颊已经鼓起,而且很变了颜色,三角形的眼里也发着可怕的光,便赶紧改口说,"我也没有闹什么脾气,我不过教学程应该懂事些。"

"他那里懂得你心里的事呢。"她可是更气忿了。"他如果能懂事,早就点了灯笼火把,寻了那孝女来了。好在你已经给她买好了一块肥皂在这里,只要再去买一块……"

"胡说!那话是那光棍说的。"

"不见得。只要再去买一块,给她咯支咯支的遍身洗一洗,供起来,天下也就太平了。"

"什么话?那有什么相干?我因为记起了你没有肥皂……"

"怎么不相干?你是特诚买给孝女的,你咯支咯支的去洗去。我不配,我不要,我也不要沾孝女的光。"

"这真是什么话?你们女人……"四铭支吾着,脸上也像学程练了八卦拳之后似的流出油汗来,但大约大半也因为吃了太热的饭。

"我们女人怎么样?我们女人,比你们男人好得多。你们男人不是骂十八九岁的女学生,就是称赞十八九岁的女讨饭:都不是什么好心思。'咯支咯支',简直是不要脸!"

"我不是已经说过了?那是一个光棍……"

"四翁!"外面的暗中忽然起了极响的叫喊。

"道翁么?我就来!"四铭知道那是高声有名的何道统,便遇赦似的,也高兴的大声说。"学程,你快点灯照何老伯到书房去!"

学程点了烛,引着道统走进西边的厢房里,后面还跟着卜薇园。

"失迎失迎,对不起。"四铭还嚼着饭,出来拱一拱手,说。"就在舍间用便饭,何如?……"

"已经偏过[7]了。"薇园迎上去,也拱一拱手,说。"我们连夜赶来,就为了那移风文社的第十八届征文题目,明天不是'逢七'么?"

"哦!今天十六?"四铭恍然的说。

"你看,多么胡涂!"道统大嚷道。

"那么,就得连夜送到报馆去,要他明天一准登出来。"

"文题我已经拟下了。你看怎样,用得用不得?"道统说着,就从手巾包里挖出一张纸条来交给他。

四铭踱到烛台面前,展开纸条,一字一字的读下去:

"'恭拟全国人民合词吁请贵大总统特颁明令专重圣经崇祀孟母[8]以挽颓风而存国粹文'。——好极好极。可是字数太多了罢?"

"不要紧的!"道统大声说。"我算过了,还无须乎多加广告费。但是诗题呢?"

"诗题么?"四铭忽而恭敬之状可掬了。"我倒有一个在这里:孝女行。那是实事,应该表彰表彰她。我今天在大街上……"

"哦哦,那不行。"薇园连忙摇手,打断他的话。"那是我也看见的。她大概是'外路人',我不懂她的话,她也不懂我的话,不知道她究竟是那里人。大家倒都说她是孝女;然而我问她可能做诗,她摇摇头。要是能做诗,那就好了。"

"然而忠孝是大节,不会做诗也可以将就……。"

"那倒不然,而孰知不然!"薇园摊开手掌,向四铭连摇带推的奔过去,力争说。"要会做诗,然后有趣。"

"我们,"四铭推开他,"就用这个题目,加上说明,登报去。一来可以表彰表彰她;二来可以借此针砭社会。现在的社会还成个什么样子,我从旁考察了好半天,竟不见有什么人给一个钱,这岂不是全无心肝……"

"阿呀,四翁!"薇园又奔过来,"你简直是在'对着和尚骂贼秃'了。我就没有给钱,我那时恰恰身边没有带着。"

"不要多心,薇翁。"四铭又推开他,"你自然在外,又作别论。你听我讲下去:她们面前围了一大群人,毫无敬意,只是打趣。还有两个光棍,那是更其肆无忌惮了,有一个简直说,'阿发,你去买两块肥皂来,咯支咯支遍身洗一洗,好得很哩。'你想,这……"

"哈哈哈！两块肥皂！"道统的响亮的笑声突然发作了,震得人耳朵喤喤的叫。"你买,哈哈,哈哈！"

"道翁,道翁,你不要这么嚷。"四铭吃了一惊,慌张的说。

"咯支咯支,哈哈！"

"道翁!"四铭沉下脸来了,"我们讲正经事,你怎么只胡闹,闹得人头昏。你听,我们就用这两个题目,即刻送到报馆去,要他明天一准登出来。这事只好偏劳你们两位了。"

"可以可以,那自然。"薇园极口应承说。

"呵呵,洗一洗,咯支……唏唏……"

"道翁!!!"四铭愤愤的叫。

道统给这一喝,不笑了。他们拟好了说明,薇园誊在信笺上,就和道统跑往报馆去。四铭拿着烛台,送出门口,回到堂屋的外面,心里就有些不安逸,但略一踌躅,也终于跨进门槛去了。他一进门,迎头就看见中央的方桌中间放着那肥皂的葵绿色的小小的长方包,包中央的金印子在灯光下明晃晃的发闪,周围还有细小的花纹。

秀儿和招儿都蹲在桌子下横的地上玩;学程坐在右横查字典。最后在离灯最远的阴影里的高背椅子上发见了四太太,灯光照处,见她死板板的脸上并不显出什么喜怒,眼睛也并不看着什么东西。

"咯支咯支,不要脸不要脸……"

四铭微微的听得秀儿在他背后说,回头看时,什么动作也没有了,只有招儿还用了她两只小手的指头在自己脸上抓。

他觉得存身不住[9],便熄了烛,踱出院子去。他来回的踱,一不小心,母鸡和小鸡又唧唧足足的叫了起来,他立即放轻脚步,并且走远些。经过许多时,堂屋里的灯移到卧室里去了。他看见一地月光,仿佛满铺了无缝的白纱,玉盘似的月亮现在白云间,看不出一点缺。

他很有些悲伤,似乎也像孝女一样,成了"无告之民"[10],孤苦零丁了。他这一夜睡得非常晚。

但到第二天的早晨,肥皂就被录用了。这日他比平日起得迟,看见她已经伏在洗脸台上擦脖子,肥皂的泡沫就如大螃蟹嘴上的水泡一般,高高的堆在两个耳朵后,比起先前用皂荚时候的只有一层极薄的白沫来,那高低真有霄壤之别了。从此之后,四太太的身上便总带着些似橄榄非橄榄的说不清的香味;几乎小半年,这才忽而换了样,凡有闻到的都说那可似乎是檀香。

一九二四年三月二二日。

注释:

〔1〕 皂荚子　为豆科植物皂荚的种子。可用于洗涤衣物。

〔2〕 八卦拳　拳术的一种,多用掌法,按八卦的特定形式运行。

〔3〕 关于光绪年间开学堂,戊戌变法(1898)前后,在维新派的推动下,我国开始兴办近代教育;1902年(光绪二十八年)清廷颁布《钦定学堂章程》,开始兴办学堂。

〔4〕 共济讲社(Oddfellows)　又译共济社,18世纪在英国出现的一种有宗教性质的秘密结社。后以秘密支部的形式传布于许多国家。

〔5〕 布施　原指向僧道施舍财物或斋食。这里是借用。

〔6〕 "阿尔特肤尔"　英语 Old fool 的音译,意为"老傻瓜"。

〔7〕 偏过　谓已用过餐。有私自占先之意,多用作谦词。

〔8〕 孟母　孟轲的母亲,传说她是善于教子的贤母。

〔9〕 存身不住　意思是烦躁不安。存身,原意是保全身体。语出《易·系辞(下)》:"尺蠖之屈,以求信也。龙蛇之蛰,以存身也。"

〔10〕 "无告之民"　语出《礼记·王制》:"天民之穷而无告者也。"天民,无依无靠的穷人;无告,有苦无处诉说。

示 众

【题记】本文最初发表于1925年4月13日北京《语丝》周刊第二十二期,收入《彷徨》。小说没有什么故事情节,只写了一个场景和氛围:闷热的夏日,"首善之区"的巡警押着一个穿"白背心"的犯人"示众"。路人纷纷驻足,争先恐后围观。犯的什么罪,要拉去做什么?不知道,无来历,也无结局,但那场面如同盛大的节日。小说的主角就是围观者,他们无名无姓,只有胖、秃、老、粗、猫脸、椭圆脸等生理特征,所述事情无非就是"看"与"被看"。鲁迅这篇"不太像"小说的小说,所写是冷漠无聊的"看客"群像。所谓"示众","示"的不是犯人,其实就是一群愚昧的"吃瓜群众"。小说带有象征性,有很高的概括意义,实际上是在批判普遍存在的麻木的国民性。

首善之区[1]的西城的一条马路上,这时候什么扰攘也没有。火焰焰的太阳虽然还未直照,但路上的沙土仿佛已是闪烁地生光;酷热满和在空气里面,到处发挥着盛夏的威力。许多狗都拖出舌头来,连树上的乌老鸦也张着嘴喘气,——但是,自然也有例外的。远处隐隐有两个铜盏相击的声音,使人忆起酸梅汤,依稀感到凉意,可是那懒懒的单调的金属音的间作,却使那寂静更其深远了。

只有脚步声,车夫默默地前奔,似乎想赶紧逃出头上的烈日。

"热的包子咧!刚出屉的……。"

十一二岁的胖孩子,细着眼睛,歪了嘴在路旁的店门前叫喊。声音已经嘶嗄了,还带些睡意,如给夏天的长日催眠。他旁边的破旧桌子上,就有二三十个馒头包子,毫无热气,冷冷地坐着。

"荷阿!馒头包子咧,热的……。"

像用力掷在墙上而反拨过来的皮球一般,他忽然飞在马路的那边了。

在电杆旁,和他对面,正向着马路,其时也站定了两个人:一个是淡黄制服的挂刀的面黄肌瘦的巡警,手里牵着绳头,绳的那头就拴在别一个穿蓝布大衫上罩白背心的男人的臂膊上。这男人戴一顶新草帽,帽檐四面下垂,遮住了眼睛的一带。但胖孩子身体矮,仰起脸来看时,却正撞见这人的眼睛了。那眼睛也似乎正在看他的脑壳。他连忙顺下眼,去看白背心,只见背心上一行一行地写着些大大小小的什么字。

刹时间,也就围满了大半圈的看客。待到增加了秃头的老头子之后,空缺已经不多,而立刻又被一个赤膊的红鼻子胖大汉补满了。这胖子过于横阔,占了两人的地位,所以续到的便只能屈在第二层,从前面的两个脖子之间伸进脑袋去。

秃头站在白背心的略略正对面,弯了腰,去研究背心上的文字,终于读起来:

"嗡,都,哼,八,而,……"

胖孩子却看见那白背心正研究着这发亮的秃头,他也便跟着去研究,就只见满头光油油的,耳朵左近还有一片灰白色的头发,此外也不见得有怎样新奇。但是后面的一个抱着孩子的老妈子却想乘机挤进来了;秃头怕失了位置,连忙站直,文字虽然还未读完,然而无可奈何,只得另看白背心的脸:草帽檐下半个鼻子,一张嘴,尖下巴。

又像用了力掷在墙上而反拨过来的皮球一般,一个小学生飞奔上来,一手按住了自己头上的雪白的小布帽,向人丛中直钻进去。但他钻到第三——也许是第四——层,竟遇见一件不可动摇的伟大的东西了,抬头看时,蓝裤腰上面有一座赤条条的很阔的背脊,背脊上还有汗正在流下来。他知道无可措手,只得顺着裤腰右行,幸而在尽头发见了一条空处,透着光明。他刚刚低头要钻的时候,只听得一声"什么",那裤腰以下的屁股向右一歪,空处立刻闭塞,光明也同时不见了。

但不多久,小学生却从巡警的刀旁边钻出来了。他诧异地四顾:外面围着一圈人,上首是穿白背心的,那对面是一个赤膊的胖小孩,胖小孩后面是一个赤膊的红鼻子胖大汉。他这时隐约悟出先前的伟大的障碍物的本体了,便惊奇而且佩服似的只望着红鼻子。胖小孩本是注视着小学生的脸的,于是也不禁依了他的眼光,回转头去了,在那里是一个很胖的奶子,奶头四近有几枝很长的毫毛。

"他,犯了什么事啦?……"

大家都愕然看时,是一个工人似的粗人,正在低声下气地请教那秃头老头子。

秃头不作声,单是睁起了眼睛看定他。他被看得顺下眼光去,过一会再看时,秃头还是睁起了眼睛看定他,而且别的人也似乎都睁了眼睛看定他。他于是仿佛自己就犯了罪似的局促起来,终至于慢慢退后,溜出去了。一个挟洋伞的长子就来补了缺;秃头也旋转脸去再看白背心。

长子弯了腰,要从垂下的草帽檐下去赏识白背心的脸,但不知道为什么忽又站直了。于是他背后的人们又须竭力伸长了脖子;有一个瘦子竟至于连嘴都张得很大,像一条死鲈鱼。

巡警,突然间,将脚一提,大家又愕然,赶紧都看他的脚;然而他又放稳了,于是又看白背心。长子忽又弯了腰,还要从垂下的草帽檐下去窥测,但即刻也就立直,擎起一只手来拚命搔头皮。

秃头不高兴了,因为他先觉得背后有些不太平,接着耳朵边就有喞咕喞咕的声响。他双眉一锁,回头看时,紧挨他右边,有一只黑手拿着半个大馒头正在塞进一个猫脸的人的嘴里去。他也就不说什么,自去看白背心的新草帽了。

忽然,就有暴雷似的一击,连横阔的胖大汉也不免向前一踉跄。同时,从他肩膊上伸出一只胖得不相上下的臂膊来,展开五指,拍的一声正打在胖孩子的脸颊上。

"好快活!你妈的……"同时,胖大汉后面就有一个弥勒佛[2]似的更圆的胖脸这么说。

胖孩子也踉跄了四五步,但是没有倒,一手按着脸颊,旋转身,就想从胖大汉的腿旁的空隙间钻出去。胖大汉赶忙站稳,并且将屁股一歪,塞住了空隙,恨恨地问道:

"什么?"

胖孩子就像小鼠子落在捕机里似的,仓皇了一会,忽然向小学生那一面奔去,推开他,冲出去了。小学生也返身跟出去了。

"吓,这孩子……。"总有五六个人都这样说。

待到重归平静,胖大汉再看白背心的脸的时候,却见白背心正在仰面看他的胸脯;他慌忙低头也看自己的胸脯时,只见两乳之间的洼下的坑里有一片汗,他于是用手掌拂去了这些汗。

然而形势似乎总不甚太平了。抱着小孩的老妈子因为在骚扰时四顾,没有留意,头上梳着的喜鹊尾巴似的"苏州俏"[3]便碰了站在旁边的车夫的鼻梁。车夫一推,却正推在孩子上;孩子就扭转身去,向着圈外,嚷着要回去了。老妈子先也略略一跄踉,但便即站定,旋转孩子来使他正对白背心,一手指点着,说道:

"阿,阿,看呀!多么好看哪!……"

空隙间忽而探进一个戴硬草帽的学生模样的头来,将一粒瓜子之类似的东西放在嘴里,下颚向上一磕,咬开,退出去了。这地方就补上了一个满头油汗而粘着灰土的椭圆脸。

挟洋伞的长子也已经生气,斜下了一边的肩膊,皱眉疾视着肩后的死鲈鱼。大约从这么大的大嘴里呼出来的热气,原也不易招架的,而况又在盛夏。秃头正仰视那电杆上钉着的红牌上的四个白字,仿佛很觉得有趣。胖大汉和巡警都斜了眼研究着老妈子的钩刀般的鞋尖。

"好!"

什么地方忽有几个人同声喝采。都知道该有什么事情起来了,一切头便全数回转去。连巡警和他牵着的犯人也都有些摇动了。

"刚出屉的包子咧!荷阿,热的……。"

路对面是胖孩子歪着头,磕睡似的长呼;路上是车夫们默默地前奔,似乎想赶紧逃出头上的烈日。大家都几乎失望了,幸而放出眼光去四处搜索,终于在相距十多家的路上,发见了一辆洋车停放着,一个车夫正在爬起来。

圆阵立刻散开,都错错落落地走过去。胖大汉走不到一半,就歇在路边的槐树下;长子比秃头和椭圆脸走得快,接近了。车上的坐客依然坐着,车夫已经完全爬起,但还在摩自己的膝髁。周围有五六个人笑嘻嘻地看他们。

"成么?"车夫要来拉车时,坐客便问。

他只点点头,拉了车就走;大家就惘惘然目送他。起先还知道那一辆是曾经跌倒的车,后来被别的车一混,知不清了。

马路上就很清闲,有几只狗伸出了舌头喘气;胖大汉就在槐阴下看那很快地一起一落的狗肚皮。

　　老妈子抱了孩子从屋檐阴下蹩[4]过去了。胖孩子歪着头,挤细了眼睛,拖长声音,磕睡地叫喊——

　　"热的包子咧!荷阿!……刚出屉的……。"

一九二五年三月一八日。

注释:

　　〔1〕　首善之区　指首都。《汉书·儒林传》载:"故教化之行也,建首善,自京师始。"这里指北洋军阀时代的首都北京。

　　〔2〕　弥勒佛　佛教菩萨之一,佛经说他将继承释迦牟尼的佛位而成佛。常见的他的塑像是胖圆笑脸,袒胸露腹,俗称大肚子弥勒佛。

　　〔3〕　"苏州俏"　旧时妇女所梳发髻的一种式样,先流行于苏州一带,故有此称。

　　〔4〕　蹩　歪斜着身子费力地走。

孤 独 者

【题记】《孤独者》写于1925年10月,收入《彷徨》之前未曾发表过。主人公魏连殳的冷峻怪异给人印象深刻,有点《世说新语》中魏晋人物的风貌,也有鲁迅自己的影子。小说是要通过这一"新式知识者"思想性情的变化,来反思"五四"新思潮,只不过在反思时,把自己也"烧"进去了。鲁迅批判魏连殳的颓废,也带入了许多同情,还有对人生多变以及生死无常的深思与感慨。

一

我和魏连殳相识一场,回想起来倒也别致,竟是以送殓始,以送殓终。

那时我在S城,就时时听到人们提起他的名字,都说他很有些古怪:所学的是动物学,却到中学堂去做历史教员;对人总是爱理不理的,却常喜欢管别人的闲事;常说家庭应该破坏,一领薪水却一定立即寄给他的祖母,一日也不拖延。此外还有许多零碎的话柄;总之,在S城里也算是一个给人当作谈助的人。有一年的秋天,我在寒石山的一个亲戚家里闲住;他们就姓魏,是连殳的本家。但他们却更不明白他,仿佛将他当作一个外国人看待,说是"同我们都异样的"。

这也不足为奇,中国的兴学虽说已经二十年了,寒石山却连小学也没有。全山村中,只有连殳是出外游学的学生,所以从村人看来,他确是一个异类;但也很妒羡,说他挣得许多钱。

到秋末,山村中痢疾流行了;我也自危,就想回到城中去。那时听说连殳的祖母就染了病,因为是老年,所以很沉重;山中又没有一个医生。所谓他的家属者，其实就只有一个这祖母，雇一名女工简单地过活；他幼小失了父母，就由这祖母抚养成人的。听说她先前也曾经吃过许多苦，现在可是安乐了。但因为他没有家小，家中究竟非常寂寞，这大概也就是大家所谓异样之一端罢。

寒石山离城是旱道一百里，水道七十里，专使人叫连殳去，往返至少就得四天。山村僻陋，这些事便算大家都要打听的大新闻，第二天便轰传她病势已经极重，专差也出发了；可是到四更天竟咽了气，最后的话，是："为什么不肯给我会一会连殳的呢？……"

族长，近房，他的祖母的母家的亲丁，闲人，聚集了一屋子，豫计连殳的到来，应该已是入殓的时候了。寿材寿衣早已做成，都无须筹画；他们的第一大问题是在怎样对付这"承重孙"[1]，因为逆料他关于一切丧葬仪式，是一定要改变新花样的。聚议之后，大概商定了三大条件，要他必行。一是穿白，二是跪拜，三是请和尚道士做法事[2]。总而言之：是全都照旧。

他们既经议妥，便约定在连殳到家的那一天，一同聚在厅前，排成阵势，互相策应，并力作一回极严厉的谈判。村人们都咽着唾沫，新奇地听候消息；他们知道连殳是"吃洋教"的"新党"，向来就不讲什么道理，两面的争斗，大约总要开始的，或者还会酿成一种出人意外的奇观。

传说连殳的到家是下午，一进门，向他祖母的灵前只是弯了一弯腰。族长们便立刻照豫定计画进行，将他叫到大厅上，先说过一大篇冒头，然后引入本题，而且大家此唱彼和，七嘴八舌，使他得不到辩驳的机会。但终于话都说完了，沉默充满了全厅，人们全数悚然地紧看着他的嘴。只见连殳神色也不动，简单地回答道：

"都可以的。"

这又很出于他们的意外，大家的心的重担都放下了，但又似乎反加重，觉得太"异样"，倒很有些可虑似的。打听新闻的村人们也很失望，口口相传道，"奇怪！他说'都可以'哩！我们看去罢！"都可以就是照旧，本来是无足观了，但他们也还要看，黄昏之后，便欣欣然聚满了一堂前。

我也是去看的一个，先送了一份香烛；待到走到他家，已见连殳在给死者穿衣服了。原来他是一个短小瘦削的人，长方脸，蓬松的头发和浓黑的须眉占了一脸的小半，只见两眼在黑气里发光。那穿衣也穿得真好，井井有条,仿佛是一个大殓的专家,使旁观者不觉叹服。寒石山老例,当这些时候,无论如何,母家的亲丁是总要挑剔的;他却只是默默地,遇见怎么挑剔便怎么改,神色也不动。站在我前面的一个花白头发的老太太,便发出羡慕感叹的声音。

其次是拜;其次是哭,凡女人们都念念有词。其次入棺;其次又是拜;又是哭,直到钉好了棺盖。沉静了一瞬间,大家忽而扰动了,很有惊异和不满的形势。我也不由的突然觉到:连殳就始终没有落过一滴泪,只坐在草荐上,两眼在黑气里闪闪地发光。

大殓便在这惊异和不满的空气里面完毕。大家都怏怏地,似乎想走散,但连殳却还坐在草荐上沉思。忽然,他流下泪来了,接着就失声,立刻又变成长嚎,像一匹受伤的狼,当深夜在旷野中嗥叫,惨伤里夹杂着愤怒和悲哀。这模样,是老例上所没有的,先前也未曾豫防到,大家都手足无措了,迟疑了一会,就有几个人上前去劝止他,愈去愈多,终于挤成一大堆。但他却只是兀坐着号咷,铁塔似的动也不动。

大家又只得无趣地散开;他哭着,哭着,约有半点钟,这才突然停了下来,也不向吊客招呼,径自往家里走。接着就有前去窥探的人来报告:他走进他祖母的房里,躺在床上,而且,似乎就睡熟了。

隔了两日,是我要动身回城的前一天,便听到村人都遭了魔似的发议论,说连殳要将所有的器具大半烧给他祖母,余下的便分赠生时侍奉,死时送终的女工,并且连房屋也要无期地借给她居住了。亲戚本家都说到舌敝唇焦,也终于阻当不住。

恐怕大半也还是因为好奇心,我归途中经过他家的门口,便又顺便去吊慰。他穿了毛边的白衣出见,神色也还是那样,冷冷的。我很劝慰了一番;他却除了唯唯诺诺之外,只回答了一句话,是:

"多谢你的好意。"

二

我们第三次相见就在这年的冬初,S城的一个书铺子里,大家同时点了一点头,总算是认识了。但使我们接近起来的,是在这年底我失了职业之后。从此，我便常常访问连殳去。一则，自然是因为无聊赖；二则，因为听人说，他倒很亲近失意的人的，虽然素性这么冷。但是世事升沉无定，失意人也不会长是失意人，所以他也就很少长久的朋友。这传说果然不虚，我一投名片，他便接见了。两间连通的客厅，并无什么陈设，不过是桌椅之外，排列些书架，大家虽说他是一个可怕的"新党"，架上却不很有新书。他已经知道我失了职业；但套话一说就完，主客便只好默默地相对，逐渐沉闷起来。我只见他很快地吸完一枝烟，烟蒂要烧着手指了，才抛在地面上。

"吸烟罢。"他伸手取第二枝烟时，忽然说。

我便也取了一枝，吸着，讲些关于教书和书籍的，但也还觉得沉闷。我正想走时，门外一阵喧嚷和脚步声，四个男女孩子闯进来了。大的八九岁，小的四五岁，手脸和衣服都很脏，而且丑得可以。但是连殳的眼里却即刻发出欢喜的光来了，连忙站起，向客厅间壁的房里走，一面说道：

"大良，二良，都来！你们昨天要的口琴，我已经买来了。"

孩子们便跟着一齐拥进去，立刻又各人吹着一个口琴一拥而出，一出客厅门，不知怎的便打将起来。有一个哭了。

"一人一个，都一样的。不要争呵！"他还跟在后面嘱咐。

"这么多的一群孩子都是谁呢？"我问。

"是房主人的。他们都没有母亲，只有一个祖母。"

"房东只一个人么？"

"是的。他的妻子大概死了三四年了罢，没有续娶。——否则，便要不肯将余屋租给我似的单身人。"他说着，冷冷地微笑了。

我很想问他何以至今还是单身，但因为不很熟，终于不好开口。

只要和连殳一熟识，是很可以谈谈的。他议论非常多，而且往往颇奇警。使人不耐的倒是他的有些来客，大抵是读过《沉沦》[3]的罢，时常自命为"不幸的青年"或是"零余者"，螃蟹一般懒散而骄傲地堆在大椅子上，一面唉声叹气，一面皱着眉头吸烟。还有那房主的孩子们，总是互相争吵，打翻碗碟，硬讨点心，乱得人头昏。但连殳一见他们，却再不像平时那样的冷冷的了，看得比自己的性命还宝贵。听说有一回，三良发了红斑痧，竟急得他脸上的黑气愈见其黑了；不料那病是轻的，于是后来便被孩子们的祖母传作笑柄。

"孩子总是好的。他们全是天真……。"他似乎也觉得我有些不耐烦了,有一天特地乘机对我说。

"那也不尽然。"我只是随便回答他。

"不。大人的坏脾气,在孩子们是没有的。后来的坏,如你平日所攻击的坏,那是环境教坏的。原来却并不坏,天真……。我以为中国的可以希望,只在这一点。"

"不。如果孩子中没有坏根苗,大起来怎么会有坏花果?譬如一粒种子,正因为内中本含有枝叶花果的胚,长大时才能够发出这些东西来。何尝是无端……。"我因为闲着无事,便也如大人先生们一下野,就要吃素谈禅〔4〕一样,正在看佛经。佛理自然是并不懂得的,但竟也不自检点,一味任意地说。

然而连殳气忿了,只看了我一眼,不再开口。我也猜不出他是无话可说呢,还是不屑辩。但见他又显出许久不见的冷冷的态度来,默默地连吸了两枝烟;待到他再取第三枝时,我便只好逃走了。

这仇恨是历了三月之久才消释的。原因大概是一半因为忘却,一半则他自己竟也被"天真"的孩子所仇视了,于是觉得我对于孩子的冒渎的话倒也情有可原。但这不过是我的推测。其时是在我的寓里的酒后,他似乎微露悲哀模样,半仰着头道:

"想起来真觉得有些奇怪。我到你这里来时,街上看见一个很小的小孩,拿了一片芦叶指着我道:杀!他还不很能走路……。"

"这是环境教坏的。"

我即刻很后悔我的话。但他却似乎并不介意,只竭力地喝酒,其间又竭力地吸烟。

"我倒忘了,还没有问你,"我便用别的话来支梧,"你是不大访问人的,怎么今天有这兴致来走走呢?我们相识有一年多了,你到我这里来却还是第一回。"

"我正要告诉你呢:你这几天切莫到我寓里来看我了。我的寓里正有很讨厌的一大一小在那里,都不像人!"

"一大一小?这是谁呢?"我有些诧异。

"是我的堂兄和他的小儿子。哈哈,儿子正如老子一般。"

"是上城来看你,带便玩玩的罢?"

"不。说是来和我商量,就要将这孩子过继给我的。"

"呵!过继给你?"我不禁惊叫了,"你不是还没有娶亲么?"

"他们知道我不娶的了。但这都没有什么关系。他们其实是要过继给我那一间寒石山的破屋子。我此外一无所有,你是知道的;钱一到手就化完。只有这一间破屋子。他们父子的一生的事业是在逐出那一个借住着的老女工。"

他那词气的冷峭,实在又使我悚然。但我还慰解他说:

"我看你的本家也还不至于此。他们不过思想略旧一点罢了。譬如,你那年大哭的时候,他们就都热心地围着使劲来劝你……。"

"我父亲死去之后,因为夺我屋子,要我在笔据上画花押,我大哭着的时候,他们也是这样热心地围着使劲来劝我……。"他两眼向上凝视,仿佛要在空中寻出那时的情景来。

"总而言之:关键就全在你没有孩子。你究竟为什么老不结婚的呢?"我忽而寻到了转舵的话,也是久已想问的话,觉得这时是最好的机会了。

他诧异地看着我,过了一会,眼光便移到他自己的膝髁上去了,于是就吸烟,没有回答。

三

但是,虽在这一种百无聊赖的境地中,也还不给连殳安住。渐渐地,小报上有匿名人来攻击他,学界上也常有关于他的流言,可是这已经并非先前似的单是话柄,大概是于他有损的了。我知道这是他近来喜欢发表文章的结果,倒也并不介意。S城人最不愿意有人发些没有顾忌的议论,一有,一定要暗暗地来叮他,这是向来如此的,连殳自己也知道。但到春天,忽然听说他已被校长辞退了。这却使我觉得有些兀突;其实,这也是向来如此的,不过因为我希望着自己认识的人能够幸免,所以就以为兀突罢了,S城人倒并非这一回特别恶。

其时我正忙着自己的生计,一面又在接洽本年秋天到山阳去当教员的事,竟没有工夫去访问他。待到有些余暇的时候,离他被辞退那时大约快有三个月了,可是还没有发生访问连殳的意思。有一天,我路过大街,偶然在旧书摊前停留,却不禁使我觉到震悚,因为在那里陈列着的一部汲古阁初印本《史记索隐》[5],正是连殳的书。他喜欢书,但不是藏书家,这种本子,在他是算作贵重的善本,非万不得已,不肯轻易变卖的。难道他失业刚才两三月,就一贫至此么?虽然他向来一有钱即随手散去,没有什么贮蓄。于是我便决意访问连殳去,顺便在街上买了一瓶烧酒,两包花生米,两个熏鱼头。

他的房门关闭着,叫了两声,不见答应。我疑心他睡着了,更加大声地叫,并且伸手拍着房门。

"出去了罢!"大良们的祖母,那三角眼的胖女人,从对面的窗口探出她花白的头来了,也大声说,不耐烦似的。

"那里去了呢?"我问。

"那里去了?谁知道呢?——他能到那里去呢,你等着就是,一会儿总会回来的。"

我便推开门走进他的客厅去。真是"一日不见,如隔三秋"[6],满眼是凄凉和空空洞洞,不但器具所余无几了,连书籍也只剩了在S城决没有人会要的几本洋装书。屋中间的圆桌还在,先前曾经常常围绕着忧郁慷慨的青年,怀才不遇的奇士和腌臜吵闹的孩子们的,现在却见得很闲静,只在面上蒙着一层薄薄的灰尘。我就在桌上放了酒瓶和纸包,拖过一把椅子来,靠桌旁对着房门坐下。

的确不过是"一会儿",房门一开,一个人悄悄地阴影似的进来了,正是连殳。也许是傍晚之故罢,看去仿佛比先前黑,但神情却还是那样。

"阿!你在这里?来得多久了?"他似乎有些喜欢。

"并没有多久。"我说,"你到那里去了?"

"并没有到那里去,不过随便走走。"

他也拖过椅子来,在桌旁坐下;我们便开始喝烧酒,一面谈些关于他的失业的事。但他却不愿意多谈这些;他以为这是意料中的事,也是自己时常遇到的事,无足怪,而且无可谈的。他照例只是一意喝烧酒,并且依然发些关于社会和历史的议论。不知怎地我此时看见空空的书架,也记起汲古阁初印本的《史记索隐》,忽而感到一种淡漠的孤寂和悲哀。

"你的客厅这么荒凉……。近来客人不多了么?"

"没有了。他们以为我心境不佳,来也无意味。心境不佳,实在是可以给人们不舒服的。冬天的公园,就没有人去……。"他连喝两口酒,默默地想着,突然,仰起脸来看着我问道,"你在图谋的职业也还是毫无把握罢?……"

我虽然明知他已经有些酒意,但也不禁愤然,正想发话,只见他侧耳一听,便抓起一把花生米,出去了。门外是大良们笑嚷的声音。

但他一出去,孩子们的声音便寂然,而且似乎都走了。他还追上去,说些话,却不听得有回答。他也就阴影似的悄悄地回来,仍将一把花生米放在纸包里。

"连我的东西也不要吃了。"他低声,嘲笑似的说。

"连殳,"我很觉得悲凉,却强装着微笑,说,"我以为你太自寻苦恼了。你看得人间太坏……。"

他冷冷的笑了一笑。

"我的话还没有完哩。你对于我们,偶而来访问你的我们,也以为因为闲着无事,所以来你这里,将你当作消遣的资料的罢?"

"并不。但有时也这样想。或者寻些谈资。"

"那你可错误了。人们其实并不这样。你实在亲手造了独头茧[7],将自己裹在里面了。你应该将世间看得光明些。"我叹惜着说。

"也许如此罢。但是,你说:那丝是怎么来的?——自然,世上也尽有这样的人,譬如,我的祖母就是。我虽然没有分得她的血液,却也许会继承她的运命。然而这也没有什么要紧,我早已豫先一起哭过了……。"

我即刻记起他祖母大殓时候的情景来,如在眼前一样。

"我总不解你那时的大哭……。"于是鹘突地问了。

"我的祖母入殓的时候罢?是的,你不解的。"他一面点灯,一面冷静地说,"你的和我交往,我想,还正因为那时的哭哩。你不知道,这祖母,是我父亲的继母;他的生母,他三岁时候就死去了。"他想着,默默地喝酒,吃完了一个熏鱼头。

"那些往事,我原是不知道的。只是我从小时候就觉得不可解。那时我的父亲还在,家景也还好,正月间一定要悬挂祖像,盛大地供养起来。看着这许多盛装的画像,在我那时似乎是不可多得的眼福。但那时,抱着我的一个女工总指了一幅像说：'这是你自己的祖母。拜拜罢，保佑你生龙活虎似的大得快。'我真不懂得我明明有着一个祖母，怎么又会有什么'自己的祖母'来。可是我爱这'自己的祖母'，她不比家里的祖母一般老；她年青，好看，穿着描金的红衣服，戴着珠冠，和我母亲的像差不多。我看她时，她的眼睛也注视我，而且口角上渐渐增多了笑影：我知道她一定也是极其爱我的。

"然而我也爱那家里的，终日坐在窗下慢慢地做针线的祖母。虽然无论我怎样高兴地在她面前玩笑，叫她，也不能引她欢笑，常使我觉得冷冷地，和别人的祖母们有些不同。但我还爱她。可是到后来，我逐渐疏远她了；这也并非因为年纪大了，已经知道她不是我父亲的生母的缘故，倒是看久了终日终年的做针线，机器似的，自然免不了要发烦。但她却还是先前一样，做针线；管理我，也爱护我，虽然少见笑容，却也不加呵斥。直到我父亲去世，还是这样；后来呢，我们几乎全靠她做针线过活了，自然更这样，直到我进学堂……。"

灯火销沉下去了，煤油已经将涸，他便站起，从书架下摸出一个小小的洋铁壶来添煤油。

"只这一月里，煤油已经涨价两次了……。"他旋好了灯头，慢慢地说。"生活要日见其困难起来。——她后来还是这样，直到我毕业，有了事做，生活比先前安定些；恐怕还直到她生病，实在打熬不住了，只得躺下的时候罢……。

"她的晚年，据我想，是总算不很辛苦的，享寿也不小了，正无须我来下泪。况且哭的人不是多着么？连先前竭力欺凌她的人们也哭，至少是脸上很惨然。哈哈！……可是我那时不知怎地，将她的一生缩在眼前了，亲手造成孤独，又放在嘴里去咀嚼的人的一生。而且觉得这样的人还很多哩。这些人们，就使我要痛哭，但大半也还是因为我那时太过于感情用事……。

"你现在对于我的意见，就是我先前对于她的意见。然而我的那时的意见，其实也不对的。便是我自己，从略知世事起，就的确逐渐和她疏远起来了……。"

他沉默了，指间夹着烟卷，低了头，想着。灯火在微微地发抖。

"呵，人要使死后没有一个人为他哭，是不容易的事呵。"他自言自语似的说;略略一停,便仰起脸来向我道,"想来你也无法可想。我也还得赶紧寻点事情做……。"

"你再没有可托的朋友了么?"我这时正是无法可想,连自己。

"那倒大概还有几个的,可是他们的境遇都和我差不多……。"

我辞别连殳出门的时候,圆月已经升在中天了,是极静的夜。

四

山阳的教育事业的状况很不佳。我到校两月,得不到一文薪水,只得连烟卷也节省起来。但是学校里的人们,虽是月薪十五六元的小职员,也没有一个不是乐天知命的,仗着逐渐打熬成功的铜筋铁骨,面黄肌瘦地从早办公一直到夜,其间看见名位较高的人物,还得恭恭敬敬地站起,实在都是不必"衣食足而知礼节"[8]的人民。我每看见这情状,不知怎的总记起连殳临别托付我的话来。他那时生计更其不堪了,窘相时时显露,看去似乎已没有往时的深沉,知道我就要动身,深夜来访,迟疑了许久,才吞吞吐吐地说道:

"不知道那边可有法子想?——便是钞写,一月二三十块钱的也可以的。我……。"

我很诧异了,还不料他竟肯这样的迁就,一时说不出话来。

"我……,我还得活几天……。"

"那边去看一看,一定竭力去设法罢。"

这是我当日一口承当的答话,后来常常自己听见,眼前也同时浮出连殳的相貌,而且吞吞吐吐地说道"我还得活几天"。到这些时,我便设法向各处推荐一番;但有什么效验呢,事少人多,结果是别人给我几句抱歉的话,我就给他几句抱歉的信。到一学期将完的时候,那情形就更加坏了起来。那地方的几个绅士所办的《学理周报》上,竟开始攻击我了,自然是决不指名的,但措辞很巧妙,使人一见就觉得我是在挑剔学潮[9],连推荐连殳的事,也算是呼朋引类。

我只好一动不动,除上课之外,便关起门来躲着,有时连烟卷的烟钻出窗隙去,也怕犯了挑剔学潮的嫌疑。连殳的事,自然更是无从说起了。这样地一直到深冬。

下了一天雪,到夜还没有止,屋外一切静极,静到要听出静的声音来。我在小小的灯火光中,闭目枯坐,如见雪花片片飘坠,来增补这一望无际的雪堆;故乡也准备过年了,人们忙得很;我自己还是一个儿童,在后园的平坦处和一伙小朋友塑雪罗汉。雪罗汉的眼睛是用两块小炭嵌出来的,颜色很黑,这一闪动,便变了连殳的眼睛。

"我还得活几天!"仍是这样的声音。

"为什么呢?"我无端地这样问,立刻连自己也觉得可笑了。

这可笑的问题使我清醒,坐直了身子,点起一枝烟卷来;推窗一望,雪果然下得更大了。听得有人叩门;不一会,一个人走进来,但是听熟的客寓杂役的脚步。他推开我的房门,交给我一封六寸多长的信,字迹很潦草,然而一瞥便认出"魏缄"两个字,是连殳寄来的。

这是从我离开 S 城以后他给我的第一封信。我知道他疏懒,本不以杳无消息为奇,但有时也颇怨他不给一点消息。待到接了这信,可又无端地觉得奇怪了,慌忙拆开来。里面也用了一样潦草的字体,写着这样的话:

"申飞……。

"我称你什么呢?我空着。你自己愿意称什么,你自己添上去罢。我都可以的。

"别后共得三信,没有复。这原因很简单:我连买邮票的钱也没有。

"你或者愿意知道些我的消息,现在简直告诉你罢:我失败了。先前,我自以为是失败者,现在知道那并不,现在才真是失败者了。先前,还有人愿意我活几天,我自己也还想活几天的时候,活不下去;现在,大可以无须了,然而要活下去……。

"然而就活下去么?

"愿意我活几天的,自己就活不下去。这人已被敌人诱杀了。谁杀的呢?谁也不知道。

"人生的变化多么迅速呵!这半年来,我几乎求乞了,实际,也可以算得已经求乞。然而我还有所为,我愿意为此求乞,为此冻馁,为此寂寞,为此辛苦。但灭亡是不愿意的。你看,有一个愿意我活几天的,那力量就这么大。然而现在是没有了,连这一个也没有了。同时,我自己也觉得不配活下去;别人呢?也不配的。同时,我自己又觉得偏要为不愿意我活下去的人们而活下去;好在愿意我好好地活下去的已经没有了,再没有谁痛心。使这样的人痛心,我是不愿意的。然而现在是没有了,连这一个也没有了。快活极了,舒服极了;我已经躬行我先前所憎恶,所反对的一切,拒斥我先前所崇仰,所主张的一切了。我已经真的失败,——然而我胜利了。

"你以为我发了疯么?你以为我成了英雄或伟人了么?不,不的。这事情很简单;我近来已经做了杜师长的顾问,每月的薪水就有现洋八十元了。

"申飞……。

"你将以我为什么东西呢,你自己定就是,我都可以的。

"你大约还记得我旧时的客厅罢,我们在城中初见和将别时候的客厅。现在我还用着这客厅。这里有新的宾客,新的馈赠,新的颂扬,新的钻营,新的磕头和打拱,新的打牌和猜拳,新的冷眼和恶心,新的失眠和吐血……。

"你前信说你教书很不如意。你愿意也做顾问么?可以告诉我,我给你办。其实是做门房也不妨,一样地有新的宾客和新的馈赠,新的颂扬……。

"我这里下大雪了。你那里怎样?现在已是深夜,吐了两口血,使我清醒起来。记得你竟从秋天以来陆续给了我三封信,这是怎样的可以惊异的事呵。我必须寄给你一点消息,你或者不至于倒抽一口冷气罢。

"此后,我大约不再写信的了,我这习惯是你早已知道的。何时回来呢?倘早,当能相见。——但我想,我们大概究竟不是一路的;那么,请你忘记我罢。我从我的真心感谢你先前常替我筹划生计。但是现在忘记我罢;我现在已经'好'了。

连殳。十二月十四日。"

这虽然并不使我"倒抽一口冷气",但草草一看之后,又细看了一遍,却总有些不舒服,而同时可又夹杂些快意和高兴;又想,他的生计总算已经不成问题,我的担子也可以放下了,虽然在我这一面始终不过是无法可想。忽而又想写一封信回答他,但又觉得没有话说,于是这意思也立即消失了。

　　我的确渐渐地在忘却他。在我的记忆中,他的面貌也不再时常出现。但得信之后不到十天,S城的学理七日报社忽然接续着邮寄他们的《学理七日报》来了。我是不大看这些东西的,不过既经寄到,也就随手翻翻。这却使我记起连殳来,因为里面常有关于他的诗文,如《雪夜谒连殳先生》《连殳顾问高斋雅集》等等;有一回,《学理闲谭》里还津津地叙述他先前所被传为笑柄的事,称作"逸闻",言外大有"且夫非常之人,必能行非常之事"[10]的意思。

　　不知怎地虽然因此记起,但他的面貌却总是逐渐模胡;然而又似乎和我日加密切起来,往往无端感到一种连自己也莫明其妙的不安和极轻微的震颤。幸而到了秋季,这《学理七日报》就不寄来了;山阳的《学理周刊》上却又按期登起一篇长论文:《流言即事实论》。里面还说,关于某君们的流言,已在公正士绅间盛传了。这是专指几个人的,有我在内;我只好极小心,照例连吸烟卷的烟也谨防飞散。小心是一种忙的苦痛,因此会百事俱废,自然也无暇记得连殳。总之:我其实已经将他忘却了。

　　但我也终于敷衍不到暑假,五月底,便离开了山阳。

五

　　从山阳到历城,又到太谷,一总转了大半年,终于寻不出什么事情做,我便又决计回S城去了。到时是春初的下午,天气欲雨不雨,一切都罩在灰色中;旧寓里还有空房,仍然住下。在道上,就想起连殳的了,到后,便决定晚饭后去看他。我提着两包闻喜名产的煮饼,走了许多潮湿的路,让道给许多拦路高卧的狗,这才总算到了连殳的门前。里面仿佛特别明亮似的。我想,一做顾问,连寓里也格外光亮起来了,不觉在暗中一笑。但仰面一看,门旁却白白的,分明帖着一张斜角纸[11]。我又想,大良们的祖母死了罢;同时也跨进门,一直向里面走。

　　微光所照的院子里,放着一具棺材,旁边站一个穿军衣的兵或是马弁[12],还有一个和他谈话的,看时却是大良的祖母;另外还闲站着几个短衣的粗人。我的心即刻跳起来了。她也转过脸来凝视我。

"阿呀！您回来了？何不早几天……。"她忽而大叫起来。

"谁……谁没有了？"我其实是已经大概知道的了,但还是问。

"魏大人,前天没有的。"

我四顾,客厅里暗沉沉的,大约只有一盏灯;正屋里却挂着白的孝帏,几个孩子聚在屋外,就是大良二良们。

"他停在那里,"大良的祖母走向前,指着说,"魏大人恭喜之后,我把正屋也租给他了;他现在就停在那里。"

孝帏[13]上没有别的,前面是一张条桌,一张方桌;方桌上摆着十来碗饭菜。我刚跨进门,当面忽然现出两个穿白长衫的来拦住了,瞪了死鱼似的眼睛,从中发出惊疑的光来,钉住了我的脸。我慌忙说明我和连殳的关系,大良的祖母也来从旁证实,他们的手和眼光这才逐渐弛缓下去,默许我近前去鞠躬。

我一鞠躬,地下忽然有人呜呜的哭起来了,定神看时,一个十多岁的孩子伏在草荐上,也是白衣服,头发剪得很光的头上还络着一大绺苎麻丝[14]。

我和他们寒暄后,知道一个是连殳的从堂兄弟,要算最亲的了;一个是远房侄子。我请求看一看故人,他们却竭力拦阻,说是"不敢当"的。然而终于被我说服了,将孝帏揭起。

这回我会见了死的连殳。但是奇怪！他虽然穿一套皱的短衫裤,大襟上还有血迹,脸上也瘦削得不堪,然而面目却还是先前那样的面目,宁静地闭着嘴,合着眼,睡着似的,几乎要使我伸手到他鼻子前面,去试探他可是其实还在呼吸着。

一切是死一般静,死的人和活的人。我退开了,他的从堂兄弟却又来周旋,说"舍弟"正在年富力强,前程无限的时候,竟遽尔[15]"作古"了,这不但是"衰宗"[16]不幸,也太使朋友伤心。言外颇有替连殳道歉之意;这样地能说,在山乡中人是少有的。但此后也就沉默了,一切是死一般静,死的人和活的人。

我觉得很无聊,怎样的悲哀倒没有,便退到院子里,和大良们的祖母闲谈起来。知道入殓的时候是临近了,只待寿衣送到;钉棺材钉时,"子午卯酉"四生肖是必须躲避的。她谈得高兴了,说话滔滔地泉流似的涌出,说到他的病状,说到他生时的情景,也带些关于他的批评。

"你可知道魏大人自从交运之后,人就和先前两样了,脸也抬高起来,气昂昂的。对人也不再先前那么迂。你知道,他先前不是像一个哑子,见我是叫老太太的么?后来就叫'老家伙'。唉唉,真是有趣。人送他仙居术[17],他自己是不吃的,就摔在院子里,——就是这地方,——叫道,'老家伙,你吃去罢。'他交运之后,人来人往,我把正屋也让给他住了,自己便搬在这厢房里。他也真是一走红运,就与众不同,我们就常常这样说笑。要是你早来一个月,还赶得上看这里的热闹,三日两头的猜拳行令,说的说,笑的笑,唱的唱,做诗的做诗,打牌的打牌……。

"他先前怕孩子们比孩子们见老子还怕,总是低声下气的。近来可也两样了,能说能闹,我们的大良们也很喜欢和他玩,一有空,便都到他的屋里去。他也用种种方法逗着玩;要他买东西,他就要孩子装一声狗叫,或者磕一个响头。哈哈,真是过得热闹。前两月二良要他买鞋,还磕了三个响头哩,哪,现在还穿着,没有破呢。"

一个穿白长衫的人出来了,她就住了口。我打听连殳的病症,她却不大清楚,只说大约是早已瘦了下去的罢,可是谁也没理会,因为他总是高高兴兴的。到一个多月前,这才听到他吐过几回血,但似乎也没有看医生;后来躺倒了;死去的前三天,就哑了喉咙,说不出一句话。十三大人从寒石山路远迢迢地上城来,问他可有存款,他一声也不响。十三大人疑心他装出来的,也有人说有些生痨病死的人是要说不出话来的,谁知道呢……。

"可是魏大人的脾气也太古怪,"她忽然低声说,"他就不肯积蓄一点,水似的化钱。十三大人还疑心我们得了什么好处。有什么屁好处呢?他就冤里冤枉胡里胡涂地化掉了。譬如买东西,今天买进,明天又卖出,弄破,真不知道是怎么一回事。待到死了下来,什么也没有,都糟掉了。要不然,今天也不至于这样地冷静……。

"他就是胡闹,不想办一点正经事。我是想到过的,也劝过他。这么年纪了,应该成家;照现在的样子,结一门亲很容易;如果没有门当户对的,先买几个姨太太也可以:人是总应该像个样子的。可是他一听到就笑起来,说道,'老家伙,你还是总替别人惦记着这等事么?'你看,他近来就浮而不实,不把人的好话当好话听。要是早听了我的话,现在何至于独自冷清清地在阴间摸索，至少，也可以听到几声亲人的哭声……。"

一个店伙背了衣服来了。三个亲人便检出里衣，走进帏后去。不多久，孝帏揭起了，里衣已经换好，接着是加外衣。这很出我意外。一条土黄的军裤穿上了，嵌着很宽的红条，其次穿上去的是军衣，金闪闪的肩章，也不知道是什么品级，那里来的品级。到入棺，是连殳很不妥帖地躺着，脚边放一双黄皮鞋，腰边放一柄纸糊的指挥刀，骨瘦如柴的灰黑的脸旁，是一顶金边的军帽。

三个亲人扶着棺沿哭了一场，止哭拭泪；头上络麻线的孩子退出去了，三良也避去，大约都是属"子午卯酉"之一的。

粗人扛起棺盖来，我走近去最后看一看永别的连殳。

他在不妥帖的衣冠中，安静地躺着，合了眼，闭着嘴，口角间仿佛含着冰冷的微笑，冷笑着这可笑的死尸。

敲钉的声音一响，哭声也同时迸出来。这哭声使我不能听完，只好退到院子里；顺脚一走，不觉出了大门了。潮湿的路极其分明，仰看太空，浓云已经散去，挂着一轮圆月，散出冷静的光辉。

我快步走着，仿佛要从一种沉重的东西中冲出，但是不能够。耳朵中有什么挣扎着，久之，久之，终于挣扎出来了，隐约像是长嗥，像一匹受伤的狼，当深夜在旷野中嗥叫，惨伤里夹杂着愤怒和悲哀。

我的心地就轻松起来，坦然地在潮湿的石路上走，月光底下。

一九二五年十月十七日毕。

注释：

〔1〕 "承重孙" 承重，即承受丧祭重任。按封建宗法制度，长子先亡，由嫡长孙代替亡父充当祖父母丧礼的主持人，称承重孙。

〔2〕 法事 原指佛教徒念经、供佛一类活动。这里指和尚、道士超度亡魂的仪式，也叫"做道场"。

〔3〕 《沉沦》 小说集，郁达夫著，内收中篇小说《沉沦》和短篇小说《南迁》《银灰色的死》。这些作品以"不幸的青年"或"零余者"为主人公，在表达对社会黑暗的反抗情绪时，常流露颓废与病态的心理。

〔4〕 吃素谈禅 谈禅，指谈论佛教教义。当时军阀官僚在失势后，往往发表下野"宣

言"或"通电",宣称出洋游历或隐居山林、吃斋念佛,从此不问国事。

〔5〕 《史记索隐》 唐代司马贞注释《史记》的书,共三十卷。汲古阁,是明末藏书家毛晋的藏书室。《史记索隐》是毛晋重刻的宋版书之一。

〔6〕 "一日不见,如隔三秋" 语出《诗经·王风·采葛》:"一日不见,如三秋兮。"

〔7〕 独头茧 绍兴方言称孤独的人为独头。这里拿蚕作茧自缚比喻自甘孤独。

〔8〕 "衣食足而知礼节" 语出《管子·牧民》:"仓廪实则知礼节,衣食足则知荣辱。"

〔9〕 挑剔学潮 1925年5月,作者和北京女子师范大学其他六位教授发表了支持该校学生反对学校当局压制的宣言,陈西滢于同月《现代评论》第一卷第二十五期发表的《闲话》中,攻击作者等人是"暗中挑剔风潮"。作者在这里借用此语,含有讽刺陈西滢文句不通的意味。

〔10〕 "且夫非常之人,必能行非常之事" 语出《史记·司马相如列传》:"盖世必有非常之人,然后有非常之事。"

〔11〕 斜角纸 旧时习俗,人死后在大门旁斜贴一张白纸,纸上写明死者的性别和年龄,入殓时需要避开的是哪些生肖的人,以及"殃"和"煞"的种类、日期,使别人知道避忌。

〔12〕 马弁 指当官的身边带的随从。

〔13〕 孝帏 悬挂在灵床或灵柩前的帷帐。

〔14〕 苎麻丝 指"麻冠"(用苎麻编成)。旧时习俗,死者的儿子或承重孙在守灵和送殡时戴用,作为"重孝"的标志。

〔15〕 遽尔 骤然,突然。

〔16〕 "衰宗" 意指衰败的宗族。作谦辞用。

〔17〕 仙居术 浙江省仙居县所产的中药白术。

伤　逝

——涓生的手记

【题记】《伤逝》写于1925年10月,收入《彷徨》之前未曾发表过。这是鲁迅唯一的以爱情为题材的小说,不过不是讴歌自由恋爱,而是为"五四"式的爱情唱起了挽歌。《伤逝》写的是"五四"一代青年的精神追求及其困境,是在思考"解放"之后怎么办的问题,诠释中国式"娜拉"的命运。小说以涓生的"手记"形式出现,是涓生的自述,同时又有潜隐的叙述者,是双重叙述,让细心的读者在阅读中自己去发现和谴责"涓生"们的自私,也发现与体味爱情幸福所隐含的脆弱性。而这正是《伤逝》艺术的高妙之处。

如果我能够,我要写下我的悔恨和悲哀,为子君,为自己。

会馆[1]里的被遗忘在偏僻里的破屋是这样地寂静和空虚。时光过得真快,我爱子君,仗着她逃出这寂静和空虚,已经满一年了。事情又这么不凑巧,我重来时,偏偏空着的又只有这一间屋。依然是这样的破窗,这样的窗外的半枯的槐树和老紫藤,这样的窗前的方桌,这样的败壁,这样的靠壁的板床。深夜中独自躺在床上,就如我未曾和子君同居以前一般,过去一年中的时光全被消灭,全未有过,我并没有曾经从这破屋子搬出,在吉兆胡同创立了满怀希望的小小的家庭。

不但如此。在一年之前,这寂静和空虚是并不这样的,常常含着期待;期待子君的到来。在久待的焦躁中,一听到皮鞋的高底尖触着砖路的清响,是怎样地使我骤然生动起来呵!于是就看见带着笑涡的苍白的圆脸,苍白的瘦的臂膊,布的有条纹的衫子,玄色的裙。她又带了窗外的半枯的槐树的新叶来,使我看见,还有挂在铁似的老干上的一房一房的紫白的藤花。

然而现在呢,只有寂静和空虚依旧,子君却决不再来了,而且永远,永远地!……

　　子君不在我这破屋里时,我什么也看不见。在百无聊赖中,随手抓过一本书来,科学也好,文学也好,横竖什么都一样;看下去,看下去,忽而自己觉得,已经翻了十多页了,但是毫不记得书上所说的事。只是耳朵却分外地灵,仿佛听到大门外一切往来的履声,从中便有子君的,而且橐橐地逐渐临近,——但是,往往又逐渐渺茫,终于消失在别的步声的杂沓中了。我憎恶那不像子君鞋声的穿布底鞋的长班[2]的儿子,我憎恶那太像子君鞋声的常常穿着新皮鞋的邻院的搽雪花膏的小东西!

　　莫非她翻了车么?莫非她被电车撞伤了么?……

　　我便要取了帽子去看她,然而她的胞叔就曾经当面骂过我。

　　蓦然,她的鞋声近来了,一步响于一步,迎出去时,却已经走过紫藤棚下,脸上带着微笑的酒窝。她在她叔子的家里大约并未受气;我的心宁帖了,默默地相视片时之后,破屋里便渐渐充满了我的语声,谈家庭专制,谈打破旧习惯,谈男女平等,谈伊孛生,谈泰戈尔,谈雪莱[3]……。她总是微笑点头,两眼里弥漫着稚气的好奇的光泽。壁上就钉着一张铜板的雪莱半身像,是从杂志上裁下来的,是他的最美的一张像。当我指给她看时,她却只草草一看,便低了头,似乎不好意思了。这些地方,子君就大概还未脱尽旧思想的束缚,——我后来也想,倒不如换一张雪莱淹死在海里的记念像或是伊孛生的罢;但也终于没有换,现在是连这一张也不知那里去了。

　　"我是我自己的,他们谁也没有干涉我的权利!"

　　这是我们交际了半年,又谈起她在这里的胞叔和在家的父亲时,她默想了一会之后,分明地,坚决地,沉静地说了出来的话。其时是我已经说尽了我的意见,我的身世,我的缺点,很少隐瞒;她也完全了解的了。这几句话很震动了我的灵魂,此后许多天还在耳中发响,而且说不出的狂喜,知道中国女性,并不如厌世家所说那样的无法可施,在不远的将来,便要看见辉煌的曙色的。

　　送她出门,照例是相离十多步远;照例是那鲇鱼须的老东西的脸又紧帖在脏的窗玻璃上了,连鼻尖都挤成一个小平面;到外院,照例又是明晃晃的玻璃窗里的那小东西的脸,加厚的雪花膏。她目不邪视地骄傲地走了,没有看见;我骄傲地回来。

"我是我自己的,他们谁也没有干涉我的权利!"这彻底的思想就在她的脑里,比我还透澈,坚强得多。半瓶雪花膏和鼻尖的小平面,于她能算什么东西呢?

我已经记不清那时怎样地将我的纯真热烈的爱表示给她。岂但现在,那时的事后便已模胡,夜间回想,早只剩了一些断片了;同居以后一两月,便连这些断片也化作无可追踪的梦影。我只记得那时以前的十几天,曾经很仔细地研究过表示的态度,排列过措辞的先后,以及倘或遭了拒绝以后的情形。可是临时似乎都无用,在慌张中,身不由己地竟用了在电影上见过的方法了。后来一想到,就使我很愧恧[4],但在记忆上却偏只有这一点永远留遗,至今还如暗室的孤灯一般,照见我含泪握着她的手,一条腿跪了下去……。

不但我自己的,便是子君的言语举动,我那时就没有看得分明;仅知道她已经允许我了。但也还仿佛记得她脸色变成青白,后来又渐渐转作绯红,——没有见过,也没有再见的绯红;孩子似的眼里射出悲喜,但是夹着惊疑的光,虽然力避我的视线,张皇地似乎要破窗飞去。然而我知道她已经允许我了,没有知道她怎样说或是没有说。

她却是什么都记得:我的言辞,竟至于读熟了的一般,能够滔滔背诵;我的举动,就如有一张我所看不见的影片挂在眼下,叙述得如生,很细微,自然连那使我不愿再想的浅薄的电影的一闪。夜阑人静,是相对温习的时候了,我常是被质问,被考验,并且被命复述当时的言语,然而常须由她补足,由她纠正,像一个丁等的学生。

这温习后来也渐渐稀疏起来。但我只要看见她两眼注视空中,出神似的凝想着,于是神色越加柔和,笑窝也深下去,便知道她又在自修旧课了,只是我很怕她看到我那可笑的电影的一闪。但我又知道,她一定要看见,而且也非看不可的。

然而她并不觉得可笑。即使我自己以为可笑,甚而至于可鄙的,她也毫不以为可笑。这事我知道得很清楚,因为她爱我,是这样地热烈,这样地纯真。

去年的暮春是最为幸福,也是最为忙碌的时光。我的心平静下去了,但又有别一部分和身体一同忙碌起来。我们这时才在路上同行,也到过几回公园,最多的是寻住所。我觉得在路上时时遇到探索,讥笑,猥亵和轻蔑的眼光,一不小心,便使我的全身有些瑟缩,只得即刻提起我的骄傲和反抗来支持。她却是大无畏的,对于这些全不关心,只是镇静地缓缓前行,坦然如入无人之境。

寻住所实在不是容易事,大半是被托辞拒绝,小半是我们以为不相宜。起先我们选择得很苛酷,——也非苛酷,因为看去大抵不像是我们的安身之所;后来,便只要他们能相容了。看了二十多处,这才得到可以暂且敷衍的处所,是吉兆胡同一所小屋里的两间南屋;主人是一个小官,然而倒是明白人,自住着正屋和厢房。他只有夫人和一个不到周岁的女孩子,雇一个乡下的女工,只要孩子不啼哭,是极其安闲幽静的。

我们的家具很简单,但已经用去了我的筹来的款子的大半;子君还卖掉了她唯一的金戒指和耳环。我拦阻她,还是定要卖,我也就不再坚持下去了;我知道不给她加入一点股分去,她是住不舒服的。

和她的叔子,她早经闹开,至于使他气愤到不再认她做侄女;我也陆续和几个自以为忠告,其实是替我胆怯,或者竟是嫉妒的朋友绝了交。然而这倒很清静。每日办公散后,虽然已近黄昏,车夫又一定走得这样慢,但究竟还有二人相对的时候。我们先是沉默的相视,接着是放怀而亲密的交谈,后来又是沉默。大家低头沉思着,却并未想着什么事。我也渐渐清醒地读遍了她的身体,她的灵魂,不过三星期,我似乎于她已经更加了解,揭去许多先前以为了解而现在看来却是隔膜,即所谓真的隔膜了。

子君也逐日活泼起来。但她并不爱花,我在庙会时买来的两盆小草花,四天不浇,枯死在壁角了,我又没有照顾一切的闲暇。然而她爱动物,也许是从官太太那里传染的罢,不一月,我们的眷属便骤然加得很多,四只小油鸡,在小院子里和房主人的十多只在一同走。但她们却认识鸡的相貌,各知道那一只是自家的。还有一只花白的叭儿狗,从庙会买来,记得似乎原有名字,子君却给它另起了一个,叫作阿随。我就叫它阿随,但我不喜欢这名字。

这是真的,爱情必须时时更新,生长,创造 。我和子君说起这,她也领会地点点头。

唉唉,那是怎样的宁静而幸福的夜呵!

安宁和幸福是要凝固的,永久是这样的安宁和幸福。我们在会馆里时,还偶有议论的冲突和意思的误会,自从到吉兆胡同以来,连这一点也没有了;我们只在灯下对坐的怀旧谭中,回味那时冲突以后的和解的重生一般的乐趣。

子君竟胖了起来,脸色也红活了;可惜的是忙。管了家务便连谈天的工夫也没有,何况读书和散步。我们常说,我们总还得雇一个女工。

这就使我也一样地不快活,傍晚回来,常见她包藏着不快活的颜色,尤其使我不乐的是她要装作勉强的笑容。幸而探听出来了,也还是和那小官太太的暗斗,导火线便是两家的小油鸡。但又何必硬不告诉我呢?人总该有一个独立的家庭。这样的处所,是不能居住的。

我的路也铸定了,每星期中的六天,是由家到局,又由局到家。在局里便坐在办公桌前钞,钞,钞些公文和信件;在家里是和她相对或帮她生白炉子,煮饭,蒸馒头。我的学会了煮饭,就在这时候。

但我的食品却比在会馆里时好得多了。做菜虽不是子君的特长,然而她于此却倾注着全力;对于她的日夜的操心,使我也不能不一同操心,来算作分甘共苦。况且她又这样地终日汗流满面,短发都粘在脑额上;两只手又只是这样地粗糙起来。

况且还要饲阿随,饲油鸡,……都是非她不可的工作。

我曾经忠告她:我不吃,倒也罢了;却万不可这样地操劳。她只看了我一眼,不开口,神色却似乎有点凄然;我也只好不开口。然而她还是这样地操劳。

我所豫期的打击果然到来。双十节的前一晚,我呆坐着,她在洗碗。听到打门声,我去开门时,是局里的信差,交给我一张油印的纸条。我就有些料到了,到灯下去一看,果然,印着的就是:

> 奉
> 局长谕史涓生着毋庸到局办事
> 　　秘书处启　十月九号

这在会馆里时,我就早已料到了;那雪花膏便是局长的儿子的赌友,一定要去添些谣言,设法报告的。到现在才发生效验,已经要算是很晚的了。其实这在我不能算是一个打击,因为我早就决定,可以给别人去钞写,或者教读,或者虽然费力,也还可以译点书,况且《自由之友》的总编辑便是见过几次的熟人,两月前还通过信。但我的心却跳跃着。那么一个无畏的子君也变了色,尤其使我痛心;她近来似乎也较为怯弱了。

"那算什么。哼,我们干新的。我们……。"她说。

她的话没有说完;不知怎地,那声音在我听去却只是浮浮的;灯光也觉得格外黯淡。人们真是可笑的动物,一点极微末的小事情,便会受着很深的影响。我们先是默默地相视,逐渐商量起来,终于决定将现有的钱竭力节省,一面登"小广告"去寻求钞写和教读,一面写信给《自由之友》的总编辑,说明我目下的遭遇,请他收用我的译本,给我帮一点艰辛时候的忙。

"说做,就做罢!来开一条新的路!"

我立刻转身向了书案,推开盛香油的瓶子和醋碟,子君便送过那黯淡的灯来。我先拟广告;其次是选定可译的书,迁移以来未曾翻阅过,每本的头上都满漫着灰尘了;最后才写信。

我很费踌躇,不知道怎样措辞好,当停笔凝思的时候,转眼去一瞥她的脸,在昏暗的灯光下,又很见得凄然。我真不料这样微细的小事情,竟会给坚决的,无畏的子君以这么显著的变化。她近来实在变得很怯弱了,但也并不是今夜才开始的。我的心因此更缭乱,忽然有安宁的生活的影像——会馆里的破屋的寂静,在眼前一闪,刚刚想定睛凝视,却又看见了昏暗的灯光。

许久之后,信也写成了,是一封颇长的信;很觉得疲劳,仿佛近来自己也较为怯弱了。于是我们决定,广告和发信,就在明日一同实行。大家不约而同地伸直了腰肢,在无言中,似乎又都感到彼此的坚忍崛强的精神,还看见从新萌芽起来的将来的希望。

外来的打击其实倒是振作了我们的新精神。局里的生活,原如鸟贩子手里的禽鸟一般,仅有一点小米维系残生,决不会肥胖;日子一久,只落得麻痹了翅子,即使放出笼外,早已不能奋飞。现在总算脱出这牢笼了,我从此要在新的开阔的天空中翱翔,趁我还未忘却了我的翅子的扇动。

小广告是一时自然不会发生效力的;但译书也不是容易事,先前看过,以为已经懂得的,一动手,却疑难百出了,进行得很慢。然而我决计努力地做,一本半新的字典,不到半月,边上便有了一大片乌黑的指痕,这就证明着我的工作的切实。《自由之友》的总编辑曾经说过,他的刊物是决不会埋没好稿子的。

可惜的是我没有一间静室,子君又没有先前那么幽静,善于体帖了,屋子里总是散乱着碗碟,弥漫着煤烟,使人不能安心做事,但是这自然还只能怨我自己无力置一间书斋。然而又加以阿随,加以油鸡们。加以油鸡们又大起来了,更容易成为两家争吵的引线。

加以每日的"川流不息"的吃饭;子君的功业,仿佛就完全建立在这吃饭中。吃了筹钱,筹来吃饭,还要喂阿随,饲油鸡;她似乎将先前所知道的全都忘掉了,也不想到我的构思就常常为了这催促吃饭而打断。即使在坐中给看一点怒色,她总是不改变,仍然毫无感触似的大嚼起来。

使她明白了我的作工不能受规定的吃饭的束缚,就费去五星期。她明白之后,大约很不高兴罢,可是没有说。我的工作果然从此较为迅速地进行,不久就共译了五万言,只要润色一回,便可以和做好的两篇小品,一同寄给《自由之友》去。只是吃饭却依然给我苦恼。菜冷,是无妨的,然而竟不够;有时连饭也不够,虽然我因为终日坐在家里用脑,饭量已经比先前要减少得多。这是先去喂了阿随了,有时还并那近来连自己也轻易不吃的羊肉。她说,阿随实在瘦得太可怜,房东太太还因此嗤笑我们了,她受不住这样的奚落。

于是吃我残饭的便只有油鸡们。这是我积久才看出来的,但同时也如赫胥黎[5]的论定"人类在宇宙间的位置"一般,自觉了我在这里的位置:不过是叭儿狗和油鸡之间。

后来，经多次的抗争和催逼，油鸡们也逐渐成为肴馔，我们和阿随都享用了十多日的鲜肥；可是其实都很瘦，因为它们早已每日只能得到几粒高粱了。从此便清静得多。只有子君很颓唐，似乎常觉得凄苦和无聊，至于不大愿意开口。我想，人是多么容易改变呵！

但是阿随也将留不住了。我们已经不能再希望从什么地方会有来信，子君也早没有一点食物可以引它打拱或直立起来。冬季又逼近得这么快，火炉就要成为很大的问题；它的食量，在我们其实早是一个极易觉得的很重的负担。于是连它也留不住了。

倘使插了草标到庙市去出卖，也许能得几文钱罢，然而我们都不能，也不愿这样做。终于是用包袱蒙着头，由我带到西郊去放掉了，还要追上来，便推在一个并不很深的土坑里。

我一回寓，觉得又清静得多多了；但子君的凄惨的神色，却使我很吃惊。那是没有见过的神色，自然是为阿随。但又何至于此呢？我还没有说起推在土坑里的事。

到夜间，在她的凄惨的神色中，加上冰冷的分子了。

"奇怪。——子君，你怎么今天这样儿了？"我忍不住问。

"什么？"她连看也不看我。

"你的脸色……。"

"没有什么，——什么也没有。"

我终于从她言动上看出，她大概已经认定我是一个忍心的人。其实，我一个人，是容易生活的，虽然因为骄傲，向来不与世交来往，迁居以后，也疏远了所有旧识的人，然而只要能远走高飞，生路还宽广得很。现在忍受着这生活压迫的苦痛，大半倒是为她，便是放掉阿随，也何尝不如此。但子君的识见却似乎只是浅薄起来，竟至于连这一点也想不到了。

我拣了一个机会，将这些道理暗示她；她领会似的点头。然而看她后来的情形，她是没有懂，或者是并不相信的。

天气的冷和神情的冷，逼迫我不能在家庭中安身。但是，往那里去呢？大道上，公园里，虽然没有冰冷的神情，冷风究竟也刺得人皮肤欲裂。我终于在通俗图书馆里觅得了我的天堂。

那里无须买票;阅书室里又装着两个铁火炉。纵使不过是烧着不死不活的煤的火炉,但单是看见装着它,精神上也就总觉得有些温暖。书却无可看:旧的陈腐,新的是几乎没有的。

好在我到那里去也并非为看书。另外时常还有几个人,多则十余人,都是单薄衣裳,正如我,各人看各人的书,作为取暖的口实。这于我尤为合式。道路上容易遇见熟人,得到轻蔑的一瞥,但此地却决无那样的横祸,因为他们是永远围在别的铁炉旁,或者靠在自家的白炉边的。

那里虽然没书给我看,却还有安闲容得我想。待到孤身枯坐,回忆从前,这才觉得大半年来,只为了爱,——盲目的爱,——而将别的人生的要义全盘疏忽了。第一,便是生活。人必生活着,爱才有所附丽[6]。世界上并非没有为了奋斗者而开的活路;我也还未忘却翅子的扇动,虽然比先前已经颓唐得多……。

屋子和读者渐渐消失了,我看见怒涛中的渔夫,战壕中的兵士,摩托车[7]中的贵人,洋场上的投机家,深山密林中的豪杰,讲台上的教授,昏夜的运动者和深夜的偷儿……。子君,——不在近旁。她的勇气都失掉了,只为着阿随悲愤,为着做饭出神;然而奇怪的是倒也并不怎样瘦损……。

冷了起来,火炉里的不死不活的几片硬煤,也终于烧尽了,已是闭馆的时候。又须回到吉兆胡同,领略冰冷的颜色去了。近来也间或遇到温暖的神情,但这却反而增加我的苦痛。记得有一夜,子君的眼里忽而又发出久已不见的稚气的光来,笑着和我谈到还在会馆时候的情形,时时又很带些恐怖的神色。我知道我近来的超过她的冷漠,已经引起她的忧疑来,只得也勉力谈笑,想给她一点慰藉。然而我的笑貌一上脸,我的话一出口,却即刻变为空虚,这空虚又即刻发生反响,回向我的耳目里,给我一个难堪的恶毒的冷嘲。

子君似乎也觉得的,从此便失掉了她往常的麻木似的镇静,虽然竭力掩饰,总还是时时露出忧疑的神色来,但对我却温和得多了。

我要明告她,但我还没有敢,当决心要说的时候,看见她孩子一般的眼色,就使我只得暂且改作勉强的欢容。但是这又即刻来冷嘲我,并使我失却那冷漠的镇静。

她从此又开始了往事的温习和新的考验,逼我做出许多虚伪的温存的答案来,将温存示给她,虚伪的草稿便写在自己的心上。我的心渐被这些草稿填满了,常觉得难于呼吸。我在苦恼中常常想,说真实自然须有极大的勇气的;假如没有这勇气,而苟安于虚伪,那也便是不能开辟新的生路的人。不独不是这个,连这人也未尝有!

子君有怨色,在早晨,极冷的早晨,这是从未见过的,但也许是从我看来的怨色。我那时冷冷地气愤和暗笑了;她所磨练的思想和豁达无畏的言论,到底也还是一个空虚,而对于这空虚却并未自觉。她早已什么书也不看,已不知道人的生活的第一着是求生,向着这求生的道路,是必须携手同行,或奋身孤往的了,倘使只知道捶[8]着一个人的衣角,那便是虽战士也难于战斗,只得一同灭亡。

我觉得新的希望就只在我们的分离;她应该决然舍去,——我也突然想到她的死,然而立刻自责,忏悔了。幸而是早晨,时间正多,我可以说我的真实。我们的新的道路的开辟,便在这一遭。

我和她闲谈,故意地引起我们的往事,提到文艺,于是涉及外国的文人,文人的作品:《诺拉》《海的女人》[9]。称扬诺拉的果决……。也还是去年在会馆的破屋里讲过的那些话,但现在已经变成空虚,从我的嘴传入自己的耳中,时时疑心有一个隐形的坏孩子,在背后恶意地刻毒地学舌。

她还是点头答应着倾听,后来沉默了。我也就断续地说完了我的话,连余音都消失在虚空中了。

"是的。"她又沉默了一会,说,"但是,……涓生,我觉得你近来很两样了。可是的?你,——你老实告诉我。"

我觉得这似乎给了我当头一击,但也立即定了神,说出我的意见和主张来:新的路的开辟,新的生活的再造,为的是免得一同灭亡。

临末,我用了十分的决心,加上这几句话:

"……况且你已经可以无须顾虑,勇往直前了。你要我老实说;是的,人是不该虚伪的。我老实说罢:因为,因为我已经不爱你了!但这于你倒好得多,因为你更可以毫无挂念地做事……。"

我同时豫期着大的变故的到来,然而只有沉默。她脸色陡然变成灰黄,死了似的;瞬间便又苏生,眼里也发了稚气的闪闪的光泽。这眼光射向四处,正如孩子在饥渴中寻求着慈爱的母亲,但只在空中寻求,恐怖地回避着我的眼。

我不能看下去了,幸而是早晨,我冒着寒风径奔通俗图书馆。

在那里看见《自由之友》,我的小品文都登出了。这使我一惊,仿佛得了一点生气。我想,生活的路还很多,——但是,现在这样也还是不行的。

我开始去访问久已不相闻问的熟人,但这也不过一两次;他们的屋子自然是暖和的,我在骨髓中却觉得寒洌。夜间,便蜷伏在比冰还冷的冷屋中。

冰的针刺着我的灵魂,使我永远苦于麻木的疼痛。生活的路还很多,我也还没忘却翅子的扇动,我想。——我突然想到她的死,然而立刻自责,忏悔了。

在通俗图书馆里往往瞥见一闪的光明,新的生路横在前面。她勇猛地觉悟了,毅然走出这冰冷的家,而且,——毫无怨恨的神色。我便轻如行云,漂浮空际,上有蔚蓝的天,下是深山大海,广厦高楼,战场,摩托车,洋场,公馆,晴明的闹市,黑暗的夜……。

而且,真的,我豫感得这新生面便要来到了。

我们总算度过了极难忍受的冬天,这北京的冬天;就如蜻蜓落在恶作剧的坏孩子的手里一般,被系着细线,尽情玩弄,虐待,虽然幸而没有送掉性命,结果也还是躺在地上,只争着一个迟早之间。

写给《自由之友》的总编辑已经有三封信,这才得到回信,信封里只有两张书券:两角的和三角的。我却单是催,就用了九分的邮票,一天的饥饿,又都白挨给己一无所得的空虚了。

然而觉得要来的事,却终于来到了。

这是冬春之交的事,风已没有这么冷,我也更久地在外面徘徊;待到回家,大概已经昏黑。就在这样一个昏黑的晚上,我照常没精打采地回来,一看见寓所的门,也照常更加丧气,使脚步放得更缓。但终于走进自己的屋子里了,没有灯火;摸火柴点起来时,是异样的寂寞和空虚!

正在错愕中,官太太便到窗外来叫我出去。

"今天子君的父亲来到这里,将她接回去了。"她很简单地说。

这似乎又不是意料中的事,我便如脑后受了一击,无言地站着。

"她去了么?"过了些时,我只问出这样一句话。

"她去了。"

"她,——她可说什么?"

"没说什么。单是托我见你回来时告诉你,说她去了。"

我不信;但是屋子里是异样的寂寞和空虚。我遍看各处,寻觅子君;只见几件破旧而黯淡的家具,都显得极其清疏,在证明着它们毫无隐匿一人一物的能力。我转念寻信或她留下的字迹,也没有;只是盐和干辣椒,面粉,半株白菜,却聚集在一处了,旁边还有几十枚铜元。这是我们两人生活材料的全副,现在她就郑重地将这留给我一个人,在不言中,教我借此去维持较久的生活。

我似乎被周围所排挤,奔到院子中间,有昏黑在我的周围;正屋的纸窗上映出明亮的灯光,他们正在逗着孩子玩笑。我的心也沉静下来,觉得在沉重的迫压中,渐渐隐约地现出脱走的路径:深山大泽,洋场,电灯下的盛筵,壕沟,最黑最黑的深夜,利刃的一击,毫无声响的脚步……。

心地有些轻松,舒展了,想到旅费,并且嘘一口气。

躺着,在合着的眼前经过的豫想的前途,不到半夜已经现尽;暗中忽然仿佛看见一堆食物,这之后,便浮出一个子君的灰黄的脸来,睁了孩子气的眼睛,恳托似的看着我。我一定神,什么也没有了。

但我的心却又觉得沉重。我为什么偏不忍耐几天,要这样急急地告诉她真话的呢?现在她知道,她以后所有的只是她父亲——儿女的债主——的烈日一般的严威和旁人的赛过冰霜的冷眼。此外便是虚空。负着虚空的重担,在严威和冷眼中走着所谓人生的路,这是怎么可怕的事呵!而况这路的尽头,又不过是——连墓碑也没有的坟墓。

我不应该将真实说给子君,我们相爱过,我应该永久奉献她我的说谎。如果真实可以宝贵,这在子君就不该是一个沉重的空虚。谎语当然也是一个空虚,然而临末,至多也不过这样地沉重。

我以为将真实说给子君,她便可以毫无顾虑,坚决地毅然前行,一如我们将要同居时那样。但这恐怕是我错误了。她当时的勇敢和无畏是因为爱。

我没有负着虚伪的重担的勇气,却将真实的重担卸给她了。她爱我之后,就要负了这重担,在严威和冷眼中走着所谓人生的路。

我想到她的死……。我看见我是一个卑怯者,应该被摈于强有力的人们,无论是真实者,虚伪者。然而她却自始至终,还希望我维持较久的生活……。

我要离开吉兆胡同,在这里是异样的空虚和寂寞。我想,只要离开这里,子君便如还在我的身边;至少,也如还在城中,有一天,将要出乎意表地访我,像住在会馆时候似的。

然而一切请托和书信,都是一无反响;我不得已,只好访问一个久不问候的世交去了。他是我伯父的幼年的同窗,以正经出名的拔贡[10],寓京很久,交游也广阔的。

大概因为衣服的破旧罢,一登门便很遭门房的白眼。好容易才相见,也还相识,但是很冷落。我们的往事,他全都知道了。

"自然,你也不能在这里了,"他听了我托他在别处觅事之后,冷冷地说,"但那里去呢?很难。——你那,什么呢,你的朋友罢,子君,你可知道,她死了。"

我惊得没有话。

"真的?"我终于不自觉地问。

"哈哈。自然真的。我家的王升的家,就和她家同村。"

"但是,——不知道是怎么死的?"

"谁知道呢。总之是死了就是了。"

我已经忘却了怎样辞别他,回到自己的寓所。我知道他是不说谎话的;子君总不会再来的了,像去年那样。她虽是想在严威和冷眼中负着虚空的重担来走所谓人生的路,也已经不能。她的命运,已经决定她在我所给与的真实——无爱的人间死灭了!

自然,我不能在这里了;但是,"那里去呢?"

四围是广大的空虚,还有死的寂静。死于无爱的人们的眼前的黑暗,我仿佛一一看见,还听得一切苦闷和绝望的挣扎的声音。

我还期待着新的东西到来,无名的,意外的。但一天一天,无非是死的寂静。

我比先前已经不大出门,只坐卧在广大的空虚里,一任这死的寂静侵蚀着我的灵魂。死的寂静有时也自己战栗,自己退藏,于是在这绝续之交,便闪出无名的,意外的,新的期待。

一天是阴沉的上午,太阳还不能从云里面挣扎出来,连空气都疲乏着。耳中听到细碎的步声和咻咻的鼻息,使我睁开眼。大致一看,屋子里还是空虚;但偶然看到地面,却盘旋着一匹小小的动物,瘦弱的,半死的,满身灰土的……。

我一细看,我的心就一停,接着便直跳起来。

那是阿随。它回来了。

我的离开吉兆胡同,也不单是为了房主人们和他家女工的冷眼,大半就为着这阿随。但是,"那里去呢?"新的生路自然还很多,我约略知道,也间或依稀看见,觉得就在我面前,然而我还没有知道跨进那里去的第一步的方法。

经过许多回的思量和比较,也还只有会馆是还能相容的地方。依然是这样的破屋,这样的板床,这样的半枯的槐树和紫藤,但那时使我希望,欢欣,爱,生活的,却全都逝去了,只有一个虚空,我用真实去换来的虚空存在。

新的生路还很多,我必须跨进去,因为我还活着。但我还不知道怎样跨出那第一步。有时,仿佛看见那生路就像一条灰白的长蛇,自己蜿蜒地向我奔来,我等着,等着,看看临近,但忽然便消失在黑暗里了。

初春的夜,还是那么长。长久的枯坐中记起上午在街头所见的葬式,前面是纸人纸马,后面是唱歌一般的哭声。我现在已经知道他们的聪明了,这是多么轻松简截的事。

然而子君的葬式却又在我的眼前,是独自负着虚空的重担,在灰白的长路上前行,而又即刻消失在周围的严威和冷眼里了。

我愿意真有所谓鬼魂,真有所谓地狱,那么,即使在孽风[11]怒吼之中,我也将寻觅子君,当面说出我的悔恨和悲哀,祈求她的饶恕;否则,地狱的毒焰将围绕我,猛烈地烧尽我的悔恨和悲哀。

我将在孽风和毒焰中拥抱子君,乞她宽容,或者使她快意……。

但是,这却更虚空于新的生路;现在所有的只是初春的夜,竟还是那么长。我活着,我总得向着新的生路跨出去,那第一步,——却不过是写下我的悔恨和悲哀,为子君,为自己。

我仍然只有唱歌一般的哭声,给子君送葬,葬在遗忘中。

我要遗忘;我为自己,并且要不再想到这用了遗忘给子君送葬。

我要向着新的生路跨进第一步去,我要将真实深深地藏在心的创伤中,默默地前行,用遗忘和说谎做我的前导……。

一九二五年十月二十一日毕。

注释:

〔1〕 会馆　旧时都市中同乡会或同业公会设立的馆舍,供同乡或同业旅居、聚会之用。

〔2〕 长班　旧时官员的随身仆人,也用来称呼一般的"听差"。

〔3〕 伊孛生(H. Ibsen,1828—1906)　通译易卜生,挪威剧作家。他的作品《人民公敌》《玩偶之家》(又译《娜拉》)等,以人的精神反叛与追求为主题,在"五四"时期译介到中国,影响巨大。泰戈尔(R. Tagore,1861—1941),印度诗人。1924年曾来过我国。当时他的诗作译成中文的有《新月集》《飞鸟集》等。雪莱(P. B. Shelley,1792—1822),英国诗人。曾参加爱尔兰民族独立运动,因传播革命思想和争取婚姻自由屡遭迫害,后在海里覆舟淹死。著有长诗《伊斯兰的起义》、诗剧《解放了的普罗米修斯》等。他的《西风颂》《云雀颂》等著名短诗,"五四"后被译介到我国。

〔4〕 愧怍　意思是惭愧。《宋书·张畅传》:"道民忝为城主,而损威延寇,其为愧怍,亦已深矣。"

〔5〕 赫胥黎(T. Huxley,1825—1895)　英国生物学家。他的《人类在宇宙间的位置》(今译《人类在自然界的位置》),是宣传达尔文的进化论的重要著作。

〔6〕 附丽　附着,依附。《文选·魏都赋》(左思):"而子大夫之贤者,尚弗曾庶翼等威,附丽皇极。"

〔7〕 摩托车　当时对小汽车的称呼。

〔8〕 搋　同"捶",口语中读 duī,意思是往下牵拉。

〔9〕 《诺拉》　通译《娜拉》(又译作《傀偶之家》);《海的女人》,通译《海的夫人》。都是易卜生的著名剧作。

〔10〕 拔贡　清代科举考试制度:在规定的年限(原定六年,后改为十二年)选拔"文行兼优"的秀才,保送到京师,贡入国子监,称为"拔贡"。是贡生的一种。

〔11〕 孽风　指恶风,妖风。

离　婚

【题记】本文最初发表于1925年11月23日北京《语丝》周刊第五十四期,后收入《彷徨》。小说写的是清末民初的事,泼辣的农村妇女爱姑,受到丈夫的欺凌,决意去"闹堂",请乡绅"七大人"主持公道;但一见到封建遗老"七大人",马上被其气场所"镇"住,蔫了,糊里糊涂就"被离婚"了。作品揭示了清末民初乡村社会沉闷闭塞的状况,以及仍然在捆绑农民的封建精神枷锁。前后两个场景的"预设"与"结局"有戏剧性的"突变",却又有必然的逻辑。人物描写如漫画般勾勒,三笔两笔,让人过目不忘。对爱姑的性格及其心理变化的刻画尤为深刻,达到了令人震惊的"写灵魂"的深度。

"阿阿,木叔!新年恭喜,发财发财!"

"你好,八三!恭喜恭喜!……"

"唉唉,恭喜!爱姑也在这里……"

"阿阿,木公公!……"

庄木三和他的女儿——爱姑——刚从木莲桥头跨下航船去,船里面就有许多声音一齐嗡的叫了起来,其中还有几个人捏着拳头打拱;同时,船旁的坐板也空出四人的坐位来了。庄木三一面招呼,一面就坐,将长烟管倚在船边;爱姑便坐在他左边,将两只钩刀样的脚正对着八三摆成一个"八"字。

"木公公上城去?"一个蟹壳脸的问。

"不上城,"木公公有些颓唐似的,但因为紫糖色脸上原有许多皱纹,所以倒也看不出什么大变化,"就是到庞庄去走一遭。"

合船都沉默了,只是看他们。

"也还是为了爱姑的事么?"好一会,八三质问了。

"还是为她。……这真是烦死我了,已经闹了整三年,打过多少回架,说过多少回和,总是不落局……。"

"这回还是到慰老爷家里去?……"

"还是到他家。他给他们说和也不止一两回了,我都不依。这倒没有什么。这回是他家新年会亲,连城里的七大人也在……。"

"七大人?"八三的眼睛睁大了。"他老人家也出来说话了么?……那是……。其实呢,去年我们将他们的灶都拆掉了,〔1〕总算已经出了一口恶气。况且爱姑回到那边去,其实呢,也没有什么味儿……。"他于是顺下眼睛去。

"我倒并不贪图回到那边去,八三哥!"爱姑愤愤地昂起头,说,"我是赌气。你想,'小畜生'姘上了小寡妇,就不要我,事情有这么容易的?'老畜生'只知道帮儿子,也不要我,好容易呀!七大人怎样?难道和知县大老爷换帖〔2〕,就不说人话了么?他不能像慰老爷似的不通,只说是'走散好走散好'。我倒要对他说说我这几年的艰难,且看七大人说谁不错!"

八三被说服了,再开不得口。

只有潺潺的船头激水声;船里很静寂。庄木三伸手去摸烟管,装上烟。

斜对面,挨八三坐着的一个胖子便从肚兜里掏出一柄打火刀,打着火绒,给他按在烟斗上。

"对对。"〔3〕木三点头说。

"我们虽然是初会,木叔的名字却是早已知道的。"胖子恭敬地说。"是的,这里沿海三六十八村,谁不知道?施家的儿子姘上了寡妇,我们也早知道。去年木叔带了六位儿子去拆平了他家的灶,谁不说应该?……你老人家是高门大户都走得进的,脚步开阔,怕他们甚的!……"

"你这位阿叔真通气,"爱姑高兴地说,"我虽然不认识你这位阿叔是谁。"

"我叫汪得贵。"胖子连忙说。

"要撇掉我,是不行的。七大人也好,八大人也好。我总要闹得他们家败人亡!慰老爷不是劝过我四回么?连爹也看得赔贴的钱有点头昏眼热了……。"

"你这妈的!"木三低声说。

"可是我听说去年年底施家送给慰老爷一桌酒席哩,八公公。"蟹壳脸道。

"那不碍事。"汪得贵说,"酒席能塞得人发昏么?酒席如果能塞得人发昏,送大菜[4]又怎样?他们知书识理的人是专替人家讲公道话的,譬如,一个人受众人欺侮,他们就出来讲公道话,倒不在乎有没有酒喝。去年年底我们敝村的荣大爷从北京回来,他见过大场面的,不像我们乡下人一样。他就说,那边的第一个人物要算光太太,又硬……。"

"汪家汇头的客人上岸哩!"船家大声叫着,船已经要停下来。

"有我有我!"胖子立刻一把取了烟管,从中舱一跳,随着前进的船走在岸上了。

"对对!"他还向船里面的人点头,说。

船便在新的静寂中继续前进;水声又很听得出了,潺潺的。八三开始打磕睡了,渐渐地向对面的钩刀式的脚张开了嘴。前舱中的两个老女人也低声哼起佛号来,她们撷着念珠,又都看爱姑,而且互视,努嘴,点头。

爱姑瞪着眼看定篷顶,大半正在悬想将来怎样闹得他们家败人亡;"老畜生""小畜生",全都走投无路。慰老爷她是不放在眼里的,见过两回,不过一个团头团脑的矮子:这种人本村里就很多,无非脸色比他紫黑些。

庄木三的烟早已吸到底,火逼得斗底里的烟油吱吱地叫了,还吸着。他知道一过汪家汇头,就到庞庄;而且那村口的魁星阁[5]也确乎已经望得见。庞庄,他到过许多回,不足道的,以及慰老爷。他还记得女儿的哭回来,他的亲家和女婿的可恶,后来给他们怎样地吃亏。想到这里,过去的情景便在眼前展开,一到惩治他亲家这一局,他向来是要冷冷地微笑的,但这回却不,不知怎的忽而横梗着一个胖胖的七大人,将他脑里的局面挤得摆不整齐了。

船在继续的寂静中继续前进;独有念佛声却宏大起来;此外一切,都似乎陪着木叔和爱姑一同浸在沉思里。

"木叔,你老上岸罢,庞庄到了。"

木三他们被船家的声音警觉时,面前已是魁星阁了。

他跳上岸,爱姑跟着,经过魁星阁下,向着慰老爷家走。朝南走过三十家门面,再转一个弯,就到了,早望见门口一列地泊着四只乌篷船。

他们跨进黑油大门时,便被邀进门房去;大门后已经坐满着两桌船夫和长年。爱姑不敢看他们,只是溜了一眼,倒也并不见有"老畜生"和"小畜生"的踪迹。

当工人搬出年糕汤来时,爱姑不由得越加局促不安起来了,连自己也不明白为什么。"难道和知县大老爷换帖,就不说人话么?"她想。"知书识理的人是讲公道话的。我要细细地对七大人说一说,从十五岁嫁过去做媳妇的时候起……。"

她喝完年糕汤;知道时机将到。果然,不一会,她已经跟着一个长年,和她父亲经过大厅,又一弯,跨进客厅的门槛去了。

客厅里有许多东西,她不及细看;还有许多客,只见红青缎子马挂发闪。在这些中间第一眼就看见一个人,这一定是七大人了。虽然也是团头团脑,却比慰老爷们魁梧得多;大的圆脸上长着两条细眼和漆黑的细胡须;头顶是秃的,可是那脑壳和脸都很红润,油光光地发亮。爱姑很觉得稀奇,但也立刻自己解释明白了:那一定是擦着猪油的。

"这就是'屁塞',就是古人大殓的时候塞在屁股眼里的。"七大人正拿着一条烂石似的东西,说着,又在自己的鼻子旁擦了两擦,接着道,"可惜是'新坑'。倒也可以买得,至迟是汉。你看,这一点是'水银浸'……。"[6]

"水银浸"周围即刻聚集了几个头,一个自然是慰老爷;还有几位少爷们,因为被威光压得像瘪臭虫了,爱姑先前竟没有见。

她不懂后一段话;无意,而且也不敢去研究什么"水银浸",便偷空向四处一看望,只见她后面,紧挨着门旁的墙壁,正站着"老畜生"和"小畜生"。虽然只一瞥,但较之半年前偶然看见的时候,分明都见得苍老了。

接着大家就都从"水银浸"周围散开;慰老爷接过"屁塞",坐下,用指头摩挲着,转脸向庄木三说话。

"就是你们两个么?"

"是的。"

"你的儿子一个也没有来?"

"他们没有工夫。"

"本来新年正月又何必来劳动你们。但是,还是只为那件事,……我想,你们也闹得够了。不是已经有两年多了么?我想,冤仇是宜解不宜结的。爱姑既然丈夫不对,公婆不喜欢……。也还是照先前说过那样:走散的好。我没有这么大面子,说不通。七大人是最爱讲公道话的,你们也知道。现在七大人的意思也这样:和我一样。可是七大人说,两面都认点晦气罢,叫施家再添十块钱:九十元!"

"……………"

"九十元!你就是打官司打到皇帝伯伯跟前,也没有这么便宜。这话只有我们的七大人肯说。"

七大人睁起细眼,看着庄木三,点点头。

爱姑觉得事情有些危急了,她很怪平时沿海的居民对他都有几分惧怕的自己的父亲,为什么在这里竟说不出话。她以为这是大可不必的;她自从听到七大人的一段议论之后,虽不很懂,但不知怎的总觉得他其实是和蔼近人,并不如先前自己所揣想那样的可怕。

"七大人是知书识理,顶明白的;"她勇敢起来了。"不像我们乡下人。我是有冤无处诉;倒正要找七大人讲讲。自从我嫁过去,真是低头进,低头出,一礼不缺。他们就是专和我作对,一个个都像个'气杀钟馗'[7]。那年的黄鼠狼咬死了那匹大公鸡,那里是我没有关好吗?那是那只杀头癞皮狗偷吃糠拌饭,拱开了鸡橱门。那'小畜生'不分青红皂白,就夹脸一嘴巴……。"

七大人对她看了一眼。

"我知道那是有缘故的。这也逃不出七大人的明鉴;知书识理的人什么都知道。他就是着了那滥婊子的迷,要赶我出去。我是三茶六礼[8]定来的,花轿抬来的呵!那么容易吗?……我一定要给他们一个颜色看,就是打官司也不要紧。县里不行,还有府里呢……。"

"那些事是七大人都知道的。"慰老爷仰起脸来说。"爱姑,你要是不转头,没有什么便宜的。你就总是这模样。你看你的爹多少明白;你和你的弟兄都不像他。打官司打到府里,难道官府就不会问问七大人么?那时候是,'公事公办',那是,……你简直……。"

"那我就拚出一条命,大家家败人亡。"

"那倒并不是拚命的事,"七大人这才慢慢地说了。"年纪青青。一个人总要和气些:'和气生财'。对不对?我一添就是十块,那简直已经是'天外道理'了。要不然,公婆说'走!'就得走。莫说府里,就是上海北京,就是外洋,都这样。你要不信,他就是刚从北京洋学堂里回来的,自己问他去。"于是转脸向着一个尖下巴的少爷道,"对不对?"

"的的确确。"尖下巴少爷赶忙挺直了身子,必恭必敬地低声说。

爱姑觉得自己是完全孤立了;爹不说话,弟兄不敢来,慰老爷是原本帮他们的,七大人又不可靠,连尖下巴少爷也低声下气地像一个瘪臭虫,还打"顺风锣"。但她在胡里胡涂的脑中,还仿佛决定要作一回最后的奋斗。

"怎么连七大人……。"她满眼发了惊疑和失望的光。"是的……。我知道,我们粗人,什么也不知道。就怨我爹连人情世故都不知道,老发昏了。就专凭他们'老畜生''小畜生'摆布;他们会报丧似的急急忙忙钻狗洞,巴结人……。"

"七大人看看,"默默地站在她后面的"小畜生"忽然说话了。"她在大人面前还是这样。那在家里是,简直闹得六畜不安。叫我爹是'老畜生',叫我是口口声声'小畜生''逃生子'〔9〕。"

"那个'娘滥十十万人生'的叫你'逃生子'?"爱姑回转脸去大声说,便又向着七大人道,"我还有话要当大众面前说说哩。他那里有好声好气呵,开口'贱胎',闭口'娘杀'。自从结识了那婊子,连我的祖宗都入起来了。七大人,你给我批评批评,这……。"

她打了一个寒噤,连忙住口,因为她看见七大人忽然两眼向上一翻,圆脸一仰,细长胡子围着的嘴里同时发出一种高大摇曳的声音来了。

"来~~兮!"七大人说。

她觉得心脏一停,接着便突突地乱跳,似乎大势已去,局面都变了;仿佛失足掉在水里一般,但又知道这实在是自己错。

立刻进来一个蓝袍子黑背心的男人,对七大人站定,垂手挺腰,像一根木棍。

全客厅里是"鸦雀无声"。七大人将嘴一动,但谁也听不清说什么。然而那男人,却已经听到了,而且这命令的力量仿佛又已钻进了他的骨髓里,将身子牵了两牵,"毛骨耸然"似的;一面答应道:

"是。"他倒退了几步,才翻身走出去。

爱姑知道意外的事情就要到来,那事情是万料不到,也防不了的。她这时才又知道七大人实在威严,先前都是自己的误解,所以太放肆,太粗卤了。她非常后悔,不由的自己说:

"我本来是专听七大人吩咐……。"

全客厅里是"鸦雀无声"。她的话虽然微细得如丝,慰老爷却像听到了霹雳似的了;他跳了起来。

"对呀!七大人也真公平;爱姑也真明白!"他夸赞着,便向庄木三,"老木,那你自然是没有什么说的了,她自己已经答应。我想你红绿帖[10]是一定已经带来了的,我通知过你。那么,大家都拿出来……。"

爱姑见她爹便伸手到肚兜里去掏东西;木棍似的那男人也进来了,将小乌龟模样的一个漆黑的扁的小东西[11]递给七大人。爱姑怕事情有变故,连忙去看庄木三,见他已经在茶几上打开一个蓝布包裹,取出洋钱来。

七大人也将小乌龟头拔下,从那身子里面倒一点东西在掌心上;木棍似的男人便接了那扁东西去。七大人随即用那一只手的一个指头蘸着掌心,向自己的鼻孔里塞了两塞,鼻孔和人中立刻黄焦焦了。他皱着鼻子,似乎要打喷嚏。

庄木三正在数洋钱。慰老爷从那没有数过的一叠里取出一点来,交还了"老畜生";又将两份红绿帖子互换了地方,推给两面,嘴里说道:

"你们都收好。老木,你要点清数目呀。这不是好当玩意儿的,银钱事情……。"

"嚏啾"的一声响,爱姑明知道是七大人打喷嚏了,但不由得转过眼去看。只见七大人张着嘴,仍旧在那里皱鼻子,一只手的两个指头却撮着一件东西,就是那"古人大殓的时候塞在屁股眼里的",在鼻子旁边摩擦着。

好容易,庄木三点清了洋钱;两方面各将红绿帖子收起,大家的腰骨都似乎直得多,原先收紧着的脸相也宽懈下来,全客厅顿然见得一团和气了。

"好!事情是圆功了。"慰老爷看见他们两面都显出告别的神气,便吐一口气,说。"那么,嗡,再没有什么别的了。恭喜大吉,总算解了一个结。你们要走了么?不要走,在我们家里喝了新年喜酒去:这是难得的。"

"我们不喝了。存着,明年再来喝罢。"爱姑说。

"谢谢慰老爷。我们不喝了。我们还有事情……。"庄木三,"老畜生"和"小畜生",都说着,恭恭敬敬地退出去。

"唔?怎么?不喝一点去么?"慰老爷还注视着走在最后的爱姑,说。

"是的,不喝了。谢谢慰老爷。"

一九二五年十一月六日。

注释：

〔1〕 拆灶是旧时绍兴等地农村的一种风俗。当民间发生纠纷时，一方将对方的锅灶拆掉，认为这是给对方很大的侮辱。

〔2〕 换帖 旧时朋友相契,结为异姓兄弟,各人将姓名、生辰、籍贯、家世等项写在帖子上，彼此交换保存，称为换帖。

〔3〕 "对对" "对不起对不起"之略，或"得罪得罪"的合音:未详。——作者原注。

〔4〕 大菜 旧时对西餐的俗称。

〔5〕 魁星阁 供奉魁星的阁楼。魁星原是我国古代天文学中所谓二十八宿之一奎星的俗称。最初在汉代人的纬书《孝经援神契》中有"奎主文昌"的说法,后奎星被附会为主宰科名和文运兴衰的神。

〔6〕 "屁塞" 古时，人死后常用小型的玉、石等塞在死者的口、耳、鼻、肛门等处，据说可以保持尸体长久不烂。塞在肛门的叫"屁塞"。殉葬的金、玉等物，经后人发掘，其出土不久的叫"新坑"，出土年代久远的叫"旧坑"，又古人大殓时，常用水银粉涂在尸体上，以保持长久不烂；出土的殉葬的金、玉等物，浸染了水银的斑点，叫"水银浸"。

〔7〕 "气杀钟馗" 据旧小说《捉鬼传》:钟馗是唐代秀才，后来考取状元，因为皇帝嫌他相貌丑陋，打算另选，于是"钟馗气得暴跳如雷"，自刎而死。民间"气杀钟馗"（凶相、难看的面孔等意思）的成语即由此而来。

〔8〕 三茶六礼 意为明媒正娶。按旧时习俗，娶妻多用茶为聘礼，所以女子受聘称为受茶。据明代陈耀文的《天中记》卷四十四说:"凡种茶树必下子,移植则不复生,故俗聘妇必以茶为礼,义固有所取也。""六礼"，据《仪礼·士昏礼》（按，昏即婚），即纳采、问名、纳吉、纳征、请期、亲迎六种仪式。

〔9〕 逃生子 私生儿——作者原注。

〔10〕 红绿帖 旧时男女订婚时两家交换的帖子。

〔11〕 小东西 指鼻烟壶。鼻烟是一种由鼻孔吸入的粉末状的烟。

补　天

【题记】本文写于1922年11月,最初发表于1922年12月1日《晨报四周纪念增刊》,题名《不周山》,曾收入《呐喊》。1930年1月《呐喊》第十三次印刷时,作者将此篇抽去,后改现名,收入《故事新编》。《补天》取材于古代典籍中的有关女娲补天的神话,原不过三五百字,鲁迅却"演义"为一个短篇小说。作品运用想象重现女娲造人补天的宏伟过程,包括那些艰辛与喜悦,让诡奇的神话带上能与凡俗生活相通的气息。鲁迅大概是要借对远古的神思畅想来冲决现实的萎靡锢蔽。阅读时不妨也放开想象,感受鲁迅笔下那些惊心动魄的创世场景,以及神异的色彩斑斓的画面,让自己的精神放飞。

一

女娲[1]忽然醒来了。

伊[2]似乎是从梦中惊醒的,然而已经记不清做了什么梦;只是很懊恼,觉得有什么不足,又觉得有什么太多了。煽动的和风,暖暾的将伊的气力吹得弥漫在宇宙里。

伊揉一揉自己的眼睛。

粉红的天空中,曲曲折折的漂着许多条石绿色的浮云,星便在那后面忽明忽灭的睐眼[3]。天边的血红的云彩里有一个光芒四射的太阳,如流动的金球包在荒古的熔岩中;那一边,却是一个生铁一般的冷而且白的月亮。然而伊并不理会谁是下去,和谁是上来。

地上都嫩绿了,便是不很换叶的松柏也显得格外的娇嫩。桃红和青白色的斗大的杂花,在眼前还分明,到远处可就成为斑斓的烟霭了。

补　天

"唉唉,我从来没有这样的无聊过!"伊想着,猛然间站立起来了,擎上那非常圆满而精力洋溢的臂膊,向天打一个欠伸,天空便突然失了色,化为神异的肉红,暂时再也辨不出伊所在的处所。

伊在这肉红色的天地间走到海边,全身的曲线都消融在淡玫瑰似的光海里,直到身中央才浓成一段纯白。波涛都惊异,起伏得很有秩序了,然而浪花溅在伊身上。这纯白的影子在海水里动摇,仿佛全体都正在四面八方的迸散。但伊自己并没有见,只是不由的跪下一足,伸手掬起带水的软泥来,同时又揉捏几回,便有一个和自己差不多的小东西在两手里。

"阿,阿!"伊固然以为是自己做的,但也疑心这东西就白薯似的原在泥土里,禁不住很诧异了。

然而这诧异使伊喜欢,以未曾有的勇往和愉快继续着伊的事业,呼吸吹嘘着,汗混和着……

"Nga！nga！"[4]那些小东西可是叫起来了。

"阿,阿!"伊又吃了惊,觉得全身的毛孔中无不有什么东西飞散,于是地上便罩满了乳白色的烟云,伊才定了神,那些小东西也住了口。

"Akon,Agon！"有些东西向伊说。

"阿阿,可爱的宝贝。"伊看定他们,伸出带着泥土的手指去拨他肥白的脸。

"Uvu,Ahaha！"他们笑了。这是伊第一回在天地间看见的笑,于是自己也第一回笑得合不上嘴唇来。

伊一面抚弄他们,一面还是做,被做的都在伊的身边打圈,但他们渐渐的走得远,说得多了,伊也渐渐的懂不得,只觉得耳朵边满是嘈杂的嚷,嚷得颇有些头昏。

伊在长久的欢喜中,早已带着疲乏了。几乎吹完了呼吸,流完了汗,而况又头昏,两眼便蒙胧起来,两颊也渐渐的发了热,自己觉得无所谓了,而且不耐烦。然而伊还是照旧的不歇手,不自觉的只是做。

终于,腰腿的酸痛逼得伊站立起来,倚在一座较为光滑的高山上,仰面一看,满天是鱼鳞样的白云,下面则是黑压压的浓绿。伊自己也不知道怎样,总觉得左右不如意了,便焦躁的伸出手去,信手一拉,拔起一株从山上长到天边的紫藤,一房一房的刚开着大不可言的紫花,伊一挥,那藤便横搭在地面上,遍地散满了半紫半白的花瓣。

伊接着一摆手,紫藤便在泥和水里一翻身,同时也溅出拌着水的泥土来,待到落在地上,就成了许多伊先前做过了一般的小东西,只是大半呆头呆脑,獐头鼠目的有些讨厌。然而伊不暇理会这等事了,单是有趣而且烦躁,夹着恶作剧的将手只是抡,愈抡愈飞速了,那藤便拖泥带水的在地上滚,像一条给沸水烫伤了的赤练蛇。泥点也就暴雨似的从藤身上飞溅开来,还在空中便成了哇哇地啼哭的小东西,爬来爬去的撒得满地。

伊近于失神了,更其抡,但是不独腰腿痛,连两条臂膊也都乏了力,伊于是不由的蹲下身子去,将头靠着高山,头发漆黑的搭在山顶上,喘息一回之后,叹一口气,两眼就合上了。紫藤从伊的手里落了下来,也困顿不堪似的懒洋洋的躺在地面上。

二

轰!!!

在这天崩地塌价的声音中,女娲猛然醒来,同时也就向东南方直溜下去了。[5]伊伸了脚想踏住,然而什么也踹不到,连忙一舒臂揪住了山峰,这才没有再向下滑的形势。

但伊又觉得水和沙石都从背后向伊头上和身边滚泼过去了,略一回头,便灌了一口和两耳朵的水,伊赶紧低了头,又只见地面不住的动摇。幸而这动摇也似乎平静下去了,伊向后一移,坐稳了身子,这才挪出手来拭去额角上和眼睛边的水,细看是怎样的情形。

情形很不清楚,遍地是瀑布般的流水;大概是海里罢,有几处更站起很尖的波浪来。伊只得呆呆的等着。

可是终于大平静了,大波不过高如从前的山,像是陆地的处所便露出棱棱的石骨。伊正向海上看,只见几座山奔流过来,一面又在波浪堆里打旋子。伊恐怕那些山碰了自己的脚,便伸手将他们撮住,望那山坳里,还伏着许多未曾见过的东西。

伊将手一缩,拉近山来仔细的看,只见那些东西旁边的地上吐得很狼藉,似乎是金玉的粉末[6],又夹杂些嚼碎的松柏叶和鱼肉。他们也慢慢的陆续抬起头来了,女娲圆睁了眼睛,好容易才省悟到这便是自己先前所做的小东西,只是怪模怪样的已经都用什么包了身子,有几个还在脸的下半截长着雪白的毛毛了,虽然被海水粘得像一片尖尖的白杨叶。

"阿,阿!"伊诧异而且害怕的叫,皮肤上都起粟,就像触着一支毛刺虫。

"上真[7]救命……"一个脸的下半截长着白毛的昂了头,一面呕吐,一面断断续续的说,"救命……臣等……是学仙的。谁料坏劫到来,天地分崩了。……现在幸而……遇到上真,……请救蚁命,……并赐仙……仙药……"他于是将头一起一落的做出异样的举动。

伊都茫然,只得又说,"什么?"

他们中的许多也都开口了,一样的是一面呕吐,一面"上真上真"的只是嚷,接着又都做出异样的举动。伊被他们闹得心烦,颇后悔这一拉,竟至于惹了莫名其妙的祸。伊无法可想的向四处看,便看见有一队巨鳌[8]正在海面上游玩,伊不由的喜出望外了,立刻将那些山都搁在他们的脊梁上,嘱咐道,"给我驼到平稳点的地方去罢!"巨鳌们似乎点一点头,成群结队的驼远了。可是先前拉得过于猛,以致从山上摔下一个脸有白毛的来,此时赶不上,又不会凫水,便伏在海边自己打嘴巴。这倒使女娲觉得可怜了,然而也不管,因为伊实在也没有工夫来管这些事。

伊嘘一口气,心地较为轻松了,再转过眼光来看自己的身边,流水已经退得不少,处处也露出广阔的土石,石缝里又嵌着许多东西,有的是直挺挺的了,有的却还在动。伊瞥见有一个正在白着眼睛呆看伊;那是遍身多用铁片包起来的,脸上的神情似乎很失望而且害怕。

"那是怎么一回事呢?"伊顺便的问。

"呜呼,天降丧。"那一个便凄凉可怜的说,"颛顼不道,抗我后,我后躬行天讨,战于郊,天不祐德,我师反走,……"[9]

"什么?"伊向来没有听过这类话,非常诧异了。

"我师反走,我后爰以厥首触不周之山[10],折天柱,绝地维,我后亦殂落。呜呼,是实惟……"

"够了够了,我不懂你的意思。"伊转过脸去了,却又看见一个高兴而且骄傲的脸,也多用铁片包了全身的。

"那是怎么一回事呢?"伊到此时才知道这些小东西竟会变这么花样不

同的脸,所以也想问出别样的可懂的答话来。

"人心不古,康回实有豕心,觊天位,我后躬行天讨,战于郊,天实祐德,我师攻战无敌,殪康回于不周之山。"[11]

"什么?"伊大约仍然没有懂。

"人心不古,……"

"够了够了,又是这一套!"伊气得从两颊立刻红到耳根,火速背转头,另外去寻觅,好容易才看见一个不包铁片的东西,身子精光,带着伤痕还在流血,只是腰间却也围着一块破布片。他正从别一个直挺挺的东西的腰间解下那破布来,慌忙系上自己的腰,但神色倒也很平淡。

伊料想他和包铁片的那些是别一种,应该可以探出一些头绪了,便问道:

"那是怎么一回事呢?"

"那是怎么一回事呵。"他略一抬头,说。

"那刚才闹出来的是?……"

"那刚才闹出来的么?"

"是打仗罢?"伊没有法,只好自己来猜测了。

"打仗罢?"然而他也问。

女娲倒抽了一口冷气,同时也仰了脸去看天。天上一条大裂纹,非常深,也非常阔。伊站起来,用指甲去一弹,一点不清脆,竟和破碗的声音相差无几了。伊皱着眉心,向四面察看一番,又想了一会,便拧去头发里的水,分开了搭在左右肩膀上,打起精神来向各处拔芦柴:伊已经打定了"修补起来再说"[12]的主意了。

伊从此日日夜夜堆芦柴,柴堆高多少,伊也就瘦多少,因为情形不比先前,——仰面是歪斜开裂的天,低头是龌龊破烂的地,毫没有一些可以赏心悦目的东西了。

芦柴堆到裂口,伊才去寻青石头。当初本想用和天一色的纯青石的,然而地上没有这么多,大山又舍不得用,有时到热闹处所去寻些零碎,看见的又冷笑,痛骂,或者抢回去,甚而至于还咬伊的手。伊于是只好挼些白石,再不够,便凑上些红黄的和灰黑的,后来总算将就的填满了裂口,止要一点火,一熔化,事情便完成,然而伊也累得眼花耳响,支持不住了。

"唉唉,我从来没有这样的无聊过。"伊坐在一座山顶上,两手捧着头,上气不接下气的说。

这时昆仑山上的古森林的大火[13]还没有熄,西边的天际都通红。伊向西一瞟,决计从那里拿过一株带火的大树来点芦柴积,正要伸手,又觉得脚趾上有什么东西刺着了。

伊顺下眼去看,照例是先前所做的小东西,然而更异样了,累累坠坠的用什么布似的东西挂了一身,腰间又格外挂上十几条布,头上也罩着些不知什么,顶上是一块乌黑的小小的长方板[14],手里拿着一片物件,刺伊脚趾的便是这东西。

那顶着长方板的却偏站在女娲的两腿之间向上看,见伊一顺眼,便仓皇的将那小片递上来了。伊接过来看时,是一条很光滑的青竹片,上面还有两行黑色的细点,比槲树叶上的黑斑小得多。伊倒也很佩服这手段的细巧。

"这是什么?"伊还不免于好奇,又忍不住要问了。

顶长方板的便指着竹片,背诵如流的说道,"裸裎淫佚,失德蔑礼败度,禽兽行。国有常刑,惟禁!"

女娲对那小方板瞪了一眼,倒暗笑自己问得太悖了,伊本已知道和这类东西扳谈,照例是说不通的,于是不再开口,随手将竹片搁在那头顶上面的方板上,回手便从火树林里抽出一株烧着的大树来,要向芦柴堆上去点火。

忽而听到呜呜咽咽的声音了,可也是闻所未闻的玩艺,伊姑且向下再一瞟,却见方板底下的小眼睛里含着两粒比芥子还小的眼泪。因为这和伊先前听惯的"nga nga"的哭声大不同了,所以竟不知道这也是一种哭。

伊就去点上火,而且不止一地方。

火势并不旺,那芦柴是没有干透的,但居然也烘烘的响,很久很久,终于伸出无数火焰的舌头来,一伸一缩的向上舔,又很久,便合成火焰的重台花[15],又成了火焰的柱,赫赫的压倒了昆仑山上的红光。大风忽地起来,火柱旋转着发吼,青的和杂色的石块都一色通红了,饴糖似的流布在裂缝中间,像一条不灭的闪电。

风和火势卷得伊的头发都四散而且旋转,汗水如瀑布一般奔流,大光焰烘托了伊的身躯,使宇宙间现出最后的肉红色。

火柱逐渐上升了,只留下一堆芦柴灰。伊待到天上一色青碧的时候,才伸手去一摸,指面上却觉得还很有些参差。

"养回了力气,再来罢。……"伊自己想。

伊于是弯腰去捧芦灰了,一捧一捧的填在地上的大水里,芦灰还未冷透,蒸得水渐渐的沸涌,灰水泼满了伊的周身。大风又不肯停,夹着灰扑来,使伊成了灰土的颜色。

"吁!……"伊吐出最后的呼吸来。

天边的血红的云彩里有一个光芒四射的太阳,如流动的金球包在荒古的熔岩中;那一边,却是一个生铁一般的冷而且白的月亮。但不知道谁是下去和谁是上来。这时候,伊的以自己用尽了自己一切的躯壳,便在这中间躺倒,而且不再呼吸了。

上下四方是死灭以上的寂静。

三

有一日,天气很寒冷,却听到一点喧嚣,那是禁军终于杀到了,因为他们等候着望不见火光和烟尘的时候,所以到得迟。他们左边一柄黄斧头,右边一柄黑斧头,后面一柄极大极古的大纛[16],躲躲闪闪的攻到女娲死尸的旁边,却并不见有什么动静。他们就在死尸的肚皮上扎了寨,因为这一处最膏腴,他们检选这些事是很伶俐的。然而他们却突然变了口风,说惟有他们是女娲的嫡派,同时也就改换了大纛旗上的科斗字,写道"女娲氏之肠"。[17]

落在海岸上的老道士也传了无数代了。他临死的时候,才将仙山被巨鳌背到海上这一件要闻传授徒弟,徒弟又传给徒孙,后来一个方士想讨好,竟去奏闻了秦始皇,秦始皇便教方士去寻去[18]。

方士寻不到仙山,秦始皇终于死掉了;汉武帝又教寻,也一样的没有影[19]。

大约巨鳌们是并没有懂得女娲的话的,那时不过偶而凑巧的点了点头。模模胡胡的背了一程之后,大家便走散去睡觉,仙山也就跟着沉下了,所以直到现在,总没有人看见半座神仙山,至多也不外乎发见了若干野蛮岛。

一九二二年十一月作。

注释：

〔1〕 女娲　我国古代神话中的人类始祖。传说她用黄土造人，并炼五色石补天，折断鳌足支撑四极，治洪水，杀猛兽，使人得以安居。《太平御览》卷七十八引汉代应劭《风俗通》说："俗说：天地开辟，未有人民；女娲抟黄土作人，剧务力不暇供，乃引绳于絙泥中，举以为人。故富贵者黄土人也；贫贱凡庸者絙人也。"（按，《风俗通》全名《风俗通义》，今传本无此条。）

〔2〕 伊　女性第三人称代名词。鲁迅写此文时还未普及使用"她"字。

〔3〕 䀹眼　䀹，眨的异体字，眨眼的意思。

〔4〕 "Nga！nga！"　以及下文的"Akon，Agon！""Uvu，Ahaha！"都是用拉丁字母拼写的象声词。"Nga！nga！"译音似"嗯啊！嗯啊！"，"Akon，Agon！"译音似"阿空，阿公！"，"Uvu，Ahaha！"译音似"呜唔，啊哈哈！"。

〔5〕 这里采用共工怒触不周山的神话。《淮南子·天文训》："昔者共工与颛顼争为帝，怒而触不周之山，天柱折，地维绝。天倾西北，故日月星辰移焉；地不满东南，故水潦尘埃归焉。"按，共工、颛顼，都是我国古代神话传说中的人物。过去史家说，共工是上古一个诸侯，炎帝（神农氏）的后代；颛顼是黄帝之孙，上古史上"五帝"之一，号高阳氏。

〔6〕 金玉的粉末　指道士服食的丹砂金玉之类炼丹的东西，道士认为服食后可以长生不老。

〔7〕 上真　道教称修炼得道的人为真人。上真即上仙，是一种尊称。

〔8〕 巨鳌　见《列子·汤问》："渤海之东，不知几亿万里，……其中有五山焉：一曰岱舆、二曰员峤、三曰方壶、四曰瀛洲、五曰蓬莱。……所居之人，皆仙圣之种。……而五山之根，无所连箸（著），常随潮波，上下往还，不得蹔（暂）峙焉。仙圣毒之，诉之于帝，帝恐流于西极，失群圣之居，乃命禺彊使巨鳌十五举首而戴之，迭为三番，六万岁一交焉，五山始峙。"按，禺彊，见《山海经·大荒北经》："北海之渚，中有神，人面鸟身，珥两青蛇，践两赤蛇，名曰禺彊。"

〔9〕 这是共工与颛顼之战中共工一方的话。后，君主，这里指共工。这几句和后面两处文言句子，都是对《尚书》一类古书文字的戏仿。

〔10〕 不周之山　据《淮南子·原道训》后汉高诱注，此山在"昆仑西北"。

〔11〕 这是颛顼一方的话。康回，共工名。后，这里指颛顼。

〔12〕 关于女娲炼石补天的神话，见《淮南子·览冥训》："往古之时，四极废，九州裂；天不兼复，墬（地）不周载；火爁炎而不灭，水浩洋而不息；……于是女娲炼五色石以补苍天，断鳌呆以立四极，杀黑龙以济冀州，积芦灰以止淫水。"

〔13〕 昆仑山上的古森林的大火　据《山海经·大荒西经》："有大山名曰昆仑之

丘……其外有炎火之山,投物辄然(燃)。"

〔14〕 长方板　古代帝王、诸侯礼冠顶上的饰板,古名为"延",亦名"冕板"。

〔15〕 重台花　复瓣花。

〔16〕 大纛　指古代行军或重要典礼上的大旗。

〔17〕 关于"女娲氏之肠"的神话,见《山海经·大荒西经》:"西北海之外,大荒之隅,有山而不合,名曰不周负子。……有国名曰淑士,颛顼之子。有神十人,名曰女娲之肠,化为神,处栗广之野。"郭璞注:"女娲,古神女而帝者,人面蛇身,一日中七十变,其腹化为此神。"科斗字,古代文字,笔画头粗尾细,形如蝌蚪。

〔18〕 秦始皇寻仙山的故事,见《史记·秦始皇本纪》:"齐人徐市(芾)等上书,言海中有三神山,名曰蓬莱、方丈、瀛洲,仙人居之。请得斋戒,与童男女求之。于是遣徐市发童男女数千人,入海求仙人。……数岁不得。"

〔19〕 汉武帝寻仙山的故事,见《史记·封禅书》:方士"(李)少君言上(汉武帝)曰:'……臣尝游海上,见安期生,安期生食巨枣,大如瓜。安期生仙者,通蓬莱中,合则见人,不合则隐。'于是天子始亲祠灶,遣方士入海求蓬莱安期生之属,而事化丹沙诸药齐(剂)为黄金矣。……而方士之候祠神人,入海求蓬莱,终无有验。"

奔　月

【题记】本文最初发表于1927年1月25日北京《莽原》半月刊第二卷第二期,收入《故事新编》。

羿曾射九日,杀怪兽,是世人崇拜的英雄。然而回到日常生活中,羿也每天要奔波打猎,维持生计,还要忍受妻子嫦娥的挑剔与唠叨。因为猎物缺少每天只能吃"乌鸦炸酱面",嫦娥竟背着他吃了仙药奔月而去。鲁迅借这个古代传说的改写,表达英雄的落寞,也可理解为"五四"一代弄潮儿黯然退场之后的寂寞,特别是鲁迅的寂寞。鲁迅备受社会恶劣环境的挤压,特别是对于自己曾帮助过的青年的倒戈攻击,深感人生的无聊与悲哀,也更加真切地认识到自己绝不是振臂一呼应者云集的英雄,"惟黑暗与虚无乃是实有"。昔日的青年朋友高长虹得到过鲁迅许多帮助,后来"为了一个女性"而诽谤鲁迅,这件事也是刺激鲁迅此作的一个起因。其中逄蒙这个形象就含有高长虹的影子。但这也只是顺手"一击",在小说中插入杂文的笔法。(参阅本文注释〔7〕)

文中显然也表达了对爱情和婚姻生活的担忧,但鲁迅并不为此困厄,小说更突出的还是表达对生活"韧性"的坚持与努力:小说结尾写羿拈弓搭箭射月的雄姿,以及决定明天再找仙药来服,以奔月去追嫦娥的打算,就仍显出对那种英雄的沉稳与大气之钦赞。

一

聪明的牲口确乎知道人意,刚刚望见宅门,那马便立刻放缓脚步了,并且和它背上的主人同时垂了头,一步一顿,像捣米一样。

暮霭笼罩了大宅,邻屋上都腾起浓黑的炊烟,已经是晚饭时候。家将们听得马蹄声,早已迎了出来,都在宅门外垂着手直挺挺地站着。羿[1]在垃圾堆边懒懒地下了马,家将们便接过缰绳和鞭子去。他刚要跨进大门,低头看看挂在腰间的满壶的簇新的箭和网里的三匹乌老鸦和一匹射碎了的小麻雀,心里就非常踌蹰。但到底硬着头皮,大踏步走进去了;箭在壶里豁朗豁朗地响着。

刚到内院,他便见嫦娥[2]在圆窗里探了一探头。他知道她眼睛快,一定早瞧见那几匹乌鸦的了,不觉一吓,脚步登时也一停,——但只得往里走。使女们都迎出来,给他卸了弓箭,解下网兜。他仿佛觉得她们都在苦笑。

"太太……。"他擦过手脸,走进内房去,一面叫。

嫦娥正在看着圆窗外的暮天,慢慢回过头来,似理不理的向他看了一眼,没有答应。

这种情形,羿倒久已习惯的了,至少已有一年多。他仍旧走近去,坐在对面的铺着脱毛的旧豹皮的木榻上,搔着头皮,支支梧梧地说——

"今天的运气仍旧不见佳,还是只有乌鸦……。"

"哼!"嫦娥将柳眉一扬,忽然站起来,风似的往外走,嘴里咕噜着,"又是乌鸦的炸酱面,又是乌鸦的炸酱面!你去问问去,谁家是一年到头只吃乌鸦肉的炸酱面的?我真不知道是走了什么运,竟嫁到这里来,整年的就吃乌鸦的炸酱面!"

"太太,"羿赶紧也站起,跟在后面,低声说,"不过今天倒还好,另外还射了一匹麻雀,可以给你做菜的。女辛[3]!"他大声地叫使女,"你把那一匹麻雀拿过来请太太看!"

野味已经拿到厨房里去了,女辛便跑去挑出来,两手捧着,送在嫦娥的眼前。

"哼!"她瞥了一眼,慢慢地伸手一捏,不高兴地说,"一团糟!不是全都粉碎了么?肉在那里?"

"是的,"羿很惶恐,"射碎的。我的弓太强,箭头太大了。"

"你不能用小一点的箭头的么?"

"我没有小的。自从我射封豕长蛇[4]……。"

"这是封豕长蛇么?"她说着,一面回转头去对着女辛道,"放一碗汤罢!"便又退回房里去了。

只有羿呆呆地留在堂屋里,靠壁坐下,听着厨房里柴草爆炸的声音。他回忆当年的封豕是多么大,远远望去就像一坐小土冈,如果那时不去射杀它,留到现在,足可以吃半年,又何用天天愁饭菜。还有长蛇,也可以做羹喝……。

女乙来点灯了,对面墙上挂着的彤弓,彤矢,卢弓,卢矢,弩机,[5]长剑,短剑,便都在昏暗的灯光中出现。羿看了一眼,就低了头,叹一口气;只见女辛搬进夜饭来,放在中间的案上,左边是五大碗白面;右边两大碗,一碗汤;中央是一大碗乌鸦肉做的炸酱。

羿吃着炸酱面,自己觉得确也不好吃;偷眼去看嫦娥,她炸酱是看也不看,只用汤泡了面,吃了半碗,又放下了。他觉得她脸上仿佛比往常黄瘦些,生怕她生了病。

到二更时,她似乎和气一些了,默坐在床沿上喝水。羿就坐在旁边的木榻上,手摩着脱毛的旧豹皮。

"唉,"他和蔼地说,"这西山的文豹,还是我们结婚以前射得的,那时多么好看,全体黄金光。"他于是回想当年的食物,熊是只吃四个掌,驼留峰,其余的就都赏给使女和家将们。后来大动物射完了,就吃野猪兔山鸡;射法又高强,要多少有多少。"唉,"他不觉叹息,"我的箭法真太巧妙了,竟射得遍地精光。那时谁料到只剩下乌鸦做菜……。"

"哼。"嫦娥微微一笑。

"今天总还要算运气的,"羿也高兴起来,"居然猎到一只麻雀。这是远绕了三十里路才找到的。"

"你不能走得更远一点的么?!"

"对。太太。我也这样想。明天我想起得早些。倘若你醒得早,那就叫醒我。我准备再远走五十里,看看可有些獐子兔子。……但是,怕也难。当我射封豕长蛇的时候,野兽是那么多。你还该记得罢,丈母的门前就常有黑熊走过,叫我去射了好几回……。"

"是么?"嫦娥似乎不大记得。

"谁料到现在竟至于精光的呢。想起来,真不知道将来怎么过日子。我呢,倒不要紧,只要将那道士送给我的金丹吃下去,就会飞升。但是我第一先得替你打算,……所以我决计明天再走得远一点……。"

"哼。"嫦娥已经喝完水,慢慢躺下,合上眼睛了。

残膏的灯火照着残妆,粉有些褪了,眼圈显得微黄,眉毛的黛色也仿佛两边不一样。但嘴唇依然红得如火;虽然并不笑,颊上也还有浅浅的酒窝。

"唉唉,这样的人,我就整年地只给她吃乌鸦的炸酱面……。"羿想着,觉得惭愧,两颊连耳根都热起来。

二

过了一夜就是第二天。

羿忽然睁开眼睛,只见一道阳光斜射在西壁上,知道时候不早了;看看嫦娥,兀自摊开了四肢沉睡着。他悄悄地披上衣服,爬下豹皮榻,蹩出堂前,一面洗脸,一面叫女庚去吩咐王升备马。

他因为事情忙,是早就废止了朝食[6]的;女乙将五个炊饼,五株葱和一包辣酱都放在网兜里,并弓箭一齐替他系在腰间。他将腰带紧了一紧,轻轻地跨出堂外面,一面告诉那正从对面进来的女庚道——

"我今天打算到远地方去寻食物去,回来也许晚一些。看太太醒后,用过早点心,有些高兴的时候,你便去禀告,说晚饭请她等一等,对不起得很。记得么?你说:对不起得很。"

他快步出门,跨上马,将站班的家将们扔在脑后,不一会便跑出村庄了。前面是天天走熟的高粱田,他毫不注意,早知道什么也没有的。加上两鞭,一径飞奔前去,一气就跑了六十里上下,望见前面有一簇很茂盛的树林,马也喘气不迭,浑身流汗,自然慢下去了。大约又走了十多里,这才接近树林,然而满眼是胡蜂,粉蝶,蚂蚁,蚱蜢,那里有一点禽兽的踪迹。他望见这一块新地方时,本以为至少总可以有一两匹狐儿兔儿的,现在才知道又是梦想。他只得绕出树林,看那后面却又是碧绿的高粱田,远处散点着几间小小的土屋。风和日暖,鸦雀无声。

"倒楣!"他尽量地大叫了一声,出出闷气。

但再前行了十多步,他即刻心花怒放了,远远地望见一间土屋外面的平地上,的确停着一匹飞禽,一步一啄,像是很大的鸽子。他慌忙拈弓搭箭,引满弦,将手一放,那箭便流星般出去了。

这是无须迟疑的,向来有发必中;他只要策马跟着箭路飞跑前去,便可以拾得猎物。谁知道他将要临近,却已有一个老婆子捧着带箭的大鸽子,大声嚷着,正对着他的马头抢过来。

"你是谁哪?怎么把我家的顶好的黑母鸡射死了?你的手怎的有这么闲哪?……"

羿的心不觉跳了一跳,赶紧勒住马。

"阿呀!鸡么?我只道是一只鹁鸪。"他惶恐地说。

"瞎了你的眼睛!看你也有四十多岁了罢。"

"是的。老太太。我去年就有四十五岁了[7]。"

"你真是枉长白大!连母鸡也不认识,会当作鹁鸪!你究竟是谁哪?"

"我就是夷羿。"他说着,看看自己所射的箭,是正贯了母鸡的心,当然死了,末后的两个字便说得不大响亮;一面从马上跨下来。

"夷羿?……谁呢?我不知道。"她看着他的脸,说。

"有些人是一听就知道的。尧爷的时候,我曾经射死过几匹野猪,几条蛇……。"

"哈哈,骗子!那是逢蒙[8]老爷和别人合伙射死的。也许有你在内罢;但你倒说是你自己了,好不识羞!"

"阿阿,老太太。逢蒙那人,不过近几年时常到我那里来走走,我并没有和他合伙,全不相干的。"

"说诳。近来常有人说,我一月就听到四五回。"

"那也好。我们且谈正经事罢。这鸡怎么办呢?"

"赔。这是我家最好的母鸡,天天生蛋。你得赔我两柄锄头,三个纺锤。"

"老太太,你瞧我这模样,是不耕不织的,那里来的锄头和纺锤。我身边又没有钱,只有五个炊饼,倒是白面做的,就拿来赔了你的鸡,还添上五株葱和一包甜辣酱。你以为怎样?……"他一只手去网兜里掏炊饼,伸出那一只手去取鸡。

老婆子看见白面的炊饼,倒有些愿意了,但是定要十五个。磋商的结果,好容易才定为十个,约好至迟明天正午送到,就用那射鸡的箭作抵押。羿这时才放了心,将死鸡塞进网兜里,跨上鞍鞯,回马就走,虽然肚饿,心里却很喜欢,他们不喝鸡汤实在已经有一年多了。

他绕出树林时,还是下午,于是赶紧加鞭向家里走;但是马力乏了,刚到走惯的高粱田近旁,已是黄昏时候。只见对面远处有人影子一闪,接着就有一枝箭忽地向他飞来。[9]

羿并不勒住马,任它跑着,一面却也拈弓搭箭,只一发,只听得铮的一声,箭尖正触着箭尖,在空中发出几点火花,两枝箭便向上挤成一个"人"字,又翻身落在地上了。第一箭刚刚相触,两面立刻又来了第二箭,还是铮的一声,相触在半空中。那样地射了九箭,羿的箭都用尽了;但他这时已经看清逢蒙得意地站在对面,却还有一枝箭搭在弦上正在瞄准他的咽喉。

"哈哈,我以为他早到海边摸鱼去了,原来还在这些地方干这些勾当,怪不得那老婆子有那些话……"羿想。

那时快,对面是弓如满月,箭似流星。飕的一声,径向羿的咽喉飞过来。也许是瞄准差了一点了,却正中了他的嘴;一个筋斗,他带箭掉下马去了,马也就站住。

逢蒙见羿已死,便慢慢地蹩过来,微笑着去看他的死脸,当作喝一杯胜利的白干。

刚在定睛看时,只见羿张开眼,忽然直坐起来。

"你真是白来了一百多回。"他吐出箭,笑着说,"难道连我的'啮镞法'[10]都没有知道么?这怎么行。你闹这些小玩艺儿是不行的,偷去的拳头打不死本人,要自己练练才好。"

"即以其人之道,反诸其人之身……。"胜者低声说。

"哈哈哈!"他一面大笑,一面站了起来,"又是引经据典。但这些话你只可以哄哄老婆子,本人面前捣什么鬼?俺向来就只是打猎,没有弄过你似的剪径[11]的玩艺儿……。"他说着,又看看网兜里的母鸡,倒并没有压坏,便跨上马,径自走了。

"……你打了丧钟!……"远远地还送来叫骂。

"真不料有这样没出息。青青年纪,倒学会了诅咒,怪不得那老婆子会那么相信他。"羿想着,不觉在马上绝望地摇了摇头。

三

　　还没有走完高粱田,天色已经昏黑;蓝的空中现出明星来,长庚[12]在西方格外灿烂。马只能认着白色的田塍[13]走,而且早已筋疲力竭,自然走得更慢了。幸而月亮却在天际渐渐吐出银白的清辉。

　　"讨厌!"羿听到自己的肚子里骨碌骨碌地响了一阵,便在马上焦躁了起来。"偏是谋生忙,便偏是多碰到些无聊事,白费工夫!"他将两腿在马肚子上一磕,催它快走,但马却只将后半身一扭,照旧地慢腾腾。

　　"嫦娥一定生气了,你看今天多么晚。"他想。"说不定要装怎样的脸给我看哩。但幸而有这一只小母鸡,可以引她高兴。我只要说:太太,这是我来回跑了二百里路才找来的。不,不好,这话似乎太逞能。"

　　他望见人家的灯火已在前面,一高兴便不再想下去了。马也不待鞭策,自然飞奔。圆的雪白的月亮照着前途,凉风吹脸,真是比大猎回来时还有趣。

　　马自然而然地停在垃圾堆边;羿一看,仿佛觉得异样,不知怎地似乎家里乱毿毿[14]。迎出来的也只有一个赵富。

　　"怎的?王升呢?"他奇怪地问。

　　"王升到姚家找太太去了。"

　　"什么?太太到姚家去了么?"羿还呆坐在马上,问。

　　"喳……。"他一面答应着,一面去接马缰和马鞭。

　　羿这才爬下马来,跨进门,想了一想,又回过头去问道——

　　"不是等不迭了,自己上饭馆去了么?"

　　"喳。三个饭馆,小的都去问过了,没有在。"

　　羿低了头,想着,往里面走,三个使女都惶惑地聚在堂前。他便很诧异,大声的问道——

　　"你们都在家么?姚家,太太一个人不是向来不去的么?"

　　她们不回答,只看看他的脸,便来给他解下弓袋和箭壶和装着小母鸡的网兜。羿忽然心惊肉跳起来,觉得嫦娥是因为气忿寻了短见了,便叫女庚去叫赵富来,要他到后园的池里树上去看一遍。但他一跨进房,便知道这推测是不确的了:房里也很乱,衣箱是开着,向床里一看,首先就看出失少了首饰箱。他这时正如头上淋了一盆冷水,金珠自然不算什么,然而那道士送给他的仙药,也就放在这首饰箱里的。

羿转了两个圆圈,才看见王升站在门外面。

"回老爷,"王升说,"太太没有到姚家去;他们今天也不打牌。"

羿看了他一眼,不开口。王升就退出去了。

"老爷叫?……"赵富上来,问。

羿将头一摇,又用手一挥,叫他也退出去。

羿又在房里转了几个圈子,走到堂前,坐下,仰头看着对面壁上的彤弓,彤矢,卢弓,卢矢,弩机,长剑,短剑,想了些时,才问那呆立在下面的使女们道——

"太太是什么时候不见的?"

"掌灯时候就不看见了,"女乙说,"可是谁也没见她走出去。"

"你们可见太太吃了那箱里的药没有?"

"那倒没有见。但她下午要我倒水喝是有的。"

羿急得站了起来,他似乎觉得,自己一个人被留在地上了。

"你们看见有什么向天上飞升的么?"他问。

"哦!"女辛想了一想,大悟似的说,"我点了灯出去的时候,的确看见一个黑影向这边飞去的,但我那时万想不到是太太……。"于是她的脸色苍白了。

"一定是了!"羿在膝上一拍,即刻站起,走出屋外去,回头问着女辛道,"那边?"

女辛用手一指,他跟着看去时,只见那边是一轮雪白的圆月,挂在空中,其中还隐约现出楼台,树木;当他还是孩子时候祖母讲给他听的月宫中的美景,他依稀记得起来了。他对着浮游在碧海里似的月亮,觉得自己的身子非常沉重。

他忽然愤怒了。从愤怒里又发了杀机,圆睁着眼睛,大声向使女们叱咤道——

"拿我的射日弓来! 和三枝箭!"

女乙和女庚从堂屋中央取下那强大的弓,拂去尘埃,并三枝长箭都交在他手里。

他一手拈弓,一手捏着三枝箭,都搭上去,拉了一个满弓,正对着月亮。身子是岩石一般挺立着,眼光直射,闪闪如岩下电[15],须发开张飘动,像黑色火,这一瞬息,使人仿佛想见他当年射日[16]的雄姿。

飕的一声,——只一声,已经连发了三枝箭,刚发便搭,一搭又发,眼睛不及看清那手法,耳朵也不及分别那声音。本来对面是虽然受了三枝箭,应该都聚在一处的,因为箭箭相衔,不差丝发。但他为必中起见,这时却将手微微一动,使箭到时分成三点,有三个伤。

使女们发一声喊,大家都看见月亮只一抖,以为要掉下来了,——但却还是安然地悬着,发出和悦的更大的光辉,似乎毫无伤损。

"呔!"羿仰天大喝一声,看了片刻;然而月亮不理他。他前进三步,月亮便退了三步;他退三步,月亮却又照数前进了。

他们都默着,各人看各人的脸。

羿懒懒地将射日弓靠在堂门上,走进屋里去。使女们也一齐跟着他。

"唉,"羿坐下,叹一口气,"那么,你们的太太就永远一个人快乐了。她竟忍心撇了我独自飞升?莫非看得我老起来了?但她上月还说:并不算老,若以老人自居,是思想的堕落。"

"这一定不是的。"女乙说,"有人说老爷还是一个战士。"

"有时看去简直好像艺术家。"女辛说。

"放屁!——不过乌老鸦的炸酱面确也不好吃,难怪她忍不住……。"

"那豹皮褥子脱毛的地方,我去剪一点靠墙的脚上的皮来补一补罢,怪不好看的。"女辛就往房里走。

"且慢,"羿说着,想了一想,"那倒不忙。我实在饿极了,还是赶快去做一盘辣子鸡,烙五斤饼来,给我吃了好睡觉。明天再去找那道士要一服仙药,吃了追上去罢。女庚,你去吩咐王升,叫他量四升白豆喂马!"

一九二六年十二月作。

注释:

[1] 羿 亦称夷羿,我国古代传说中善射的英雄。

〔2〕 嫦娥　古代神话中人物。关于嫦娥奔月的神话，据《淮南子·览冥训》："羿请不死之药于西王母，姮娥窃以奔月。"高诱注："姮娥，羿妻。"

〔3〕 女辛　商王以十干（天干）为庙号，王室以外，也有用十干为名的；这里的女辛以及下面的女乙、女庚等，都是作者虚拟的人名。

〔4〕 羿射封豕长蛇的传说，据《淮南子·本经训》："尧之时，……封豨、修蛇皆为民害。尧乃使羿，……断修蛇于洞庭，禽封豨于桑林。"封豨，大野猪；修蛇，长蛇。

〔5〕 彤弓、彤矢　红色的弓和矢。卢弓、卢矢，黑色的弓和矢。弩机，是弩上发矢的机括。

〔6〕 废止了朝食　过去有一些人为了"健康不老"，提倡节食。蒋维乔曾据日本美岛近一郎的著作"辑述"而成《废止朝食论》一书，1915年6月上海商务印书馆出版。

〔7〕 "去年就有四十五岁了"的话以及下文好几处，都与当时高长虹诽谤鲁迅的事件有关。高长虹（1898—约1956），山西盂县人。狂飙社主要成员之一。他1924年12月与鲁迅认识，曾得到鲁迅很多指导和帮助。他创作的第一本散文和诗的合集《心的探险》，即由鲁迅选辑并编入"乌合丛书"。鲁迅在1925年编辑《莽原》周刊时，他是该刊经常的撰稿者之一。但至1926年下半年，他借口《莽原》半月刊的编者韦素园（当时鲁迅已离开北京到厦门大学任教，《莽原》自1926年起改为半月刊）压稿等事，即对韦素园等进行人身攻击，并"为了一个女性"，对鲁迅进行诽谤。鲁迅一再忍让，后写《所谓"思想界先驱者"鲁迅启事》等予以回击。《奔月》这篇小说中的那个拦路抢劫的逢蒙，就暗指高长虹。鲁迅在1927年1月11日给许广平的信中提到这篇作品时说："那时就做了一篇小说，和他（按，指高长虹）开了一些小玩笑"（见《两地书·一一二》）。小说中有些对话也是摘取高长虹所写《走到出版界》中一些攻击鲁迅的文句略加改动而成。如这里的"去年就有四十五岁了"，以及下文的"若以老人自居，是思想的堕落""你真是白来了一百多回""即以其人之道，反诸其人之身""你打了丧钟""有人说老爷还是一个战士""有时看去简直好像艺术家"，等等。

〔8〕 逢蒙　古代善射的人，相传他是羿的弟子。《吴越春秋·勾践阴谋外传》："黄帝之后，楚有弧父，……习用弓矢，所射无脱；以其道传于羿，羿传逢蒙。"

〔9〕 逢蒙射羿的故事，在《孟子·离娄》中有如下的记载："逢蒙学射于羿，尽羿之道；思天下惟羿为愈己，于是杀羿。"又《列子·汤问》有关于飞卫的故事："（飞卫）学射于甘蝇；……纪昌者，又学射于飞卫，……纪昌既尽卫之术，计天下之敌己者，一人而已；乃谋杀飞卫。相遇于野，二人交射，中路矢锋相触而坠于地，而尘不扬。飞卫之矢先穷，纪昌遗一矢，既发，飞卫以棘刺之端扞（捍）之而无差焉。"

〔10〕 "啮镞法"　《太平御览》卷三五〇引有《列子》的如下记载："飞卫学射于甘蝇，诸法并善，惟啮法不教。卫密将矢以射蝇，蝇啮得镞矢射卫，卫绕树而走，矢亦绕树而射。"（按，今本《列子》无此文。）

〔11〕 剪径　拦路抢劫。

〔12〕 长庚　指傍晚出现在西方天空的金星。

〔13〕 田塍　即田间的土埂子。

〔14〕 乱毵毵(luàn sān sān)　纷乱貌。

〔15〕 闪闪如岩下电　语出《世说新语·容止》，王衍称裴楷"双眸闪闪若岩下电"。

〔16〕 射日　《淮南子·本经训》："尧之时，十日并出，焦禾稼，杀草木，而民无所食。……尧乃使羿，……上射十日。"高诱注："十日并出，羿射去九。"

理　水

【题记】本文写于1935年11月，在收入《故事新编》之前未曾发表过。《理水》写的是大禹治水的故事，共四节。前两节不见大禹出场，而是写被洪水包围的"文化山"上那群"学者"的考证与辩论，情节荒诞"搞笑"，却营造了一种"穿越"的喜剧效果，以讽刺当时文化界的某些迂腐的现象。这些讽刺性描写，当时都是有现实所指的。虽然拉开历史距离，我们必须承认作品所讽刺的一些"学者"，如顾颉刚、潘光旦等，也都各有学术建树。鲁迅给高踞于"文化山"上的"学者"鼻子涂上白粉，当作"丑角"，是作为一种反衬，以"文化人"的酸腐、蹈空来衬托为人民做实事、做好事的大禹。后两节"重写"大禹治水的故事，凸显在艰难时期承担国家重任的"中国的脊梁"。《故事新编》是"神话、传说及史实的演义"，所写的主要人物事物都有历史记载的某些根据，加上作者的想象与虚构，让古人史事"活"起来，从而生发出对现实的批判性思考。

一

这时候是"汤汤洪水方割，浩浩怀山襄陵"[1]；舜爷[2]的百姓，倒并不都挤在露出水面的山顶上，有的捆在树顶，有的坐着木排，有些木排上还搭有小小的板棚，从岸上看起来，很富于诗趣。

远地里的消息，是从木排上传过来的。大家终于知道鲧大人因为治了九整年的水，什么效验也没有，上头龙心震怒，把他充军到羽山去了，[3]接任的好像就是他的儿子文命少爷，乳名叫作阿禹。[4]

灾荒得久了，大学早已解散，连幼稚园也没有地方开，所以百姓们都有些混混沌沌。只在文化山上[5],还聚集着许多学者,他们的食粮,是都从奇肱国[6]用飞车运来的,因此不怕缺乏,因此也能够研究学问。然而他们里面,大抵是反对禹的,或者简直不相信世界上真有这个禹。

每月一次,照例的半空中要簌簌的发响,愈响愈厉害,飞车看得清楚了,车上插一张旗,画着一个黄圆圈在发毫光。离地五尺,就挂下几只篮子来,别人可不知道里面装的是什么,只听得上下在讲话:

"古貌林!"[7]

"好杜有图!"[8]

"古鲁几哩……"

"O.K!"[9]

飞车向奇肱国疾飞而去,天空中不再留下微声,学者们也静悄悄,这是大家在吃饭。独有山周围的水波,撞着石头,不住的澎湃的在发响。午觉醒来,精神百倍,于是学说也就压倒了涛声了。

"禹来治水,一定不成功,如果他是鲧的儿子的话,"一个拿拄杖的学者说。"我曾经搜集了许多王公大臣和豪富人家的家谱,很下过一番研究工夫,得到一个结论:阔人的子孙都是阔人,坏人的子孙都是坏人——这就叫作'遗传'。所以,鲧不成功,他的儿子禹一定也不会成功,因为愚人是生不出聪明人来的!"

"O.K!"一个不拿拄杖的学者说。

"不过您要想想咱们的太上皇[10],"别一个不拿拄杖的学者道。

"他先前虽然有些'顽',现在可是改好了。倘是愚人,就永远不会改好……"

"O.K!"

"这这些些都是费话,"又一个学者吃吃的说,立刻把鼻尖胀得通红。"你们是受了谣言的骗的。其实并没有所谓禹,'禹'是一条虫,虫虫会治水的吗?我看鲧也没有的,'鲧'是一条鱼,鱼鱼会治水水水的吗?"他说到这里,把两脚一蹬,显得非常用劲。

"不过鲧却的确是有的,七年以前,我还亲眼看见他到昆仑山脚下去赏梅花的。"

"那么,他的名字弄错了,他大概不叫'鲧',他的名字应该叫'人'!至于禹,那可一定是一条虫,我有许多证据,可以证明他的乌有,叫大家来公评……"

于是他勇猛的站了起来,摸出削刀,刮去了五株大松树皮,用吃剩的面包末屑和水研成浆,调了炭粉,在树身上用很小的蝌蚪文写上抹杀阿禹的考据,足足化掉了三九廿七天工夫。但是凡有要看的人,得拿出十片嫩榆叶,如果住在木排上,就改给一贝壳鲜水苔。

横竖到处都是水,猎也不能打,地也不能种,只要还活着,所有的是闲工夫,来看的人倒也很不少。松树下挨挤了三天,到处都发出叹息的声音,有的是佩服,有的是疲劳。但到第四天的正午,一个乡下人终于说话了,这时那学者正在吃炒面。

"人里面,是有叫作阿禹的,"乡下人说。"况且'禹'也不是虫,这是我们乡下人的简笔字,老爷们都写作'禺'〔11〕,是大猴子……"

"人有叫作大大猴子的吗?……"学者跳起来了,连忙咽下没有嚼烂的一口面,鼻子红到发紫,吆喝道。

"有的呀,连叫阿狗阿猫的也有。"

"鸟头先生,您不要和他去辩论了,"拿拄杖的学者放下面包,拦在中间,说。"乡下人都是愚人。拿你的家谱来,"他又转向乡下人,大声道,"我一定会发见你的上代都是愚人……"

"我就从来没有过家谱……"

"呸,使我的研究不能精密,就是你们这些东西可恶!"

"不过这这也用不着家谱,我的学说是不会错的。"鸟头先生更加愤愤的说。"先前,许多学者都写信来赞成我的学说,那些信我都带在这里……"

"不不,那可应该查家谱……"

"但是我竟没有家谱,"那"愚人"说。"现在又是这么的人荒马乱,交通不方便,要等您的朋友们来信赞成,当作证据,真也比螺蛳壳里做道场还难。证据就在眼前:您叫鸟头先生,莫非真的是一个鸟儿的头,并不是人吗?"

"哼!"鸟头先生气忿到连耳轮都发紫了。"你竟这样的侮辱我!说我不是人!我要和你到皋陶〔12〕大人那里去法律解决!如果我真的不是人,我情愿大辟——就是杀头呀,你懂了没有?要不然,你是应该反坐的。你等着罢,不要动,等我吃完了炒面。"

"先生,"乡下人麻木而平静的回答道,"您是学者,总该知道现在已是午后,别人也要肚子饿的。可恨的是愚人的肚子却和聪明人的一样:也要饿。真是对不起得很,我要捞青苔去了,等您上了呈子之后,我再来投案罢。"于是他跳上木排,拿起网兜,捞着水草,泛泛的远开去了。看客也渐渐的走散,鸟头先生就红着耳轮和鼻尖从新吃炒面,拿拄杖的学者在摇头。

然而"禹"究竟是一条虫,还是一个人呢,却仍然是一个大疑问。

二

禹也真好像是一条虫。

大半年过去了,奇肱国的飞车已经来过八回,读过松树身上的文字的木排居民,十个里面有九个生了脚气病,治水的新官却还没有消息。直到第十回飞车来过之后,这才传来了新闻,说禹是确有这么一个人的,正是鲧的儿子,也确是简放[13]了水利大臣,三年之前,已从冀州启节[14],不久就要到这里了。

大家略有一点兴奋,但又很淡漠,不大相信,因为这一类不甚可靠的传闻,是谁都听得耳朵起茧了的。

然而这一回却又像消息很可靠,十多天之后,几乎谁都说大臣的确要到了,因为有人出去捞浮草,亲眼看见过官船;他还指着头上一块乌青的疙瘩,说是为了回避得太慢一点了,吃了一下官兵的飞石:这就是大臣确已到来的证据。这人从此就很有名,也很忙碌,大家都争先恐后的来看他头上的疙瘩,几乎把木排踏沉;后来还经学者们召了他去,细心研究,决定了他的疙瘩确是真疙瘩,于是使鸟头先生也不能再执成见,只好把考据学让给别人,自己另去搜集民间的曲子了。

一大阵独木大舟的到来,是在头上打出疙瘩的大约二十多天之后,每只船上,有二十名官兵打桨,三十名官兵持矛,前后都是旗帜;刚靠山顶,绅士们和学者们已在岸上列队恭迎,过了大半天,这才从最大的船里,有两位中年的胖胖的大员出现,约略二十个穿虎皮的武士簇拥着,和迎接的人们一同到最高巅的石屋里去了。

大家在水陆两面,探头探脑的悉心打听,才明白原来那两位只是考察的专员,却并非禹自己。

大员坐在石屋的中央,吃过面包,就开始考察。

"灾情倒并不算重,粮食也还可敷衍,"一位学者们的代表,苗民言语学专家说。"面包是每月会从半空中掉下来的;鱼也不缺,虽然未免有些泥土气,可是很肥,大人。至于那些下民,他们有的是榆叶和海苔,他们'饱食终日,无所用心',——就是并不劳心,原只要吃这些就够。我们也尝过了,味道倒并不坏,特别得很……"

"况且,"别一位研究《神农本草》[15]的学者抢着说,"榆叶里面是含有维他命 W[16]的;海苔里有碘质,可医瘰疬病,两样都极合于卫生。"

"O.K!"又一个学者说。大员们瞪了他一眼。

"饮料呢,"那《神农本草》学者接下去道,"他们要多少有多少,一万代也喝不完。可惜含一点黄土,饮用之前,应该蒸馏一下的。敝人指导过许多次了,然而他们冥顽不灵,绝对的不肯照办,于是弄出数不清的病人来……"

"就是洪水,也还不是他们弄出来的吗?"一位五绺长须,身穿酱色长袍的绅士又抢着说。"水还没来的时候,他们懒着不肯填,洪水来了的时候,他们又懒着不肯戽……"

"是之谓失其性灵,"坐在后一排,八字胡子的伏羲朝小品文学家笑道。"吾尝登帕米尔之原,天风浩然,梅花开矣,白云飞矣,金价涨矣,耗子眠矣,见一少年,口衔雪茄,面有蚩尤氏之雾……哈哈哈!没有法子……"[17]

"O.K!"

这样的谈了小半天。大员们都十分用心的听着,临末是叫他们合拟一个公呈,最好还有一种条陈,沥述着善后的方法。

于是大员们下船去了。第二天,说是因为路上劳顿,不办公,也不见客;第三天是学者们公请在最高峰上赏偃盖古松,下半天又同往山背后钓黄鳝,一直玩到黄昏。第四天,说是因为考察劳顿了,不办公,也不见客;第五天的午后,就传见下民的代表。

下民的代表,是四天以前就在开始推举的,然而谁也不肯去,说是一向没见过官。于是大多数就推定了头有疙瘩的那一个,以为他曾有见过官的经验。已经平复下去的疙瘩,这时忽然针刺似的痛起来了,他就哭着一口咬定:做代表,毋宁死!大家把他围起来,连日连夜的责以大义,说他不顾公益,是利己的个人主义者,将为华夏所不容;激烈点的,还至于捏起拳头,伸在他的鼻子跟前,要他负这回的水灾的责任。他渴睡得要命,心想与其逼死在木排上,还不如冒险去做公益的牺牲,便下了绝大的决心,到第四天,答应了。

大家就都称赞他,但几个勇士,却又有些妒忌。

就是这第五天的早晨,大家一早就把他拖起来,站在岸上听呼唤。果然,大员们呼唤了。他两腿立刻发抖,然而又立刻下了绝大的决心,决心之后,就又打了两个大呵欠,肿着眼眶,自己觉得好像脚不点地,浮在空中似的走到官船上去了。

奇怪得很,持矛的官兵,虎皮的武士,都没有打骂他,一直放进了中舱。舱里铺着熊皮,豹皮,还挂着几副弩箭,摆着许多瓶罐,弄得他眼花缭乱。定神一看,才看见在上面,就是自己的对面,坐着两位胖大的官员。什么相貌,他不敢看清楚。

"你是百姓的代表吗?"大员中的一个问道。

"他们叫我上来的。"他眼睛看着铺在舱底上的豹皮的艾叶一般的花纹,回答说。

"你们怎么样?"

"……"他不懂意思,没有答。

"你们过得还好么?"

"托大人的鸿福,还好……"他又想了一想,低低的说道,"敷敷衍衍……混混……"

"吃的呢?"

"有,叶子呀,水苔呀……"

"都还吃得来吗?"

"吃得来的。我们是什么都弄惯了的,吃得来的。只有些小畜生还要嚷,人心在坏下去哩,妈的,我们就揍他。"

大人们笑起来了,有一个对别一个说道:"这家伙倒老实。"

这家伙一听到称赞,非常高兴,胆子也大了,滔滔的讲述道:

"我们总有法子想。比如水苔,顶好是做滑溜翡翠汤,榆叶就做一品当朝羹。剥树皮不可剥光,要留下一道,那么,明年春天树枝梢还是长叶子,有收成。如果托大人的福,钓到了黄鳝……"

然而大人好像不大爱听了,有一位也接连打了两个大呵欠,打断他的讲演道:"你们还是合具一个公呈来罢,最好是还带一个贡献善后方法的条陈。"

"我们可是谁也不会写……"他惴惴的说。

"你们不识字吗?这真叫作不求上进!没有法子,把你们吃的东西拣一份来就是!"

他又恐惧又高兴的退了出来,摸一摸疙瘩疤,立刻把大人的吩咐传给岸上,树上和排上的居民,并且大声叮嘱道:"这是送到上头去的呵!要做得干净,细致,体面呀!……"

所有居民就同时忙碌起来,洗叶子,切树皮,捞青苔,乱作一团。他自己是锯木版,来做进呈的盒子。有两片磨得特别光,连夜跑到山顶上请学者去写字,一片是做盒子盖的,求写"寿山福海",一片是给自己的木排上做扁额,以志荣幸的,求写"老实堂"。但学者却只肯写了"寿山福海"的一块。

三

当两位大员回到京都的时候,别的考察员也大抵陆续回来了,只有禹还在外。他们在家里休息了几天,水利局的同事们就在局里大排筵宴,替他们接风,份子分福禄寿三种,最少也得出五十枚大贝壳[18]。这一天真是车水马龙,不到黄昏时候,主客就全都到齐了,院子里却已经点起庭燎[19]来,鼎中的牛肉香,一直透到门外虎贲[20]的鼻子跟前,大家就一齐咽口水。酒过三巡,大员们就讲了一些水乡沿途的风景,芦花似雪,泥水如金,黄鳝膏腴,青苔滑溜……等等。微醺之后,才取出大家采集了来的民食来,都装着细巧的木匣子,盖上写着文字,有的是伏羲八卦体[21],有的是仓颉鬼哭体[22],大家就先来赏鉴这些字,争论得几乎打架之后,才决定以写着"国泰民安"的一块为第一,因为不但文字质朴难识,有上古淳厚之风,而且立言也很得体,可以宣付史馆的。

评定了中国特有的艺术之后,文化问题总算告一段落,于是来考察盒子的内容了:大家一致称赞着饼样的精巧。然而大约酒也喝得太多了,便议论纷纷:有的咬一口松皮饼,极口叹赏它的清香,说自己明天就要挂冠归隐[23],去享这样的清福;咬了柏叶糕的,却道质粗味苦,伤了他的舌头,要这样与下民共患难,可见为君难,为臣亦不易。有几个又扑上去,想抢下他们咬过的糕饼来,说不久就要开展览会募捐,这些都得去陈列,咬得太多是很不雅观的。

局外面也起了一阵喧嚷。一群乞丐似的大汉,面目黧黑,衣服破旧,竟冲破了断绝交通的界线,闯到局里来了。卫兵们大喝一声,连忙左右交叉了明晃晃的戈,挡住他们的去路。

"什么?——看明白!"当头是一条瘦长的莽汉,粗手粗脚的,怔了一下,大声说。

卫兵们在昏黄中定睛一看,就恭恭敬敬的立正,举戈,放他们进去了,只拦住了气喘吁吁的从后面追来的一个身穿深蓝土布袍子,手抱孩子的妇女。

"怎么?你们不认识我了吗?"她用拳头揩着额上的汗,诧异的问。

"禹太太,我们怎会不认识您家呢?"

"那么,为什么不放我进去的?"

"禹太太,这个年头儿,不大好,从今年起,要端风俗而正人心,男女有别了。现在那一个衙门里也不放娘儿们进去,不但这里,不但您。这是上头的命令,怪不着我们的。"

禹太太呆了一会,就把双眉一扬,一面回转身,一面嚷叫道:

"这杀千刀的!奔什么丧!走过自家的门口,看也不进来看一下,[24]就奔你的丧!做官做官,做官有什么好处,仔细像你的老子,做到充军,还掉在池子里变大忘八[25]!这没良心的杀千刀!……"

这时候,局里的大厅上也早发生了扰乱。大家一望见一群莽汉们奔来,纷纷都想躲避,但看不见耀眼的兵器,就又硬着头皮,定睛去看。奔来的也临近了,头一个虽然面貌黑瘦,但从神情上,也就认识他正是禹;其余的自然是他的随员。

这一吓,把大家的酒意都吓退了,沙沙的一阵衣裳声,立刻都退在下面。禹便一径跨到席上,在上面坐下,大约是大模大样,或者生了鹤膝风[26]罢,并不屈膝而坐,却伸开了两脚,把大脚底对着大员们,又不穿袜子,满脚底都是栗子一般的老茧。随员们就分坐在他的左右。

"大人是今天回京的?"一位大胆的属员,膝行而前了一点,恭敬的问。

"你们坐近一点来!"禹不答他的询问,只对大家说。"查的怎么样?"

大员们一面膝行而前,一面面面相觑,列坐在残筵的下面,看见咬过的松皮饼和啃光的牛骨头。非常不自在——却又不敢叫膳夫来收去。

"禀大人,"一位大员终于说。"倒还像个样子——印象甚佳。松皮水草,出产不少;饮料呢,那可丰富得很。百姓都很老实,他们是过惯了的。禀大人,他们都是以善于吃苦,驰名世界的人们。"

"卑职可是已经拟好了募捐的计划,"又一位大员说。"准备开一个奇异食品展览会,另请女隗[27]小姐来做时装表演。只卖票,并且声明会里不再募捐,那么,来看的可以多一点。"

"这很好。"禹说着,向他弯一弯腰。

"不过第一要紧的是赶快派一批大木筏去,把学者们接上高原来。"第三位大员说,"一面派人去通知奇肱国,使他们知道我们的尊崇文化,接济也只要每月送到这边来就好。学者们有一个公呈在这里,说的倒也很有意思,他们以为文化是一国的命脉,学者是文化的灵魂,只要文化存在,华夏也就存在,别的一切,倒还在其次……"

"他们以为华夏的人口太多了,"第一位大员道,"减少一些倒也是致太平之道。况且那些不过是愚民,那喜怒哀乐,也决没有智者所推想的那么精微的。知人论事,第一要凭主观。例如莎士比亚[28]……"

"放他妈的屁!"禹心里想,但嘴上却大声的说道:"我经过查考,知道先前的方法:'湮',确是错误了。以后应该用'导'[29]!不知道诸位的意见怎么样?"

静得好像坟山;大员们的脸上也显出死色,许多人还觉得自己生了病,明天恐怕要请病假了。

"这是蚩尤的法子!"一个勇敢的青年官员悄悄的愤激着。

"卑职的愚见,窃以为大人是似乎应该收回成命的。"一位白须白发的大员,这时觉得天下兴亡,系在他的嘴上了,便把心一横,置死生于度外,坚决的抗议道:"湮是老大人的成法。'三年无改于父之道,可谓孝矣。'——

老大人升天还不到三年。"

禹一声也不响。

"况且老大人化过多少心力呢。借了上帝的息壤[30]，来湮洪水，虽然触了上帝的恼怒，洪水的深度可也浅了一点了。这似乎还是照例的治下去。"另一位花白须发的大员说，他是禹的母舅的干儿子。

禹一声也不响。

"我看大人还不如'幹父之蛊，'[31]"一位胖大官员看得禹不作声，以为他就要折服了，便带些轻薄的大声说，不过脸上还流出着一层油汗。"照着家法，挽回家声。大人大约未必知道人们在怎么讲说老大人罢……"

"要而言之，'湮'是世界上已有定评的好法子，"白须发的老官恐怕胖子闹出岔子来，就抢着说道。"别的种种，所谓'摩登'者也，昔者蚩尤氏就坏在这一点上。"

禹微微一笑："我知道的。有人说我的爸爸变了黄熊，也有人说他变了三足鳖[32]，也有人说我在求名，图利。说就是了。我要说的是我查了山泽的情形，征了百姓的意见，已经看透实情，打定主意，无论如何，非'导'不可！这些同事，也都和我同意的。"

他举手向两旁一指。白须发的，花须发的，小白脸的，胖而流着油汗的，胖而不流油汗的官员们，跟着他的指头看过去，只见一排黑瘦的乞丐似的东西，不动，不言，不笑，像铁铸的一样。

四

禹爷走后，时光也过得真快，不知不觉间，京师的景况日见其繁盛了。首先是阔人们有些穿了茧绸袍，后来就看见大水果铺里卖着橘子和柚子，大绸缎店里挂着华丝葛；富翁的筵席上有了好酱油，清炖鱼翅，凉拌海参；再后来他们竟有熊皮褥子狐皮裘，那太太也戴上赤金耳环银手镯了。

只要站在大门口，也总有什么新鲜的物事看：今天来一车竹箭，明天来一批松板，有时抬过了做假山的怪石，有时提过了做鱼生的鲜鱼；有时是一大群一尺二寸长的大乌龟，都缩了头装着竹笼，载在车子上，拉向皇城那面去。

"妈妈,你瞧呀,好大的乌龟!"孩子们一看见,就嚷起来,跑上去,围住了车子。

"小鬼,快滚开!这是万岁爷的宝贝,当心杀头!"

然而关于禹爷的新闻,也和珍宝的入京一同多起来了。百姓的檐前,路旁的树下,大家都在谈他的故事;最多的是他怎样夜里化为黄熊,[33]用嘴和爪子,一拱一拱的疏通了九河,以及怎样请了天兵天将,捉住兴风作浪的妖怪无支祁,镇在龟山的脚下。[34]皇上舜爷的事情,可是谁也不再提起了,至多,也不过谈谈丹朱太子[35]的没出息。

禹要回京的消息,原已传布得很久了,每天总有一群人站在关口,看可有他的仪仗的到来。并没有。然而消息却愈传愈紧,也好像愈真。一个半阴半晴的上午,他终于在百姓们的万头攒动之间,进了冀州的帝都了。前面并没有仪仗,不过一大批乞丐似的随员。临末是一个粗手粗脚的大汉,黑脸黄须,腿弯微曲,双手捧着一片乌黑的尖顶的大石头——舜爷所赐的"玄圭"[36],连声说道"借光,借光,让一让,让一让",从人丛中挤进皇宫里去了。

百姓们就在宫门外欢呼,议论,声音正好像浙水的涛声[37]一样。

舜爷坐在龙位上,原已有了年纪,不免觉得疲劳,这时又似乎有些惊骇。禹一到,就连忙客气的站起来,行过礼,皋陶先去应酬了几句,舜才说道:

"你也讲几句好话我听呀。"

"哼,我有什么说呢?"禹简截的回答道。"我就是想,每天孳孳!"

"什么叫作'孳孳'?"皋陶问。

"洪水滔天,"禹说,"浩浩怀山襄陵,下民都浸在水里。我走旱路坐车,走水路坐船,走泥路坐橇,走山路坐轿。到一座山,砍一通树,和益[38]俩给大家有饭吃,有肉吃。放田水入川,放川水入海,和稷[39]俩给大家有难得的东西吃。东西不够,就调有余,补不足。搬家。大家这才静下来了,各地方成了个样子。"

"对啦对啦,这些话可真好!"皋陶称赞道。

"唉!"禹说。"做皇帝要小心,安静。对天有良心,天才会仍旧给你好处!"

舜爷叹一口气,就托他管理国家大事,有意见当面讲,不要背后说坏话。

看见禹都答应了,又叹一口气,道:"莫像丹朱的不听话,只喜欢游荡,旱地上要撑船,在家里又捣乱,弄得过不了日子,这我可真看的不顺眼!"

"我讨过老婆,四天就走,"禹回答说。"生了阿启,也不当他儿子看。所以能够治了水,分作五圈,简直有五千里,计十二州,直到海边,立了五个头领,都很好。只是有苗可不行,你得留心点!"

"我的天下,真是全仗的你的功劳弄好的!"舜爷也称赞道。

于是皋陶也和舜爷一同肃然起敬,低了头;退朝之后,他就赶紧下一道特别的命令,叫百姓都要学禹的行为,倘不然,立刻就算是犯了罪。

这使商家首先起了大恐慌。但幸而禹爷自从回京以后,态度也改变一点了:吃喝不考究,但做起祭祀和法事来,是阔绰的;衣服很随便,但上朝和拜客时候的穿著,是要漂亮的。所以市面仍旧不很受影响,不多久,商人们就又说禹爷的行为真该学,皋爷的新法令也很不错;终于太平到连百兽都会跳舞,凤凰也飞来凑热闹了。[40]

一九三五年十一月作。

注释:

〔1〕 "汤汤洪水方割,浩浩怀山襄陵" 语出《尚书·尧典》:"汤汤洪水方割,荡荡怀山襄陵,浩浩滔天。"汉代孔安国注:"割,害也。""怀,包;襄,上也。"意思是:洪水为害,浩浩荡荡地包围着山并且淹上了部分的丘陵。

〔2〕 舜 传说中的上古五帝之一,史称虞舜。相传尧时洪水泛滥,舜继位后,命禹治水,才将水患平息。

〔3〕 关于鲧治水的故事,见《史记·夏本纪》:"当帝尧之时,鸿水滔天,浩浩怀山襄陵,下民其忧。尧求能治水者;群臣四岳皆曰鲧可。……于是尧听四岳,用鲧治水。九年而水不息,功用不成。于是帝尧乃求人,更得舜。舜登用,摄行天子之政,巡狩,行视鲧之治水无状,乃殛鲧于羽山以死。天下皆以舜之诛为是。"按,"殛"通常解作"诛"的意思,但《尚书·舜典》孔颖达疏则以为"流""放""窜""殛""俱是流徙";照这说法,则鲧是被流放到羽山后死在那里的。

〔4〕 禹 又称大禹,古代治水英雄。《史记·夏本纪》说禹在他的父亲鲧被殛以后,奉命治水:"尧崩,帝舜问四岳曰:'有能成美尧之事(按,即治水之事)者,使居官。'皆曰:'伯禹为司空,可成美尧之功。'舜曰:'嗟,然!'命禹:'女(汝)平水土,维是勉之!'禹拜稽

首,让于契、后稷、皋陶。舜曰:'女其往视尔事矣!'"关于他治水事迹的传说,在《尚书》《孟子》及其他先秦古籍中多有记述。

〔5〕 本文作为插曲所写的聚集在"文化山"上的学者们的活动,是对1932年10月北平文教界江瀚、刘复、徐炳昶、马衡等三十余人向国民党政府呈文建议明定北平为"文化城"一事的讽刺。当时日本帝国主义已经侵占我国东北,华北也在危殆中;国民党政府放弃东北之后,又准备从华北撤退,已开始着手把可以卖钱的古文物从北平搬到南京。江瀚等想阻止古文物南移,却以北平在政治和军事上没有重要性为由,提出请国民党政府从北平撤除军备,将它划为一个不设防的文化区域的主张。对所谓"文化城"的主张,鲁迅在当时的一篇杂文里讽刺过(参看《伪自由书·崇实》)。本文在"文化山"的插曲中所讽刺的就是江瀚等的呈文中所反映的那种荒谬言论,其中几个所谓学者,是以当时文化界一些具有代表性的人物为模型的。

"一个拿拄杖的学者",暗指潘光旦(1899—1967)。潘是社会学家,研究社会学、优生学,以及社会思想史等。曾根据一些官僚地主家族的家谱来解释遗传现象,著有《潘光旦文集》。鸟头先生,暗指顾颉刚(1893—1980)。顾是历史学家、民俗学家,创立"古史辨"学,注重考据,曾据《说文解字》对"鲧"字和"禹"字的解释,说鲧是鱼,禹是蜥蜴之类的虫。"鸟头"这名字即从"顧"字而来;据《说文解字》,顧字从页雇声,雇是鸟名,页本义是头。顾颉刚曾在北京大学研究所歌谣研究会工作,搜集苏州歌谣,出版过一册《吴歌甲集》,所以下文说鸟头先生"另去搜集民间的曲子了"。

〔6〕 奇肱国 见《山海经·海外西经》:"奇肱之国……在其北,其人一臂三目,有阴有阳,乘文马。"

〔7〕 古貌林 英语 Good morning 的音译,意为"早安"。

〔8〕 好杜有图 英语 How do you do 的音译,意为"你好"。

〔9〕 O.K 美国式的英语:"对啦。"

〔10〕 太上皇 指舜的父亲瞽叟。

〔11〕 "禹" 清代段玉裁注引郭璞《山海经》:"禹似猕猴而大,赤目长尾。"据《说文解字》,"禹"字笔画较"禹"字简单,所以这里说"禹"是"禹"的简笔字。

〔12〕 皋陶 传说是舜时掌握狱讼的臣子。1927年鲁迅在广州时,顾颉刚教授曾致书鲁迅,说鲁迅在文字上侵害了他,"拟于九月中回粤后提起诉讼,听候法律解决。"要鲁迅"暂勿离粤,以俟开审。"鲁迅当时答复他:"请即就近在浙起诉,尔时仆必到杭,以负应负之责。"这里鸟头先生与乡下人的对话,隐指此事。参看《三闲集·答顾颉刚教授令"候审"》。

〔13〕 简放 古代君主任命高级官员。简,授官的简册。

〔14〕 节 指古代使臣出行时所持的信物。

〔15〕《神农本草》 我国最早记载药物的专书。成书年代不可考,当是秦汉间人托神

农之名而作。

〔16〕 维他命 W　维他命现在通称维生素,但并未发现维他命 W。下文的瘰疬病,指颈部淋巴结核一类疾病,而因缺碘所致的甲状腺肿大(俗称大脖子)叫"瘿",不叫瘰疬。这里是讽刺当时一些学者的妄说。

〔17〕 "伏羲朝小品文学家"的这段话,是对当时林语堂一派人提倡"语录体"小品文的戏仿。所谓"语录体",按林语堂自己的说法是"文言中不避俚语,白话中多放之乎",是一种半文不白的"性灵"文字。这段话中的"见一少年,口衔雪茄,面有蚩尤氏之雾",是影射林语堂在《游杭再记》里对进步青年漫画化的一段话,"见有二青年,口里含一枝苏俄香烟,手里夹一本什么斯基的译本"云云。蚩尤是传说中我国九黎族的首领,相传他和黄帝作战时,施放大雾,后为黄帝所擒杀。在正统史书中,把他描写成邪恶的怪物。1926 年,北洋军阀吴佩孚为了"讨赤",称曾查得蚩尤是"赤化"的始祖,因"蚩"和"赤"同音,"蚩尤"即"赤化之尤"云云。

〔18〕 贝壳　上古时期,曾用贝壳为货币。

〔19〕 庭燎　庭院中照明的火炬。

〔20〕 虎贲　勇士,即下文所说的卫兵们。

〔21〕 伏羲八卦体　伏羲,我国古代传说中的帝王。《周易》说他"始作八卦"。

〔22〕 仓颉鬼哭体　仓颉,一作苍颉,相传是黄帝的史官,创造文字的人。《淮南子·本经训》中记有关于苍颉的一种传说:"昔者苍颉作书而天雨粟,鬼夜哭。"

〔23〕 挂冠归隐　辞官退隐。

〔24〕 禹过家门不入的故事,见《孟子·滕文公》:"禹八年于外,三过其门而不入。"又《史记·夏本纪》:"(禹)劳身焦思,居外十三年,过家门不敢入。"

〔25〕 忘八　乌龟的俗称。古代传说鲧死后化为三足鳖。

〔26〕 鹤膝风　中医病名,结核性关节炎的一种。战国时楚国人尸佼所著的《尸子》中记有禹生"偏枯之疾"的传说:"(禹)疏河决江,十年未阚其家,手不爪,胫不毛,生偏枯之疾,步不相过。"

〔27〕 女隗　《左传》中狄人之女多姓隗,如叔隗、季隗等。匈奴就是春秋时的狄人。本文中女隗这个人名,是根据这类记载而虚拟出来的。

〔28〕 莎士比亚(W. Shakespeare,1564—1616)　欧洲文艺复兴时期英国戏剧家、诗人,著有剧本《仲夏夜之梦》《罗密欧与朱丽叶》《哈姆雷特》等三十七种。杜衡在 1934 年 6 月《文艺风景》创刊号发表《莎剧凯撒传里所表现的群众》一文,借评莎士比亚作品,说人民群众"没有理性","没有明确的利害观念","感情"被人控制等。鲁迅曾在《又是"莎士比亚"》(《花边文学》)中批评过这种观点。

〔29〕 "湮"　鲧用的治水方法。湮,填塞。"导",禹用的治水方法。导,疏通。

〔30〕 息壤　传说中一种能够自己生长、永不耗减的土壤。

〔31〕 "幹父之蛊"　语出《周易·蛊》初六："幹父之蛊，有子，考无咎。"三国时魏国王弼注："幹父之事，能承先轨，堪其任者也。"后称儿子能完成父亲所未竟的事业，因而掩盖了父亲的过错为"幹蛊"。

〔32〕 这是古代关于鲧的一种传说。《左传·昭公七年》："昔尧殛鲧于羽山，其神化为黄熊，以入于羽渊。"唐代陆德明《释文》："黄熊，音雄，兽名。亦作能，如字，一音奴来反，三足鳖也。"能，一写作熊。《史记·夏本纪》替代张守节《正义》说："鲧之羽山，化为黄熊，入于羽渊。熊，音乃来反，下三点为三足也。束晳《发蒙记》云：'鳖三足曰熊'。"

〔33〕 禹化为熊的传说，见清代马骕《绎史》卷十二引《随巢子》："（禹）治洪水，通辕辕山，化为熊。"按，随巢子，战国时墨翟弟子，著《随巢子》六篇，清代马国翰《玉函山房辑佚书》内有辑文一卷。

〔34〕 禹捉无支祁的传说，见唐代李公佐《古岳渎经》："禹理水，三至桐柏山，惊风走雷，石号木鸣，五伯拥川，天老肃兵，不能兴。禹怒，召集百灵，搜命夔龙。桐柏千君长稽首请命。……乃获淮涡水神，名无支祁，善应对言语，辨江淮之浅深，原隰之远近。形若猿猴，缩鼻高额，青躯白首，金目雪牙。颈伸百尺，力逾九象，搏击腾踔疾奔，轻利倏忽，闻视不可久。……颈锁大索，鼻穿金铃，徙淮阴之龟山之足下。俾淮水永安流注海也。"（据鲁迅辑《唐宋传奇集》卷三）

〔35〕 丹朱太子　尧的儿子。古书中说他"不肖"（品德不像他的父亲），所以尧不把天下传给他而传给舜。《史记·五帝本纪》："尧知子丹朱之不肖，不足授天下，于是乃权授舜。"

〔36〕 "玄圭"　见《尚书·禹贡》："禹锡玄圭，告厥成功。"又《史记·夏本纪》："帝锡禹玄圭，以告成功于天下。"圭，古代诸侯大夫在朝会和祭祀时所执的一种长条尖顶的玉器。玄，黑色。

〔37〕 浙水的涛声　浙水，即钱塘江，涨潮时涛声很大。

〔38〕 益　传说中，舜命益治水泽草木鸟兽，又传说益曾协助大禹治水。

〔39〕 稷　传说中的五谷之神。

〔40〕 文末关于禹同舜和皋陶谈话的情形，所据是《史记·夏本纪》。

铸　剑

【题记】本文最初发表于1927年4月25日、5月10日《莽原》半月刊第八、九期,原题《眉间尺》。1932年编入《自选集》时改为现名。小说取材于相传为魏曹丕所著的《列异传》和晋代干宝的《搜神记》,其中关于铸剑匠人之子刺杀楚王,为父亲复仇的故事。原来记载的传说仅二三百字,鲁迅加以点染发挥,让情节细化,人物丰满,成就了这篇"历史小说"。作品重点写的不是替父报仇的眉间尺,而是出手相助的义士"黑色人"宴之敖者。三个头颅在沸鼎中撕咬的情节读来匪夷所思,鲁迅是借此表达"复仇"的题旨与情绪,是向"不义"的权势和残忍的压迫者进行殊死的搏斗。也有人认为宴之敖是作者的自况。"黑色人"的刚毅、机智以及为正义献身的品格,和满城都议论着国王荣耀的那些"俯伏"的"国民",也形成明显的对比。而其中所写杀戮与佛性,刀光剑影与玄思奇想,暴力与静美,都融为一体,又让人似乎感受到了某些"魏晋风骨"。

一

眉间尺[1]刚和他的母亲睡下,老鼠便出来咬锅盖,使他听得发烦。他轻轻地叱了几声,最初还有些效验,后来是简直不理他了,格支格支地径自咬。他又不敢大声赶,怕惊醒了白天做得劳乏,晚上一躺就睡着了的母亲。

许多时光之后,平静了;他也想睡去。忽然,扑通一声,惊得他又睁开眼。同时听到沙沙地响,是爪子抓着瓦器的声音。

"好!该死!"他想着,心里非常高兴,一面就轻轻地坐起来。

他跨下床,借着月光走向门背后,摸到钻火家伙,点上松明,向水瓮里一照。果然,一匹很大的老鼠落在那里面了;但是,存水已经不多,爬不出来,只沿着水瓮内壁,抓着,团团地转圈子。

"活该!"他一想到夜夜咬家具,闹得他不能安稳睡觉的便是它们,很觉得畅快。他将松明插在土墙的小孔里,赏玩着;然而那圆睁的小眼睛,又使他发生了憎恨,伸手抽出一根芦柴,将它直按到水底去。过了一会,才放手,那老鼠也随着浮了上来,还是抓着瓮壁转圈子。只是抓劲已经没有先前似的有力,眼睛也淹在水里面,单露出一点尖尖的通红的小鼻子,咻咻地急促地喘气。

他近来很有点不大喜欢红鼻子的人。但这回见了这尖尖的小红鼻子,却忽然觉得它可怜了,就又用那芦柴,伸到它的肚下去,老鼠抓着,歇了一回力,便沿着芦干爬了上来。待到他看见全身,——湿淋淋的黑毛,大的肚子,蚯蚓似的尾巴,——便又觉得可恨可憎得很,慌忙将芦柴一抖,扑通一声,老鼠又落在水瓮里,他接着就用芦柴在它头上捣了几下,叫它赶快沉下去。

换了六回松明之后,那老鼠已经不能动弹,不过沉浮在水中间,有时还向水面微微一跳。眉间尺又觉得很可怜,随即折断芦柴,好容易将它夹了出来,放在地面上。老鼠先是丝毫不动,后来才有一点呼吸;又许多时,四只脚运动了,一翻身,似乎要站起来逃走。这使眉间尺大吃一惊,不觉提起左脚,一脚踏下去。只听得吱的一声,他蹲下去仔细看时,只见口角上微有鲜血,大概是死掉了。

他又觉得很可怜,仿佛自己作了大恶似的,非常难受。他蹲着,呆看着,站不起来。

"尺儿,你在做什么?"他的母亲已经醒来了,在床上问。

"老鼠……。"他慌忙站起,回转身去,却只答了两个字。

"是的,老鼠。这我知道。可是你在做什么?杀它呢,还是在救它?"

他没有回答。松明烧尽了;他默默地立在暗中,渐看见月光的皎洁。

"唉!"他的母亲叹息说,"一交子时[2],你就是十六岁了,性情还是那样,不冷不热地,一点也不变。看来,你的父亲的仇是没有人报的了。"

他看见他的母亲坐在灰白色的月影中,仿佛身体都在颤动;低微的声音里,含着无限的悲哀,使他冷得毛骨悚然,而一转眼间,又觉得热血在全身中忽然腾沸。

"父亲的仇?父亲有什么仇呢?"他前进几步,惊急地问。

"有的。还要你去报。我早想告诉你的了;只因为你太小,没有说。现在你已经成人了,却还是那样的性情。这教我怎么办呢?你似的性情,能行大事的么?"

"能。说罢,母亲。我要改过……。"

"自然。我也只得说。你必须改过……。那么,走过来罢。"

他走过去;他的母亲端坐在床上,在暗白的月影里,两眼发出闪闪的光芒。

"听哪!"她严肃地说,"你的父亲原是一个铸剑的名工,天下第一。他的工具,我早已都卖掉了来救了穷了,你已经看不见一点遗迹;但他是一个世上无二的铸剑的名工。二十年前,王妃生下了一块铁[3],听说是抱了一回铁柱之后受孕的,是一块纯青透明的铁。大王知道是异宝,便决计用来铸一把剑,想用它保国,用它杀敌,用它防身。不幸你的父亲那时偏偏入了选,便将铁捧回家里来,日日夜夜地锻炼,费了整三年的精神,炼成两把剑。

"当最末次开炉的那一日,是怎样地骇人的景象呵!哗拉拉地腾上一道白气的时候,地面也觉得动摇。那白气到天半便变成白云,罩住了这处所,渐渐现出绯红颜色,映得一切都如桃花。我家的漆黑的炉子里,是躺着通红的两把剑。你父亲用井华水[4]慢慢地滴下去,那剑嘶嘶地吼着,慢慢转成青色了。这样地七日七夜,就看不见了剑,仔细看时,却还在炉底里,纯青的,透明的,正像两条冰。

"大欢喜的光采,便从你父亲的眼睛里四射出来;他取起剑,拂拭着,拂拭着。然而悲惨的皱纹,却也从他的眉头和嘴角出现了。他将那两把剑分装在两个匣子里。

"'你只要看这几天的景象,就明白无论是谁,都知道剑已炼就的了。'他悄悄地对我说。'一到明天,我必须去献给大王。但献剑的一天,也就是我命尽的日子。怕我们从此要长别了。'

"'你……。'我很骇异,猜不透他的意思,不知怎么说的好。我只是这样地说:'你这回有了这么大的功劳……。'

"'唉!你怎么知道呢!'他说。'大王是向来善于猜疑,又极残忍的。这回我给他炼成了世间无二的剑,他一定要杀掉我,免得我再去给别人炼剑,来和他匹敌,或者超过他。'

"我掉泪了。

"'你不要悲哀。这是无法逃避的。眼泪决不能洗掉运命。我可是早已有准备在这里了!'他的眼里忽然发出电火似的光芒,将一个剑匣放在我膝上。'这是雄剑。'他说。'你收着。明天,我只将这雌剑献给大王去。倘若我一去竟不回来了呢,那是我一定不再在人间了。你不是怀孕已经五六个月了么?不要悲哀;待生了孩子,好好地抚养。一到成人之后,你便交给他这雄剑,教他砍在大王的颈子上,给我报仇!'"

"那天父亲回来了没有呢?"眉间尺赶紧问。

"没有回来!"她冷静地说。"我四处打听,也杳无消息。后来听得人说,第一个用血来饲你父亲自己炼成的剑的人,就是他自己——你的父亲。还怕他鬼魂作怪,将他的身首分埋在前门和后苑了!"

眉间尺忽然全身都如烧着猛火,自己觉得每一枝毛发上都仿佛闪出火星来。他的双拳,在暗中捏得格格地作响。

他的母亲站起了,揭去床头的木板,下床点了松明,到门背后取过一把锄,交给眉间尺道:"掘下去!"

眉间尺心跳着,但很沉静的一锄一锄轻轻地掘下去。掘出来的都是黄土,约到五尺多深,土色有些不同了,似乎是烂掉的材木。

"看罢!要小心!"他的母亲说。

眉间尺伏在掘开的洞穴旁边,伸手下去,谨慎小心地撮开烂树,待到指尖一冷,有如触着冰雪的时候,那纯青透明的剑也出现了。他看清了剑靶,捏着,提了出来。

窗外的星月和屋里的松明似乎都骤然失了光辉,惟有青光充塞宇内。那剑便溶在这青光中,看去好像一无所有。眉间尺凝神细视,这才仿佛看见长五尺余,却并不见得怎样锋利,剑口反而有些浑圆,正如一片韭叶。

"你从此要改变你的优柔的性情,用这剑报仇去!"他的母亲说。

"我已经改变了我的优柔的性情,要用这剑报仇去!"

"但愿如此。你穿了青衣,背上这剑,衣剑一色,谁也看不分明的。衣服我已经做在这里,明天就上你的路去罢。不要记念我!"她向床后的破衣箱一指,说。

眉间尺取出新衣,试去一穿,长短正很合式。他便重行叠好,裹了剑,放在枕边,沉静地躺下。他觉得自己已经改变了优柔的性情;他决心要并无心事一般,倒头便睡,清晨醒来,毫不改变常态,从容地去寻他不共戴天的仇雠。

但他醒着。他翻来覆去,总想坐起来。他听到他母亲的失望的轻轻的长叹。他听到最初的鸡鸣;他知道已交子时,自己是上了十六岁了。

二

当眉间尺肿着眼眶,头也不回的跨出门外,穿着青衣,背着青剑,迈开大步,径奔城中的时候,东方还没有露出阳光。杉树林的每一片叶尖,都挂着露珠,其中隐藏着夜气。但是,待到走到树林的那一头,露珠里却闪出各样的光辉,渐渐幻成晓色了。远望前面,便依稀看见灰黑色的城墙和雉堞[5]。

和挑葱卖菜的一同混入城里,街市上已经很热闹。男人们一排一排的呆站着;女人们也时时从门里探出头来。她们大半也肿着眼眶;蓬着头;黄黄的脸,连脂粉也不及涂抹。

眉间尺预觉到将有巨变降临,他们便都是焦躁而忍耐地等候着这巨变的。

他径自向前走;一个孩子突然跑过来,几乎碰着他背上的剑尖,使他吓出了一身汗。转出北方,离王宫不远,人们就挤得密密层层,都伸着脖子。人丛中还有女人和孩子哭嚷的声音。他怕那看不见的雄剑伤了人,不敢挤进去;然而人们却又在背后拥上来。他只得宛转地退避;面前只看见人们的背脊和伸长的脖子。

忽然,前面的人们都陆续跪倒了;远远地有两匹马并着跑过来。此后是拿着木棍,戈,刀,弓弩,旌旗的武人,走得满路黄尘滚滚。又来了一辆四匹马拉的大车,上面坐着一队人,有的打钟击鼓,有的嘴上吹着不知道叫什么名目的劳什子[6]。此后又是车,里面的人都穿画衣,不是老头子,便是矮胖子,个个满脸油汗。接着又是一队拿刀枪剑戟的骑士。跪着的人们便都伏下去了。这时眉间尺正看见一辆黄盖的大车驰来,正中坐着一个画衣的胖子,花白胡子,小脑袋;腰间还依稀看见佩着和他背上一样的青剑。

他不觉全身一冷,但立刻又灼热起来,像是猛火焚烧着。他一面伸手向肩头捏住剑柄,一面提起脚,便从伏着的人们的脖子的空处跨出去。

但他只走得五六步,就跌了一个倒栽葱,因为有人突然捏住了他的一只脚。这一跌又正压在一个干瘪脸的少年身上;他正怕剑尖伤了他,吃惊地起来看的时候,肋下就挨了很重的两拳。他也不暇计较,再望路上,不但黄盖车已经走过,连拥护的骑士也过去了一大阵了。

路旁的一切人们也都爬起来。干瘪脸的少年却还扭住了眉间尺的衣领,不肯放手,说被他压坏了贵重的丹田[7],必须保险,倘若不到八十岁便死掉了,就得抵命。闲人们又即刻围上来,呆看着,但谁也不开口;后来有人从旁笑骂了几句,却全是附和干瘪脸少年的。眉间尺遇到了这样的敌人,真是怒不得,笑不得,只觉得无聊,却又脱身不得。这样地经过了煮熟一锅小米的时光,眉间尺早已焦躁得浑身发火,看的人却仍不见减,还是津津有味似的。

前面的人圈子动摇了,挤进一个黑色的人来,黑须黑眼睛,瘦得如铁。他并不言语,只向眉间尺冷冷地一笑,一面举手轻轻地一拨干瘪脸少年的下巴,并且看定了他的脸。那少年也向他看了一会,不觉慢慢地松了手,溜走了;那人也就溜走了;看的人们也都无聊地走散。只有几个人还来问眉间尺的年纪,住址,家里可有姊姊。眉间尺都不理他们。

他向南走着;心里想,城市中这么热闹,容易误伤,还不如在南门外等候他回来,给父亲报仇罢,那地方是地旷人稀,实在很便于施展。这时满城都议论着国王的游山,仪仗,威严,自己得见国王的荣耀,以及俯伏得有怎么低,应该采作国民的模范等等,很像蜜蜂的排衙[8]。直至将近南门,这才渐渐地冷静。

他走出城外,坐在一株大桑树下,取出两个馒头来充了饥;吃着的时候忽然记起母亲来,不觉眼鼻一酸,然而此后倒也没有什么。周围是一步一步地静下去了,他至于很分明地听到自己的呼吸。

天色愈暗,他也愈不安,尽目力望着前方,毫不见有国王回来的影子。上城卖菜的村人,一个个挑着空担出城回家去了。

人迹绝了许久之后,忽然从城里闪出那一个黑色的人来。

"走罢,眉间尺!国王在捉你了!"他说,声音好像鸱鸮。

眉间尺浑身一颤,中了魔似的,立即跟着他走;后来是飞奔。他站定了喘息许多时,才明白已经到了杉树林边。后面远处有银白的条纹,是月亮已从那边出现;前面却仅有两点燐火一般的那黑色人的眼光。

"你怎么认识我?……"他极其惶骇地问。

"哈哈!我一向认识你。"那人的声音说。"我知道你背着雄剑,要给你的父亲报仇,我也知道你报不成。岂但报不成;今天已经有人告密,你的仇人早从东门还宫,下令捕拿你了。"

眉间尺不觉伤心起来。

"唉唉,母亲的叹息是无怪的。"他低声说。

"但她只知道一半。她不知道我要给你报仇。"

"你么?你肯给我报仇么,义士?"

"阿,你不要用这称呼来冤枉我。"

"那么,你同情于我们孤儿寡妇?……"

"唉,孩子,你再不要提这些受了污辱的名称。"他严冷地说,"仗义,同情,那些东西,先前曾经干净过,现在却都成了放鬼债的资本[9]。我的心里全没有你所谓的那些。我只不过要给你报仇!"

"好。但你怎么给我报仇呢?"

"只要你给我两件东西。"两粒燐火下的声音说。"那两件么?你听着:一是你的剑,二是你的头!"

眉间尺虽然觉得奇怪,有些狐疑,却并不吃惊。他一时开不得口。

"你不要疑心我将骗取你的性命和宝贝。"暗中的声音又严冷地说。"这事全由你。你信我,我便去;你不信,我便住。"

"但你为什么给我去报仇的呢?你认识我的父亲么?"

"我一向认识你的父亲,也如一向认识你一样。但我要报仇,却并不为此。聪明的孩子,告诉你罢。你还不知道么,我怎么地善于报仇。你的就是我的;他也就是我。我的魂灵上是有这么多的,人我所加的伤,我已经憎恶了我自己!"

暗中的声音刚刚停止,眉间尺便举手向肩头抽取青色的剑,顺手从后项窝向前一削,头颅坠在地面的青苔上,一面将剑交给黑色人。

"呵呵!"他一手接剑,一手捏着头发,提起眉间尺的头来,对着那热的死掉的嘴唇,接吻两次,并且冷冷地尖利地笑。

笑声即刻散布在杉树林中,深处随着有一群燐火似的眼光闪动,倏忽临近,听到啾啾的饿狼的喘息。第一口撕尽了眉间尺的青衣,第二口便身体全都不见了,血痕也顷刻舔尽,只微微听得咀嚼骨头的声音。

最先头的一匹大狼就向黑色人扑过来。他用青剑一挥,狼头便坠在地面的青苔上。别的狼们第一口撕尽了它的皮,第二口便身体全都不见了,血痕也顷刻舔尽,只微微听得咀嚼骨头的声音。

他已经擎起地上的青衣,包了眉间尺的头,和青剑都背在背脊上,回转身,在暗中向王城扬长地走去。

狼们站定了,耸着肩,伸出舌头,啾啾地喘着,放着绿的眼光看他扬长地走。

他在暗中向王城扬长地走去,发出尖利的声音唱着歌:

哈哈爱兮爱乎爱乎!
爱青剑兮一个仇人自屠。
夥颐连翩兮多少一夫。
一夫爱青剑兮呜呼不孤。
头换头兮两个仇人自屠。
一夫则无兮爱乎呜呼!
爱乎呜呼兮呜呼阿呼,
阿呼呜呼兮呜呼呜呼![10]

三

游山并不能使国王觉得有趣;加上了路上将有刺客的密报,更使他扫兴而还。那夜他很生气,说是连第九个妃子的头发,也没有昨天那样的黑得好看了。幸而她撒娇坐在他的御膝上,特别扭了七十多回,这才使龙眉之间的皱纹渐渐地舒展。

午后,国王一起身,就又有些不高兴,待到用过午膳,简直现出怒容来。

"唉唉!无聊!"他打一个大呵欠之后,高声说。

上自王后,下至弄臣,看见这情形,都不觉手足无措。白须老臣的讲道,矮胖侏儒[11]的打诨,王是早已听厌的了;近来便是走索,缘竿,抛丸,倒立,吞刀,吐火等等奇妙的把戏,也都看得毫无意味。他常常要发怒;一发怒,便按着青剑,总想寻点小错处,杀掉几个人。

偷空在宫外闲游的两个小宦官,刚刚回来,一看见宫里面大家的愁苦的情形,便知道又是照例的祸事临头了,一个吓得面如土色;一个却像是大有把握一般,不慌不忙,跑到国王的面前,俯伏着,说道:

"奴才刚才访得一个异人,很有异术,可以给大王解闷,因此特来奏闻。"

"什么?!"王说。他的话是一向很短的。

"那是一个黑瘦的,乞丐似的男子。穿一身青衣,背着一个圆圆的青包裹;嘴里唱着胡诌的歌。人问他。他说善于玩把戏,空前绝后,举世无双,人们从来就没有看见过;一见之后,便即解烦释闷,天下太平。但大家要他玩,他却又不肯。说是第一须有一条金龙,第二须有一个金鼎。……"

"金龙?我是的。金鼎?我有。"

"奴才也正是这样想。……"

"传进来!"

话声未绝,四个武士便跟着那小宦官疾趋而出。上自王后,下至弄臣,个个喜形于色。他们都愿意这把戏玩得解愁释闷,天下太平;即使玩不成,这回也有了那乞丐似的黑瘦男子来受祸,他们只要能挨到传了进来的时候就好了。

并不要许多工夫,就望见六个人向金阶趋进。先头是宦官,后面是四个武士,中间夹着一个黑色人。待到近来时,那人的衣服却是青的,须眉头发都黑;瘦得颧骨,眼圈骨,眉棱骨都高高地突出来。他恭敬地跪着俯伏下去时,果然看见背上有一个圆圆的小包袱,青色布,上面还画上一些暗红色的花纹。

"奏来!"王暴躁地说。他见他家伙简单,以为他未必会玩什么好把戏。

"臣名叫宴之敖者[12];生长汶汶乡[13]。少无职业;晚遇明师,教臣把戏,是一个孩子的头。这把戏一个人玩不起来,必须在金龙之前,摆一个金鼎,注满清水,用兽炭[14]煎熬。于是放下孩子的头去,一到水沸,这头便随波上下,跳舞百端,且发妙音,欢喜歌唱。这歌舞为一人所见,便解愁释闷,为万民所见,便天下太平。"

"玩来!"王大声命令说。

并不要许多工夫,一个煮牛的大金鼎便摆在殿外,注满水,下面堆了兽炭,点起火来。那黑色人站在旁边,见炭火一红,便解下包袱,打开,两手捧出孩子的头来,高高举起。那头是秀眉长眼,皓齿红唇;脸带笑容;头发蓬松,正如青烟一阵。黑色人捧着向四面转了一圈,便伸手擎到鼎上,动着嘴唇说了几句不知什么话,随即将手一松,只听得扑通一声,坠入水中去了。水花同时溅起,足有五尺多高,此后是一切平静。

许多工夫,还无动静。国王首先暴躁起来,接着是王后和妃子,大臣,宦官们也都有些焦急,矮胖的侏儒们则已经开始冷笑了。王一见他们的冷笑,便觉自己受愚,回顾武士,想命令他们就将那欺君的莠民掷入牛鼎里去煮杀。

但同时就听得水沸声;炭火也正旺,映着那黑色人变成红黑,如铁的烧到微红。王刚又回过脸来,他也已经伸起两手向天,眼光向着无物,舞蹈着,忽地发出尖利的声音唱起歌来:

哈哈爱兮爱乎爱乎!
爱兮血兮兮谁乎独无。
民萌冥行兮一夫壶卢。
彼用百头颅,千头颅兮用万头颅!
我用一头颅兮而无万夫。
爱一头颅兮血乎呜呼!
血乎呜呼兮呜呼阿呼,
阿呼呜呼兮呜呼呜呼!

随着歌声,水就从鼎口涌起,上尖下广,像一座小山,但自水尖至鼎底,不住地回旋运动。那头即随水上上下下,转着圈子,一面又滴溜溜自己翻筋斗,人们还可以隐约看见他玩得高兴的笑容。过了些时,突然变了逆水的游泳,打旋子夹着穿梭,激得水花向四面飞溅,满庭洒下一阵热雨来。一个侏儒忽然叫了一声,用手摸着自己的鼻子。他不幸被热水烫了一下,又不耐痛,终于免不得出声叫苦了。

黑色人的歌声才停,那头也就在水中央停住,面向王殿,颜色转成端庄。这样的有十余瞬息之久,才慢慢地上下抖动;从抖动加速而为起伏的游泳,

但不很快,态度很雍容。绕着水边一高一低地游了三匝,忽然睁大眼睛,漆黑的眼珠显得格外精采,同时也开口唱起歌来:

王泽流兮浩洋洋;

克服怨敌,怨敌克服兮,赫兮强!

宇宙有穷止兮万寿无疆。

幸我来也兮青其光!

青其光兮永不相忘。

异处异处兮堂哉皇!

堂哉皇哉兮嗳嗳唷,

嗟来归来,嗟来陪来兮青其光!

头忽然升到水的尖端停住;翻了几个筋斗之后,上下升降起来,眼珠向着左右瞥视,十分秀媚,嘴里仍然唱着歌:

阿呼呜呼兮呜呼呜呼,

爱乎呜呼兮呜呼阿呼!

血一头颅兮爱乎呜呼。

我用一头颅兮而无万夫!

彼用百头颅,千头颅……

唱到这里,是沉下去的时候,但不再浮上来了;歌词也不能辨别。涌起的水,也随着歌声的微弱,渐渐低落,像退潮一般,终至到鼎口以下,在远处什么也看不见。

"怎了?"等了一会,王不耐烦地问。

"大王,"那黑色人半跪着说。"他正在鼎底里作最神奇的团圆舞,不临近是看不见的。臣也没有法术使他上来,因为作团圆舞必须在鼎底里。"

王站起身,跨下金阶,冒着炎热立在鼎边,探头去看。只见水平如镜,那头仰面躺在水中间,两眼正看着他的脸。待到王的眼光射到他脸上时,他便嫣然一笑。这一笑使王觉得似曾相识,却又一时记不起是谁来。刚在惊疑,黑色人已经掣出了背着的青色的剑,只一挥,闪电般从后项窝直劈下去,扑通一声,王的头就落在鼎里了。

仇人相见,本来格外眼明,况且是相逢狭路。王头刚到水面,眉间尺的头便迎上来,很命在他耳轮上咬了一口。鼎水即刻沸涌,澎湃有声;两头即在水中死战。约有二十回合，王头受了五个伤，眉间尺的头上却有七处。王又狡猾，总是设法绕到他的敌人的后面去。眉间尺偶一疏忽，终于被他咬住了后项窝，无法转身。这一回王的头可是咬定不放了，他只是连连蚕食进去；连鼎外面也仿佛听到孩子的失声叫痛的声音。

上自王后，下至弄臣，骇得凝结着的神色也应声活动起来，似乎感到暗无天日的悲哀，皮肤上都一粒一粒地起粟；然而又夹着秘密的欢喜，瞪了眼，像是等候着什么似的。

黑色人也仿佛有些惊慌，但是面不改色。他从从容容地伸开那捏着看不见的青剑的臂膊，如一段枯枝；伸长颈子，如在细看鼎底。臂膊忽然一弯，青剑便蓦地从他后面劈下，剑到头落，坠入鼎中，溯的一声，雪白的水花向着空中同时四射。

他的头一入水，即刻直奔王头，一口咬住了王的鼻子，几乎要咬下来。王忍不住叫一声"阿唷"，将嘴一张，眉间尺的头就乘机挣脱了，一转脸倒将王的下巴下死劲咬住。他们不但都不放，还用全力上下一撕，撕得王头再也合不上嘴。于是他们就如饿鸡啄米一般，一顿乱咬，咬得王头眼歪鼻塌，满脸鳞伤。先前还会在鼎里面四处乱滚，后来只能躺着呻吟，到底是一声不响，只有出气，没有进气了。

黑色人和眉间尺的头也慢慢地住了嘴，离开王头，沿鼎壁游了一匝，看他可是装死还是真死。待到知道了王头确已断气，便四目相视，微微一笑，随即合上眼睛，仰面向天，沉到水底里去了。

四

烟消火灭；水波不兴。特别的寂静倒使殿上殿下的人们警醒。他们中的一个首先叫了一声，大家也立刻迭连惊叫起来；一个迈开腿向金鼎走去，大家便争先恐后地拥上去了。有挤在后面的，只能从人脖子的空隙间向里面窥探。

热气还炙得人脸上发烧。鼎里的水却一平如镜，上面浮着一层油，照出许多人脸孔：王后，王妃，武士，老臣，侏儒，太监。……

"阿呀，天哪！咱们大王的头还在里面哪，唉唉唉！"第六个妃子忽然发狂似的哭嚷起来。

上自王后,下至弄臣,也都恍然大悟,仓皇散开,急得手足无措,各自转了四五个圈子。一个最有谋略的老臣独又上前,伸手向鼎边一摸,然而浑身一抖,立刻缩了回来,伸出两个指头,放在口边吹个不住。

大家定了定神,便在殿门外商议打捞办法。约略费去了煮熟三锅小米的工夫,总算得到一种结果,是:到大厨房去调集了铁丝勺子,命武士协力捞起来。

器具不久就调集了,铁丝勺,漏勺,金盘,擦桌布,都放在鼎旁边。武士们便揎起衣袖,有用铁丝勺的,有用漏勺的,一齐恭行打捞。有勺子相触的声音,有勺子刮着金鼎的声音;水是随着勺子的搅动而旋绕着。好一会,一个武士的脸色忽而很端庄了,极小心地两手慢慢举起了勺子,水滴从勺孔中珠子一般漏下,勺里面便显出雪白的头骨来。大家惊叫了一声;他便将头骨倒在金盘里。

"阿呀!我的大王呀!"王后,妃子,老臣,以至太监之类,都放声哭起来。但不久就陆续停止了,因为武士又捞起了一个同样的头骨。

他们泪眼模胡地四顾,只见武士们满脸油汗,还在打捞。此后捞出来的是一团糟的白头发和黑头发;还有几勺很短的东西,似乎是白胡须和黑胡须。此后又是一个头骨。此后是三枝簪。

直到鼎里面只剩下清汤,才始住手;将捞出的物件分盛了三金盘:一盘头骨,一盘须发,一盘簪。

"咱们大王只有一个头。那一个是咱们大王的呢?"第九个妃子焦急地问。

"是呵……。"老臣们都面面相觑。

"如果皮肉没有煮烂,那就容易辨别了。"一个侏儒跪着说。

大家只得平心静气,去细看那头骨,但是黑白大小,都差不多,连那孩子的头,也无从分辨。王后说王的右额上有一个疤,是做太子时候跌伤的,怕骨上也有痕迹。果然,侏儒在一个头骨上发见了;大家正在欢喜的时候,另外的一个侏儒却又在较黄的头骨的右额上看出相仿的瘢痕来。

"我有法子。"第三个王妃得意地说,"咱们大王的龙准[15]是很高的。"

太监们即刻动手研究鼻准骨,有一个确也似乎比较地高,但究竟相差无几；最可惜的是右额上却并无跌伤的瘢痕。

"况且，"老臣们向太监说，"大王的后枕骨是这么尖的么？"

"奴才们向来就没有留心看过大王的后枕骨……。"

王后和妃子们也各自回想起来，有的说是尖的，有的说是平的。叫梳头太监来问的时候，却一句话也不说。

当夜便开了一个王公大臣会议，想决定那一个是王的头，但结果还同白天一样。并且连须发也发生了问题。白的自然是王的，然而因为花白，所以黑的也很难处置。讨论了小半夜，只将几根红色的胡子选出；接着因为第九个王妃抗议，说她确曾看见王有几根通黄的胡子，现在怎么能知道决没有一根红的呢。于是也只好重行归并，作为疑案了。

到后半夜，还是毫无结果。大家却居然一面打呵欠，一面继续讨论，直到第二次鸡鸣，这才决定了一个最慎重妥善的办法，是：只能将三个头骨都和王的身体放在金棺里落葬。

七天之后是落葬的日期，合城很热闹。城里的人民，远处的人民，都奔来瞻仰国王的"大出丧"。天一亮，道上已经挤满了男男女女；中间还夹着许多祭桌。待到上午，清道的骑士才缓辔而来。又过了不少工夫，才看见仪仗，什么旌旗，木棍，戈戟，弓弩，黄钺之类；此后是四辆鼓吹车。再后面是黄盖随着路的不平而起伏着，并且渐渐近来了，于是现出灵车，上载金棺，棺里面藏着三个头和一个身体。

百姓都跪下去，祭桌便一列一列地在人丛中出现。几个义民很忠愤，咽着泪，怕那两个大逆不道的逆贼的魂灵，此时也和王一同享受祭礼，然而也无法可施。

此后是王后和许多王妃的车。百姓看她们，她们也看百姓，但哭着。此后是大臣，太监，侏儒等辈，都装着哀戚的颜色。只是百姓已经不看他们，连行列也挤得乱七八糟，不成样子了。

一九二六年十月作。[16]

注释：

〔1〕 眉间尺复仇的传说，在相传为魏曹丕所著的《列异传》中有如下的记载："干将莫

邪为楚王作剑,三年而成。剑有雄雌,天下名器也,乃以雌剑献君,藏其雄者。谓其妻曰:'吾藏剑在南山之阴,北山之阳;松生石上,剑在其中矣。君若觉,杀我;尔生男,以告之。'及至君觉,杀干将。妻后生男,名赤鼻,告之。赤鼻斫南山之松,不得剑;忽于屋柱中得之。楚王梦一人,眉广三寸,辞欲报仇。购求甚急,乃逃朱兴山中。遇客,欲为之报;乃刎首,将以奉楚王。客令镬煮之,头三日三夜跳不烂。王往观之,客以雄剑倚拟王,王头堕镬中;客又自刎。三头悉烂,不可分别,分葬之,名曰三王冢。"(据鲁迅辑《古小说钩沉》本)又晋代干宝《搜神记》卷十一也有内容大致相同的记载,而叙述较为细致,如眉间尺山中遇客一段说:"(楚)王梦见一儿,眉间广尺,言欲报雠,王即购之千金。儿闻之,亡去,入山行歌。客有逢者,谓子年少,何哭之甚悲耶?曰:'吾干将莫邪子也。楚王杀我父,吾欲报之。'客曰:'闻王购子头千金,将子头与剑来,为子报之。'儿曰:'幸甚!'即自刎,两手捧头及剑奉之,立僵。客曰:'不负子也。'于是尸乃仆。"(此外相传为后汉赵晔所著的《楚王铸剑记》,完全与《搜神记》所记相同。)

〔2〕 子时 我国古代用十二地支(子、丑、寅、卯、辰、巳、午、未、申、酉、戌、亥)记时,从夜里十一点到次晨一点称为子时。

〔3〕 王妃生下了一块铁 清代陈元龙撰《格致镜原》卷三十四引《列士传》佚文:"楚王夫人于夏纳凉,抱铁柱,心有所感,遂怀孕,产一铁;王命莫邪铸为双剑。"

〔4〕 井华水 清晨第一次汲取的井水。明代李时珍《本草纲目》卷五井泉水《集解》:"汪颖曰:……平旦第一汲,为井华水。"

〔5〕 雉堞 城上排列如齿状的矮墙,俗称城垛。

〔6〕 劳什子 北方方言。指物件,含有轻蔑、厌恶的意思。

〔7〕 丹田 道家把人身脐下三寸的地方称为丹田,据说这个部位受伤,可以致命。

〔8〕 蜜蜂的排衙 蜜蜂早晚两次群集蜂房外面,就像朝见蜂王一般。这里用来形容人群拥挤喧闹。排衙,旧时衙署中下属依次参谒长官的仪式。

〔9〕 放鬼债的资本 作者在创作本文数月后,曾在一篇杂感里说,旧社会"有一种精神的资本家",惯用"同情"一类美好言辞作为"放债"的"资本",以求"报答"。参看《而已集·新时代的放债法》。

〔10〕 这里和下文的歌,意思介于可解不可解之间。作者在1936年3月28日给日本增田涉的信中曾说:"在《铸剑》里,我以为没有什么难懂的地方。但要注意的,是那里面的歌,意思都不明显,因为是奇怪的人和头颅唱出来的歌,我们这种普通人是难以理解的。"

〔11〕 侏儒 形体矮小、专以滑稽笑谑供君王娱乐消遣的人,略似戏剧中的丑角。

〔12〕 宴之敖者 作者虚拟的人名。1924年9月,鲁迅辑成《俟堂砖文杂集》一书,题记后用宴之敖者作为笔名,但以后即未再用。

〔13〕 汶汶乡 作者虚拟的地名。汶汶,昏暗不明。

〔14〕兽炭　古时豪富之家将木炭屑做成各种兽形的一种燃料。东晋裴启《语林》有如下记载："洛下少林木，炭止如粟状。羊琇骄豪，乃捣小炭为屑，以物和之，作兽形。后何召之徒共集，乃以温酒；火爇既猛，兽皆开口，向人赫然。诸豪相矜，皆服而效之。"（据鲁迅辑《古小说钩沉》本）

〔15〕龙准　指帝王的鼻子。准，鼻子。《汉书·高帝纪》："高祖为人，隆准而龙颜。"

〔16〕本文最初发表时未署写作日期。现在文末的日期是收入《故事新编》时补记。据鲁迅日记，本文完成时间为1927年4月3日。

非　攻

【题注】《非攻》在收入《故事新编》前没有在报刊上发表过。相比较《故事新编》其他小说，这篇是比较写实的。所写墨子止楚侵宋的故事，广采《墨子》《战国策》《吕氏春秋》《淮南子》等先秦典籍材料，基本上都有史实的根据，而加以细节的文学想象。"五四"时期学界曾有过复兴"墨学"的潮流，鲁迅这篇创作是对此做出的一种文学的回应。小说通过墨子止楚侵宋的描写，凸显所谓墨子"兼爱，摩顶放踵利天下"的那种正义、坚韧、实干的精神。结尾写墨子止楚侵宋归来，却遭遇宋国巡兵的搜检和驱赶，弄得受冻感冒，鼻塞了十多天。墨子的功成不居，在现实中颇显悖谬。在欣赏此类诙谐风趣的描写时，也可从中看出鲁迅实际上在赞颂"中国的脊梁"。阅读时可参阅本文注释〔3〕有关墨子的介绍。

一

子夏[1]的徒弟公孙高[2]来找墨子[3]，已经好几回了，总是不在家，见不着。大约是第四或者第五回罢，这才恰巧在门口遇见，因为公孙高刚一到，墨子也适值回家来。他们一同走进屋子里。

公孙高辞让了一通之后，眼睛看着席子[4]的破洞，和气的问道：

"先生是主张非战的？"

"不错！"墨子说。

"那么，君子就不斗么？"

"是的！"墨子说。

"猪狗尚且要斗，何况人……"

"唉唉，你们儒者，说话称着尧舜，做事却要学猪狗，可怜，可怜！"[5]墨子说着,站了起来,匆匆的跑到厨下去了,一面说:"你不懂我的意思……"

他穿过厨下,到得后门外的井边,绞着辘轳,汲起半瓶井水来,捧着吸了十多口,于是放下瓦瓶,抹一抹嘴,忽然望着园角上叫了起来道:

"阿廉[6]!你怎么回来了?"

阿廉也已经看见,正在跑过来,一到面前,就规规矩矩的站定,垂着手,叫一声"先生",于是略有些气愤似的接着说:

"我不干了。他们言行不一致。说定给我一千盆粟米的,却只给了我五百盆。我只得走了。"

"如果给你一千多盆,你走么?"

"不。"阿廉答。

"那么,就并非因为他们言行不一致,倒是因为少了呀!"

墨子一面说,一面又跑进厨房里,叫道:

"耕柱子[7]!给我和起玉米粉来!"

耕柱子恰恰从堂屋里走到,是一个很精神的青年。

"先生,是做十多天的干粮罢?"他问。

"对咧。"墨子说。"公孙高走了罢?"

"走了,"耕柱子笑道。"他很生气,说我们兼爱无父,像禽兽一样。"[8]

墨子也笑了一笑。

"先生到楚国去?"

"是的。你也知道了?"墨子让耕柱子用水和着玉米粉,自己却取火石和艾绒打了火,点起枯枝来沸水,眼睛看火焰,慢慢的说道:"我们的老乡公输般[9],他总是倚恃着自己的一点小聪明,兴风作浪的。造了钩拒[10],教楚王和越人打仗还不够,这回是又想出了什么云梯,要耸恿楚王攻宋去了。宋是小国,怎禁得这么一攻。我去按他一下罢。"

他看得耕柱子已经把窝窝头上了蒸笼,便回到自己的房里,在壁厨里摸出一把盐渍藜菜干,一柄破铜刀,另外找了一张破包袱,等耕柱子端进蒸熟的窝窝头来,就一起打成一个包裹。衣服却不打点,也不带洗脸的手巾,只把皮带紧了一紧,走到堂下,穿好草鞋,背上包裹,头也不回的走了。从包裹里,还一阵一阵的冒着热蒸气。

"先生什么时候回来呢?"耕柱子在后面叫喊道。

"总得二十来天罢，"墨子答着，只是走。

二

墨子走进宋国的国界的时候，草鞋带已经断了三四回，觉得脚底上很发热，停下来一看，鞋底也磨成了大窟窿，脚上有些地方起茧，有些地方起泡了。[11]他毫不在意，仍然走；沿路看看情形，人口倒很不少，然而历来的水灾和兵灾的痕迹，却到处存留，没有人民的变换得飞快。走了三天，看不见一所大屋，看不见一棵大树，看不见一个活泼的人，看不见一片肥沃的田地，就这样的到了都城[12]。

城墙也很破旧，但有几处添了新石头；护城沟边看见烂泥堆，像是有人淘掘过，但只见有几个闲人坐在沟沿上似乎钓着鱼。

"他们大约也听到消息了，"墨子想。细看那些钓鱼人，却没有自己的学生在里面。

他决计穿城而过，于是走近北关，顺着中央的一条街，一径向南走。城里面也很萧条，但也很平静，店铺都贴着减价的条子，然而并不见买主，可是店里也并无怎样的货色；街道上满积着又细又粘的黄尘。

"这模样了，还要来攻它！"墨子想。

他在大街上前行，除看见了贫弱而外，也没有什么异样。楚国要来进攻的消息，是也许已经听到了的，然而大家被攻得习惯了，自认是活该受攻的了，竟并不觉得特别，况且谁都只剩了一条性命，无衣无食，所以也没有什么人想搬家。待到望见南关的城楼了，这才看见街角上聚着十多个人，好像在听一个人讲故事。

当墨子走得临近时，只见那人的手在空中一挥，大叫道：

"我们给他们看看宋国的民气！我们都去死！"[13]

墨子知道，这是自己的学生曹公子的声音。

然而他并不挤进去招呼他，匆匆的出了南关，只赶自己的路。又走了一天和大半夜，歇下来，在一个农家的檐下睡到黎明，起来仍复走。草鞋已经碎成一片一片，穿不住了，包袱里还有窝窝头，不能用，便只好撕下一块布裳来，包了脚。

不过布片薄,不平的村路梗着他的脚底,走起来就更艰难。到得下午,他坐在一株小小的槐树下,打开包裹来吃午餐,也算是歇歇脚。远远的望见一个大汉,推着很重的小车,向这边走过来了。到得临近,那人就歇下车子,走到墨子面前,叫了一声"先生",一面撩起衣角来揩脸上的汗,喘着气。

"这是沙么?"墨子认识他是自己的学生管黔敖,便问。

"是的,防云梯的。"

"别的准备怎么样?"

"也已经募集了一些麻,灰,铁。不过难得很:有的不肯,肯的没有。还是讲空话的多……"

"昨天在城里听见曹公子在讲演,又在玩一股什么'气',嚷什么'死'了。你去告诉他:不要弄玄虚;死并不坏,也很难,但要死得于民有利!"

"和他很难说,"管黔敖怅怅的答道。"他在这里做了两年官,不大愿意和我们说话了……"

"禽滑釐呢?"

"他可是很忙。刚刚试验过连弩[14];现在恐怕在西关外看地势,所以遇不着先生。先生是到楚国去找公输般的罢?"

"不错,"墨子说,"不过他听不听我,还是料不定的。你们仍然准备着,不要只望着口舌的成功。"

管黔敖点点头,看墨子上了路,目送了一会,便推着小车,吱吱嘎嘎的进城去了。

三

楚国的郢城[15]可是不比宋国:街道宽阔,房屋也整齐,大店铺里陈列着许多好东西,雪白的麻布,通红的辣椒,斑斓的鹿皮,肥大的莲子。走路的人,虽然身体比北方短小些,却都活泼精悍,衣服也很干净,墨子在这里一比,旧衣破裳,布包着两只脚,真好像一个老牌的乞丐了。

再向中央走是一大块广场,摆着许多摊子,拥挤着许多人,这是闹市,也是十字路交叉之处。墨子便找着一个好像士人的老头子,打听公输般的寓所,可惜言语不通,缠不明白,正在手掌心上写字给他看,只听得轰的一声,大家都唱了起来,原来是有名的赛湘灵已经开始在唱她的《下里巴人》,[16]所以引得全国中许多人,同声应和了。不一会,连那老士人也在嘴里发出哼哼声,墨子知道他决不会再来看他手心上的字,便只写了半个"公"字,拔步再往远处跑。然而到处都在唱,无隙可乘,许多工夫,大约是那边已经唱完了,这才逐渐显得安静。他找到一家木匠店,去探问公输般的住址。

"那位山东老,造钩拒的公输先生么?"店主是一个黄脸黑须的胖子,果然很知道。"并不远。你回转去,走过十字街,从右手第二条小道上朝东向南,再往北转角,第三家就是他。"

墨子在手心上写着字,请他看了有无听错之后,这才牢牢的记在心里,谢过主人,迈开大步,径奔他所指点的处所。果然也不错的:第三家的大门上,钉着一块雕镂极工的楠木牌,上刻六个大篆道:"鲁国公输般寓"。

墨子拍着红铜的兽环,当当的敲了几下,不料开门出来的却是一个横眉怒目的门丁。他一看见,便大声的喝道:

"先生不见客!你们同乡来告帮[17]的太多了!"

墨子刚看了他一眼,他已经关了门,再敲时,就什么声息也没有。然而这目光的一射,却使那门丁安静不下来,他总觉得有些不舒服,只得进去禀他的主人。公输般正捏着曲尺,在量云梯的模型。

"先生,又有一个你的同乡来告帮了……这人可是有些古怪……"门丁轻轻的说。

"他姓什么?"

"那可还没有问……"门丁惶恐着。

"什么样子的?"

"像一个乞丐。三十来岁。高个子,乌黑的脸……"

"阿呀!那一定是墨翟了!"

公输般吃了一惊,大叫起来,放下云梯的模型和曲尺,跑到阶下去。门丁也吃了一惊,赶紧跑在他前面,开了门。墨子和公输般,便在院子里见了面。

"果然是你。"公输般高兴的说,一面让他进到堂屋去。"你一向好么?还是忙?"

"是的。总是这样……"

"可是先生这么远来,有什么见教呢?"

"北方有人侮辱了我,"墨子很沉静的说。"想托你去杀掉他……"

公输般不高兴了。

"我送你十块钱!"墨子又接着说。

这一句话,主人可真是忍不住发怒了;他沉了脸,冷冷的回答道:

"我是义不杀人的!"

"那好极了!"墨子很感动的直起身来,拜了两拜,又很沉静的说道:"可是我有几句话。我在北方,听说你造了云梯,要去攻宋。宋有什么罪过呢?楚国有余的是地,缺少的是民。杀缺少的来争有余的,不能说是智;宋没有罪,却要攻他,不能说是仁;知道着,却不争,不能说是忠;争了,而不得,不能说是强;义不杀少,然而杀多,不能说是知类。先生以为怎样?……"

"那是……"公输般想着,"先生说得很对的。"

"那么,不可以歇手了么?"

"这可不成,"公输般怅怅的说。"我已经对王说过了。"

"那么,带我见王去就是。"

"好的。不过时候不早了,还是吃了饭去罢。"

然而墨子不肯听,欠着身子,总想站起来,他是向来坐不住的。[18]公输般知道拗不过,便答应立刻引他去见王;一面到自己的房里,拿出一套衣裳和鞋子来,诚恳的说道:

"不过这要请先生换一下。因为这里是和俺家乡不同,什么都讲阔绰的。还是换一换便当……"

"可以可以,"墨子也诚恳的说。"我其实也并非爱穿破衣服的……只因为实在没有工夫换……"

四

楚王早知道墨翟是北方的圣贤,一经公输般介绍,立刻接见了,用不着费力。

墨子穿着太短的衣裳,高脚鹭鸶似的,跟公输般走到便殿里,向楚王行过礼,从从容容的开口道:

"现在有一个人,不要轿车,却想偷邻家的破车子;不要锦绣,却想偷邻家的短毡袄;不要米肉,却想偷邻家的糠屑饭:这是怎样的人呢?"

"那一定是生了偷摸病了。"楚王率直的说。

"楚的地面,"墨子道,"方五千里,宋的却只方五百里,这就像轿车的和破车子;楚有云梦,满是犀兕麋鹿,江汉里的鱼鳖鼋鼍之多,那里都赛不过,宋却是所谓连雉兔鲫鱼也没有的,这就像米肉的和糠屑饭;楚有长松文梓楩楠木豫章,宋却没有大树,这就像锦绣的和短毡袄。所以据臣看来,王吏的攻宋,和这是同类的。"

"确也不错!"楚王点头说。"不过公输般已经给我在造云梯,总得去攻的了。"

"不过成败也还是说不定的。"墨子道。"只要有木片,现在就可以试一试。"

楚王是一位爱好新奇的王,非常高兴,便教侍臣赶快去拿木片来。墨子却解下自己的皮带,弯作弧形,向着公输子,算是城;把几十片木片分作两份,一份留下,一份交与公输子,便是攻和守的器具。

于是他们俩各各拿着木片,像下棋一般,开始斗起来了,攻的木片一进,守的就一架,这边一退,那边就一招。不过楚王和侍臣,却一点也看不懂。

只见这样的一进一退,一共有九回,大约是攻守各换了九种的花样。这之后,公输般歇手了。墨子就把皮带的弧形改向了自己,好像这回是由他来进攻。也还是一进一退的支架着,然而到第三回,墨子的木片就进了皮带的弧线里面了。

楚王和侍臣虽然莫明其妙,但看见公输般首先放下木片,脸上露出扫兴的神色,就知道他攻守两面,全都失败了。

楚王也觉得有些扫兴。

"我知道怎么赢你的,"停了一会,公输般讪讪的说。"但是我不说。"

"我也知道你怎么赢我的,"墨子却镇静的说。"但是我不说。"

"你们说的是些什么呀?"楚王惊讶着问道。

"公输子的意思,"墨子旋转身去,回答道,"不过想杀掉我,以为杀掉我,宋就没有人守,可以攻了。然而我的学生禽滑釐等三百人,已经拿了我的守御的器械,在宋城上,等候着楚国来的敌人。就是杀掉我,也还是攻不下的!"

"真好法子!"楚王感动的说。"那么,我也就不去攻宋罢。"

五

墨子说停了攻宋之后,原想即刻回往鲁国的,但因为应该换还公输般借他的衣裳,就只好再到他的寓里去。时候已是下午,主客都很觉得肚子饿,主人自然坚留他吃午饭——或者已经是夜饭,还劝他宿一宵。

"走是总得今天就走的,"墨子说。"明年再来,拿我的书来请楚王看一看。"[19]

"你还不是讲些行义么?"公输般道。"劳形苦心,扶危济急,是贱人的东西,大人们不取的。他可是君王呀,老乡!"

"那倒也不。丝麻米谷,都是贱人做出来的东西,大人们就都要。何况行义呢。"[20]

"那可也是的,"公输般高兴的说。"我没有见你的时候,想取宋;一见你,即使白送我宋国,如果不义,我也不要了……"

"那可是我真送了你宋国了。"墨子也高兴的说。"你如果一味行义,我还要送你天下哩!"[21]

当主客谈笑之间,午餐也摆好了,有鱼,有肉,有酒。墨子不喝酒,也不吃鱼,只吃了一点肉。公输般独自喝着酒,看见客人不大动刀匕,过意不去,只好劝他吃辣椒:

"请呀请呀!"他指着辣椒酱和大饼,恳切的说,"你尝尝,这还不坏。大葱可不及我们那里的肥……"

公输般喝过几杯酒,更加高兴了起来。

"我舟战有钩拒,你的义也有钩拒么?"他问道。

"我这义的钩拒,比你那舟战的钩拒好。"墨子坚决的回答说。"我用爱来钩,用恭来拒。不用爱钩,是不相亲的,不用恭拒,是要油滑的,不相亲而又油滑,马上就离散。所以互相爱,互相恭,就等于互相利。现在你用钩去钩人,人也用钩来钩你,你用拒去拒人,人也用拒来拒你,互相钩,互相拒,也就等于互相害了。所以我这义的钩拒,比你那舟战的钩拒好。"[22]

"但是，老乡，你一行义，可真几乎把我的饭碗敲碎了！"公输般碰了一个钉子之后，改口说，但也大约很有了一些酒意：他其实是不会喝酒的。

"但也比敲碎宋国的所有饭碗好。"

"可是我以后只好做玩具了。老乡，你等一等，我请你看一点玩意儿。"

他说着就跳起来，跑进后房去，好像是在翻箱子。不一会，又出来了，手里拿着一只木头和竹片做成的喜鹊，交给墨子，口里说道：

"只要一开，可以飞三天。这倒还可以说是极巧的。"

"可是还不及木匠的做车轮，"墨子看了一看，就放在席子上，说。"他削三寸的木头，就可以载重五十石。有利于人的，就是巧，就是好，不利于人的，就是拙，也就是坏的。"[23]

"哦，我忘记了，"公输般又碰了一个钉子，这才醒过来。"早该知道这正是你的话。"

"所以你还是一味的行义，"墨子看着他的眼睛，诚恳的说，"不但巧，连天下也是你的了。真是打扰了你大半天。我们明年再见罢。"

墨子说着，便取了小包裹，向主人告辞；公输般知道他是留不住的，只得放他走。送他出了大门之后，回进屋里来，想了一想，便将云梯的模型和木鹊都塞在后房的箱子里。

墨子在归途上，是走得较慢了，一则力乏，二则脚痛，三则干粮已经吃完，难免觉得肚子饿，四则事情已经办妥，不像来时的匆忙。然而比来时更晦气：一进宋国界，就被搜检了两回；走近都城，又遇到募捐救国队[24]，募去了破包袱；到得南关外，又遭着大雨，到城门下想避避雨，被两个执戈的巡兵赶开了，淋得一身湿，从此鼻子塞了十多天。

一九三四年八月作。

注释：

〔1〕 子夏（前507—?） 姓卜名商，春秋时卫国人，孔丘的弟子。

〔2〕 公孙高 古书中无可查考，当是作者虚拟的人名。

〔3〕 墨子（约前468—前376） 名翟，春秋战国时期鲁国人，曾为宋国大夫，我国古

代思想家,墨家学派的创始者。他主张"兼爱",反对战争,具有"摩顶放踵,利天下,为之"(孟子语)的精神。他的流传至今的著作《墨子》共五十三篇,其中大半是他的弟子所记述的。《非攻》这篇小说即主要取材于《墨子·公输》,原文如下:"公输盘为楚造云梯之械,成,将以攻宋。子墨子闻之,起于齐(按,齐应作鲁),行十日十夜而至于郢。见公输盘,公输盘曰:'夫子何命焉为?'子墨子曰:'北方有侮臣,愿借子杀之。'公输盘不说(悦)。子墨子曰:'请献十金。'公输盘曰:'吾义固不杀人。'子墨子起,再拜曰:'请说之。吾从北方,闻子为梯,将以攻宋,宋何罪之有?荆国(按,即楚国)有余于地,而不足于民,杀所不足,而争所有余,不可谓智;宋无罪而攻之,不可谓仁;知而不争,不可谓忠;争而不得,不可谓强;义不杀少而杀众,不可谓知类。'公输盘服。子墨子曰:'然乎,不已乎?'公输盘曰:'不可,吾既已言之王矣。'子墨子曰:'胡不见我于王?'公输盘曰:'诺。'子墨子见王,曰:'今有人于此,舍其文轩,邻有敝舆而欲窃之;舍其锦绣,邻有短褐而欲窃之;舍其粱肉,邻有糠糟而欲窃之;此为何若人?'王曰:'必为窃疾矣。'子墨子曰:'荆之地,方五千里,宋之地,方五百里,此犹文轩之与敝舆也;荆有云梦,犀、兕、麋、鹿满之,江汉之鱼、鳖、鼋、鼍,为天下富,宋所为无雉、兔、狐狸(按,狐狸应作鲋鱼)者也,此犹粱肉之与糠糟也;荆有长松、文梓、梗楠、豫章,宋无长木,此犹锦绣之与短褐也。臣以三事之攻宋也,为与此同类。臣见大王之必伤义而不得。'王曰:'善哉!虽然,公输盘为我为云梯,必取宋。'于是见公输盘。子墨子解带为城,以牒为械,公输盘九设攻城之机变,子墨子九距之,公输盘之攻械尽,子墨子之守圉有余。公输盘诎,而曰:'吾知所以距子矣,吾不言。'子墨子亦曰:'吾知子之所以距我,吾不言。'楚王问其故。子墨子曰:'公输子之意,不过欲杀臣;杀臣,宋莫能守,可攻也。然臣之弟子禽滑釐等三百人,已持臣守圉之器,在宋城上,而待楚寇矣。虽杀臣,不能绝也。'楚王曰:'善哉!吾请无攻宋矣。'子墨子归,过宋,天雨,庇其闾中,守闾者不内(纳)也。"按,原文"臣以三事之攻宋也","三事"两字,前人解释不一,《战国策·宋策》作"臣以王吏之攻宋",较为明白易解。在小说中作者写作"王吏",当系根据《战国策》。又,《公输》叙墨翟只守不攻;《吕氏春秋·慎大览》高诱注则说:"公输般九攻之,墨子九却之;又令公输般守备,墨子九下之。"小说中写墨翟与公输般迭为攻守,大概根据高注。

〔4〕 席子 我国古人席地而坐,这里是指铺在地上的座席。按,墨翟主张节用,反对奢侈。在《墨子》一书的《辞过》《节用》等篇中,都详载着他对于宫室、衣服、饮食、舟车等项的节约的意见。

〔5〕 墨翟和子夏之徒的对话,见《墨子·耕柱》:"子夏之徒问于子墨子曰:'君子有斗乎?'子墨子曰:'君子无斗。'子夏之徒曰:'狗豨犹有斗,恶有士而无斗矣!'子墨子曰:'伤矣哉!言则称于汤、文,行则譬于狗豨,伤矣哉!'"

〔6〕 阿廉 作者虚拟的人名。在《墨子·贵义》中有如下的一段记载:"子墨子仕人于卫,所仕者至而反。子墨子曰:'何故反?'对曰:'与我言而不当。曰待女(汝)以千盆;授

我五百盆,故去之也。'子墨子曰:'授子过千盆,则子去之乎?'对曰:'不去。'子墨子曰:'然则非为其不审也,为其寡也。'"

〔7〕 耕柱子和下文的曹公子、管黔敖、禽滑釐,都是墨翟的弟子。分见《墨子》中的《耕柱》《鲁问》《公输》等篇。

〔8〕 兼爱无父 这是儒家孟轲攻击墨家的话,见《孟子·滕文公》:"杨氏(杨朱)为我,是无君也;墨氏兼爱,是无父也。无父无君,是禽兽也。"

〔9〕 公输般(前507—前444) 般或作班,《墨子》中作盘,春秋时鲁国人。曾发明创造若干奇巧的器械,古书中多称他为"巧人"。

〔10〕 钩拒 或作"钩强",参看本文注〔22〕。

〔11〕 关于墨翟赶路的情况,《战国策·宋策》有如下记载:"公输般为楚设机,将以攻宋。墨子闻之,百舍重茧,往见公输般。"又《淮南子·修务训》也说:"昔者楚欲攻宋,墨子闻而悼之,自鲁趋而往,十日十夜,足重茧而不休息,裂衣裳裹足,至于郢。"

〔12〕 都城 指宋国的国都商丘(今属河南省)。

〔13〕 这里曹公子的演说,作者寓有讽刺当时国民党政府的意思。1931年日本帝国主义侵占我国东北后,国民党政府采取不抵抗主义,而表面上却故意发一些慷慨激昂的空论。

〔14〕 连弩 指利用机械力量一发多矢的连弩车。见《墨子·备高临》。

〔15〕 郢 楚国的都城,在今湖北江陵县境。

〔16〕 赛湘灵 作者根据传说中湘水的女神湘灵而虚拟的人名。传说湘灵善鼓瑟,如《楚辞·远游》中说:"使湘灵鼓瑟兮,令海若舞冯夷。"《下里巴人》,楚国一种歌曲的名称。《文选》宋玉《对楚王问》中说:"客有歌于郢中者,其始曰'下里巴人',国中属而和者数千人。"

〔17〕 告帮 在旧社会,向有关系的人乞求钱物帮助,叫告帮。

〔18〕 关于墨翟坐不住的事,在《文子·自然》和《淮南子·修务训》中都有"墨子无暖席"的话,意思是说座席还没有温暖,他又要上路了(《文子》旧传为老聃弟子所作)。

〔19〕 关于墨翟献书给楚王的事,清代孙诒让《墨子间诂·贵义》引唐代余知古《渚宫旧事》说:"墨子至郢,献书惠王,王受而读之,曰:'良书也。'"据《渚宫旧事》所载,此事系在墨翟止楚攻宋之后(参看孙诒让《墨子传略》)。

〔20〕 墨翟与公输般关于行义的对话,见《墨子·贵义》:"子墨子南游于楚,见楚献惠王,献惠王以老辞,使穆贺见子墨子。子墨子说穆贺,穆贺大说(悦),谓子墨子曰:'子之言则成(诚)善矣,而君王天下之大王也,毋乃曰贱人之所为而不用乎?'子墨子曰:'唯其可行。譬若药然,草之本,天子食之,以顺其疾。岂曰一草之本而不食哉?今农夫入其税于大人,大人为酒醴粢盛,以祭上帝鬼神。岂曰贱人之所为而不享哉?'"小说采取墨翟答穆贺这几句话的意思,改为与公输般的对话。

〔21〕 关于送你天下的对话,见《墨子·鲁问》:"公输子谓子墨子曰:'吾未得见之时,我欲得宋;自我得见之后,予我宋而不义,我不为。'子墨子曰:'翟之未得见之时也,子欲得宋;自翟得见子之后,予子宋而不义,子弗为,是我予子宋也。子务为义,翟又将予子天下!'"

〔22〕 公输般与墨翟关于钩拒的对话,见《墨子·鲁问》:"公输子自鲁南游楚,焉(于是)始为舟战之器,作为钩强之备:退者钩之,进者强之,量其钩强之长,而制为之兵。楚之兵节,越之兵不节,楚人因此若势,亟败越人。公输子善其巧,以语子墨子曰:'我舟战有钩强,不知子之义亦有钩强乎?'子墨子曰:'我义之钩强,贤于子舟战之钩强。我钩强:我钩之以爱,揣之以恭。弗钩以爱则不亲,弗揣以恭则速狎,狎而不亲则速离。故交相爱,交相恭,犹若相利也。今子钩而止人,人亦钩而止子;子强而距人,人亦强而距子。交相钩,交相强,犹若相害也。故我义之钩强,贤子舟战之钩强。'"据孙诒让《墨子间诂》,"钩强"应作"钩拒","揣"也应作"拒"。钩拒是武器,用"钩"可以钩住敌人后退的船只;用"拒"可以挡住敌人前进的船只。

〔23〕 关于木鹊,见《墨子·鲁问》:"公输子削竹木以为鹊,成而飞之,三日不下。公输子自以为至巧。子墨子谓公输子曰:'子之为鹊也,不如匠之为车辖,须臾刘(斲)三寸之木,而任五十石之重。故所为功,利于人谓之巧,不利于人谓之拙。'"

〔24〕 募捐救国队 影射当时国民党政府对日本帝国主义的侵略抵抗不力,却用"救国"的名义,策动各地它所控制的所谓"民众团体"强行募捐,搜括民财。

起　死

【题记】本文收入《故事新编》前未在报刊上发表过。主要取材《庄子》"至乐篇",其中写庄子在梦中和髑髅对话,宣扬"不知悦生,不知恶死"的"外死生"论。《起死》则把髑髅与鬼魂分开,鬼魂讲的还是"至乐篇"中那些关于死的轻快的话,而髑髅则是五百年前冤死的乡下人,直到庄子请司命官把他起死回生之后,才有了知觉。可是这个乡下汉子"起死"之后,第一件事就是围绕"衣服"问题和庄子展开"是与非"的辩论,弄得庄子颇为狼狈,其故弄玄虚的"是非论"也出丑了。《起死》是用荒诞的形式"重写"传统文化中惯常信服甚至崇拜的观念,虽不无偏激,但也的确展示了另一种眼光。阅读时要体察这种荒诞背后的批判性思考。而小说采用独幕剧形式,也别开生面,其戏剧效果令人捧腹。

（一大片荒地。处处有些土冈,最高的不过六七尺。没有树木。遍地都是杂乱的蓬草;草间有一条人马踏成的路径。离路不远,有一个水溜。远处望见房屋。）

庄子[1]——（黑瘦面皮,花白的络腮胡子,道冠[2],布袍,拿着马鞭,上。）出门没有水喝,一下子就觉得口渴。口渴可不是玩意儿呀,真不如化为蝴蝶。可是这里也没有花儿呀,……哦！海子[3]在这里了,运气,运气！（他跑到水溜旁边,拨开浮萍,用手掬起水来,喝了十几口。）唔,好了。慢慢的上路。（走着,向四处看,）阿呀！一个髑髅。这是怎的？（用马鞭在蓬草间拨了一拨,敲着,说：）

您是贪生怕死,倒行逆施,成了这样的呢？（橐橐。）还是失掉地盘,吃着板刀,成了这样的呢？（橐橐。）还是闹得一榻胡涂,对不起父母妻子,成了这样的呢？（橐橐。）您不知道自杀是弱者的行为[4]吗？（橐橐橐！）还是您没有饭吃,没有衣穿,成了这样的呢?(橐橐。)还是年纪老了,活该死掉,成了这样的呢?(橐橐。)还是……唉,这倒是我胡涂,好像在做戏了。那里会回答。好在离楚国已经不远,用不着忙,还是请司命大神[5]复他的形,生他的肉,和他谈谈闲天,再给他重回家乡,骨肉团聚罢。(放下马鞭,朝着东方,拱两手向天,提高了喉咙,大叫起来:)

至心朝礼[6],司命大天尊!……

(一阵阴风,许多蓬头的,秃头的,瘦的,胖的,男的,女的,老的,少的鬼魂出现。)

鬼魂——庄周,你这胡涂虫!花白了胡子,还是想不通。死了没有四季,也没有主人公。天地就是春秋,做皇帝也没有这么轻松。还是莫管闲事罢,快到楚国去干你自家的运动。……

庄子——你们才是胡涂鬼,死了也还是想不通。要知道活就是死,死就是活呀,奴才也就是主人公。我是达性命之源的,可不受你们小鬼的运动。

鬼魂——那么,就给你当场出丑……

庄子——楚王的圣旨在我头上,更不怕你们小鬼的起哄!(又拱两手向天,提高了喉咙,大叫起来:)

至心朝礼,司命大天尊!

天地玄黄,宇宙洪荒。日月盈昃,辰宿列张。

赵钱孙李,周吴郑王。冯秦褚卫,姜沈韩杨。[7]

太上老君急急如律令!敕!敕!敕![8]

(一阵清风,司命大神道冠布袍,黑瘦面皮,花白的络腮胡子,手执马鞭,在东方的朦胧中出现。鬼魂全都隐去。)

司命——庄周,你找我,又要闹什么玩意儿了?喝够了水,不安分起来了吗?

庄子——臣是见楚王去的,路经此地,看见一个空髑髅,却还存着头样子。该有父母妻子的罢,死在这里了,真是呜呼哀哉,可怜得很。所以恳请大神复他的形,还他的肉,给他活转来,好回家乡去。

司命——哈哈!这也不是真心话,你是肚子还没饱就找闲事做。认真不像认真,玩耍又不像玩耍。还是走你的路罢,不要和我来打岔。要知道"死生有命"[9],我也碍难随便安排。

庄子——大神错矣。其实那里有什么死生。我庄周曾经做梦变了蝴蝶[10],是一只飘飘荡荡的蝴蝶,醒来成了庄周,是一个忙忙碌碌的庄周。究竟是庄周做梦变了蝴蝶呢,还是蝴蝶做梦变了庄周呢,可是到现在还没有弄明白。这样看来,又安知道这髑髅不是现在正活着,所谓活了转来之后,倒是死掉了呢? 请大神随随便便,通融一点罢。做人要圆滑,做神也不必迂腐的。

司命——(微笑,)你也还是能说不能行,是人而非神……那么,也好,给你试试罢。

　　(司命用马鞭向蓬中一指。同时消失了。所指的地方,发出一道火光,跳起一个汉子来。)

汉子——(大约三十岁左右,体格高大,紫色脸,像是乡下人,全身赤条条的一丝不挂。用拳头揉了一通眼睛之后,定一定神,看见了庄子,)唅?

庄子——唅? (微笑着走近去,看定他,)你是怎么的?

汉子——唉唉,睡着了。你是怎么的? (向两边看,叫了起来,)阿呀,我的包裹和伞子呢? (向自己的身上看,)阿呀呀,我的衣服呢? (蹲了下去。)

庄子——你静一静,不要着慌罢。你是刚刚活过来的。你的东西,我看是早已烂掉,或者给人拾去了。

汉子——你说什么?

庄子——我且问你:你姓甚名谁,那里人?

汉子——我是杨家庄的杨大呀。学名叫必恭。

庄子——那么,你到这里是来干什么的呢?

汉子——探亲去的呀,不提防在这里睡着了。(着急起来,)我的衣服呢? 我的包裹和伞子呢?

庄子——你静一静,不要着慌罢——我且问你:你是什么时候的人?

汉子——(诧异,)什么? ……什么叫作"什么时候的人"? ……我的衣服呢? ……

庄子——啧啧,你这人真是胡涂得要死的角儿——专管自己的衣服,真是一个澈底的利己主义者。你这"人"尚且没有弄明白,那里谈得到你的衣服呢? 所以我首先要问你:你是什么时候的人? 唉唉,你不懂。……那么,(想了一想,)我且问你:你先前活着的时候,村子里出了什么故事?

汉子——故事吗? 有的。昨天,阿二嫂就和七太婆吵嘴。

庄子——还欠大!

汉子——还欠大?……那么,杨小三旌表了孝子……

庄子——旌表了孝子,确也是一件大事情……不过还是很难查考……(想了一想,)再没有什么更大的事情,使大家因此闹了起来的了吗?

汉子——闹了起来?……(想着,)哦,有有!那还是三四个月前头,因为孩子们的魂灵,要摄去垫鹿台脚了[11],真吓得大家鸡飞狗走,赶忙做起符袋来,给孩子们带上……

庄子——(出惊,)鹿台?什么时候的鹿台?

汉子——就是三四个月前头动工的鹿台。

庄子——那么,你是纣王的时候死的?这真了不得,你已经死了五百多年了。

汉子——(有点发怒,)先生,我和你还是初会,不要开玩笑罢。我不过在这儿睡了一忽,什么死了五百多年。我是有正经事,探亲去的。快还我的衣服,包裹和伞子。我没有陪你玩笑的工夫。

庄子——慢慢的,慢慢的,且让我来研究一下。你是怎么睡着的呀?

汉子——怎么睡着的吗?(想着,)我早上走到这地方,好像头顶上轰的一声,眼前一黑,就睡着了。

庄子——疼吗?

汉子——好像没有疼。

庄子——哦……(想了一想,)哦……我明白了。一定是你在商朝的纣王的时候,独个儿走到这地方,却遇着了断路强盗,从背后给你一闷棍,把你打死,什么都抢走了。现在我们是周朝,已经隔了五百多年,还那里去寻衣服。你懂了没有?

汉子——(瞪了眼睛,看着庄子,)我一点也不懂。先生,你还是不要胡闹,还我衣服,包裹和伞子罢。我是有正经事,探亲去的,没有陪你玩笑的工夫!

庄子——你这人真是不明道理……

汉子——谁不明道理?我不见了东西,当场捉住了你,不问你要,问谁要?(站起来。)

庄子——(着急,)你再听我讲:你原是一个髑髅,是我看得可怜,请司命大神给你活转来的。你想想看:你死了这许多年,那里还有衣服呢!我现在并不要你的谢礼,你且坐下,和我讲讲纣王那时候……

汉子——胡说!这话,就是三岁小孩子也不会相信的。我可是三十三岁了!(走开来,)你……

庄子——我可真有这本领。你该知道漆园的庄周的罢。

汉子——我不知道。就是你真有这本领,又值什么鸟?你把我弄得精赤条条的,活转来又有什么用?叫我怎么去探亲?包裹也没有了……(有些要哭,跑开来拉住了庄子的袖子,)我不相信你的胡说。这里只有你,我当然问你要!我扭你见保甲[12]去!

庄子——慢慢的,慢慢的,我的衣服旧了,很脆,拉不得。你且听我几句话:你先不要专想衣服罢,衣服是可有可无的,也许是有衣服对,也许是没有衣服对。鸟有羽,兽有毛,然而王瓜茄子赤条条。此所谓"彼亦一是非,此亦一是非",你固然不能说没有衣服对,然而你又怎么能说有衣服对呢?……

汉子——(发怒,)放你妈的屁!不还我的东西,我先揍死你!(一手捏了拳头,举起来,一手去揪庄子。)

庄子——(窘急,招架着,)你敢动粗!放手!要不然,我就请司命大神来还你一个死!

汉子——(冷笑着退开,)好,你还我一个死罢。要不然,我就要你还我的衣服,伞子和包裹,里面是五十二个圜钱[13],斤半白糖,二斤南枣……

庄子——(严正地,)你不反悔?

汉子——小舅子才反悔!

庄子——(决绝地,)那就是了。既然这么胡涂,还是送你还原罢。(转脸朝着东方,拱两手向天,提高了喉咙,大叫起来:)

至心朝礼,司命大天尊!

天地玄黄,宇宙洪荒。日月盈昃,辰宿列张。

赵钱孙李,周吴郑王。冯秦褚卫,姜沈韩杨。

太上老君急急如律令!敕!敕!敕!

（毫无影响,好一会。）

天地玄黄!

太上老君!救!救!救!……救!

　　(毫无影响,好一会。)

　　(庄子向周围四顾,慢慢的垂下手来。)

汉子——死了没有呀?

庄子——(颓唐地,)不知怎的,这回可不灵……

汉子——(扑上前,)那么,不要再胡说了。赔我的衣服!

庄子——(退后,)你敢动手?这不懂哲理的野蛮!

汉子——(揪住他,)你这贼骨头!你这强盗军师!我先剥你的道袍,拿你的马,赔我……

　　(庄子一面支撑着,一面赶紧从道袍的袖子里摸出警笛来,狂吹了三声。汉子愕然,放慢了动作。不多久,从远处跑来一个巡士。)

巡士——(且跑且喊,)带住他!不要放!(他跑近来,是一个鲁国大汉,身材高大,制服制帽,手执警棍,面赤无须。)带住他!这舅子!……

汉子——(又揪紧了庄子,)带住他!这舅子!……

　　(巡士跑到,抓住庄子的衣领,一手举起警棍来。汉子放手,微弯了身子,两手掩着小肚。)

庄子——(托住警棍,歪着头,)这算什么?

巡士——这算什么?哼!你自己还不明白?

庄子——(愤怒,)怎么叫了你来,你倒来抓我?

巡士——什么?

庄子——我吹了警笛……

巡士——你抢了人家的衣服,还自己吹警笛,这昏蛋!

庄子——我是过路的,见他死在这里,救了他,他倒缠住我,说我拿了他的东西了。你看看我的样子,可是抢人东西的?

巡士——(收回警棍,)"知人知面不知心",谁知道。到局里去罢。

庄子——那可不成。我得赶路,见楚王去。

巡士——(吃惊,松手,细看了庄子的脸,)那么,您是漆……

庄子——(高兴起来,)不错!我正是漆园吏庄周。您怎么知道的?

巡士——咱们的局长这几天就常常提起您老,说您老要上楚国发财去了,也许从这里经过的。敝局长也是一位隐士,带便兼办一点差使,很爱读您老的文章,读《齐物论》,什么"方生方死,方死方生,方可方不可,方不可方可",真写得有劲,真是上流的文章[14],真好!您老还是到敝局里去歇歇罢。

  (汉子吃惊,退进蓬草丛中,蹲下去。)

庄子——今天已经不早,我要赶路,不能耽搁了。还是回来的时候,再去拜访贵局长罢。

  (庄子且说且走,爬在马上,正想加鞭,那汉子突然跳出草丛,跑上去拉住了马嚼子。巡士也追上去,拉住汉子的臂膊。)

庄子——你还缠什么?

汉子——你走了,我什么也没有,叫我怎么办?(看着巡士,)您瞧,巡士先生……

巡士——(搔着耳朵背后,)这模样,可真难办……但是,先生……我看起来,(看着庄子,)还是您老富裕一点,赏他一件衣服,给他遮遮羞……

庄子——那自然可以的,衣服本来并非我有。不过我这回要去见楚王,不穿袍子,不行,脱了小衫,光穿一件袍子,也不行……

巡士——对啦,这实在少不得。(向汉子,)放手!

汉子——我要去探亲……

巡士——胡说!再麻烦,看我带你到局里去!(举起警棍,)滚开!

  (汉子退走,巡士追着,一直到乱蓬里。)

庄子——再见再见。

巡士——再见再见。您老走好哪!

  (庄子在马上打了一鞭,走动了。巡士反背着手,看他渐跑渐远,没入尘头中,这才慢慢的回转身,向原来的路上踱去。)

  (汉子突然从草丛中跳出来,拉住巡士的衣角。)

巡士——干吗?

汉子——我怎么办呢?

巡士——这我怎么知道。

汉子——我要去探亲……

巡士——你探去就是了。

汉子——我没有衣服呀。

巡士——没有衣服就不能探亲吗?

汉子——你放走了他。现在你又想溜走了,我只好找你想法子。不问你,问谁呢?你瞧,这叫我怎么活下去!

巡士——可是我告诉你:自杀是弱者的行为呀!

汉子——那么,你给我想法子!

巡士——(摆脱着衣角,)我没有法子想!

汉子——(绰住巡士的袖子,)那么,你带我到局里去!

巡士——(摆脱着袖子,)这怎么成。赤条条的,街上怎么走。放手!

汉子——那么,你借我一条裤子!

巡士——我只有这一条裤子,借给了你,自己不成样子了。(竭力的摆脱着,)不要胡闹!放手!

汉子——(揪住巡士的颈子,)我一定要跟你去!

巡士——(窘急,)不成!

汉子——那么,我不放你走!

巡士——你要怎么样呢?

汉子——我要你带我到局里去!

巡士——这真是……带你去做什么用呢?不要捣乱了。放手!要不然……(竭力的挣扎。)

汉子——(揪得更紧,)要不然,我不能探亲,也不能做人了。二斤南枣,斤半白糖……你放走了他,我和你拚命……

巡士——(挣扎着,)不要捣乱了!放手!要不然……要不然……(说着,一面摸出警笛,狂吹起来。)

一九三五年十二月作。

注释:

〔1〕 庄子(约前369—前286) 名周,战国时宋国人,曾为漆园吏,我国古代思想家,道家思想的代表人物。他的著作流传至今的有《庄子》三十三篇;本文的材料主要即采自《庄子·至乐》中的一个寓言:"庄子之楚,见空髑髅,髐然有形,撽以马捶,因而问之曰:'夫子贪生失理,而为此乎?将子有亡国之事,斧钺之诛,而为此乎?将子有不善之行,愧遗父

母妻子之丑,而为此乎?将子有冻馁之患,而为此乎?将子之春秋,故及此乎?'于是语卒,援髑髅枕而卧。夜半,髑髅见梦曰:'子之谈者似辩士,视子所言,皆生人之累也,死则无此矣。子欲闻死之说乎?'庄子曰:'然。'髑髅曰:'死,无君于上,无臣于下,亦无四时之事,从然以天地为春秋,虽南面王,乐不能过也。'庄子不信,曰:'吾使司命,复生子形,为子骨肉肌肤,反子父母妻子,闾里知识,子欲之乎?'髑髅深矉蹙頞曰:'吾安能弃南面王乐,而复为人间之劳乎?'"

〔2〕 道冠　道士帽。按,以老庄为代表的道家学派并非宗教,庄周亦并非道士。由于道家思想对后来的道教有相当影响,道教遂奉老聃为教祖,尊称他为"太上老君"。这里也把庄子写作道士装束。

〔3〕 海子　即湖泊,蒙古语"淖尔"的意译;《新元史·河渠志》:"淖尔,译言海子也。"按,从元代以后"海子"也成为北京的口语。

〔4〕 自杀是弱者的行为　当时社会上曾陆续发生一些人因不堪封建礼教的压迫而自杀的事件,一些文人不加分析地说这种自杀是"弱者的行为"。作者在这里顺笔给予讽刺。参看《花边文学·论秦理斋夫人事》及下卷《论"人言可畏"》。

〔5〕 司命大神　司命,我国古书中记载的星名。旧时认为司命主管人的生死寿命。

〔6〕 至心朝礼　道教经书中的常用语。意思是诚心诚意地礼拜。

〔7〕 "天地玄黄"至"辰宿列张",是《千字文》的开首四句。"赵钱孙李"至"姜沈韩杨",是《百家姓》的开首四句(按,后二句原作"冯陈褚卫,蒋沈韩杨")。这里是作者随意取用,并非一般道士所念的真的咒语。

〔8〕 急急如律令　意思是如法律命令,必须迅速执行。如律令,原为汉代公文常用语;道士仿效,用于符咒的末尾。敕,旧时上对下的命令词。

〔9〕 "死生有命"　孔子弟子子夏的话,见《论语·颜渊》:"死生有命,富贵在天"。

〔10〕 庄周曾经做梦变了蝴蝶　见《庄子·齐物论》:"昔者庄周梦为胡蝶,栩栩然胡蝶也。自喻适志与,不知周也。俄然觉,则蘧蘧然周也。不知周之梦为胡蝶与,胡蝶之梦为周与?"下文"彼亦一是非,此亦一是非",也见《齐物论》:"是亦彼也,彼亦是也。彼亦一是非,此亦一是非。"

〔11〕 垫鹿台脚　旧时迷信传说,大建筑物要摄取孩子们的魂灵奠基,才能建成。鹿台,是商纣的仓库,用于贮藏珠玉钱帛,故址在今河南汤阴朝歌镇南。《史记·殷本纪》:"帝纣……厚赋税以实鹿台之钱,而盈钜桥之粟。"

〔12〕 保甲　指保甲长。保甲制始于宋代。国民党政府为加强对民众的控制,也在各地基层实行保甲制度。根据1931年7月在南昌行营颁布的《保甲条列》,1932年8月在河南、湖北、安徽颁布的《各县编查保甲户口条列》规定,以十户为一甲,设甲长,十甲为一保,设保长,各户实行互相监视的连坐法。1934年11月起在全国施行。

〔13〕 圜钱　周代钱币。《汉书·食货志》："太公为周立九府圜法……钱圜函方,轻重以铢。"

〔14〕 上流的文章　林语堂在《宇宙风》第六期(1935年12月)发表的《烟屑》一文中说:"吾好读极上流书或极下流书,……上流如佛老孔孟庄生,下流如小调童谣民歌盲词。"

散文

鲁迅的散文主要集于《朝花夕拾》，后来还想再写一本类似《朝花夕拾》的集子，未能完成，但很多散文散落在其他文集中。这里选了《朝花夕拾》中的八篇，以及其他八篇。《朝花夕拾》的写作是为了满足"思乡的蛊惑"。而能让我们看到的，是鲁迅作为"战士"除了批判性、叛逆性之外，还有质朴真诚的挚爱之心，甚至还保留有童心。阅读《朝花夕拾》要有更多的兴趣与感情的投入，就当作是和"人间鲁迅"的闲散对话、聊天好了。这样就更能读出作品的原味，体验那种人间味，那种特别的散文诗的艺术之美。

读《朝花夕拾》以及鲁迅其他一些散文，要注重欣赏其幽默的艺术，那是一种语言风格，更是自信的、智慧的力量，是鲁迅的特殊气质的表现。鲁迅的散文是雍容大气的，"任意而说，无所顾忌"。鲁迅也说过，写文章要放开，但是要有一条中线，就像骑马一样，让它跑没关系，但是要拽着那条绳子。

鲁迅散文另一个特点是简单味。往往用三笔两笔抓住特征，就把一个人的神态，或者一种社会心态勾勒出来了。

鲁迅散文有时带有很浓烈的抒情意味。那是个性化的抒情，表达的是个人特有的感觉。如果和中国古代的文章比较一下，鲁迅这种用白话文写的文章，是很新鲜，前所未有的。古人的文章写家国情怀，写大事比较多，鲁迅的文章更多地写的是个人感受，通过个人感受来表达一个时代的变迁。

阿长与《山海经》

【题记】此篇最初发表于1926年3月25日《莽原》半月刊第一卷第六期,后收入《朝花夕拾》。鲁迅的回忆中是以幼小孩童的心理视角去观察他的保姆长妈妈的,对她有些讨厌,又有过"敬意",都是一些琐事,但对孩子来说可能是终生难忘的。长妈妈性格描写逼真,往往寥寥几笔,其情态便跃然纸上。文字是温暖的,情感是细腻和柔软的。在这位极平凡的保姆身上,能感觉到伟大的母爱和人性的光辉。吸引人的还有清末绍兴地区的风土习俗和人情世态,这些记录会激起我们对百多年前社会生活丰富的想象。这篇散文所写的鲁迅的童年趣事,也会勾起我们对自己童年生活的回忆,文中那些喜剧性和幽默感也都是能引起共鸣的。

长妈妈[1],已经说过,是一个一向带领着我的女工,说得阔气一点,就是我的保姆。我的母亲和许多别的人都这样称呼她,似乎略带些客气的意思。只有祖母叫她阿长。我平时叫她"阿妈",连"长"字也不带;但到憎恶她的时候,——例如知道了谋死我那隐鼠[2]的却是她的时候,就叫她阿长。

我们那里没有姓长的;她生得黄胖而矮,"长"也不是形容词。又不是她的名字,记得她自己说过,她的名字是叫作什么姑娘的。什么姑娘,我现在已经忘却了,总之不是长姑娘;也终于不知道她姓什么。记得她也曾告诉过我这个名称的来历:先前的先前,我家有一个女工,身材生得很高大,这就是真阿长。后来她回去了,我那什么姑娘才来补她的缺,然而大家因为叫惯了,没有再改口,于是她从此也就成为长妈妈了。

虽然背地里说人长短不是好事情,但倘使要我说句真心话,我可只得说:我实在不大佩服她。最讨厌的是常喜欢切切察察,向人们低声絮说些什么事,还竖起第二个手指,在空中上下摇动,或者点着对手或自己的鼻尖。

我的家里一有些小风波,不知怎的我总疑心和这"切切察察"有些关系。又不许我走动,拔一株草,翻一块石头,就说我顽皮,要告诉我的母亲去了。一到夏天,睡觉时她又伸开两脚两手,在床中间摆成一个"大"字,挤得我没有余地翻身,久睡在一角的席子上,又已经烤得那么热。推她呢,不动;叫她呢,也不闻。

"长妈妈生得那么胖,一定很怕热罢?晚上的睡相,怕不见得很好罢?……"

母亲听到我多回诉苦之后,曾经这样地问过她。我也知道这意思是要她多给我一些空席。她不开口。但到夜里,我热得醒来的时候,却仍然看见满床摆着一个"大"字,一条臂膊还搁在我的颈子上。我想,这实在是无法可想了。

但是她懂得许多规矩;这些规矩,也大概是我所不耐烦的。一年中最高兴的时节,自然要数除夕了。辞岁之后,从长辈得到压岁钱,红纸包着,放在枕边,只要过一宵,便可以随意使用。睡在枕上,看着红包,想到明天买来的小鼓,刀枪,泥人,糖菩萨……。然而她进来,又将一个福橘[3]放在床头了。

"哥儿,你牢牢记住!"她极其郑重地说。"明天是正月初一,清早一睁开眼睛,第一句话就得对我说:'阿妈,恭喜恭喜!'记得么?你要记着,这是一年的运气的事情。不许说别的话!说过之后,还得吃一点福橘。"她又拿起那橘子来在我的眼前摇了两摇,"那么,一年到头,顺顺流流……。"

梦里也记得元旦的,第二天醒得特别早,一醒,就要坐起来。她却立刻伸出臂膊,一把将我按住。我惊异地看她时,只见她惶急地看着我。

她又有所要求似的,摇着我的肩。我忽而记得了——

"阿妈,恭喜……。"

"恭喜恭喜!大家恭喜!真聪明!恭喜恭喜!"她于是十分喜欢似的,笑将起来,同时将一点冰冷的东西,塞在我的嘴里。我大吃一惊之后,也就忽而记得,这就是所谓福橘,元旦辟头[4]的磨难,总算已经受完,可以下床玩耍去了。

她教给我的道理还很多,例如说人死了,不该说死掉,必须说"老掉了";死了人,生了孩子的屋子里,不应该走进去;饭粒落在地上,必须拣起来,最好是吃下去;晒裤子用的竹竿底下,是万不可钻过去的……。此外,现在大抵忘却了,只有元旦的古怪仪式记得最清楚。总之:都是些烦琐之至,至今想起来还觉得非常麻烦的事情。

然而我有一时也对她发生过空前的敬意。她常常对我讲"长毛"。她之所谓"长毛"者,不但洪秀全军,似乎连后来一切土匪强盗都在内,但除却革命党,因为那时还没有。她说得长毛非常可怕,他们的话就听不懂。她说先前长毛进城的时候,我家全都逃到海边去了,只留一个门房和年老的煮饭老妈子看家。后来长毛果然进门来了,那老妈子便叫他们"大王",——据说对长毛就应该这样叫,——诉说自己的饥饿。长毛笑道:"那么,这东西就给你吃了罢!"将一个圆圆的东西掷了过来,还带着一条小辫子,正是那门房的头。煮饭老妈子从此就骇破了胆,后来一提起,还是立刻面如土色,自己轻轻地拍着胸脯道:"阿呀,骇死我了,骇死我了……。"

我那时似乎倒并不怕,因为我觉得这些事和我毫不相干的,我不是一个门房。但她大概也即觉到了,说道:"像你似的小孩子,长毛也要掳的,掳去做小长毛。还有好看的姑娘,也要掳。"

"那么,你是不要紧的。"我以为她一定最安全了,既不做门房,又不是小孩子,也生得不好看,况且颈子上还有许多灸疮疤。

"那里的话?!"她严肃地说。"我们就没有用么?我们也要被掳去。城外有兵来攻的时候,长毛就叫我们脱下裤子,一排一排地站在城墙上,外面的大炮就放不出来;再要放,就炸了!"

这实在是出于我意想之外的,不能不惊异。我一向只以为她满肚子是麻烦的礼节罢了,却不料她还有这样伟大的神力。从此对于她就有了特别的敬意,似乎实在深不可测;夜间的伸开手脚,占领全床,那当然是情有可原的了,倒应该我退让。

这种敬意,虽然也逐渐淡薄起来,但完全消失,大概是在知道她谋害了我的隐鼠之后。那时就极严重地诘问,而且当面叫她阿长。我想我又不真做小长毛,不去攻城,也不放炮,更不怕炮炸,我惧惮她什么呢!

但当我哀悼隐鼠,给它复仇的时候,一面又在渴慕着绘图的《山海经》[5]了。这渴慕是从一个远房的叔祖[6]惹起来的。他是一个胖胖的,和蔼的老人,爱种一点花木,如珠兰,茉莉之类,还有极其少见的,据说从北边带回去的马缨花。他的太太却正相反,什么也莫名其妙,曾将晒衣服的竹竿搁在珠兰的枝条上,枝折了,还要愤愤地咒骂道:"死尸!"这老人是个寂寞者,因为无人可谈,就很爱和孩子们往来,有时简直称我们为"小友"。在我们聚族而居的宅子里,只有他书多,而且特别。制艺和试帖诗[7],自然也是有的;但我却只在他的书斋里,看见过陆玑的《毛诗草木鸟兽虫鱼疏》[8],还有许多名目很生的书籍。我那时最爱看的是《花镜》[9],上面有许多图。他说给我听,曾经有过一部绘图的《山海经》,画着人面的兽,九头的蛇,三脚的鸟,生着翅膀的人,没有头而以两乳当作眼睛的怪物,……可惜现在不知道放在那里了。

我很愿意看看这样的图画,但不好意思力逼他去寻找,他是很疏懒的。问别人呢,谁也不肯真实地回答我。压岁钱还有几百文,买罢,又没有好机会。有书买的大街离我家远得很,我一年中只能在正月间去玩一趟,那时候,两家书店都紧紧地关着门。

玩的时候倒是没有什么的,但一坐下,我就记得绘图的《山海经》。

大概是太过于念念不忘了,连阿长也来问《山海经》是怎么一回事。这是我向来没有和她说过的,我知道她并非学者,说了也无益;但既然来问,也就都对她说了。

过了十多天,或者一个月罢,我还很记得,是她告假回家以后的四五天,她穿着新的蓝布衫回来了,一见面,就将一包书递给我,高兴地说道:

"哥儿,有画儿的'三哼经',我给你买来了!"

我似乎遇着了一个霹雳,全体都震悚起来;赶紧去接过来,打开纸包,是四本小小的书,略略一翻,人面的兽,九头的蛇,……果然都在内。

这又使我发生新的敬意了,别人不肯做,或不能做的事,她却能够做成功。她确有伟大的神力。谋害隐鼠的怨恨,从此完全消灭了。

这四本书,乃是我最初得到,最为心爱的宝书。

书的模样,到现在还在眼前。可是从还在眼前的模样来说,却是一部刻印都十分粗拙的本子。纸张很黄;图像也很坏,甚至于几乎全用直线凑合,连动物的眼睛也都是长方形的。但那是我最为心爱的宝书,看起来,确是人面的兽;九头的蛇;一脚的牛;袋子似的帝江[10];没有头而"以乳为目,以脐为口",还要"执干戚而舞"的刑天[11]。

此后我就更其搜集绘图的书,于是有了石印的《尔雅音图》和《毛诗品物图考》[12],又有了《点石斋丛画》和《诗画舫》[13]。《山海经》也另买了一部石印的,每卷都有图赞,绿色的画,字是红的,比那木刻的精致得多了。这一部直到前年还在,是缩印的郝懿行[14]疏。木刻的却已经记不清是什么时候失掉了。

我的保姆,长妈妈即阿长,辞了这人世,大概也有了三十年了罢。我终于不知道她的姓名,她的经历;仅知道有一个过继的儿子,她大约是青年守寡的孤孀。

仁厚黑暗的地母呵,愿在你怀里永安她的魂灵!

三月十日。

注释:

〔1〕 长妈妈　绍兴东浦大门溇人。生年不详,死于1899年4月,夫家姓余。文末提及她的"过继的儿子",名五九,是一个裁缝。

〔2〕 隐鼠　即鼴鼠,一种体型较小的老鼠。

〔3〕 福橘　福建产的橘子。因带有"福"字,为取吉利,旧时江浙民间有在夏历元旦早晨(年初一)吃"福橘"的习俗。

〔4〕 辟头　即开头。

〔5〕 《山海经》　先秦时期的一部著作,作者和具体的成书时间不详。主要内容记述山川、河流、民族、风物、物产、祭祀、巫医,等等,保存了不少远古时代流传下来的神话传说。

〔6〕 远房的叔祖　指周兆蓝(1844—1898),字玉田,清末秀才。

〔7〕 制艺和试帖诗　都是科举考试规定的公式化诗文。制艺,即摘取"四书""五经"中的文句命题、立论的八股文;试帖诗,大抵取古人诗句或成语命题,冠以"赋得"二字,并限韵脚,一般为五言八韵。这里指当时书坊刊印的八股文和试帖诗的范本。

〔8〕 陆玑　字元格,三国时吴国吴郡(治今苏州)人,曾任太子中庶子。《毛诗草木鸟兽虫鱼疏》,二卷,是解释《毛诗》中动植物名称的书。《毛诗》即《诗经》,相传为西汉初毛亨、毛苌所传,故称《毛诗》。

〔9〕 《花镜》　即《秘传花镜》,清代杭州人陈淏子著。是一部讲述园圃花木的书。康熙二十七年(1688)刊印。全书六卷,内分"花历新栽""课花十八法""花木类考""藤蔓类考""花草类考""养禽鸟、兽畜、鳞介、昆虫法"六门。

〔10〕 帝江　《山海经》中能歌善舞的神鸟。该书《西山经》说:"其状如黄囊,赤如丹

火,六足四翼,浑敦无面目。"

〔11〕 刑天 《山海经》中的神话人物。该书《海外西经》说:"刑天与帝争神,帝断其首,葬之常羊之山;乃以乳为目,以脐为口,操干戚以舞。"干,盾牌;戚,大斧。都是古代兵器。

〔12〕 《尔雅音图》 《尔雅》是我国古代的辞书,作者不详,大概是汉初的著作。《尔雅音图》,是宋人注明字音并加插图的一种《尔雅》版本。清嘉庆六年(1801)曾燠曾翻刻元人影写的宋钞绘图本,清光绪八年(1882)上海同文书局曾据以石印。《毛诗品物图考》,日本人冈元凤所作,共七卷。是把《毛诗》中的动植物等画出图像并加以简单考证的书,1784年(日本天明四年,即清乾隆四十九年)出版。

〔13〕 《点石斋丛画》 尊闻阁主人编,共十卷。是一部汇辑中国画家作品的画谱,其中也收录有日本画家的作品。1885年(清光绪十一年)上海点石斋书局石印。《诗画舫》,画谱名,汇印明代隆庆、万历年间画家的作品,分山水、人物、花鸟、草虫、四友、扇谱六卷。1879年(清光绪五年)上海点石斋书局翻印。

〔14〕 郝懿行(1757—1825) 山东栖霞人,清代经学家。著有《尔雅义疏》《山海经笺疏》及《易说》《春秋说略》等。

《二十四孝图》

【题记】本文最初发表于1926年5月25日《莽原》半月刊第一卷第十期,后收入《朝花夕拾》。《二十四孝图》是元代开始流行的宣传儒家孝道思想的普及读物,有图有文,讲述了传说中二十四位古人如何孝敬父母的故事。孝敬父母是必须的,是一种基本的道德。但在封建社会,往往把这个道德要求极端发挥,变成可以牺牲子女的幸福去无条件服从父母,甚至有很多非常苛刻的毫无人性的做法,并且成为要人们学习的楷模。20世纪20年代,一些复古文人企图剿灭"五四"新文化运动所提倡的白话文,鲁迅要回击,就在这篇散文中用许多笔墨来写自己小时候读《二十四孝图》时的那种困惑与反感。要适当关注文中鲁迅提出的"儿童本位"和健全人格培养的思想,这对现今也不无针对性。

我总要上下四方寻求,得到一种最黑,最黑,最黑的咒文,先来诅咒一切反对白话,妨害白话者。即使人死了真有灵魂,因这最恶的心,应该堕入地狱,也将决不改悔,总要先来诅咒一切反对白话,妨害白话者。

自从所谓"文学革命"[1]以来,供给孩子的书籍,和欧,美,日本的一比较,虽然很可怜,但总算有图有说,只要能读下去,就可以懂得的了。可是一班别有心肠的人们,便竭力来阻遏它,要使孩子的世界中,没有一丝乐趣。北京现在常用"马虎子"这一句话来恐吓孩子们。或者说,那就是《开河记》[2]上所载的,给隋炀帝开河,蒸死小儿的麻叔谋;正确地写起来,须是"麻胡子"。那么,这麻叔谋乃是胡人[3]了。但无论他是甚么人,他的吃小孩究竟也还有限,不过尽他的一生。妨害白话者的流毒却甚于洪水猛兽,非常广大,也非常长久,能使全中国化成一个麻胡,凡有孩子都死在他肚子里。

只要对于白话来加以谋害者,都应该灭亡!

这些话,绅士们自然难免要掩住耳朵的,因为就是所谓"跳到半天空,骂得体无完肤,——还不肯罢休。"[4]而且文士们一定也要骂,以为大悖于"文格",亦即大损于"人格"。岂不是"言者心声也"[5]么?"文"和"人"当然是相关的,虽然人间世本来千奇百怪,教授们中也有"不尊敬"作者的人格而不能"不说他的小说好"[6]的特别种族。但这些我都不管,因为我幸而还没有爬上"象牙之塔"[7]去,正无须怎样小心。倘若无意中竟已撞上了,那就即刻跌下来罢。然而在跌下来的中途,当还未到地之前,还要说一遍:

只要对于白话来加以谋害者,都应该灭亡!

每看见小学生欢天喜地地看着一本粗拙的《儿童世界》[8]之类,另想到别国的儿童用书的精美,自然要觉得中国儿童的可怜。但回忆起我和我的同窗小友的童年,却不能不以为他幸福,给我们的永逝的韶光一个悲哀的吊唁。我们那时有什么可看呢,只要略有图画的本子,就要被塾师,就是当时的"引导青年的前辈"禁止,呵斥,甚而至于打手心。我的小同学因为专读"人之初性本善"[9]读得要枯燥而死了,只好偷偷地翻开第一叶,看那题着"文星高照"四个字的恶鬼一般的魁星[10]像,来满足他幼稚的爱美的天性。昨天看这个,今天也看这个,然而他们的眼睛里还闪出苏醒和欢喜的光辉来。

在书塾以外,禁令可比较的宽了,但这是说自己的事,各人大概不一样。我能在大众面前,冠冕堂皇地阅看的,是《文昌帝君阴骘文图说》[11]和《玉历钞传》[12],都画着冥冥之中赏善罚恶的故事,雷公电母站在云中,牛头马面布满地下,不但"跳到半天空"是触犯天条的,即使半语不合,一念偶差,也都得受相当的报应。这所报的也并非"眦睚之怨"[13],因为那地方是鬼神为君,"公理"作宰,请酒下跪,全都无功,简直是无法可想。在中国的天地间,不但做人,便是做鬼,也艰难极了。然而究竟很有比阳间更好的处所:无所谓"绅士",也没有"流言"。

阴间,倘要稳妥,是颂扬不得的。尤其是常常好弄笔墨的人,在现在的中国,流言的治下,而又大谈"言行一致"[14]的时候。前车可鉴,听说阿尔志跋绥夫[15]曾答一个少女的质问说,"惟有在人生的事实这本身中寻出欢喜者,可以活下去。倘若在那里什么也不见,他们其实倒不如死。"于是乎有一个叫作密哈罗夫的,寄信嘲骂他道,"……所以我完全诚实地劝你自杀来祸福你自己的生命,因为这第一是合于逻辑,第二是你的言语和行为不至于背驰。"

其实这论法就是谋杀,他就这样地在他的人生中寻出欢喜来。阿尔志跋绥夫只发了一大通牢骚,没有自杀。密哈罗夫先生后来不知道怎样,这一个欢喜失掉了,或者另外又寻到了"什么"了罢。诚然,"这些时候,勇敢,是安稳的;情热,是毫无危险的。"

然而,对于阴间,我终于已经颂扬过了,无法追改;虽有"言行不符"之嫌,但确没有受过阎王或小鬼的半文津贴,则差可以自解。总而言之,还是仍然写下去罢:

我所看的那些阴间的图画,都是家藏的老书,并非我所专有。我所收得的最先的画图本子,是一位长辈的赠品:《二十四孝图》[16]。这虽然不过薄薄的一本书,但是下图上说,鬼少人多,又为我一人所独有,使我高兴极了。那里面的故事,似乎是谁都知道的;便是不识字的人,例如阿长,也只要一看图画便能够滔滔地讲出这一段的事迹。但是,我于高兴之余,接着就是扫兴,因为我请人讲完了二十四个故事之后,才知道"孝"有如此之难,对于先前痴心妄想,想做孝子的计划,完全绝望了。

"人之初,性本善"么?这并非现在要加研究的问题。但我还依稀记得,我幼小时候实未尝蓄意忤逆,对于父母,倒是极愿意孝顺的。不过年幼无知,只用了私见来解释"孝顺"的做法,以为无非是"听话""从命",以及长大之后,给年老的父母好好地吃饭罢了。自从得了这一本孝子的教科书以后,才知道并不然,而且还要难到几十几百倍。其中自然也有可以勉力仿效的,如"子路负米"[17]"黄香扇枕"[18]之类。"陆绩怀橘"[19]也并不难,只要有阔人请我吃饭。"鲁迅先生作宾客而怀橘乎?"我便跪答云,"吾母性之所爱,欲归以遗母。"阔人大佩服,于是孝子就做稳了,也非常省事。"哭竹生笋"[20]就可疑,怕我的精诚未必会这样感动天地。但是哭不出笋来,还不过抛脸而已,一到"卧冰求鲤"[21],可就有性命之虞了。我乡的天气是温和的,严冬中,水面也只结一层薄冰,即使孩子的重量怎样小,躺上去,也一定哗喇一声,冰破落水,鲤鱼还不及游过来。自然,必须不顾性命,这才孝感神明,会有出乎意料之外的奇迹,但那时我还小,实在不明白这些。

其中最使我不解,甚至于发生反感的,是"老莱娱亲"[22]和"郭巨埋儿"[23]两件事。

我至今还记得,一个躺在父母跟前的老头子,一个抱在母亲手上的小孩子,是怎样地使我发生不同的感想呵。他们一手都拿着"摇咕咚"。这玩意儿确是可爱的,北京称为小鼓,盖即鼗也,朱熹[24]曰,"鼗,小鼓,两旁有耳;持其柄而摇之,则旁耳还自击,"咕咚咕咚地响起来。然而这东西是不该拿在老莱子手里的,他应该扶一枝拐杖。现在这模样,简直是装佯,侮辱了孩子。我没有再看第二回,一到这一叶,便急速地翻过去了。

那时的《二十四孝图》,早已不知去向了,目下所有的只是一本日本小田海仙[25]所画的本子,叙老莱子事云,"行年七十,言不称老,常著五色斑斓之衣,为婴儿戏于亲侧。又常取水上堂,诈跌仆地,作婴儿啼,以娱亲意。"大约旧本也差不多,而招我反感的便是"诈跌"。无论忤逆,无论孝顺,小孩子多不愿意"诈"作,听故事也不喜欢是谣言,这是凡有稍稍留心儿童心理的都知道的。

然而在较古的书上一查,却还不至于如此虚伪。师觉授[26]《孝子传》云,"老莱子……常著斑斓之衣,为亲取饮,上堂脚跌,恐伤父母之心,僵仆为婴儿啼。"(《太平御览》[27]四百十三引)较之今说,似稍近于人情。不知怎地,后之君子却一定要改得他"诈"起来,心里才能舒服。邓伯道弃子救侄[28],想来也不过"弃"而已矣,昏妄人也必须说他将儿子捆在树上,使他追不上来才肯歇手。正如将"肉麻当作有趣"一般,以不情为伦纪[29],诬蔑了古人,教坏了后人。老莱子即是一例,道学先生[30]以为他白璧无瑕时,他却已在孩子的心中死掉了。

至于玩着"摇咕咚"的郭巨的儿子,却实在值得同情。他被抱在他母亲的臂膊上,高高兴兴地笑着;他的父亲却正在掘窟窿,要将他埋掉了。说明云,"汉郭巨家贫,有子三岁,母尝减食与之。巨谓妻曰,贫乏不能供母,子又分母之食。盍埋此子?"但是刘向《孝子传》所说,却又有些不同:巨家是富的,他都给了两弟;孩子是才生的,并没有到三岁。结末又大略相像了,"及掘坑二尺,得黄金一釜,上云:天赐郭巨,官不得取,民不得夺!"

我最初实在替这孩子捏一把汗,待到掘出黄金一釜,这才觉得轻松。然而我已经不但自己不敢再想做孝子,并且怕我父亲去做孝子了。家景正在坏下去,常听到父母愁柴米;祖母又老了,倘使我的父亲竟学了郭巨,那么,该埋的不正是我么？如果一丝不走样，也掘出一釜黄金来，那自然是如天之福，但是，那时我虽然年纪小，似乎也明白天下未必有这样的巧事。

现在想起来，实在很觉得傻气。这是因为现在已经知道了这些老玩意，本来谁也不实行。整饬伦纪的文电是常有的，却很少见绅士赤条条地躺在冰上面，将军跳下汽车去负米。何况现在早长大了，看过几部古书，买过几本新书，什么《太平御览》咧，《古孝子传》咧，《人口问题》咧，《节制生育》咧，《二十世纪是儿童的世界》咧，可以抵抗被埋的理由多得很。不过彼一时，此一时，彼时我委实有点害怕：掘好深坑，不见黄金，连"摇咕咚"一同埋下去，盖上土，踏得实实的，又有什么法子可想呢。我想，事情虽然未必实现，但我从此总怕听到我的父母愁穷，怕看见我的白发的祖母，总觉得她是和我不两立，至少，也是一个和我的生命有些妨碍的人。后来这印象日见其淡了，但总有一些留遗，一直到她去世——这大概是送给《二十四孝图》的儒者所万料不到的罢。

五月十日。

注释：

〔1〕 "文学革命" "五四"时期反对文言文、提倡白话文，反对旧文学、提倡新文学的运动。文学革命问题的讨论，1917年在《新青年》杂志上初步展开。该刊第二卷第六号（1917年2月）发表陈独秀的《文学革命论》，正式提出"文学革命"的口号。"五四运动"爆发以后，它成为新文化革命的一个重要组成部分。

〔2〕《开河记》 传奇小说，宋代人作。记隋炀帝令麻叔谋开掘下渠的故事，其中有麻叔谋蒸食小孩的传说。

〔3〕 参看《朝花夕拾·后记》第一段："我在第三篇讲《二十四孝》的开头，说北京恐吓小孩的'马虎子'应作'麻胡子'，是指麻叔谋，而且以他为胡人。现在知道是错了，'胡'应作'祜'，是叔谋之名，见唐人李济翁做的《资暇集》卷下，题云《非麻胡》。"

〔4〕 "跳到半天空"等语，指陈西滢1926年1月30日在《晨报副刊》上发表的《致志摩》一信中议论鲁迅的话，陈说："他常常的无故骂人，……可是要是有人侵犯了他一言半语，他就跳到半天空，骂得你体无完肤——还不肯罢休。"

〔5〕 "言者心声也" 语出汉代杨雄《法言·问神》："故言，心声也。"意思是说，语言和文章是人的思想的表现。

〔6〕 不能"不说他的小说好" 陈西滢在《现代评论》第三卷第七十一期（1926年4月17日）的《闲话》中说："我不能因为我不尊敬鲁迅先生的人格，就不说他的小说好，我也不能因为佩服他的小说，就称赞他其余的文章。"

〔7〕 "象牙之塔" 参见下卷《〈出了象牙之塔〉后记》注〔2〕。

〔8〕 《儿童世界》 一种供高小程度儿童阅读的周刊（后改半月刊）。内容分诗歌、童话、故事、谜语、笑话和儿童创作等，上海商务印书馆编印，1922年1月创刊，1937年8月停刊。

〔9〕 "人之初性本善" 旧时学塾通用的初级读物《三字经》的首二句。

〔10〕 魁星 参见本卷《离婚》注〔5〕。魁星像略似"魁"字字形，一手执笔，一手持墨斗，上身前倾，一脚后跷，好像正在用笔点定谁将在科举中考中的样子。旧时学塾初级读物的扉页上常刊有魁星像。

〔11〕 《文昌帝君阴骘文图说》 据迷信传说，晋代四川人张亚子，死后成为掌管人间功名禄籍的神道，称文昌帝君。《阴骘文图说》，相传为张亚子所作，是一部宣传因果报应的迷信思想的画集。阴骘，即阴德。

〔12〕 《玉历钞传》 全称《玉历至宝钞传》，是一部宣传迷信的书，题称宋代"淡痴道人梦中得授，弟子勿迷道人钞录传世"，序文说它是"地藏王与十殿阎君，悯地狱之惨，奏请天帝，传《玉历》以警世"。共八章，第二章《〈玉历〉之图像》，即所谓十殿阎王地狱轮回等图像。

〔13〕 "睚眦之怨" 语出《史记·范雎传》："一饭之德必偿，睚眦之怨必报。"睚眦之怨，意即小小的怨恨。陈西滢在《现代评论》第三卷第七十期（1926年4月10日）发表《杨德群女士事件》一文，以答复女师大学生雷榆等五人为杨德群辩诬的信，其中暗指鲁迅说："因为那'杨女士不大愿意去'一句话，有些人在许多文章里就说我的罪状比执政府卫队还大！比军阀还凶！……不错，我曾经有一次在生气的时候揭穿过有些人的真面目，可是，难道四五十个死者的冤可以不雪，睚眦之仇却不可不报吗？"后文提到"'公理'作祟，请酒下跪"等，也是对杨荫榆宴请陈西滢等人，策划迫害进步学生的嘲讽。

〔14〕 大谈"言行一致" 陈西滢在《现代评论》第三卷第五十九期（1926年1月23日）《闲话》中曾说："言行不相顾本没有多大稀罕，世界上多的是这样的人。讲革命的做官僚，讲言论自由的烧报馆"。这里说的"做官僚"，是指鲁迅在教育部任佥事；"烧报馆"，指1925年11月29日，北京群众在反对段祺瑞的示威中烧毁晨报（研究系的报纸）馆的事件。

〔15〕 阿尔志跋绥夫（М. П. Арцыбашев，1878—1927） 俄国小说家。十月革命后于1923年逃亡国外，死于华沙。著有长篇小说《沙宁》、中篇小说《工人绥惠略夫》等。

〔16〕 《二十四孝图》 《二十四孝》，元代郭居敬编，内容是辑录古代所传二十四个孝

子的故事。后来的印本都配上图画,通称《二十四孝图》,是旧时宣扬封建孝道的通俗读物。

〔17〕"子路负米"　子路,姓仲名由,春秋时鲁国卞(今山东泗水)人,孔丘的学生。《孔子家语·致思》中,子路自述"事二亲之时,常食藜藿之实,为亲负米百里之外"。

〔18〕"黄香扇枕"　黄香,东汉安陆(今属湖北)人,九岁丧母,《东观汉记》中说他对父亲"尽心供养,……暑即扇床枕,寒即以身温席"。

〔19〕陆绩怀橘　陆绩,三国时吴国吴县(今江苏苏州)人,科学家。《三国志·吴书·陆绩传》说他"年六岁,于九江见袁术。术出橘,绩怀三枚,去,拜辞堕地,术谓曰:'陆郎作宾客而怀橘乎?'绩跪答曰:'归欲遗母。'术大奇之"。

〔20〕"哭竹生笋"　三国时吴国孟宗的故事。原出《三国志·吴书·孙皓传》注引《楚国先贤传》:"宗母嗜笋,冬节将至。时笋尚未生,宗入竹林哀叹,而笋为之出,得以供母。皆以为至孝之所致感。"唐白居易《白氏六帖》记此故事演变为:"孟宗后母好笋,令宗冬月求之,宗入竹林恸哭,笋为之出。"后世流传的"哭竹",即本白氏所载故事。

〔21〕"卧冰求鲤"　晋代王祥的故事。《晋书·王祥传》说他后母"常欲生鱼,时天寒冰冻,祥解衣将剖冰求之,冰忽自解,双鲤跃出,持之而归"。

〔22〕"老莱娱亲"　老莱,春秋末楚国人,隐士。相传以孝事亲,楚王召仕不就。《艺文类聚·人部》记有他七十岁时穿五色彩衣诈跌"娱亲"的故事。

〔23〕"郭巨埋儿"　郭巨,晋代陇虑(今河南林县)人。《太平御览》卷四一一引刘向《孝子图》说:"郭巨,……甚富。父没,分财二千万为两,分与两弟,已独取母供养。……妻产男,虑举之则妨供养,乃令妻抱儿,欲掘地埋之。于土中得金一釜,上有铁券云:'赐孝子郭巨。'……遂得兼养儿。"

〔24〕朱熹(1130—1200)　字元晦,徽州婺源(今属江西)人,宋代理学家。这里的一段话,原是汉代郑玄关于《周礼·春官·小诗》的注释,后被朱熹用作他的《论语集注·微子》中"播鼗武入于汉"一句的注释。

〔25〕小田海仙(1785—1862)　日本江户幕府末期的文人画家。他画的《二十四孝图》是1844年(日本天保十四年,即清道光二十四年)的作品,曾收入上海点石斋书局印行的《点石斋丛画》。

〔26〕师觉授　南朝宋涅阳(今河南镇平县)人。不仕。他所著的《孝子传》八卷,已散佚。后有清代黄奭辑本,收入《汉学堂丛书》。

〔27〕《太平御览》　类书名,宋太平兴国二年(977)李昉等奉敕撰。初名《太平总类》,书成后经太宗阅览,因名《太平御览》。全书一千卷,分五十五门,所引书籍一千六百九十种,其中不少现已散佚。

〔28〕邓伯道弃子救侄　邓伯道,晋代平阳襄陵(今山西襄汾)人。东晋时官至尚书右仆射。据《晋书·邓攸传》载,石勒攻晋的战乱中,他全家南逃,途中弃子救侄。

〔29〕 伦纪　即伦常、纲纪,指封建的"三纲""五常"等道德规范,是封建社会人与人之间应该遵守的准则。

〔30〕 道学先生　道学,又称理学,即宋代程颢、程颐、朱熹等人阐释儒家学说而形成的思想体系,当时称为道学。道学先生,即指信奉和宣扬这种学说的人。

五 猖 会

【题记】本文最初发表于1926年6月10日《莽原》半月刊第一卷第十一期,后收入《朝花夕拾》。"五猖会"是浙东一带风俗,过年时举行的迎神赛会。作品没有正面写迎神赛会的热闹,写的主要是孩子盼望观看而不得的遗憾。以至鲁迅成年之后,一想起这事,"还诧异我的父亲何以要在那时候叫我来背书"。那么有情趣的一件事,却这样结束,留给孩子很尴尬无奈的记忆。

这几乎是许多家长对待孩童的"常态",他们未必意识到童年本身就是人生一个美好的阶段,不全是为今后发展做准备的,应当尊重和珍惜童年童心。

孩子们所盼望的,过年过节之外,大概要数迎神赛会[1]的时候了。但我家的所在很偏僻,待到赛会的行列经过时,一定已在下午,仪仗之类,也减而又减,所剩的极其寥寥。往往伸着颈子等候多时,却只见十几个人抬着一个金脸或蓝脸红脸的神像匆匆地跑过去。于是,完了。

我常存着这样的一个希望:这一次所见的赛会,比前一次繁盛些。可是结果总是一个"差不多";也总是只留下一个纪念品,就是当神像还未抬过之前,化一文钱买下的,用一点烂泥,一点颜色纸,一枝竹签和两三枝鸡毛所做的,吹起来会发出一种刺耳的声音的哨子,叫作"吹都都"的,呲呲地吹它两三天。

现在看看《陶庵梦忆》[2],觉得那时的赛会,真是豪奢极了,虽然明人的文章,怕难免有些夸大。因为祷雨而迎龙王,现在也还有的,但办法却已经很简单,不过是十多人盘旋着一条龙,以及村童们扮些海鬼。那时却还要扮故事,而且实在奇拔得可观。他记扮《水浒传》中人物云:"……于是分头四出,寻黑矮汉,寻梢长大汉,寻头陀[3],寻胖大和尚,寻苗壮妇人,寻姣长妇人,寻青面,寻歪头,寻赤须,寻美髯,寻黑大汉,寻赤脸长须。大索城中;无,则之郭,之村,之山僻,之邻府州县。用重价聘之,得三十六人,梁山泊好汉,个个呵活,臻臻至至[4],人马称娖[5]而行。……"这样的白描的活古人,谁能不动一看的雅兴呢?可惜这种盛举,早已和明社[6]一同消灭了。

赛会虽然不像现在上海的旗袍[7],北京的谈国事[8],为当局所禁止,然而妇孺们是不许看的,读书人即所谓士子,也大抵不肯赶去看。只有游手好闲的闲人,这才跑到庙前或衙门前去看热闹;我关于赛会的知识,多半是从他们的叙述上得来的,并非考据家所贵重的"眼学"[9]。然而记得有一回,也亲见过较盛的赛会。开首是一个孩子骑马先来,称为"塘报"[10];过了许久,"高照"[11]到了,长竹竿揭起一条很长的旗,一个汗流浃背的胖大汉用两手托着;他高兴的时候,就肯将竿头放在头顶或牙齿上,甚而至于鼻尖。其次是所谓"高跷""抬阁""马头"[12]了;还有扮犯人的,红衣枷锁,内中也有孩子。我那时觉得这些都是有光荣的事业,与闻其事的即全是大有运气的人,——大概羡慕他们的出风头罢。我想,我为什么不生一场重病,使我的母亲也好到庙里去许下一个"扮犯人"的心愿的呢?……然而我到现在终于没有和赛会发生关系过。

要到东关[13]看五猖会去了。这是我儿时所罕逢的一件盛事。因为那会是全县中最盛的会,东关又是离我家很远的地方,出城还有六十多里水路,在那里有两座特别的庙。一是梅姑庙,就是《聊斋志异》[14]所记,室女守节,死后成神,却篡取别人的丈夫的;现在神座上确塑着一对少年男女,眉开眼笑,殊与"礼教"有妨。其一便是五猖庙了,名目就奇特。据有考据癖的人说:这就是五通神[15]。然而也并无确据。神像是五个男人,也不见有什么猖獗之状;后面列坐着五位太太,却并不"分坐",远不及北京戏园里界限之谨严。其实呢,这也是殊与"礼教"有妨的,——但他们既然是五猖,便也无法可想,而且自然也就"又作别论"了。

因为东关离城远,大清早大家就起来。昨夜预定好的三道明瓦窗的大船,已经泊在河埠头,船椅,饭菜,茶炊,点心盒子,都在陆续搬下去了。我笑着跳着,催他们要搬得快。忽然,工人的脸色很谨肃了,我知道有些蹊跷,四面一看,父亲就站在我背后。

"去拿你的书来。"他慢慢地说。

这所谓"书",是指我开蒙时候所读的《鉴略》[16],因为我再没有第二本了。我们那里上学的岁数是多拣单数的,所以这使我记住我其时是七岁。

我忐忑着,拿了书来了。他使我同坐在堂中央的桌子前,教我一句一句地读下去。我担着心,一句一句地读下去。

两句一行,大约读了二三十行罢,他说:

"给我读熟。背不出,就不准去看会。"

他说完,便站起来,走进房里去了。

我似乎从头上浇了一盆冷水。但是,有什么法子呢?自然是读着,读着,强记着,——而且要背出来。

粤自盘古,生于太荒,

首出御世,肇开混茫。

就是这样的书,我现在只记得前四句,别的都忘却了;那时所强记的二三十行,自然也一齐忘却在里面了。记得那时听人说,读《鉴略》比读《千字文》《百家姓》有用得多,因为可以知道从古到今的大概。知道从古到今的大概,那当然是很好的,然而我一字也不懂。"粤自盘古"就是"粤自盘古",读下去,记住它,"粤自盘古"呵!"生于太荒"呵!……

应用的物件已经搬完,家中由忙乱转成静肃了。朝阳照着西墙,天气很清朗。母亲,工人,长妈妈即阿长,都无法营救,只默默地静候着我读熟,而且背出来。在百静中,我似乎头里要伸出许多铁钳,将什么"生于太荒"之流夹住;也听到自己急急诵读的声音发着抖,仿佛深秋的蟋蟀,在夜中鸣叫似的。

他们都等候着;太阳也升得更高了。

我忽然似乎已经很有把握,便即站了起来,拿书走进父亲的书房,一气背将下去,梦似的就背完了。

"不错。去罢。"父亲点着头,说。

大家同时活动起来,脸上都露出笑容,向河埠走去。工人将我高高地抱起,仿佛在祝贺我的成功一般,快步走在最前头。

我却并没有他们那么高兴。开船以后,水路中的风景,盒子里的点心,以及到了东关的五猖会的热闹,对于我似乎都没有什么大意思。

直到现在,别的完全忘却,不留一点痕迹了,只有背诵《鉴略》这一段,却还分明如昨日事。

我至今一想起,还诧异我的父亲何以要在那时候叫我来背书。

五月二十五日。

注释:

〔1〕 迎神赛会 旧时一种民间习俗,用仪仗鼓乐和杂戏迎神出庙,周游街巷,以酬神祈福。

〔2〕 《陶庵梦忆》 小品文集,明代张岱(号陶庵)著,共八卷。本文所引见该书卷七《及时雨》条,记的是明崇祯五年(1632)七月绍兴的祈雨赛会情况。

〔3〕 头陀 梵语Dhūta的音译。原义为佛教苦行,后用以称游方乞食的和尚。

〔4〕 臻臻至至 齐备周到的意思。

〔5〕 称娖 行列整齐的样子。《后汉书·中山简王传》:"今五国各官骑百人,称娖前行。"

〔6〕 明社 即明王朝。社,这里指社稷之意,旧时用作国家的代称。

〔7〕 上海的旗袍 当时江浙一带的军阀孙传芳认为妇女穿旗袍,与男子没有多大区别(当时男子通行穿长袍),是伤风败俗的,曾下令禁止。

〔8〕 北京的谈国事 当时北京的北洋军阀为了防止革命活动,实行恐怖政策,密探四布,饭铺茶馆等多贴有"莫谈国事"的字条。

〔9〕 "眼学" 语见北齐颜之推《颜氏家训·勉学》:"谈说制文,援引古昔,必须眼学,勿信耳受。"

〔10〕 "塘报" 即驿报,古代驿站用快马急行传递的公文。浙东一带赛会时,由一个化装的孩子骑马先行,预示赛会队伍即将到来,也叫"塘报"。

〔11〕 "高照" 高挂在长竹竿上的通告。"照"就是通告。绍兴赛会中的"高照"由人举着,长二三丈,用绸缎刺绣而成。

〔12〕 "抬阁" 赛会中常见的一种游艺,一个木制四方形的小阁,里面有两三个扮饰戏曲故事中人物的儿童,由成年人抬着游行。"马头"也是赛会中的游艺,扮饰戏曲故事中人物的儿童骑在马上游行。

〔13〕 东关 绍兴旧属的一个大集镇。在绍兴城东约六十里,今属上虞。

〔14〕 《聊斋志异》 短篇小说集,清代蒲松龄著。梅姑事见于卷十四《金姑夫》篇:"会稽有梅姑祠,神故马姓,族居东莞,未嫁而夫早死,遂矢志不醮,三旬而卒。族人祠之,谓之梅姑。丙申,上虞金生赴试经此,入庙徘徊,颇涉冥想。至夜,梦青衣来,传梅姑命招之,

从去。入祠,梅姑立候檐下,笑曰:'蒙君宠顾,实切依恋,不嫌陋拙,愿以身为姬侍。'金唯唯。梅姑送之曰:'君且去;设座成,当相迓耳。'醒而恶之。是夜,居人梦梅姑曰:'上虞金生,今为吾婿,宜塑其像。'诘旦,村人语梦悉同。族长恐玷其贞,以故不从;未几一家俱病,大惧,为肖像于左。既成,金生告妻子曰:'梅姑迎我矣!'衣冠而死。妻痛恨,诣祠指女像秽骂,又升座批颊数四乃去。今马氏呼为金姑夫。"梅姑庙在宋代《嘉泰会稽志》中已有记载。

〔15〕 五通神 旧时南方乡村中供奉的凶神。唐末已有香火,庙号"五通"。唐末郑愚《大沩虚祐师铭》有"牛阿房,鬼五通"的记载(见《唐诗纪事》卷六六)。据传为兄弟五人,俗称五圣。

〔16〕 《鉴略》 旧时学塾所用的一种初级历史读物,清代王仕云著,四言韵语,上起盘古,下迄明代弘光。

无　常

【题记】本文最初发表于1926年7月10日《莽原》半月刊第一卷第十三期，后收入《朝花夕拾》。《无常》写民间传说与戏剧中的"鬼"，回忆小时候观看"鬼"的"巡游"和"演出"，那种刺激和想象，是现在读者所难以理解的。鲁迅对"鬼文化"的解释，应当是我们阅读理解的要点。文中重点写"无常"，把"鬼物""人格化"，赋予它情感认同，并以"活无常"那特有的"鬼趣"和品性，来反衬人间的无聊与平庸。写鬼其实也在写人，鬼事和人事互相比照，又在回忆中不时插入思考与评说，这篇有趣的记事散文便渗透了若干杂文味。要体味和思索文中流淌的鲁迅的人生感慨："鬼神之事，难言之矣，这也只得姑且置之弗论了。"

迎神赛会这一天出巡的神，如果是掌握生杀之权的，——不，这生杀之权四个字不大妥，凡是神，在中国仿佛都有些随意杀人的权柄似的，倒不如说是职掌人民的生死大事的罢，就如城隍和东岳大帝[1]之类，那么，他的卤簿[2]中间就另有一群特别的脚色：鬼卒，鬼王，还有活无常。

这些鬼物们，大概都是由粗人和乡下人扮演的。鬼卒和鬼王是红红绿绿的衣裳，赤着脚；蓝脸，上面又画些鱼鳞，也许是龙鳞或别的什么鳞罢，我不大清楚。鬼卒拿着钢叉，叉环振得琅琅地响，鬼王拿的是一块小小的虎头牌。据传说，鬼王是只用一只脚走路的；但他究竟是乡下人，虽然脸上已经画上些鱼鳞或者别的什么鳞，却仍然只得用了两只脚走路。所以看客对于他们不很敬畏，也不大留心，除了念佛老妪和她的孙子们为面面圆到起见，也照例给他们一个"不胜屏营待命之至"[3]的仪节。

至于我们——我相信：我和许多人——所最愿意看的，却在活无常。他不但活泼而诙谐，单是那浑身雪白这一点，在红红绿绿中就有"鹤立鸡群"

之概。只要望见一顶白纸的高帽子和他手里的破芭蕉扇的影子,大家就都有些紧张,而且高兴起来了。

人民之于鬼物,惟独与他最为稔熟,也最为亲密,平时也常常可以遇见他。譬如城隍庙或东岳庙中,大殿后面就有一间暗室,叫作"阴司间",在才可辨色的昏暗中,塑着各种鬼:吊死鬼,跌死鬼,虎伤鬼,科场鬼,……而一进门口所看见的长而白的东西就是他。我虽然也曾瞻仰过一回这"阴司间",但那时胆子小,没有看明白。听说他一手还拿着铁索,因为他是勾摄生魂的使者。相传樊江[4]东岳庙的"阴司间"的构造,本来是极其特别的:门口是一块活板,人一进门,踏着活板的这一端,塑在那一端的他便扑过来,铁索正套在你脖子上。后来吓死了一个人,钉实了,所以在我幼小的时候,这就已不能动。

倘使要看个分明,那么,《玉历钞传》上就画着他的像,不过《玉历钞传》也有繁简不同的本子的,倘是繁本,就一定有。身上穿的是斩衰凶服[5],腰间束的是草绳,脚穿草鞋,项挂纸锭[6];手上是破芭蕉扇,铁索,算盘;肩膀是耸起的,头发却披下来;眉眼的外梢都向下,像一个"八"字。头上一顶长方帽,下大顶小,按比例一算,该有二尺来高罢;在正面,就是遗老遗少们所戴瓜皮小帽的缀一粒珠子或一块宝石的地方,直写着四个字道:"一见有喜"。有一种本子上,却写的是"你也来了"。这四个字,是有时也见于包公殿[7]的扁额上的,至于他的帽上是何人所写,他自己还是阎罗王[8],我可没有研究出。

《玉历钞传》上还有一种和活无常相对的鬼物,装束也相仿,叫作"死有分"。这在迎神时候也有的,但名称却讹作死无常了,黑脸,黑衣,谁也不爱看。在"阴司间"里也有的,胸口靠着墙壁,阴森森地站着;那才真真是"碰壁"[9]。凡有进去烧香的人们,必须摩一摩他的脊梁,据说可以摆脱了晦气;我小时也曾摩过这脊梁来,然而晦气似乎终于没有脱,——也许那时不摩,现在的晦气还要重罢,这一节也还是没有研究出。

我也没有研究过小乘佛教[10]的经典,但据耳食之谈,则在印度的佛经里,焰摩天[11]是有的,牛首阿旁也有的,都在地狱里做主任。至于勾摄生魂的使者的这无常先生,却似乎于古无征,耳所习闻的只有什么"人生无常"之类的话。大概这意思传到中国之后,人们便将他具象化了。这实在是我们中国人的创作。

然而人们一见他,为什么就都有些紧张,而且高兴起来呢?

凡有一处地方,如果出了文士学者或名流,他将笔头一扭,就很容易变成"模范县"[12]。我的故乡,在汉末虽曾经虞仲翔[13]先生揄扬过,但是那究竟太早了,后来到底免不了产生所谓"绍兴师爷"[14],不过也并非男女老小全是"绍兴师爷",别的"下等人"也不少。这些"下等人",要他们发什么"我们现在走的是一条狭窄险阻的小路,左面是一个广漠无际的泥潭,右面也是一片广漠无际的浮砂,前面是遥遥茫茫荫在薄雾的里面的目的地"[15]那样热昏似的妙语,是办不到的,可是在无意中,看得往这"荫在薄雾的里面的目的地"的道路很明白:求婚,结婚,养孩子,死亡。但这自然是专就我的故乡而言,若是"模范县"里的人民,那当然又作别论。他们——敝同乡"下等人"——的许多,活着,苦着,被流言,被反噬,因了积久的经验,知道阳间维持"公理"的只有一个会[16],而且这会的本身就是"遥遥茫茫",于是乎势不得不发生对于阴间的神往。人是大抵自以为衔些冤抑的;活的"正人君子"们只能骗鸟,若问愚民,他就可以不假思索地回答你:公正的裁判是在阴间!

想到生的乐趣,生固然可以留恋;但想到生的苦趣,无常也不一定是恶客。无论贵贱,无论贫富,其时都是"一双空手见阎王"[17],有冤的得伸,有罪的就得罚。然而虽说是"下等人",也何尝没有反省?自己做了一世人,又怎么样呢?未曾"跳到半天空"么?没有"放冷箭"[18]么?无常的手里就拿着大算盘,你摆尽臭架子也无益。对付别人要滴水不羼的公理,对自己总还不如虽在阴司里也还能够寻到一点私情。然而那又究竟是阴间,阎罗天子,牛首阿旁,还有中国人自己想出来的马面[19],都是并不兼差,真正主持公理的脚色,虽然他们并没有在报上发表过什么大文章。当还未做鬼之前,有时先不欺心的人们,遥想着将来,就又不能不想在整块的公理中,来寻一点情面的末屑,这时候,我们的活无常先生便见得可亲爱了,利中取大,害中取小,我们的古哲墨翟[20]先生谓之"小取"云。

在庙里泥塑的,在书上墨印的模样上,是看不出他那可爱来的。最好是去看戏。但看普通的戏也不行,必须看"大戏"或者"目连戏"[21]。目连戏的热闹,张岱[22]在《陶庵梦忆》上也曾夸张过,说是要连演两三天。在我幼小时候可已经不然了,也如大戏一样,始于黄昏,到次日的天明便完结。这都是敬神禳灾的演剧,全本里一定有一个恶人,次日的将近天明便是这恶人的收场的时候,"恶贯满盈",阎王出票来勾摄了,于是乎这活的活无常便在戏台上出现。

我还记得自己坐在这一种戏台下的船上的情形,看客的心情和普通是两样的。平常愈夜深愈懒散,这时却愈起劲。他所戴的纸糊的高帽子,本来是挂在台角上的,这时预先拿进去了;一种特别乐器,也准备使劲地吹。这乐器好像喇叭,细而长,可有七八尺,大约是鬼物所爱听的罢,和鬼无关的时候就不用;吹起来,Nhatu, nhatu, nhatututuu 地响,所以我们叫它"目连嗐头"[23]。

在许多人期待着恶人的没落的凝望中,他出来了,服饰比画上还简单,不拿铁索,也不带算盘,就是雪白的一条莽汉,粉面朱唇,眉黑如漆,蹙着,不知道是在笑还是在哭。但他一出台就须打一百零八个嚏,同时也放一百零八个屁,这才自述他的履历。可惜我记不清楚了,其中有一段大概是这样:

"…………

大王出了牌票,叫我去拿隔壁的癞子。

问了起来呢,原来是我堂房的阿侄。

生的是什么病?伤寒,还带痢疾。

看的是什么郎中?下方桥的陈念义[24] la 儿子。

开的是怎样的药方?附子,肉桂,外加牛膝。

第一煎吃下去,冷汗发出;

第二煎吃下去,两脚笔直。

我道 nga 阿嫂哭得悲伤,暂放他还阳半刻。

大王道我是得钱买放,就将我捆打四十!"

这叙述里的"子"字都读作入声。陈念义是越中的名医,俞仲华曾将他写入《荡寇志》[25]里,拟为神仙;可是一到他的令郎,似乎便不大高明了。la 者"的"也;"儿"读若"倪",倒是古音罢;nga 者,"我的"或"我们的"之意也。

他口里的阎罗天子仿佛也不大高明,竟会误解他的人格,——不,鬼格。但连"还阳半刻"都知道,究竟还不失其"聪明正直之谓神"[26]。不过这惩罚,却给了我们的活无常以不可磨灭的冤苦的印象,一提起,就使他更加蹙紧双眉,捏定破芭蕉扇,脸向着地,鸭子浮水似的跳舞起来。

Nhatu, nhatu, nhatu-nhatu-nhatututuu！目连嗐头也冤苦不堪似的吹着。

他因此决定了：

"难是弗放者个！

那怕你,铜墙铁壁！

那怕你,皇亲国戚！

…………"

"难"者,"今"也;"者个"者,"的了"之意,词之决也。"虽有忮心,不怨飘瓦"[27],他现在毫不留情了,然而这是受了阎罗老子的督责之故,不得已也。一切鬼众中,就是他有点人情;我们不变鬼则已,如果要变鬼,自然就只有他可以比较的相亲近。

我至今还确凿记得,在故乡时候,和"下等人"一同,常常这样高兴地正视过这鬼而人,理而情,可怖而可爱的无常;而且欣赏他脸上的哭或笑,口头的硬语与谐谈……。

迎神时候的无常,可和演剧上的又有些不同了。他只有动作,没有言语,跟定了一个捧着一盘饭菜的小丑似的脚色走,他要去吃;他却不给他。另外还加添了两名脚色,就是"正人君子"[28]之所谓"老婆儿女"[29]。凡"下等人",都有一种通病:常喜欢以己之所欲,施之于人。虽是对于鬼,也不肯给他孤寂,凡有鬼神,大概总要给他们一对一对地配起来。无常也不在例外。所以,一个是漂亮的女人,只是很有些村妇样,大家都称她无常嫂;这样看来,无常是和我们平辈的,无怪他不摆教授先生的架子。一个是小孩子,小高帽,小白衣;虽然小,两肩却已经耸起了,眉目的外梢也向下。这分明是无常少爷了,大家却叫他阿领[30],对于他似乎都不很表敬意;猜起来,仿佛是无常嫂的前夫之子似的。但不知何以相貌又和无常有这么像？呀！鬼神之事,难言之矣,只得姑且置之弗论。至于无常何以没有亲儿女,到今年可很容易解释了:鬼神能前知,他怕儿女一多,爱说闲话的就要旁敲侧击地锻成他拿卢布,所以不但研究,还早已实行了"节育"了。

这捧着饭菜的一幕,就是"送无常"。因为他是勾魂使者,所以民间凡有一个人死掉之后,就得用酒饭恭送他。至于不给他吃,那是赛会时候的开玩笑,实际上并不然。但是,和无常开玩笑,是大家都有此意的,因为他爽直,爱发议论,有人情,——要寻真实的朋友,倒还是他妥当。

有人说,他是生人走阴,就是原是人,梦中却入冥去当差的,所以很有些人情。我还记得住在离我家不远的小屋子里的一个男人,便自称是"走无常",门外常常燃着香烛。但我看他脸上的鬼气反而多。莫非入冥做了鬼,倒会增加人气的么?吁!鬼神之事,难言之矣,这也只得姑且置之弗论了。

六月二十三日。

注释:

〔1〕 东岳大帝 道教所奉的泰山神。汉代的纬书《孝经援神契》中说:"泰山,天帝之孙也,主召人魂。"又《尔雅·释山》称"泰山为东岳"。旧时迷信传说泰山神掌管人的生死。元世祖至元二十八年(1291)被尊为东岳天齐大生仁皇帝,简称东岳大帝。

〔2〕 卤簿 封建时代帝王或大臣外出时的侍从仪仗队。

〔3〕 "不胜屏营待命之至" 旧时官府对上级呈文结束处所用的套话,这里用作肃立敬畏的意思。

〔4〕 樊江 绍兴县城东二十里的一个乡镇。

〔5〕 斩衰凶服 封建丧制中规定的重孝丧服,用粗麻布裁制,不缝下边。

〔6〕 纸锭 一种迷信用品,用纸或锡箔折成的元宝。旧俗认为焚化后可供死者在"阴间"使用。

〔7〕 包公殿 供奉宋代包拯(999—1062)的庙宇。旧时迷信传说,包拯死后做了阎罗十殿中第五殿的阎罗王,东岳庙或城隍庙中供有他的神像。

〔8〕 阎罗王 即下文的阎罗天子,小乘佛教所称的地狱主宰。《法苑珠林》卷十二中说:"阎罗王者,昔为毗沙国王,经与维陀如生王共战,兵力不敌,因立誓愿为地狱主。"

〔9〕 "碰壁" 在女师大学生反对校长杨荫榆的事件中,有教员阻挠学生,说"你们做事不要碰壁"。作者这里用这个词含有讽刺的意思。参看《华盖集·"碰壁"之后》。

〔10〕 小乘佛教 早期佛教的主要流派,注重个人修行持戒,自我解脱,与后来自称普度无量众生的大乘教派旨趣有别,自认为是佛教的正统派。

〔11〕 焰摩天 佛教所说"欲界诸天"中的一天。佛经中又有"焰摩界",即所谓轮回六道中的饿鬼道。它的主宰者是琰魔王,也就是阎罗王。这里所说的"焰摩天",当是地狱的"焰摩界"。

〔12〕 "模范县" 这里是对陈西滢的讽刺。陈是无锡人,他在《现代评论》第二卷第

三十七期(1925年8月22日)《闲话》中曾谈论过"无锡是中国的模范县"。

〔13〕 虞仲翔(164—233) 名翻,三国吴会稽余姚(今属浙江)人,经学家。他揄扬绍兴的话,见《三国志·吴书·虞翻传》注引虞预《会稽典录》。

〔14〕 "绍兴师爷" 旧时官署中承办刑事案件的幕僚叫"刑名师爷"。一般善于舞文弄法,往往能左右人的祸福;当时绍兴籍的幕僚较多,因而有"绍兴师爷"之称。陈西滢在1926年1月30日《晨报副刊》上发表的《致志摩》信中曾讥讽鲁迅"有他们贵乡绍兴的刑名师爷的脾气"。

〔15〕 这几句话都出自陈西滢的《致志摩》。

〔16〕 指1925年12月陈西滢等为支持当局压迫北京女师大学生和教育界进步人士而组织的"教育界公理维持会"。参看《华盖集·"公理"的把戏》。

〔17〕 "一双空手见阎王" 语出《何典》:"说嘴郎中无好药……一双空手见阎王。"

〔18〕 "放冷箭" 这也是陈西滢在《致志摩》中攻击鲁迅的话:"他没有一篇文章里不放几支冷箭。"

〔19〕 马面 迷信传说地狱中人身马头的狱卒。

〔20〕 墨翟 即墨子,参见本卷《非攻》注〔3〕。所著《墨子》十五卷,其中有《大取》《小取》两篇。《大取》篇中说:"利之中取大,害之中取小也。害之中取小也,非取害也,取利也。"

〔21〕 "大戏"或者"目连戏" 都是绍兴的地方戏。清代范寅《越谚》卷中说:"班子,唱戏成齣(班)者,有文班、武班之别。文专唱和,名高调班;武演战斗,名乱弹班。"又说:"万(按,此处读'木')连班:此专唱万连一出戏者,百姓为之。"高调班和乱弹班就是大戏,万连班就是目连戏。唐代已有《大目乾连冥间救母变文》,以后各种戏曲中多有目连戏。参看本卷《女吊》第五段。

〔22〕 张岱(1597—约1689) 字宗子,号陶庵,浙江山阴(今绍兴)人,明末文学家。他在《陶庵梦忆·目连戏》中记载当时的演出情况说:"选徽州旌阳戏子,剽轻精悍,能相扑跌打者三四十人,搬演《目连》,凡三日三夜。"

〔23〕 "目连嗐头" 嗐头,绍兴方言,即号筒。范寅《越谚》卷中说是"铜制,长四尺"。"目连嗐头"是一种特别加长的号筒,专用于道场和目连戏。据《越谚》卷中说:"道场及召鬼戏皆用,万莲戏为多,故名。"

〔24〕 陈念义 清代嘉庆道光年间绍兴的名医,即叶腾骧《证谛山人杂志》卷五中所记的陈念二:"陈念二者,山阴方桥人,偶忘其名字,世业医,称为妙手,远近就医者不绝。"

〔25〕 俞仲华(1794—1849) 名万春,字仲华,浙江山阴(今绍兴)人。《荡寇志》,一名《结水浒传》,长篇小说,共七十回(又结子一回),写梁山泊头领全部被宋王朝剿灭的故事,书中把起义者说成草寇,故名。

〔26〕"聪明正直之谓神"　语出《左传·庄公三十二年》:"神,聪明正直而壹者也。"

〔27〕"虽有忮心,不怨飘瓦"　语出《庄子·达生》:"虽有忮心者,不怨飘瓦。"用在这里的意思是说,心里虽有愤恨,却也不好怨谁了。

〔28〕"正人君子"　这里的"正人君子"和下文的"教授先生",指当时现代评论派中的胡适、陈西滢等人。他们在1925年北京女子师范大学风潮中,站在北洋军阀政府一边,攻击鲁迅和女师大进步师生,拥护北洋军阀的《大同晚报》在同年8月7日的一篇报道中称他们为"正人君子"。

〔29〕"老婆儿女"　陈西滢在《现代评论》第三卷第七十四期(1926年5月8日)的《闲话》中说:"家累日重,需要日多,才智之士,也没法可想,何况一般普通人。因此,依附军阀和依附洋人便成了许多人唯一的路径,就是有些志士,也常常未能免俗。……他们自己可以捱饿,老婆子女却不能不吃饭啊!就是那些直接或间接用苏俄金钱的人,也何尝不是如此。"

〔30〕阿领　妇女再嫁时领(带)来的同前夫所生的孩子。

从百草园到三味书屋

【题记】本文最初发表于1926年10月《莽原》半月刊第一卷第十九期,后收入《朝花夕拾》。我们多数人都在中学语文课上学过这篇散文。其脍炙人口的童年纪事,让我们看到了不一样的鲁迅,他的有趣而温暖的一面,同时也唤起我们对于自己童年的记忆。尽管时代不同,每个人也都会有自己心灵的"百草园"和"三味书屋"。这也是该文的魅力所在吧。

这篇散文不一定在批判什么,而只是以简约而幽默的笔调,写出富于情趣的童年生活,字里行间饱含对儿时生活的眷恋。童年,那懵懂、好奇、快乐的人生之初,是那样短暂而又有不可重复之美啊!

我家的后面有一个很大的园,相传叫作百草园。现在是早已并屋子一起卖给朱文公[1]的子孙了,连那最末次的相见也已经隔了七八年,其中似乎确凿[2]只有一些野草;但那时却是我的乐园。

不必说碧绿的菜畦,光滑的石井栏,高大的皂荚树,紫红的桑椹;也不必说鸣蝉在树叶里长吟,肥胖的黄蜂伏在菜花上,轻捷的叫天子(云雀)忽然从草间直窜向云霄里去了。单是周围的短短的泥墙根一带,就有无限趣味。油蛉[3]在这里低唱,蟋蟀们在这里弹琴。翻开断砖来,有时会遇见蜈蚣;还有斑蝥[4],倘若用手指按住它的脊梁,便会拍的一声,从后窍[5]喷出一阵烟雾。何首乌藤和木莲藤缠络着,木莲有莲房[6]一般的果实,何首乌有拥肿的根。有人说,何首乌根是有像人形的,吃了便可以成仙,我于是常常拔它起来,牵连不断地拔起来,也曾因此弄坏了泥墙,却从来没有见过有一块根像人样。如果不怕刺,还可以摘到覆盆子,像小珊瑚珠攒成的小球,又酸又甜,色味都比桑椹要好得远。

长的草里是不去的,因为相传这园里有一条很大的赤练蛇。

长妈妈[7]曾经讲给我一个故事听:先前,有一个读书人住在古庙里用功,晚间,在院子里纳凉的时候,突然听到有人在叫他。答应着,四面看时,却见一个美女的脸露在墙头上,向他一笑,隐去了。他很高兴;但竟给那走来夜谈的老和尚识破了机关。说他脸上有些妖气,一定遇见"美女蛇"了;这是人首蛇身的怪物,能唤人名,倘一答应,夜间便要来吃这人的肉的。他自然吓得要死,而那老和尚却道无妨,给他一个小盒子,说只要放在枕边,便可高枕而卧。他虽然照样办,却总是睡不着,——当然睡不着的。到半夜,果然来了,沙沙沙!门外像是风雨声。他正抖作一团时,却听得豁的一声,一道金光从枕边飞出,外面便什么声音也没有了,那金光也就飞回来,敛在盒子里。后来呢?后来,老和尚说,这是飞蜈蚣,它能吸蛇的脑髓,美女蛇就被它治死了。

结末的教训是:所以倘有陌生的声音叫你的名字,你万不可答应他。

这故事很使我觉得做人之险,夏夜乘凉,往往有些担心,不敢去看墙上,而且极想得到一盒老和尚那样的飞蜈蚣。走到百草园的草丛旁边时,也常常这样想。但直到现在,总还是没有得到,但也没有遇见过赤练蛇和美女蛇。叫我名字的陌生声音自然是常有的,然而都不是美女蛇。

冬天的百草园比较的无味;雪一下,可就两样了。拍雪人(将自己的全形印在雪上)和塑雪罗汉需要人们鉴赏,这是荒园,人迹罕至,所以不相宜,只好来捕鸟。薄薄的雪,是不行的;总须积雪盖了地面一两天,鸟雀们久已无处觅食的时候才好。扫开一块雪,露出地面,用一枝短棒支起一面大的竹筛来,下面撒些秕谷,棒上系一条长绳,人远远地牵着,看鸟雀下来啄食,走到竹筛底下的时候,将绳子一拉,便罩住了。但所得的是麻雀居多,也有白颊的"张飞鸟"[8],性子很躁,养不过夜的。

这是闰土[9]的父亲所传授的方法,我却不大能用。明明见它们进去了,拉了绳,跑去一看,却什么都没有,费了半天力,捉住的不过三四只。闰土的父亲是小半天便能捕获几十只,装在叉袋[10]里叫着撞着的。我曾经问他得失的缘由,他只静静地笑道:你太性急,来不及等它走到中间去。

我不知道为什么家里的人要将我送进书塾[11]里去了,而且还是全城中称为最严厉的书塾。也许是因为拔何首乌毁了泥墙罢,也许是因为将砖头抛到间壁的梁家去了罢,也许是因为站在石井栏上跳了下来罢,……都无从知道。总而言之:我将不能常到百草园了。Ade[12],我的蟋蟀们! Ade,我的覆盆子们和木莲们!……

出门向东,不上半里,走过一道石桥,便是我的先生[13]的家了。从一扇黑油的竹门进去,第三间是书房。中间挂着一块扁道:三味书屋[14];扁[15]下面是一幅画,画着一只很肥大的梅花鹿伏在古树下。没有孔子牌位,我们便对着那扁和鹿行礼。第一次算是拜孔子,第二次算是拜先生。

第二次行礼时,先生便和蔼地在一旁答礼。他是一个高而瘦的老人,须发都花白了,还戴着大眼镜。我对他很恭敬,因为我早听到,他是本城中极方正,质朴,博学的人。

不知从那里听来的,东方朔[16]也很渊博,他认识一种虫,名曰"怪哉"[17],冤气所化,用酒一浇,就消释了。我很想详细地知道这故事,但阿长是不知道的,因为她毕竟不渊博。现在得到机会了,可以问先生。

"先生,'怪哉'这虫,是怎么一回事?……"我上了生书[18],将要退下来的时候,赶忙问。

"不知道!"他似乎很不高兴,脸上还有怒色了。

我才知道做学生是不应该问这些事的,只要读书,因为他是渊博的宿儒,决不至于不知道,所谓不知道者,乃是不愿意说。年纪比我大的人,往往如此,我遇见过好几回了。

我就只读书,正午习字,晚上对课[19]。先生最初这几天对我很严厉,后来却好起来了,不过给我读的书渐渐加多,对课也渐渐地加上字去,从三言到五言,终于到七言。

三味书屋后面也有一个园,虽然小,但在那里也可以爬上花坛去折蜡梅花,在地上或桂花树上寻蝉蜕。最好的工作是捉了苍蝇喂蚂蚁,静悄悄地没有声音。然而同窗们到园里的太多,太久,可就不行了,先生在书房里便大叫起来:

"人都到那里去了?!"

人们便一个一个陆续走回去;一同回去,也不行的。他有一条戒尺,但是不常用,也有罚跪的规则,但也不常用,普通总不过瞪几眼,大声道:

"读书!"

于是大家放开喉咙读一阵书,真是人声鼎沸。有念"仁远乎哉我欲仁斯仁至矣"的，有念"笑人齿缺曰狗窦大开"的，有念"上九潜龙勿用"的，有念"厥土下上上错厥贡苞茅橘柚"的……[20]先生自己也念书。后来，我们的声音便低下去，静下去了，只有他还大声朗读着：

"铁如意，指挥倜傥，一座皆惊呢～～；金叵罗，颠倒淋漓噫，千杯未醉嗬～～……。"[21]

我疑心这是极好的文章，因为读到这里，他总是微笑起来，而且将头仰起，摇着，向后面拗过去，拗过去。

先生读书入神的时候，于我们是很相宜的。有几个便用纸糊的盔甲套在指甲上做戏。我是画画儿，用一种叫作"荆川纸"[22]的，蒙在小说的绣像[23]上一个个描下来，像习字时候的影写一样。读的书多起来，画的画也多起来；书没有读成，画的成绩却不少了，最成片段的是《荡寇志》[24]和《西游记》的绣像，都有一大本。后来，因为要钱用，卖给一个有钱的同窗了。他的父亲是开锡箔店的；听说现在自己已经做了店主，而且快要升到绅士的地位了。这东西早已没有了罢。

九月十八日。

注释：

〔1〕 朱文公　即朱熹(1130—1200)，南宋哲学家。"文公"是宋宁宗赐给他的谥号。作者绍兴的老屋于1919年卖给一个姓朱的人，所以这里戏称为"卖给朱文公的子孙"。

〔2〕 确凿　确实。

〔3〕 油蛉　也叫蛉虫，黑色，状如瓜子。

〔4〕 斑蝥　一种昆虫，能飞，翅膀上有黑色斑纹。这里是指类似斑蝥的"放屁虫"。

〔5〕 后窍　肛门。

〔6〕 莲房　莲蓬。

〔7〕 长妈妈　鲁迅小时候家里的女工。下文的"阿长"也是指她。

〔8〕 "张飞鸟"　即鹡鸰。头圆而黑，额纯白，形似舞台上张飞的脸谱，所以浙东有的地方叫它"张飞鸟"。

〔9〕 闰土　作者小说《故乡》中的人物。原型为章运水，绍兴道墟乡杜浦村(今属绍兴上虞)人。他的父亲名福庆，是个农民，兼作竹匠，常在作者家做短工。

〔10〕 叉袋　袋口成叉角的麻袋或布袋。

〔11〕书塾　即私塾,就是家庭、家族或者教师自己设立的教学场所。

〔12〕Ade　德语,"再见"的意思。

〔13〕我的先生　指寿怀鉴(1849—1930),字镜吾,清末秀才。

〔14〕三味书屋　在绍兴作者故居附近。它和百草园现在都是绍兴鲁迅纪念馆的一部分。周作人(遐寿)在《鲁迅小说里的人物·百草园和三味书屋》中说:"关于三味书屋名称的意义,曾经请教过寿洙邻先生(按,寿镜吾的次子、周作人的塾师),据说古人有言,'书有三味',经如米饭,史如肴馔,子如调味之料,他只记得大意如此,原名以及人名已忘记了。"宋代学者李淑《邯郸书目·序》:"诗书,味之太羹,史为折俎,子为醯醢,是为三味。"

〔15〕扁　现写作匾。

〔16〕东方朔(前161—前93)　西汉文学家。善讽谏,喜诙谐,民间流传很多关于他的传说。

〔17〕"怪哉"　传说中的一种怪虫。据《古小说钩沉·小说》:"武帝幸甘泉宫,驰道中,有虫赤色,头目牙齿耳鼻尽具,观者莫识。帝乃使朔视之,还对曰:'此"怪哉"也。昔秦时拘系无辜,众庶愁怨,咸仰首叹曰:"怪哉怪哉!"盖感动上天愤所生也,故名"怪哉"。此地必秦之狱处。'即按地图,果秦故狱。又问:'何以去虫?'朔曰:'凡忧者得酒而解,以酒灌之当消。'于是使人取虫置酒中,须臾果糜散矣。"

〔18〕生书　还没有学的课文。

〔19〕对课　即对"对子"。旧时学塾教学生练习对仗的一种功课,用虚实平仄的字相对,如"桃红"对"柳绿"之类。

〔20〕这些都是旧时学塾读物中的句子。"仁远乎哉我欲仁斯仁至矣",见《论语·述而》。"笑人齿缺曰狗窦大开",见《幼学琼林·身体》。"上九潜龙勿用",见《周易·乾》,原作"初九,潜龙勿用"。"厥土下上上错厥贡苞茅橘柚",这是学生读《尚书·禹贡》时念错的句子;原作"厥田惟下下,厥赋下上上错……厥包橘柚锡贡"。

〔21〕"铁如意"等语,是清末刘翰作《李克用置酒三垂岗赋》中的句子。原文作:"玉如意指挥倜傥,一座皆惊;金叵罗倾倒淋漓,千杯未醉。"刘翰,江苏武进人,江阴南菁书院学生。这篇赋是颂扬五代后唐李克用父子的。见王先谦编的《清嘉集初稿》卷五。

〔22〕"荆川纸"　一种竹纸,薄而透明。

〔23〕绣像　明清以来附在通俗小说卷首的书中人物白描画像。

〔24〕《荡寇志》　参见本卷《无常》注〔25〕。

琐　记

【题记】本文最初发表于1926年11月25日《莽原》半月刊第一卷第二十二期,后收入《朝花夕拾》。所回忆的大都是一些琐事,却比较完整地记录了鲁迅离开绍兴到南京求学期间大约四年的生活。涉及洋务运动与维新改良运动的影响及当时的社会生活侧面,虽然乌烟瘴气,有许多新旧交接时期匪夷所思的事情,却又是鲁迅从少年成长为青年这一段重要的阅历。鲁迅开始接触新学、新党,特别是《天演论》等外来的事物,大开眼界,看到别样异类的天地和人们。早年那些幼稚可笑的琐事,用一种平静而诙谐的笔调娓娓道来,谁读了都会忍俊不禁。

衍太太现在是早经做了祖母,也许竟做了曾祖母了;那时却还年青,只有一个儿子比我大三四岁。她对自己的儿子虽然狠,对别家的孩子却好的,无论闹出什么乱子来,也决不去告诉各人的父母,因此我们就最愿意在她家里或她家的四近玩。

举一个例说罢,冬天,水缸里结了薄冰的时候,我们大清早起一看见,便吃冰。有一回给沈四太太[1]看到了,大声说道:"莫吃呀,要肚子疼的呢!"这声音又给我母亲听到了,跑出来我们都挨了一顿骂,并且有大半天不准玩。我们推论祸首,认定是沈四太太,于是提起她就不用尊称了,给她另外起了一个绰号,叫作"肚子疼"。

衍太太却决不如此。假如她看见我们吃冰,一定和蔼地笑着说,"好,再吃一块。我记着,看谁吃的多。"

但我对于她也有不满足的地方。一回是很早的时候了,我还很小,偶然走进她家去,她正在和她的男人看书。我走近去,她便将书塞在我的眼前道,"你看,你知道这是什么?"我看那书上画着房屋,有两个人光着身子仿佛在打架,但又不很像。正迟疑间,他们便大笑起来了。这使我很不高兴,似乎受了一个极大的侮辱,不到那里去大约有十多天。一回是我已经十多岁了,和几个孩子比赛打旋子,看谁旋得多。她就从旁计着数,说道,"好,八十二个了!再旋一个,八十三!好,八十四……"但正在旋着的阿祥,忽然跌倒了,阿祥的婶母也恰恰走进来。她便接着说道,"你看,不是跌了么?不听我的话。我叫你不要旋,不要旋……"。

虽然如此,孩子们总还喜欢到她那里去。假如头上碰得肿了一大块的时候,去寻母亲去罢,好的是骂一通,再给擦一点药;坏的是没有药擦,还添几个栗凿和一通骂。衍太太却决不埋怨,立刻给你用烧酒调了水粉,搽在疙瘩上,说这不但止痛,将来还没有瘢痕。

父亲故去之后,我也还常到她家里去,不过已不是和孩子们玩耍了,却是和衍太太或她的男人谈闲天。我其时觉得很有许多东西要买,看的和吃的,只是没有钱。有一天谈到这里,她便说道,"母亲的钱,你拿来用就是了,还不就是你的么?"我说母亲没有钱,她就说可以拿首饰去变卖;我说没有首饰,她却道,"也许你没有留心。到大厨的抽屉里,角角落落去寻去,总可以寻出一点珠子这类东西……"。

这些话我听去似乎很异样,便又不到她那里去了,但有时又真想去打开大厨,细细地寻一寻。大约此后不到一月,就听到一种流言,说我已经偷了家里的东西去变卖了,这实在使我觉得有如掉在冷水里。流言的来源,我是明白的,倘是现在,只要有地方发表,我总要骂出流言家的狐狸尾巴来,但那时太年青,一遇流言,便连自己也仿佛觉得真是犯了罪,怕遇见人们的眼睛,怕受到母亲的爱抚。

好。那么,走罢!

但是,那里去呢?S城人的脸早经看熟,如此而已,连心肝也似乎有些了然。总得寻别一类人们去,去寻为S城人所诟病的人们,无论其为畜生或魔鬼。那时为全城所笑骂的是一个开得不久的学校,叫作中西学堂[2],汉文之外,又教些洋文和算学。然而已经成为众矢之的了;熟读圣贤书的秀才们,还集了"四书"[3]的句子,做一篇八股[4]来嘲诮它,这名文便即传遍了全城,人人当作有趣的话柄。我只记得那"起讲"的开头是:

"徐子以告夷子曰:吾闻用夏变夷者,未闻变于夷者也。今也不然:鸠舌之音,闻其声,皆雅言也。……"

以后可忘却了,大概也和现今的国粹保存大家的议论差不多。但我对于这中西学堂,却也不满足,因为那里面只教汉文,算学,英文和法文。功课较为别致的,还有杭州的求是书院[5],然而学费贵。

无须学费的学校在南京,自然只好往南京去。第一个进去的学校[6],目下不知道称为什么了,光复[7]以后,似乎有一时称为雷电学堂,很像《封神榜》[8]上"太极阵""混元阵"一类的名目。总之,一进仪凤门[9],便可以看见它那二十丈高的桅杆和不知多高的烟通。功课也简单,一星期中,几乎四整天是英文:"It is a cat.""Is it a rat?"[10]一整天是读汉文:"君子曰,颍考叔可谓纯孝也已矣,爱其母,施及庄公。"[11]一整天是做汉文:《知己知彼百战百胜论》《颍考叔论》《云从龙风从虎论》《咬得菜根则百事可做论》。

初进去当然只能做三班生,卧室里是一桌一凳一床,床板只有两块。头二班学生就不同了,二桌二凳或三凳一床,床板多至三块。不但上讲堂时挟着一堆厚而且大的洋书,气昂昂地走着,决非只有一本"泼赖妈"[12]和四本《左传》[13]的三班生所敢正视;便是空着手,也一定将肘弯撑开,像一只螃蟹,低一班的在后面总不能走出他之前。这一种螃蟹式的名公巨卿,现在都阔别得很久了,前四五年,竟在教育部的破脚躺椅上,发见了这姿势,然而这位老爷却并非雷电学堂出身的,可见螃蟹态度,在中国也颇普遍。

可爱的是桅杆。但并非如"东邻"的"支那通"[14]所说,因为它"挺然翘然",又是什么的象征。乃是因为它高,乌鸦喜鹊,都只能停在它的半途的木盘上。人如果爬到顶,便可以近看狮子山,远眺莫愁湖,——但究竟是否真可以眺得那么远,我现在可委实有点记不清楚了。而且不危险,下面张着网,即使跌下来,也不过如一条小鱼落在网子里;况且自从张网以后,听说也还没有人曾经跌下来。

原先还有一个池,给学生学游泳的,这里面却淹死了两个年幼的学生。当我进去时,早填平了,不但填平,上面还造了一所小小的关帝庙。庙旁是一座焚化字纸的砖炉,炉口上方横写着四个大字道:"敬惜字纸"。只可惜那两个淹死鬼失了池子,难讨替代[15],总在左近徘徊,虽然已有"伏魔大帝关圣帝君"镇压着。办学的人大概是好心肠的,所以每年七月十五,总请一群和尚到雨天操场来放焰口[16],一个红鼻而胖的大和尚戴上毗卢帽[17],

捏诀[18],念咒:"回资啰,普弥耶吽!唵耶吽!唵!耶!吽!!!"[19]

我的前辈同学被关圣帝君镇压了一整年,就只在这时候得到一点好处,——虽然我并不深知是怎样的好处。所以当这些时,我每每想:做学生总得自己小心些。

总觉得不大合适,可是无法形容出这不合适来。现在是发见了大致相近的字眼了,"乌烟瘴气",庶几乎其可也。只得走开。近来是单是走开也就不容易,"正人君子"者流会说你骂人骂到了聘书,或者是发"名士"脾气[20],给你几句正经的俏皮话。不过那时还不打紧,学生所得的津贴,第一年不过二两银子,最初三个月的试习期内是零用五百文。于是毫无问题,去考矿路学堂[21]去了,也许是矿路学堂,已经有些记不真,文凭又不在手头,更无从查考。试验并不难,录取的。

这回不是 It is a cat 了,是 Der Mann, Das Weib, Das Kind[22]。汉文仍旧是"颖考叔可谓纯孝也已矣",但外加《小学集注》[23]。论文题目也小有不同,譬如《工欲善其事必先利其器论》,是先前没有做过的。

此外还有所谓格致[24],地学,金石学,……都非常新鲜。但是还得声明:后两项,就是现在之所谓地质学和矿物学,并非讲舆地和钟鼎碑版[25]的。只是画铁轨横断面图却有些麻烦,平行线尤其讨厌。但第二年的总办是一个新党[26],他坐在马车上的时候大抵看着《时务报》[27],考汉文也自己出题目,和教员出的很不同。有一次是《华盛顿论》[28],汉文教员反而惴惴地来问我们道:"华盛顿是什么东西呀?……"

看新书的风气便流行起来,我也知道了中国有一部书叫《天演论》[29]。星期日跑到城南去买了来,白纸石印的一厚本,价五百文正。翻开一看,是写得很好的字,开首便道:

"赫胥黎独处一室之中,在英伦之南,背山而面野,槛外诸境,历历如在机下。乃悬想二千年前,当罗马大将恺彻[30]未到时,此间有何景物?计惟有天造草昧……"

哦!原来世界上竟还有一个赫胥黎坐在书房里那么想,而且想得那么新鲜?一口气读下去,"物竞""天择"也出来了,苏格拉第[31],柏拉图[32]也出来了,斯多噶[33]也出来了。学堂里又设立了一个阅报处,《时务报》不待言,还有《译学汇编》[34],那书面上的张廉卿[35]一流的四个字,就蓝得很可爱。

"你这孩子有点不对了,拿这篇文章去看去,抄下来去看去。"一位本家的老辈[36]严肃地对我说,而且递过一张报纸来。接来看时,"臣许应骙[37]跪奏……",那文章现在是一句也不记得了,总之是参康有为变法[38]的;也不记得可曾抄了没有。

仍然自己不觉得有什么"不对",一有闲空,就照例地吃侉饼,花生米,辣椒,看《天演论》。

但我们也曾经有过一个很不平安的时期。那是第二年,听说学校就要裁撤了。这也无怪,这学堂的设立,原是因为两江总督[39](大约是刘坤一[40]罢)听到青龙山的煤矿[41]出息好,所以开手的。待到开学时,煤矿那面却已将原先的技师辞退,换了一个不甚了然的人了。理由是:一、先前的技师薪水太贵;二、他们觉得开煤矿并不难。于是不到一年,就连煤在那里也不甚了然起来,终于是所得的煤,只能供烧那两架抽水机之用,就是抽了水掘煤,掘出煤来抽水,结一笔出入两清的账。既然开矿无利,矿路学堂自然也就无须乎开了,但是不知怎的,却又并不裁撤。到第三年我们下矿洞去看的时候,情形实在颇凄凉,抽水机当然还在转动,矿洞里积水却有半尺深,上面也点滴而下,几个矿工便在这里面鬼一般工作着。

毕业,自然大家都盼望的,但一到毕业,却又有些爽然若失。爬了几次桅,不消说不配做半个水兵;听了几年讲,下了几回矿洞,就能掘出金银铜铁锡来么?实在连自己也茫无把握,没有做《工欲善其事必先利其器论》的那么容易。爬上天空二十丈和钻下地面二十丈,结果还是一无所能,学问是"上穷碧落下黄泉,两处茫茫皆不见"[42]了。所余的还只有一条路:到外国去。

留学的事,官僚也许可了,派定五名到日本去。其中的一个因为祖母哭得死去活来,不去了,只剩了四个。日本是同中国很两样的,我们应该如何准备呢?有一个前辈同学在,比我们早一年毕业,曾经游历过日本,应该知道些情形。跑去请教之后,他郑重地说:

"日本的袜是万不能穿的,要多带些中国袜。我看纸票也不好,你们带去的钱不如都换了他们的现银。"

四个人都说遵命。别人不知其详,我是将钱都在上海换了日本的银元,还带了十双中国袜——白袜。

后来呢？后来,要穿制服和皮鞋,中国袜完全无用;一元的银圆日本早已废置不用了,又赔钱换了半元的银圆和纸票。

十月八日。

注释:

〔1〕 沈四太太　周家的房客。

〔2〕 中西学堂　全称"绍郡中西学堂",绍兴徐树兰创办的一所私立学校,1897年(清光绪二十三年)建立。1899年秋改为绍兴府学堂,1906年改称绍兴府中学堂。

〔3〕 "四书"　即儒家经典《大学》《中庸》《论语》《孟子》。

〔4〕 八股　是明、清科举考试制度所规定的一种公式化的文体。它用"四书""五经"中文句命题,并规定一定的格式:每篇都必须按次序分为所谓"破题""承题""起讲""入手""前股""中股""后股""束股"八个段落;后面四段是正文,每段分两股,两两相对,共计八股。这里所说的"起讲",就是其中的第三段。

〔5〕 求是书院　当时浙江的一所新式高等学校,创办于1897年。1901年改称浙江省求是大学堂,1914年停办。

〔6〕 指江南水师学堂,创办于1890年,1913年改为海军军官学校,1915年又改为海军雷电学校。

〔7〕 光复　指1911年的辛亥革命。

〔8〕 《封神榜》　即《封神演义》,神魔小说,明代许仲琳(一说陆西星)编写。

〔9〕 仪凤门　当时南京城北的一个城门。

〔10〕 这是初级英语读本上的课文,意思是:"这是一只猫。""这是一只老鼠吗?"

〔11〕 这段话出自《左传·隐公元年》,原文是:"君子曰,颍考叔,纯孝也。爱其母,施及庄公。"

〔12〕 "波赖妈"　英语primer的音译,意即初级读本。

〔13〕 《左传》　即《春秋左氏传》,相传为春秋时左丘明所撰。是一部用史实补充、解释《春秋》的书。

〔14〕 "支那通"　支那,古代梵语对中国的译称,近代日本亦称中国为支那。支那通,指研究和通晓中国情况的日本人。这里是讽刺安冈秀夫。他在《从小说看来的支那民族性》一书中,说中国人"耽享乐而淫风炽盛",连食物也都与性有关,如喜欢吃笋,就"是因为那挺然翘然的姿势,引起想象来"的缘故。参看《华盖集续编·马上支日记(七月四日)》。

〔15〕 讨替代　即找替死鬼。旧时迷信认为横死的人所变的"鬼",必须设法使别的人

也以同样的方式死亡,这样他才得投生,叫作"讨替代"。

〔16〕 放焰口 旧俗于夏历七月十五日(同日也是道教中元节)晚上请和尚结盂兰盆会,诵经施食,称为放焰口。盂兰盆,梵语 Ullambana 的音译,"救倒悬"的意思;焰口,饿鬼名。

〔17〕 毗卢帽 放焰口时,主座大和尚所戴的一种绣有毗卢佛像的帽子。

〔18〕 捏诀 和尚道士念经诵咒时的一种手势。

〔19〕 这些是《瑜伽焰口施食要集》中咒文的梵语音译。

〔20〕 发"名士"脾气 这是顾颉刚挖苦鲁迅的话,当时他们同在厦门大学教书。参看《两地书·四十八》。

〔21〕 矿路学堂 全称江南陆师学堂附设矿务铁路学堂。创办于1898年10月,1902年1月停办。

〔22〕 这是初级德语读本上的课文,意思是:"男人,女人,孩子"。

〔23〕 《小学集注》 宋代朱熹辑,明代陈选注,旧时学塾中常用的一种初级读物。内容系辑录古书中的片段,分类编成四内篇:《立教》《明伦》《敬身》《稽古》;二外篇:《嘉言》《善行》。

〔24〕 格致 "格物致知"的省称。《礼记·大学》有"致知在格物,物格而后知至"的话。格,推究。清末曾用"格致"统称物理、化学等自然学科。作者在矿路学堂读书时的"格致学",指物理科。

〔25〕 舆地 即地,这里指地理学。钟鼎碑版,指古代铜器、石刻;研究这些文物的形制、文字或图画的学问,叫金石学。

〔26〕 新党 参见本卷《祝福》注〔3〕。这里当时矿务铁路学堂总办俞明震(1860—1918),浙江绍兴人,光绪进士,1901年以江苏候补道委任江南陆军矿路学堂督办。

〔27〕 《时务报》 旬刊,梁启超等主编,当时宣传变法维新的主要期刊之一。1896年8月由黄遵宪、汪康年创办于上海,1898年7月底改为官报,8月出至第六十九期停刊。

〔28〕 华盛顿(G. Washington,1732—1799) 即乔治·华盛顿,美国政治家。他领导1775年至1783年美国反对英国殖民统治的独立战争,胜利后任美国第一任总统。

〔29〕 《天演论》 英国赫胥黎(T. Huxley,1825—1895)《进化论与伦理学及其他论文》中的前两篇,严复译述。1898年(清光绪二十四年)由湖北沔阳卢氏木刻印行,为"慎始基斋丛书"之一;1901年又由富文书局石印出版。其前半部着重解释自然现象,宣传物竞天择;后半部着重解释社会现象,宣扬优胜劣汰的社会思想。这部书对当时我国知识界曾产生很大的影响。

〔30〕 恺彻(G. J. Caesar,前100—前44) 通译恺撒,古罗马统帅,曾两次渡海侵入不列颠(英国)。

〔31〕 苏格拉第(Socrates,前469—前399)　通译苏格拉底,古希腊哲学家。被雅典政府以传播异说的罪名指控处死。

〔32〕 柏拉图(Platon,前427—前347)　古希腊哲学家,苏格拉底的弟子。

〔33〕 斯多噶(Stoic)　指斯多噶派,一译画廊派或斯多亚派,约公元前4世纪产生于古希腊,中经传播转变,存在到公元前2世纪的一个哲学派别。

〔34〕《译学汇编》　当为《译书汇编》,1900年12月6日在日本创刊。它是我国留日学生最早出版的一种杂志,分期译载东西各国政治法律名著,如卢梭的《民约论》、孟德斯鸠的《万法精理》等。后改名《政治学报》。

〔35〕 张廉卿(1823—1894)　名裕钊,字廉卿,湖北武昌人。清代古文家、书法家。道光举人,曾任内阁中书。后在江宁、湖北等地书院授徒。

〔36〕 本家的老辈　当指作者的叔祖周庆藩(1845—1917),字椒生,清光绪二年举人,时任江南水师学堂监督。

〔37〕 许应骙(?—1903)　字筠庵,广东番禺人,清光绪年间曾任礼部尚书,当时反对维新运动的顽固分子之一。这里所说的文章,指1898年6月22日(清光绪二十四年五月四日)他的《明白回奏并请斥逐工部主事康有为折》,见同年7月12日《申报》。

〔38〕 康有为变法　康有为于1898年(戊戌)与梁启超、谭嗣同等由光绪帝任用参与政事,试图变法;从同年6月11日光绪颁布变法维新的诏令,到9月21日以慈禧为首的封建顽固派发动政变,变法失败,共历时一百零三日,故又称戊戌变法或百日维新。

〔39〕 两江总督　总督,清代地方最高军政长官。两江总督在清初管辖江南和江西两省。清康熙六年(1667)江南省又分为江苏、安徽两省,仍与江西省并归两江总督管辖。

〔40〕 刘坤一(1830—1902)　字岘庄,湖南新宁人。1879年至1901年间数任两江总督,是当时官僚中倾向维新的人物之一。

〔41〕 青龙山的煤矿　在今南京官塘煤矿象山矿区。作者等人当年所下的矿洞即今象山矿区的古井。

〔42〕 这是唐代白居易《长恨歌》中的诗句。碧落,指天上;黄泉,指地下。

藤野先生

【题记】本文最初发表于1926年12月10日《莽原》半月刊第一卷第二十三期,后收入《朝花夕拾》,也是中学语文常收的课文。鲁迅写此文的本意是忆念"师生情谊",同时也是记述自己在日本留学的经历,以及人格思想的形成过程。鲁迅离开东京去仙台学医,原因之一是要摆脱东京留学的"清国留学生"的无聊、庸俗环境,也因为当时以为学医可以救国。但受在仙台医专时期的几件事刺激,促使鲁迅要弃医从文,提倡文艺运动,改造国民性。《藤野先生》是鲁迅回忆和叙写日本留学那段生活最完整的文字,读后,对鲁迅如何走上文学道路,就有了比较具体而感性的了解。

　　文章采用一些片段的连缀,感情深挚而潜隐,叙述是简约平缓的,不时跳出调侃、幽默的评说,增强了可读性。

　　东京也无非是这样。上野[1]的樱花烂熳的时节,望去确也像绯红的轻云,但花下也缺不了成群结队的"清国留学生"的速成班[2],头顶上盘着大辫子,顶得学生制帽的顶上高高耸起,形成一座富士山[3]。也有解散辫子,盘得平的,除下帽来,油光可鉴,宛如小姑娘的发髻一般,还要将脖子扭几扭。实在标致极了。

　　中国留学生会馆的门房里有几本书买,有时还值得去一转;倘在上午,里面的几间洋房里倒也还可以坐坐的。但到傍晚,有一间的地板便常不免要咚咚咚地响得震天,兼以满房烟尘斗乱;问问精通时事的人,答道,"那是在学跳舞。"

　　到别的地方去看看,如何呢?

　　我就往仙台[4]的医学专门学校去。从东京出发,不久便到一处驿站,写道:日暮里。不知怎地,我到现在还记得这名目。其次却只记得水户[5]

了,这是明的遗民朱舜水[6]先生客死的地方。仙台是一个市镇,并不大;冬天冷得利害;还没有中国的学生。

大概是物以希为贵罢。北京的白菜运往浙江,便用红头绳系住菜根,倒挂在水果店头,尊为"胶菜";福建野生着的芦荟,一到北京就请进温室,且美其名曰"龙舌兰"。我到仙台也颇受了这样的优待,不但学校不收学费,几个职员还为我的食宿操心。我先是住在监狱旁边一个客店[7]里的,初冬已经颇冷,蚊子却还多,后来用被盖了全身,用衣服包了头脸,只留两个鼻孔出气。在这呼吸不息的地方,蚊子竟无从插嘴,居然睡安稳了。饭食也不坏。但一位先生却以为这客店也包办囚人的饭食,我住在那里不相宜,几次三番,几次三番地说。我虽然觉得客店兼办囚人的饭食和我不相干,然而好意难却,也只得别寻相宜的住处了。于是搬到别一家[8],离监狱也很远,可惜每天总要喝难以下咽的芋梗汤[9]。

从此就看见许多陌生的先生,听到许多新鲜的讲义。解剖学是两个教授分任的。最初是骨学。其时进来的是一个黑瘦的先生,八字须,戴着眼镜,挟着一叠大大小小的书。一将书放在讲台上,便用了缓慢而很有顿挫的声调,向学生介绍自己道:

"我就是叫作藤野严九郎[10]的……。"

后面有几个人笑起来了。他接着便讲述解剖学在日本发达的历史,那些大大小小的书,便是从最初到现今关于这一门学问的著作。起初有几本是线装的;还有翻刻中国译本的,他们的翻译和研究新的医学,并不比中国早。

那坐在后面发笑的是上学年不及格的留级学生,在校已经一年,掌故颇为熟悉的了。他们便给新生讲演每个教授的历史。这藤野先生,据说是穿衣服太模胡了,有时竟会忘记带领结;冬天是一件旧外套,寒颤颤的,有一回上火车去,致使管车的疑心他是扒手,叫车里的客人大家小心些。

他们的话大概是真的,我就亲见他有一次上讲堂没有带领结。

过了一星期,大约是星期六,他使助手来叫我了。到得研究室,见他坐在人骨和许多单独的头骨中间,——他其时正在研究着头骨,后来有一篇论文在本校的杂志上发表出来。

"我的讲义,你能抄下来么?"他问。

"可以抄一点。"

"拿来我看！"

我交出所抄的讲义去,他收下了,第二三天便还我,并且说,此后每一星期要送给他看一回。我拿下来打开看时,很吃了一惊,同时也感到一种不安和感激。原来我的讲义已经从头到末,都用红笔添改过了,不但增加了许多脱漏的地方,连文法的错误,也都一一订正。这样一直继续到教完了他所担任的功课:骨学,血管学,神经学。

可惜我那时太不用功,有时也很任性。还记得有一回藤野先生将我叫到他的研究室里去,翻出我那讲义上的一个图来,是下臂的血管,指着,向我和蔼的说道:

"你看,你将这条血管移了一点位置了。——自然,这样一移,的确比较的好看些,然而解剖图不是美术,实物是那么样的,我们没法改换它。现在我给你改好了,以后你要全照着黑板上那样的画。"

但是我还不服气,口头答应着,心里却想道:

"图还是我画的不错;至于实在的情形,我心里自然记得的。"

学年试验完毕之后,我便到东京玩了一夏天,秋初再回学校,成绩早已发表了,同学一百余人之中,我在中间,不过是没有落第[11]。这回藤野先生所担任的功课,是解剖实习和局部解剖学。

解剖实习了大概一星期,他又叫我去了,很高兴地,仍用了极有抑扬的声调对我说道:

"我因为听说中国人是很敬重鬼的,所以很担心,怕你不肯解剖尸体。现在总算放心了,没有这回事。"

但他也偶有使我很为难的时候。他听说中国的女人是裹脚的,但不知道详细,所以要问我怎么裹法,足骨变成怎样的畸形,还叹息道,"总要看一看才知道。究竟是怎么一回事呢？"

有一天,本级的学生会干事到我寓里来了,要借我的讲义看。我检出来交给他们,却只翻检了一通,并没有带走。但他们一走,邮差就送到一封很厚的信,拆开看时,第一句是:

"你改悔罢！"

这是《新约》[12]上的句子罢,但经托尔斯泰[13]新近引用过的。其时正值日俄战争[14],托老先生便写了一封给俄国和日本的皇帝的信[15],开首便是这一句。日本报纸上很斥责他的不逊,爱国青年也愤然,然而暗地里却早受了他的影响了。其次的话,大略是说上年解剖学试验的题目,是藤野先生在讲义上做了记号,我预先知道的,所以能有这样的成绩。末尾是匿名。

我这才回忆到前几天的一件事。因为要开同级会,干事便在黑板上写广告,末一句是"请全数到会勿漏为要",而且在"漏"字旁边加了一个圈。我当时虽然觉到圈得可笑,但是毫不介意,这回才悟出那字也在讥刺我了,犹言我得了教员漏泄出来的题目。

我便将这事告知了藤野先生;有几个和我熟识的同学也很不平,一同去诘责干事托辞检查的无礼,并且要求他们将检查的结果,发表出来。终于这流言消灭了,干事却又竭力运动,要收回那一封匿名信去。结末是我便将这托尔斯泰式的信退还了他们。

中国是弱国,所以中国人当然是低能儿,分数在六十分以上,便不是自己的能力了:也无怪他们疑惑。但我接着便有参观枪毙中国人的命运了。第二年添教霉菌学,细菌的形状是全用电影[16]来显示的,一段落已完而还没有到下课的时候,便影几片时事的片子,自然都是日本战胜俄国的情形。但偏有中国人夹在里边:给俄国人做侦探,被日本军捕获,要枪毙了,围着看的也是一群中国人;在讲堂里的还有一个我。

"万岁!"他们都拍掌欢呼起来。

这种欢呼,是每看一片都有的,但在我,这一声却特别听得刺耳。此后回到中国来,我看见那些闲看枪毙犯人的人们,他们也何尝不酒醉似的喝采,——呜呼,无法可想! 但在那时那地,我的意见却变化了。

到第二学年的终结,我便去寻藤野先生,告诉他我将不学医学,并且离开这仙台。他的脸色仿佛有些悲哀,似乎想说话,但竟没有说。

"我想去学生物学,先生教给我的学问,也还有用的。"其实我并没有决意要学生物学,因为看得他有些凄然,便说了一个慰安他的谎话。

"为医学而教的解剖学之类,怕于生物学也没有什么大帮助。"他叹息说。

将走的前几天,他叫我到他家里去,交给我一张照相,后面写着两个字道:"惜别",还说希望将我的也送他。但我这时适值没有照相了;他便叮嘱我将来照了寄给他,并且时时通信告诉他此后的状况。

我离开仙台之后,就多年没有照过相,又因为状况也无聊,说起来无非使他失望,便连信也怕敢写了。经过的年月一多,话更无从说起,所以虽然有时想写信,却又难以下笔,这样的一直到现在,竟没有寄过一封信和一张照片。从他那一面看起来,是一去之后,杳无消息了。

但不知怎地,我总还时时记起他,在我所认为我师的之中,他是最使我感激,给我鼓励的一个。有时我常常想:他的对于我的热心的希望,不倦的教诲,小而言之,是为中国,就是希望中国有新的医学;大而言之,是为学术,就是希望新的医学传到中国去。他的性格,在我的眼里和心里是伟大的,虽然他的姓名并不为许多人所知道。

他所改正的讲义,我曾经订成三厚本,收藏着的,将作为永久的纪念。不幸七年前迁居[17]的时候,中途毁坏了一口书箱,失去半箱书,恰巧这讲义也遗失在内了[18]。责成运送局去找寻,寂无回信。只有他的照相至今还挂在我北京寓居的东墙上,书桌对面。每当夜间疲倦,正想偷懒时,仰面在灯光中瞥见他黑瘦的面貌,似乎正要说出抑扬顿挫的话来,便使我忽又良心发现,而且增加勇气了,于是点上一枝烟,再继续写些为"正人君子"之流所深恶痛疾的文字。

十月十二日。

注释:

〔1〕 上野 日本东京的公园,以樱花著名。

〔2〕 速成班 指东京弘文学院速成班。当时初到日本的我国留学生,一般先在这里学习日语等课程。

〔3〕 富士山 日本最高的山峰,著名火山,位于本州岛中南部。

〔4〕 仙台 日本本州岛东北部的城市,宫城县首府。1904年至1906年作者曾在这里习医。

〔5〕 水户 日本东部的一个城市,位于东京与仙台之间,旧为水户藩的都城。

〔6〕 朱舜水(1600—1682) 名之瑜,号舜水,浙江余姚人,明末思想家。明亡后曾进行反清复明活动,失败后长住日本讲学,客死水户。

〔7〕 指"佐藤屋",二层木制楼房,在片平丁宫城监狱旁边。房主为佐藤喜东治。

〔8〕 指"宫川宅",在土樋町一百五十八番地。房主为宫川信哉。

〔9〕 芋梗汤 日本人用芋梗等物和酱料做成的汤。

〔10〕 藤野严九郎(1874—1945) 日本福井县人。1896年在爱知县立医学专门学校毕业后,即在该校任教;1901年转任仙台医学专门学校讲师,1904年升任教授。1915年回乡自设诊所行医。作者逝世后,他曾作《谨忆周树人君》一文(载日本《文学指南》1937年3月号)。

〔11〕 落第 原指科举考试不中,这里指不及格。

〔12〕《新约》《新约全书》的简称,是基督教《圣经》的后一部分。内容主要是记载耶稣及其门徒的言行。

〔13〕 托尔斯泰 指列夫·托尔斯泰(1828—1910),俄国作家。代表作有《战争与和平》《安娜·卡列尼娜》《复活》。

〔14〕 日俄战争 指1904年2月至1905年9月,日本帝国主义和沙皇俄国为争夺我国东北地区和朝鲜的侵略权益而进行的一场帝国主义战争。这场战争主要在我国境内进行,使我国人民遭受巨大的灾难。

〔15〕 列夫·托尔斯泰写给俄国和日本皇帝的信,刊载于1904年6月27日伦敦《泰晤士报》;两个月后,译载于日本《平民新闻》。

〔16〕 电影 这里指幻灯片。

〔17〕 七年前迁居 指1919年12月作者从绍兴搬家到北京。

〔18〕 这讲义20世纪50年代已从鲁迅留在绍兴的藏书中找到,现藏北京鲁迅博物馆。

范 爱 农

【题注】本文最初发表于1926年12月25日《莽原》半月刊第一卷第二十四期,收入《朝花夕拾》。鲁迅怀念友人范爱农的命途多舛,在诙谐的叙说中灌注了沉重的情感。"我"同范爱农在东京初识便产生了误会,觉得他"很可恶"。后在故乡重逢,笑谈各自经历,加深了彼此的理解。他们在同一学校任教,爱农"实在勤快得可以"。之后鲁迅去南京后又移到北京,爱农的"景况愈困穷,言辞也愈凄苦",最后"便在各处飘浮",终于在失望的心境中溺水而死。范爱农是一位革命党的"畸人",爱国,耿直,愤世嫉俗。他热情期待和参与革命,最终却被革命所遗弃,虽曾有"白眼看鸡虫"的孤傲,最后也只能落得"竟尔失畸躬"。文章写的是范爱农的生活片段,却也折射出辛亥革命"热闹中的依旧",以及一代革命者的处境。通篇用白描法,以简练朴实的对话突显人物个性,让人过目不忘。

在东京的客店里,我们大抵一起来就看报。学生所看的多是《朝日新闻》和《读卖新闻》[1],专爱打听社会上琐事的就看《二六新闻》。一天早晨,辟头就看见一条从中国来的电报,大概是:

"安徽巡抚[2]恩铭被 Jo Shiki Rin 刺杀,刺客就擒。"

大家一怔之后,便容光焕发地互相告语,并且研究这刺客是谁,汉字是怎样三个字。但只要是绍兴人,又不专看教科书的,却早已明白了。这是徐锡麟[3],他留学回国之后,在做安徽候补道[4],办着巡警事务,正合于刺杀巡抚的地位。

大家接着就预测他将被极刑,家族将被连累。不久,秋瑾[5]姑娘在绍兴被杀的消息也传来了,徐锡麟是被挖了心,给恩铭的亲兵炒食净尽。人心很愤怒。有几个人便秘密地开一个会,筹集川资;这时用得着日本浪人[6]

了,撕乌贼鱼下酒,慷慨一通之后,他便登程去接徐伯荪的家属去。

照例还有一个同乡会,吊烈士,骂满洲;此后便有人主张打电报到北京,痛斥满政府的无人道。会众即刻分成两派:一派要发电,一派不要发。我是主张发电的,但当我说出之后,即有一种钝滞的声音跟着起来:

"杀的杀掉了,死的死掉了,还发什么屁电报呢。"

这是一个高大身材,长头发,眼球白多黑少的人,看人总像在渺视。他蹲在席子上,我发言大抵就反对;我早觉得奇怪,注意着他的了,到这时才打听别人:说这话的是谁呢,有那么冷?认识的人告诉我说:他叫范爱农[7],是徐伯荪的学生。

我非常愤怒了,觉得他简直不是人,自己的先生被杀了,连打一个电报还害怕,于是便坚执地主张要发电,同他争起来。结果是主张发电的居多数,他屈服了。其次要推出人来拟电稿。

"何必推举呢?自然是主张发电的人啰～～。"他说。

我觉得他的话又在针对我,无理倒也并非无理的。但我便主张这一篇悲壮的文章必须深知烈士生平的人做,因为他比别人关系更密切,心里更悲愤,做出来就一定更动人。于是又争起来。结果是他不做,我也不做,不知谁承认做去了;其次是大家走散,只留下一个拟稿的和一两个干事,等候做好之后去拍发。

从此我总觉得这范爱农离奇,而且很可恶。天下可恶的人,当初以为是满人,这时才知道还在其次;第一倒是范爱农。中国不革命则已,要革命,首先就必须将范爱农除去。

然而这意见后来似乎逐渐淡薄,到底忘却了,我们从此也没有再见面。直到革命的前一年,我在故乡做教员,大概是春末时候罢,忽然在熟人的客座上看见了一个人,互相熟视了不过两三秒钟,我们便同时说:

"哦哦,你是范爱农!"

"哦哦,你是鲁迅!"

不知怎地我们便都笑了起来,是互相的嘲笑和悲哀。他眼睛还是那样,然而奇怪,只这几年,头上却有了白发了,但也许本来就有,我先前没有留心到。他穿着很旧的布马褂,破布鞋,显得很寒素。谈起自己的经历来,他说他后来没有了学费,不能再留学,便回来了。回到故乡之后,又受着轻蔑,排斥,迫害,几乎无地可容。现在是躲在乡下,教着几个小学生糊口。但因为有时觉得很气闷,所以也趁了航船进城来。

他又告诉我现在爱喝酒,于是我们便喝酒。从此他每一进城,必定来访我,非常相熟了。我们醉后常谈些愚不可及的疯话,连母亲偶然听到了也发笑。一天我忽而记起在东京开同乡会时的旧事,便问他:

"那一天你专门反对我,而且故意似的,究竟是什么缘故呢?"

"你还不知道?我一向就讨厌你的,——不但我,我们。"

"你那时之前,早知道我是谁么?"

"怎么不知道。我们到横滨[8],来接的不就是子英[9]和你么?你看不起我们,摇摇头,你自己还记得么?"

我略略一想,记得的,虽然是七八年前的事。那时是子英来约我的,说到横滨去接新来留学的同乡。汽船一到,看见一大堆,大概一共有十多人,一上岸便将行李放到税关上去候查检,关吏在衣箱中翻来翻去,忽然翻出一双绣花的弓鞋来,便放下公事,拿着子细地看。我很不满,心里想,这些鸟男人,怎么带这东西来呢。自己不注意,那时也许就摇了摇头。检验完毕,在客店小坐之后,即须上火车。不料这一群读书人又在客车上让起坐位来了,甲要乙坐在这位上,乙要丙去坐,揖让未终,火车已开,车身一摇,即刻跌倒了三四个。我那时也很不满,暗地里想:连火车上的坐位,他们也要分出尊卑来……。自己不注意,也许又摇了摇头。然而那群雍容揖让的人物中就有范爱农,却直到这一天才想到。岂但他呢,说起来也惭愧,这一群里,还有后来在安徽战死的陈伯平[10]烈士,被害的马宗汉[11]烈士;被囚在黑狱里,到革命后才见天日而身上永带着匪刑的伤痕的也还有一两人。而我都茫无所知,摇着头将他们一并运上东京了。徐伯荪虽然和他们同船来,却不在这车上,因为他在神户[12]就和他的夫人坐车走了陆路了。

我想我那时摇头大约有两回,他们看见的不知道是那一回。让坐时喧闹,检查时幽静,一定是在税关上的那一回了,试问爱农,果然是的。

"我真不懂你们带这东西做什么?是谁的?"

"还不是我们师母的?"他瞪着他多白的眼。

"到东京就要假装大脚,又何必带这东西呢?"

"谁知道呢?你问她去。"

到冬初,我们的景况更拮据了,然而还喝酒,讲笑话。忽然是武昌起义[13],接着是绍兴光复[14]。第二天爱农就上城来,戴着农夫常用的毡帽,那笑容是从来没有见过的。

"老迅,我们今天不喝酒了。我要去看看光复的绍兴。我们同去。"

我们便到街上去走了一通,满眼是白旗。然而貌虽如此,内骨子是依旧的,因为还是几个旧乡绅所组织的军政府,什么铁路股东是行政司长,钱店掌柜是军械司长……。这军政府也到底不长久,几个少年一嚷,王金发[15]带兵从杭州进来了,但即使不嚷或者也会来。他进来以后,也就被许多闲汉和新进的革命党所包围,大做王都督[16]。在衙门里的人物,穿布衣来的,不上十天也大概换上皮袍子了,天气还并不冷。

我被摆在师范学校校长的饭碗旁边,王都督给了我校款二百元。爱农做监学,还是那件布袍子,但不大喝酒了,也很少有工夫谈闲天。他办事,兼教书,实在勤快得可以。

"情形还是不行,王金发他们。"一个去年听过我的讲义的少年来访问我,慷慨地说,"我们要办一种报[17]来监督他们。不过发起人要借用先生的名字。还有一个是子英先生,一个是德清[18]先生。为社会,我们知道你决不推却的。"

我答应他了。两天后便看见出报的传单,发起人诚然是三个。五天后便见报,开首便骂军政府和那里面的人员;此后是骂都督,都督的亲戚,同乡,姨太太……。

这样地骂了十多天,就有一种消息传到我的家里来,说都督因为你们诈取了他的钱,还骂他,要派人用手枪来打死你们了。

别人倒还不打紧,第一个着急的是我的母亲,叮嘱我不要再出去。但我还是照常走,并且说明,王金发是不来打死我们的,他虽然绿林大学[19]出身,而杀人却不很轻易。况且我拿的是校款,这一点他还能明白的,不过说说罢了。

果然没有来杀。写信去要经费,又取了二百元。但仿佛有些怒意,同时传令道:再来要,没有了!

不过爱农得到了一种新消息,却使我很为难。原来所谓"诈取"者,并非指学校经费而言,是指另有送给报馆的一笔款。报纸上骂了几天之后,王金发便叫人送去了五百元。于是乎我们的少年们便开起会议来,第一个问题是:收不收?决议曰:收。第二个问题是:收了之后骂不骂?决议曰:骂。理由是:收钱之后,他是股东;股东不好,自然要骂。

我即刻到报馆去问这事的真假。都是真的。略说了几句不该收他钱的话,一个名为会计的便不高兴了,质问我道:

"报馆为什么不收股本?"

"这不是股本……。"

"不是股本是什么?"

我就不再说下去了,这一点世故是早已知道的,倘我再说出连累我们的话来,他就会面斥我太爱惜不值钱的生命,不肯为社会牺牲,或者明天在报上就可以看见我怎样怕死发抖的记载。

然而事情很凑巧,季茀[20]写信来催我往南京了。爱农也很赞成,但颇凄凉,说:

"这里又是那样,住不得。你快去罢……。"

我懂得他无声的话,决计往南京。先到都督府去辞职,自然照准,派来了一个拖鼻涕的接收员,我交出账目和余款一角又两铜元,不是校长了。后任是孔教会[21]会长傅力臣。

报馆案[22]是我到南京后两三个星期了结的,被一群兵们捣毁。子英在乡下,没有事;德清适值在城里,大腿上被刺了一尖刀。他大怒了。自然,这是很有些痛的,怪他不得。他大怒之后,脱下衣服,照了一张照片,以显示一寸来宽的刀伤,并且做一篇文章叙述情形,向各处分送,宣传军政府的横暴。我想,这种照片现在是大约未必还有人收藏着了,尺寸太小,刀伤缩小到几乎等于无,如果不加说明,看见的人一定以为是带些疯气的风流人物的裸体照片,倘遇见孙传芳[23]大帅,还怕要被禁止的。

我从南京移到北京的时候,爱农的学监也被孔教会会长的校长设法去掉了。他又成了革命前的爱农。我想为他在北京寻一点小事做,这是他非常希望的,然而没有机会。他后来便到一个熟人的家里去寄食,也时时给我信,景况愈困穷,言辞也愈凄苦。终于又非走出这熟人的家不可,便在各处飘浮。不久,忽然从同乡那里得到一个消息,说他已经掉在水里,淹死了。

我疑心他是自杀。因为他是浮水的好手,不容易淹死的。

夜间独坐在会馆里,十分悲凉,又疑心这消息并不确,但无端又觉得这是极其可靠的,虽然并无证据。一点法子都没有,只做了四首诗[24],后来曾在一种日报上发表,现在是将要忘记完了。只记得一首里的六句,起首四句是:"把酒论天下,先生小酒人。大圜犹酩酊,微醉合沉沦。"中间忘掉两句,末了是"旧朋云散尽,余亦等轻尘。"

后来我回故乡去,才知道一些较为详细的事。爱农先是什么事也没得做,因为大家讨厌他。他很困难,但还喝酒,是朋友请他的。他已经很少和人们来往,常见的只剩下几个后来认识的较为年青的人了,然而他们似乎也不愿意多听他的牢骚,以为不如讲笑话有趣。

"也许明天就收到一个电报,拆开来一看,是鲁迅来叫我的。"他时常这样说。

一天,几个新的朋友约他坐船去看戏,回来已过夜半,又是大风雨,他醉着,却偏要到船舷上去小解。大家劝阻他,也不听,自己说是不会掉下去的。但他掉下去了,虽然能浮水,却从此不起来。

第二天打捞尸体,是在菱荡里找到的,直立着。

我至今不明白他究竟是失足还是自杀[25]。

他死后一无所有,遗下一个幼女和他的夫人。有几个人想集一点钱作他女孩将来的学费的基金,因为一经提议,即有族人来争这笔款的保管权,——其实还没有这笔款,——大家觉得无聊,便无形消散了。

现在不知他唯一的女儿景况如何?倘在上学,中学已该毕业了罢。

十一月十八日。

注释:

〔1〕《朝日新闻》和《读卖新闻》 日本报纸。下文中的《二六新闻》应为《二六新报》。1907年7月8日和9日的东京《朝日新闻》,都载有报道徐锡麟刺杀恩铭一案的消息。

〔2〕 巡抚 清代的省级官员。

〔3〕 徐锡麟(1873—1907) 字伯荪,浙江绍兴人,清末革命团体光复会的重要成员。1905年,在绍兴创办大通师范学堂,培植反清革命骨干。1906年春,为便于从事革命活动,筹资捐了候补道,同年秋被分发到安徽;1907年与秋瑾准备在浙皖两省同时起义,7月6日(清光绪三十三年五月二十六日),他以安徽巡警处会办兼巡警学堂监督身份为掩护,乘巡

警学堂举行毕业典礼之机,刺杀安徽巡抚恩铭,并率少数学生攻占军械局,弹尽被捕,当天即遭杀害。

〔4〕 候补道　即候补道员。道员是清代官名,分总管省以下、府州以上一行政区域职务的道员和专管一省特定职务的道员。据清代官制,通过科举或捐纳等途径取得道员官衔,但不一定有实际职务。一般没有实际职务的道员,由吏部抽签分发到某部或某省,听候差委,称为候补道。

〔5〕 秋瑾　参见下卷《病后杂谈》注〔23〕。

〔6〕 日本浪人　指日本幕府时代失去禄位、四处流浪的武士。他们无固定职业,常受雇于人,从事各种好勇斗狠的活动。

〔7〕 范爱农(1883—1912)　名肇基,字斯年,号爱农,浙江绍兴人。1912年7月10日与绍兴《民兴日报》友人游湖时淹死。

〔8〕 横滨　日本本州岛中南部港口城市,神奈川县首府,在东京湾西岸。

〔9〕 子英　姓陈名濬(1882—1950),浙江绍兴人。

〔10〕 陈伯平(1885—1907)　原名渊,字墨峰,自号光复子,浙江绍兴人。他是大通师范学堂的学生,曾两次赴日本学习警务和制造炸弹。1907年6月,与马宗汉同赴安徽参加徐锡麟组织的武装起义,起事时在军械局的战斗中阵亡。

〔11〕 马宗汉(1884—1907)　名纯昌,字子畦,自号宗汉子,浙江余姚人。1905年赴日本留学,次年回国。1907年6月赴安徽参加徐锡麟的起义活动,起事中据守军械局,弹尽被捕,备受酷刑后于8月24日就义。

〔12〕 神户　日本本州岛西南部港口城市。

〔13〕 武昌起义　即辛亥革命。1911年10月10日在武昌由同盟会等领导的推翻清王朝的武装起义。

〔14〕 绍兴光复　据《中国革命记》第三册(1911年上海自由社编印)记载:辛亥九月十四日(1911年11月4日)"绍兴府闻杭州为民军占领,即日宣布光复"。

〔15〕 王金发(1883—1915)　名逸,字季高,浙江嵊县人。原为浙东洪门会党平阳党的首领,后由光复会创始人陶成章介绍加入该会。1911年11月10日,他率领光复军进入绍兴,11日成立绍兴军政分府,自任都督。"二次革命"失败后,在1915年7月13日被督理浙江军务朱瑞杀害于杭州。

〔16〕 都督　官名。辛亥革命时为地方最高军政长官。以后改称督军。

〔17〕 指《越铎日报》,1912年1月3日在绍兴创刊。作者鲁迅是该报发起人之一,并为其撰写《〈越铎〉出世辞》(收入《集外集拾遗补编》)。

〔18〕 德清　孙德卿(1868—1932),浙江绍兴人。开明绅士,曾参加反清革命运动。

〔19〕 绿林大学　西汉末年王匡、王凤等率领农民在绿林山(今湖北当阳县东北)起

义,号"绿林兵";"绿林"的名称即起源于此,后来用以泛指聚集山林反抗官府或劫掠财物的人们。王金发曾领导浙东洪门会党平阳党,故作者在这里戏称他是"绿林大学出身"。

〔20〕 季茀　许寿裳(1882—1948),字季茀,浙江绍兴人,教育家。作者留学日本弘文学院时的同学,后又在教育部、北京女子师范大学、广东中山大学等处同事多年,与作者交谊甚笃。著有《我所认识的鲁迅》《亡友鲁迅印象记》等。抗日战争胜利后,在台湾大学任教。由于他倾向民主和宣传鲁迅,以致遭到国民党当局所忌,在1948年2月18日深夜,被刺杀于台北。此处所说"写信来催我往南京",是指他受当时教育总长蔡元培之托,邀作者去南京教育部任职。

〔21〕 孔教会　一个为袁世凯复辟服务的尊孔派组织。1912年10月在上海成立,次年迁北京。当时各地保守势力亦纷纷筹建此类组织。绍兴孔教会会长傅励臣(1866—1918)是前清举人,他同时兼任绍兴教育会会长和绍兴师范学校校长。

〔22〕 报馆案　指王金发所部士兵捣毁越铎日报馆一案。时在1912年8月1日,作者早已于5月离开南京,随教育部迁到北京。这里说"是我到南京后两三个星期了结的",记忆有误。

〔23〕 孙传芳　参见本卷《关于太炎先生二三事》注〔17〕。1926年夏他盘踞江浙等地时,曾以保卫礼教为理由,下令禁止上海美术专门学校采用裸体模特儿。

〔24〕 作者悼范爱农的诗,实际上是三首。最初发表在1912年8月21日绍兴《民兴日报》,署名黄棘,后收入《集外集》。下面说的"一首"指第三首,其五六句是"此别成终古,从兹绝绪言"。

〔25〕 是失足还是自杀　1912年5月9日(夏历三月二十七日)范爱农在给作者信中,曾有"如此世界,实何生为?盖吾辈生成傲骨,未能随波逐流,惟死而已,端无生理"等语。作者怀疑他可能是投湖自杀。

记念刘和珍君

　　【题记】本文发表于1926年4月《语丝》周刊第七十四期，后收入《华盖集续集》。"记念"，现在写作"纪念"。1926年3月，日本帝国主义援助奉系军阀，派军舰驶入大沽口，炮击国民军，国民军反击。日本纠结英美法意荷比等国驻华公使，借口维护八国联军入侵时与清政府签订的《辛丑条约》，提出种种无理要求，并准备集结军队进犯京津。3月18日北京各界在天安门集会抗议，会后到执政府前请愿。段祺瑞政府竟令卫兵武力驱赶，打死打伤两百余人，制造了"三一八惨案"。刘和珍等当时遇害。鲁迅愤而写了这篇悼文，记述惨案的事实，回忆对被虐杀的学生刘和珍的印象，控诉当局的暴行和所谓"学者文人"的阴险流言。悼词中"始终微笑着的和蔼的刘和珍君"的印象叠现，"我实在无话可说""我还有要说的话"这类似乎矛盾的语句多次重复，就如同歌剧中情致高昂部分的咏叹调，让极度悲愤的感情得到充分的宣泄。文章还交错使用了对偶和排比句式，穿插诗的语言，行文参差错落，荡气回肠，洋溢着悲抑而激越的文气。

一

　　中华民国十五年三月二十五日，就是国立北京女子师范大学为十八日在段祺瑞执政府[1]前遇害的刘和珍[2]杨德群[3]两君开追悼会的那一天，我独在礼堂外徘徊，遇见程君[4]，前来问我道，"先生可曾为刘和珍写了一点什么没有？"我说"没有"。她就正告我，"先生还是写一点罢；刘和珍生前就很爱看先生的文章。"

　　这是我知道的，凡我所编辑的期刊，大概是因为往往有始无终之故罢，销行一向就甚为寥落,然而在这样的生活艰难中,毅然预定了《莽原》[5]全年的就有她。我也早觉得有写一点东西的必要了,这虽然于死者毫不相干,但在生者,却大抵只能如此而已。倘使我能够相信真有所谓"在天之灵",那自然可以得到更大的安慰,——但是,现在,却只能如此而已。

可是我实在无话可说。我只觉得所住的并非人间。四十多个青年的血,洋溢在我的周围,使我艰于呼吸视听,那里还能有什么言语?长歌当哭,是必须在痛定之后的。而此后几个所谓学者文人的阴险的论调[6],尤使我觉得悲哀。我已经出离[7]愤怒了。我将深味这非人间的浓黑的悲凉;以我的最大哀痛显示于非人间,使它们快意于我的苦痛,就将这作为后死者的菲薄的祭品,奉献于逝者的灵前。

二

真的猛士,敢于直面惨淡的人生,敢于正视淋漓的鲜血。这是怎样的哀痛者和幸福者?然而造化又常常为庸人设计,以时间的流驶,来洗涤旧迹,仅使留下淡红的血色和微漠[8]的悲哀。在这淡红的血色和微漠的悲哀中,又给人暂得偷生,维持着这似人非人的世界。我不知道这样的世界何时是一个尽头!

我们还在这样的世上活着;我也早觉得有写一点东西的必要了。离三月十八日也已有两星期,忘却的救主快要降临了罢[9],我正有写一点东西的必要了。

三

在四十余被害的青年之中,刘和珍君是我的学生。学生云者,我向来这样想,这样说,现在却觉得有些踌躇了,我应该对她奉献我的悲哀与尊敬。她不是"苟活到现在的我"的学生,是为了中国而死的中国的青年。

她的姓名第一次为我所见,是在去年夏初杨荫榆[10]女士做女子师范大学校长,开除校中六个学生自治会职员的时候。其中的一个就是她;但是我不认识。直到后来,也许已经是刘百昭率领男女武将,强拖出校[11]之后了,才有人指着一个学生告诉我,说:这就是刘和珍。其时我才能将姓名和实体联合起来,心中却暗自诧异。我平素想,能够不为势利所屈,反抗一广有羽翼的校长的学生,无论如何,总该是有些桀骜锋利的,但她却常常微笑着,态度很温和。待到偏安于宗帽胡同[12],赁屋授课之后,她才始来听我的讲义,于是见面的回数就较多了,也还是始终微笑着,态度很温和。待到学校恢复旧观[13],往日的教职员以为责任已尽,准备陆续引退的时候,我才见她虑及母校前途,黯然至于泣下。此后似乎就不相见。总之,在我的记忆上,那一次就是永别了。

四

我在十八日早晨,才知道上午有群众向执政府请愿的事;下午便得到噩耗,说卫队居然开枪,死伤至数百人,而刘和珍君即在遇害者之列。但我对于这些传说,竟至于颇为怀疑。我向来是不惮以最坏的恶意,来推测中国人的,然而我还不料,也不信竟会下劣凶残到这地步。况且始终微笑着的和蔼的刘和珍君,更何至于无端在府门前喋血呢?

然而即日证明是事实了,作证的便是她自己的尸骸。还有一具,是杨德群君的。而且又证明着这不但是杀害,简直是虐杀,因为身体上还有棍棒的伤痕。

但段政府就有令,说她们是"暴徒"!

但接着就有流言,说她们是受人利用的。

惨象,已使我目不忍视了;流言,尤使我耳不忍闻。我还有什么话可说呢?我懂得衰亡民族之所以默无声息的缘由了。沉默呵,沉默呵!不在沉默中爆发,就在沉默中灭亡。

五

但是,我还有要说的话。

我没有亲见;听说,她,刘和珍君,那时是欣然前往的。自然,请愿而已,稍有人心者,谁也不会料到有这样的罗网。但竟在执政府前中弹了,从背部入,斜穿心肺,已是致命的创伤,只是没有便死。同去的张静淑[14]君想扶起她,中了四弹,其一是手枪,立仆;同去的杨德群君又想去扶起她,也被击,弹从左肩入,穿胸偏右出,也立仆。但她还能坐起来,一个兵在她头部及胸部猛击两棍,于是死掉了。

始终微笑的和蔼的刘和珍君确是死掉了,这是真的,有她自己的尸骸为证;沉勇而友爱的杨德群君也死掉了,有她自己的尸骸为证;只有一样沉勇而友爱的张静淑君还在医院里呻吟。当三个女子从容地转辗于文明人所发明的枪弹的攒射中的时候,这是怎样的一个惊心动魄的伟大呵!中国军人的屠戮妇婴的伟绩,八国联军的惩创学生的武功,不幸全被这几缕血痕抹杀了。

但是中外的杀人者却居然昂起头来,不知道个个脸上有着血污……。

六

时间永是流驶,街市依旧太平,有限的几个生命,在中国是不算什么的,至多,不过供无恶意的闲人以饭后的谈资,或者给有恶意的闲人作"流言"的种子。至于此外的深的意义,我总觉得很寥寥,因为这实在不过是徒手的请愿。人类的血战前行的历史,正如煤的形成,当时用大量的木材,结果却只是一小块,但请愿是不在其中的[15],更何况是徒手。

然而既然有了血痕了,当然不觉要扩大。至少,也当浸渍了亲族,师友,爱人的心,纵使时光流驶,洗成绯红,也会在微漠的悲哀中永存微笑的和蔼的旧影。陶潜说过,"亲戚或余悲,他人亦已歌,死去何所道,托体同山阿。"[16]倘能如此,这也就够了。

七

我已经说过:我向来是不惮以最坏的恶意来推测中国人的。但这回却很有几点出于我的意外。一是当局者竟会这样地凶残,一是流言家竟至如此之下劣,一是中国的女性临难竟能如是之从容。

我目睹中国女子的办事,是始于去年的,虽然是少数,但看那干练坚决,百折不回的气概,曾经屡次为之感叹。至于这一回在弹雨中互相救助,虽殒身不恤[17]的事实,则更足为中国女子的勇毅,虽遭阴谋秘计,压抑至数千年,而终于没有消亡的明证了。倘要寻求这一次死伤者对于将来的意义,意义就在此罢。

苟活者在淡红的血色中,会依稀看见微茫的希望;真的猛士,将更奋然而前行。

呜呼,我说不出话,但以此记念刘和珍君!

四月一日。

注释:

〔1〕 段祺瑞执政府　1924年第二次"直奉战争",直系军阀失败,奉系军阀推段祺瑞为北洋政府临时执政。段祺瑞(1865—1936),北洋军阀皖系首领,曾几次把持北洋军阀的中央政权,1926年4月被冯玉祥驱逐下台。

〔2〕 刘和珍(1904—1926)　江西南昌人,北京女子师范大学英文系学生。

〔3〕 杨德群(1902—1926)　湖南湘阴人,北京女子师范大学国文系预科学生。

〔4〕 程君　指程毅志,湖北孝感人,北京女子师范大学教育系学生。

〔5〕 《莽原》　文艺刊物,鲁迅编辑。1925年4月24日创刊于北京,初为周刊,后改半月刊,未名社出版。这里所说的"毅然预定了《莽原》全年",指《莽原》半月刊。

〔6〕 几个所谓学者文人的阴险的论调　指林学衡、陈源等人的言论。林学衡于1926年3月20日在《晨报》发文《为青年流血问题敬告全国国民》,诬称爱国青年"激于意气,铤而走险,乃陷入奸人居间利用之彀中"。陈源在1926年3月27日的《现代评论》发文污蔑爱国青年"没有审判力",被人引入"死地",惨案责任在"民众领袖"。

〔7〕 出离　超出。

〔8〕 微漠　依稀,淡薄。

〔9〕 忘却的救主快要降临了罢　这是讽刺的说法,意思是有些人快要忘记这件事了吧。

〔10〕 杨荫榆(1884—1938)　江苏无锡人,曾留学美国、日本,1924年起担任北京女子师范大学校长,以封建家长作风掌校,引起师生强烈抗争,后被免职。1926年后任教于苏州女子师范学校、东吴大学。1938年被侵华日军杀害。

〔11〕 刘百昭率领男女武将,强拖出校　北京女子师范大学学生反对校长杨荫榆,教育总长章士钊派亲信刘百昭雇人殴打学生,把一些学生强行拖出学校。

〔12〕 偏安于宗帽胡同　反对杨荫榆的女师大学生被赶出学校后,在西城宗帽胡同租赁房屋作为临时校舍,于1925年9月21日开学。当时鲁迅和部分教师曾去义务授课,表示支持。

〔13〕 学校恢复旧观　女师大学生经过一年多的斗争,在社会进步力量的声援下,于1925年11月30日迁回宣武门内石驸马大街原址,宣告复校。

〔14〕 张静淑(1902—1978)　湖南长沙人,北京女子师范大学教育系学生。受伤后经医治,幸得不死。

〔15〕 请愿是不在其中的　鲁迅是不主张采用向反动势力请愿这一方式的。可参看他在写本文的第二天写的《空谈》一文。

〔16〕 这里引用的是东晋诗人陶渊明所作《挽歌》中的四句。按,关于陶渊明,参见下卷《魏晋风度及文章与药及酒之关系》注〔66〕。

〔17〕 殒身不恤　牺牲生命也在所不惜。殒,死亡。恤,顾虑。

为了忘却的记念

【题记】本文最初发表于1933年4月1日《现代》第二卷第六期,后收入《南腔北调集》。第二次国内革命战争时期,国民党反动派对共产党实行军事围剿的同时,在文化上也实施围剿,大肆搜捕、拘禁、杀害左翼革命作家。1931年1月17日,柔石等五位革命青年作家被捕。同年2月7日,被秘密杀害。鲁迅当时发表了《中国无产阶级革命文学和前驱者的血》《黑暗中国的文艺界的现状》等文,揭露抨击国民党当局的罪行。1933年2月7—8日,在烈士遇难两周年时,鲁迅又写了这篇文章。作者回忆和选取与两位烈士生前接触的一些片段,勾勒他们不同的性格与共同的革命精神。可以和《记念刘和珍君》对读,两篇文章或汪洋恣肆,或曲折隐晦,但都表达了深挚沉痛的感情。

一

我早已想写一点文字,来记念几个青年的作家。这并非为了别的,只因为两年以来,悲愤总时时来袭击我的心,至今没有停止,我很想借此算是竦身一摇,将悲哀摆脱,给自己轻松一下,照直说,就是我倒要将他们忘却了。

两年前的此时,即一九三一年的二月七日夜或八日晨,是我们的五个青年作家[1]同时遇害的时候。当时上海的报章都不敢载这件事,或者也许是不愿,或不屑载这件事,只在《文艺新闻》上有一点隐约其辞的文章[2]。那第十一期(五月二十五日)里,有一篇林莽[3]先生作的《白莽印象记》,中间说:

"他做了好些诗,又译过匈牙利诗人彼得斐[4]的几首诗,当时的《奔流》的编辑者鲁迅接到了他的投稿,便来信要和他会面,但他却是不愿见名人的人,结果是鲁迅自己跑来找他,竭力鼓励他作文学的工作,但他终于不能坐在亭子间里写,又去跑他的路了。不久,他又一次的被了捕。……"

这里所说的我们的事情其实是不确的。白莽并没有这么高慢,他曾经到过我的寓所来,但也不是因为我要求和他会面;我也没有这么高慢,对于一位素不相识的投稿者,会轻率的写信去叫他。我们相见的原因很平常,那时他所投的是从德文译出的《彼得斐传》,我就发信去讨原文,原文是载在诗集前面的,邮寄不便,他就亲自送来了。看去是一个二十多岁的青年,面貌很端正,颜色是黑黑的,当时的谈话我已经忘却,只记得他自说姓徐,象山人;我问他为什么代你收信的女士是这么一个怪名字(怎么怪法,现在也忘却了),他说她就喜欢起得这么怪,罗曼谛克,自己也有些和她不大对劲了。就只剩了这一点。

夜里,我将译文和原文粗粗的对了一遍,知道除几处误译之外,还有一个故意的曲译。他像是不喜欢"国民诗人"这个字的,都改成"民众诗人"了。第二天又接到他一封来信,说很悔和我相见,他的话多,我的话少,又冷,好像受了一种威压似的。我便写一封回信去解释,说初次相会,说话不多,也是人之常情,并且告诉他不应该由自己的爱憎,将原文改变。因为他的原书留在我这里了,就将我所藏的两本集子送给他,问他可能再译几首诗,以供读者的参看。他果然译了几首,自己拿来了,我们就谈得比第一回多一些。这传和诗,后来就都登在《奔流》第二卷第五本,即最末的一本里。

我们第三次相见,我记得是在一个热天。有人打门了,我去开门时,来的就是白莽,却穿着一件厚棉袍,汗流满面,彼此都不禁失笑。这时他才告诉我他是一个革命者,刚由被捕而释出,衣服和书籍全被没收了,连我送他的那两本;身上的袍子是从朋友那里借来的,没有夹衫,而必须穿长衣,所以只好这么出汗。我想,这大约就是林莽先生说的"又一次的被了捕"的那一次了。

我很欣幸他的得释,就赶紧付给稿费,使他可以买一件夹衫,但一面又很为我的那两本书痛惜:落在捕房的手里,真是明珠投暗了。那两本书,原是极平常的,一本散文,一本诗集,据德文译者说,这是他搜集起来的,虽在匈牙利本国,也还没有这么完全的本子,然而印在《莱克朗氏万有文库》

(Reclam's Universal-Bibliothek)[5]中,倘在德国,就随处可得,也值不到一元钱。不过在我是一种宝贝,因为这是三十年前,正当我热爱彼得斐的时候,特地托丸善书店[6]从德国去买来的,那时还恐怕因为书极便宜,店员不肯经手,开口时非常惴惴。后来大抵带在身边,只是情随事迁,已没有翻译的意思了,这回便决计送给这也如我的那时一样,热爱彼得斐的诗的青年,算是给它寻得了一个好着落。所以还郑重其事,托柔石亲自送去的。谁料竟会落在"三道头"[7]之类的手里的呢,这岂不冤枉!

二

我的决不邀投稿者相见,其实也并不完全因为谦虚,其中含着省事的分子也不少。由于历来的经验,我知道青年们,尤其是文学青年们,十之九是感觉很敏,自尊心也很旺盛的,一不小心,极容易得到误解,所以倒是故意回避的时候多。见面尚且怕,更不必说敢有托付了。但那时我在上海,也有一个惟一的不但敢于随便谈笑,而且还敢于托他办点私事的人,那就是送书去给白莽的柔石。

我和柔石最初的相见,不知道是何时,在那里。他仿佛说过,曾在北京听过我的讲义,那么,当在八九年之前了。我也忘记了在上海怎么来往起来,总之,他那时住在景云里,离我的寓所不过四五家门面,不知怎么一来,就来往起来了。大约最初的一回他就告诉我是姓赵,名平复。但他又曾谈起他家乡的豪绅的气焰之盛,说是有一个绅士,以为他的名字好,要给儿子用,叫他不要用这名字了。所以我疑心他的原名是"平福",平稳而有福,才正中乡绅的意,对于"复"字却未必有这么热心。他的家乡,是台州的宁海,这只要一看他那台州式的硬气就知道,而且颇有点迂,有时会令我忽而想到方孝孺[8],觉得好像也有些这模样的。

他躲在寓里弄文学,也创作,也翻译,我们往来了许多日,说得投合起来了,于是另外约定了几个同意的青年,设立朝华社。目的是在绍介东欧和北欧的文学,输入外国的版画,因为我们都以为应该来扶植一点刚健质朴的文艺。接着就印《朝花旬刊》,印《近代世界短篇小说集》,印《艺苑朝华》,算都在循着这条线,只有其中的一本《蕗谷虹儿画选》,是为了扫荡上海滩上的"艺术家",即戳穿叶灵凤这纸老虎而印的。

然而柔石自己没有钱,他借了二百多块钱来做印本。除买纸之外,大部分的稿子和杂务都是归他做,如跑印刷局,制图,校字之类。可是往往不如意,说起来皱着眉头。看他旧作品,都很有悲观的气息,但实际上并不然,他相信人们是好的。我有时谈到人会怎样的骗人,怎样的卖友,怎样的吮血,他就前额亮晶晶的,惊疑地圆睁了近视的眼睛,抗议道,"会这样的么?——不至于此罢?……"

不过朝花社不久就倒闭了,我也不想说清其中的原因,总之是柔石的理想的头,先碰了一个大钉子,力气固然白化,此外还得去借一百块钱来付纸账。后来他对于我那"人心惟危"[9]说的怀疑减少了,有时也叹息道,"真会这样的么?……"但是,他仍然相信人们是好的。

他于是一面将自己所应得的朝花社的残书送到明日书店和光华书局去,希望还能够收回几文钱,一面就拚命的译书,准备还借款,这就是卖给商务印书馆的《丹麦短篇小说集》和戈理基作的长篇小说《阿尔泰莫诺夫之事业》。但我想,这些译稿,也许去年已被兵火烧掉了。[10]

他的迂渐渐的改变起来,终于也敢和女性的同乡或朋友一同去走路了,但那距离,却至少总有三四尺的。这方法很不好,有时我在路上遇见他,只要在相距三四尺前后或左右有一个年青漂亮的女人,我便会疑心就是他的朋友。但他和我一同走路的时候,可就走得近了,简直是扶住我,因为怕我被汽车或电车撞死;我这面也为他近视而又要照顾别人担心,大家都苍皇失措的愁一路,所以倘不是万不得已,我是不大和他一同出去的,我实在看得他吃力,因而自己也吃力。

无论从旧道德,从新道德,只要是损己利人的,他就挑选上,自己背起来。

他终于决定地改变了,有一回,曾经明白的告诉我,此后应该转换作品的内容和形式。我说:这怕难罢,譬如使惯了刀的,这回要他耍棍,怎么能行呢?他简洁的答道:只要学起来!

他说的并不是空话,真也在从新学起来了,其时他曾经带了一个朋友来访我,那就是冯铿女士。谈了一些天,我对于她终于很隔膜,我疑心她有点罗曼谛克,急于事功;我又疑心柔石的近来要做大部的小说,是发源于她的主张的。但我又疑心我自己,也许是柔石的先前的斩钉截铁的回答,正中了我那其实是偷懒的主张的伤疤,所以不自觉地迁怒到她身上去了。——我其实也并不比我所怕见的神经过敏而自尊的文学青年高明。

她的体质是弱的,也并不美丽。

三

直到左翼作家联盟成立之后,我才知道我所认识的白莽,就是在《拓荒者》上做诗的殷夫。有一次大会时,我便带了一本德译的,一个美国的新闻记者所做的中国游记去送他,[11]这不过以为他可以由此练习德文,另外并无深意。然而他没有来。我只得又托了柔石。

但不久,他们竟一同被捕,我的那一本书,又被没收,落在"三道头"之类的手里了。

四

明日书店要出一种期刊,请柔石去做编辑,他答应了;书店还想印我的译著,托他来问版税的办法,我便将我和北新书局所订的合同,抄了一份交给他,他向衣袋里一塞,匆匆的走了。其时是一九三一年一月十六日的夜间,而不料这一去,竟就是我和他相见的末一回,竟就是我们的永诀。

第二天,他就在一个会场上被捕了,衣袋里还藏着我那印书的合同,听说官厅因此正在找寻我。印书的合同,是明明白白的,但我不愿意到那些不明不白的地方去辩解。记得《说岳全传》里讲过一个高僧,当追捕的差役刚到寺门之前,他就"坐化"了,还留下什么"何立从东来,我向西方走"的偈子。[12]这是奴隶所幻想的脱离苦海的惟一的好方法,"剑侠"盼不到,最自在的惟此而已。我不是高僧,没有涅槃[13]的自由,却还有生之留恋,我于是就逃走[14]。

这一夜,我烧掉了朋友们的旧信札,就和女人抱着孩子走在一个客栈里。不几天,即听得外面纷纷传我被捕,或是被杀了,柔石的消息却很少。有的说,他曾经被巡捕带到明日书店里,问是否是编辑;有的说,他曾经被巡捕带往北新书局去,问是否是柔石,手上上了铐,可见案情是重的。但怎样的案情,却谁也不明白。

他在囚系中,我见过两次他写给同乡[15]的信,第一回是这样的——

"我与三十五位同犯(七个女的)于昨日到龙华。并于昨夜上了镣,开政治犯从未上镣之纪录。此案累及太大,我一时恐难出狱,书店事望兄为我代办之。现亦好,且跟殷夫兄学德文,此事可告周先生;望周先生勿念,我等未受刑。捕房和公安局,几次问周先生地址,但我那里知道。诸望勿念。祝好!

赵少雄　一月二十四日。"

以上正面。

"洋铁饭碗,要二三只
如不能见面,可将东西
望转交赵少雄"

以上背面。

他的心情并未改变,想学德文,更加努力;也仍在记念我,像在马路上行走时候一般。但他信里有些话是错误的,政治犯而上镣,并非从他们开始,但他向来看得官场还太高,以为文明至今,到他们才开始了严酷。其实是不然的。果然,第二封信就很不同,措词非常惨苦,且说冯女士的面目都浮肿了,可惜我没有抄下这封信。其时传说也更加纷繁,说他可以赎出的也有,说他已经解往南京的也有,毫无确信;而用函电来探问我的消息的也多起来,连母亲在北京也急得生病了,我只得一一发信去更正,这样的大约有二十天。

天气愈冷了,我不知道柔石在那里有被褥不?我们是有的。洋铁碗可曾收到了没有?……但忽然得到一个可靠的消息,说柔石和其他二十三人,已于二月七日夜或八日晨,在龙华警备司令部被枪毙了,他的身上中了十弹。

原来如此!……

在一个深夜里,我站在客栈的院子中,周围是堆着的破烂的什物;人们都睡觉了,连我的女人和孩子。我沉重的感到我失掉了很好的朋友,中国失掉了很好的青年,我在悲愤中沉静下去了,然而积习却从沉静中抬起头来,凑成了这样的几句:

惯于长夜过春时,挈妇将雏鬓有丝。
梦里依稀慈母泪,城头变幻大王旗。
忍看朋辈成新鬼,怒向刀丛觅小诗。
吟罢低眉无写处,月光如水照缁衣。[16]

但末二句,后来不确了,我终于将这写给了一个日本的歌人[17]。

可是在中国,那时是确无写处的,禁锢得比罐头还严密。我记得柔石在年底曾回故乡,住了好些时,到上海后很受朋友的责备。他悲愤的对我说,他的母亲双眼已经失明了,要他多住几天,他怎么能够就走呢?我知道这失明的母亲的眷眷的心,柔石的拳拳的心。当《北斗》创刊时,我就想写一点关于柔石的文章,然而不能够,只得选了一幅珂勒惠支(Käthe Kollwitz)夫人的木刻,名曰《牺牲》,是一个母亲悲哀地献出她的儿子去的,算是只有我一个人心里知道的柔石的记念。

同时被难的四个青年文学家之中,李伟森我没有会见过,胡也频在上海也只见过一次面,谈了几句天。较熟的要算白莽,即殷夫了,他曾经和我通过信,投过稿,但现在寻起来,一无所得,想必是十七那夜统统烧掉了,那时我还没有知道被捕的也有白莽。然而那本《彼得斐诗集》却在的,翻了一遍,也没有什么,只在一首《Wahlspruch》(格言)的旁边,有钢笔写的四行译文道:

"生命诚宝贵,
　爱情价更高;
若为自由故,
　二者皆可抛!"

又在第二叶上,写着"徐培根"[18]三个字,我疑心这是他的真姓名。

五

前年的今日,我避在客栈里,他们却是走向刑场了;去年的今日,我在炮声中逃在英租界,他们则早已埋在不知那里的地下了;今年的今日,我才坐在旧寓里,人们都睡觉了,连我的女人和孩子。我又沉重的感到我失掉了很好的朋友,中国失掉了很好的青年,我在悲愤中沉静下去了,不料积习又从沉静中抬起头来,写下了以上那些字。

要写下去,在中国的现在,还是没有写处的。年青时读向子期《思旧赋》[19],很怪他为什么只有寥寥的几行,刚开头却又煞了尾。然而,现在我懂得了。

不是年青的为年老的写记念,而在这三十年中,却使我目睹许多青年的血,层层淤积起来,将我埋得不能呼吸,我只能用这样的笔墨,写几句文章,算是从泥土中挖一个小孔,自己延口残喘,这是怎样的世界呢。夜正长,路也正长,我不如忘却,不说的好罢。但我知道,即使不是我,将来总会有记起他们,再说他们的时候的。……

二月七——八日。

注释:

[1]　五个青年作家　他们是白莽、柔石、冯铿、李伟森和胡也频。李伟森(1903—1931),又名李求实,湖北武昌人,译有《朵思退夫斯基》《动荡中的新俄农村》等。他们都是中共党员。李伟森被捕时在中共中央宣传部工作,其他四人被捕时都是"左联"成员。1931年1月17日,他们在上海东方旅社参加党内集会被捕。同年2月7日,被国民党当局秘密杀害于龙华。

[2]　"左联"五位作家被捕遇害的消息,《文艺新闻》第三号(1931年3月30日)以《在地狱或人世的作家?》为题,用读者致编者信的形式,首先透露出来。

[3]　林莽　即楼适夷(1905—2001),浙江余姚人,作家、翻译家。当时"左联"成员。

[4]　彼得斐(Petöfi Sándor,1823—1849)　通译裴多菲,匈牙利爱国诗人。主要诗作有《勇敢的约翰》《民族之歌》等。

[5]　《莱克朗氏万有文库》　德国莱克朗氏书店1867年始出版的文学丛书。

[6]　丸善书店　日本东京一家出售西文书籍的书店。

[7]　"三道头"　当时上海公共租界巡官的俗称,其制服袖上缀有三道倒人字形标志,故称。

[8]　方孝孺(1357—1402)　浙江宁海人,明建文帝朱允炆时的侍讲学士、文学博士。明建文四年(1402)建文帝的叔父燕王朱棣起兵攻陷南京,自立为帝(即永乐帝),命他起草即位诏书;他坚决不从,遂遭杀害,被灭十族。

[9]　"人心惟危"　语见《尚书·大禹谟》:"人心惟危,道心惟微。"

[10]　商务印书馆在1932年"一·二八"战事中遭日军轰炸,大量书稿及藏书被毁。

〔11〕 中国游记　即美国记者安娜·路易斯·斯特朗所著的《中国纪行》(China's Reise),1928年新德意志社出版。鲁迅于1930年12月2日购得,次年1月15日赠与白莽。

〔12〕 《说岳全传》　清代康熙年间的演义小说,钱彩编次,金丰增订,共八十回。该书第六十一回写镇江金山寺道悦和尚,因同情岳飞,秦桧就派"家人"何立去抓他。他正在寺内"升座说法",一见何立,便口占一偈死去。"坐化",佛家语,佛家传说有些高僧在临终前盘膝端坐,安然而逝,称作"坐化"。偈子,佛经中的唱词,也泛指和尚的隽语。

〔13〕 涅槃　参见下卷《忽然想到(五、六)》注〔12〕。

〔14〕 柔石被捕后,鲁迅于1931年1月20日和家属避居黄陆路花园庄,2月28日回寓。

〔15〕 指王育和(1903—1971),浙江宁海人,当时是慎昌钟表行的职员,和柔石同住闸北景云里二十八号,柔石在狱中通过送饭人带信给他,由他送周建人转给作者。

〔16〕 关于这首诗的解释,可参考本卷"旧体诗"关于《无题》的部分。

〔17〕 日本的歌人　指山本初枝(1898—1966)。据鲁迅1932年7月11日日记,作者将此诗书成小幅,托内山书店寄给她。

〔18〕 "徐培根"(1895—1991)　白莽的长兄。早年留学德国,曾任国民党政府军政部航空署长。鲁迅在《白莽作〈孩儿塔〉序》(《且介亭杂文末编》)中说:"我前一回的文章上是猜错的,这哥哥才是徐培根,航空署长,终于和他成了殊途同归的兄弟;他却叫徐白,较普通的笔名是殷夫。"(按,徐培根于1934年间因航空署失火焚毁一度被捕入狱。)

〔19〕 向子期(约227—272)　向秀,字子期,河内(今河南武陟)人,魏晋时期文学家。他和嵇康、吕安友善。《思旧赋》是他在嵇、吕被司马昭杀害后所作的哀悼文章,共一百五十六字(见《文选》卷十六)。

忆刘半农君

【题记】本文最初发表于1934年10月上海《青年界》月刊第六卷第三期,后收入《且介亭杂文》。刘半农"五四"时期参与《新青年》杂志的编辑工作,积极投身文学革命,提倡白话文,是新文化运动的一员干将。1920年到英国学习实验语音学,后转入法国巴黎大学,1925年获得文学博士学位。回国后任北京大学国文系教授,讲授语音学。1934年夏到绥远、内蒙古一带考察方言,不幸染上"回归热"病,7月14日在北平逝世。鲁迅悼念这位老朋友,是要还刘半农在"五四"历史上的本来面目,"免使一群陷沙鬼将他先前的光荣和死尸一同拖入烂泥的深渊"。同时通过忆念来反思历史:"五四"的先驱者清浅激越,敢打大仗,却也少了一点深沉和韧性。而这一切,都是不可重复的"五四"风格。本文道劲练达,一千四百多字,就把一位"五四"人物写活了。

这是小峰出给我的一个题目。

这题目并不出得过分。半农[1]去世,我是应该哀悼的,因为他也是我的老朋友。但是,这是十来年前的话了,现在呢,可难说得很。

我已经忘记了怎么和他初次会面,以及他怎么能到了北京。他到北京,恐怕是在《新青年》[2]投稿之后,由蔡子民[3]先生或陈独秀[4]先生去请来的,到了之后,当然更是《新青年》里的一个战士。他活泼,勇敢,很打了几次大仗。譬如罢,答王敬轩的双鐄信[5],"她"字和"牠"字的创造[6],就都是的。这两件,现在看起来,自然是琐屑得很,但那是十多年前,单是提倡新式标点,就会有一大群人"若丧考妣",恨不得"食肉寝皮"的时候,所以的确是"大仗"。现在的二十左右的青年,大约很少有人知道三十年前,单是剪下辫子就会坐牢或杀头的了。然而这曾经是事实。

但半农的活泼,有时颇近于草率,勇敢也有失之无谋的地方。但是,要商量袭击敌人的时候,他还是好伙伴,进行之际,心口并不相应,或者暗暗的给你一刀,他是决不会的。倘若失了算,那是因为没有算好的缘故。

《新青年》每出一期,就开一次编辑会,商定下一期的稿件。其时最惹我注意的是陈独秀和胡适之。假如将韬略比作一间仓库罢,独秀先生的是外面竖一面大旗,大书道:"内皆武器,来者小心!"但那门却开着的,里面有几枝枪,几把刀,一目了然,用不着提防。适之先生的是紧紧的关着门,门上粘一条小纸条道:"内无武器,请勿疑虑。"这自然可以是真的,但有些人——至少是我这样的人——有时总不免要侧着头想一想。半农却是令人不觉其有"武库"的一个人,所以我佩服陈胡,却亲近半农。

所谓亲近,不过是多谈闲天,一多谈,就露出了缺点。几乎有一年多,他没有消失掉从上海带来的才子必有"红袖添香夜读书"的艳福的思想,好容易才给我们骂掉了。但他好像到处都这么的乱说,使有些"学者"皱眉。有时候,连到《新青年》投稿都被排斥。他很勇于写稿,但试去看旧报去,很有几期是没有他的。那些人们批评他的为人,是:浅。

不错,半农确是浅。但他的浅,却如一条清溪,澄澈见底,纵有多少沉渣和腐草,也不掩其大体的清。倘使装的是烂泥,一时就看不出它的深浅来了;如果是烂泥的深渊呢,那就更不如浅一点的好。

但这些背后的批评,大约是很伤了半农的心的,他的到法国留学,我疑心大半就为此。我最懒于通信,从此我们就疏远起来了。他回来时,我才知道他在外国钞古书,后来也要标点《何典》[7],我那时还以老朋友自居,在序文上说了几句老实话,事后,才知道半农颇不高兴了,"驷不及舌"[8],也没有法子。另外还有一回关于《语丝》的彼此心照的不快活[9]。五六年前,曾在上海的宴会上见过一回面,那时候,我们几乎已经无话可谈了。

近几年,半农渐渐的据了要津,我也渐渐的更将他忘却;但从报章上看见他禁称"蜜斯"[10]之类,却很起了反感:我以为这些事情是不必半农来做的。从去年来,又看见他不断的做打油诗,弄烂古文,[11]回想先前的交情,也往往不免长叹。我想,假如见面,而我还以老朋友自居,不给一个"今天天气……哈哈哈"完事,那就也许会弄到冲突的罢。

不过,半农的忠厚,是还使我感动的。我前年曾到北平,后来有人通知我,半农是要来看我的,有谁恐吓了他一下,不敢来了。这使我很惭愧,因为我到北平后,实在未曾有过访问半农的心思。

现在他死去了,我对于他的感情,和他生时也并无变化。我爱十年前的半农,而憎恶他的近几年。这憎恶是朋友的憎恶,因为我希望他常是十年前的半农,他的为战士,即使"浅"罢,却于中国更为有益。我愿以愤火照出他的战绩,免使一群陷沙鬼将他先前的光荣和死尸一同拖入烂泥的深渊。

八月一日。

注释:

〔1〕 半农 刘半农(1891—1934),名复,字半侬,后改半农,江苏江阴人。历任北京大学教授、北平大学女子文理学院院长等。他曾参加《新青年》的编辑工作,是新文学运动初期重要作家之一。后留学法国,研究语音学。著有《半农杂文》、诗集《扬鞭集》以及《中国文法通论》《四声实验录》等。

〔2〕《新青年》 综合性月刊,"五四"时期倡导新文化运动、传播马克思主义的重要刊物。1915年9月创刊于上海,由陈独秀主编。第一卷名《青年杂志》,第二卷起改名《新青年》。1916年底迁至北京。从1918年1月起,李大钊等参加编辑工作。1921年4月第八卷第六号起移广州出版。1922年7月出满九卷后休刊,共出九卷,每卷六期。1923年6月起改出季刊,季刊共出九册,1926年7月以后即未再出版。

〔3〕 蔡孑民(1868—1940) 蔡元培,字鹤卿,号孑民,浙江绍兴人,近代教育家。反清革命组织光复会的创始人之一,后又参加同盟会,民国成立后曾任教育总长、北京大学校长等职;"五四"时期赞成和支持新文化运动。

〔4〕 陈独秀(1879—1942) 字仲甫,安徽怀宁人,新文化运动的倡导者、发起者和领军人物,中国共产党的主要创始人之一。1921年7月在中共第一次全国代表大会上被选为中央局书记,后任中央局执行委员会委员长(中共二大、中共三大)、中央总书记(中共四大、中共五大)等职务。1929年11月因就中东路事件发表不同意见而被开除党籍。1932年10月被国民政府逮捕判刑,1937年8月出狱,1942年5月27日于四川江津逝世。

〔5〕 答王敬轩的双鐄信 1918年初,《新青年》为了推动文学革命运动,开展对复古派的斗争,曾由编者之一钱玄同化名王敬轩,把当时社会上反对新文化运动的论调集中起来,模仿封建复古派口吻写信给《新青年》编辑部,又由刘半农写回信痛加批驳。两信同时发表在当年3月《新青年》第四卷第三号。

〔6〕"她"字和"它"字的创造 刘半农在1920年6月6日所作《"她"字问题》一文

中主张创造"她"字,作为第三位阴性代词。附带提出"应当另造一个字,以代无生物。"稍后,郭沫若在《时事新报·学灯》(同年9月11日)和泰东图书局《新的小说》第二卷第二期(同年10月1日)发表通信,提出"牠"字,说"这是我杜撰的新字,表示第三人称代名词底中性"。

〔7〕《何典》 清代张南庄(署名"过路人")编著,是运用俗谚写成、带有讽刺而流于油滑的章回体小说,共十回,清光绪四年(1878)上海申报馆出版。1926年6月,刘半农将此书标点重印,鲁迅曾为它作题记,现收入《集外集拾遗》。

〔8〕"驷不及舌" 语出《论语·颜渊》,据朱熹《集注》:"言出于舌,则驷马不能追之。"

〔9〕《语丝》第四卷第九期(1928年2月27日)曾发表刘半农的《林则徐照会英吉利国王公文》,其中说林则徐被英人俘虏,并且"明正了典刑,在印度异尸游街"。不久有读者洛卿来信指出这是史实性的错误,《语丝》第四卷第十四期(同年4月2日)发表了这封信,从此刘半农就不再给《语丝》写稿。

〔10〕禁称"蜜斯" 见1931年4月1日北平《世界日报》所载刘半农答记者的谈话。其中说他不赞成学生间以蜜斯互称,在1930年他任北平大学女子文理学院院长时即曾加以禁止;他主张废弃"带有奴性的"蜜斯称呼,而代以国语中原有的姑娘、小姐、女士等。蜜斯,英语 Miss 的音译,小姐的意思。

〔11〕指刘半农于1933年至1934年间发表于《论语》《人间世》等刊物的《桐花芝豆堂诗集》和《双凤凰砖斋小品文》等。参看《准风月谈·"感旧"以后(下)》。

我的第一个师父

【题记】本文最初发表于1936年4月《作家》月刊第一卷第一期,收入《且介亭杂文末编》。文中追述了作者幼时拜一个和尚为师的经历,描写了许多佛门俗趣民间风习,又从中看到人性的常态,读来非常有情味。叙事中不时插入杂文式的议论,针砭现实,涉笔成趣。鲁迅晚年原想再写一组类似《朝花夕拾》的回忆散文,已经写了本文与《女吊》《死》等,可惜后来未能成书。《我的第一个师父》承袭了《朝花夕拾》那种收放自如、雍容自得的抒情风格,又更苍劲老辣,处处透露知人论世的眼光与智慧。

不记得是那一部旧书上看来的了,大意说是有一位道学先生,自然是名人,一生拚命辟佛,却名自己的小儿子为"和尚"。有一天,有人拿这件事来质问他。他回答道:"这正是表示轻贱呀!"那人无话可说而退云。[1]

其实,这位道学先生是诡辩。名孩子为"和尚",其中是含有迷信的。中国有许多妖魔鬼怪,专喜欢杀害有出息的人,尤其是孩子;要下贱,他们才放手,安心。和尚这一种人,从和尚的立场看来,会成佛——但也不一定,——固然高超得很,而从读书人的立场一看,他们无家无室,不会做官,却是下贱之流。读书人意中的鬼怪,那意见当然和读书人相同,所以也就不来搅扰了。这和名孩子为阿猫阿狗,完全是一样的意思:容易养大。

还有一个避鬼的法子,是拜和尚为师,也就是舍给寺院了的意思,然而并不放在寺院里。我生在周氏是长男,"物以希为贵",父亲怕我有出息,因此养不大,不到一岁,便领到长庆寺里去,拜了一个和尚为师了。拜师是否要赞见礼,或者布施什么的呢,我完全不知道。只知道我却由此得到一个法名叫作"长庚",后来我也偶尔用作笔名,并且在《在酒楼上》这篇小说里,赠给了恐吓自己的侄女的无赖;还有一件百家衣,就是"衲衣",论理,是应该用各种破布拼成的,但我的却是橄榄形的各色小绸片所缝就,非喜庆大事不给穿;还有一条称为"牛绳"的东西,上挂零星小件,如历本,镜子,银筛之类,据说是可以避邪的。

这种布置,好像也真有些力量:我至今没有死。

不过,现在法名还在,那两件法宝却早已失去了。前几年回北平去,母亲还给了我婴儿时代的银筛,是那时的惟一的记念。仔细一看,原来那筛子圆径不过寸余,中央一个太极图,上面一本书,下面一卷画,左右缀着极小的尺,剪刀,算盘,天平之类。我于是恍然大悟,中国的邪鬼,是怕斩钉截铁,不能含胡的东西的。因为探究和好奇,去年曾经去问上海的银楼,终于买了两面来,和我的几乎一式一样,不过缀着的小东西有些增减。奇怪得很,半世纪有余了,邪鬼还是这样的性情,避邪还是这样的法宝。然而我又想,这法宝成人却用不得,反而非常危险的。

但因此又使我记起了半世纪以前的最初的先生。我至今不知道他的法名,无论谁,都称他为"龙师父",瘦长的身子,瘦长的脸,高颧细眼,和尚是不应该留须的,他却有两绺下垂的小胡子。对人很和气,对我也很和气,不教我念一句经,也不教我一点佛门规矩;他自己呢,穿起袈裟来做大和尚,或者戴上毗卢帽放焰口[2],"无祀孤魂,来受甘露味"的时候,是庄严透顶的,平常可也不念经,因为是住持,只管着寺里的琐屑事,其实——自然是由我看起来——他不过是一个剃光了头发的俗人。

因此我又有一位师母,就是他的老婆。论理,和尚是不应该有老婆的,然而他有。我家的正屋的中央,供着一块牌位,用金字写着必须绝对尊敬和服从的五位:"天地君亲师"。我是徒弟,他是师,决不能抗议,而在那时,也决不想到抗议,不过觉得似乎有点古怪。但我是很爱我的师母的,在我的记忆上,见面的时候,她已经大约有四十岁了,是一位胖胖的师母,穿着玄色纱衫裤,在自己家里的院子里纳凉,她的孩子们就来和我玩耍。有时还有水果和点心吃,——自然,这也是我所以爱她的一个大原因;用高洁的陈源教授的话来说,便是所谓"有奶便是娘"[3],在人格上是很不足道的。

不过我的师母在恋爱故事上,却有些不平常。"恋爱",这是现在的术语,那时我们这偏僻之区只叫作"相好"。《诗经》云:"式相好矣,毋相尤矣"[4],起源是算得很古,离文武周公的时候不怎么久就有了的,然而后来好像并不算十分冠冕堂皇的好话。这且不管它罢。总之,听说龙师父年青时,是一个很漂亮而能干的和尚,交际很广,认识各种人。有一天,乡下做社戏了,他和戏子相识,便上台替他们去敲锣,精光的头皮,簇新的海青[5],真是风头十足。乡下人大抵有些顽固,以为和尚是只应该念经拜忏的,台下有人骂了起来。师父不甘示弱,也给他们一个回骂。于是战争开幕,甘蔗梢头雨点似的飞上来,有些勇士,还有进攻之势,"彼众我寡",他只好退走,一面退,一面一定追,逼得他又只好慌张的躲进一家人家去。而这人家,又只有一位年青的寡妇。以后的故事,我也不甚了然了,总而言之,她后来就是我的师母。

自从《宇宙风》出世以来,一向没有拜读的机缘,近几天才看见了"春季特大号"。其中有一篇铢堂先生的《不以成败论英雄》[6],使我觉得很有趣,他以为中国人的"不以成败论英雄","理想是不能不算崇高"的,"然而在人群的组织上实在要不得。抑强扶弱,便是永远不愿意有强。崇拜失败英雄,便是不承认成功的英雄"。"近人有一句流行话,说中国民族富于同化力,所以辽金元清都并不曾征服中国。其实无非是一种惰性,对于新制度不容易接收罢了"。我们怎样来改悔这"惰性"呢,现在姑且不谈,而且正在替我们想法的人们也多得很。我只要说那位寡妇之所以变了我的师母,其弊病也就在"不以成败论英雄"。乡下没有活的岳飞或文天祥,所以一个漂亮的和尚在如雨而下的甘蔗梢头中,从戏台逃下,也就是一个货真价实的失败的英雄。她不免发现了祖传的"惰性",崇拜起来,对于追兵,也像我们的祖先的对于辽金元清的大军似的,"不承认成功的英雄"了。在历史上,这结果是正如铢堂先生所说:"乃是中国的社会不树威是难得帖服的",所以活该有"扬州十日"和"嘉定三屠"[7]。但那时的乡下人,却好像并没有"树威",走散了,自然,也许是他们料不到躲在家里。

因此我有了三个师兄,两个师弟。大师兄是穷人的孩子,舍在寺里,或是卖在寺里的;其余的四个,都是师父的儿子,大和尚的儿子做小和尚,我那时倒并不觉得怎么稀奇。大师兄只有单身;二师兄也有家小,但他对我守着秘密,这一点,就可见他的道行远不及我的师父,他的父亲了。而且年龄都和我相差太远,我们几乎没有交往。

三师兄比我恐怕要大十岁,然而我们后来的感情是很好的,我常常替他担心。还记得有一回,他要受大戒了,他不大看经,想来未必深通什么大乘[8]教理,在剃得精光的囟门上,放上两排艾绒,同时烧起来,我看是总不免要叫痛的,这时善男信女,多数参加,实在不大雅观,也失了我做师弟的体面。这怎么好呢?每一想到,十分心焦,仿佛受戒的是我自己一样。然而我的师父究竟道力高深,他不说戒律,不谈教理,只在当天大清早,叫了我的三师兄去,厉声吩咐道:"拚命熬住,不许哭,不许叫,要不然,脑袋就炸开,死了!"这一种大喝,实在比什么《妙法莲花经》或《大乘起信论》[9]还有力,谁高兴死呢,于是仪式很庄严的进行,虽然两眼比平时水汪汪,但到两排艾绒在头顶上烧完,的确一声也不出。我嘘一口气,真所谓"如释重负",善男信女们也个个"合十赞叹,欢喜布施,顶礼而散"[10]了。

出家人受了大戒,从沙弥升为和尚,正和我们在家人行过冠礼[11],由童子而为成人相同。成人愿意"有室",和尚自然也不能不想到女人。以为和尚只记得释迦牟尼或弥勒菩萨[12],乃是未曾拜和尚为师,或与和尚为友的世俗的谬见。寺里也有确在修行,没有女人,也不吃荤的和尚,例如我的大师兄即是其一,然而他们孤僻,冷酷,看不起人,好像总是郁郁不乐,他们的一把扇或一本书,你一动他就不高兴,令人不敢亲近他。所以我所熟识的,都是有女人,或声明想女人,吃荤,或声明想吃荤的和尚。

我那时并不诧异三师兄在想女人,而且知道他所理想的是怎样的女人。人也许以为他想的是尼姑罢,并不是的,和尚和尼姑"相好",加倍的不便当。他想的乃是千金小姐或少奶奶;而作这"相思"或"单相思"——即今之所谓"单恋"也——的媒介的是"结"。我们那里的阔人家,一有丧事,每七日总要做一些法事,有一个七日,是要举行"解结"的仪式的,因为死人在未死之前,总不免开罪于人,存着冤结,所以死后要替他解散。方法是在这天拜完经忏的傍晚,灵前陈列着几盘东西,是食物和花,而其中有一盘,是用麻线或白头绳,穿上十来文钱,两头相合而打成蝴蝶式,八结式之类的复杂的,颇不容易解开的结子。一群和尚便环坐桌旁,且唱且解,解开之后,钱归和尚,而死人的一切冤结也从此完全消失了。这道理似乎有些古怪,但谁都这样办,并不为奇,大约也是一种"惰性"。不过解结是并不如世俗人的所推测,个个解开的,倘有和尚以为打得精致,因而生爱,或者故意打得结实,很难解散,因而生恨的,便能暗暗的整个落到僧袍的大袖里去,一任死者留下冤结,到地狱里去吃苦。这种宝结带回寺里,便保存起来,也时时鉴赏,恰如我们的或亦不免偏爱看看女作家的作品一样。当鉴赏的时候,当然也不免想到作家,打结子的是谁呢,男人不会,奴婢不会,有这种本领的,不消说是小姐或少奶奶了。和尚没有文学界人物的清高,所以他就不免睹物思人,所谓"时涉遐想"起来,至于心理状态,则我虽曾拜和尚为师,但究竟是在家人,不大明白底细。只记得三师兄曾经不得已而分给我几个,有些实在打得精奇,有些则打好之后,浸过水,还用剪刀柄之类砸实,使和尚无法解散。解结,是替死人设法的,现在却和和尚为难,我真不知道小姐或少奶奶是什么意思。这疑问直到二十年后,学了一点医学,才明白原来是给和尚吃苦,颇有一点虐待异性的病态的。深闺的怨恨,会无线电似的报在佛寺的和尚身上,我看道学先生可还没有料到这一层。

后来,三师兄也有了老婆,出身是小姐,是尼姑,还是"小家碧玉"呢,我不明白,他也严守秘密,道行远不及他的父亲了。这时我也长大起来,不知道从那里,听到了和尚应守清规之类的古老话,还用这话来嘲笑他,本意是在要他受窘。不料他竟一点不窘,立刻用"金刚怒目"[13]式,向我大喝一声道:

"和尚没有老婆,小菩萨那里来!?"

这真是所谓"狮吼"[14],使我明白了真理,哑口无言,我的确早看见寺里有丈余的大佛,有数尺或数寸的小菩萨,却从未想到他们为什么有大小。经此一喝,我才彻底的省悟了和尚有老婆的必要,以及一切小菩萨的来源,不再发生疑问。但要找寻三师兄,从此却艰难了一点,因为这位出家人,这时就有了三个家了:一是寺院,二是他的父母的家,三是他自己和女人的家。

我的师父,在约略四十年前已经去世;师兄弟们大半做了一寺的住持;我们的交情是依然存在的,却久已彼此不通消息。但我想,他们一定早已各有一大批小菩萨,而且有些小菩萨又有小菩萨了。

四月一日。

注释:

[1] 宋代笔记小说《道山清话》(著者不详)中记有如下的故事:"一长老在欧阳公

(修)座上,见公家小儿有名僧哥者,戏谓公曰:'公不重佛,安得此名?'公笑曰:'人家小儿要易长育,往往以贱名为小名,如狗、羊、犬、马之类是也。'闻者莫不服公之捷对。"又据宋代王辟之著《渑水燕谈录》:"公(欧阳修)幼子小名和尚。"

〔2〕 毗卢帽、放焰口　参见本卷《琐记》注〔17〕〔16〕。

〔3〕 "有奶便是娘"　1925年8月间,因北洋政府教育总长章士钊禁止爱国运动和宣扬复古思想,北京大学评议会发表宣言反对他为教育总长,并宣布和教育部脱离关系。后来少数教授顾虑脱离教育部后经费无着,一部分进步教授就在致本校同事的公函中说:"章士钊到任以来,曾为北京大学筹过若干经费,本校同人当各知悉;即使章士钊真能按月拨付,或并清偿积欠……同人亦当为公义而牺牲利益,维持最高学府之尊严,如若忽变态度……而采取'有奶便是娘'主义,我们不能不为北大同人羞之。"陈源在《现代评论》第二卷第四十期(1925年9月12日)发表的《闲话》里,引用"有奶便是娘"这句话,加以曲解和讥笑。

〔4〕 "式相好矣,毋相尤矣"　语见《诗经·小雅·斯干》,意思是互相爱好而不相恶。式,发语辞。

〔5〕 海青　江浙一带方言,指一种广袖的长袍。明代郑明选《秕言》:"吴中方言称衣之广袖者谓之海青。"

〔6〕 《不以成败论英雄》　铢堂作,刊于《宇宙风》第十三期(1926年3月)。文中说:"我们的民族乃是向来不以成败论英雄的。……近人有一句流行话,说中国民族富于同化力,所以辽金元清都并不曾征服中国。其实无非是一种惰性,对于新制度不容易接收罢了。这种惰性与上面所说的不论成败的精神,最有关系。中国人对于失败者过于哀怜,所以对于旧的过于恋惜。对于成功者常怀轻蔑,所以对于新的不容易接收。凡是古来成功的帝王,欲维持几百年的威力,不定得残害几万几十万无辜的人,方才能博得一时的慑服。……这些话好像都是老生常谈。然而我要借此点明的意思,乃是中国的社会不树威是难得服帖的。……总而言之,中国人理想是不能不算崇高。然而在人群的组织上实在要不得。抑强扶弱,便是永远不愿意有强。崇拜失败英雄,便是不承认成功的英雄。"铢堂,原作铢庵,本名瞿宣颖(1894—1973),字兑之,湖南长沙人。历史学家。

〔7〕 "扬州十日"　指清顺治二年(1645)清军攻破扬州后进行的十天大屠杀。"嘉定三屠",指同年清军占领嘉定后进行的三次大屠杀。清代王秀楚著《扬州十日记》、朱子素著《嘉定屠城记略》二书,分别对这两次残杀做了较详细的记载。

〔8〕 大乘　公元一二世纪间形成的佛教宗派,相对于主张"自我解脱"的小乘教派而言。它主张"救度一切众生",强调尽人皆可成佛,一切修行应以利他为主。

〔9〕 《妙法莲花经》　简称《法华经》,印度佛教经典之一。通行的中译本为后秦鸠摩罗什所译。《大乘起信论》,解释大乘教理的佛教著作,相传为古印度马鸣作,有南朝梁真

谛和唐代实叉难陀的两种译本。

〔10〕 "合十赞叹"等语,是佛经中常见的话。合十,即合掌,用以表示敬意;顶礼,以头、手、足五体匍匐在地的叩拜,是一种最尊敬的礼节。

〔11〕 冠礼　我国古代礼俗,男子二十岁时举行冠礼,依次加戴布、皮、爵三冠,表示已经成人。《仪礼·士冠礼》篇中有关于冠礼的说明。

〔12〕 释迦牟尼(Sakyamuni,约前565—前486)　原古印度北部迦毗罗卫国净饭王的儿子,后出家修道,成为佛教创始人。弥勒,佛教菩萨之一,相传继释迦牟尼而成佛。

〔13〕 "金刚怒目"　见《太平广记》卷一七四引《谈薮》:"隋吏部侍郎薛道衡尝游钟山开善寺,谓小僧曰:'金刚何为努(怒)目,菩萨何为低眉?'小僧答曰:'金刚努(怒)目,所以降伏四魔;菩萨低眉,所以慈悲六道。'"

〔14〕 "狮吼"　佛家语,意思是震天动地的吼声。宋僧道彦《景德传灯录》卷一引《普耀经》:"佛(释迦牟尼)初生刹利王家……分手指天地,作狮子吼声:'上下及四维,无能尊我者。'"

阿　金

　　【题记】本文原是写给《漫画生活》杂志的,然而当局报刊审查不给发表。鲁迅在《且介亭杂文·附记》中说,从退回稿子上所画的红杠黑杠看,才"悟出"不准刊载一点"道理",也可见当时"文禁"之严酷。该文后发表于1936年2月20日上海《海燕》月刊第二期,收入《且介亭杂文》。鲁迅用近似漫画的笔触,鲜活地勾勒出阿金这个极普通却非常庸俗、自私、势利、搬弄是非的"上海娘姨"形象。弄堂小天地,人间大世界。作品似乎有意打破杂文与小说的界限,所写被阿金所搅扰的"风波",无非是上海小市民日常生活中常见的无聊现象,而这些鸡毛蒜皮的琐事却以巷战、会议、炸弹、论战、和平等"国家大事"的词汇来描绘表述,产生庄辞谐用的反讽张力。而从中引出"男权社会"里"女性伟力"之议论,又强化了一种讽世的意味。而阿金的"伟力"居然让"我"之前的"信念和主张"完全失效,这不见得是"反话",是由于鲁迅写作中有对自己的反思与犹疑,作品因而增加了"复调"的层次感。

　　近几时我最讨厌阿金。

　　她是一个女仆,上海叫娘姨,外国人叫阿妈,她的主人也正是外国人。

　　她有许多女朋友,天一晚,就陆续到她窗下来,"阿金,阿金!"的大声的叫,这样的一直到半夜。她又好像颇有几个姘头;她曾在后门口宣布她的主张:弗轧姘头[1],到上海来做啥呢?……

　　不过这和我不相干。不幸的是她的主人家的后门,斜对着我的前门,所以"阿金,阿金!"的叫起来,我总受些影响,有时是文章做不下去了,有时竟会在稿子上写一个"金"字。更不幸的是我的进出,必须从她家的晒台下走过,而她大约是不喜欢走楼梯的,竹竿,木板,还有别的什么,常常从晒台上直摔下来,使我走过的时候,必须十分小心,先看一看这位阿金可在晒台上面,倘在,就得绕远些。自然,这是大半为了我胆子小,看得自己的性命太值钱;但我们也得想一想她的主子是外国人,被打得头破血出,固然不成问题,即使死了,开同乡会,打电报也都没有用的,——况且我想,我也未必能够弄到开起同乡会。

半夜以后,是别一种世界,还剩着白天脾气是不行的。有一夜,已经三点半钟了,我在译一篇东西,还没有睡觉。忽然听得路上有人低声的在叫谁,虽然听不清楚,却并不是叫阿金,当然也不是叫我。我想:这么迟了,还有谁来叫谁呢?同时也站起来,推开楼窗去看去了,却看见一个男人,望着阿金的绣阁的窗,站着。他没有看见我。我自悔我的莽撞,正想关窗退回的时候,斜对面的小窗开处,已经现出阿金的上半身来,并且立刻看见了我,向那男人说了一句不知道什么话,用手向我一指,又一挥,那男人便开大步跑掉了。我很不舒服,好像是自己做了甚么错事似的,书译不下去了,心里想:以后总要少管闲事,要炼到泰山崩于前而色不变,炸弹落于侧而身不移!……

但在阿金,却似乎毫不受什么影响,因为她仍然嘻嘻哈哈。不过这是晚快边才得到的结论,所以我真是负疚了小半夜和一整天。这时我很感谢阿金的大度,但同时又讨厌了她的大声会议,嘻嘻哈哈了。自有阿金以来,四围的空气也变得扰动了,她就有这么大的力量。这种扰动,我的警告是毫无效验的,她们连看也不对我看一看。有一回,邻近的洋人说了几句洋话,她们也不理;但那洋人就奔出来了,用脚向各人乱踢,她们这才逃散,会议也收了场。这踢的效力,大约保存了五六夜。

此后是照常的嚷嚷;而且扰动又廓张了开去,阿金和马路对面一家烟纸店里的老女人开始奋斗了,还有男人相帮。她的声音原是响亮的,这回就更加响亮,我觉得一定可以使二十间门面以外的人们听见。不一会,就聚集了一大批人。论战的将近结束的时候当然要提到"偷汉"之类,那老女人的话我没有听清楚,阿金的答复是:

"你这老×没有人要!我可有人要呀!"

这恐怕是实情,看客似乎大抵对她表同情,"没有人要"的老×战败了。这时踱来了一位洋巡捕,反背着两手,看了一会,就来把看客们赶开;阿金赶紧迎上去，对他讲了一连串的洋话。洋巡捕注意的听完之后，微笑的说道：

"我看你也不弱呀！"

他并不去捉老×，又反背着手，慢慢的踱过去了。这一场巷战就算这样的结束。但是，人间世的纠纷又并不能解决得这么干脆，那老×大约是也有一点势力的。第二天早晨，那离阿金家不远的也是外国人家的西崽忽然向阿金家逃来。后面追着三个彪形大汉。西崽的小衫已被撕破，大约他被他们诱出外面，又给人堵住后门，退不回去，所以只好逃到他爱人这里来了。爱人的肘腋之下，原是可以安身立命的，伊孛生（H. Ibsen）戏剧里的彼尔·干德[2]，就是失败之后，终于躲在爱人的裙边，听唱催眠歌的大人物。但我看阿金似乎比不上瑙威女子，她无情，也没有魄力。独有感觉是灵的，那男人刚要跑到的时候，她已经赶紧把后门关上了。那男人于是进了绝路，只得站住。这好像也颇出于彪形大汉们的意料之外，显得有些踌蹰；但终于一同举起拳头，两个是在他背脊和胸脯上一共给了三拳，仿佛也并不怎么重，一个在他脸上打了一拳，却使它立刻红起来。这一场巷战很神速，又在早晨，所以观战者也不多，胜败两军，各自走散，世界又从此暂时和平了。然而我仍然不放心，因为我曾经听人说过：所谓"和平"，不过是两次战争之间的时日。

但是，过了几天，阿金就不再看见了，我猜想是被她自己的主人所回复。补了她的缺的是一个胖胖的，脸上很有些福相和雅气的娘姨，已经二十多天，还很安静，只叫了卖唱的两个穷人唱过一回"奇葛隆冬强"的《十八摸》[3]之类，那是她用"自食其力"的余闲，享点清福，谁也没有话说的。只可惜那时又招集了一群男男女女，连阿金的爱人也在内，保不定什么时候又会发生巷战。但我却也叨光听到了男嗓子的上低音（barytone）的歌声，觉得很自然，比绞死猫儿似的《毛毛雨》[4]要好得天差地远。

阿金的相貌是极其平凡的。所谓平凡，就是很普通，很难记住，不到一个月，我就说不出她究竟是怎么一副模样来了。但是我还讨厌她，想到"阿金"这两个字就讨厌；在邻近闹嚷一下当然不会成这么深仇重怨，我的讨厌她是因为不消几日，她就摇动了我三十年来的信念和主张。

我一向不相信昭君出塞[5]会安汉，木兰从军[6]就可以保隋；也不信妲己亡殷[7]，西施沼吴[8]，杨妃乱唐[9]的那些古老话。我以为在男权社会里,女人是决不会有这种大力量的,兴亡的责任,都应该男的负。但向来的男性的作者,大抵将败亡的大罪,推在女性身上,这真是一钱不值的没有出息的男人。殊不料现在阿金却以一个貌不出众,才不惊人的娘姨,不用一个月,就在我眼前搅乱了四分之一里,假使她是一个女王,或者是皇后,皇太后,那么,其影响也就可以推见了:足够闹出大大的乱子来。

昔者孔子"五十而知天命"〔10〕,我却为了区区一个阿金,连对于人事也从新疑惑起来了,虽然圣人和凡人不能相比,但也可见阿金的伟力,和我的满不行。我不想将我的文章的退步,归罪于阿金的嚷嚷,而且以上的一通议论,也很近于迁怒,但是,近几时我最讨厌阿金,仿佛她塞住了我的一条路,却是的确的。

愿阿金也不能算是中国女性的标本。

十二月二十一日。

注释:

〔1〕 弗轧姘头 上海方言,意思是不做男女偷情的事情。弗,不。轧姘头,指非婚姻关系的男女同居或通奸。

〔2〕 彼尔·干德 挪威易卜生的诗剧《彼尔·干德》的主角,是一个想象丰富、意志薄弱的人物,最后在他爱人给他唱催眠曲时死去。

〔3〕 《十八摸》 旧时流行的一种猥亵小调。

〔4〕 《毛毛雨》 黎锦晖作的歌曲,曾流行于1930年前后。

〔5〕 昭君出塞 昭君,即王昭君,名嫱,汉元帝宫女。竟宁元年(前33)被遣出塞"和亲",嫁与匈奴呼韩邪单于(见《汉书·匈奴传》)。

〔6〕 木兰从军 北朝民间叙事诗《木兰诗》中的故事,写木兰女扮男装,代父从军(见《乐府诗集·鼓角横吹曲》)。

〔7〕 妲己亡殷 妲己,殷纣王的妃子,周武王灭殷时被杀。《史记·殷本纪》:"帝纣……好酒淫乐,嬖于妇人,爱妲己,妲己之言是从。"武王伐殷时,在《太誓》中有"今殷王纣乃用其妇人之言,自绝于天"等语,后来一些文人就把殷亡的责任归罪于妲己。

〔8〕 西施沼吴 西施,春秋时越国的美女。越王勾践为吴所败,把她献给吴王夫差。后来吴王昏乱失政,破灭于越(见《吴越春秋》)。"沼吴",语出《左传·哀公元年》,当勾践战败向吴求和时,伍员谏夫差拒和,不听,伍员"退而告人曰:越十年生聚,而十年教训,二十年之外,吴其为沼乎"!

〔9〕 杨妃乱唐　杨妃,即唐玄宗的妃子杨玉环。她的堂兄杨国忠因她得宠而骄奢跋扈,败坏朝政。天宝十四年(755)安禄山以诛国忠为名,起兵反唐,玄宗奔蜀,至马嵬驿,将士杀国忠,玄宗令将杨妃缢死。

〔10〕 "五十而知天命"　孔子的话,语出《论语·为政》。据朱熹《集注》:"天命,即天道之流行而赋于物者,乃事物所以当然之故也。"

女 吊

【题记】《女吊》完稿是在1936年9月20日(发表于同年10月《中流》半月刊第一卷第三期,收入《且介亭杂文末编》),那时鲁迅已经病重,一个月后(10月19日)便过世了。写《女吊》,大概也是想到过生前死后,以及有没有灵魂地狱的"终极"问题。他回忆故乡的社戏,回忆儿时的快乐,尤其是目连戏中最特别的鬼——"女吊"。鲁迅所记下的"女吊"形象是人间性,又肩负复仇使命的。鲁迅其实是在借鬼魂写人生,以死的恐怖来反衬与强化生的恐怖,看到现实世界还不如鬼蜮世界。文章夹叙夹议,寓庄于谐,在叙说中穿插以精警的议论,借题发挥、触类旁通,给现实中的丑恶以出人意料的闪击。即使是死前的书写,鲁迅仍不改他那诙谐犀利的笔法。他分明在这种战斗的书写中获取了快意。

大概是明末的王思任[1]说的罢:"会稽乃报仇雪耻之乡,非藏垢纳污之地!"这对于我们绍兴人很有光彩,我也很喜欢听到,或引用这两句话。但其实,是并不的确的;这地方,无论为那一样都可以用。

不过一般的绍兴人,并不像上海的"前进作家"那样憎恶报复,却也是事实。单就文艺而言,他们就在戏剧上创造了一个带复仇性的,比别的一切鬼魂更美,更强的鬼魂。这就是"女吊"。我以为绍兴有两种特色的鬼,一种是表现对于死的无可奈何,而且随随便便的"无常"[2],我已经在《朝华夕拾》里得了介绍给全国读者的光荣了,这回就轮到别一种。

"女吊"也许是方言,翻成普通的白话,只好说是"女性的吊死鬼"。其实,在平时,说起"吊死鬼",就已经含有"女性的"的意思的,因为投缳而死者,向来以妇人女子为最多。有一种蜘蛛,用一枝丝挂下自己的身体,悬在空中,《尔雅》上已谓之"蜆,缢女"[3],可见在周朝或汉朝,自经的已经大抵是女性了,所以那时不称它为男性的"缢夫"或中性的"缢者"。不过一到做"大戏"或"目连戏"的时候,我们便能在看客的嘴里听到"女吊"的称呼。也叫作"吊神"。横死的鬼魂而得到"神"的尊号的,我还没有发见过第二位,则其受民众之爱戴也可想。但为什么这时独要称她"女吊"呢?很容易解:因为在戏台上,也要有"男吊"出现了。

我所知道的是四十年前的绍兴,那时没有达官显宦,所以未闻有专门为人(堂会?)的演剧。凡做戏,总带着一点社戏性,供着神位,是看戏的主体,人们去看,不过叨光。但"大戏"或"目连戏"所邀请的看客,范围可较广了,自然请神,而又请鬼,尤其是横死的怨鬼。所以仪式就更紧张,更严肃。一请怨鬼,仪式就格外紧张严肃,我觉得这道理是很有趣的。

也许我在别处已经写过。"大戏"和"目连"[4],虽然同是演给神,人,鬼看的戏文,但两者又很不同。不同之点:一在演员,前者是专门的戏子,后者则是临时集合的 Amateur[5]——农民和工人;一在剧本,前者有许多种,后者却好歹总只演一本《目连救母记》。然而开场的"起殇",中间的鬼魂时时出现,收场的好人升天,恶人落地狱,是两者都一样的。

当没有开场之前,就可看出这并非普通的社戏,为的是台两旁早已挂满了纸帽,就是高长虹之所谓"纸糊的假冠"[6],是给神道和鬼魂戴的。所以凡内行人,缓缓的吃过夜饭,喝过茶,闲闲而去,只要看挂着的帽子,就能知道什么鬼神已经出现。因为这戏开场较早,"起殇"在太阳落尽时候,所以饭后去看,一定是做了好一会了,但都不是精彩的部分。"起殇"者,绍兴人现已大抵误解为"起丧",以为就是召鬼,其实是专限于横死者的。《九歌》中的《国殇》[7]云:"身既死兮神以灵,魂魄毅兮为鬼雄",当然连战死者在内。明社垂绝,越人起义而死者不少,至清被称为叛贼,我们就这样的一同招待他们的英灵。在薄暮中,十几匹马,站在台下了;戏子扮好一个鬼王,蓝面鳞纹,手执钢叉,还得有十几名鬼卒,则普通的孩子都可以应募。我在十余岁时候,就曾经充过这样的义勇鬼,爬上台去,说明志愿,他们就给在脸上涂上几笔彩色,交付一柄钢叉。待到有十多人了,即一拥上马,疾驰到野外的许多无主孤坟之处,环绕三匝,下马大叫,将钢叉用力的连连掷刺在坟墓上,然后拔叉驰回,上了前台,一同大叫一声,将钢叉一掷,钉在台板上。我们的责任,这就算完结,洗脸下台,可以回家了,但倘被父母所知,往往不免挨一顿竹篠(这是绍兴打孩子的最普通的东西),一以罚其带着鬼气,二以贺其没有跌死,但我却幸而从来没有被觉察,也许是因为得了恶鬼保佑的缘故罢。

这一种仪式,就是说,种种孤魂厉鬼,已经跟着鬼王和鬼卒,前来和我们一同看戏了,但人们用不着担心,他们深知道理,这一夜决不丝毫作怪。于是戏文也接着开场,徐徐进行,人事之中,夹以出鬼:火烧鬼,淹死鬼,科场鬼(死在考场里的),虎伤鬼……孩子们也可以自由去扮,但这种没出息鬼,愿意去扮的并不多,看客也不将它当作一回事。一到"跳吊"时分——"跳"是动词,意义和"跳加官"[8]之"跳"同——情形的松紧可就大不相同了。台上吹起悲凉的喇叭来,中央的横梁上,原有一团布,也在这时放下,长约戏台高度的五分之二。看客们都屏着气,台上就闯出一个不穿衣裤,只有一条犊鼻裈[9],面施几笔粉墨的男人,他就是"男吊"。一登台,径奔悬布,像蜘蛛的死守着蛛丝,也如结网,在这上面钻,挂。他用布吊着各处:腰,胁,胯下,肘弯,腿弯,后项窝……一共七七四十九处。最后才是脖子,但是并不真套进去的,两手扳着布,将颈子一伸,就跳下,走掉了。这"男吊"最不易跳,演目连戏时,独有这一个脚色须特请专门的戏子。那时的老年人告诉我,这也是最危险的时候,因为也许会招出真的"男吊"来。所以后台上一定要扮一个王灵官[10],一手捏诀,一手执鞭,目不转睛的看着一面照见前台的镜子。倘镜中见有两个,那么,一个就是真鬼了,他得立刻跳出去,用鞭将假鬼打落台下。假鬼一落台,就该跑到河边,洗去粉墨,挤在人丛中看戏,然后慢慢的回家。倘打得慢,他就会在戏台上吊死;洗得慢,真鬼也还会认识,跟住他。这挤在人丛中看自己们所做的戏,就如要人下野而念佛,或出洋游历一样,也正是一种缺少不得的过渡仪式。

这之后,就是"跳女吊"。自然先有悲凉的喇叭;少顷,门幕一掀,她出场了。大红衫子,黑色长背心,长发蓬松,颈挂两条纸锭,垂头,垂手,弯弯曲曲的走一个全台,内行人说:这是走了一个"心"字。为什么要走"心"字呢?我不明白。我只知道她何以要穿红衫。看王充的《论衡》[11],知道汉朝的鬼的颜色是红的,但再看后来的文字和图画,却又并无一定颜色,而在戏文里,穿红的则只有这"吊神"。意思是很容易了然的;因为她投缳之际,准备作厉鬼以复仇,红色较有阳气,易于和生人相接近,……绍兴的妇女,至今还偶有搽粉穿红之后，这才上吊的。自然，自杀是卑怯的行为，鬼魂报仇更不合于科学，但那些都是愚妇人，连字也不认识，敢请"前进"的文学家和"战斗"的勇士们不要十分生气罢。我真怕你们要变呆鸟。

她将披着的头发向后一抖，人这才看清了脸孔：石灰一样白的圆脸，漆黑的浓眉，乌黑的眼眶，猩红的嘴唇。听说浙东的有几府的戏文里，吊神又拖着几寸长的假舌头，但在绍兴没有。不是我袒护故乡，我以为还是没有好；那么，比起现在将眼眶染成淡灰色的时式打扮来，可以说是更彻底，更可爱。不过下嘴角应该略略向上，使嘴巴成为三角形：这也不是丑模样。假使半夜之后，在薄暗中，远处隐约着一位这样的粉面朱唇，就是现在的我，也许会跑过去看看的，但自然，却未必就被诱惑得上吊。她两肩微耸，四顾，倾听，似惊，似喜，似怒，终于发出悲哀的声音，慢慢地唱道：

"奴奴本是杨家女[12]，
　呵呀，苦呀，天哪！……"

下文我不知道了。就是这一句，也还是刚从克士[13]那里听来的。但那大略，是说后来去做童养媳，备受虐待，终于弄到投缳。唱完就听到远处的哭声，这也是一个女人，在衔冤悲泣，准备自杀。她万分惊喜，要去"讨替代"了，却不料突然跳出"男吊"来，主张应该他去讨。他们由争论而至动武，女的当然不敌，幸而王灵官虽然脸相并不漂亮，却是热烈的女权拥护家，就在危急之际出现，一鞭把男吊打死，放女的独去活动了。老年人告诉我说：古时候，是男女一样的要上吊的，自从王灵官打死了男吊神，才少有男人上吊；而且古时候，是身上有七七四十九处，都可以吊死的，自从王灵官打死了男吊神，致命处才只在脖子上。中国的鬼有些奇怪，好像是做鬼之后，也还是要死的，那时的名称，绍兴叫作"鬼里鬼"。但男吊既然早被王灵官打死，为什么现在"跳吊"，还会引出真的来呢？我不懂这道理，问问老年人，他们也讲说不明白。

而且中国的鬼还有一种坏脾气，就是"讨替代"，这才完全是利己主义；倘不然，是可以十分坦然的和他们相处的。习俗相沿，虽女吊不免，她有时也单是"讨替代"，忘记了复仇。绍兴煮饭，多用铁锅，烧的是柴或草，烟煤一厚，火力就不灵了，因此我们就常在地上看见刮下的锅煤。但一定是散乱的，凡村姑乡妇，谁也决不肯省些力，把锅子伏在地面上，团团一刮，使烟煤落成一个黑圈子。这是因为吊神诱人的圈套,就用煤圈炼成的缘故。散掉烟煤,正是消极的抵制,不过为的是反对"讨替代",并非因为怕她去报仇。被压迫者即使没有报复的毒心,也决无被报复的恐惧,只有明明暗暗,吸血吃肉的凶手或其帮闲们,这才赠人以"犯而勿校"或"勿念旧恶"[14]的格言,——我到今年,也愈加看透了这些人面东西的秘密。

九月十九——二十日。

注释：

〔1〕 王思任(1574—1646) 字季重,浙江山阴(今绍兴)人,明末官九江佥事。弘光元年(1645)清兵破南京,明朝宰相马士英逃往浙江,王思任在骂他的信中说:"叛兵至则束手无措,强敌来则缩颈先逃……且欲求奔吾越;夫越乃报仇雪耻之国,非藏垢纳污之地也。"鲁王监国于绍兴,思任曾为礼部尚书,不久,绍兴城破,绝食而死。著有《文饭小品》等。

〔2〕 "无常" 参见本卷《祝福》注〔16〕。

〔3〕《尔雅》 我国最早的解释词义的专著,大概由汉初学者缀辑周汉著作而成。儒家经典之一。"蜆,缢女",见《尔雅·释虫》。

〔4〕 "大戏"和"目连" 参见本卷《无常》注〔21〕。大戏和目连戏所演的《目连救母》,内容繁简不一,但开场和收场,以及鬼魂的出现则都相同。可参看本卷《无常》和下卷《门外文谈》第十节。

〔5〕 Amateur 英语(源出拉丁语):业余从事文艺、科学或体育运动的人;这里用作业余演员的意思。

〔6〕 高长虹在1925年11月7日《狂飙周刊》第五期上发表的《1925北京出版界形势指掌图》中攻击鲁迅说:"实际的反抗者(按,指女师大学生)从哭声中被迫出校后……鲁迅遂戴其纸糊的权威者的假冠入于心身交病之状况矣!"参看《华盖集续编·所谓"思想界先驱者"鲁迅启事》。

〔7〕《九歌》 我国古代楚国人民祭神的歌词。计十一篇,相传为屈原所作。《国殇》是对阵亡将士的颂歌。

〔8〕 "跳加官" 旧时在戏剧开场演出以前,常由演员一人戴面具(即"加官脸"),穿袍执笏,手里拿着写有"天官赐福""指日高升"等吉利话的条幅,在场上回旋舞蹈,称为跳加官。

〔9〕 犊鼻裈 原出《史记·司马相如列传》,据南朝宋裴骃《集解》引三国吴韦昭说:"今三尺布作,形如犊鼻。"这里是指绍兴一带称为牛头裤的一种短裤。

〔10〕 王灵官　相传是北宋末年的方士,明宣宗时封为隆恩真君。据《明史·礼志》:"隆恩真君者……玉枢火府天将王灵官也。"后来道观中都奉其为镇山门之神。

〔11〕 王充(27—约97)　字仲任,会稽上虞(今浙江上虞)人,东汉思想家和散文家。曾任刺史从事、治中等微职,后居家著述。《论衡》是他的论文集,今存八十四篇。《论衡·订鬼篇》说:"鬼,阳气也,时藏时见。阳气赤,故世人尽见鬼,其色纯朱。"

〔12〕 杨家女　应为良家女。据目连戏的故事说:她幼年时父母双亡,婶母将她领给杨家做童养媳,后又被婆婆卖入妓院,终于自缢身死。在目连戏中,她的唱词是:"奴奴本是良家女,将奴卖入勾栏里;生前受不过王婆气,将奴逼死勾栏里。阿呀,苦呀,天哪!将奴逼死勾栏里。"

〔13〕 克士　周建人的笔名。周建人(1888—1984),字乔峰,生物学家。鲁迅的三弟。当时任商务印书馆编辑。

〔14〕 "犯而勿校"　语出《论语·泰伯》:"有若无,实若虚,犯而不校。"校,计较的意思。"勿念旧恶",语出《论语·公冶长》:"伯夷、叔齐不念旧恶,怨是用希。"

死

【题记】本文最初发表于1936年9月20日《中流》半月刊第一卷第二期,后收入《且介亭杂文末编》。写这篇文章时,鲁迅的肺结核病复发已半年多,胸部积水,身体极其虚弱。他是在死前一个月写下此文的。文章从珂勒惠支以死为题材的版画谈起,谈到中国人对于死的心理状态,说明自己并不相信因果报应那一套。鲁迅对死是坦然面对的,只是意识到生命即逝而倍感珍惜,"要赶快做"!真可谓鞠躬尽瘁,死而后已。鲁迅此文留下了遗嘱,其实也是总结和表明自己的人生经验。特别是对"损着别人的牙眼,却反对报复,主张宽容的人,万勿和他接近"。这是鲁迅的至理名言。其中希望孩子长大"万不可去做空头文学家或美术家",据当事人回忆,原稿没有"空头"二字,是冯雪峰建议所加。这也耐人寻味。面对死神却能那样明快而幽默地谈论死的问题,毫无悲抑的感觉,也可见作者胸襟之广阔。

当印造凯绥·珂勒惠支(Kaethe Kollwitz)所作版画的选集时,曾请史沫德黎(A. Smedley)[1]女士做一篇序。自以为这请得非常合适,因为她们俩原极熟识的。不久做来了,又逼着茅盾先生译出,现已登在选集上。其中有这样的文字:

"许多年来,凯绥·珂勒惠支——她从没有一次利用过赠授给她的头衔[2]——作了大量的画稿,速写,铅笔作的和钢笔作的速写,木刻,铜刻。把这些来研究,就表示着有二大主题支配着,她早年的主题是反抗,而晚年的是母爱,母性的保障,救济,以及死。而笼照于她所有的作品之上的,是受难的,悲剧的,以及保护被压迫者深切热情的意识。

"有一次我问她:'从前你用反抗的主题,但是现在你好像很有点抛不开死这观念。这是为什么呢?'用了深有所苦的语调,她回答道:

'也许因为我是一天一天老了！'……"

我那时看到这里，就想了一想。算起来：她用"死"来做画材的时候，是一九一〇年顷；这时她不过四十三四岁。我今年的这"想了一想"，当然和年纪有关，但回忆十余年前，对于死却还没有感到这么深切。大约我们的生死久已被人们随意处置，认为无足重轻，所以自己也看得随随便便，不像欧洲人那样的认真了。有些外国人说，中国人最怕死。这其实是不确的，——但自然，每不免模模胡胡的死掉则有之。

大家所相信的死后的状态，更助成了对于死的随便。谁都知道，我们中国人是相信有鬼（近时或谓之"灵魂"）的，既有鬼，则死掉之后，虽然已不是人，却还不失为鬼，总还不算是一无所有。不过设想中的做鬼的久暂，却因其人的生前的贫富而不同。穷人们是大抵以为死后就去轮回[3]的，根源出于佛教。佛教所说的轮回，当然手续繁重，并不这简单，但穷人往往无学，所以不明白。这就是使死罪犯人绑赴法场时，大叫"二十年后又是一条好汉"，面无惧色的原因。况且相传鬼的衣服，是和临终时一样的，穷人无好衣裳，做了鬼也决不怎么体面，实在远不如立刻投胎，化为赤条条的婴儿的上算。我们曾见谁家生了小孩，胎里就穿着叫化子或是游泳家的衣服的么？从来没有。这就好，从新来过。也许有人要问，既然相信轮回，那就说不定来生会堕入更穷苦的景况，或者简直是畜生道，更加可怕了。但我看他们是并不这样想的，他们确信自己并未造出该入畜生道的罪孽，他们从来没有能堕畜生道的地位，权势和金钱。

然而有着地位，权势和金钱的人，却又并不觉得该堕畜生道；他们倒一面化为居士，准备成佛，一面自然也主张读经复古，兼做圣贤。他们像活着时候的超出人理一样，自以为死后也超出了轮回的。至于小有金钱的人，则虽然也不觉得该受轮回，但此外也别无雄才大略，只豫备安心做鬼。所以年纪一到五十上下，就给自己寻葬地，合寿材，又烧纸锭，先在冥中存储，生下子孙，每年可吃羹饭。这实在比做人还享福。假使我现在已经是鬼，在阳间又有好子孙，那么，又何必零星卖稿，或向北新书局[4]去算账呢，只要很闲适的躺在楠木或阴沉木的棺材里，逢年逢节，就自有一桌盛馔和一堆国币摆在眼前了，岂不快哉！

就大体而言，除极富贵者和冥律无关外，大抵穷人利于立即投胎，小康者利于长久做鬼。小康者的甘心做鬼,是因为鬼的生活(这两字大有语病,但我想不出适当的名词来),就是他还未过厌的人的生活的连续。阴间当然也有主宰者,而且极其严厉,公平,但对于他独独颇肯通融,也会收点礼物,恰如人间的好官一样。

有一批人是随随便便,就是临终也恐怕不大想到的,我向来正是这随便党里的一个。三十年前学医的时候,曾经研究过灵魂的有无,结果是不知道;又研究过死亡是否苦痛,结果是不一律,后来也不再深究,忘记了。近十年中,有时也为了朋友的死,写点文章,不过好像并不想到自己。这两年来病特别多,一病也比较的长久,这才往往记起了年龄,自然,一面也为了有些作者们笔下的好意的或是恶意的不断的提示。

从去年起,每当病后休养,躺在藤躺椅上,每不免想到体力恢复后应该动手的事情:做什么文章,翻译或印行什么书籍。想定之后,就结束道:就是这样罢——但要赶快做。这"要赶快做"的想头,是为先前所没有的,就因为在不知不觉中,记得了自己的年龄。却从来没有直接的想到"死"。

直到今年的大病,这才分明的引起关于死的豫想来。原先是仍如每次的生病一样,一任着日本的S医师[5]的诊治的。他虽不是肺病专家,然而年纪大,经验多,从习医的时期说,是我的前辈,又极熟识,肯说话。自然,医师对于病人,纵使怎样熟识,说话是还是有限度的,但是他至少已经给了我两三回警告,不过我仍然不以为意,也没有转告别人。大约实在是日子太久,病象太险了的缘故罢,几个朋友暗自协商定局,请了美国的D医师[6]来诊察了。他是在上海的唯一的欧洲的肺病专家,经过打诊,听诊之后,虽然誉我为最能抵抗疾病的典型的中国人,然而也宣告了我的就要灭亡;并且说,倘是欧洲人,则在五年前已经死掉。这判决使善感的朋友们下泪。我也没有请他开方,因为我想,他的医学从欧洲学来,一定没有学过给死了五年的病人开方的法子。然而D医师的诊断却实在是极准确的,后来我照了一张用X光透视的胸像,所见的景象,竟大抵和他的诊断相同。

我并不怎么介意于他的宣告,但也受了些影响,日夜躺着,无力谈话,无力看书。连报纸也拿不动,又未曾炼到"心如古井",就只好想,而从此竟有时要想到"死"了。不过所想的也并非"二十年后又是一条好汉",或者怎样久住在楠木棺材里之类,而是临终之前的琐事。在这时候,我才确信,我是到底相信人死无鬼的。我只想到过写遗嘱,以为我倘曾贵为宫保[7],富有千万,儿子和女婿及其他一定早已逼我写好遗嘱了,现在却谁也不提起。但是,我也留下一张罢。当时好像很想定了一些,都是写给亲属的,其中有的是:

一,不得因为丧事,收受任何人的一文钱。——但老朋友的,不在此例。

二,赶快收敛,埋掉,拉倒。

三,不要做任何关于纪念的事情。

四,忘记我,管自己生活。——倘不,那就真是胡涂虫。

五,孩子长大,倘无才能,可寻点小事情过活,万不可去做空头文学家或美术家。

六,别人应许给你的事物,不可当真。

七,损着别人的牙眼,却反对报复,主张宽容的人,万勿和他接近。

此外自然还有,现在忘记了。只还记得在发热时,又曾想到欧洲人临死时,往往有一种仪式,是请别人宽恕,自己也宽恕了别人。我的怨敌可谓多矣,倘有新式的人问起我来,怎么回答呢?我想了一想,决定的是:让他们怨恨去,我也一个都不宽恕。

但这仪式并未举行,遗嘱也没有写,不过默默的躺着,有时还发生更切迫的思想:原来这样就算是在死下去,倒也并不苦痛;但是,临终的一刹那,也许并不这样的罢;然而,一世只有一次,无论怎样,总是受得了的……。后来,却有了转机,好起来了。到现在,我想,这些大约并不是真的要死之前的情形,真的要死,是连这些想头也未必有的,但究竟如何,我也不知道。

九月五日。

注释:

〔1〕 史沫德黎(1892—1950) 通译史沫特莱,美国女作家、记者。1928 年来到中国,1929 年底开始与鲁迅交往。著有自传体长篇小说《大地的女儿》和介绍朱德革命经历的报告文学《伟大的道路》等。这里所说的"一篇序",题为《凯绥·珂勒惠支——民众的艺术家》。

〔2〕 1918 年德国十一月革命成立共和国以后,德国政府文化与教育部曾授予凯绥·珂勒惠支以教授称号,普鲁士艺术学院聘请她为院士,又授予她"艺术大师"的荣誉称号,享

有领取终生年金的权利。

〔3〕 轮回　佛家语。佛教宣扬众生各依所作善恶业因,在所谓天、人、阿修罗(印度神话中的一种恶神)、地狱、饿鬼、畜生六道中不断循环转化。《心地观经》:"有情轮回生六道,犹如车轮无始终。"

〔4〕 北新书局　当时上海的一家书店,李小峰主持,曾出版过鲁迅著译多种。因拖欠版税问题,鲁迅于1929年8月曾委托律师与之交涉。

〔5〕 S医师　即须藤五百三(1876—1959),日本军医,退职后在上海行医。

〔6〕 D医师　即托马斯·邓恩(Thomas Dunn,1886—1948),美籍英国人。早年任美国海军军医,1920年来上海行医,曾由史沫特莱介绍为鲁迅看病。

〔7〕 宫保　即太子太保、少保的通称,一般都是授予大臣的加衔,以表示荣宠。

关于太炎先生二三事

【题记】鲁迅于1936年10月19日逝世。此前十天，先后写了本文和《因太炎先生而想起的二三事》。《关于太炎先生二三事》写于1936年10月9日，载1937年3月10日《工作与学习丛刊》之一，收入《且介亭杂文末编》。《因太炎先生而想起的二三事》未完辍笔。在生命的最后十天，鲁迅已经非常衰弱和痛苦，还坚持连写两文来评论章太炎，是为了怀念自己在东京留学时曾经追随过的这位老师，同时想到"死"，担心名人死后如何被社会所"消费"。鲁迅此时物伤其类，特别在乎当时社会上对章太炎的"消费"，他要出来公正说话，给老师"盖棺定论"。鲁迅用较多篇幅叙写了章太炎在清末民初献身革命的一些事迹，充分肯定了章太炎作为革命者和思想家的业绩，认为比他的学问贡献更大也更重要。鲁迅也指出，章太炎在辛亥革命以后，"既离民众，渐入颓唐"，这当然是一种倒退，但只是"白圭之玷"，不能以此歪曲他的"全人"。本文侧重记事，大刀阔斧摘取章太炎早年革命活动代表性的二三事，凸显他不怕牺牲、视死如归的革命精神和与保皇复辟势力斗争中"所向披靡，令人神旺"的战斗锋芒。其间穿插对章太炎一生功过的议论评断，言简意赅，饱含着对先生诚挚的敬意。

前一些时，上海的官绅为太炎[1]先生开追悼会，赴会者不满百人，遂在寂寞中闭幕，于是有人慨叹，以为青年们对于本国的学者，竟不如对于外国的高尔基的热诚。这慨叹其实是不得当的。官绅集会，一向为小民所不敢到；况且高尔基是战斗的作家，太炎先生虽先前也以革命家现身，后来却退居于宁静的学者，用自己所手造的和别人所帮造的墙，和时代隔绝了。纪念者自然有人，但也许将为大多数所忘却。

我以为先生的业绩，留在革命史上的，实在比在学术史上还要大。回忆三十余年之前,木板的《訄书》[2]已经出版了,我读不断,当然也看不懂,恐怕那时的青年,这样的多得很。我的知道中国有太炎先生,并非因为他的经学和小学,是为了他驳斥康有为[3]和作邹容的《革命军》序[4],竟被监禁于上海的西牢[5]。那时留学日本的浙籍学生,正办杂志《浙江潮》[6],其中即载有先生狱中所作诗,却并不难懂。这使我感动,也至今并没有忘记,现在抄两首在下面——

狱中赠邹容

邹容吾小弟,被发下瀛洲。快剪刀除辫,干牛肉作餱。英雄一入狱,天地亦悲秋。临命须掺手,乾坤只两头。

狱中闻沈禹希[7]见杀

不见沈生久,江湖知隐沦,萧萧悲壮士,今在易京门。螭魅羞争焰,文章总断魂。中阴当待我,南北几新坟。

一九〇六年六月出狱,即日东渡,到了东京,不久就主持《民报》[8]。我爱看这《民报》,但并非为了先生的文笔古奥,索解为难,或说佛法,谈"俱分进化"[9],是为了他和主张保皇的梁启超[10]斗争,和"××"的×××斗争[11],和"以《红楼梦》为成佛之要道"的×××斗争[12],真是所向披靡,令人神旺。前去听讲也在这时候,但又并非因为他是学者,却为了他是有学问的革命家,所以直到现在,先生的音容笑貌,还在目前,而所讲的《说文解字》,却一句也不记得了。[13]

民国元年革命后,先生的所志已达,该可以大有作为了,然而还是不得志。这也是和高尔基的生受崇敬,死备哀荣,截然两样的。我以为两人遭遇的所以不同,其原因乃在高尔基先前的理想,后来都成为事实,他的一身,就是大众的一体,喜怒哀乐,无不相通;而先生则排满之志虽伸,但视为最紧要的"第一是用宗教发起信心,增进国民的道德;第二是用国粹激动种性,增进爱国的热肠"(见《民报》第六本)[14],却仅止于高妙的幻想;不久而袁世凯[15]又攘夺国柄,以遂私图,就更使先生失却实地,仅垂空文,至于今,惟我们的"中华民国"之称,尚系发源于先生的《中华民国解》(最先亦见《民报》)[16],为巨大的记念而已,然而知道这一重公案者,恐怕也已经不多了。既离民众,渐入颓唐,后来的参与投壶[17],接收馈赠,遂每为论者所不满,但这也不过白圭之玷,并非晚节不终。考其生平,以大勋章作扇坠,临总统府之门,大诟袁世凯的包藏祸心者,并世无第二人;七被追捕,三入牢狱,[18]而革命之志,终不屈挠者,并世亦无第二人:这才是先哲的精神,后生的楷范。近有文侩,勾结小报,竟也作文奚落先生以自鸣得意,真可谓"小人不欲成人之美"[19],而且"蚍蜉撼大树,可笑不自量"[20]了!

但革命之后,先生亦渐为昭示后世计,自藏其锋铓。浙江所刻的《章氏丛书》[21],是出于手定的,大约以为驳难攻讦,至于忿詈,有违古之儒风,足以贻讥多士的罢,先前的见于期刊的斗争的文章,竟多被刊落,上文所引的诗两首,亦不见于《诗录》中。一九三三年刻《章氏丛书续编》于北平,所收不多,而更纯谨,且不取旧作,当然也无斗争之作,先生遂身衣学术的华衮,粹然成为儒宗,执贽愿为弟子者綦众,至于仓皇制《同门录》[22]成册。近阅日报,有保护版权的广告,有三续丛书的记事,可见又将有遗著出版了,但补入先前战斗的文章与否,却无从知道。战斗的文章,乃是先生一生中最大,最久的业绩,假使未备,我以为是应该一一辑录,校印,使先生和后生相印,活在战斗者的心中。然而此时此际,恐怕也未必能如所望罢,呜呼!

十月九日。

注释:

〔1〕 太炎 章炳麟(1869—1936),又名绛,字枚叔,号太炎,浙江余杭人,清末革命家、学者。光复会的发起人之一,后参加同盟会,主编《民报》。他的著作汇编为《章氏丛书》(共三编)。

〔2〕 《訄书》 章太炎早期的一部学术论著,木刻本印行于1899年。1902年改订出版时,作者删去了带有改良主义色彩的《客帝》等篇,增加了宣传反清革命的论文,共收《原学》《原人》《序种姓》《原教》《哀清史》《解辫发》等文共六十三篇,卷首有"前录"二篇:《客帝匡谬》和《分镇匡谬》。并在《客帝匡谬》文末说:"余自戊己违难,与尊清者游,而作《客帝》,饰苟且之心,弃本崇教,其违于形势远矣……著之以自劾,录而删是篇。"1914年作者重新增删时,删去"前录"二篇及《解辫发》等文,并将书名改为《检论》。

〔3〕 康有为 参见本卷《祝福》注〔4〕。这里所说"驳斥康有为",指章太炎发表于1903年5月《苏报》的《驳康有为论革命书》,批驳了康有为主张中国只可立宪、不能革命的《与南北美洲诸华商书》。

〔4〕 邹容(1885—1905) 字蔚丹,四川巴县人,清末革命家。1902年留学日本,积极

参加爱国学生运动,1903年回国,于5月出版《革命军》一书,宣扬反清革命,建立中华共和国。书前有章太炎序。同年7月被清政府勾结上海英租界当局拘捕,次年3月判处监禁二年,1905年4月死于租界狱中。

〔5〕 这就是当时有名的"《苏报》案"。《苏报》,1896年创刊于上海的宣扬反清革命的日报。因它曾刊文介绍《革命军》一书,经清政府勾结上海英租界当局于1903年6月和7月先后将章炳麟、邹容等人逮捕。次年3月由上海知县会同会审公廨审讯,宣布他们的罪状为:"章炳麟作《訄书》并《革命军序》,又有驳康有为之一书,污蔑朝廷,形同悖逆;邹容作《革命军》一书,谋为不轨,更为大逆不道。"邹容被判监禁二年,章炳麟监禁三年。

〔6〕 《浙江潮》 月刊,清末浙江籍留日学生创办,光绪二十九年正月(1903年2月)创刊于东京。这里的两首诗发表于该刊第七期(1903年9月)。

〔7〕 沈荩希(1872—1903) 名荩,字禹希,湖南善化(今属长沙)人。清末维新运动的参加者,戊戌变法失败后留学日本。1900年回国,曾参加唐才常自立军的活动。1903年被捕,杖死狱中。章太炎所作《祭沈禹希文》,载《浙江潮》第九期(1903年11月)。

〔8〕 《民报》 月刊,同盟会的机关杂志。1905年11月在东京创刊,1908年11月出至第二十四号被日本政府查禁;1910年初由汪精卫续编两期秘密出版。其中第六至十八号、二十三至二十四号由章太炎主编。

〔9〕 "俱分进化" 章太炎曾在《民报》第七号(1906年9月)发表谈佛法的《俱分进化论》一文,其中说:"进化之所以为进化者,非由一方直进,而必由双方并进。专举一方,惟言智识进化可尔,若以道德言,则善亦进化,恶亦进化;若以生计言,则乐亦进化,苦亦进化。双方并进,如影之随形……进化之实不可非,而进化之用无所取;自标吾论曰:'俱分进化论'。"

〔10〕 梁启超(1873—1929) 号任公,广东新会人,清末维新运动领导人之一。戊戌政变后逃亡日本。他逃亡日本后,于1902年在横滨创办《新民丛报》,鼓吹君主立宪,反对民主革命。章太炎主编的《民报》曾对这种主张予以批驳。

〔11〕 和"××"的×××斗争 "××"疑为"献策"二字,×××指吴稚晖。吴稚晖(名敬恒)曾参加《苏报》工作,在《苏报》案中有叛变行为。章太炎在《民报》第十九号(1908年2月)发表的《复吴敬恒书》中说:"案仆入狱数日,足下来视,自述见俞明震(按,当时为江苏候补道)屈膝请安及赐面事,又述俞明震语,谓'奉上官条教,来捕足下,但吾辈办事不可野蛮,有以释足下意,愿足下善为谋。'时慰丹在傍,问曰:'何以有我与章先生?'足下即面色青黄,嗫嚅不语……足下献策事,则□□□言之。……仆参以足下之屈膝请安,与闻慰丹语而面色青黄……有以知□□之言实也。"后来又在《民报》第二十二号(1908年7月)的《再复吴敬恒书》中说:"今告足下,□□□乃一幕友,前岁来此游历,与仆相见而说其事……足下既见震,而火票未发以前,未有一言见告;非表里为奸,岂有坐视同党之危而不先警报者?及巡捕抵

门,他人犹未知明震与美领事磋商事状,足下已先言之。非足下与明震通情之的证乎?非足下献策之的证乎?"

〔12〕 ×××指蓝公武。章太炎在《民报》第十号(1906年12月)发表的《与人书》中说:"某某足下:顷者友人以大著见示,中有《俱分进化论批评》一篇。足下尚崇拜苏轼《赤壁赋》,以《红楼梦》为成佛之要道,所见如此,仆岂必与足下辩乎?"书末又有附白:"再贵报《新教育学冠言》有一语云:'虽如汗牛之充栋',思之累日不解。"1924年5月25日北京《晨报副刊》发表有蓝公武《"汗牛之充栋"不是一件可笑的事》一文,说:"当日和太炎辨难的是我,所辩论的题目,是哲学上一个善恶的问题。"按,蓝公武(1887—1957),江苏吴江人。早年留学日本和德国。曾任《国民公报》社长、《时事新报》总编辑等职。又章太炎函中所说的"贵报",指当时蓝公武与张东荪主办的在日本发行的《教育杂志》。

〔13〕 1908年作者在东京时曾在章太炎处听讲小学。据许寿裳在《亡友鲁迅印象记·从章先生学》中说:"章先生出狱以后,东渡日本,一面为《民报》撰文,一面为青年讲学,……我和鲁迅极愿往听,而苦与学课时间相冲突,因托庞未生(名宝铨)转达,希望另设一班,蒙先生慨然允许。……每星期日清晨,我们前往受业,……先生讲段氏《说文解字注》、郝氏《尔雅义疏》等"。

〔14〕 章太炎这几句话,见《民报》第六号(1906年8月)所载他的《演说录》:"近日办事的方法……第一要在感情,没有感情,凭你有百千万亿的拿坡仑、华盛顿,总是人各一心,不能团结……要成就这感情,有两件事是最紧要的,第一是用宗教发起信心,增进国民的道德;第二是用国粹激动种性,增进爱国的热肠。"

〔15〕 袁世凯(1859—1916) 河南项城人,自1896年(清光绪二十二年)在天津小站训练"新建陆军"起,即成为北洋军阀的首领。后任直隶总督、军机大臣、内阁总理大臣。1911年辛亥革命后,他利用革命领导者的软弱妥协攫取新政府的权力,于1912年3月就任中华民国临时大总统,次年10月任大总统。1915年12月12日宣布恢复帝制,称"中华帝国"皇帝,翌年元旦举行登基大典,改年号为"洪宪"。蔡锷等在云南起义反对帝制,得到各省响应,袁世凯被迫于1916年3月22日取消帝制,6月6日死于北京。

〔16〕 《中华民国解》 发表于《民报》第十五号(1907年7月),后来收入《太炎文录·别录》卷一。

〔17〕 投壶 古代宴会时的一种娱乐,宾主依次投矢壶中,负者饮酒。《礼记·投壶》孔颖达注引郑玄的话,说投壶是"主人与客燕饮讲论才艺之礼"。北洋直系军阀孙传芳(1885—1935),字馨远,山东历城人,他盘踞东南五省时,为了提倡复古,于1926年8月6日在南京举行投壶古礼。1926年8月间,章太炎在南京任孙传芳设立的婚丧祭礼制会会长,孙传芳曾邀他参加投壶仪式,但章未去。

〔18〕 七被追捕,三入牢狱 章太炎在1906年5月出狱后,东渡日本,在7月15日旅

日的革命者为他举行的欢迎会上说:"算来自戊戌年(1898)以后,已有七次查拿,六次都拿不到,到第七次方才拿到;以前三次,或因别事株连,或是普拿新党,不专为我一人,后来四次,却都为逐满独立的事。"(载《民报》第六号)"三入牢狱",第一次是1903年5月因《苏报》案被捕,监禁三年,期满获释;第二次是日本东京地方裁判所封禁《民报》时,判纳罚金一百一十五圆,章未能交纳,1909年3月3日被东京小石川警察署拘留,由许寿裳等学生筹款交付后,当天获释;第三次是1913年8月因反对袁世凯被软禁,袁死后始得自由。

〔19〕 "小人不欲成人之美" 语出《论语·颜渊》:"君子成人之美,不成人之恶;小人反是。"

〔20〕 "蚍蜉撼大树,可笑不自量" 语见韩愈诗《调张籍》。

〔21〕 《章氏丛书》 浙江图书馆木刻本于1919年刊行,共收著作十三种。其中无"诗录",诗即附于"文录"卷二之末。下文的《章氏丛书续编》,由章太炎的学生吴承仕、钱玄同等编校,1933年刊行,共收著作七种。

〔22〕 《同门录》 即同学姓名录。据《汉书·孟喜传》唐代颜师古注:"同门,同师学者也。"

散文诗

鲁迅的《野草》是散文诗集，收有作品二十三篇，大部分写于1924年至1926年。这里选收了其中十篇。在《野草》之外，鲁迅还写过其他一些散文诗，这里选收了三篇。

《野草》是鲁迅自己最喜欢的作品，写给自己的内向性创作，在这样的创作中舔自己的伤口，安顿自己的灵魂。人有的时候会停下来问一问自己，我到底是谁？我到底怎么啦？我这是怎么回事啊？这就有点导向哲学思索了。《野草》属于鲁迅的哲学。

《野草》结集出版时，鲁迅为之写了《题辞》，第一句就是："当我沉默着的时候，我觉得充实；我将开口，同时感到空虚。"鲁迅写《野草》时，心情是寂寞而悲哀的。

鲁迅通过《野草》的写作，对于生命意义和状态进行自我的反思。鲁迅是一个坚韧的"战士"，但又是有深邃思想和丰富精神世界的作家，他从不附庸权势与流俗，总是在观察与批判现实的同时，也解剖自己。他很清醒地把世界分为"身外"与"身内"两部分，个体生命既是外部世界的批判者，同时也是承担者，包括对于世界之黑暗部分的承担。《野草》主要是写自我生命中种种矛盾、悖论与黑暗的，包括生与死，明与暗，过去与未来，友与仇，人与兽，爱与不爱，等等。鲁迅的许多创作都是把自己"烧"进去的，《野草》更是如此。读《野草》，应当多从"生命的眷顾"这一点上去理解其中的矛盾与纠缠。

《野草》很美，但很难懂，因为它大量运用了象征手法，构思奇特，多是通过梦境、匪夷所思的情境来暗示、表达作者内心的悲抑与寂寞，包括一些难于言说的矛盾和犹豫，某些潜意识的、"超验"的东西。这很难按一般逻辑思路去索解，也很难用一两句话去清晰表达到底写了什么，但总能感觉到那些微妙的情绪，那些内心的迂回曲折，矛盾和纠缠。阅读时不要先入为主，不拘泥于某一种解，不一定要"死扣"什么意识，要努力去感受作品的氛围与直观刺激，体味那些冷峻、奇异和梦幻背后的鲁迅的"自剖"，他的人生体验的复杂性。沉浸其中,细加思索,可能我们自己也都会有类似的体悟。

《野草》显然受到德国哲学家尼采的影响。鲁迅在日本留学时,就读过尼采的代表作《查拉图斯特拉如是说》日译本,他的杂文多次引用尼采的语录。在《野草》中也常见到尼采式的警句箴言,觉醒的孤独者在生活漩涡中的挣扎,以及用文学写作作为面对痛苦与荒谬的依藉。《野草》对生命的探究是有些侧重哲学的,阅读时宜细加体味,放开想象,若过于世俗的考索,恐怕难解其意的。

像《野草》这样深入书写灵魂神秘幽深之处的作品,中国文学史上从未有过,后来也极其罕见。而散文诗这一具有诗的精粹却又能享有散文自由的文体,也在鲁迅这里登峰造极了。

秋　夜

【题记】本文最初发表于1924年12月1日《语丝》周刊第三期，后收入《野草》。文中给人印象最深的是夜色中一切景物和生物似乎都变了个样，在诗人想象与感觉中"人化"了，有了各种性格、感情和意志。天空那样威严地俯瞰万物，小粉红花在梦想春天的到来，而枣树则拼命地向上伸展和刺杀天空，等等。这些奇思妙想，在白天是不正常的，而夜晚则可能蜂拥而来，理智的和玄想混沌交织。鲁迅是孤独和寂寞的，也是爱夜的人，夜晚可以更安静，冥想，做梦，可以沉入内心，发现白天未必能觉察到的幽秘世界。同一事物，白天与深夜，日下和灯前，人的感觉也许会两样。《秋夜》所织造的夜的幽玄世界，让我们惊讶，然后会感受到平时容易被忽略的天地间的律动。

在我的后园，可以看见墙外有两株树，一株是枣树，还有一株也是枣树。

这上面的夜的天空，奇怪而高，我生平没有见过这样的奇怪而高的天空。他仿佛要离开人间而去，使人们仰面不再看见。然而现在却非常之蓝，闪闪地䀹着几十个星星的眼，冷眼。他的口角上现出微笑，似乎自以为大有深意，而将繁霜洒在我的园里的野花草上。

我不知道那些花草真叫什么名字，人们叫他们什么名字。我记得有一种开过极细小的粉红花，现在还开着，但是更极细小了，她在冷的夜气中，瑟缩地做梦，梦见春的到来，梦见秋的到来，梦见瘦的诗人将眼泪擦在她最末的花瓣上，告诉她秋虽然来，冬虽然来，而此后接着还是春，胡蝶乱飞，蜜蜂都唱起春词来了。她于是一笑，虽然颜色冻得红惨惨地，仍然瑟缩着。

枣树，他们简直落尽了叶子。先前，还有一两个孩子来打他们别人打剩的枣子，现在是一个也不剩了，连叶子也落尽了。他知道小粉红花的梦，秋后要有春；他也知道落叶的梦，春后还是秋。他简直落尽叶子，单剩干子，然而脱了当初满树是果实和叶子时候的弧形,欠伸得很舒服。但是,有几枝还低亚着,护定他从打枣的竿梢所得的皮伤,而最直最长的几枝,却已默默地铁似的直刺着奇怪而高的天空,使天空闪闪地鬼䀹眼;直刺着天空中圆满的月亮,使月亮窘得发白。

鬼䀹眼的天空越加非常之蓝,不安了,仿佛想离去人间,避开枣树,只将月亮剩下。然而月亮也暗暗地躲到东边去了。而一无所有的干子,却仍然默默地铁似的直刺着奇怪而高的天空,一意要制他的死命,不管他各式各样地䀹着许多蛊惑的眼睛。

哇的一声,夜游的恶鸟飞过了。

我忽而听到夜半的笑声,吃吃地,似乎不愿意惊动睡着的人,然而四围的空气都应和着笑。夜半,没有别的人,我即刻听出这声音就在我嘴里,我也即刻被这笑声所驱逐,回进自己的房。灯火的带子也即刻被我旋高了。

后窗的玻璃上丁丁地响,还有许多小飞虫乱撞。不多久,几个进来了,许是从窗纸的破孔进来的。他们一进来,又在玻璃的灯罩上撞得丁丁地响。一个从上面撞进去了,他于是遇到火,而且我以为这火是真的。两三个却休息在灯的纸罩上喘气。那罩是昨晚新换的罩,雪白的纸,折出波浪纹的叠痕,一角还画出一枝猩红色的栀子[1]。

猩红的栀子开花时,枣树又要做小粉红花的梦,青葱地弯成弧形了……。我又听到夜半的笑声;我赶紧砍断我的心绪,看那老在白纸罩上的小青虫,头大尾小,向日葵子似的,只有半粒小麦那么大,遍身的颜色苍翠得可爱,可怜。

我打一个呵欠,点起一支纸烟,喷出烟来,对着灯默默地敬奠这些苍翠精致的英雄们。

一九二四年九月十五日。

注释:

〔1〕 猩红色的栀子　栀子,一种常绿灌木,夏日开花,一般为白色或淡黄色;红栀子花是罕见的品种。据《广群芳谱》卷三十八引《万花谷》载:"蜀孟昶十月宴芳林园,赏红栀子花;其花六出而红,清香如梅。"

影 的 告 别

【题记】本文最初发表于1924年12月8日《语丝》周刊第四期,后收入《野草》。所写是荒诞的梦境,"我"的"影子"居然要和"我"告别,说了一番颠三倒四充满悖论的话。"影"可以看作是鲁迅潜意识中的另一个"我",它和本体的"我"告别,所诉说的是鲁迅内心的分裂与苦恼。这些困扰用通常的语言难于述说,而用"影子"脱离"我"这个梦境,则可以得到象征性的深刻的表现。鲁迅时常反省自己,从不否认内心有怀疑、寂寞、分裂的一面,不否认有时也会彷徨于无地。当他由解剖自己而思考人生意义的时候,那种自以为苦的寂寞就涂上了浓重的暗色。

人睡到不知道时候的时候,就会有影来告别,说出那些话——

有我所不乐意的在天堂里,我不愿去;有我所不乐意的在地狱里,我不愿去;有我所不乐意的在你们将来的黄金世界里,我不愿去。
然而你就是我所不乐意的。
朋友,我不想跟随你了,我不愿住。
我不愿意!
呜乎呜乎,我不愿意,我不如彷徨于无地[1]。

我不过一个影,要别你而沉没在黑暗里了。然而黑暗又会吞并我,然而光明又会使我消失。
然而我不愿彷徨于明暗之间,我不如在黑暗里沉没。

然而我终于彷徨于明暗之间,我不知道是黄昏还是黎明。我姑且举灰黑的手装作喝干一杯酒,我将在不知道时候的时候独自远行。

呜乎呜乎,倘若黄昏,黑夜自然会来沉没我,否则我要被白天消失,如果现是黎明。

朋友,时候近了。

我将向黑暗里彷徨于无地。

你还想我的赠品。我能献你甚么呢?无已,则仍是黑暗和虚空而已。但是,我愿意只是黑暗,或者会消失于你的白天;我愿意只是虚空,决不占你的心地。

我愿意这样,朋友——

我独自远行,不但没有你,并且再没有别的影在黑暗里。只有我被黑暗沉没,那世界全属于我自己。

一九二四年九月二十四日。

注释:

〔1〕无地　形容位置高渺或范围广袤。《楚辞·远游》:"下峥嵘而无地兮,上寥廓而无天。视倏忽而无见兮,听惝怳而无闻。"

好 的 故 事

【题记】本文最初发表于1925年2月9日《语丝》周刊第十三期,后收入《野草》。鲁迅多写梦,且多为噩梦、怪梦,而《好的故事》则是美梦,让我们看到孤独、寂寞的"战士"鲁迅,内心也有热爱生活、追求美好的柔软的一面。梦中是童年故乡的印象,笔法颇似晋人笔下的山水游记,写山阴道上,山川风物的交相映照,让人目不暇接。所谓"好的故事",其实没有故事,却是把回忆和梦交叠一起,景致的优雅,人事的和谐、有趣,"像一片云锦",其实不过是"故去"了的美事。这篇美文用白话书写,又带点文言的气息,简洁而有古风,是有意创造的一种书面语体文,读来别有韵味。

灯火渐渐地缩小了,在预告石油的已经不多;石油又不是老牌,早熏得灯罩很昏暗。鞭爆的繁响在四近,烟草的烟雾在身边:是昏沉的夜。

我闭了眼睛,向后一仰,靠在椅背上;捏着《初学记》[1]的手搁在膝髁上。

我在蒙胧中,看见一个好的故事。

这故事很美丽,幽雅,有趣。许多美的人和美的事,错综起来像一天云锦,而且万颗奔星似的飞动着,同时又展开去,以至于无穷。

我仿佛记得曾坐小船经过山阴道[2],两岸边的乌桕,新禾,野花,鸡,狗,丛树和枯树,茅屋,塔,伽蓝[3],农夫和村妇,村女,晒着的衣裳,和尚,蓑笠,天,云,竹,……都倒影在澄碧的小河中,随着每一打桨,各各夹带了闪烁的日光,并水里的萍藻游鱼,一同荡漾。诸影诸物,无不解散,而且摇动,扩大,互相融和;刚一融和,却又退缩,复近于原形。边缘都参差如夏云头,镶着日光,发出水银色焰。凡是我所经过的河,都是如此。

现在我所见的故事也如此。水中的青天的底子,一切事物统在上面交错，织成一篇，永是生动，永是展开，我看不见这一篇的结束。

河边枯柳树下的几株瘦削的一丈红[4]，该是村女种的罢。大红花和斑红花，都在水里面浮动，忽而碎散，拉长了，如缕缕的胭脂水，然而没有晕。茅屋，狗，塔，村女，云，……也都浮动着。大红花一朵朵全被拉长了，这时是泼剌奔进的红锦带。带织入狗中，狗织入白云中，白云织入村女中……。在一瞬间，他们又将退缩了。但斑红花影也已碎散，伸长，就要织进塔，村女，狗，茅屋，云里去。

现在我所见的故事清楚起来了，美丽，幽雅，有趣，而且分明。青天上面，有无数美的人和美的事，我一一看见，一一知道。

我就要凝视他们……。

我正要凝视他们时，骤然一惊，睁开眼，云锦也已皱蹙，凌乱，仿佛有谁掷一块大石下河水中，水波陡然起立，将整篇的影子撕成片片了。我无意识地赶忙捏住几乎坠地的《初学记》，眼前还剩着几点虹霓色的碎影。

我真爱这一篇好的故事，趁碎影还在，我要追回他，完成他，留下他。我抛了书，欠身伸手去取笔，——何尝有一丝碎影，只见昏暗的灯光，我不在小船里了。

但我总记得见过这一篇好的故事，在昏沉的夜……。

一九二五年二月二十四日。[5]

注释：

〔1〕 《初学记》 类书名，唐代徐坚等辑，共三十卷。取材于群经、诸子、历代诗赋及唐初诸家作品。

〔2〕 山阴道 指绍兴县城西南一带风景优美的地方。《世说新语·言语》里说："王子敬云：从山阴道上行……山川自相映发，使人应接不暇。"

〔3〕 伽蓝 梵语"僧伽蓝摩"（Saṅghārāma）的略称，意思是僧众所住的园林，后泛指寺庙。

〔4〕 一丈红 即蜀葵，茎高六七尺，六月开花，形大，有红、紫、白、黄等颜色。

〔5〕 文末所注写作日期迟于发表日期，有误；鲁迅1925年1月28日日记有"作《野草》一篇"，当指本文。

死　火

【题记】《死火》最初发表于1925年5月4日《语丝》周刊第二十五期，后收入《野草》。可以理解为是"自剖"，是鲁迅的热情、理想、希望和他的幻灭、冷静、无奈的碰撞、纠结。也是一种哲学的思考，寓意很深，可以有多种多样的解释。鲁迅思想深刻，常带批判性目光，自感在新旧两个世界都无处安身，他总是矛盾与纠结。尽管鲁迅在现实中一直坚执地致力于他认为必须要去做的许多实际工作，但在精神上却一直都难于平静地安放。这就是所谓哲人式文艺家的悲哀吧。不一定要"死扣"表达了什么意义，要读出鲁迅的困惑，理解人性的复杂和人生选择的困难，以及"命中注定"的无奈，等等。

我梦见自己在冰山间奔驰。

这是高大的冰山，上接冰天，天上冻云弥漫，片片如鱼鳞模样。山麓有冰树林，枝叶都如松杉。一切冰冷，一切青白。

但我忽然坠在冰谷中。

上下四旁无不冰冷，青白。而一切青白冰上，却有红影无数，纠结如珊瑚网。我俯看脚下，有火焰在。

这是死火。有炎炎的形，但毫不摇动，全体冰结，像珊瑚枝；尖端还有凝固的黑烟，疑这才从火宅[1]中出，所以枯焦。这样，映在冰的四壁，而且互相反映，化为无量数影，使这冰谷，成红珊瑚色。

哈哈！

当我幼小的时候，本就爱看快舰激起的浪花，洪炉喷出的烈焰。不但爱看，还想看清。可惜他们都息息变幻，永无定形。虽然凝视又凝视，总不留下怎样一定的迹象。

死的火焰,现在先得到了你了!"

我拾起死火,正要细看,那冷气已使我的指头焦灼;但是,我还熬着,将他塞入衣袋中间。冰谷四面,登时完全青白。我一面思索着走出冰谷的法子。

我的身上喷出一缕黑烟,上升如铁线蛇[2]。冰谷四面,又登时满有红焰流动,如大火聚[3],将我包围。我低头一看,死火已经燃烧,烧穿了我的衣裳,流在冰地上了。

"唉,朋友!你用了你的温热,将我惊醒了。"他说。

我连忙和他招呼,问他名姓。

"我原先被人遗弃在冰谷中,"他答非所问地说,"遗弃我的早已灭亡,消尽了。我也被冰冻冻得要死。倘使你不给我温热,使我重行烧起,我不久就须灭亡。"

"你的醒来,使我欢喜。我正在想着走出冰谷的方法;我愿意携带你去,使你永不冰结,永得燃烧。"

"唉唉!那么,我将烧完!"

"你的烧完,使我惋惜。我便将你留下,仍在这里罢。"

"唉唉!那么,我将冻灭了!"

"那么,怎么办呢?"

"但你自己,又怎么办呢?"他反而问。

"我说过了:我要出这冰谷……。"

"那我就不如烧完!"

他忽而跃起,如红彗星,并我都出冰谷口外。有大石车突然驰来,我终于碾死在车轮底下,但我还来得及看见那车就坠入冰谷中。

"哈哈!你们是再也遇不着死火了!"我得意地笑着说,仿佛就愿意这样似的。

一九二五年四月二十三日。

注释:

〔1〕 火宅 佛家语,《法华经·譬喻品》中说:"三界(按,这里指欲界、色界、无色界,

泛指世界)无安,犹如火宅,众苦充满,甚可怖畏,常有生老病死忧患,如是等火,炽然不息。"

〔2〕 铁线蛇　又名盲蛇,无毒,状如蚯蚓,是一种小蛇。

〔3〕 火聚　原系佛家语,指烈火燃烧的地狱。泛指聚集燃烧的烈火。

失掉的好地狱

【题记】本文最初发表于1925年6月22日《语丝》周刊第三十二期。作者在《〈野草〉英文译本序》里曾说:"但这地狱也必须失掉。这是由几个有雄辩和辣手,而那时还未得志的英雄们的脸色和语气所告诉我的。我于是作《失掉的好地狱》。"写作本文一个多月前,作者在《集外集·杂语》中概括辛亥革命后军阀混战给民众带来的深重灾难时,也曾指出:"称为神的和称为魔的战斗了,并非争夺天国,而在要得地狱的统治权。所以无论谁胜,地狱至今也还是照样的地狱。"

我梦见自己躺在床上,在荒寒的野外,地狱的旁边。一切鬼魂们的叫唤无不低微,然有秩序,与火焰的怒吼,油的沸腾,钢叉的震颤相和鸣,造成醉心的大乐[1],布告三界[2]:地下太平。

有一伟大的男子站在我面前,美丽,慈悲,遍身有大光辉,然而我知道他是魔鬼。

"一切都已完结,一切都已完结!可怜的鬼魂们将那好的地狱失掉了!"他悲愤地说,于是坐下,讲给我一个他所知道的故事——

"天地作蜂蜜色的时候,就是魔鬼战胜天神,掌握了主宰一切的大威权的时候。他收得天国,收得人间,也收得地狱。他于是亲临地狱,坐在中央,遍身发大光辉,照见一切鬼众。

"地狱原已废弛得很久了:剑树[3]消却光芒;沸油的边际早不腾涌;大火聚[4]有时不过冒些青烟,远处还萌生曼陀罗花[5],花极细小,惨白可怜。——那是不足为奇的,因为地上曾经大被焚烧,自然失了他的肥沃。

"鬼魂们在冷油温火里醒来,从魔鬼的光辉中看见地狱小花,惨白可怜,被大蛊惑,倏忽间记起人世,默想至不知几多年,遂同时向着人间,发一声反狱的绝叫。

"人类便应声而起,仗义执言,与魔鬼战斗。战声遍满三界,远过雷霆。终于运大谋略,布大网罗,使魔鬼并且不得不从地狱出走。最后的胜利,是地狱门上也竖了人类的旌旗!

"当鬼魂们一齐欢呼时,人类的整饬地狱使者已临地狱,坐在中央,用了人类的威严,叱咤一切鬼众。

"当鬼魂们又发一声反狱的绝叫时,即已成为人类的叛徒,得到永劫沉沦的罚,迁入剑树林的中央。

"人类于是完全掌握了主宰地狱的大威权,那威棱且在魔鬼以上。人类于是整顿废弛,先给牛首阿旁[6]以最高的俸草;而且,添薪加火,磨砺刀山,使地狱全体改观,一洗先前颓废的气象。

"曼陀罗花立即焦枯了。油一样沸;刀一样铦[7];火一样热;鬼众一样呻吟,一样宛转,至于都不暇记起失掉的好地狱。

"这是人类的成功,是鬼魂的不幸……。

"朋友,你在猜疑我了。是的,你是人!我且去寻野兽和恶鬼……。"

一九二五年六月十六日。

注释:

〔1〕 醉心的大乐　使人沉醉的音乐。这里的"大"和下文的"大威权""大火聚"等词语中的"大",都是模仿古代汉译佛经的语气。

〔2〕 三界　这里指天国、人间、地狱。源自原始宗教萨满教的基本概念。

〔3〕 剑树　佛教所说的地狱酷刑。《太平广记》卷三八二引《冥报拾遗》:"至第三重门,入见镬汤及刀山剑树。"

〔4〕 火聚　参见本卷《死火》注〔3〕。

〔5〕 曼陀罗花　曼陀罗,亦称"风茄儿",茄科,一年生有毒草本。佛经说,曼陀罗花白色而有妙香,花大,见之者能适意,故也译作适意花。

〔6〕 牛首阿旁　佛教传说中地狱里牛头人身的鬼卒。东晋昙无兰译《五苦章句经》中说:"狱卒名(阿)傍,牛头人手,两脚牛蹄,力壮排山,持钢铁叉。"

〔7〕 铦(xiān)　锋利。

墓 碣 文

【题记】本文最初发表于1925年6月22日《语丝》周刊第三十二期,后收入《野草》。文中的"我"梦见"墓碣",读阳面和阴面的碑文,回答不了其所提出的各种离奇的问题。于是发生"诈尸","我"落荒而逃。坟中的死尸代表被埋葬的鲁迅的过去;墓志铭所写是鲁迅始终纠缠不清的矛盾与焦虑;"我"则代表现在的鲁迅,和墓碣"对立",是在审视自己生命历程中的困惑。墓碣的正面所写全是悖论,充满否定之否定,概括了鲁迅精神结构的矛盾和复杂性。阴面的碣文写着"抉心自食,欲知本味",所谓"本味",就是对自己本质意义上的了解,可惜即使经过残忍的"自啮",也还是不知其味,始终陷于悖论之泥淖。那么只有逃离,不再纠缠那些无解与焦虑,就是否定过去,努力摆脱精神困境的意思。鲁迅敢于"自剖",承认自己思想和精神上的矛盾、焦虑,甚至某些黑暗,这在文中得到痛彻的呈现。《墓碣文》还可以往更深刻的哲学层面去理解,其所探索的人类存在的本质与悖论,遭遇的困境,并不只是属于鲁迅个人及他所处的时代。

我梦见自己正和墓碣[1]对立,读着上面的刻辞。那墓碣似是沙石所制,剥落很多,又有苔藓丛生,仅存有限的文句——

……于浩歌狂热之际中寒;于天上看见深渊。于一切眼中看见无所有;于无所希望中得救。……

……有一游魂,化为长蛇,口有毒牙。不以啮人,自啮其身,终以殒颠[2]。……

……离开!……

我绕到碣后,才见孤坟,上无草木,且已颓坏。即从大阙口中,窥见死尸,胸腹俱破,中无心肝。而脸上却绝不显哀乐之状,但蒙蒙如烟然。

我在疑惧中不及回身,然而已看见墓碣阴面的残存的文句——

　　……抉心自食,欲知本味。创痛酷烈,本味何能知?……

　　……痛定之后,徐徐食之。然其心已陈旧,本味又何由知?……

　　……答我。否则,离开!……

我就要离开。而死尸已在坟中坐起,口唇不动,然而说——

"待我成尘时,你将见我的微笑!"

我疾走,不敢反顾,生怕看见他的追随。

一九二五年六月十七日。

注释:

　〔1〕　墓碣　墓碑。

　〔2〕　殒颠　死亡。

颓败线的颤动

【题记】本文最初发表于1925年7月13日《语丝》周刊第三十五期,收入《野草》。开篇就说梦见自己在"做梦",是"梦中梦"。首先梦见一位少妇在出卖肉体,以养育饥饿的幼女。她那"瘦弱渺小的身躯","为饥饿,苦痛,惊异,羞辱,欢欣而颤动",然后是"弛缓,然而尚且丰腴的皮肤光润了;青白的两颊泛出轻红,如铅上涂了胭脂水"。感受是复杂的,甚至写到了性的释放,是对程朱理学所谓"饿死事小,失节事大"的颠覆。然而少妇也只能"无告"地仰望天空,仿佛看到"颤动"弥漫于空中,淹没一切。接着,又梦见多年以后,原先相濡以沫的母女关系变了,"垂老的女人"遭到怨恨,女儿鄙责老人那"不光彩"的过去"带累"了儿孙,连最小的孙子也向着老人叫"杀!"。老妇深受刺激,深夜离家出走荒野,以赤身露体直面羞辱,如石像般站立于荒野中央,举手向天发出"无词的言语"。其"颓败的身躯""颤动点点如鱼鳞",掀动了"荒海的波涛"。鲁迅借梦中"颓败线的颤动"的景观,释放了自身受到被自己培植者(也许包括兄弟与青年作者)倒戈攻击的那种失望与苦涩。

我梦见自己在做梦。自身不知所在,眼前却有一间在深夜中紧闭的小屋的内部,但也看见屋上瓦松[1]的茂密的森林。

板桌上的灯罩是新拭的,照得屋子里分外明亮。在光明中,在破榻上,在初不相识的披毛的强悍的肉块底下,有瘦弱渺小的身躯,为饥饿,苦痛,惊异,羞辱,欢欣而颤动。弛缓,然而尚且丰腴的皮肤光润了;青白的两颊泛出轻红,如铅上涂了胭脂水。

灯火也因惊惧而缩小了,东方已经发白。

然而空中还弥漫地摇动着饥饿,苦痛,惊异,羞辱,欢欣的波涛……。

"妈！"约略两岁的女孩被门的开阖声惊醒，在草席围着的屋角的地上叫起来了。

"还早哩，再睡一会罢！"她惊惶地说。

"妈！我饿，肚子痛。我们今天能有什么吃的？"

"我们今天有吃的了。等一会有卖烧饼的来，妈就买给你。"她欣慰地更加紧捏着掌中的小银片，低微的声音悲凉地发抖，走近屋角去一看她的女儿，移开草席，抱起来放在破榻上。

"还早哩，再睡一会罢。"她说着，同时抬起眼睛，无可告诉地一看破旧的屋顶以上的天空。

空中突然另起了一个很大的波涛，和先前的相撞击，回旋而成旋涡，将一切并我尽行淹没，口鼻都不能呼吸。

我呻吟着醒来，窗外满是如银的月色，离天明还很辽远似的。

我自身不知所在，眼前却有一间在深夜中紧闭的小屋的内部，我自己知道是在续着残梦。可是梦的年代隔了许多年了。屋的内外已经这样整齐；里面是青年的夫妻，一群小孩子，都怨恨鄙夷地对着一个垂老的女人。

"我们没有脸见人，就只因为你，"男人气忿地说。"你还以为养大了她，其实正是害苦了她，倒不如小时候饿死的好！"

"使我委屈一世的就是你！"女的说。

"还要带累了我！"男的说。

"还要带累他们哩！"女的说，指着孩子们。

最小的一个正玩着一片干芦叶，这时便向空中一挥，仿佛一柄钢刀，大声说道：

"杀！"

那垂老的女人口角正在痉挛，登时一怔，接着便都平静，不多时候，她冷静地，骨立的石像似的站起来了。她开开板门，迈步在深夜中走出，遗弃了背后一切的冷骂和毒笑。

她在深夜中尽走，一直走到无边的荒野；四面都是荒野，头上只有高天，并无一个虫鸟飞过。她赤身露体地，石像似的站在荒野的中央，于一刹那间照见过往的一切：饥饿，苦痛，惊异，羞辱，欢欣，于是发抖；害苦，委屈，带累，于是痉挛；杀，于是平静。……又于一刹那间将一切并合：眷念与决绝，爱抚与复仇，养育与歼除，祝福与咒诅……。她于是举两手尽量向天，口唇间漏出人与兽的，非人间所有，所以无词的言语。

当她说出无词的言语时，她那伟大如石像，然而已经荒废的，颓败的身躯的全面都颤动了。这颤动点点如鱼鳞，每一鳞都起伏如沸水在烈火上；空中也即刻一同振颤，仿佛暴风雨中的荒海的波涛。

她于是抬起眼睛向着天空，并无词的言语也沉默尽绝，惟有颤动，辐射若太阳光，使空中的波涛立刻回旋，如遭飓风，汹涌奔腾于无边的荒野。

我梦魇了，自己却知道是因为将手搁在胸脯上了的缘故；我梦中还用尽平生之力，要将这十分沉重的手移开。

一九二五年六月二十九日。

注释：

〔1〕 瓦松　又名"向天草"或"昨叶荷草"。丛生在瓦缝中，叶针状，初生时密集短茎上，远望如松树，故名。

死　后

【题记】本文最初发表于1925年7月20日《语丝》周刊第三十六期,后收入《野草》。作品构思荒诞奇特,写梦见"我"死后,成了看客的谈资,蚂蚁青蝇的美食,书商赚钱的顾客,真是死也不得安宁。最特别的是,用"死人"的最后一瞥,来识察曾经生活过的人间社会,愈加显出其无聊与庸俗。令人感佩的是,即使已经死去,"我"也还要坚持一贯的韧性战斗姿态,对黑暗势力绝不妥协和屈服,也不给仇敌们"一点惠而不费的欢欣"。作品所展示的梦境是荒诞的,细细琢磨,这些怪诞的场景却又是现实的真实影像,使彼世界,穷形极相。类似的构思,让我们联想到卡夫卡式的黑色幽默。鲁迅其实是非常前卫的艺术家。

我梦见自己死在道路上。

这是那里,我怎么到这里来,怎么死的,这些事我全不明白。总之,待到我自己知道已经死掉的时候,就已经死在那里了。

听到几声喜鹊叫,接着是一阵乌老鸦。空气很清爽,——虽然也带些土气息,——大约正当黎明时候罢。我想睁开眼睛来,他却丝毫也不动,简直不像是我的眼睛;于是想抬手,也一样。

恐怖的利镞[1]忽然穿透我的心了。在我生存时,曾经玩笑地设想:假使一个人的死亡,只是运动神经的废灭,而知觉还在,那就比全死了更可怕。谁知道我的预想竟的中[2]了,我自己就在证实这预想。

听到脚步声,走路的罢。一辆独轮车从我的头边推过,大约是重载的,轧轧地叫得人心烦,还有些牙齿齼[3]。很觉得满眼绯红,一定是太阳上来了。那么,我的脸是朝东的。但那都没有什么关系。切切嚓嚓的人声,看热闹的。他们踹起黄土来,飞进我的鼻孔,使我想打喷嚏了,但终于没有打,仅有想打的心。

　　陆陆续续地又是脚步声,都到近旁就停下,还有更多的低语声:看的人多起来了。我忽然很想听听他们的议论。但同时想,我生存时说的什么批评不值一笑的话,大概是违心之论罢:才死,就露了破绽了。然而还是听;然而毕竟得不到结论,归纳起来不过是这样——

　　"死了?……"

　　"嗡。——这……"

　　"啧!……"

　　"啧。……唉!……"

　　我十分高兴,因为始终没有听到一个熟识的声音。否则,或者害得他们伤心;或则要使他们快意;或则要使他们加添些饭后闲谈的材料,多破费宝贵的工夫;这都会使我很抱歉。现在谁也看不见,就是谁也不受影响。好了,总算对得起人了!

　　但是,大约是一个马蚁,在我的脊梁上爬着,痒痒的。我一点也不能动,已经没有除去他的能力了;倘在平时,只将身子一扭,就能使他退避。而且,大腿上又爬着一个哩!你们是做什么的?虫豸!?

　　事情可更坏了:嗡的一声,就有一个青蝇停在我的颧骨上,走了几步,又一飞,开口便舐我的鼻尖。我懊恼地想:足下,我不是什么伟人,你无须到我身上来寻做论的材料……。但是不能说出来。他却从鼻尖跑下,又用冷舌头来舐我的嘴唇了,不知道可是表示亲爱。还有几个则聚在眉毛上,跨一步,我的毛根就一摇。实在使我烦厌得不堪,——不堪之至。

　　忽然,一阵风,一片东西从上面盖下来,他们就一同飞开了,临走时还说——

　　"惜哉!……"

　　我愤怒得几乎昏厥过去。

　　木材摔在地上的钝重的声音同着地面的震动,使我忽然清醒,前额上感着芦席的条纹。但那芦席就被掀去了,又立刻感到了日光的灼热。还听得有人说——

　　"怎么要死在这里?……"

这声音离我很近,他正弯着腰罢。但人应该死在那里呢?我先前以为人在地上虽没有任意生存的权利,却总有任意死掉的权利的。现在才知道并不然,也很难适合人们的公意。可惜我久没了纸笔;即有也不能写,而且即使写了也没有地方发表了。只好就这样地抛开。

　　有人来抬我,也不知道是谁。听到刀鞘声,还有巡警在这里罢,在我所不应该"死在这里"的这里。我被翻了几个转身,便觉得向上一举,又往下一沉;又听得盖了盖,钉着钉。但是,奇怪,只钉了两个。难道这里的棺材钉,是只钉两个的么?

　　我想:这回是六面碰壁,外加钉子。真是完全失败,呜呼哀哉了!……

　　"气闷!……"我又想。

　　然而我其实却比先前已经宁静得多,虽然知不清埋了没有。在手背上触到草席的条纹,觉得这尸衾[4]倒也不恶。只不知道是谁给我化钱的,可惜!但是,可恶,收敛的小子们!我背后的小衫的一角皱起来了,他们并不给我拉平,现在抵得我很难受。你们以为死人无知,做事就这样地草率么?哈哈!

　　我的身体似乎比活的时候要重得多,所以压着衣皱便格外的不舒服。但我想,不久就可以习惯的;或者就要腐烂,不至于再有什么大麻烦。此刻还不如静静地静着想。

　　"您好?您死了么?"

　　是一个颇为耳熟的声音。睁眼看时,却是勃古斋旧书铺的跑外的小伙计。不见约有二十多年了,倒还是那一副老样子。我又看看六面的壁,委实太毛糙,简直毫没有加过一点修刮,锯绒还是毛氁氁的。

　　"那不碍事,那不要紧。"他说,一面打开暗蓝色布的包裹来。"这是明板《公羊传》[5],嘉靖黑口本[6],给您送来了。您留下他罢。这是……。"

　　"你!"我诧异地看定他的眼睛,说,"你莫非真正胡涂了?你看我这模样,还要看什么明板?……"

　　"那可以看,那不碍事。"

　　我即刻闭上眼睛,因为对他很烦厌。停了一会,没有声息,他大约走了。但是似乎一个马蚁又在脖子上爬起来,终于爬到脸上,只绕着眼眶转圈子。

万不料人的思想,是死掉之后也还会变化的。忽而,有一种力将我的心的平安冲破;同时,许多梦也都做在眼前了。几个朋友祝我安乐,几个仇敌祝我灭亡。我却总是既不安乐,也不灭亡地不上不下地生活下来,都不能副任何一面的期望。现在又影一般死掉了,连仇敌也不使知道,不肯赠给他们一点惠而不费的欢欣。……

我觉得在快意中要哭出来。这大概是我死后第一次的哭。

然而终于也没有眼泪流下;只看见眼前仿佛有火花一闪,我于是坐了起来。

一九二五年七月十二日。

注释：

〔1〕 镞(zú)　箭头。箭镞。

〔2〕 的中　射中靶子。

〔3〕 龀　牙齿发酸的感觉。

〔4〕 尸衾　覆盖尸体的夹被。

〔5〕 明板《公羊传》　即《春秋公羊传》(又作《公羊春秋》)的明代刻本。《公羊传》是一部阐述《春秋》的书,相传为周末齐国人公羊高所作。明板,现在写作"明版"。

〔6〕 嘉靖黑口本　我国线装书籍,书页中间折叠的直缝叫作"口"。"口"有"黑口""白口"的分别:折缝上下端有黑线的叫作"黑口",没有黑线的叫作"白口"。嘉靖(1522—1566),明世宗的年号。

这样的战士

【题记】本文最初发表于1925年12月21日《语丝》周刊第五十八期，收入《野草》。作者在《〈野草〉英文译本序》里说："《这样的战士》，是有感于文人学士们帮助军阀而作。"这是比较实在的说明。但也可以做更开阔的理解。其中"无物之阵"，是鲁迅对同时代精神与文化状况的整体感受。传统文化中许多腐朽的成分，已经冠上各种时髦的名目，渗透到社会生活的各个角落，化为人们须臾不离而又司空见惯的习俗，是那样的沉闷而无聊。所以投枪一掷，"无物之物"也能脱走而胜利。这种悖谬的背后，是鲁迅的寂寞与虚无。但鲁迅知其不可为而为之，还是要做"绝望之反抗"，和"无物之阵"缠斗。文中五次写到"但他举起了投枪"，显现了不屈的韧性战斗精神。

要有这样的一种战士——

已不是蒙昧如非洲土人而背着雪亮的毛瑟枪的；也并不疲惫如中国绿营兵而却佩着盒子炮。[1]他毫无乞灵于牛皮和废铁的甲胄；他只有自己，但拿着蛮人所用的，脱手一掷的投枪。

他走进无物之阵，所遇见的都对他一式点头。他知道这点头就是敌人的武器，是杀人不见血的武器，许多战士都在此灭亡，正如炮弹一般，使猛士无所用其力。

那些头上有各种旗帜，绣出各样好名称：慈善家，学者，文士，长者，青年，雅人，君子……。头下有各样外套，绣出各式好花样：学问，道德，国粹，民意，逻辑，公义，东方文明……。

但他举起了投枪。

他们都同声立了誓来讲说，他们的心都在胸膛的中央，和别的偏心的人类两样。他们都在胸前放着护心镜[2]，就为自己也深信心在胸膛中央的事作证。

但他举起了投枪。

他微笑，偏侧一掷，却正中了他们的心窝。

一切都颓然倒地；——然而只有一件外套，其中无物。无物之物已经脱走，得了胜利，因为他这时成了戕害慈善家等类的罪人。

但他举起了投枪。

他在无物之阵中大踏步走，再见一式的点头，各种的旗帜，各样的外套……。

但他举起了投枪。

他终于在无物之阵中老衰，寿终。他终于不是战士，但无物之物则是胜者。

在这样的境地里，谁也不闻战叫：太平。

太平……。

但他举起了投枪！

一九二五年十二月十四日。

注释：

〔1〕 毛瑟枪　指德国机械师毛瑟(Mauser)兄弟在19世纪70年代设计制造的一种单发步枪，是当时比较先进的武器。绿营兵，一作绿旗兵。清朝兵制：除正黄、正白、正红、正蓝、镶黄、镶白、镶红、镶蓝等"八旗兵"（以满族人为主）外，又另募汉人编成军队，旗帜采用绿色，叫作绿旗兵。清代中叶以后，绿营兵渐趋衰败，终被裁废。盒子炮，即驳壳枪，手枪的一种，外有特制的木盒，故名。

〔2〕 护心镜　古代战衣胸前部位镶嵌的金属圆片，用以保护胸膛。

腊　叶

【题记】本文最初发表于1926年1月4日《语丝》周刊第六十期,后收入《野草》。鲁迅写这篇文章时,肺病第二次发作,也有一种对生命一天天消损的悲凉感,所以自比病叶,预感到那种昔时的颜色就要在记忆中消失。除了病之外,鲁迅这时在爱情婚姻问题上也有自虐。许广平闯入鲁迅的生活以后,鲁迅感到前所未有的幸福,也感到踌躇不安,他对从未爱过的发妻朱安有一种歉疚感,他经常有意折磨自己,优柔寡断。鲁迅以自己珍藏病叶的心情,来比喻许广平和亲友们对他的爱护,包括爱情,写得非常细腻、蕴藉;另方面,又蕴含有鲁迅对自己身体的感受,以及由此所引起的对人生的思索。人生是如此的短促、脆弱,就像一片树叶似的,一年一度地飘零。鲁迅希望他人对鲁迅自己不要过分珍重,彼此关系不可能永存,也无法保持原来灿烂的颜色。《腊叶》写得很悲凉。鲁迅亦有常人的哀愁、痛苦和无奈,唯其如此,他的作品不全是讽刺与批判,也还有怜悯和慰藉,有锋利出鞘前的驽钝。

灯下看《雁门集》[1],忽然翻出一片压干的枫叶来。

这使我记起去年的深秋。繁霜夜降,木叶多半凋零,庭前的一株小小的枫树也变成红色了。我曾绕树徘徊,细看叶片的颜色,当他青葱的时候是从没有这么注意的。他也并非全树通红,最多的是浅绛,有几片则在绯红地上,还带着几团浓绿。一片独有一点蛀孔,镶着乌黑的花边,在红,黄和绿的斑驳中,明眸似的向人凝视。我自念:这是病叶呵!便将他摘了下来,夹在刚才买到的《雁门集》里。大概是愿使这将坠的被蚀而斑斓的颜色,暂得保存,不即与群叶一同飘散罢。

但今夜他却黄蜡似的躺在我的眼前,那眸子也不复似去年一般灼灼。

假使再过几年,旧时的颜色在我记忆中消去,怕连我也不知道他何以夹在书里面的原因了。将坠的病叶的斑斓,似乎也只能在极短时中相对,更何况是葱郁的呢。看看窗外,很能耐寒的树木也早经秃尽了;枫树更何消说得。当深秋时,想来也许有和这去年的模样相似的病叶的罢,但可惜我今年竟没有赏玩秋树的余闲。

一九二五年十二月二十六日。

注释:

〔1〕《雁门集》 诗词集,元代萨都剌(1271—1340)著。

战士和苍蝇

【题记】本文最初发表于1925年3月24日北京《京报》附刊《民众文艺周刊》第十四号,收入《华盖集》。写作此文时,孙中山已逝世九天。作者在同年4月3日《京报副刊》发表的《这是这么一个意思》中对本文曾有说明:"所谓战士者,是指中山先生和民国元年前后殉国而反受奴才们讥笑糟蹋的先烈;苍蝇则当然是指奴才们。"但此篇的哲理警句在这里:"有缺点的战士终竟是战士,完美的苍蝇也终竟不过是苍蝇。"其寓意让人想起俄国克雷洛夫寓言的那句话:"鹰有时飞得比鸡还低,可是鸡却永远不能飞得像鹰这样高"。

Schopenhauer[1]说过这样的话:要估定人的伟大,则精神上的大和体格上的大,那法则完全相反。后者距离愈远即愈小,前者却见得愈大。

正因为近则愈小,而且愈看见缺点和创伤,所以他就和我们一样,不是神道,不是妖怪,不是异兽。他仍然是人,不过如此。但也惟其如此,所以他是伟大的人。

战士战死了的时候,苍蝇们所首先发现的是他的缺点和伤痕,嘬着,营营地叫着,以为得意,以为比死了的战士更英雄。但是战士已经战死了,不再来挥去他们。于是乎苍蝇们即更其营营地叫,自以为倒是不朽的声音,因为它们的完全,远在战士之上。

的确的,谁也没有发现过苍蝇们的缺点和创伤。

然而,有缺点的战士终竟是战士,完美的苍蝇也终竟不过是苍蝇。

去罢,苍蝇们!虽然生着翅子,还能营营,总不会超过战士的。你们这些虫豸们!

三月二十一日。

注释：

〔1〕 Schopenhauer　叔本华(1788—1860)，德国哲学家，唯意志论者。这里引述的话，见他的《比喻·隐喻和寓言》一文。

夏 三 虫

【题记】本文最初发表于1925年4月7日《京报》附刊《民众文艺周刊》第十六号,收入《华盖集》。文章先是设疑作答,继则以"三虫"寓意三种社会现象,结末强调"师法"昆虫,以"反话"表明文章的意旨。文中把当时为当局与权贵效劳的文人斥为吸血前还要"哼哼地发一篇大议论"的蚊虫,和喜欢"舐一点油汗"又"拉上一点蝇矢"的苍蝇,对其表示了极其厌恶的感觉。该文短短的六百二十五个字,却充分表达了强烈的意趣和情感。

夏天近了,将有三虫:蚤,蚊,蝇。

假如有谁提出一个问题,问我三者之中,最爱什么,而且非爱一个不可,又不准像"青年必读书"那样的缴白卷的。我便只得回答道:跳蚤。

跳蚤的来吮血,虽然可恶,而一声不响地就是一口,何等直截爽快。蚊子便不然了,一针叮进皮肤,自然还可以算得有点彻底的,但当未叮之前,要哼哼地发一篇大议论,却使人觉得讨厌。如果所哼的是在说明人血应该给它充饥的理由,那可更其讨厌了,幸而我不懂。

野雀野鹿,一落在人手中,总时时刻刻想要逃走。其实,在山林间,上有鹰鹯,下有虎狼,何尝比在人手里安全。为什么当初不逃到人类中来,现在却要逃到鹰鹯虎狼间去?或者,鹰鹯虎狼之于它们,正如跳蚤之于我们罢。肚子饿了,抓着就是一口,决不谈道理,弄玄虚。被吃者也无须在被吃之前,先承认自己之理应被吃,心悦诚服,誓死不二。人类,可是也颇擅长于哼哼的了,害中取小,它们的避之惟恐不速,正是绝顶聪明。

苍蝇嗡嗡地闹了大半天,停下来也不过舐一点油汗,倘有伤痕或疮疖,自然更占一些便宜;无论怎么好的,美的,干净的东西,又总喜欢一律拉上一点蝇矢。但因为只舐一点油汗,只添一点腌臜,在麻木的人们还没有切肤之痛,所以也就将它放过了。中国人还不很知道它能够传播病菌,捕蝇运动大概不见得兴盛。它们的运命是长久的;还要更繁殖。

但它在好的,美的,干净的东西上拉了蝇矢之后,似乎还不至于欣欣然反过来嘲笑这东西的不洁:总要算还有一点道德的。

古今君子,每以禽兽斥人,殊不知便是昆虫,值得师法的地方也多着哪。

四月四日。

夜　颂

【题记】本文最初发表于1933年6月10日《申报·自由谈》，署名游光，后收入《准风月谈》。夜本是黑暗的，鲁迅偏要给"夜"作"颂"。在鲁迅的感觉中，"夜"是"真实"而自由的。鲁迅喜欢"夜"，是因为喜欢真实，憎恨伪饰，喜欢在自然的状态中自由舒展个性，而不喜欢光天化日的熙来攘往，却到处弥漫着的黑暗的装饰。在鲁迅看来，"大黑暗"其实多在"白日"里，他用惊人的想象把"白日"的装饰比作"人肉酱缸上的金盖"和"鬼脸上的雪花膏"。当然，"爱夜者"其实是光明的追求者，他有"听夜的耳朵和看夜的眼睛"，能"自在暗中，看一切暗"，领受夜所给予的"温暖"与"恩惠"，而又不至于被黑暗所吞没。这大概也是夫子自道罢。借以"黑夜"与"白天"的比较，表达了对社会人生的一些微妙的感觉，带有哲理性。

爱夜的人，也不但是孤独者，有闲者，不能战斗者，怕光明者。

人的言行，在白天和在深夜，在日下和在灯前，常常显得两样。夜是造化所织的幽玄的天衣，普覆一切人，使他们温暖，安心，不知不觉的自己渐渐脱去人造的面具和衣裳，赤条条地裹在这无边际的黑絮似的大块[1]里。

虽然是夜，但也有明暗。有微明，有昏暗，有伸手不见掌，有漆黑一团糟。爱夜的人要有听夜的耳朵和看夜的眼睛，自在暗中，看一切暗。君子们从电灯下走入暗室中，伸开了他的懒腰；爱侣们从月光下走进树阴里，突变了他的眼色。夜的降临，抹杀了一切文人学士们当光天化日之下，写在耀眼的白纸上的超然，混然，恍然，勃然，粲然的文章，只剩下乞怜，讨好，撒谎，骗人，吹牛，捣鬼的夜气，形成一个灿烂的金色的光圈，像见于佛画[2]上面似的，笼罩在学识不凡的头脑上。

爱夜的人于是领受了夜所给与的光明。

高跟鞋的摩登女郎在马路边的电光灯下,阁阁的走得很起劲,但鼻尖也闪烁着一点油汗,在证明她是初学的时髦,假如长在明晃晃的照耀中,将使她碰着"没落"〔3〕的命运。一大排关着的店铺的昏暗助她一臂之力,使她放缓开足的马力,吐一口气,这时才觉得沁人心脾的夜里的拂拂的凉风。

爱夜的人和摩登女郎,于是同时领受了夜所给与的恩惠。

一夜已尽,人们又小心翼翼的起来,出来了;便是夫妇们,面目和五六点钟之前也何其两样。从此就是热闹,喧嚣。而高墙后面,大厦中间,深闺里,黑狱里,客室里,秘密机关里,却依然弥漫着惊人的真的大黑暗。

现在的光天化日,熙来攘往,就是这黑暗的装饰,是人肉酱缸上的金盖,是鬼脸上的雪花膏。只有夜还算是诚实的。我爱夜,在夜间作《夜颂》。

六月八日。

注释:

〔1〕 大块　大自然,大地。《庄子·齐物论》:"夫大块噫气,其名为风。"意思是大地吐气出声便成了风。

〔2〕 佛画　佛、菩萨等的画像,头顶上一般有光轮。

〔3〕 "没落"　在"革命文学"论争中,创造社成员曾讥讽作者"没落"(见1928年5月《创造月刊》第一卷第十一期成仿吾的《毕竟是"醉眼陶然"罢了》),这里借引此语。

旧体诗

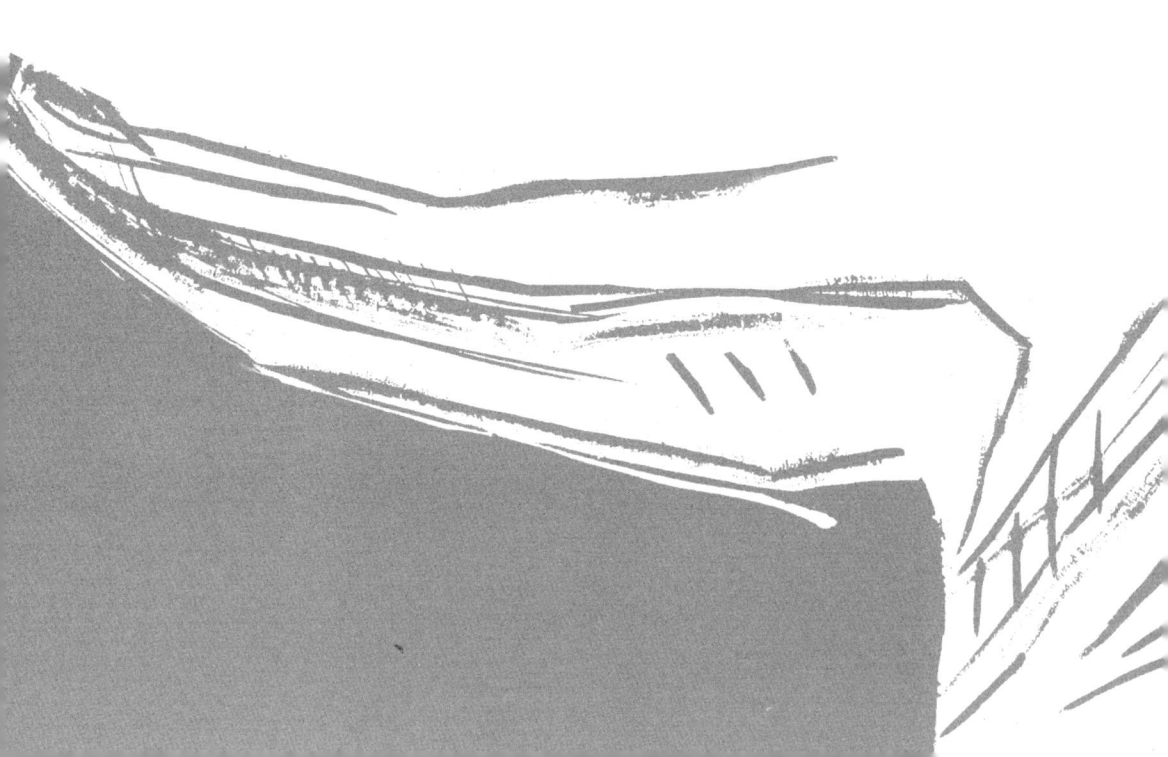

鲁迅主要以小说和杂文名世,也写过一些新诗和旧体诗。他的新诗数量很少,主要是为了配合"五四"时期新派人物对于"旧文学"的示威,带有诙谐"打油"的意味。他对旧体诗的看法也特别,认为"一切好诗,到唐已经做完,此后倘非能翻出如来掌心之'齐天大圣',大可不必动手"。(1934年12月20日致杨霁云信)这是朋友间通信聊天的话,不是定论,但也可见鲁迅对古典诗词艺术还是比较尊崇,对旧体诗的写作标准是定得非常高的。他不轻易动笔,留下的旧体诗作其实不多,也就四十七首。

鲁迅的旧体诗多数是应朋友索要书法而写,是为了写字应酬而写诗,取材会考虑对方,也会借以发表一点感慨。他对自己的诗作未见得很看重。起初鲁迅还不愿意把他的旧体诗编入集中。但研究民国时期旧体诗的学者普遍认为鲁迅是这方面的高手,他的诗形式多采取近体,有的风格接近杜甫的沉郁或李商隐的绵密。鲁迅的老友许寿裳也说:鲁迅作诗"虽不过是他的余事,偶尔为之,可是意境和音节,无不讲究,功夫深厚,自成风格"。

这里选收了鲁迅不同时期的旧体诗十一首。阅读欣赏时大可不必拘泥于某一解释,也不必多费心思去追寻微言大义,只要体味鲁迅诗作的意境,发挥自己的感悟和想象就好。"诗无达诂",且将"讲析"当作多种说法的其中一种就是了。

自题小像

【题记】这首七绝写于1903年3月底或4月初，鲁迅时年二十一岁，到日本留学已一年。按清朝风习，鲁迅留有辫子，又是弱国子民，常受到日本人的奚落，这遭遇激起鲁迅抗争救国的强烈意愿。1903年他毅然剪去辫子，表示与"满洲政府"（清王朝）的决裂。鲁迅断发之后拍照纪念。1904年鲁迅入仙台医学专门学校后，将题诗的断发照片寄赠好友许寿裳。1936年鲁迅逝世后，许寿裳作《怀旧》，首次披露了这首诗。后收入《集外集拾遗》。确如许寿裳所说："鲁迅对于民族解放事业，坚贞无比……三十余年来，刻苦奋斗以至于死，完全是为中华民族的生存而牺牲，一息尚存，不容稍懈"（《亡友鲁迅印象记》），"真是实践了他三十五年前所做的'我以我血荐轩辕'的诗句"！（《鲁迅的生活》）

灵台无计逃神矢，[1]风雨如磐暗故园。[2]
寄意寒星荃不察，[3]我以我血荐轩辕。[4]

注释：

〔1〕 灵台　指心。神矢，神箭。关于这一句，一说是采用希腊神话故事，爱神丘比特有双翅，手持弓箭，若射中男女的心，双方就会相恋。鲁迅化用这个典故，表达自己对故国的眷恋关切之情难以抑制，就如同被爱神之箭射中了那样。另一说认为，是典出《圣经》中的《耶利米哀歌》，其中有写神（耶和华）"使我行在黑暗中"，"用苦楚和艰难围困我"，还"张弓将我当作箭靶子，他把箭袋中的箭，射入我的肺腑"。"灵台无计逃神矢"的"神矢"，就是神的惩罚，无可逃避。鲁迅是借此表达来自故国的那些令人困厄的消息，就如同"神矢"射心，让自己摆脱不了哀伤。

〔2〕 磐　即大石。故园，即故乡，泛指祖国。"风雨如磐"喻清朝政府腐败统治下的中国人民困苦不堪，而列强的宰割瓜分，更使故园灾难深重，面临亡国灭种的危险。第一、

二两句是倒装的,第二句是"因",因为故国灾难深重,那第一句思念和救国的心情如同被"神矢"所射中,就可以顺解了。

〔3〕 荃　原指香草,象征君王,鲁迅转指故国民众。鲁迅感到自己和众多革命义士的救国心志,千万国民同胞未必能识察理解,他们仍然那样麻木沉睡。此番寂寞向谁诉说?只能"寄意"天上的孤冷的星星了。另一说,"荃"就是主,是神,指某种外在的力量,造化或者运命。"神矢"穿心,故园如墨,怎么办呢?这就逼出了最后一句。

〔4〕 轩辕　指黄帝,史籍所载中华民族的先祖,清末言黄帝意味着反清革命。荐,是贡献,古代祭祀先祖时宰杀牛羊供奉。鲁迅以此表达为拯救国家民族而鞠躬尽瘁、死而后已的心愿。

无　题

【题记】这首七言律诗写于1931年2月。当时柔石等左翼作家多人被国民党当局逮捕,被捕时身上带有一份鲁迅的出书合同,极可能株连到鲁迅。在朋友的劝说下,鲁迅带着妻儿离寓避难三十九天。该诗是鲁迅闻知柔石等人牺牲之后所写,后录入《为了忘却的记念》这篇祭奠"左联五烈士"的文中(该文写于1933年2月,烈士捐躯两周年)。全诗首尾都写到"长夜",前后呼应,回婉曲折,结构严整。有写实成分,但又有很多暗喻与延伸,不宜逐句落实,要体味充溢全诗的那种郁怒、哀切的氛围与感情。

惯于长夜过春时,[1]挈妇将雏鬓有丝。[2]
梦里依稀慈母泪,[3]城头变幻大王旗。[4]
忍看朋辈成新鬼,[5]怒向刀丛觅小诗。[6]
吟罢低眉无写处,[7]月光如水照缁衣。[8]

注释:

　　[1]　长夜　指避难时夜不能寐,也指当时国民党统治下的社会情状,即使时至春天,也不见春光,而只有漫长的黑夜。

　　[2]　挈妇将雏　即携带妻儿。鬓有丝,指头发都白了。1930年3月,鲁迅也曾因参加"自由大同盟"遭国民党当局通缉而避难,这次是第二次了,故曰"惯于",带有对黑暗势力的蔑视,对这种迫害已经"习惯"也无所谓了。

　　[3]　"梦里依稀"句。梦中仿佛见到自己的母亲在流泪。鲁迅避难时,有谣传说鲁迅已被捕,让当时仍在北京的老母亲非常牵挂。鲁迅思念母亲,即时去信问安。

　　[4]　城头变幻大王旗　指战乱频仍,时局无常,国民党政府和地方军阀之间连连发生冲突,战争导致政权频繁更迭,给人民带来无穷的灾难。

　　[5]　朋辈　指被当局逮捕的左翼作家柔石等人。不忍心看到这些年轻的革命者在

敌人的枪口下变成了"新鬼"。"忍"字凝聚着鲁迅对烈士的深沉哀悼,与对句中的"怒"字相应。

〔6〕 刀丛 渲染出白色恐怖的严酷。小诗,似乎只是纸上创作,却是发自内心的雄强之力,足以面对严酷的压迫,有意称之为"小",更凸显鲁迅顽强的战斗精神。

〔7〕 "吟罢低眉"句,和首联对应,情绪似乎又有回落,回到实写"长夜"。虽然诗作奔涌出无边的悲愤,但"吟罢"还是要"低眉"沉思,面对当局文化"围剿"的残酷现实。无写处,指白色恐怖和文化"围剿",有如刀斧林立,文章无从发表。

〔8〕 缁衣 即黑色的衣袍。

自　嘲

【题记】据鲁迅日记1932年10月12日载："午后为柳亚子书一条幅，云：'运交华盖欲何求……'，达夫赏饭，闲人打油，偷得半联，凑成一律以请'云云。"所谓"偷得半联"，是指鲁迅从郁达夫那里得到启发，写成这首诗。10月5日，郁达夫、王映霞夫妇在聚丰园饭店宴请鲁迅、柳亚子等。鲁迅到时，达夫和他开玩笑说：你这些天辛苦了吧。意指鲁迅那几天同许广平几次带海婴看病，很劳累。鲁迅微笑着就用一天前想到的"横眉冷对"两句作答。郁达夫继续打趣：看来你的"华盖运"还没有脱呵。鲁迅道：你这样一说，我又得了半联。散席时，郁达夫请大家在他准备好的绢纸上题字，鲁迅写了前面说的半联，略加思索后，又加了半联，写成这首七律。

运交华盖欲何求，[1]未敢翻身已碰头。[2]
破帽遮颜过闹市，[3]漏船载酒泛中流。[4]
横眉冷对千夫指，[5]俯首甘为孺子牛。[6]
躲进小楼[7]成一统，管它冬夏与春秋。

注释：

〔1〕　华盖　星座名，今说仙后座。旧时迷信，以为人若犯了华盖星，运气就不好。鲁迅有杂文集《华盖集》，其题记说："我平生没有学过算命，不过听老年人说，人是有时要交'华盖运'的。……华盖在上，就要给罩住了，只好碰钉子。"这是自嘲生逢黑暗社会，自有悲苦抗争，就难免碰钉子，算是自认倒霉。《诗经》有句"不知我者，谓我何求"，此处"欲何求"，是自嘲，谓自身对现实总采取批判和不合作的立场，是"命定"的。

〔2〕　"未敢"句，是愤激的反说，喻指当时国民党当局钳制言论自由，动辄得咎。但对鲁迅来说"无所谓"，他还是要抗争。

〔3〕 闹市　指当时社会混乱,只能用"破帽"遮住头脸闯过"闹市",障鹰犬之目。

〔4〕 中流　指水深湍急,都象征形势险恶,处境之危险就如同在湍急的"中流"乘坐一条"漏船",但也还是要喝点小酒取乐,泰然处之。一个"过"和一个"泛",带有无奈却也洒脱的含义,寓庄于谐,从容澹定,表达在恶劣的社会环境中仍然要生存与奋斗的意思。

〔5〕 千夫指　典出《汉书·王嘉传》:"里谚曰:'千人所指,无病而死'。"意思是那些奸佞之徒,人所共弃,千夫所指,其死不必以病。一说 "千夫"是坏人或敌人,"千夫指"即诗人自喻。但看鲁迅1931年2月4日致李秉中函中,也曾提到"千夫指"。当时柔石被捕,谣传鲁迅也被捕,鲁迅告以无事,说:"然而三告投杼,贤母生疑。千夫所指,无疾而死。生于今世,正不知来日如何耳。"可见"千夫指"是指众多论敌的"围剿"。鲁迅用"横眉冷对千夫指"表明自己对敌斗争决不妥协的凛然正气。

〔6〕 孺子牛　春秋时齐景公跟儿子嬉戏,装牛趴在地上,让儿子骑在背上。鲁迅借用这个典故回应郁达夫的玩笑,表明自己作为父亲为儿子操劳是理所当然的。鲁迅致李秉中函曾提到:"长吉诗云,'已生须养,荷担出门去'。只得加倍服务,为孺子牛耳,尚何言哉!"但这首诗前后意思统观,"俯首甘为孺子牛"又可以引申比喻为人民大众服务,而且是心甘情愿,尽力而为的。颈联表达的是鲁迅为人处事爱憎分明的两个侧面。

〔7〕 小楼　作者居住的地方。躲进,有隐避的意思。面对当局的压迫与外界的流言蜚语,鲁迅持不屑与蔑视,但也想摆脱这些乱局骚扰与无聊的纠缠,有自己的空间做点自己的事情。

答 客 诮

【题记】这首七言绝句写于1931年冬,曾写成两个条幅,先后赠送郁达夫和当时给海婴看病的日本医生平井芳治。据好友许寿裳回忆:"这大概是因为他的爱子海婴活泼会闹,客人指为溺爱而作。""答客诮"的"诮",指嘲讽或责问,回应有人讽其溺爱幼子。古诗常有"答客"以抒发怀抱者,鲁迅此诗亦带有抒怀和自我解嘲的意味。海婴出生时,鲁迅已四十八岁,可谓高龄得子,自然非常怜惜。这首诗在为父子间舐犊之情"辩护"时,不无自得之乐,也可见鲁迅"横眉冷对"的另一面,有那样的脉脉温情。

无情未必真豪杰,怜子如何不丈夫。
知否兴风狂啸者,回眸时看小於菟。[1]

注释:

[1] 於菟(wū tú) 古词,老虎的别称。

赠人两首

【题记】据鲁迅1933年7月21日日记,本诗是书赠日本友人森本清八的。诗中"理"原作"弄","但"作"独"。作者后于1934年7月14日书第一首赠梁得所,手迹曾刊发于同年8月1日《小说》半月刊第五期;又曾书第二首赠日本友人山本实彦,诗中"轻"作"清"。这两首诗写的都是歌女,她们有些是因为战乱、灾祸等而流落上海的。鲁迅较少娱乐活动,除了看电影,就是偶尔应友人之邀到饭店用餐,有时也会听听歌女演唱弹奏,或了解到她们这方面的情况。诗仿香奁体,却幽谷中有怒瀑,有人认为还是讽世之作。

其 一

明眸越女罢晨装,[1]荇水荷风[2]是旧乡。
唱尽新词欢[3]不见,旱云如火扑晴江[4]。

其 二

秦女[5]端容理玉筝,梁尘[6]踊跃夜风轻。
须臾响急冰弦[7]绝,但见奔星[8]劲有声。

注释:

〔1〕 越女 泛指江浙一带的女子。唐代王维《洛阳女儿行》:"谁怜越女颜如玉,贫贱江头自浣纱。"罢晨装,意指忘其本色。

〔2〕 荇水荷风 谓水乡景物之美。荇,水草,叶圆,浮水面,根生水中。杜甫《曲江对

雨》:"水荇牵风翠带长"。又骆宾王《棹歌行》:"衣麝入荷风"。

〔3〕 欢　古代吴声歌曲中对情人的称谓。唐代刘禹锡《踏歌词四首》之一:"唱尽新词欢不见,红霞映树鹧鸪鸣。"

〔4〕 晴江　意思是江水映日,光耀夺目。

〔5〕 秦女　相传秦穆公女名弄玉,能吹箫作凤鸣(见《列仙传》)。这里泛指善弹奏的女子。

〔6〕 梁尘　形容乐声动人。《艺文类聚》卷四十三引刘向《别录》:"汉兴以来,善雅歌者鲁人虞公,发声清哀,盖动梁尘。"

〔7〕 冰弦　古代的名琴,据说以冰蚕丝为弦。

〔8〕 奔星　指流星。这里形容乐声节奏繁急。

阻郁达夫移家杭州

【题记】据鲁迅日记,这首诗是1933年12月30日书赠郁达夫、黄映霞夫妇的,写作时间不详,应当是1933年4月25日郁达夫从上海迁居杭州之后。诗题中的"阻"似乎不确当,那是高疆在《今人诗话》(载1934年7月20日《人间世》第八期)一文率先披露这首诗时加的题目,后沿用。鲁迅同郁达夫交谊很深,深知郁氏搬家意在逃避国民党的白色恐怖,但又觉得杭州的退隐生活对于郁达夫未必适合,希望他能继续振奋创作。全诗写的几乎都是和杭州有关的典故,顺手拈来,巧妙联结,借古喻今,沉郁凝重,情意恳切。

钱王登假仍如在,伍相随波不可寻。[1]
平楚日和憎健翮,小山香满蔽高岑。[2]
坟坛冷落将军岳,梅鹤凄凉处士林。[3]
何似举家游旷远,风波浩荡足行吟。[4]

注释:

[1] 首联"钱王登假仍如在,伍相随波不可寻"。"钱王"指钱镠,五代临安(杭州)人。曾为唐末镇海镇东节度使,后以割据称吴越国王,偏霸一方,急征苛惨,是荒淫残暴的君王。"登假"同登遐,旧指帝王死亡。"伍相"即伍子胥,春秋时楚国人,其父兄皆为楚王所杀,他潜奔吴国,助吴伐楚。后被奸佞所谗,被迫自杀。"随波"指伍子胥死后,取其尸体放一皮囊,浮于江中。事见《史记·伍子胥列传》。首联大意是,残暴的吴越王钱镠虽早已死去,但他的鬼魂仍附着在现今杭州的权贵身上,而忠贞耿直的伍子胥却死无葬身之地。"仍如在"三字指向现实,杭州仍然存在欺压百姓、残害忠良的现代版"钱镠"之流,郁达夫虽然移家杭州,恐怕也难逃黑暗。

[2] 颔联"平楚日和憎健翮,小山香满蔽高岑"。"健翮"是矫健的翅膀,借指有才干的人。"小山香满"是说西湖一带美景充满温馨的香气。"高岑"是高山。这一句大意是,西

湖平林脉脉,风和日丽,但这样的美景并不为战斗者所向往留恋;那充满温香的气氛,会遮蔽高远的目光,忘记了现实的残酷。提醒郁达夫别忘记自己曾是"五四"时期的健将,一只翱翔高空的"健翮",杭州虽好,却容易消磨意志,并非战斗者久留之地。

〔3〕 颈联"坟坛冷落将军岳,梅鹤凄凉处士林"。都是写杭州景致。"将军岳"指岳飞,南宋抗金名将,为了雪靖康之耻,誓死尽忠,后被宋高宗、秦桧所害,葬于西湖畔,岳坟遂成胜迹。"梅鹤"指宋代诗人林逋,隐居西湖孤山,喜欢种梅养鹤,宋真宗赐号曰"和靖处士"。"处士林"即西湖孤山的林逋墓和梅林。鲁迅感叹现在岳王坟冷落,"处士林"凄清,岳飞和林逋一为忠臣,一为名士,所代表的气节精神都得不到张扬。

〔4〕 尾联"何似举家游旷远,风波浩荡足行吟"。"旷远"是辽远之地,"游旷远"可解为摆脱狭小萎靡的生活圈子,开阔胸襟。"行吟"典出《楚辞·渔父》:"屈原既放,游于江潭,行吟泽畔。"这一联的大意是,何不向屈原学习,重整精神,到更广大辽远的现实生活之中去,做时代的歌者!

题《呐喊》《彷徨》

【题记】据鲁迅日记1933年3月2日记载:"山县氏索小说并题诗,于夜写二册赠之。"山县氏即山县初男,日本人,时任湖北汉冶萍煤铁公司顾问,对中国古典文学有兴趣,由内山完造引荐和鲁迅相识。题赠的两册小说即《呐喊》与《彷徨》。后来这两首诗分别题为《题〈呐喊〉》与《题〈彷徨〉》。后者收入《集外集》,前者收入《集外集拾遗》。两诗都是第一二句对仗,三四句是散句,整散自如,寂寞悲凉中有调侃。

题《呐喊》

弄文罹文网,　抗世违世情。[1]
积毁可销骨,[2] 空留纸上声。[3]

题《彷徨》

寂寞新文苑,[1] 平安旧战场。[5]
两间馀一卒,　荷戟独彷徨。[6]

注释:

〔1〕 弄文　即舞文弄墨。罹,遭遇。文网,指当局文化专制的各种禁令,也指文坛的各种势力的毁谤攻击,流言蜚语,等于是为鲁迅编织的罗网。《史记·游侠列传》有句"虽时扞当世之文网,谓犯法禁也"。抗世,指《呐喊》是反封建礼教、批判落后国民性的,容易被看作违抗世俗。"弄文罹文网,抗世违世情"这句大意是,昔曾弄笔写作,却总是犯禁,遭遇各种限制与迫害;而且因为反封建反礼教而不能不违背守旧的世情,这就为世所不容,身陷

圄。

〔2〕 积毁可销骨　意思是遭受毁谤太多,似乎连骨头都要被销蚀了。这里借用了"众口铄金,积毁销骨"的典故。层出不穷的造谣、诋毁、污蔑,让鲁迅应接不暇,鲁迅曾慨叹,"在中国,却确是谣言也足以谋害人的"。(1931年2月2日致韦素园信)

〔3〕 空留纸上声　指所谓"呐喊",也不过是"纸上声"而已。尽管对社会变革的前景并不乐观,也深知文艺的作用有限,鲁迅还是知其不可为而为之,一直坚持把写作当作斗争的武器。"空留纸上声"在自谦背后,还是有一种傲气,任何毁谤迫害也奈何不了。

〔4〕 寂寞新文苑　是感叹"五四"落潮期,思想分化,新文化阵线中人已"有的高升,有的退隐,有的前进",作家星散,热情冷却,北京文坛显得寂寞冷清。

〔5〕 平安旧战场　是顺着前一句来的,"旧战场"和"新文苑"对仗,指"五四"时期反封建专制、反礼教的激烈战场,而现在已成历史陈迹,变得"平安"无事了。"寂寞"与"平安"都带有某些悲凉。

〔6〕 两间馀一卒,荷戟独彷徨　"两间"指"新文苑"与"旧战场"之间。"戟",古代的武器,兼有勾啄和刺击双重功能。这两句意思是,"五四"新文化运动的队伍已经消散,剩下"我""一卒"仍然在彷徨中坚持探索。

戌年初夏偶作

【题记】本诗写于1934年5月30日,据鲁迅当天日记载:"午后为新居格君书一幅云:'万家墨面没蒿莱……。'"。新居格是日本作家,记者。此诗未另发表,后以《无题》为题,收入《集外集拾遗》。全诗外示冰谷,内蕴火山,凛然正气,一气呵成,读来振聋发聩。1961年10月7日毛泽东手书此诗赠日本访华朋友,题曰:"这一首诗是鲁迅在中国黎明前最黑暗的年代里写的。"此诗传播甚广。

万家墨面没蒿莱,[1]敢有歌吟动地哀。[2]
心事浩茫连广宇,[3]于无声处听惊雷。[4]

注释:

〔1〕 万家墨面没蒿莱 "墨面"一作面容憔悴黑瘦解。《淮南子·览冥训》:"逮至夏桀之时……美人挈首墨面而不容",指在夏桀暴政下,民不聊生,妇女都蓬头垢面,不施装扮。二作墨刑解,古代五刑之一,在囚徒脸上刺墨以刑辱。"蒿莱"即野草。"没蒿莱"指被野草淹没。本句写千百万民众过着贫穷悲苦的生活,暗指当时社会黑暗,民不聊生。

〔2〕 敢有歌吟动地哀 "敢有"是岂敢,哪敢。意思是黑暗年代实施言论钳制,谁敢发声表达愤懑,让悲壮的歌声震撼大地?

〔3〕 心事浩茫连广宇 "广宇"是广阔无边的宇宙。意思是诗人的命运和苍生联结,思虑国家民族命运,忧愤深广。

〔4〕 于无声处听惊雷 是回应"敢有歌吟动地哀"一句,其意是,民众遭受极度压迫,那种禁锢无声的高压状态下,已经能够听到震天动地的惊雷。

亥年残秋偶作

【题记】本诗写作时间不详,据诗题"亥年残秋"推定,应当是写于1935年10月。翌年10月19日鲁迅去世后,许寿裳在《怀旧》一文中回忆:"去年我备了一张宣纸,请他写些旧作,不拘文言或白话,到今年七月一日,我们见面,他说去年的纸,已经写就,时正病卧在床,便命景宋检出给我,是一首《亥年残秋偶作》。"本诗特点是多写动作或动态(如惊、遣、沉、归、坠、竦听、起看,等等),连带兴发密集的意象(如秋肃、春温、大泽、空云、荒鸡、星斗,等等),引起各种感官刺激及心理感觉(如温、寒、阒寂、阑干,以及如苍茫、萧瑟,等等),虽是时代感触和议论,却都化成浓郁的气氛,作用于直观感受,读来荡气回肠。最妙的还有八句皆对仗,极富功力,实属七律创格之极品。

　　曾惊秋肃临天下,敢遣春温上笔端。[1]
　　尘海苍茫沉百感,金风萧瑟走千官。[2]
　　老归大泽菰蒲尽,梦坠空云齿发寒。[3]
　　竦听荒鸡偏阒寂,起看星斗正阑干。[4]

注释:

　　[1] 曾惊秋肃临天下,敢遣春温上笔端　"秋肃",指深秋肃杀之气,照应诗题残秋与写作时间,同时暗指当时日本帝国主义侵华,当局抵抗不力,民生憔悴,社会人心混乱与消沉。"敢"是岂敢。"春温"指春天的温暖。这一联的意思是,社会氛围如此肃杀沉沦,让人惊心忧愤,我岂敢写诗以颂春来排遣内心的烦忧呢?1907年鲁迅曾在《摩罗诗力说》里说,"人有读古国文化史者,循代而下,至于卷末,必凄以有所觉,如脱春温而入于秋肃"。可见,诗人曾惊心于秋天肃杀之气降临天下,正表示了国家危亡之时的那种深重的忧愤。

〔2〕　尘海苍茫沉百感，金风萧瑟走千官　"尘海"指人间世。"苍茫"是旷远迷茫貌。"沉"是沉重，这里有思虑沉重的意思。"金风"即秋风，古人以阴阳五行解释季节演变，秋属金。"萧瑟"是风吹草木摇落的声音。"走千官"，指日军入关后制造了"华北事件"，逼迫国民党政府签订"何梅协定"，从京、冀、察撤走驻军和党政机构，官员纷纷南逃。这一联写国事枯槁，人心凄凉，如同秋风摇落，让人百感交集，大有"尘海苍茫"之慨。

　　〔3〕　老归大泽菰蒲尽，梦坠空云齿发寒　"大泽"是广大的湖沼地区。"菰蒲"指两种水生植物。"菰"即茭白，可作蔬菜，结实为菰米可煮食。"蒲"是蒲草，可制席和扇子，嫩蒲可食。"空云"指高空云端。此联写诗人想到侵略者长驱直入，国势如此衰败，恐避之荒无人烟的湖沼泽地也不能幸免，那时无以充饥，就连"菰蒲"一类野生植物也吃光了，不知自己老来何为归宿。每念及此，就像做梦从高空坠落，遍身悲寒，牙齿都发凉。鲁迅是推己及人，哀民生之憔悴，状心事之浩茫。

　　〔4〕　竦听荒鸡偏阒寂，起看星斗正阑干　"竦听"，指引颈举足侧耳屏息地静听。"荒鸡"，指三更以前的鸡鸣。"阒（qù）寂"即静寂。"星斗"即北斗星。"阑干"，指北斗星沉落之前呈横斜貌。曹植《善哉行》有"月没参横，北斗阑干"句。尾联二句大意是，三更半夜就竖起耳朵盼着鸡鸣，希望黎明尽快到来，可是一片死寂，就如同前三联所写现实之严酷。听之不得，便"起看星斗"，北斗星正横斜天际呢，更深写苦盼天明的焦渴。一个"正"字，虽仍处孤寂浩茫之境，却也略寓熹微之希望。悲凉孤寂，斗志愈坚，这正是鲁迅的心态。有一说是鲁迅得知中央红军长征到达陕北而写此诗，证据不足，也不符全诗悲抑为主的情绪，这里不采用。